TASCABILI BOMPIANI 163

Dello stesso autore presso Bompiani:

LA VIA DI SHANNON
LA CANZONE DA SEI SOLDI
NEVE INCANTATA
UNO STRANO AMORE
LA LUCE DEL NORD
TRE AMORI
GRAZIA LINDSAY
LA VALIGETTA DEL DOTTORE
IL MEDICO DELL'ISOLA
DOTTOR FINLAY
CALEIDOSCOPIO
LA DAMA DEI GAROFANI
GRAN CANARIA
LA CITTADELLA
LE CHIAVI DEL REGNO
ANNI VERDI
IL GIARDINIERE SPAGNOLO
MA IL CIELO NON RISPONDE
IL CASTELLO DEL CAPPELLAIO
L'ALBERO DI GIUDA
ANGELI DELLA NOTTE
LA BELLEZZA NON SVANIRÀ
CALEIDOSCOPIO

A.J. CRONIN
E LE STELLE STANNO A GUARDARE

Traduzione di Carlo Coardi

ROMANZI
E RACCONTI

Titolo originale
THE STARS LOOK DOWN

Realizzazione editoriale: ART Servizi Editoriali s.r.l. - Bologna

ISBN 978-88-452-4984-6

XI edizione Tascabili Bompiani dicembre 2011

LIBRO PRIMO

I

Era ancora scuro quando Marta si svegliò, e il freddo era crudo. Il vento s'ingolfava gelido nelle crepe dei muri della casupola di due soli vani. Si udiva, lontano, il rantolo delle onde. Il resto era silenzio.

Immobile, Marta si teneva il piú possibile discosta da Roberto che aveva dato segni di irrequietezza, e tossito spasmodicamente, a tratti, durante la notte. Stette ancora un minuto a giacere, arcigna, armandosi per affrontare quest'altra odiosa giornata, sforzandosi a soffocare il malanimo che sentiva contro di lui. Poi, a stento, si levò.

La pietra del pavimento sembrava ghiaccio sotto i suoi piedi nudi. Si vestí alla svelta, con le mosse decise d'una donna robusta non ancor quarantenne. Tuttavia, come fu vestita, lo sforzo la lasciò ansante. Non sentiva fame; strano che da qualche giorno in qua non sentisse piú fame! ma si sentiva debole, mortalmente debole. Si trascinò verso l'acquaio, girò il rubinetto. Niente acqua: era gelata nella tubazione.

Si perse d'animo un istante; stette in piedi, premendo le palme callose sul ventre pregno, e lasciò lo sguardo vagare fuor dalla finestra verso l'alba esitante. Sotto i suoi occhi, indistinte, le fila parallele delle case dei minatori. Sulla destra, Sleescale, il paese, nero; e al di là il porto, con un unico lume, freddo; e poi il mare, piú freddo ancora. Sulla sinistra la sagoma aspra della impalcatura sovrastante il pozzo n. 17 della Nettuno torreggiava come un patibolo, delineandosi entro il livido cielo di levante, dominando sul paese sul porto sul mare.

Sulla fronte di Marta il solco si fece piú profondo. Da tre mesi ormai durava lo sciopero. Al tetro pensiero, ella voltò bruscamente le spalle alla finestra e cominciò ad accendere il fuoco. Non era facile accenderlo. Aveva solo qualche pezzo di legno umido, che ieri Sam aveva racimolato in terra qua e là, e un po' di carbonigia, della qualità pessima, che Ugo aveva raccolto sulle prode del pozzo. Si ribellava all'idea di doversi arrabattare con quei rifiuti lei Marta Fenwick, abituata, da sempre, ad usare la migliore qualità di carbone, abituata a un vero fuoco da minatori. Riuscí tuttavia ad accenderlo, finalmente. Uscí nel cortile, ruppe, con un colpo vendicativo, il ghiaccio nella tinozza dell'acqua piovana, riempí la pentola, tornò e la mise a bollire.

Non bolliva mai. Quando l'acqua fu calda, se ne riempí una tazza e si accosciò davanti al fuoco; tenendo la tazza tra le due mani, prese a sorseggiare, lentamente. Si sentiva rivivere, sotto il fiotto di calore che le circolava nel corpo intirizzito. Era buona; non buona come il tè, questo no; ma sentiva tornare le forze. Le fiamme che sprizzavano dal legno verde illuminavano un frammento del giornale vecchio di cui s'era servita per accendere il fuoco. L'on. Hardie aveva interpellato il Governo per sapere se si proponeva di mettere le autorità in grado di provvedere alla nutrizione dei bambini poveri, dato che nelle regioni settentrionali la miseria si acuiva sempre maggiormente. Il Governo aveva risposto che non intendeva devolvere alle autorità governative gli oneri spettanti ai comitati regionali della pubblica assistenza. Marta lesse senza smettere di sorseggiare l'acqua calda. La sua faccia, scarna come un osso, non manifestò né curiosità né risentimento. Inscrutabile come la morte.

D'improvviso voltò, quasi impercettibilmente, la testa nella direzione del letto. Ecco, infatti, era sveglio; coricato sul fianco, la stava guardando, a quel modo che gli era solito, con la guancia nel cavo della mano. Immediatamente Marta si sentí di nuovo sommergere dall'amarezza. Tutto, tutto, tutto quanto era colpa sua, del marito. Eccolo che ricomincia a tossire; finora aveva trattenuto la tosse, per non spaventare lei. Non era una tosse fragorosa, ma sommessa, disciplinata, ben educata; come lui, d'altronde. La tosse era lui. Lo possedeva tutto: non rozza; anzi, quasi benigna. Gli riempí la bocca di catarro. Rizzandosi su un gomito, sputò nel giornale; in uno di quei quadratini che continuamente, laboriosamente, ritagliava dal giornale usando il coltello che serviva a sbucciar le patate. Ne aveva una provvista di quei quadratini; non era mai senza. Sputava, esaminava lo sputo, piegava il quadratino, e poi lo buttava nel fuoco, con un'espressione di ottimismo. Quand'era in letto, lasciava cadere il quadratino a terra; lo bruciava poi quando s'alzava.

Marta avvertí un odio profondo, di lui, della tosse che era lui; tuttavia s'alzò, riempí d'acqua calda la stessa tazza da cui aveva bevuto, e gliela porse. Egli la prese senza parlare.

Era già piú chiaro. Era stata la pendola il primo oggetto, che avevano portato al Monte; la pendola di marmo, a tempietto, che il padre di Marta aveva vinto alle bocce: uomo in gamba, suo padre; e famoso, alle bocce. Ma dovevano essere le sette. S'incravattò il collo con una calza di Davide, si mise in testa un berretto da uomo, con la visiera, e s'infilò il mantello. Questo, se non altro, era qualchecosa. Non era, Marta Fenwick, donna da andare in giro con lo scialle; mai! Il decoro, prima di tutto; e a dispetto di tutto: finché vivesse.

Senza una parola, senza guardarlo, uscí, questa volta dalla porta di strada. Irrigidendo la persona contro il ventaccio, si avviò giú per Cowpen Street, la diagonale che metteva al paese. Piú freddo fuori che dentro; un freddo terribile. Passò davanti alla Salutazione, davanti a Middlerig, davanti alla gradinata deserta dell'Istituto, coperta da scaracchi congelati, schiuma dell'ultima riunione degli scioperanti. Sul muro era scritto col gesso *Oggi Comizio ore 15.* L'aveva scritto Charley Gowlan, quel fannullone alcoolizzato, controllore alla pesa della miniera.

Rabbrividí e volle accelerare il passo, ma non poteva. La creatura che portava in seno, ancora senza vita, le pareva di piombo; le pareva che la tirasse in giú, che la forzasse a piegarsi in due. Proprio il momento per restar gravida! Con tre figli grandi: Davide, il minore, già quasi quindicenne. Eh, c'era caduta. Serrò i pugni, per l'indignazione che le bolliva dentro. Colpa di Roberto, come sempre. Era rientrato alticcio quella sera, e, senza parlare, aveva insistito; l'aveva voluta a tutti i costi.

Quasi tutti i negozi erano chiusi; molti restavano chiusi tutto il giorno. Alla cooperativa non poteva andare; non aveva piú credito. Al Monte nemmeno: da due giorni era chiuso, rigurgitante di roba, tra cui le cose migliori di casa Fenwick; le tre palle d'ottone eran lí solo per figura. Murchison, Dobbs, Bates, tutti chiusi; tutti con la paura che scoppiasse qualche disordine.

Svoltò l'angolo di Lamb Street, passò davanti a Ramage il macellaio, infilò il vicoletto che portava all'ammazzatoio. Avvicinandosi, la sua faccia schiarí: c'era Hob, in maniche di camicia e grembiale di cuoio, che lavava il pavimento.

"Qualche cosa per me, Hob?" Formulò la domanda a voce bassa, e aspettò, immobile, che Hob ne avvertisse la presenza.

Hob l'aveva vista venire, ma continuava a diguazzar nell'acqua con lo spazzolone, a testa bassa, le rosse braccia sudate fumanti vapore. Ella non se ne adombrò: brav'uomo Hob. Hob la conosceva; se poteva favorirla non era uomo da rimandarla a mani vuote. Aspettò.

"Niente rimanenze, Hob?" Non chiedeva mica molto: qualche pezzo di giunta.

Finalmente Hob sospese il lavoro e disse, ma senza guardarla, e con bruschezza, perché era costretto a rifiutare: "No, non c'è niente."

Essa lo guardò: "Niente?"

Hob scosse la testa. "Niente. Abbiamo ammazzato ieri sera alle sei, e Ramage col carretto s'è portato via tutto quanto nel negozio. Deve aver sentito che davo via gli ossi. M'ha fatto una sfuriata..."

Ella sospirò. Cosí Ramage negava loro la possibilità di farsi un po' di brodo, di farsi friggere un pezzo di fegato. Si sentí addolorata. Hob aveva ripreso a dimenar la spazzola energicamente.

Marta s'allontanò, pensierosa, accelerando il passo, diretta al porto. Le bastò uno sguardo; s'arrestò netto, con la disperazione dipinta sul volto, mentre il vento le gonfiava la sottana. Nemmeno un'aringa si poteva avere. E s'era determinata ad umiliarsi fino al punto di chiederla in carità a Macer il pescatore. L'*Annie Macer* era lí con tutte le altre barche, dietro il molo, e tutte le reti tese sul parapetto, intatte. Colpa del tempo, pensò, smarrita, lasciando lo sguardo vagare sulle creste sporche delle onde. Non una barca che fosse uscita.

Fece voltafaccia e s'avviò curva, verso casa. C'era piú gente nelle strade, ora; il paese si svegliava, qualche carretto traballava rumorosamente sull'acciottolato. Passò Harkness, il maestro, con gli occhiali cerchiati d'oro, imbacuccato in un caldo mantello; qualche operaia delle corderie, in zoccoli; un impiegato del municipio, frettoloso, scaldandosi col fiato la punta delle dita. Tutti fingevano di non vederla. Non la conoscevano, ma sapevano che era una dei Terrazzi, del sobborgo dei minatori, una degli scioperanti, di quelli che avevano portato sul villaggio questa ignominia che durava da tre mesi. Marta, cominciando la salita, strascicava i piedi.

Davanti alla panetteria di Teasdale c'era il furgoncino, che Dan, il figlio del panettiere, riempiva di pagnotte fresche togliendole dai cestoni. Passando, Marta inalò il caldo odore dolciastro del pane appena sfornato, e le parve di sentirsi afferrare per la gola. Sostò d'istinto. Credette di venir meno, tanto era forte la bramosía di pane che l'assalse. In quel momento Dan usciva dalla bottega con un'altra cesta colma; vide Marta e lesse il desiderio nei suoi occhi; impallidí, per commiserazione; ed impulsivamente prese un pane e glielo cacciò fra le mani.

Ella non disse una parola, ma le s'annebbiarono gli occhi di riconoscenza, pungente come lagrime, e tirò via su per Cowpen Street, verso Sebastopol Row. Bravo ragazzo, quel Dan; minatore anche lui, ma ora, durante lo sciopero, aiutava suo padre in bottega, guidava il furgoncino, distribuiva il pane. Era amico di Davide. Un poco ansante per la salita, pose la mano sulla maniglia della porta di casa sua.

"Alice, la bambina della Kinch, ha la polmonite," le annunciò Maddalena Brace, la vicina. Da una settimana infieriva la polmonite tra i bambini, nel quartiere dei minatori.

"Dite alla Kinch che passerò a vederla piú tardi," rispose Marta, ed entrò in casa.

Li trovò in piedi, e vestiti, tutt'e quattro, Roberto e i tre figlioli, attorno al focolare, ma come sempre i suoi occhi caddero dapprima su di Sam. Egli le sorrise, con quel ghigno pronto che faceva completamente sparire sotto la fronte prominente i suoi occhi celesti, infossati. Un ghigno dietro cui si celava un'espressione di tenacia singolare. A soli diciannove anni era già picconiere nella Nettuno. Era il primogenito; il prediletto di Marta.

"Ehi! guarda qui," disse Sam strizzando l'occhio a Davide, "guarda qui cosa t'ha portato mamma! l'ha prelevata per te."

Davide sorrise doverosamente. Era un ragazzetto magro, tranquillo, dalla faccia pallida, seria, ostinata. Le scapole gli si delinearono sotto il giubbetto quando si chinò a racconciare il fuoco. Di solito il suo sguardo era indagatore, ma oggi no. Aveva quattordici anni, e faceva il cavallaro nella Nettuna, sezione Paradiso, nove ore al giorno sotto terra, da una galleria all'altra. Ora, durante lo sciopero, i suoi occhi esprimevano risentimento.

"Cosa ne dite, ragazzi?" continuava Sam, in tono forzato di celia. "Col vostro primogenito qui che si allena per ridursi uno scheletro, e figurare nella *réclame* della cura contro la corpulenza, ecco mamma tornare a casa con tutto un banchetto luculliano. Come posso dimagrare, dillo tu, Ugo?"

Marta gli scoccò uno sguardo severo. "Ringrazia il cielo d'aver questo!" e prese ad affettare il pane.

Tutti la osservavano, affascinati; perfino Ugo alzò gli occhi dalla scarpa che stava rammendando, una del paio che usava al giuoco del calcio. Non era facile distrarre la mente di Ugo dal suo giuoco preferito. Era già centro avanti della squadra di Sleescale, e non aveva che diciassette anni. Lavorava anche lui nella sezione Paradiso della Nettuno. Ugo non diede risposta a Sam. Non aveva mai molto da dire; silenzioso fors'anche piú di suo padre. Ma diede un'occhiata al pane.

Il babbo prese la fetta che Sam gli porgeva; la guardò, poi guardò sua moglie. "Vien dalla Carità? Se sí, non la voglio." Marta lo fissò negli occhi, muta. Egli soggiunse, in tono di sconfitta. "Domando solo se viene dalla Carità."

Ella continuava a fissarlo, pensando alla demenza del capofamiglia che promuovendo lo sciopero aveva dato fondo alle loro economie. Disse: "No."

Sam tornò alla carica con smodata allegria: "Carità o no, cosa importa, babbo? Finirà anche questa. E senza rimpianto, per conto mio. Io voglio lavorare. Non mi va, star lí a far niente, e aspettare che mamma porti a casa l'imbeccata." Porse il piatto a Davide: "Su, signorino, desidera una quaglia? Non faccia complimenti, ce n'è da buttar via."

Marta gli tolse il piatto di mano. "Sam, non mi piaccion questi scherzi. Non disprezzare il buon pane." E lo guardò con cipiglio severo. Ma gli diede la fetta piú grossa. Poi serví Ugo; e per sé tenne la piú piccola.

II

Le dieci. Davide prese il berretto e uscí, camminando di mala voglia sul selciato disuguale di Inkerman Row. Le viuzze del sobborgo dei Terrazzi portavano ciascuna il nome di una delle battaglie della guerra di Crimea; la via piú alta, dove abitavano i Fenwick, era Inkerman Row; la seconda Alma Row; la terza Sebastopol Row; e la piú bassa, dove abitavano Gowlan padre e figlio, Balaclava Row. Davide era appunto diretto verso la casa dei Gowlan, "per vedere se Joe voleva uscire con lui".

Il vento era caduto, e il sole, inatteso, aveva fatto la sua comparsa. Piaceva a Davide la luce del sole, benché lo abbagliasse. D'inverno, quando lavorava, non lo vedeva mai, per vari giorni di seguito; era buio al mattino quando scendeva nel pozzo, e buio la sera quando ne usciva. Ma oggi era sereno, per quanto facesse freddo; e la serenità lo penetrava, rammentandogli quella delle rare giornate in cui il babbo lo portava seco a pescare, lontano dal nero sporco del pozzo, nel verde dei boschi cedui bagnati da chiare acque gorgoglianti. ("Guarda, babbo, che bellezza!" quando un ciuffo di primule s'offriva ai suoi occhi incantati.)

Svoltò l'angolo di Balaclava Row. Come le altre viuzze, anche questa si stendeva, per un mezzo migliaio di passi, fiancheggiata da tetre fuligginose casupole in muratura, dalle pareti istoriate di crepe rinzaffate con la calce: comignoli quadrangolari, sbrecciati, disuguali, sbilenchi; tetti irregolari, ondulati; cortili recinti da palizzate, fatte con le traverse fuori uso dei binari ferroviari, con tronchi d'albero, con lastre di ferro rugginoso, il tutto infitto in mucchi di scorie tratte dalla miniera. Ogni cortile aveva la sua latrina; ogni latrina il suo secchione di ferro. Le latrine sorgevano allineate come garitte di sentinella. In fondo alle viuzze, all'altra estremità del sobborgo dei Terrazzi, un groviglio di capannoni sorgeva sopra un'area di terreno tutto gobbe e attraversato da un binario. Nel centro dell'area si apriva il pozzo n. 17 della Nettuno, sormontato dalla sua impalcatura; e al di là si stendeva la desolata landa detta Snook, con gli avanzi delle armature degli scavi antichi, alcuni dei quali risalivano fino a cento anni addietro, e tra essi sbadigliava abbandonato il vecchio pozzo maggiore, lo Scupperhole. La vasta landa piatta era tutta irta di ciminiere; ingombra di cumuli di scorie. Sopra una corda sventolavano panni di bucato, i cui vivi colori, celeste e scarlatto, sul sudicio dello sfondo tetro, conferivano al quadro una nota di traviata bellezza, di ferocia perversa.

Davide conosceva bene il quadro; e non gli piaceva. Oggi meno che mai. Un'aria di apatia e di sconfitta incombeva sulle fosche abitazioni. Alcuni minatori stavano acquattati sui talloni con le schiene contro il muro. Fra essi, Slogger Leeming, Keeker Howe, Bob Ogle, i capoccia del noto gruppo dei giocatori di professione; ma non giocavano, ora; non avevano soldi per giocare; non potevano fare altro che stare acquattati, in silenzio. Bob Ogle, uomo di riserva nel settore Paradiso, fece a Davide un cenno del capo, senza smettere di carezzare la testa della sua cagna; Slogger Leeming lo salutò col rituale "Come va, Davide?" e Davide rispose sullo stesso tono impersonale "E voi, Slogger?". Gli altri lo guardarono con curiosità, abbinandolo mentalmente con suo padre, che li aveva persuasi a scioperare; notarono il pallore della sua faccia, l'abito stretto e corto che indossava, la fascia di cotone che lo incravattava, gli zoccoli di servizio (aveva le scarpe alla riparazione), i capelli che avevan bisogno d'esser tagliati, i polsi scarni, smilzi al confronto delle mani ingrossate precocemente dal lavoro.

Egli si sentí scrutato da capo a piedi, ma sostenne gli sguardi con fortezza, il mento proteso e la testa alta, e procedette verso il numero 19 che era la casa di Joe Gowlan. Al disopra del numero, un cartello recava la scritta: *Agenzia Cicli Flyway. Pompe funebri. Si tiene pensione.* Davide entrò.

Joe e suo padre facevano colazione. Sul tavolo c'era un vasetto contenente un pasticcio di carne fredda, una teiera grande, color tabacco, una scatola aperta di latte condensato, e un grosso pane rozzamente mutilato; il tutto tra un'incredibile confusione di minute masserizie. La casa intera — due stanze, comunicanti per mezzo di una scala a chiocciola — era nel massimo disordine. Stracci, sudiciume, vettovaglie in abbondanza, un grandioso fuoco crepitante, oggetti di vestiario alla rinfusa, piatti non lavati, odore di umanità, di birra, di unto, di sudore.

"Hallò, monello, come va stamattina?" Charley Gowlan, con la camicia da notte insaccata nelle brache, le bretelle lente ciondolanti sul pancione, i piedi nudi nelle ciabatte, s'introduceva nelle fauci un grosso pezzo di carne mentre agitava il coltello nell'altro pugno, rosso e poderoso, in atto di cordiale saluto; amichevole sempre, giovialone, buon camerata, era Big Charley Gowlan, il controllore dei pesi alla Nettuno: popolare fra i compagni, ben visto dal padrone, sempre pronto a dare una mano in tutte le faccende, a cominciare da quelle di casa (era vedovo da tre anni) via via fino a tender trappole ai conigli e reti di contrabbando ai salmoni.

Davide, accomodatosi, prese ad osservare gli altri due che mangiavano. Mangiavano di gusto, assaporando i bocconi; Joe masticava con arte e con metodo, suo padre faceva schioccare le labbra carnose. A Davide veniva l'acquolina in bocca. D'un tratto, quando non c'era quasi piú nulla sul tavolo, Charley disse, come scusandosi di non averci pensato prima: "Oh, monello, non vuoi un boccone?"

Davide ubbidí a una voce che gli comandava di rifiutare l'offerta; scosse la testa e disse sorridendo che aveva già fatto colazione.

"Ah, allora basta." Gli occhietti di Charley scintillavano maliziosamente nel faccione rosso. "E cosa ne pensa tuo padre, ora che siamo sul punto di arrenderci?"

"Oh, non so."

Charley leccò il coltello e mandò un sospiro di appagamento. "È stata 'na boiata. Io ero contrario, Heddon anche. Eravamo tutti contrari. Tanto chiasso per mezzo penny la tonnellata. Ho sempre detto fin dal principio che non s'arrivava a niente."

Davide sapeva benissimo che Charley sapeva che non s'era trattato soltanto del mezzo penny, ma si trattenne dal contestare, perché, guardandolo, vide in lui il controllore dei pesi alla miniera, uno dell'alto personale, amico di Heddon, l'agente federale dell'Unione. Disse soltanto: "Ma è piena d'acqua la galleria Scupper."

"Acqua!" ribatté Charley, col largo sorriso di chi la sa lunga. Le sue funzioni non lo costringevano mai a recarsi sottoterra; controllava i vagoncini man mano che venivano alla superficie: poteva sorridere come uno che la sa lunga. "Anche nel Paradiso c'è sempre stata l'acqua. C'è sempre stata dappertutto. E la Scupper non è peggio delle altre. Non è mica tuo padre che ha paura di qualche goccia d'acqua, che diavolo!"

Turbato dal sogghigno, Davide soffocò la propria indignazione, e disse, con simulata indifferenza: "Lavora là sotto da venticinque anni; non può certo averne paura."

"Appunto, appunto. Fai bene a difendere il babbo. T'assicuro io che altri difensori non ne trova. E ti stimo per questo; bravo, Davide! sei un ragazzo in gamba." Ruttò, si trasportò nella seggiola presso il fuoco, si stirò, sbadigliò, e prese a riempirsi la pipa di gesso annerito.

Davide uscí con Joe.

"Lui, vedi, nel Paradiso non ci va," osservò Joe, appena ebbe chiusa la porta. "Ma gli farebbe un mondo di bene, al vecchio volpone, di stare coi piedi nell'acqua con me."

"Ma non è l'acqua soltanto, Joe!" incalzò Davide; "sai quel che dice mio padre..."

"Sí, sí, lo so, e son stufo di sentirlo. Tuo padre ha delle grandi idee. S'immagina di saperne piú degli altri."

"Ma ne sa di piú!" confermò Davide, con calore. "Credi che abbia promosso lo sciopero per suo divertimento?"

"Lui forse no; ma tanti altri sí. Eran stufi di guazzare nell'acqua, e volevano un po' di vacanza. E adesso che l'hanno avuta, darebbero qualunque cosa per tornare al lavoro, anche se la galleria fosse inondata fino al soffitto. E ci torneranno, sta sicuro, senza condizioni: vedrai alla riunione di oggi! E cosa vuoi protestare! Sono piú indignato io di te. Son stufo di tutta quanta la porca faccenda. E alla prima occasione alzo i tacchi. Non voglio mica passar tutta la vita in quel buco infetto. Si tratta solo di trovare il modo di fare un po' di quattrini, penso poi io a godermeli!"

Davide ammutolí, turbato e sdegnato. Gli pareva che tutto si mettesse contro di lui. Anche lui desiderava evadere dalla miniera, ma non al modo di Joe. Rammentò la volta che Joe aveva già tentato la fuga, solo per essere acciuffato da Roddam, la guardia comunale, e riconsegnato piangente a suo padre, che lo legnò di santa ragione.

Camminarono in silenzio, Joe con le mani in tasca ostentando arie spavalde. Era un bellissimo giovane, di due anni piú vecchio di Davide, con spalle larghe, il busto eretto, capelli neri ricciuti, occhioni scuri pieni di vivacità. E sapeva di esser bello. Gli si leggeva negli occhi che era sicuro di sé, e persino nel modo petulante, aggressivo, con cui portava il berretto. Dopo un po', concluse:

"Ma per divertirsi bisogna aver quattrini. E chi può far quattrini nella miniera? Io voglio far la bella vita. Vedere il mondo. Tu hai fortuna, di andare a Tynecastle. Tuo padre vuol mandarti al liceo; questa è un'altra delle sue grandi idee. Ma, per mio conto, devo badare io a me stesso. E sta sicuro che ci baderò. È cosí che si fa. Si tratta di arrivar primo, per non farsi menar pel naso." Sciogliendo d'un tratto tutte le riserve, diede a Davide nella schiena un colpo con la mano aperta, e un sorriso avvincente, affabile, simpatico. Nessuno riusciva simpatico quanto lui, se Joe ci si metteva; i suoi begli occhi irradiavano un calore dinanzi al quale fondeva ogni resistenza. "Su, Davide, andiamo a prendere la barca, faremo qualche tentativo lungo la riva, dapprima, poi, se mai, ci allontaneremo, e vediamo se ci riesce di pescare qualche cosa."

Erano arrivati alla spiaggia, lasciandosi alle spalle le dune imbottite d'erbacce e di giunchi pregni di sale. Davide amava la spiaggia; al sabato, uscendo dal pozzo, quando il babbo andava dai compari alla Salutazione, Davide se ne veniva tutto solo a leggere tra i giunchi, e se udiva il canto della lodola distoglieva gli occhi dal libro per cercarla nel cielo. Gli sarebbe piaciuto, ora, sdraiarsi su la rena. Sentiva di nuovo il capogiro; era quell'enorme fetta di pane fresco che gli pesava sullo stomaco. Ma Joe lo trascinò verso il molo. Salirono su di esso e raggiunsero il porto. Lí, nell'acqua stagnante chiazzata di spuma, alcuni ragazzini del borgo dei Terrazzi pescavano carbone. Con l'aiuto di secchie dal fondo tutto traforato, sospese a pertiche uncinate all'estremità, tentavano di ricuperare pezzi di carbone caduti — chi sa quanto tempo fa — dalle chiatte. In tempo di sciopero, ai minatori non vien corrisposta la spettanza quindicinale di carbone; cosí mandavano i bambini a pescare nel fango quello che non spetta a nessuno e andrebbe altrimenti sciupato. Joe li guardò con disprezzo, piantato a gambe larghe, con le mani affondate nelle tasche dei calzoni. La sua cantina era piena di carbone, della miglior qualità, rubato da lui stesso nel pozzo. La sua pancia era piena, di ottimo cibo, procurato, questo, da suo padre, che se n'intendeva. Non c'era altro modo, per cavarsela nella vita: prendere le cose di cui si ha bisogno, cercarle, impadronirsene; e non starsene, intirizziti ed affamati, ad aspettare invano che vi cadano tra le braccia.

"Come va, Joe?" disse Ned Softley, in tono propiziatorio. Era il giovane addetto all'elevatore del Paradiso, mezzo scemo. Il freddo gli arrossava il naso lungo, e gli metteva un tremito convulso in tutto il corpicino. Si sforzava di sorridere. "Mi dai 'na sigaretta, Joe? Ho 'na voglia di fumare!"

"Mi spiace, Ned." Joe espresse mirabilmente il suo rammarico. "Non ho che questo mozzicone: ed è l'ultimo!" Lo tolse di dietro l'orecchio, lo contemplò con tristezza, e se lo accese, con cordiale rincrescimento. Ma come Ned gli voltò le spalle, Joe sbuffò sarcasticamente. Aveva bensí in tasca un pacchetto intero di sigarette; ma doveva darle proprio a Ned? Si volse a David, come per interpellarlo in merito, ma in quel momento echeggiarono certi strilli che richiamarono la sua attenzione altrove.

Era Ned che strillava. Strilli di protesta. S'era riempito il sacco di carbone, dopo tre ore di lavoro nel vento che mordeva, e aveva fatto per caricarlo in spalla. Ma Jake Wicks, un pezzo d'atleta, diciassettenne, che se n'era stato in disparte aspettando pazientemente quel momento, arraffò il sacco e se ne impadroní; e lanciando agli altri un'occhiata di sfida, si allontanava disinvolto con la sua preda. Si elevò, dal gruppo dei monelli, una risata generale.

Quel boia d'un Jake, pensava Joe; aggrinfiarsi con tanta eleganza il sacco di Ned, e andarsene con quella calma! mentre Ned strepitava e scalpicciava come un pazzo. Impagabile, l'ironia di quella scena! Joe rideva piú forte di tutti.

Ma Davide non rideva. S'era fatto pallido. Mormorava: "Ma non è giusto. Il carbone è di Ned. Ha lavorato per guadagnarselo."

"E chi può impedire a Jake di prenderselo?" bofonchiò Joe, tra le risa che quasi lo soffocavano. "Oh, guardami il grifo di Ned, fammi il piacere, guardalo!"

Jake s'allontanava tranquillamente, portando il sacco con disinvoltura. Ned lo seguiva, piangente, con un codazzo di marmocchi che lo deridevano. "È mio!" piagnucolava Ned; "è mio! ho lavorato tutta la mattina, per portarlo a casa..."

Quando Jake arrivò dove si trovavano Joe e Davide, quest'ultimo serrò i pugni e, muovendo lateralmente d'un passo, gli sbarrò il cammino. Jake si arrestò e disse: "E tu cosa vuoi?"

"È di Ned quel carbone," rispose Davide a denti stretti. "Non è giusto che tu glielo porti via."

"Oh, cristo, e chi me lo impedisce?"

"Io." E corroborò la risposta con un energico cenno del capo. Ma non avrebbe potuto aggiungere altre parole, tanto era forte lo sdegno che lo agitava: ribolliva tutto, di fronte alla prepotenza. Jake era un uomo fatto, bestemmiava e beveva come un uomo; era di tutta la testa piú alto di Davide, e pesava una quindicina di chili in piú. Ma Davide non se ne curava. Una sola cosa importava: a tutti i costi bisognava impedire a Jake di far torto a Ned.

Jake lasciò cadere il sacco e alzò i due pugni chiusi, l'uno sopra l'altro, all'altezza della faccia. "Smuovili se puoi," disse. Era per tradizione il gesto di sfida al pugilato.

Per un attimo, Davide fissò, al di là dai pugni dell'avversario, il faccione lentigginoso sormontato da un ciuffo di capelli del color della canapa, e ne vide con chiarezza cristallina i piú minuti particolari: i puntini neri affioranti sotto la pelle malsana, una pustoletta nascente sulla palpebra sinistra. L'attimo seguente, con un colpo fulmineo rimosse i due pugni e menò un destro magistrale che colpí in pieno nel naso. Il naso sanguinò e parve autenticamente appiattirsi. Dal gruppetto degli astanti si elevò un grido di acclamazione, e Davide sentí nella schiena un brivido d'orgoglio.

Jake, ritiratosi di qualche passo, scosse la testa come un cane. Ora ritornava all'attacco, ed avanzando muoveva le braccia, dinoccolate come mazzuole da trebbiatura. In quel punto, un monello gridò: "Attenzione! Viene Wept!" Davide istintivamente volse la testa nella direzione donde era partito il grido, e ricevette nella tempia il pugno di Jake. Di colpo la scena dileguò misteriosamente davanti ai suoi occhi; si sentí mancare. Gli pareva di scendere in fondo al pozzo, tanto fu improvvisa l'oscurità che calò su di lui, tanto era assordante il ronzio che gli empí gli orecchi. Poi cadde svenuto.

Wept era accorso. Se n'era venuto quel mattino alla spiaggia per ammirare i tenui ricami che le ondicelle disegnano sulla rena prima di morire. Jesus Wept era entusiasta del mare. Ogni anno trascorreva i suoi dieci giorni di ferie a Whitley Bay, passeggiando pacificamente avanti e indietro sulla spiaggia tra due cartelloni, l'uno sul petto e l'altro sulla schiena, sui quali stava scritto in caratteri cubitali il versetto della Bibbia ch'egli prediligeva: *Jesus wept for the sins of the world*, "Gesú pianse per i peccati del mondo." Lo stesso versetto era scritto in lettere d'oro al disopra della porta d'ingresso della sua casetta. Per questo lo avevano soprannominato Jesus Wept. Il suo nome era Clem Dickery; sebbene minatore, non abitava nel sobborgo dei Terrazzi; sua moglie teneva una piccola rosticceria in fondo a Lamb Street, e i coniugi abitavano sopra la bottega. Il versetto che Susanna, la moglie, prediligeva, era piú severo: "Preparatevi a comparire al cospetto di Dio." L'aveva fatto stampare sulle borsette di carta in cui spacciava i suoi cosciotti d'agnello; il che aveva dato origine al detto popolare, "Provate i cosciotti di Susanna e preparatevi a comparire al cospetto di Dio." Ma i cosciotti erano eccellenti. Davide ne era ghiotto, e voleva bene a Jesus Wept. Il quale era un innocuo fanatico, e, se non altro, sincero.

Quando Davide si riebbe, Wept era chinato sopra di lui, e gli batteva le palme con le proprie mani, covandolo con un sollecito sguardo malinconico. "Ti senti meglio?"

"Abbastanza bene," mormorò Davide, rizzandosi su un gomito.

Wept, con riserbo ammirevole, non fece allusione alla lotta. Gli domandò, invece: "Da quando non mangi?"

"Ho fatto colazione stamattina."

"Prova a reggerti in piedi."

Davide s'alzò con l'aiuto del braccio di Wept, barcollò un tantino, provò a sorridere. Wept lo guardava con occhi tenebrosi. Non aveva peli sulla lingua. Disse: "Sei debole per mancanza di nutrizione. Vieni con me a casa mia." Sempre sorreggendolo, lo accompagnò lungo la spiaggia, oltre le dune, fino alla bottega di Lamb Street.

Davide sedette al tavolo della cucina. Era il locale in cui Wept teneva le sue riunioni evangeliche. Sulle pareti fiammeggiavano allegorie dai vividi colori: L'ultimo segnale di Tromba, il Giudizio Universale, La Via Diritta e la Via Tortuosa. Nei dipinti figuravano parecchi angeli biondi e di sesso incerto svolazzanti in candidi veli tra i concenti di tube d'oro. Sfavillavano di luce; la quale però non rischiarava le voragini entro le cui tenebre, tra rovine di colonne corinzie, piangevano e tremavano i peccatori.

Dalla mensola del camino pendevano ciuffi d'erbe e di alghe marine, che quel conoscitore di Wept coglieva assiduamente tra gli scogli per arricchire il suo campionario. Ora stava in piedi presso la stufa, intento a preparare una tazza di camomilla; porse la tazza a Davide, e uscí senza dire una parola.

Davide bevve l'infusione. Era amara, ma aromatica, e calda fumante. Sentiva tornare le forze, e con esse l'appetito. La porta si riaprí, e Wept entrò seguito da Susanna. Susanna gli somigliava curiosamente: nitida donnetta, tutta vestita di nero, tranquilla, parca nel gestire, con la stessa espressione di dominio di sé. Senza parlare collocò un piatto dinanzi a Davide. Sul piatto c'erano due cosciotti d'agnello cotti al forno. Da un'urnetta di porcellana versò sulla carne un po' di sugo caldo. "Mangia adagio," disse, placida. Poi si ritirò, venne presso il marito, ed entrambi stettero in piedi ad osservare l'ospite. Il quale, dopo un istante di esitazione, cominciò a mangiare.

L'agnello era delizioso, il sugo denso e saporito. Com'ebbe ultimato il primo pezzo, guardò su all'improvviso e colse gli sguardi dei loro occhi seri ancor fissi su di lui. Wept citò, in un sottovoce solenne: "Nutrirò te e la tua prole. E li confortò e disse loro parole benigne."

Davide abbozzò un sorriso di riconoscenza, ma sentí nella gola un groppo di tenerezza. Un'ondata di emozione lo investí, col ricordo delle umiliazioni e dei patimenti sofferti negli ultimi tre mesi: le privazioni, il Monte di Pietà, il latente reciproco risentimento fra i suoi genitori, l'ostilità della mamma, la cocciutaggine del babbo. Aveva solo quattordici anni. Ieri non aveva mangiato altro che una rapa, dissotterrata con le sue mani nell'orto dei Liddle. In questo mondo pieno di bellezze e di dovizie, si era introdotto furtivo in un orto per rubarvi una rapa e calmare gli stimoli della fame.

Appoggiò il capo a una mano. Sorse in lui l'appassionato desiderio di fare qualchecosa... qualchecosa... qualchecosa che servisse ad abolire tanta ingiustizia; che servisse ad alleviare i mali dell'umanità, a sanare l'umanità. Qualche cosa si doveva pur trovare. Risolse, fermamente, di cercarla. Una lagrima gli cadde dagli occhi nel sugo del cosciotto. Sui muri gli angeli suonarono le trombe. Vergognoso, Davide si soffiò il naso.

III

L'una e mezzo. Al Poggio, residenza dei Barras, la colazione era quasi finita. La tensione latente nell'aria, il senso di crisi, spossava, quasi paralizzava Arturo, che non smetteva di infastidire suo padre con lo sguardo preoccupato dei suoi occhi adoranti. Come sempre gli accadeva di fronte a situazioni emozionanti, era totalmente incapace di toccar cibo. Sapeva che gli uomini — gli uomini del babbo che avrebbero dovuto lavorare onestamente e fedelmente nella sua miniera — si riunivano oggi alle tre, e che dall'esito del comizio dipendeva la deliberazione circa il proseguimento di quel maledetto sciopero o la ripresa del lavoro. Questo pensiero ricorrente gli comunicava ogni volta un fremito di ansietà, e nei suoi occhi ardeva la fiamma della devozione filiale.

Si aspettava inoltre che il babbo lo invitasse ad accompagnarlo a Tynecastle; fin dalle dieci, quando aveva sentito dar l'ordine al cocchiere di tener pronto il calessino, aspettava l'invito, ma inutilmente. Papà andava a Tynecastle, a far visita ai Todd, e non lo portava con sé. Era un'offesa!

A tavola non eran mancati i consueti tentativi di conversazione, diretti dal padrone di casa. Durante tutto lo sciopero egli aveva inappuntabilmente osservato l'obbligo di condurre la conversazione, su temi per lo piú irrilevanti, come la prossima rappresentazione del *Messia* alla Società Corale, l'effetto della nuova medicina ordinata dal dottore alla mamma, lo stato di conservazione dei fiori sulla tomba della nonna; un favellar calmo, in toni sedati. Riccardo Barras era un uomo calmo. In tutto quel che faceva mostrava un'assoluta padronanza di sé. Sedeva a capotavola in ferrea serenità, quasi che lo sciopero fosse una bagattella; sedeva eretto nel suo seggiolone a bracciuoli — ecco perché anche Arturo sedeva rigido come un paletto — sbocconcellando le pietanze, che voleva della massima semplicità. Sdegnava a tavola l'ostentazione del lusso, sia nel cibo sia nelle stoviglie. Rosbif, o prosciutto, o cosciotto d'agnello; e sedani del suo orto, e formaggio. Coi denti sani masticava a labbra compresse, metodicamente, distrattamente, decorosamente. Non era un uomo grande e grosso, ma l'ampio torace, il collo taurino, le braccia muscolose, le poderose mani e la carnagione florida esprimevano un alto grado di vitalità fisica. Portava cortissimi i capelli grigio-ferro. Gli occhi ben disegnati sprigionavano di solito sguardi penetranti. Aveva nel complesso l'apparenza tipica degli uomini del nord: non proprio ruvido, ma solido, duro. Un uomo di saldi princípi e di ferma fede evangelica, che esigeva la riunione serale della famiglia per le orazioni, leggeva egli stesso ad alta voce la Bibbia in toni che commuovevano Arturo, e non si vergognava di confessare di avere in gioventú composto piú di un inno. Non c'era nulla che Riccardo Barras si vergognasse di confessare d'aver compiuto. Persino a tavola — mentre la sua figura spiccava sullo sfondo giallo del grande organo americano che aveva con molto dispendio fatto costruire nella sala da pranzo — Riccardo Barras irradiava la sua integrità spirituale. Ad Arturo pareva spesso di percepirla materialmente. Arturo adorava suo padre. Ai suoi occhi il babbo era l'Assoluto: un dio.

"Arturo, caro, mangia il tuo pudding!" Zia Carola, in tono velato di biasimo amorevole, richiamò i suoi occhi sul piatto che aveva davanti. Era un *St. Georges pudding*, fatto con le briciole abbrustolite avanzate da altre torte; lo detestava. Nondimeno si impose di mangiarlo, con la speranza che il babbo notandolo lo approvasse. Hilda aveva già finito di mangiare, e guardava fisso nel vuoto con la tenebrosa espressione imbronciata che le era abituale. Grace, sorridente, senza affettazioni, pareva godere di un'interna segreta allegrezza.

"Sarai di ritorno all'ora del tè, Richard?" domandò Zia Carola, con accento rispettoso.

"Sí. Alle cinque." La voce era disciplinata; recisa. "Vuoi chiedere a Harriet se ha commissioni da darmi?"

"Va bene, Richard." Zia Carola chinò il capo in segno di assentimento. Manifestava sempre al cognato i segni di un'ubbidienza appassionata. D'altronde portava sempre la testa inclinata, in segno della sua sottomissione a tutti, a tutto, e massime alla sua sorte. Sapeva tenere il suo posto. Benché di famiglia distinta, una *county family* del Northumberland, non ne menava vanto. Non menava vanto di nulla, nemmeno del fatto di essere cognata di Riccardo Barras. Tutte le mattine impartiva una lezione ai bambini nella camera di studio, teneva loro compagnia quand'erano ammalati; serviva l'invalida Harriet con la massima sollecitudine, preparava piatti dolci, badava alla disposizione dei fiori nei vasi, rammendava calze, confezionava cravatte di lana, si occupava del bucato di tutta la casa, il tutto con un'aria di pieghevole servilità. Era venuta al Poggio cinque anni fa, quando Harriet, la sorella, s'era definitivamente messa a letto; era venuta per rendersi utile, come aveva sempre fatto ad ogni parto di Harriet. Ora, a quarant'anni, con un fisico che tendeva ad ingrassare, la faccia tonda e pallida, la fronte sempre leggermente aggrottata e sormontata da una chioma neutra sempre in disordine, Zia Carola continuava a rendersi utile. Doveva aver avuto innumerevoli occasioni per affermare il proprio valore, ma non dimenticava mai la sua posizione di dipendente, ed aveva anzi acquistato i modi classici che caratterizzano i dipendenti. Teneva in camera sua una teiera per suo uso esclusivo, e una riserva privata di biscotti; in salotto, mentre gli altri discorrevano, se sentiva di non esser desiderata, si ritirava discretamente; ai servitori parlava sempre con marcata correttezza in pubblico, ma in privato li trattava con indulgenza, con familiarità perfino, adottando maniere piacevoli e propiziatorie: "Anna, ti farebbe piacere avere questa camicetta? Guarda, cara, è quasi nuova..." Aveva un gruzzoletto suo: un centinaio di sterline di rendita, in Consolidati. Vestiva sempre nella stessa tinta di grigio. Claudicava leggermente, in seguito a un incidente di carrozza, che rimontava agli anni della sua giovinezza, e del quale aveva approfittato un gentleman, a dar retta a una voce forse inconsistente, per mancarle di rispetto. Aveva la passione dei bagni caldi, e ne prendeva uno immancabilmente tutte le sere. Il suo piú grosso spavento era l'eventualità che Richard dovesse aver bisogno del gabinetto da bagno mentre se ne serviva lei; alle volte vedeva persino la scena in sogno, e si svegliava pallida e madida di sudore, convintissima che Richard l'avesse vista nuda nel bagno.

Riccardo Barras diede un'occhiata circolare alla sua mensa. Nessuno mangiava.

"Un biscotto, Arturo?" Con gesto determinato sollevò il coperchio d'argento del recipiente di cristallo.

"No, papà, grazie," rispose Arturo, trepidante, inghiottendo la saliva.

Suo padre si riempí un bicchiere d'acqua, e lo tenne un momento in aria con mano che non tremava. L'acqua pareva piú limpida, piú fresca, solo perch'egli teneva in mano il bicchiere. Bevve lentamente.

Silenzio. Barras s'alzò e uscí.

Arturo fu sul punto di scoppiare in lagrime. Perché, oh perché il babbo non lo portava con sé a Tynecastle, oggi, proprio oggi ch'egli bramava ardentemente di restargli vicino? Perché non lo portava in visita dai Todd? Era evidente che doveva discorrere d'affari con Adamo Todd, che era ingegnere minerario; ma non importa, avrebbe potuto portarlo lo stesso, lui sarebbe rimasto a giocare con Hetty. Col cuore gonfio bighellonò nel gran salone, che Zia Carola insisteva a chiamare "il vestibolo", guardando intento le piastrelle bianche e nere, guardando intento i magnifici dipinti appesi alle pareti, persistendo a sperare contro ogni speranza. Hilda era salita in camera sua, con un libro sotto il braccio. Questo gli importava poco: non c'era molta simpatia tra Hilda e lui. Era una ragazza troppo volontaria, troppo severa, troppo impulsiva; sembrava sempre in lotta con se stessa, polemizzando contro un invisibile avversario. Non aveva che diciassette anni; li aveva compiuti solo tre mesi fa, poco prima che cominciasse lo sciopero, e s'era già messa su le trecce. Ciò l'aveva resa piú remota che mai. Arturo non la trovava "amabile". E bella non era. Era arcigna, sempre con l'aria di disprezzar tutto quanto. Aveva la carnagione olivastra. Non aveva un buon odore.

Entrò Grace, con una mela in mano.

"Vieni, Arturo, andiamo da Boxer, vuoi?"

Egli la guardò, dall'alto in basso. Era di tutta la testa piú piccola di lui, sebbene avesse già undici anni, un anno solo meno di lui. Percepí invidia di lei, a causa del suo invariabile buon umore. Era una cara bambinetta, orribilmente trascurata nella persona. Il pettine ad arco che le stava a sghimbescio tra i capelli morbidi le conferiva una comica espressione di meraviglia. I suoi grandi occhi celesti esprimevano genuina innocenza. Perfino Hilda voleva bene a Grace. Arturo l'aveva vista, dopo una terribile sfuriata, afferrare Grace e stringersela appassionatamente al petto. Ora si poneva il quesito, se andare, o no, con Grace a vedere il pony in scuderia. Gli sarebbe piaciuto andarci, e tuttavia non voleva. Non poteva decidere lí per lí; gli era sempre penoso il dover prendere una decisione. Esitò, poi scosse la testa:

"Vai tu," disse in tono cavernoso; "io sono preoccupato dello sciopero."

"Sei afflitto, Arturo?" domandò Grace, stupita.

Egli fe' cenno di sí; e l'idea che si negava il piacere di veder Boxer mangiarsi la mela lo rese ancora piú malinconico di prima.

Partita Grace egli stette in ascolto. Finalmente il babbo scendeva le scale. Portava sotto il braccio la borsa di cuoio nero, ma non vide suo figlio, o se lo vide non ne fece caso; infilò senz'altro la porta, salí nel calessino e partí.

Arturo era umiliato, disperato, annichilito. Non che ci tenesse poi tanto, alla gita, o alla visita. Hetty, sí, era carina, gli piacevano i suoi capelli lunghi, morbidi come la seta, e il suo chiaro sorriso, e il calore del suo corpo quando gli buttava le braccia al collo pregandolo di portarle i cioccolatini quest'altra volta. Sí, Hetty era carina; le voleva bene; la sposerebbe, un giorno, non ne dubitava. Anche suo fratello, Alan, era simpatico; e anche il padre, malgrado i suoi baffi gialli di tabacco, le sue lentiggini attorno agli occhi, e quell'odor di bosco, e di qualche cos'altro, che emanava. Ma, comunque, non era il fatto di non poterli vedere che lo rendeva infelice. Ciò che lo sconvolgeva, lo devastava, lo torturava, era quella noncuranza, quell'obbrobriosa noncuranza che il babbo gli manifestava.

Segno che non meritava che gli altri si curassero di lui: questo era il male. Era troppo piccolo per la sua età, e, forse, non molto robusto; piú d'una volta aveva sentito Zia Carola dire: "Ma Arturo è *tanto* delicato!" Era per questo che non lo mandavano a scuola, sebbene Hilda ci fosse andata e Grace dovesse andarci fra poco. E aveva cosí pochi amici. Chi sa perché veniva cosí poca gente al Poggio? Sapeva d'esser timido, tanto che alle volte avrebbe voluto sprofondare sotto terra. Bramava ardentemente l'avvento del giorno in cui avrebbe potuto finalmente lavorare in ufficio con suo padre. Bisognava aspettare i sedici anni; poi fare un po' di pratica nella miniera, seguire qualche corso, ottenere la licenza, e finalmente suo padre lo avrebbe preso socio con sé. Che trionfo, quel giorno! Valeva la pena di vivere nella sola attesa della sua venuta.

E intanto, con gli occhi umidi, uscí, senza méta, sul piazzale. La proprietà si stendeva di fronte a lui: l'aiuola erbosa, di discrete dimensioni, col suo nasturzio al centro; poi il pascolo, che degradava verso la roggia. La villa in realtà sorgeva vicinissima alle case del paese, in cima al rialzo di terreno, o poggio, donde traeva il nome; ma la si sarebbe creduta molto distante, tant'eran folti gli alberi che impedivano la vista della miniera e delle abitazioni rustiche. Era una bella costruzione in pietra, quadrangolare, adorna sulla facciata di una loggetta di stile georgiano, con sul rovescio un'ala supplementare di piú recente fabbricazione. La facciata era coperta d'edera, tagliata con cura. Nulla di sfarzoso, nella proprietà, — Barras odiava lo sfarzo, — ma tutto era tenuto in ordine perfetto: l'aiuola rasa e pettinata inappuntabilmente, le siepi svettate con meticolosa regolarità, non un ciuffo d'erba sul lungo viale d'accesso. Una profusione di biacca dappertutto, sulle staccionate di cinta, sui pali del pergolato, sul riquadro delle finestre. Barras voleva cosí. E benché avesse un solo servitore, c'era sempre uno stuolo di paesani volonterosi pronti a venire al Poggio a "lavorare pel padrone".

Lo sguardo sperduto di Arturo vagava sul panorama che gli era familiare. Doveva andare a raggiungere Grace? Era meglio, pensò. Poi subito pensò il contrario. Desolante, non poter decidere. Poi, come al solito, rinunciò a prendere una decisione, e rientrò nel vestibolo. Distrattamente riprese a contemplare i dipinti sulle pareti. Suo padre attribuiva gran valore ai suoi quadri. Ogni anno ne acquistava uno, talora due, pel tramite dell'antiquario di Tynecastle, spendendo somme che ad Arturo, i cui orecchi assorbivano i piú minuti particolari della transazione, sembravano incredibili. Ma Arturo approvava senza riserve l'operato di suo padre, come approvava tutte quante le sue azioni, e il suo gusto. Non c'era dubbio, eran davvero quadri bellissimi, grandi, dipinti bene. Stone, Orchardson, Watts, Leighton, Holman Hunt, oh, Holman Hunt soprattutto. Arturo sapeva il nome di tutti i pittori, e sapeva che quei quadri erano, come diceva il babbo, *i quadri d'autore del futuro*. Ce n'era uno, fra gli altri, *Gli Amanti nel Giardino*, che lo affascinava, e gli metteva in fondo al petto una bramosia quasi penosa.

Arturo aggrottò la fronte, esitò, guardò su e giú pel gran salone. Aveva bisogno di meditare, per risolvere l'enigma di quel maledetto sciopero, e di quella misteriosa visita che suo padre, tutto solo, s'era recato a fare ai Todd. Finalmente si mosse, infilò il corridoio, e si ritirò nel comodo. Vi si rinchiuse spingendo il catenaccio. Lí, se non altro, si sentiva al sicuro. Era il suo luogo di ritirata, dove nessuno poteva disturbarlo, dove soleva portare i suoi crucci e dedicarsi ai suoi sogni. Era un sito nel quale si poteva sognare a piacimento. Gli evocava, curiosamente, il senso di calma, di pace, che si gode in chiesa; perché era un locale dall'alto soffitto, con lo stesso odore freddo delle chiese, e sulla lucida carta da parato figuravano innumerevoli archi gotici. Là dentro percepiva le stesse sensazioni che provava contemplando *Gli Amanti nel Giardino*.

Abbassò il coperchio oblungo e sedette con la fronte tra le mani, i gomiti sulle ginocchia. Subito sperimentò una fitta addizionale di ansietà e di smarrimento. Sopraffatto dalla bramosia di venir consolato, serrò le palpebre con tutta la sua forza, e con quel fervore che spesso si impadroniva di lui, Dio Onnipotente, pregò, fa' finire lo sciopero quest'oggi, fa' che gli uomini tornino a lavorare pel babbo, fa' che vedano il loro errore, Dio Onnipotente, sai com'è buono il babbo, io Ti adoro, Dio Onnipotente, fa' in modo che non scioperino piú e ch'io possa presto andare a lavorare alla Nettuno col babbo, per l'amore di Gesú Cristo, amen.

IV

Alle cinque in punto Barras rientrò, e trovò Armstrong e Hudspeth che lo aspettavano. Arrivò con fredda, misurata puntualità; un lievissimo solco sulla fronte. Comunicò subito alla casa l'impulso della sua rigida, inflessibile personalità. I due sedevano nella hall, su due seggiole vicine, gli occhi fissi al pavimento, in silenzio. Li aveva messi lí Zia Carola, incerta e trepida. Armstrong, va bene, era sovrintendente della Nettuno, e lo si sarebbe potuto introdurre nel salotto. Ma Hudspeth era solo un sorvegliante, fino a poco fa un semplice caporeparto che veniva su dal pozzo, sporco da non si dire, in completa tenuta da minatore: impossibile ammetterlo nel salotto privato di Richard. Situazione davvero scabrosa per Zia Carola. Era venuta a un compromesso: li aveva lasciati nel "vestibolo".

Nel vederli, Barras non cambiò espressione; s'era aspettato di trovarli rientrando. Ma traverso il freddo schermo della sua imperturbabilità gli balenò negli occhi un tenue sprazzo di luce, ch'egli soppresse istantaneamente. Armstrong e Hudspeth si levarono in piedi.

"Ebbene?" domandò Barras.

"Finito, grazie al cielo," rispose Armstrong, annuendo commosso.

Barras accolse la notizia senza il minimo cenno d'emozione, perché gli ripugnava il tono, leggermente turbato, che avvertí nella voce del sovrintendente. Restò eretto, chiuso in se stesso, appartato. Dopo un po' si mosse, e con un gesto d'invito precedette i due nella sala da pranzo. Andò alla dispensa, un grosso mobile di stile barocco olandese tutto scolpito con teste di putti, versò del whisky in due bicchieri, suonò il campanello e ad Anna ordinò, per sé, una tazza di tè. L'ordine fu eseguito immediatamente.

I tre uomini bevvero stando in piedi. Hudspeth tracannò d'un sol colpo il suo whisky puro, ma Armstrong v'aggiunse molta soda e lo smaltí a sorsellini, rapidi, nervosi. Era tutto nervi, Armstrong: sempre agitato, stravolto, per nulla; con gli uomini s'arrabbiava pei più futili motivi, ma compieva, grazie alla pura intensità della sua applicazione nervosa, un'enorme quantità di lavoro. Di statura media, già un po' calvo sul cocuzzolo, la faccia tirata e le borse sotto gli occhi, era tuttavia, malgrado la sua irascibilità, molto popolare in paese. Cantava da baritono nei concerti della Congrega. Ammogliato e con cinque bambini, acutamente consapevole delle sue responsabilità, aveva sempre una paura matta di perdere l'impiego.

Ora, con un sorriso deprecativo, tentò di scusare il tremito nervoso della mano, e bofonchiò: "Giuro che non mi spiace che sia finita, la stupida faccenda. Li abbiamo tirati verdi tutti quanti. Amerei meglio lavorare un anno intero a squadre doppie, piuttosto che rivivere questi tre mesi."

Barras sorvolò su tutto questo. Disse: "Com'è andata?"

"Alla riunione ha cominciato Fenwick a parlare, ma nessuno voleva ascoltare. Poi ha parlato Gowlan, sapete Gowlan il controllore dei pesi, e ha detto che non c'era altro da fare che cedere. Poi Heddon ha preso la parola, era venuto apposta da Tynecastle, e perdio gliel'ha cantata chiara, stia sicuro. Ha detto che avevano fatto male a scioperare senza il consenso dell'Unione; la Federazione era contraria fin dal principio. Li ha chiamati una massa di... stupidi, solo ha detto un'altra parola, salvo il suo rispetto, Mr. Barras. Poi son venuti al voto. Piú di ottocento a favore della ripresa del lavoro; sette soli contro."

Una pausa.

"E poi?" disse Barras.

"E poi son venuti a trovarmi in ufficio, eran tanti, con Heddon alla testa, ma avevano l'aria abbattuta, avesse visto! Han domandato di lei, ma ho risposto, in base alle sue istruzioni, che non voleva riceverli fino a che non fossero tornati al lavoro. Allora Gowlan, non è cattivo, sa, beve un po' troppo, sí, ma è ragionevole, ha detto che riconoscevano d'esser battuti e s'arrendevano. Heddon naturalmente spifferò le solite filastrocche dell'Unione, e minacciava di portare il caso in Parlamento, ma solo per salvarsi la faccia. A farla breve, si sono dati per vinti, e han domandato di riprendere il lavoro domattina. Ho detto che le avrei riferito, e li ho convocati alle sei per sentire la risposta."

Barras finí di bere il tè. Poi disse: "Cosí vogliono tornare al lavoro. Capisco." Sembrava contemplare la situazione come se la trovasse interessante, ma non abbastanza da suscitare emozioni. Tre mesi avanti aveva concluso con Parsons un contratto per una consegna di coke. Col contratto in tasca, aveva iniziato le operazioni di scavo nella regione Scupper del settore Paradiso, che era l'unica, in tutta la Nettuno, che producesse ancora coke. Poi gli uomini avevano disertato, malgrado i suoi moniti, malgrado i moniti dell'Unione. Aveva dovuto disdire il contratto. Ci aveva rimesso ventimila sterline. L'impercettibile sorriso che gli arricciava il labbro pareva dire: "Interessante, davvero!"

Armstrong domandò: "Devo fare affiggere gli avvisi?"

Barras compresse le labbra e squadrò con evidente disgusto il suo troppo ossequioso subordinato. Disse: "Sí. Posson riprendere il lavoro domattina."

Armstrong diede un sospiro di sollievo, e istintivamente mosse verso la porta. Ma Hudspeth, la cui mente ottusa indugiava solo tra ovvi particolari, esitò a seguirlo, e facendo girare il berretto tra le mani domandò: "E Fenwick? Lo teniamo?"

Barras disse: "Dipende da lui."

"E l'altra pompa?" insisté Hudspeth, con soggezione. Era un pezzo d'uomo, con la faccia tonda e piatta, il labbro superiore molto alto.

Barras dette segni di ritrosia ad abbordare quell'argomento: "Quale altra pompa?"

"Quella che ha fatto mettere prima dello sciopero. Servirebbe a prosciugare piú presto le gallerie Scupper."

In tono gelido Barras disse: "Vi sbagliate di grosso se credete che procederò nello Scupper. Quel coke ha da aspettare un altro contratto."

"Come crede... come crede..." La faccia terrea di Hudspeth arrossí violentemente.

"Non c'è altro," disse Barras, nella sua voce chiara, persuasiva. "Potete render noto che mi rallegro, nel loro interesse, che gli uomini tornino al lavoro. Tante privazioni per niente: fu un'ignominia per il paese intero."

"Sissignore," assentí Armstrong. E poiché Barras ammutolí, e non sembrava che ci fosse altro da dire, i due si ritirarono.

Barras restò un momento a meditare, con la schiena al fuoco; poi ripose il whisky nell'armadio, chiuse a chiave lo sportello, raccolse due pezzi di zucchero ch'eran caduti sul vassoio e li rimise metodicamente nella zuccheriera. La vista del disordine, dello spreco sia pure d'un pezzo di zucchero, gli dava fastidio. Al Poggio *nulla* doveva andar sprecato: non poteva tollerare l'idea. La sua parsimoniosità si rendeva manifesta soprattutto nelle minuzie. Nel distribuire i fiammiferi era spilorcio. Usava le matite fino all'ultimo centimetro. Guai a lasciare un lume inutilmente acceso. Gli avanzi d'un pezzo di sapone dovevano venir pressati nel pezzo nuovo. Dell'acqua calda bisognava fare economia. I fuochi stessi dovevano venir temperati con una data percentuale di carbonigia. Il solo suono della rottura d'un piatto gli mandava il sangue alla testa. La prima virtú di Zia Carola, ai suoi occhi, era il rigore con cui amministrava la casa. Barras stava in piedi, immobile, esaminandosi le unghie, ben curate. Poi uscí, e salí lentamente le scale, senza vedere nella penombra del vestibolo l'ansiosa pallida faccia di Arturo rivolta verso di lui. Entrò nella camera di sua moglie.

"Harriet!"

"Yes, Richard?" Era seduta in letto, con tre guanciali dietro la schiena, e davanti a sé uno di quei tavolini girevoli, a gambe corte, che usan negli ospedali. Lavorava d'uncinetto. I cuscini eran tre perché qualcuno le aveva detto che dovevano esser tre, e lavorava d'uncinetto perché il dottore glielo aveva prescritto pei nervi. Aveva sopracciglia folte, nere, e al disotto degli occhi la pelle era molto scura, tinta dai pigmenti propri dei neurotici. Sorrise, come per scusarsi, passandosi le dita sui capelli lisci, sfatti, che le incorniciavano la faccia.

"Scusa se mi trovi spettinata. Ho avuto l'emicrania. Carola è stata qui a darmi la spazzolata."

E sorrise di nuovo, il suo doloroso sorrisetto da invalida, da invalida cronica. A quando a quando soffriva di terribili emicranie, a calmare le quali le compresse d'aceto si rivelavano del tutto impotenti; tutto si rivelava impotente a calmare salvo la spazzolata di Zia Carola. In quelle occasioni Zia Carola resisteva in piedi per oltre un'ora mentre le sue mani pietose spazzolavano i capelli di Harriet con lunghe mosse balsamiche. Nessuno era mai stato capace di penetrare alle radici del male che tormentava Harriet Barras. Ella aveva "esaurito" l'un dopo l'altro i tre dottori di Sleescale; consultato quasi tutti gli specialisti di Tynecastle; interpellato separatamente un naturista, un medico omeopatico, e un elettroterapista che le circuiva la persona con sorprendenti cinture magnetiche. Ognuno di essi aveva cominciato per rivelarsi semplicemente meraviglioso, *l'uomo all'altezza del caso*, diceva Harriet; per poi degenerare invariabilmente e finire coll'esser classificato tra gli inetti. La grande invalida conosceva il proprio caso a fondo, per aver letto con paziente tenacia un gran numero di opuscoli nei quali tutti i suoi sintomi erano descritti alla perfezione. Aveva provato tutte le medicine possibili immaginabili; e le boccette, innumerevoli, montavano la guardia su tutti i mobili della sua camera: tonici, sedativi, lenitivi antispasmodici; tutto. Tutto quanto le era stato prescritto o suggerito da cinque anni in qua. Della maggior parte delle boccette Harriet aveva assaggiato una sola volta il contenuto; possedeva tale esperienza che dopo il primo cucchiaino poteva dire senza tema di sbagliarsi: "Porta via. So già che non mi giova." E la boccetta passava nei ranghi con le altre.

Era un caso terribile. Ma la pazienza di Harriet era esemplare. Sebbene condannata al letto, mangiava molto, e molto bene; alle volte troppo. Tanto che sospettava ella medesima che potesse essere una questione di stomaco: era pieno di gas. Tuttavia era d'indole affabile, non dissentiva mai dalle opinioni di suo marito, si rimetteva a lui con docilità, con bel garbo. E non scansava alcuno dei suoi doveri di sposa, nemmeno quelli intimi. Era lí: in letto. A vederla, si riportava la curiosa impressione che fosse un po' come una giovenca. Ma era molto pia. Una sacra giovenca, forse.

Barras la osservò senza avvicinarsi. In qual concetto la teneva? Non si sarebbe potuto dire, a giudicare dal suo sguardo.

"E ora è passata l'emicrania?"

"Yes, Richard, passata no, ma un pochino meglio. Dopo la spazzolata Carola m'ha dato il valerianato; credo che m'abbia fatto bene."

"Volevo portarti un po' d'uva da Tynecastle, poi ho dimenticato."

"Thank you, Richard." Strano che dimenticasse sempre; ma se non altro aveva avuto l'intenzione. "Sei stato dai Todd?"

Egli s'irrigidí un tantino. (Arturo, per risolvere il suo enigma, avrebbe dovuto poter sorprendere l'espressione della sua faccia.) "Sí. Tutti bene. Hetty piú bellina che mai; non fa che pensare al suo compleanno, che cade la settimana ventura. Tredici anni." Si voltò, s'avviò verso la porta. "A proposito. Lo sciopero è finito. Il lavoro riprende domani."

La boccuccia di Harriet disegnò la lettera O; e la sua mano si portò, con mossa protettrice, sul suo cuore inguainato di flanella.

"Oh, Richard, I am so glad. Perché non me l'hai detto subito? Splendida notizia. Che sollievo!"

Egli pose la mano sulla maniglia della porta. "Può darsi ch'io venga a trovarti stasera."

"Yes, Richard."

Egli uscí. Harriet s'accomodò a giacere, la faccia ancora illuminata dalla gioia della notizia inattesa. Poi prese un foglietto di carta e un lapis d'argento sormontato da una corniola. Scrisse in bei caratteri: "Dire al dottore che il cuore mi ha dato un gran balzo nel sentire la buona notizia." Rilesse, meditando, e sottolineò gran balzo. Poi riprese placidamente a lavorare d'uncinetto.

V

Era già buio quando Armstrong e Hudspeth, usciti dal cancello del Poggio, imboccarono il viale che metteva al paese. Camminavano a un certo intervallo tra loro, e in silenzio, perché non avevano simpatia l'uno per l'altro; ma infine Hudspeth, rimuginando ancora sul rabbuffo che aveva ricevuto, disse, con amarezza: "Ha un modo di trattare, alle volte, che offende. È un tipo, quello lí! Difficile da capire. Io non lo capisco."

Nel buio Armstrong sorrise tra sé. Aveva poca stima di Hudspeth; lo considerava rozzo, senza educazione: uno di quelli che si fanno strada sgobbando, piú che per meriti reali. Piú d'una volta Armstrong s'era sentito piccino, umile, davanti alla bruschezza con cui il suo dipendente faceva valere le sue ragioni; ora, nel vederlo umiliato a sua volta, godeva segretamente.

"Cosa vuoi dire?" domandò, fingendo di non aver capito.

"Nient'altro che quel che ho detto. Ho parlato chiaro, mi pare," ribatté Hudspeth, aggressivo.

Armstrong disse. "È un uomo che sa il suo mestiere."

"Sí, sí, il suo mestiere lo sa; e guai a noi se non sapessimo il nostro. È cosí perfetto, lui, che non avrebbe misericordia per nessuno. L'hai sentito quando ha detto," e scimmiottò il sussiego di Barras, "*Tante privazioni per niente... un'ignominia...* Cristo che canaglia!"

"Ma no, era in buona fede," s'affrettò a dire Armstrong.

"Ma vada all'inferno con la sua buona fede. È la piú gran canaglia di Sleescale, e non è poco. È furioso, perché ha dovuto pagare la penale del contratto. A proposito; meno male che siam fuori dalle gallerie Scupper. Io ho tenuto la bocca chiusa ma... quando penso a tutta quell'acqua che c'è là dentro, non posso dar torto a Fenwick."

Armstrong gli lanciò un'occhiata severa e disse: "Nella tua posizione non devi parlare cosí."

Seguí un breve silenzio, poi Hudspeth mormorò, fra i denti: "È comunque un pantano, là sotto."

Armstrong non disse piú niente. Continuarono a camminare in silenzio. Per Cowpen Street scesero giú dai Terrazzi. Avvicinandosi alla trattoria della Salutazione, udirono le voci dei clienti che l'affollavano. Armstrong, con l'ovvio proposito di mutar discorso, osservò: "Tutto esaurito stasera."

"Già," bofonchiò Hudspeth; "da un paio di settimane era vuota."

Senza piú parlare, andarono ad affiggere gli avvisi.

VI

Dentro la trattoria, il vociare cresceva. Il locale, zeppo, rutilava di luce; l'afa, vorticosa di fumo e dei fumi alcoolici, era soffocante. Bert, il trattore, in maniche di camicia, si scalmanava dietro il banco, con la lavagna appesa al muro a portata di mano. Sapeva il fatto suo, quel Bert; da due settimane, senza lasciarsi smuovere né dalle implorazioni né dalle minacce, aveva rifiutato credito a chiunque; ma ora, di fronte alla quasi certezza del ripristinamento del sabato di paga, aveva riaperto il bar, riaperto il credito; sulla lavagna annotava i nomi e gli importi.

"Qua, Bert, i bicchieri son vuoti." Charley Gowlan ordinava il bis, battendo col suo *grande* sulla tavola. Non era ubriaco, non s'ubriacava mai completamente. Diventava saturo come una spugna, sudava, prendeva un'espressione di vitello smorto, ma nessuno lo aveva mai visto sborniato del tutto. Piú d'uno, nella sua comitiva, era ben piú brillo di lui: Tally Brown, il vecchio Reed, e Leeming soprattutto, detto The Slogger. The Slogger era fradicio marcio, con la sua faccia arcigna, il naso pesto, e un orecchio solo, bianchiccio e incartocciato come un cavolfiore. Aveva fatto il pugile in gioventú, s'era esibito nella St. James's Hall sotto il nome romantico di Pithoy Wonder, "il ragazzo prodigio della miniera", ma l'alcool e il resto lo avevano consunto, ed era tornato nella miniera, non piú ragazzo, e tanto meno prodigio, con null'altro da esibire che un caratteraccio, un subdolo *sinistro* e la sua grinta malconcia.

Charley Gowlan, nella sua qualità di capobanda ufficioso che tutti gli riconoscevano entro l'osteria, rumoreggiò di nuovo per far riempire i bicchieri. Era seccato a causa dell'assenza d'allegria; voleva veder ristabilita l'antica cordialità della Salutazione. Dichiarò: "Su, figli di cani, basta col muso!" Con gli occhi porcini cercava intorno cenni d'approvazione. Ma eran tutti troppo avviliti per tenergli bordone. Colse invece lo sguardo sardonico di Fenwick fisso su di lui. Fenwick era al suo solito posto all'estremità del banco, solo, bevendo sodo, con l'aria di chi ormai si disinteressa di tutto. Charley Gowlan alzò il bicchiere nella sua direzione: "Salute a te, Fenwick. Fai bene a bagnarti l'interno stasera; all'esterno ci penserà la galleria domani."

Fenwick scrutò, con singolare distacco, la faccia birrosa di Gowlan. Disse: "Un giorno o l'altro vedrai che bagno!"

"Piantala, Fenwick," gridarono in molti; "hai già parlato al comizio; basta quella roba; ne abbiamo avuto una zuppa da tre mesi in qua."

Fenwick guardò l'un dopo l'altro i suoi antagonisti, con faccia triste, occhi sconfitti: "All right. Come volete. Non parlo piú."

Gowlan sghignazzò: "Se il Paradiso ti fa paura, perché non lo confessi?"

Ma The Slogger prese partito per Fenwick. "Fa' silenzio, Gowlan," tuonò, "non far la pettegola. Roberto Fenwick è mio socio, capisci? È un uomo che lavora sodo e tratta pulito, se lo vuoi sapere. Conosce la miniera, lui, meglio di te e la tua porca coscienza."

Nel silenzio che seguí ognuno trattenne il fiato, con la speranza che scoppiasse una rissa. Macché, Gowlan non litigava mai: continuò a sghignazzare col grifo birroso. La tensione si allentò in disappunto.

D'un tratto si spalancò la porta ed entrò Will Kinch, e si diresse a gomitate verso il banco. "Un litro, Bert, giuro che n'ho bisogno, mondo vigliacco!"

Si riaccese la curiosità, e si concentrò sul nuovo venuto.

"Cos'è, Kinch, cosa t'han fatto?"

Kinch si ravviò i capelli, agguantò il bicchiere, e fece fronte alla sala. "Cosa m'han fatto?" Sputò, come per pulirsi la bocca piena di fango, poi spifferò d'un fiato: "Ho l'Alice con la polmonite. La moglie voleva darle un brodo. Vado da Ramage, e ce lo trovo lui in persona, pancia e tutto, dietro il suo banco. 'Signor Ramage,' dico io, educatissimo, 'mi volete dare un po' di giunta per la bambina che sta male e la moglie vuol farle il brodo e vi pago sabato senza fallo.'" Le labbra di Kinch eran pallide, e le mani gli tremavano di sdegno, ma serrò i denti e si sforzò a proseguire: "Be' lo credereste?, quel porco mi guarda su e giú, giú e su, poi dice: 'Niente per voi.' Cosí. Nient'altro. 'Per favore, signor Ramage,' dico io, offeso, 'chiedo poco, quel che avanza, vi pago sabato com'è vero Dio.'" Pausa. Sputo. "Lui non dice niente ma mi guarda, a quel modo che sapete, poi dice: 'Niente; siete un'onta pel paese, voi e gli altri. Smettete il lavoro senza motivo e poi venite a mendicare. Fuori di qui, prima che vi sbatta io da quella porta!'" Pausa. "Son venuto via. Eccomi qui."

Lo avevano ascoltato tutti in un silenzio di tomba. Bob Ogle reagí pel primo.

"Perdio," reagí, "questo è troppo."

Tutti presero a protestare insieme: un boato. Slogger diede l'esempio, aprendosi il varco tra la folla a colpi di spalla. "Questo non lo tollererò," mugolava, "te lo acconcio io per le feste quel bastardo. Andiamo, Kinch; per la piccola ti fo aver io una lonza di bue, non aver paura, vieni con me." Gli passò attorno alle spalle un braccio affettuoso e se lo trascinò verso la porta. Gli altri sorsero, come onde dal mare, e seguirono, tumultuando, a rincalzo. In un minuto il locale fu vuoto. Fenwick solo rimase, sbirciando con occhio compassionevole la delusione sulla faccia di Bert stupefatto. Si fece versare un altro bicchiere. Poi se ne andò anche lui.

Fuori il corteo s'era ingrossato di una ventina di giovinastri, non ancora adulti, di quelli che in queste occasioni stanno sempre, oziando in margine, pronti a partecipare. Non sapevano di che cosa si trattasse ma avevano fiutato il torbido, la rissa, dato che Slogger pareva essercisi messo d'impegno. La falange marciò compatta giú per Cowpen Street. Joe Gowlan, il figlio di Charley, vi s'era cacciato nel piú folto. Svoltarono l'angolo ed imboccarono Lamb Street, ma lí li aspettava un contrattempo. La macelleria era chiusa; non un lume acceso; e la serranda abbassata. Manco la vetrina da sfondare. Slogger emise un latrato: "Fregati!" E i fumi del vino gli facevano fermentare il sangue; non era lui uomo da lasciarsi fregare, perdio, non lui. C'erano le botteghe attigue; senza serrande; il merciaio, per esempio, e Murchison soprattutto, il droghiere. Lanciò un secondo larato: "Crede d'averci fregati, il bastardo? Murchison paga per Ramage." Si slanciò contro la porta e sferrò un terribile calcio alla serratura. Qualcuno, dalle file arretrate, scagliò una pietra. La pietra fece volare a pezzi la vetrina. Il rumore del vetro infranto fu il segnale della razzia.

Un gruppetto penetrò per la finestra, scardinò la porta, e gli altri sciamarono dentro. Quasi tutti ubriachi; tutti denutriti. Tally Brown afferrò un prosciutto, il vecchio Reedy una mezza dozzina di barattoli di frutta, Slogger, avvistato un barilotto di birra, dimenticò Kinch e l'Alice, e appiccicò al beccuccio le sue labbra insaziabili. Le donne del lungomare, attratte dal baccano, accorsero, si diedero nel pànico ad arraffare qualunque cosa, sapone, conserva, sardine, senza guardare, senza scegliere, agguantavano febbrilmente e nascondevano la preda sotto gli scialli. Il lampione della strada gettava una luce cadaverica.

Fu Joe Gowlan che ebbe la luminosa idea di ispezionare il banco. Della roba da mangiare lui non sapeva che farsene, ma dei soldi sí. Per raggiungere il banco s'era buttato carponi, e aperto il varco tra le gambe dei grandi. Aveva steso un braccio e provato a tirare il bottone del cassetto. Aperto! Aveva introdotto la mano nello spiraglio, e riconosciuto al tatto le monete d'argento nella ciotola. Allora, alzatosi, con la massima disinvoltura s'era vuotato in tasca il contenuto della ciotola. Poi, raggiunta la strada, se l'era data a gambe.

Appena uscito Joe, arrivò Fenwick. Si fermò sulla soglia, e l'ansietà della sua espressione si convertí in smarrimento.

"Cosa fate, per l'amor del cielo!" Il tono della sua voce era supplichevole. La vista della violenza mal diretta lo rivoltava. "Vi mettete nei guai."

Nessuno gli badò. Egli alzò la voce.

"Smettetela, ignoranti. Non capite che è la peggior cosa che potevate fare? Nessuno piú avrà indulgenza per noi. Finitela, vi dico, smettete!"

Nessuno smise. Il viso gli si fece spasmodico. Tentò di penetrare nel negozio, ma in quel punto udí alle spalle un rumore di passi che lo fece voltare, e la sua faccia restò illuminata dal lampione della strada. Le guardie. Roddam, col nuovo agente della stazione.

"Fenwick!" gridò Roddam appena lo riconobbe, e lo afferrò pel braccio.

"Le guardie... Via... Le guardie..." L'allarme passò di labbro in labbro tra la calca dei razziatori e una valanga di figure inestricabilmente allacciate insieme rigurgitò fuori dalla porta. Roddam e il suo compagno non fecero alcun tentativo per fermarla. Come la bottega fu vuota, Roddam v'entrò, sempre tenendo Fenwick pel braccio; e il suo compagno scoprí Slogger, cavalcioni sul barilotto, con un dito infilato nel foro privo ormai del suo beccuccio. Era totalmente cieco alle cose di questo mondo. L'agente lo rivelò a Roddam.

Roddam guardò Slogger, guardò la bottega devastata, guardò Fenwick, e disse: "Questo è grave. Voi siete Fenwick il sobillatore dello sciopero."

"Ma io non ho fatto niente," disse Fenwick, sostenendo lo sguardo della guardia comunale.

"Naturale, non avete fatto niente."

Fenwick schiuse le labbra per spiegare; intuí l'inutilità delle parole; stette zitto. Si rassegnò. Fu condotto con Slogger alle carceri.

VII

Cinque giorni dopo, Joe Gowlan passeggiava tranquillamente in Scottswood Road, a Tynecastle, ispezionando ogni finestra che fosse munita del cartello: *Da affittare*. L'operosa cittadina del nord, piena di movimento e di colore, echeggiante dello strepito dei tram, dello scalpiccío dei pedoni, del martellare dei cantieri, si era graziosamente aggregata Joe nel novero dei suoi abitanti, senza farsi pregare. Egli aveva sempre volto gli occhi della mente a Tynecastle, che distava solo una ventina di chilometri dal suo paese natio, immaginandosela come un luogo di avventure, ricco di possibilità aperte a chiunque fosse solo ardito abbastanza da profittarne.

Aveva ottima cera, Joe, con l'ondulata chioma nera, le scarpe inappuntabilmente lustre, l'aria giuliva di chi sa il fatto suo. Dall'apparenza nessuno avrebbe mai sospettato che era al verde. Scappato di casa con le due sterline in spezzati d'argento prelevate dalla ciotola di Murchison, le aveva piacevolmente sperperate in dissipatezze d'alto stile: era stato all'Empire, in galleria da Low's, il bar elegante, e in altri luoghi che non si nominano. Aveva comprato una bottiglia di liquore, sigarette fini, cartoline incredibilmente azzurre. E ora, speso l'ultimo sixpence in un sotterraneo, dove s'era lavato, pettinato e fatto lustrare le scarpe, cercava una camera ammobiliata.

Scendeva per Scottswood Road, oltre il Duca di Cumberland, oltre il mercato delle bestie, oltre barriera. Era nuvolo ma non pioveva. Un treno in arrivo fischiò con sussiego sull'intricata rete di binari che si stendeva giú in basso, e gli rispose l'ululo profondo della sirena d'un vapore uscente dalla Tyne. Joe percepiva il fremito della vita che lo circondava e il mondo gli pareva un grosso pallone da calcio che i suoi piedi erano impazienti di colpire.

Oltrepassata Plummer Street, sostò un momento davanti un cartello che diceva: *Appartamenti signorili: Uomini soli.* Osservò la casa meditativamente e, con un lieve cenno negativo del capo, riprese il cammino. Poco dopo una ragazza, che aveva fretta, lo sopraggiunse, fece qualche passo affiancata con lui, poi lo sorpassò. Un lampo guizzò negli occhi di Joe. Avvertí in tutto il corpo un senso di tensione. Uno straccetto di ragazza tutt'altro che disprezzabile: piedi piccoli, caviglie sottili, fianchi slanciati, e il musetto per aria come una regina. La seguí con lo sguardo, uno sguardo avido, la vide attraversare la strada, salire gli scalini del n. 117, trarre la chiave, introdursi speditamente in casa. Affascinato, si fermò, e passò la lingua sulle labbra che s'eran fatte aride. Una delle finestre era munita del cartello *Camera ammobiliata*. "E perché no? Perdio!" disse Joe. Abbottonò la giacca, traversò la strada senza esitare, suonò il campanello.

Aprí lei stessa, che gli apparve sotto una luce piú intima, ora che s'era tolta il cappello. Piú bellina ancora di quanto gli era sembrata: sui sedici anni, a occhio e croce, un bel nasino, occhi chiari, e una carnagione di cera, in cui la recente camminata aveva diffuso un colorito di freschezza. Le orecchie eran piccine e aderenti al capo. Ma la cosa piú bella era la bocca, si disse Joe. Grandetta e non troppo rossa, ma disegnata a linee d'una morbidezza eccezionale, che tirava il bacio.

"Cosa volete?" domandò, brusca.

Joe le sorrise con modestia, abbassò lo sguardo, tolse il berretto e se lo girò tra le mani. Pochi sapevano come lui atteggiarsi a persona virtuosa, dabbene; era insuperabile.

"Scusatemi, signorina... Sono in cerca d'alloggio..."

Ella non gli restituí il sorriso; lo osservava senza simpatia, col labbro arricciato sdegnosamente. Jenny Sunley s'adontava del fatto che sua madre tenesse camere d'affitto; lo riteneva una volgarità e, ai suoi occhi, la volgarità era il peccato imperdonabile.

Si lisciò la camicetta, s'aggiustò la cintura di coppale, e disse, non senza arroganza: "Accomodatevi."

Con passo riverente Joe la seguí nello stretto andito d'accesso ed avvertí, per prima cosa, odore e rumore di colombi: guardò su, ma non ne scoprí in giro. Sul pianerottolo a mezzanino la porta socchiusa del camerino da bagno svelava, su una corda tesa, calze nere e candidi oggetti di biancheria che asciugavano. "Roba sua personale," pensò Joe, gelosamente, ma guardò dall'altra parte per non farla arrossire. Ella arrossí tuttavia, seccata, e chiuse la porta; e sul pianerottolo superiore disse, con un cenno sgarbato del capo, e in tono ancor piú asciutto di prima: "Di qua. Vi avverto che dà sul cortile," e lo precedette nella camera che dava sul cortile.

Era un locale di modeste dimensioni che mostrava tracce d'un lungo servizio. V'eran molti sedili, imbottiti di crine, di vario stile e d'ogni grandezza; sparse sul tavolo molte riviste popolari; infisse artisticamente alle pareti alcune bandiere-premio; solenni sulla mensola del camino due piccioni "homer" a scacchi blu di due tinte.

Presso il fuoco si dondolava pacifica in un seggiolone cricchiante una donna di sciatta apparenza, dagli occhi prominenti, dai capelli ammucchiati sul sommo del capo, leggendo un giornale.

"Mamma, c'è uno che vuol veder la camera," annunciò Jenny, lasciandosi cadere altezzosamente sulle molle rotte del sofà; e preso un vecchio periodico illustrato, vi nascose dietro il suo bel musetto per significare che si disinteressava della questione.

Sua madre non smise di dondolarsi. Ci sarebbe voluto la tromba del giudizio per scomodare Mrs. Sunley. Era una donna che faceva sempre il suo comodo: ora lasciava cadere una scarpa, ora s'allentava il busto, ora aiutava sonoramente gli effetti del bicarbonato che prendeva per combattere l'acidità di stomaco. Era una sciattona grassa, affabile, romantica. Le capitava, qualche volta, di criticare suo marito, ma di solito lasciava correre. Aveva fatto la serva in gioventú ma non diceva cosí, diceva di "essere stata in casa Taldeitali, distintissima famiglia". Sentimentale, ammirava molto la luna; superstiziosa, non vestiva mai di verde, non passava mai sotto una scala a piuoli, non rovesciava mai il sale senza buttarne un pizzico al disopra della spalla sinistra; fantasiosa, adorava la buona lettura, massime i libri in cui alla fine il bel tenebroso trionfa clamorosamente sul losco rivale. Sognava sempre di diventar ricca un giorno, quindi partecipava sempre ai concorsi di brani poetici, sperando di vincere quel premio in denaro che, messo a buon frutto, poteva avviarla sul sentiero della prosperità. La sua vena poetica non era ricca, ma Ada Sunley aveva delle idee, maníe, le chiamavano in casa: come ritappezzare la sala, ricoprire il sofà in *peluche* rosa, smaltare a nuovo la vasca da bagno, ritirarsi a vivere in campagna, o metter su una pensione in città, o un negozio di nastri, tulli e pizzi; o persino scrivere un romanzo, era certa, diceva, di possedere il dono. Ma non maturavano mai. Ada Sunley non s'allontanava mai molto dal suo seggiolone a dondolo.

"Oh," disse, placida, "l'avevo preso pel fattorino." Pausa. "Cercate alloggio?"

"Sí, signora."

"Prendiamo esclusivamente signori soli." Parlando a sconosciuti assumeva sempre un'aria di importanza, che però le scivolava presto giú dalle spalle. "L'ultimo gentleman è partito la settimana scorsa. E vorreste anche un pasto giornaliero?"

"Se non è di disturbo."

"Vi toccherà di far vita in comune con la famiglia. Siamo in sei: io, mio marito, Jenny qui presente, che lavora tutto il giorno da Slattery, e le tre bambine." Fece un'altra pausa, squadrando il nuovo candidato alla pigione. "E a proposito, chi siete voi e da dove venite?"

Joe abbassò gli occhi, umilmente, ma si sentí assalire da un'ombra di pànico. S'era introdotto in casa, piú che altro, per spasso, per correr l'alea di un'avventura; ed eccolo ora di fronte all'imperiosità di farvisi accogliere. È vero che Jenny era un bocconcino prelibato ma... cosa diavolo poteva dire Joe in risposta? Varie frottole gli s'abbozzarono in mente, talune persuasive, ma le respinse subito: non aveva bagaglio, non un soldo per pagare l'anticipo, Giuda falso! D'un tratto ebbe l'ispirazione di spiattellare la pura verità, non tutta, si sa, ma quasi. Raddrizzò la statura e fece fronte al nemico. Disse, in accento di franchezza:

"Potrei contarle una frottola ma preferisco dire le cose come stanno. Son scappato di casa."

"Gesummaria."

Questa volta il dondolamento cessò, e si abbassò il periodico illustrato. Entrambe, madre e figlia, guardarono l'intruso con nuovo interesse. Un soffio di poesia era entrato nella muffita camera prosaica.

Joe continuò:

"Facevo una vita da cani, non potevo piú resistere. Morta la mamma, il babbo prese a picchiarmi, a suon di cinghiate, fino a ridurmi uno straccio. E abbiamo avuto uno sciopero, che non finiva mai: non avevo abbastanza da mangiare..." I suoi occhi si inumidirono di maschia emozione. Si avvedeva che tutto procedeva d'incanto; poteva infinocchiarle alla perfezione.

"Cosí v'è morta la mamma?" sussurrò la padrona di casa.

Joe annuí mestamente; ed ebbe la sensazione d'aver cosí espletata anche l'ultima formalità.

Ada Sunley lasciò vagare il suo liquido sguardo sulla lucida zazzera ondulata del suo ospite, sulle sue fattezze seducenti, con crescente simpatia. Deve aver sofferto, pensava, poverino, bello com'è, e ben piantato... Ma non è con la sua bella faccia che pagherà il fitto, obiettò, dentro di sé, e riprese a dondolarsi energicamente. Sentimentale sia pure, ma sciocca no. Ada si dominò.

"Sentite," dichiarò con accento deciso, "per carità non vi tengo. Vi ci vuole un impiego, e fisso, capite? Mio marito diceva ieri che cercano operai alla Millington-Yarrow, la fonderia, in Platt Lane, sapete dov'è? Presentatevi. Se avete fortuna tornate qui, se no quella è la porta." E la indicò con la mano.

"Sí, signora, grazie."

Joe mantenne il suo fare compunto finché fu fuor dalla vista del marciapiede; poi, esultante, a sbalzi prodigiosi traversò la strada, e fermò un fattorino in divisa: "Qua, fantoccio, o mi dici dov'è la fonderia di Millington o t'appiattisco il naso."

Vi andò di corsa, ed era lontano lontano. Si presentò al sovrintendente. Mentí nobilmente, scurrilmente; mostrò i bicipiti e i muscoli femorali. Avevano urgente bisogno di manovali e lo presero, a 25 scellini la settimana. Dopo gli stenti del pozzo, era una ricchezza. E a casa... a casa c'era Jenny, Jenny!

Fece ritorno in Scottswood Road a piccole tappe, contenendo la sua emozione, ripetendosi che doveva andar cauto, svolgere il suo programma con calma e con metodo. Ma quando si ripresentò sulla soglia della muffita camera prosaica, il senso del trionfo crepitava daccapo sotto il tenue tessuto del suo manto di protezione.

La famiglia era tutta riunita a cena. La padrona di casa troneggiava all'un dei capi del tavolo, con Jenny alla sua destra. Poi sedevano Phyllis, bionda, languida, tredicenne, modellata sul medesimo stampo di sua madre; Clarissa, undicenne, bruna, stecchita, con un bel nodo di nastro scarlatto nei capelli, tolto da una scatola di dolci; Sally, appena decenne ma già con la bocca grande (come Jenny), occhi neri, dallo sguardo fermo, ostile; e finalmente il marito e padre, Alf, con occhi lagrimosi nella faccia di pasta frolla, radi baffetti arrugginiti, le spalle cadenti e un reuma nel collo privo di colletto. Causa del suo pallore, dei suoi crampi di stomaco e della tinta azzurrina delle sue gengive era la biacca, perché Alf faceva il decoratore, mentre l'obliquità del collo pare che fosse dovuta alla sua passione pei colombi, perché stava delle ore a vederli volare quando li istruiva al volo con ritorno obbligato. Allevava piccioni di razze pregiate.

Joe dette un'occhiata generale alla comitiva ed esclamò gioiosamente:

"M'han preso. Venticinque scellini alla settimana. Comincio domattina."

Jenny ovviamente s'era dimenticata di lui nel frattempo, ma sua madre si mostrò francamente compiaciuta alla notizia: "Vi ho dato un buon consiglio? Quindici li versate a me. Ve ne restan dieci, piú che sufficiente, per cominciare, poi verrà l'aumento. Alf, ti presento il nostro nuovo gentleman." Alf, sospesa la masticazione del suo crostino intriso nel tè, fece un laconico e tuttavia espressivo cenno del capo al nuovo gentleman. "Phyllis: tazza e piattino dalla dispensa; Clarissa, fa' un salto dal pizzicagnolo, da brava, fatti dare tre pence di zampone, e bada al peso. Vogliam trattarlo bene, la prima volta." Mentre parlava, era venuta sbarazzando con la mano un'area della tovaglia per far posto all'ospite.

Phyllis gli batté davanti tazza e piattino lavati di fresco, Ada versò il tè color caffè, lo zampone arrivò con una mezza pagnotta. Si era seduto accanto a Jenny, sul sofà imbottito di crine. Esultava all'idea di averla al suo fianco, al pensiero d'aver svolto il suo programma con cosí fulminea abilità. Era un amore, Jenny. Era la prima volta che provava per una femmina un desiderio cosí pungente. Si studiò di rendersi simpatico per conquistarl... non Jenny, gran Dio no, non era mica cosí schiappino da fare simili strafalcioni; ma sedurre la famiglia. Usò del suo piú bel sorriso di buon diavolo, cianciò senza ricercatezza, adulò la vecchia e scherzò con le bambocce; raccontò persino tutt'una bella storia, che aveva sentito una volta recitare in un trattenimento della Confraternita, una vera storia completa, che Sally accolse sdegnosamente e Jenny finse di non ascoltare ma che divertí sommamente gli altri. Ada sussultava di risate, tenendosi i fianchi e spandendo intorno una pioggia di forcine dai capelli, e sottolineando i passaggi culminanti: "E allora Pinocchio trovò lo scarafaggio nella camomilla, ah, ah, questa è buona, signor Gowlan..."

"Oh, signora Sunley, chiamatemi Joe, trattatemi come uno della famiglia."

Aveva successo. Piaceva. Entrava in grazia. Si eccitava nel constatarlo. Era cosí che bisognava fare: acciuffare la vita pei capelli; spremerne il sugo; spillarne il dolce. Si sentiva capace di riuscire, sta' a vedere, "just wait and see!"

Piú tardi, Alf lo invitò a vedere i piccioni. Uscirono nel cortile; le vezzose bestiole si baciucchiavano, razzolavano nel becchime, facevano capolino dalle finestrelle della colombaia costruita con amore dal padron di casa. Nell'assenza della consorte, al cui cospetto sedeva muto e mite, Alf si svelava un eroe, a modo suo, e possedeva opinioni non solo sui colombi ma anche sulla birra, e sul patriottismo, e sulle probabilità che Spearmint aveva di vincere il derby. Offrí a Joe una sigaretta. Ma Joe era sulle spine: bruciava dalla voglia di tornare al fianco di Jenny. Finita la sigaretta si scusò e tornò in casa.

Jenny era sola, ancora sul sofà, immersa in un giornale illustrato.

"Non disturbo? Volete farmi vedere la mia stanza?"

Jenny non abbassò il giornale che teneva coi mignoli elegantemente in aria: "Ve la mostrerà una delle bambine."

Joe non si mosse. "Non uscite mai la sera? Per una passeggiatina?"

Nessuna risposta.

"Siete commessa in un negozio, vero?" Aveva qualche vaga reminiscenza di aver notato l'insegna di Slattery: un grande magazzino, dai finestroni smisurati, in Granger Street.

Jenny accondiscese ad alzar gli occhi su di lui. "E che c'è di male? Non è dei vostri affari. E prima di tutto non sono *una commessa*. È una locuzione bassa, e la detesto. Sono da Slattery: reparto biancheria. Impiego estremamente raffinato se lo volete sapere. Odio tutto ciò che è volgare. Odio piú di tutto gli uomini che lavorano nello sporco." E il giornale illustrato tornò su di scatto.

Joe si grattò la pancia, pensosamente, ispezionando la bizzosetta da capo a piedi, caviglie sottili, fianchi slanciati, tettine acerbe e sode. Cosí non le piacciono gli uomini che lavorano nello sporco, ghignò internamente; be', corpo d'un cane, scommetto che ne ha trovato uno qui, che lavora nello sporco, ma che le piacerà piú di quanto s'aspetta.

VIII

Per Maria Fenwick, l'onta, Dio che scandalo, era un'infamia; mai, in tutta la sua vita, s'era immaginata una cosa simile, mai, mai. Un'ignominia. In cucina, tastando le patate con la forchetta, o sollevando il coperchio della pentola per osservare il lesso, si proibiva di pensarci, ma invano. Lei, Marta Redpath, vedersi degradata a tal punto! Tutti rispettabili i Redpath, gente di chiesa, onesti minatori; non una macchia si poteva trovare nella sua ascendenza, di cui era legittimamente orgogliosa. Da quattro generazioni tutti i Redpath erano stati, sotto terra, onesti lavoratori, e, sopra, cittadini timorati di Dio. Ma adesso non era piú Marta Redpath, era Marta Fenwick, la moglie di Roberto Fenwick. E Roberto Fenwick era in carcere.

In carcere. Ogni volta il pensiero le contraeva il volto in una smorfia di spasimo, e le rievocava intera tutta la scena. Roberto, in piedi, al fianco di Slogger (di Slogger Leeming, niente meno!) nel recinto degli accusati, col signor Ramage al banco del giudice, rude, rosso in faccia, aggressivo, che diceva quello che pensava senza misurare le parole, ah no no! Era andata, Marta, al dibattimento; era suo dovere. Aveva visto tutto, udito tutto. Tre settimane di detenzione. Al verdetto s'era sentita venir meno; solo il suo orgoglio l'aveva sorretta, aiutata ad assumere un volto di pietra, assistita in quei giorni terribili, sostenuta oggi ancora quando la moglie di Slogger, incontratala per strada, le aveva gridato, giuliva, che i loro uomini sarebbero liberati sabato. I *loro* uomini e *liberati*!

Data un'occhiata alla pendola — il primo oggetto che Sam aveva ritirato dal Monte — trasse di sotto la stufa la vasca da bagno. Per riempirla, doveva andare ripetute volte in cortile, nel casotto dove faceva il bucato, per coglier l'acqua calda in una brocca di ferro smaltato; e il peso che portava in seno la sfiniva. Da qualche giorno non stava bene, era certa che la sua condizione non era normale: ora, appunto, si sentiva debole, vacillante; e avvertiva un dolore, per giunta. Dové sostare in attesa che la fitta passasse. Tutto a causa delle preoccupazioni, si capisce: una donna robusta come lei. Intuiva che si sarebbe sentita meglio se solo il piccolo avesse dato segno di vita, ma non si muoveva: pesava, nient'altro. Un peso morto.

La pendola suonò le cinque, e poco dopo echeggiò sul selciato dei Terrazzi lo scalpicciar lento degli uomini stanchi. Nove ore di galleria, e poi la salita a piedi sui Terrazzi. Ma era un lavoro onesto, che forniva alle loro ossa (e alle sue) il pane buono. I suoi figli erano giovani e robusti. Era un lavoro adatto per essi. Marta non ne vedeva altri piú idonei.

La porta si aprí e i tre entrarono, Ugo pel primo, poi Davide e finalmente Sam, che portava sotto il braccio un fascio di legne segate, pel camino. Caro Sam. Cosí premuroso. Una ondata di calore le avviluppò il cuore gelido: sentí l'impulso di stringersi Sam al petto e dar sfogo alle lagrime. La scrutavano in viso. In quei giorni, la casa era sotto l'incubo di una oppressione; Marta stessa era oppressiva, arcigna, bisbetica. Lei se ne accorgeva, e s'accorgeva che i figli la scrutavano, e se ne offendeva, pur senza biasimarli in cuor suo.

"Come va, madre," sorrise Sam scoprendo i denti, piú bianchi tra la polvere di carbone, coagulata dal sudore, che gli insudiciava la faccia.

Le piaceva sentirsi chiamar madre, e non mamma, da lui; ma si limitò a indicare d'un cenno del capo che il bagno era pronto e prese ad apparecchiare la tavola. I tre giovani si tolsero le scarpe, i panni, le maglie e le mutande fradicie d'acqua di sudore e di polvere di carbone, e si strigliarono in piedi con l'acqua insaponata, completamente nudi come s'ella non fosse presente, tutt'e tre insieme nella piccola vasca; operazione che di solito si svolgeva giocondamente, ma stasera nessuno aveva voglia di scherzare. L'asprezza del volto di Marta proibiva ogni velleità d'allegria. Si rivestirono in silenzio e sedettero a tavola.

Il pasto era abbondante: generose porzioni di lesso con patate e cipolle. Marta conosceva il valore che l'uomo affaticato attribuisce a un buon pasto; ora che grazie a Dio era finito quello sciopero odioso, poteva nutrire i suoi uomini come di dovere. Li stava a osservare, e ne riempiva i piatti prima ancora che fossero vuoti. Quanto a lei, non aveva voglia di mangiare; bevve un po' di tè, ma nemmeno questo la ristorò. Avvertiva un dolore ora alle reni ora all'addome, che però dileguava prima ch'ella potesse rendersi ragione della sua natura.

I figliuoli avevano finito di pranzare. Davide s'alzò pel primo, andò nell'angolo dove teneva i libri, sedette sullo sgabello presso il fuoco con la matita in mano e il taccuino sul ginocchio. Latino, pensò Marta, scontrosa, e il pensiero la infastidí, perché era di cattivo umore. Anche questa era un'idea di Roberto, voler mandare il ragazzo al liceo l'anno venturo, fargli frequentare il corso serale per prepararsi all'ammissione, elevarlo di classe sociale. Lei, discendente da una lunga progenie di minatori, orgogliosa della sua classe, diffidava dei libri, sentiva che nulla di buono poteva procedere da un'istruzione superiore.

Ugo si alzò poco dopo, uscí in cortile, tornò armato di martello e prese a sostituire i tasselli di cuoio sotto le suole delle sue scarpe da calcio. Appartato in un angolo, seduto in terra, a testa china, i capelli ancora bagnati, martellava con precisione, cogitabondo, tutto intento al suo lavoro. Sabato scorso, senza spiegare perché, s'era trattenuto un sixpence dalla paga nel consegnarla a lei, senza dire una parola; Marta avrebbe dovuto indovinare per quale ragione. Non era per spasso ma per ambizione che Ugo amava il giuoco del calcio. S'era fitto in capo di diventare un asso, un atleta d'eccezione, capace di guadagnarsi sei sterline la settimana. Non sognava altro. Non guardava mai una ragazza, sebbene molte ragazze guardassero lui; la passione segreta lo faceva rinunciare alle sigarette, persino alla birra della domenica; lo urgeva a correre per chilometri, la sera, per allenarsi, diceva. Stanco o no, Marta era certa che, appena aggiustate le scarpe, se ne sarebbe uscito per mezz'ora, per allenarsi. Marta s'oscurò ancor piú. Ammirava in Ugo la forza di volontà, ma a qual fine tendeva? A evadere dal pozzo, anche lui! Lei aveva poca fiducia nelle illusioni dei giovani. Non che temesse ch'egli sarebbe mai in grado di disertare la miniera per inseguire le proprie, ma la cocciutaggine di Ugo non cessava di impensierirla.

D'istinto i suoi occhi caddero su Sam, che, ancor seduto a tavola, abbozzava ghirigori con la forchetta sulla tela cerata. Conscio dello sguardo di lei, posò la forchetta e si alzò. Fece qualche passo con le mani in tasca, s'avvicinò al quadratino di specchio sopra l'acquaio, prese il pettine che stava nella bacinella del sapone, lo inumidí e si fece la riga con molta cura. Poi tolse dalla cordicella sopra la stufa il colletto ch'essa aveva inamidato e stirato nel pomeriggio, lo cinse, s'annodò la cravatta, fischiettò imbarazzato, afferrò il berretto e si diresse alla porta.

Marta serrò le mani cosí forte che le nocche diventarono livide.

"Sam, dove vai?"

"A far due passi." La brusca domanda l'aveva arrestato netto sulla soglia della porta già socchiusa.

"Ma dove?"

"Per strada."

"Grazie! ma quale strada? Sul lungomare, per caso?"

Nella sua faccia un poco accesa gli occhi onesti sprigionarono un lampo di determinatezza. "Sul lungomare, sí, se lo vuoi sapere."

Non s'era sbagliata. Andava a vedere Annie Macer. Marta detestava i Macer, disprezzava cosí il vecchio imprevidente come quello scioperato d'un Pug, suo figlio. Li classificava nella categoria dei Leeming: gente non rispettabile. Non erano nemmeno minatori, come i Leeming: pescatori erano, parte di quella comunità separata che vive di incerti, che campa sul totale in tempi grassi e in tempi magri mette a pegno le reti e le barche. Contro Annie, personalmente, non aveva nulla da dire; c'era chi la riteneva onesta, ma non era degna del suo Sam. Era macchiata dalla tara d'origine; vendeva pesci sul marciapiede, era persino andata a Yarmouth, un'annata cattiva, offrendo aringhe nei suburbi per sostentare i suoi. Sam, il suo beniamino, predestinato a diventare caporeparto in miniera, sposato a una rivendugliola che guazzava nei bassifondi! Mai, *mai!* Trasse un profondo sospiro.

"Vorrei che non uscissi stasera."

"Ma ho appuntamento. Pug m'aspetta, e anche Annie."

"Lascia che aspettino. Non voglio che esci." La fermezza degli occhi amorevoli del suo beniamino suscitava in lei una reazione incontrollabile.

"Mi spiace, madre, ma non voglio farmi aspettare inutilmente. Vado." E uscí, richiudendo la porta senza far rumore.

Marta rimase di stucco; era la prima volta che Sam le disubbidiva di proposito. Si sentí come se l'avesse schiaffeggiata. Conscia delle furtive occhiate di Ugo e di Davide, cercò di dominarsi. S'alzò, sparecchiò, lavò i piatti con mani tremanti. Davide disse: "Debbo aiutarti a asciugare?" Ella scosse la testa, asciugò le stoviglie da sola, sedette di nuovo, a rammendare oggetti di biancheria.

Riuscí con difficoltà a infilare l'ago. Prese una maglia di Sam, cosí piena di rattoppi che non rimaneva quasi nulla della pezza di flanella originaria. La sola vista della maglia le faceva sanguinare il cuore; era stata troppo severa con Sam, non aveva saputo prenderlo pel suo verso, aveva avuto torto lei, non Sam. Il riconoscimento la scottava. Sam era pronto sempre a far tutto quello ch'essa voleva, purché lo trattasse a suo modo.

Con occhi annebbiati si disponeva a cucire quando d'un tratto il dolore la riprese alle reni. Violento, questa volta; e istantaneamente ne intuí la causa. Smarrita, aspettò senza muovere. Passava, tornava. Senza un lamento s'alzò, uscí in cortile, lo attraversò a stento, entrò nel comodo. Sí: aveva indovinato. Ne uscí, rimase ferma qualche istante nel nero silenzio della notte, appoggiando una mano sulla staccionata di cinta, palpandosi con l'altra il ventre. Col marito in prigione, i figli adulti, un aborto! Era il colmo dell'indegnità. Rifletté eccitatamente. Non voleva saperne del dottore, e tanto meno della levatrice. Roberto aveva dissipato le loro economie nello sciopero. Aveva dei debiti; non poteva, non voleva incorrere in altre spese. In un minuto prese la sua decisione.

Tornò in casa. "Davide, fa' un salto dalla Maddalena, di' che venga subito da me."

Stupito, egli la guardò interrogativamente. Essa non aveva mai sentito per lui una forte inclinazione, Davide era il beniamino di suo padre, ma ora l'espressione che vide sulla sua faccia la commosse. Aggiunse, dolcemente: "Non spaventarti; non è niente, ma ho bisogno della Maddalena."

Mentre Davide s'affrettava fuori di casa, Marta aprí il cassone in cui teneva tutte le sue possessioni, ne trasse i lini che potevano servirle, poi, a fatica, salí la scala a piuoli che metteva nella camera dei ragazzi al piano superiore.

Maddalena, la vicina, non tardò a comparire. Era una buona donna, asmatica e grassa, tanto che sembrava esser lei gravida, poveretta. Ma non era; aveva un'ernia, ombelicale, conseguenza, diceva, di ripetute gravidanze, e sebbene Harry suo marito persistesse nel prometterle un cinto per Natale finora nessun dispositivo era stato messo in uso per contenere l'ernia, e ogni sera coricandosi Maddalena con le mani cacciava in dentro la protuberanza che l'indomani, invariabilmente, scattava infuori di nuovo. S'era affezionata al suo male, che costituiva l'argomento principale d'ogni suo discorso; ne parlava con le amiche come si parla del tempo. Salí la scala anch'essa con mille cautele e scomparve nella stanza del piano superiore.

Davide e Ugo sedevano in silenzio. Ugo, smesso di piantar tasselli, fingeva di leggere il giornale. Anche Davide fingeva di leggere. Tratto tratto si guardavano, inquieti del mistero che si svolgeva lassú, e i loro occhi denotavano non so qual vergogna. Dalla camera non veniva alcun rumore, salvo il tonfo sordo e lento del passo greve della Maddalena. Una volta domandò dell'acqua calda; Davide gliela portò su in una pentola.

Alle dieci rientrò Sam, pallido, risoluto a sostenere chi sa quale attacco. Lo informarono dei fatti. Egli si fece rosso, — arrossiva per niente, — e sentí rimorso; ogni rancore svaní. Alzò gli occhi al soffitto.

Alle dieci e tre quarti scese la Maddalena, con un involto tra le braccia, fatto su con carta da giornale. Mesta, pareva, e sconvolta; si lavò le mani rosse nello sciacquatoio, bevve un bicchier d'acqua, e si rivolse al primogenito:

"Una piccolina," disse, "bella come un angelo, ma morta. Ho fatto meglio di quant'avrebbe saputo fare la levatrice, ma era un caso disperato. Torno domani e provvederò a tutto. Sam, portatele su una tazza di cioccolato; io devo andare a preparare la colazione al mio uomo che è di turno stanotte."

Riprese l'involto con delicatezza, diede un sorrisetto a Davide che guardava il sangue gocciolar fuori dal giornale, e uscí strascicando i piedi.

Sam scaldò la cioccolata e la portò su. Stette via una decina di minuti. Quando tornò aveva brutta cera, la fronte madida di sudore. S'era staccato dall'amorosa per trovarsi faccia a faccia con la morte. Davide sperava che Sam dicesse qualchecosa, ma non disse che "Dormiamo qui tutti e tre in questo letto per qualche tempo."

L'indomani la Maddalena tornò come aveva promesso, per badare al cadaverino. Davide, rientrato dal pozzo prima dei fratelli, lo vide subito in cucina sul comò. S'accostò per esaminarlo, con apprensione e ripugnanza. Era incredibilmente piccino; le mani, senz'unghie, non piú grosse dei petali d'una ninfea; i lineamenti, bianchi come la cera, nettamente disegnati; le livide labbra socchiuse, come in atto di meraviglia di fronte all'assenza di vita. La Maddalena, con tocco professionale, aveva riempito d'ovatta la bocca e le narici. S'avvicinò anch'essa: "Vero che è un angelo? Ma la mamma non poteva tollerarne la presenza in camera sua."

Davide la udí appena. Un cupo risentimento sorgeva entro di lui mentre fissava il corpicino inerte. Perché tanta ingiustizia al mondo? Come aveva permesso il Signore che mancassero a sua madre le cure, il vitto, gli agi richiesti dalla circostanza? Perché aveva decretato che la pupa non dovesse vivere, sorridere, suggere il latte dal seno materno? Analogamente a quanto aveva provato quel giorno in casa di Jesus Wept, sentí una corda vibrare dolorosamente in fondo al suo cuore, e di nuovo giurò a se stesso con passione inarticolata di voler fare qualcosa... qualcosa... non sapeva che cosa, ma qualche cosa atta a sopraffare la disumanità delle ingiustizie di questo mondo.

Quando arrivarono Sam e Ugo, si appressarono anch'essi al cadaverino. Senza mutare gli abiti, mangiucchiarono il *bacon* che la Maddalena aveva fatto friggere. Non era un pasto come quelli cui erano abituati, le patate erano dure, l'acqua per lavarsi non era sufficiente, la cucina era in disordine: sentivano l'assenza della mamma.

Piú tardi, quando Sam scese dal piano superiore, disse, imbarazzato, con furtive occhiate ai fratelli: "Non vuole che si faccia il funerale; ho insistito, ma non vuol saperne. Dice che dopo lo sciopero non possiamo sostenere le spese."

"Oh, ma Sam!" proruppe Davide, "*dobbiamo* farlo!... Domanda alla Maddalena..."

Fu mandata a chiamare la vicina perché tentasse di ridurre la mamma alla ragione. Tutto inutile. Marta, nel risentimento che la attanagliava contro la creatura ch'essa non aveva desiderata e che ora non aveva bisogno di sua madre, fu irremovibile. La legge non prescriveva che si facesse il funerale ai bimbi nati morti. Marta non voleva che si facesse. S'opponeva a qualunque esibizione di cordoglio.

Ugo, sempre bravo in tutti i lavori manuali, fabbricò una cassetta, la guerní di carta candida, vi rinchiuse dentro il corpicino e inchiodò il coperchio. Il giovedí, a sera tarda, Sam uscí solo, con la cassetta, vietando ai fratelli di accompagnarlo. C'era vento; era buio. Al ritorno li informò circa il suo operato. S'era fatto prestare cinque scellini da Pug Macer per darli al custode del camposanto in cambio del permesso di seppellire la sorellina in un angolo appartato e privato del cimitero. Davide, nel seguito, pensava sovente a quella tomba; non sapeva dove fosse, ma si contentava di sapere che la sorellina non era stata sepolta nella fossa comune.

Passò il venerdí e venne il sabato: giorno della liberazione di Roberto. Marta, degente dal lunedí, si levò nel pomeriggio per ricevere in piedi il marito. Arrivò alle otto e la trovò in cucina, sola, china a rattizzare il fuoco. Era entrato senza rumore; solo quando tossí ella si volse di scatto. Si guardarono negli occhi; quelli di Roberto erano calmi, privi di astio, quelli di Marta accesi d'una fiamma minacciosa. Non dissero parola. Egli buttò il berretto sul sofà e sedette a tavola come un uomo sfinito. Immediatamente ella andò alla stufa e ne trasse la pietanza che aveva messa a scaldare in attesa del suo arrivo; la posò dinanzi a lui, sempre in quel silenzio greve.

Egli cominciò a mangiare, lanciando alla figura di sua moglie rapide occhiate che venivano progressivamente assumendo un'espressione di rammarico, di scusa.

"Cos'è successo, mia cara?"

Ella fremette di sdegno contenuto.

"Non chiamarmi tua cara!"

Egli intuí cos'era successo. Volle sapere. "Cos'era?" domandò.

Sapendo quanto egli avesse sospirato una bambina, per ferirlo gli disse che era morta.

Egli sospirò. Poi: "Hai sofferto, cara?"

Marta non degnò di rispondere, ma per abito di servilità rimosse il piatto vuoto, gli avvicinò tazza e teiera, e finalmente disse: "Ci sono abituata, da quando t'ho conosciuto."

Per quanto egli fosse rientrato accarezzando propositi di pace, di fronte a tanta ostilità si sentí ribollire il sangue. Con improvvisa asprezza, intesa ad emulare quella di lei, disse: "Non ho colpa io di quanto è successo. Che cosa mi rinfacci? Spero che sarai persuasa che m'hanno condannato ingiustamente."

"Non ne son persuasa affatto," ribatté Marta, coi pugni sui fianchi, in atto di sfida.

Fu allora che Roberto perdé il lume degli occhi. Quale colpa gli si poteva rimproverare? Aveva promosso lo sciopero perché in coscienza temeva *pei compagni* le infiltrazioni d'acqua nella galleria Scupper, e alla fine s'eran tutti voltati contro di lui, e l'avevano lasciato condannare sapendolo innocente. Preso da subitanea collera, contro il destino, contro sua moglie, alzò la mano e le tirò un ceffone.

Ella non fece il minimo gesto per scansarlo, anzi lo incassò in atto di finta remissività. Solo le narici le si dilatarono. Ebbe la forza di dire: "Grazie! Hai fatto bene. Era quello che mi ci voleva."

Egli era piombato nella seggiola, piú pallido di lei. Subito lo prese un accesso di tosse, spasmodica. Quando cessò, rimase a sedere, abbattuto, sconfitto. Finalmente s'alzò, si spogliò, si mise a letto.

L'indomani, domenica, sebbene si fosse svegliato alle sette, si levò solo nel pomeriggio. Essa invece, alzatasi di buon mattino, era andata in chiesa, per affrontare gli sguardi ostili, per affermare il suo diritto al rispetto dei vicini. Il pranzo fu un supplizio, massime pei figliuoli. Detestavano le manifestazioni di animosità tra i genitori; ne percepivano il senso degradante.

Verso sera Roberto si recò alla miniera. S'aspettava il licenziamento. Ma non lo licenziarono. Suppose, vagamente, che lo avessero risparmiato a causa dei suoi buoni rapporti con Heddon, l'agente federale dei minatori, e con Harry Nugent, il segretario dell'Unione. Tornò direttamente a casa, sedette presso il fuoco a leggere il giornale, e si coricò senza aprir bocca. Alle due del mattino la guardia di servizio lo chiamò bussando alla finestra; era il suo turno di notte.

Durante tutto il giorno Marta sfaccendò in attesa del suo ritorno, sempre immersa nello stesso gorgo di acerbo inestinguibile risentimento. Voleva vendicarsi: fargliela pagar cara. Continuava a lanciare occhiate impazienti alla pendola.

Finalmente egli arrivò, affranto, fradicio fino alle ossa. Nel vederlo cosí malconcio, Marta, per quanto fosse risoluta a ferirlo col suo mutismo ostinato, sentí svanire la propria animosità. "Cosa t'han fatto?" domandò con sollecitudine.

"Me l'han fatta sporca," rispos'egli, in un rantolo d'ira rotta da singhiozzi. "M'han messo nel punto piú schifoso di tutto il settore. Un budello alto un metro. Ho faticato tutto il tempo carponi nell'acqua fino al petto."

Mossa da pietà ella tese le mani verso di lui, e nell'atto avvertí dentro di sé tornare in vita qualche cosa che aveva creduta morta. "Lascia che ti aiuti, caro. T'aiuto a spogliarti."

Lo aiutò a liberarsi dei panni inzuppati di melma. Lo aiutò a lavarsi nel bagno. Capí che lo amava ancora.

IX

Davide, a centocinquanta metri sotto terra, e a tre chilometri dal pozzo principale, giudicò che doveva essere l'ora della colazione. Non aveva orologio, ma calcolava dal numero dei viaggi eseguiti coi vagoncini. Stava sul ripiano di scarico al fianco del suo fedele bucefalo Dick, in attesa che i suoi vagoncini pieni venissero trainati su mediante la trazione meccanica, e che Tally Brown gli consegnasse quelli vuoti da riportare giú col cavallo. Odiava il Paradiso, ma il ripiano gli piaceva; si stava bene, faceva fresco e si poteva star ritti senza dare del capo contro il tetto.

Quel sabato era doppiamente felice perché era l'ultimo giorno della sua permanenza nella Nettuno; aveva sempre odiato la miniera. Dei suoi compagni qualcuno pareva adattarvisi senza ripugnanza, ma lui no. Forse era colpa della sua immaginazione troppo fervida, ma non poteva liberarsi del senso del chiuso, quasi che si sentisse sepolto, in quegli oscuri corridoi, a tanta distanza dal mondo abitato. Quand'era nel settore Five Quarter, non riusciva a dimenticare che si trovava sepolto sotto il fondo del mare. Il suo professore, che lo aveva preparato all'esame di ammissione al liceo, gli aveva descritto scientificamente quella spiacevole sensazione del chiuso, sotto terra, sotto il mare, quando alla superficie splende il sole, e il vento spira, e le onde si rincorrono festose spumeggiando. Aveva sempre lottato contro quella sensazione: non era tipo, lui, da lasciarsene sopraffare. Ma era contento, felice, di andarsene, di mettersi in salvo; tanto piú che la miniera, una volta impadronitasi di qualcuno, lo ammaliava, non gli ridonava piú la libertà. Erano i vecchi che dicevano cosí, per ischerzo. Favole, pensò Davide, ridendo tra sé e sé.

Arrivarono i vagoncini vuoti. Davide ne uní quattro, saltò sul timone, dette a Dick il colpo di lingua, e il trenino partí in discesa affondando nelle tenebre. Man mano che aumentava la velocità, i vagoncini traballavano e sussultavano piú forte sul binario scassato. Davide si compiaceva di guidare a tutta velocità, aveva fama di essere il piú svelto cavallante di tutta la Nettuno, non gli importavano le scosse, non temeva le voltate, ma lo stizzivano i deragliamenti, perché era faticosissimo raddrizzare, sollevare e rimettere a posto i pesanti vagoncini. Ora rotolava in discesa, tenendosi miracolosamente in equilibrio sul timone, scegliendo il momento giusto per far civetta e non cozzar la zucca contro il tetto, inclinando in dentro il busto nelle curve per non esser sbalzato in fuori. Andatura da pazzo; suo padre lo esortava sempre a moderarla, ma a Davide piaceva l'emozione.

Al termine del binario trovò Ned e Tom, due dei caricatori, acquattati in una nicchia della parete, intenti a mangiare. Lo chiamarono: "Qua, manigoldo, c'è posto anche per te." Tom, con la bocca piena di pane e di formaggio, si spostava per fargli largo. Voleva bene a Tom Reedy; era il ragazzo che aveva sostituito Joe Gowlan, dopo la misteriosa scomparsa di quest'ultimo. Chi sa dov'era andato Joe. Strano, però, che non ne rimpiangesse la compagnia, dopo tanti mesi passati insieme; fors'era perché Tom gli riusciva piú simpatico di Joe, piú sollecito nel dargli una mano se un vagoncino si ribaltava, meno sboccato nel parlare. Ma Davide non si trattenne coi due; scosse la testa e disse: "No, vado giú da mio padre."

Non mancava mai di raggiungere suo padre per far colazione con lui, se poteva; e oggi, l'ultimo giorno, non voleva rinunciare a quel piacere.

Il budello in cui si introdusse era cosí basso che dovette chinarsi per procedere; una vera tana da conigli, e cosí nero che la lanterna, che fumava, illuminava un cerchio di appena mezzo metro di diametro, e cosí umido che i suoi piedi guazzavano nella fanghiglia. Una volta picchiò la testa contro una sporgenza e tirò un moccolo sottovoce.

Quando giunse sul luogo degli scavi, suo padre e Slogger non avevano ancora sospeso il lavoro, e coi picconi continuavano a scrostare il minerale che Ned e Tom dovevano venire a prendere con le carriole. Nudi entrambi fino alla cintola. Il sito era detestabile; il lavoro durissimo. Davide s'accosciò su d'un gradino asciutto, in attesa che smettessero. Suo padre respirava con affanno; il sudore gli usciva da tutti i pori; sembrava sfinito; il tetto era cosí basso che non gli consentiva libertà di movimento; tuttavia continuava a lavorare di piccone, con tenacia e perizia. Slogger lo aiutava; il poderoso tronco irsuto e il collo taurino gli davano l'aspetto d'un titano al confronto di Roberto Fenwick. Masticava la cicca, sputava, picconava sputava masticava senza dire una parola. Davide notò che riservava per sé il lavoro piú greve, per esimerne suo padre. Grondante sudore, impiastricciato di carbone, nessuno avrebbe potuto riconoscere in lui il *Pitboy Wonder*, il pugile prodigioso ch'era stato in gioventú.

Finalmente deposero i picconi, s'asciugarono con le maglie, se le infilarono e vennero a sedersi accanto a Davide.

Harry Brace e Bob Ogle sbucarono fuor da un budello laterale e s'unirono a loro. Ugo li seguiva. Presero tutti a mangiare, sopra pensiero.

Davide, stanco dopo la mattinata di lavoro, gustava il prosciutto preparatogli da sua madre; ma notò che suo padre mangiava pochissimo, e tracannava invece lunghi sorsi di tè dalla fiasca. Sapeva che sua madre gli aveva preparato un pasticcio di carne tritata. Dopo la riconciliazione, Marta si era fatto un dovere di curare i pasti del marito con speciale sollecitudine. Ma Roberto diede a Slogger la metà della sua porzione, dicendo che non aveva appetito.

"Sfido io," osservò Harry Brace, "un posto infame come questo..."

"C'è poco spazio, a dire la verità," ammise Slogger, "ma questo pasticcio è delizioso," e schioccava le labbra enfaticamente. Sua moglie trascurava i suoi pasti.

"Il peggio è l'acqua," commentò Bob Ogle. "Piove dal tetto."

Ripiombarono nel silenzio, rotto solo dal pulsare della

pompa aspirante. Il suono echeggiava nelle tenebre, commisto al gorgoglio dell'acqua succhiata. Sebbene lo notassero appena, perché avvezzi, tuttavia gli uomini lo percepivano subcoscientemente, e n'erano rassicurati, perché significava il buon funzionamento della pompa.

Harry Brace si rivolse a Fenwick. "Però non è cosí umido come nella Scupper."

"Meno. Grazie al cielo ce ne siamo liberati," rispose Fenwick, senza enfasi.

"Se l'umido ti dà noia, Harry," motteggiò Slogger, perché non vieni con l'ombrello?"

Tutti risero. Incoraggiato dal successo conseguito, Slogger diede una gomitata nei fianchi a Davide e gli disse: "Davide, tu che sei un ragazzo istruito, sai suggerirmi qualcosa per scaldarmi le natiche?"

"Calci," rispose Davide.

Risero ancor piú forte e Slogger sghignazzò; nell'incerta luce, pareva un gran demonio malizioso, intento a qualche beffa infernale. "Ben detto! Ben detto! Si vede che sei istruito. È vero, che mi dicono, che parti per Tynecastle a dar lezioni ai professori?"

"Spero di riceverne, Slogger," rispose Davide.

"E cosa ne fai?" insisté Slogger, lanciando un'occhiata di fianco a Roberto. "Non hai voglia di fare il minatore, e crescer grande e grosso come me, e accumular come me i risparmi in banca?"

Ma a Fenwick non garbava lo scherzo su quell'argomento. "Lo mando io a Tynecastle, perché si salvi da questo inferno. Ha studiato bene, Davide, è stato ammesso, parte per Tynecastle lunedí."

Cadde una pausa, che Ugo troncò, dichiarando: "Potessi andare anch'io a Tynecastle, non foss'altro che per vedere una volta gli *United.*" L'accento di desiderio rifece ridere Slogger.

"Stai tranquillo," gli disse dandogli una manata sulla coscia, "non solo li vedrai, ma farai parte della squadra. T'ho visto giuocare, e so quel che puoi valere. M'han detto che il capitano verrà apposta da Tynecastle per vederti giuocare qui la prossima volta, è vero?"

Ugo arrossí sotto il nero. Slogger si burlava di lui. Non importava. Un giorno o l'altro vedrebbero, tutti quanti, ciò che era capace di fare.

D'un tratto Harry rizzò la testa e tese l'orecchio in direzione della pompa. "Ehi!" esclamò, "cosa succede?"

Slogger smise di masticare, ognuno rimase perfettamente immobile, in ascolto, nelle tenebre. Il ronzio della pompa era cessato. Per un minuto intero nessuno parlò.

“Dannazione!” disse Slogger, scandendo le sillabe, ottusamente inquieto. “Siamo fritti.”

Ogle, che lavorava da poco tempo nel Paradiso, cercò tentoni il rigagnolo ai suoi piedi e in allarme gridò: “Cresce! L’acqua aumenta. Rapidamente.” Poi s’alzò, ansioso, e aggiunse: “Vado a chiamare l’ispettore.”

“Un momento!” Roberto Fenwick lo fermò con l’autorevolezza della sua voce, e poi aggiunse, in tono piú calmo: “Lascia l’ispettore dov’è. Non c’è premura. Son pompe che non si guastano. Vo a vedere io di che cosa si tratta.”

S’alzò, e con la sua flemma s’incanalò nel budello laterale. Gli altri aspettarono senza fiatare. Dopo cinque minuti si udí il sibilo della valvola riaperta, e il gorgoglio aspirante che significava la ripresa del funzionamento degli stantuffi. Tre minuti piú tardi anche il ronzio fu chiaramente udibile. La tensione degli uomini si allentò. Davide si sentí orgoglioso della capacità di suo padre.

Slogger prese a deridere Ogle per le sue paure: “Non sai che quando si è con Fenwick non c’è nulla da temere? Muoviti, cialtrone, riempiti quella carriola, invece di star lí a far niente.” S’alzò, si tolse la maglia. Harry, Ugo e Bob scomparvero nel loro budello. Davide s’avviò verso i vagoncini.

Quando Fenwick tornò, Slogger gli disse: “Hai fatto presto a rimediare. Quell’asino di Bob ci aveva messo una paura addosso!” E rise, rumorosamente, sforzatamente.

Ma Fenwick non rise. Mentre si toglieva la maglia, il suo viso smunto denotava un’espressione curiosamente remota. Buttò la maglia a terra. La maglia cadde in una pozza.

Ripresero i picconi. Ripresero a sudare. Centosettanta metri sotto terra, a oltre tre chilometri dal pozzo principale. Dal tetto pioveva senza posa, ma la pompa funzionava.

X

Al termine della giornata Davide condusse Dick in scuderia. Aveva previsto la tristezza della separazione, ma gli riuscí ancor piú penosa di quanto s'aspettava. Lo carezzò sul collo con mano ferma. Dick voltò verso di lui quella sua testa lunga, lo guardò con quei suoi occhi ciechi che parevano vedere, strofinò il muso contro la sua tasca. Davide serbava sempre per lui un pezzo di pane, ma oggi gli offriva una ghiottoneria speciale: un pezzo di formaggio. Dick ne era goloso. Davide glielo porse in frammenti, sulla palma della mano bene aperta, per prolungare il piacere sia a Dick sia a se medesimo. La sensazione sulla mano della carezza del labbro, morbido come velluto, gli metteva un nodo in gola. Poi s'asciugò la palma sulla giacca, diede al ronzino un'ultima occhiata di commiato e si allontanò rapidamente.

Rimontando la galleria principale si diresse verso l'uscita, oltrepassò il tratto dove l'anno avanti una frana aveva ucciso tre minatori; era stato presente quando li trassero di sotto alle macerie, pesti, insanguinati, coi toraci sfondati, le bocche piene di terra. Davide non poteva liberarsi del ricordo della scena, e rallentava sempre il passo in quel punto, per comprovare a se stesso che non aveva paura.

Fu sopraggiunto da Ned e da Tom, e poi da Bob Ogle, da Dan Teasdale, figlio del panettiere, e dal figlio di Slogger Leeming. Arrivarono insieme al piede dell'elevatore, dove s'accalcavano frotte di operai provenienti anche da altre gallerie. Poiché la piattaforma conteneva solo dodici persone, e serviva tre piani, l'attesa era sempre lunga. Davide si trovò accanto a Jesus Wept, che lo fissò col suo sguardo tetro, intento, e gli disse: "Cosí te ne vai a Tynecastle?" e al cenno di assenso del ragazzo gli mise in mano un opuscoletto soggiungendo: "Guàrdati dai pericoli della città. Segui i consigli stampati qui."

Tutto pareva strano, irreale, a Davide. Forse per via della sua nervosità. Si sentiva un poco esausto, a causa della tensione degli ultimi sei mesi: il lavoro di giorno, i corsi serali, la preoccupazione per gli esami, le gite a Tynecastle per sostenerli e poi per conoscerne l'esito, l'emozione del successo, e, a parte tutto questo, il sordo antagonismo tra il babbo, determinato a fargli abbracciare una carriera che lo affrancasse dalla Nettuno, e la mamma, egualmente determinata a fare di lui un onesto minatore a somiglianza dei suoi antenati. Alla notizia della promozione, Marta non aveva detto una parola; rifiutò persino di occuparsi del suo corredo; non voleva aver a che fare in tutta la faccenda, diceva.

Davide arrossí nel prendere il libriccino; non sapeva che farsene ma non voleva far pena a Wept rifiutandolo. Lo sfogliò, per darsi un contegno; la luce era debole ma un versetto gli saltò agli occhi: *Non puoi servire due padroni, Iddio e il demonio.* Wept lo scrutava in viso. Tom gli bisbigliò all'orecchio: "Cos'è? I pronostici per le corse?"

La calca ondeggiò. La gabbia inghiottí un'altra dozzina di minatori impazienti d'uscire per rivedere il sole; si elevò, oscillando un poco tra le rotaie di guida. La luce del giorno si precipitò giú pel canalone incontro ai reduci dall'abisso. Echeggiò il tonfo metallico del dispositivo d'arresto. Gli uomini in massa compatta uscirono per immergersi lieti nella luce del giorno.

Davide attraversò il cortile per prendere il suo posto nella fila degli uomini che aspettavano la paga. Era un caldo pomeriggio di giugno. Giornata magnifica, per evadere dalla miniera. La fila muoveva innanzi a scatti lenti. Davide scorse suo padre uscire a sua volta dall'ascensore, l'ultimo. Poi osservò il calessino del Poggio entrare al trotto pel cancello. Fatto normale, a quell'ora. Tutti i sabati Barras arrivava in carrozza all'ufficio per presenziare all'operazione della paga, come ad un rito. Scintillavano nel sole le razze delle ruote gialle del calessino che, disegnando una curva impeccabile, s'arrestò all'ingresso degli uffici. Il palafreniere saltò giú e si portò alla testa del cavallo. Restò in carrozza solo Arturo Barras, che era stato seduto allo stretto tra suo padre e il cocchiere.

Da lontano, dalla fila in cui si trovava, Davide osservava Arturo, con curiosità. Sentiva per lui una vaga simpatia, senza sapere perché: una sensazione strana, assurda, quasi di pietà; ridicola, data la disparità delle loro condizioni rispettive. Tuttavia quel ragazzino, cosí piccolo per la sua età, tutto solo nel calessino, coi capelli biondi arruffati dal vento, gli ispirava in qualche modo quel senso di compassione che si prova alla vista dei derelitti. Pareva cercar protezione. E il suo aspetto era cosí serio, cosí grave; sembrava preoccupato, triste. Accorgendosi di compiangerlo, Davide sentí l'impulso di ridere di sé.

Finalmente venne il suo turno allo sportello. Ritirò la sua busta, e si diresse a passi lenti verso il cancello in attesa di suo padre. Mentre aspettava con la schiena appoggiata al pilastro, passò Annie Macer nella strada. Vedendolo, sorrise e si fermò, senza parlare; Annie parlava di rado se non le si rivolgeva la parola; ma si fermò aspettando ch'egli parlasse a lei.

"Tutta sola, Annie?" disse Davide, amichevolmente. Le voleva bene; capiva perfettamente che Sam ne fosse innamorato. Cosí semplice, era, cosí pulita, casalinga. Niente superba; naturale, schietta, senza capricci per la testa. Tutte le volte che la vedeva, gli veniva fatto, scioccamente, di paragonarla mentalmente a una fresca piccola aringa d'argento. Ma Annie non era piccola, e non somigliava per niente a un'aringa. Era una ragazza ben piantata, della stessa età di Davide, con fianchi forti e un bel petto procace. Portava una sottana blu e rozze calze di lana che faceva essa medesima. Non aveva mai letto un libro in vita sua, ma s'era fatte tante paia di calze.

"L'ultimo giorno, per me, Annie," dichiarò, con l'intenzione di trattenerla per chiacchierare. "Dico addio alla Nettuno per sempre; all'acqua, al fango, al carbone, ai vagoncini, a tutto quanto."

Ella sorrise con indulgenza.

"Non posso dire che me ne dispiace," aggiunse, "puoi star sicura."

Ella annuí in atto di comprensione.

Cadde un silenzio. Annie guardò, su e giú, per la strada. Poi gli fece un cenno del capo, sorridendo di nuovo amichevolmente, e se ne andò.

Compiaciuto, la seguí con lo sguardo. Notò che non gli aveva detto nemmeno una parola, e tuttavia egli aveva goduto ogni secondo della sua compagnia. Cara bambina, Annie Macer!

Voltò la testa per vedere suo padre; era ancora lontano dallo sportello. Come era lento, oggi, il cassiere. Cambiò posizione; piegò una gamba, appoggiò il tallone contro il pilastro. D'un tratto sentí d'essere osservato a sua volta. Sulla soglia dell'ufficio era ricomparso Barras, scortato da Armstrong. Entrambi, il proprietario e l'intendente, presso il carrozzino, stavano guardando lui. Egli ne sostenne lo sguardo, ben determinato a non abbassare gli occhi, dopo tutto non era piú un dipendente, se ne andava dalla Nettuno, se ne infischiava. Per un minuto i due continuarono a discorrere tra loro, poi Armstrong rise deferentemente, alzò la mano, e fe' cenno a Davide di avvicinarsi. Ebbe una mezz'idea di non rispondere all'invito, però si mosse, imponendosi di non affrettarsi.

Barras gli rivolse la parola quand'era ancora discosto: "Il signor Armstrong mi dice che sei stato ammesso al liceo." Aveva l'aria di buon umore, ma Davide si sentí penetrare dallo sguardo dei suoi occhietti freddi. "Mi congratulo," continuò il padrone della miniera: "a quale carriera vuoi dedicarti?"

"All'insegnamento."

"L'insegnamento? Perché non farti ingegnere minerario?"

"Non m'interessa."

Il tono di sfida scivolò sull'imperturbabilità di Barras. "Non t'interessa? Davvero?"

"No. Non mi piace stare sotto terra."

"Preferisci darti all'insegnamento. Ottima cosa. Non sono certo io che m'opporrò. Finito il liceo, ricordati di farmelo sapere. Io faccio parte del Consiglio della Pubblica Istruzione; potrei procurarti una cattedra. C'è sempre ricerca di maestri giovani."

A causa dello spessore delle lenti i suoi occhi sembravano a Davide singolarmente remoti. Barras mise una mano nella tasca dei calzoni e ne trasse un gruzzolo di monete d'argento. Con la flemma abituale di tutti i suoi gesti, scelse una mezza corona, parve considerarla un attimo, la ripose, la sostituí con un pezzo da due scellini. "Eccoti un fiorino," disse, in tono quasi solenne, porgendogli il suo dono di congedamento.

Davide lo prese senza imbarazzo, e lo tenne in mano mentre osservava Barras salire nel calessino. Nello stesso tempo era vagamente conscio del sorriso con cui Arturo lo guardava amichevolmente. Il cavallo scattò via al gran trotto.

Gli venne voglia di ridere, e ripensò al versetto *Non puoi servire due padroni, Iddio e il demonio*. Che commedia!

Fece voltafaccia e si avviò al cancello dove ora, a sua

volta, lo stava aspettando il babbo. Davide capí che suo padre aveva visto tutta la scena, e vide che era furioso. Pallidissimo, si ostinava a non guardare suo figlio in faccia. Uscirono insieme, affiancati, risalendo Cowpen Street. Non dissero una parola. Furono raggiunti poco dopo da Swee Messer, e il babbo attaccò discorso con lui, affabilmente. Era anche lui un giovane minatore, ma lavorava in un'altra sezione. Era figlio del barbiere di Lamb Street, un austriaco che da vent'anni aveva preso la nazionalità inglese; padre e figlio erano ben visti nella comunità. Fenwick continuò a discorrere con Swee quasi che non fosse capitato nulla, e quando si separarono gli disse: "Avverti tuo padre che vengo oggi alle quattro come al solito."

Ma appena partito Swee, si accigliò daccapo. I lineamenti apparivano quasi convulsi, contratti, aderenti all'osso. In silenzio raggiunsero l'area vuota dell'antico mercato dei bovini, che ora serviva di deposito per le immondizie, dove sorgeva un enorme mucchio di letame. Fu lí che Fenwick si decise, e domandò calmo: "Quanto t'ha dato?"

"Un fiorino," rispose Davide, mostrandoglielo, perché lo aveva sempre tenuto nella mano.

Fenwick lo prese, lo guardò senza scomporsi, ma poi, con un gesto d'una violenza inattesa, lo gettò sul mucchio del letame.

XI

Era finalmente venuta la sera del ballo, la gran sera del "ballo sociale" della Fonderia Millington di Tynecastle.

L'officina sorgeva all'estremità disabitata d'una traversa di Platt Street, e sebbene desse impiego a solo duecento individui circa, aveva tuttavia una cert'aria d'importanza, massime d'inverno, dopo il tramonto, quando le cupole dei forni sprigionavano rosse lingue di fuoco e dense colonne di fumo, e il cielo incolore si illuminava dei baleni incandescenti del metallo corrente nelle fosse fusorie, tra il martellare dei magli, lo stridere dei ceselli, il lamentío delle seghe e il ronzar delle trasmissioni. La fonderia produceva soprattutto il materiale occorrente all'attrezzamento delle miniere di carbone, traverse di sostegno, chiavarde, rotaie, mezzi di trazione, vagoncini e via dicendo, ma la concorrenza era asprissima nella regione, e la ditta si reggeva piú per la sua abilità nel conservare la vecchia clientela che non per la genialità del suo spirito d'iniziativa. Era una ditta che vantava un nobile passato. Aveva una gloriosa tradizione. E parte di questa tradizione era "il ballo sociale".

Il Millington Social Club era stato fondato verso il 1870, e comprendeva quattro sezioni: letteraria, atletica, fotografica ed escursionistica; ma l'evento capitale dell'annata era costituito dalla festa da ballo, nota da tempo immemorabile sotto l'appellativo di "il sociale" e che aveva luogo invariabilmente nella Oddfellow's Hall. Stanotte, venerdí 23 marzo, era la gran nottata di baldoria.

Nondimeno Joe Gowlan, rientrando dal lavoro, camminava immerso in cupe meditazioni. Al ballo, naturalmente, ci andava: si era già reso molto popolare nel Club, rivelandosi un astro nascente del pugilato, non solo, ma anche un probabile candidato al titolo di campione nelle gare di biliardo. Sí, non si poteva negare: s'era messo in ottima luce in questi otto mesi. Aveva consolidato cosí la sua posizione come il suo fisico; messo su muscoli, fatto un mucchio d'amici. Era un giovialone. La sua calorosa stretta di mano, accompagnata da una gran pacca familiare sulla schiena, dal suo stentoreo "E come va, vecchia canaglia?" e dalla sua maschia e cordiale risata irresistibile, gli propiziava le simpatie generali. Ed era inimitabile nel raccontare storielle oscene. Portfield, il capo-officina, e lo stesso proprietario, Stanley Millington, come ogni altro individuo del personale dirigente, non solo lo avevano notato, ma parevan tutti volergli bene. Tutti; anche fuori dalla fonderia. Tutti, salvo Jenny.

Jenny era un mistero, pensava Joe, per la centesima volta, eseguendo con occhio pessimistico la revisione mentale del proprio stato; era un enigma. Al ballo ci veniva, si capisce, e con lui; ma questo significava un bel niente. Che cosa aveva ottenuto da Jenny, in tutto questo tempo? Ben poco, mannaggia, ben poco! E sí che l'invitava spesso a andar fuori con lui, Jenny non ambiva altro, e aveva speso fior di baiocchi per lei, bei baiocchi guadagnati, perdio, col sudore della sua fronte. E in cambio cos'aveva ricevuto? Qualche bacetto dato di mala voglia, qualche corpo a corpo, renitente, che non aveva avuto altro risultato se non quello di render piú scottante la brama che lo bruciava.

Diede un profondo sospiro di insoddisfazione. Se Jenny credeva davvero di poterlo trattare da stupido, si sbagliava marchianamente; bisognava farglielo capire, spifferarle due o tre verità, mandarla al diavolo e fregarsene altamente. Però questo aveva già deciso di farlo una dozzina di volte, e non l'aveva mai fatto. Era proprio un caso tipico di irresistibile attrazione fisica: gli dava sulla pelle, oggi ancor piú che nel passato. Tirò un moccolo ad alta voce.

Un vero enigma. Alle volte era arrogante, altezzosa; altre volte seducente, tentatrice. Gli si mostrava soprattutto carina quando lui le si presentava vestito bene, col nuovo abito blu e la bombetta; aveva insistito lei perché la comprasse. Ma se lo incontrava per strada nei suoi abiti da lavoro, gli passava vicino con un'aria remota e lo guardava con una superbia che gli metteva il freddo nella schiena. Quando la invitava fuori, se la portava all'Empire, in poltroncina, allora essa gli s'accoccolava contro la persona facendo le fusa, lo guardava di sotto in su con occhi sorridenti, e non s'opponeva a lasciarsi prendere la mano in mano; ma se per caso suggeriva una passeggiata sui bastioni, ve lo accompagnava con un'aria di regina offesa, il naso al vento, a un buon metro di intervallo, e rispondeva a monosillabi, secchi; e se proponeva un rinfresco al bar del Commercio, diceva, con uno sbuffo. "È la gargotta dove va papà." Ma se la portava da Leonard's, il tea-room elegante, era tutta dolcezza, e si faceva amorevole. Si credeva dappiú dei suoi familiari, o ambiva di elevarsi al disopra del loro livello sociale. Correggeva continuamente suo padre, sua madre, le sorelle, e soprattutto Sally. Correggeva anche Joe, senza posa; gli diceva di tenersi su ritto; gli insegnava sdegnosamente il modo di togliersi il cappello, di tenere la tazza col mignolo elegantemente piegato in aria. Era superlativamente corretta, imbevuta di regole d'etichetta imparate sulle colonne delle gazzette popolari. Dalle stesse colonne prelevava le sue idee relative alla moda, i "modelli" dei vestiti che poi tagliava essa medesima, le norme per conservar candide le mani, le ricette utili a dar lustro ai capelli col bianco dell'uovo.

Non che Joe in cuor suo si opponesse ai suoi tentativi di raffinarsi, anzi! Era il primo a riconoscere che, per questo appunto, gli piaceva di piú. Certe cosette, come il suo profumo Jockey Club, o il nastrino rosa all'*à-jour* della sua camicia di pizzo, che si vedeva in trasparenza, lo eccitavano, gliela facevano apparire *diversa,* diversa dalle nottambule con cui gli era capitato di bazzicare, in quei torturati mesi di speranza sempre differita.

Il solo pensiero delle privazioni che aveva dovuto subire centuplicava il suo desiderio. Salendo gli scalini d'ingresso al n. 117 di Scottswood Road determinò di venire, la sera stessa, a capo della faccenda o altrimenti di troncarla senz'altro.

Entrando in sala si avvide che era tardi. Jenny si stava già vestendo in camera sua, e la vecchia stava sdraiata sul divano, di là, con l'emicrania. Phyllis e Clarissa erano andate a giuocare in istrada, ed avevano lasciata Sally sola a servirgli la cena.

"Dov'è tuo padre?" le domandò Joe, dopo essersi rifocillato alla peggio.

"È andato a Birmingham, con tutti i piccioni, per la prova di volo di domani. Il segretario della società non poteva andarci, e delegò lui."

Joe si stuzzicava i denti con la forchetta, meditativamente. Fortunato, quell'Alf; un vaggio gratis a Birmingham per le gare di volo. Sally, bimba precoce, osservandolo con occhio critico, non rinunciò all'occasione di lanciargli uno dei suoi frizzi mordaci: "Bada a non inghiottire la forchetta, o ti sballotterà nella pancia quando ballerai la polka."

Egli la guardò con astio. Sapeva che la viperetta lo detestava; per quanto vi s'applicasse, non gli riusciva di ammansirla. Provava la spiacevole sensazione che Sally, con quei suoi occhi penetranti, gli leggesse nel pensiero; alle volte, la risata derisoria con cui la spudoratella troncava a mezzo un discorso ch'egli sciorinava in tono autorevole lo ammutoliva netto, gli toglieva ogni sicurezza, lo faceva diventar rosso come un gambero. Ora, compiaciuta dell'astiosità della sua occhiata, prese animo per proseguire nel gioco di punzecchiarlo. A undici anni soli, possedeva già sviluppatissimo il senso del ridicolo.

"Sei buon ballerino, vero, con quei piedoni? Cosa dici, ballando, alle damigelle? 'Sapete ballare a rovescio, signorina Jenny?' 'Oh, certo, Joe, cioè signor Gowlan, scusate la libertà: vogliamo provare?' 'Deliziosa la musica, vero, signorina Jenny?' 'Insuperab... Ahi, che male, m'avete pestato il callo.'"

Era divertentissima; faceva ruotare i suoi occhioni neri nel visetto da pagliaccio, imitando la voce di Jenny e il suo accento di correttezza.

"Per farti perdonare dovrai offrirle il gelato, ricordati! Ora sta facendosi i ricciolini, la signorina, che di notte s'inforca sul nasino le pinze del bucato. Ha faticato tutto il giorno nel raffinato reparto biancheria di Slattery, e appena a casa m'ha fatto scaldare i ferri per stirarsi l'abito, e m'ha anche tirato uno schiaffo, in paga. Famoso caratterino, Jenny! Sta' in gamba, Joe."

"Oh, piantala, pettegola." Si alzò, si diresse alla porta.

Ella gli sbarrò il passo. "Quante formalità, mio caro signor Gowlan! Chiamatemi semplicemente Sally, fate il piacere. E non parlate di andar via cosí presto; se state buono vi canterò una canzone, una sola, vi piacerà, state a sentire." Congiunse le mani, scimmiottando l'espressione compunta di Jenny quando si metteva accanto al pianoforte per dare spettacolo, cominciò in falsetto, *Mira la viola del pensiero...,* e scoppiò in una risata argentina quando Joe uscí sbattendo la porta.

Joe si fece la barba, si strigliò, si vestí con meticolosa cura, si annodò a farfalla la cravatta nuova, verde, indossò l'abito blu e calzò le scarpe gialle, lucidissime. E fu pronto prima di Jenny. La aspettò impaziente nell'anticamera. Ma quando la vide comparire sulla scala, si sentí mozzare il fiato: tutta in rosa, candide scarpine di raso, e sui capelli un vezzoso veletto di pizzo bianco, che era in gran voga allora, e si chiamava *fascinator.* Le sue guance erano morbide come petali di magnolia, e gli occhi sfavillavano. Succhiava un *cachou* profumato.

"Caspita, Jenny, hai l'aria d'una gran signora!"

Ella accettò l'omaggio con naturalezza, infilò sui suoi veli vaporosi il soprabito di tutti i giorni, con un'aria d'importanza tolse la chiave dalla serratura e se la cacciò in tasca. Poi gli adocchiò le scarpe gialle e fece una smorfia. "T'avevo detto una settimana fa di comprarti un paio di scarpette di coppale."

"Oh, non fa niente, tutti gli altri portan le scarpe solite, mi sono informato."

"Ti sei informato male. Bella figura mi fai fare. Ordinata la vettura?"

"La... vettura?" Che fegato, l'aveva preso per Carnegie? "No, prendiamo il tram."

Ella compresse le labbra, come per contenere il suo disappunto. "Ho capito. Non mi giudichi degna di andare in carrozza."

Dal mezzanino squillò la voce di sua madre: "Vi raccomando di non far tardi. Io ho preso le polveri e vado a dormire."

"Stai tranquilla," rispose Jenny, con voce di tomba.

Il tram era pieno, disgraziatamente, e Jenny si fece ancor piú imbronciata. Fulminò con lo sguardo il fattorino che aveva chiesto a Joe se non avesse spiccioli. Non disse parola per tutto il percorso. Nel tratto che fecero a piedi dalla fermata del tram alla Oddfellows' Hall, il suo frigido silenzio esprimeva il grado dell'offesa che Joe aveva inferto alla sua dignità. Il "sociale" era già incominciato.

Non era dopo tutto un trattenimento grandioso: era una riunione alla buona, una di quelle feste cui partecipano gioiose le famiglie piccolo-borghesi che si conoscono intimamente. Un lato della sala era occupato dal tavolo del buffet, carico di ogni ben di Dio: torte, paste, marmellate, una quantità di arance, piccole e dure, che sembravano ed erano piene di semi; e due enormi urne d'ottone, l'una pel tè e l'altra pel caffè. Sul lato opposto sorgeva molto alto il podio dell'orchestra, mascherato da un palmizio e da due aspidistre, ma si vedevano il pianoforte e i timpani. Al pianoforte sedeva Frank, impareggiabile nell'infondere animazione alle danze. E il tempo!... impossibile ballar fuor di misura quando suonava Frank; bumpa-bum, bumpa bumpa-bum, il pavimento stesso scattava in aria sul pa e ripiombava giú sul bum.

L'intimità era generale; non v'erano partiti, cricche privilegiate; non c'erano programmi né matite, tutte schiocchezze. C'erano, incollati su muri opposti, due bei fogli di protocollo su cui la sorella di Frank aveva scritto in magnifica calligrafia, 1° Valzer *Notte d'Amore,* 2° Barcarola *In Gondola con Te,* eccetera. E davanti a ciascuno dei fogli, capannelli di maschi e di femmine, tutti allegri, vogliosi di divertirsi, cinguettanti, emananti profumi odori ed esclamazioni. "Ehi, Bella, sai fare il two-step?" era una delle formule d'invito. Oppure un cafoncello, scrutata la lista, varcava il pavimento con una scivolata magistrale che lo portava difilato sul seno della diletta, col fatidico annuncio: "I lancieri! sei impegnata con me."

Jenny osservò la scena con occhio critico. Notò la povertà del buffet, i programmi incollati sul muro, le acconciature o meschine o stridenti delle donne, rosso vivo, celeste intenso, verde erba, la grottesca marsina del vecchio McKenna maestro delle cerimonie; notò le grasse matrone, a gruppi isolati di cinque o sei, conversare socievolmente sedute in disparte; notò che la maggioranza riteneva non indispensabili i guanti e le scarpine da ballo.

Tutto questo notò Jenny con una sola occhiata circolare; dilatò le narici e confidò a Joe: "Roba da far venire i vermi."

"Cosa dici?" domandò Joe, diffidente.

"Non c'è stile. Non c'è classe. Un ghetto."

"Ma non vuoi ballare?"

Con un cenno di spalla e sporgendo il labbro Jenny notificò la propria indifferenza. "Visto che siamo in ballo tanto vale ballare; non abbiam pagato i biglietti?"

Cosí ballarono, ma essa si teneva marcatamente discosta da lui, e si guardava bene, alla fine d'ogni danza, dall'applaudire a somiglianza degli altri.

"Chi è quello lí?" domandò sdegnosamente, mentre ballavano insieme.

Joe seguí la direzione del suo sguardo. Quello lí era un'innocua persona di mezza età, tarchiato, le gambe arcuate, la testa tonda. "È Jack Lynch, fabbro d'officina. Mi pare d'avertelo nominato una volta."

"Ho visto di meglio nelle gabbie dello Zoo", disse Jenny, sottolineando la sua arguzia. Poi piombò nel suo umore monosillabico, un sopracciglio alzato, l'aria condiscendente. Voleva che tutti notassero ch'essa era al disopra di tutta quella marmaglia.

Ma aveva giudicato troppo precipitosamente. Cominciava ad arrivare qualche personaggio: membri, non ordinari, ma onorari del Club. Gli impiegati dell'Ufficio Disegni, Irving, il contabile, con la sua signora, Morgan, il cassiere, e perfino il vecchio signor Clegg, direttore d'officina. Jenny cominciò a fondere un pochino, fino al punto da sorridere a Joe: "Si comincia a notare qualche miglioramento."

Aveva appena pronunziato la frase che la porta spalancò i suoi due battenti ed entrò Stanley Millington,

Mister Stanley in persona, il nostro Mr. Stanley. Entrò giulivo, fresco ed elegante in smoking, e dava il braccio alla sua fidanzata.

Questa volta Jenny rettificò la sua posizione a sedere, scrutando meticolosamente ogni singolo gesto dei due giovani eleganti mentre sorridevano e serravano le mani di chi accorreva ad ossequiarli.

"È Laura Todd," bisbigliò a Joe, con accento trafelato. "Sai, la figlia di Todd, l'ingegnere minerario. Io la vedo molto spesso. Si sono fidanzati in agosto, l'ho letto sul *Courier.*"

Joe notò il mutamento d'espressione nel volto di Jenny, e si sentí come sopraffatto dall'acuto interesse ch'ella manifestava in tutto ciò che in qualche modo si connetteva alla società elegante di Tynecastle. Il ghiaccio si sciolse interamente.

"Perché non mi fai ballare, Joe?" gli sussurrò, e si abbandonò languidamente nelle sue braccia, spingendolo come per caso nei paraggi di Millington e di Miss Todd.

"Hai notato il suo vestito, è un modello di Bonar," bisbigliò all'orecchio di Joe. Bonar era il Paquin di Tynecastle, "Ma quel manto di pizzo!..." e sollevò eloquentemente gli occhi al soffitto.

L'allegria aumentava, i timpani facevano un chiasso d'inferno, Frank si prodigava senza risparmio, il ritmo della festa precipitava. Ognuno era *incantato* che Mr. Stanley avesse trovato il tempo per intervenire, e portato con sé Miss Laura per giunta. Stanley Millington era tenuto in gran concetto nel sobborgo. Aveva perso il padre quand'era ancora a scuola, a diciassette anni; aveva quindi cominciato giovanissimo il mestiere, sotto la guida del vecchio Clegg il direttore. Adesso Stanley, a venticinque anni, atletico, dalla carnagione accesa, coi baffetti tagliati a spazzola, entusiasta ed instancabile, sempre avido di fare ciò che chiamava la cosa giusta, dirigeva personalmente la fonderia. Ognuno riconosceva che possedeva il colpo d'occhio che era indispensabile nel mestiere; perché cresciuto sotto buona scuola.

Creata cinquant'anni addietro da una società di mercanti nonconformisti del nord, la scuola di St. Bede's, alla quale Stanley Millington s'era abbeverato, aveva acquistato nella sua breve esistenza il genuino spirito tradizionale delle scuole pubbliche inglesi. Gli sports v'eran tenuti in alto onore. I suoi colori distintivi venivano distribuiti con commendevole liberalità. Bei colori: viola, scarlatto e oro. Stanley, affezionatissimo alla sua vecchia scuola, portava sempre su di sé qualche oggetto — cravatta, bretelle, giarrettiere, gemelli da polsi — che ne riproducesse i colori, a dimostrazione del vivo spirito di corpo che caratterizzava St. Bede's.

Ed era per spirito di corpo che Stanley era intervenuto al "sociale". Voleva sempre fare la cosa giusta. Quindi era lí, disposto a rendersi gradito a tutti, pronto a serrare mani callose, alternando i valzer con Laura a parecchi ballabili con le piú tozze signore dei suoi impiegati.

Come la festa s'inoltrava, il fulgido sorriso di Jenny, che s'era acceso al momento dell'ingresso del nostro Mr. Stanley con Laura Todd, assunse una fissità un tantino di prammatica; e il suo riso, che invariabilmente sgorgava cristallino tutte le volte che passava accanto ai due numi, suonò un pochino forzato. Perché Jenny ardeva dal desiderio di essere notata da Miss Todd, e anelava un invito da parte del nostro Mr. Stanley. Ma no, non succedeva nulla; davvero era peccato. Invece, c'era Jack Lynch che non le toglieva gli occhi d'addosso, e la seguiva dappertutto, con la speranza di trovare un'occasione buona per invitarla a ballare.

Jack non era quello che si chiama uno zoticone, ma era ubriaco. Era cosa notoria la sua propensione alle sbornie, e stasera pareva aver raggiunto qualche grano al suo rosario alcoolico. Se fosse stata una delle sue sbornie normali, lo si sarebbe visto sereno e intontito con le spalle appoggiate al muro tentennare il capo a tempo di musica fino al momento di far ritorno a casa sulle sue gambe piú arcuate e meno salde del solito. Ma stasera il suo Spirito Maligno gli aleggiava d'intorno.

Cosí, all'ultima danza avanti la cena, Jack Lynch si raddrizzò la cravatta, s'avvicinò barcollando a Jenny, e nel suo largo accento del paese le disse: "Su puledrina, facciamo vedere agli altri come si fa."

Jenny alzò il naso per aria e guardò fisso all'altra estremità della sala. Joe, che le sedeva al fianco, interloquí: "Cerca altrove, Jack; Miss Sunley balla con me."

Jack vacillò sulle gambe, ma non vacillò il suo proposito, perché disse: "Ma io voglio che balli con me." E arrotondò un braccio con mossa galante, cosí che la sua manaccia urtò accidentalmente la spalla di Jenny.

La quale diede in uno strillo drammatico, mentre dal

canto suo Joe, scattato in piedi, menava un dritto possente al mento di Jack, che cadde riverso lungo e disteso. Sorse un tumulto.

"Cos'è, cos'è?" Il nostro Mr. Stanley, aprendosi il varco tra le coppie, sopraggiunse quando Joe, col petto infuori e gli occhi truci, cingeva d'un braccio protettivo le spalle della sua Jenny spaurita e tremante di sdegno. "Cos'è successo? Di che si tratta?"

Per quanto imbarazzato, Joe rispose con virile accento: "Era ubriaco, Mr. Millington, ubriaco fradicio. C'è un limite a tutto." Sabato scorso, Joe aveva preso una sbornia con Jack, e li avevano cacciati entrambi fuori dal bar; ma se n'era dimenticato. Ripeté: "Era ubriaco e molestava la mia amica. Era mio dovere proteggerla."

Millington adocchiò la coppia; notò il giusto risentimento di quel bel giovane dal nitido e maschio aspetto; lanciò una torva occhiata alla sconcia figura dell'uomo abbattuto; poi esclamò:

"Ubriaco! È una vergogna, parola mia, una vergogna. Non tollero queste cose nel nostro Club. Siam tutti persone decenti, vero, e voglio che tutti possano divertirsi decentemente. Portatelo via! volete interessarvene voi, signor Clegg? E mandatemelo in ufficio domani, gli darò il benservito."

Jack Lynch l'osceno fu portato fuori. L'indomani fu licenziato.

Millington si rivolse daccapo alla giovane coppia, e sorrise in risposta al ghigno di Joe e alle leziosaggini di Jenny.

"That's all right," disse in tono rassicurante. "Siete Joe Gowlan, vero? Vi conosco perfettamente. Conosco tutti i miei uomini, lo considero un dovere. Presentatemi alla vostra amica, Joe. How do you do, miss Sunley. Se volete balliamo insieme, per cancellare l'impressione di questo spiacevole incidente. E, Joe, venite, vi presento alla mia fidanzata; la farete ballare, vero?"

Cosí Jenny galleggiò estatica tra le braccia del nostro Mr. Stanley, tenendo un contegno ineccepibile, i gomiti piegati all'angolo prescritto dalle regole della buona creanza, conscia che tutti gli occhi degli astanti erano su di lei. E Joe scalpicciò pomposamente con Miss Todd, che, guardandolo, svelava negli occhi non so qual divertita curiosità. "Che pugno!" gli disse, arricciando il labbro, nel sorrisetto ironico che era una sua specialità; "gran bel pugno, non c'è che dire."

Per quanto imbarazzato, Joe convenne, non senza sussiego, che gli era riuscito bene.

Ella sorrise di nuovo e commentò: "Io ammiro chi sa difendersi da sé. Ma," aggiunse, "non datevi quell'aria tanto solenne."

E — prodigio! — cenarono tutt'e quattro allo stesso tavolo. Jenny era in Paradiso. Sorrideva, mostrava i bei dentini, produceva effetti di palpebre, usò la forchetta pel gelato, lasciò nel piatto un pochino di tutto. Fu un tantino perplessa quando vide Laura addentare in alto l'arancia per sbucciarla, e trovò strano che chiedesse al fidanzato il fazzoletto per asciugarsi le dita. Ma fu un trionfo, tutto quanto, ogni attimo. E a coronare il miracolo, Joe, al *rompete le file* del "sociale", per riscattare il suo precedente peccato d'omissione, grandiosamente ordinò una vettura.

Furon scambiati gli ultimi convenevoli, proferite le piú varie formule di commiato con copiosi cenni di saluto con la mano e finalmente, in un fruscio di sete e di effervescenza, Jenny ascese sui cuscini muffaticci del veicolo di rimessa, che sapeva d'umido, di sorci, di nozze, di funerale. I fiochetti pendenti del suo *fascinator* s'agitavano in delirio.

"Magnifico, vero? Io mi son divertita, e tu? Non sapevo che il signor Millington ti conoscesse cosí bene. Non me l'hai mai detto. È cosí per bene. Anche lei, certo. Non bella, direi, ma ha stile, non si può negare. Quel vestito chi sa quanto gliel'han fatto pagare, proprio *dernier cri,* sai, io me ne intendo. Ma hai visto quando ha morso quell'arancia. Strano. E il fazzoletto... Io non avrei quella faccia tosta. Non è da signora, ti pare?"

Egli ne convenne con cenni del capo. Solo con lei al buio nella vettura, sentiva crescere smisuratamente la febbre che lo bruciava. Il suo corpo intero ardeva di desiderio. L'aveva tenuta tra le braccia tutta la sera, aveva avvertito contro il proprio muoversi il corpo di lei sotto i veli leggeri. Da otto mesi la voleva. Ora l'aveva alla propria mercé, sola. Le si fece piú vicino, le passò il braccio attorno alla vita. Ella continuava a cianciugliare eccitatamente: "Un giorno avrò anch'io un vestito come il suo. Tutto satin, e le guarnizioni erano di pizzo vero. M'hai l'aria di una che la sa lunga: e civetta, anche, si capisce subito."

Con dolcezza, con molta cauta dolcezza, Joe se la attirava sul petto, sussurrando in voce carezzevole: "Non parliamo di lei, Jenny, non l'ho quasi guardata, guardavo solo te." Jenny ghignò leziosamente, compiaciuta. "Sei molto, molto piú bella tu di lei; e il tuo vestito faceva molto piú bella figura."

"Ma Joe, cosa dici, m'è costato un'inezia, ho copiato un modello di Weldon!"

"Tu sai farti bella con niente, Jenny mia." La adulava, e adulandola se la sbofficiava con mani esperte. S'accorgeva ch'era eccitata anch'essa, coi nervi tesi, perché gli permetteva certe libertà che finora gli aveva sempre negate. Si fece piú ardito, tentò di passare il segno. Ella squittí:

"No, Joe, no, mani a posto."

"Lasciami fare, cara, non resistere."

"No, Joe, non sta bene, è peccato."

"Macché peccato, Jenny, non ci vogliamo bene?" Dal punto di vista tattico le operazioni erano condotte magistralmente. Qual che si fosse la sua valentia a biliardo, certo Joe non era un novizio nell'arte amabile della seduzione.

"Ma Joe, non qui almeno; siamo quasi arrivati, guarda, ecco Plummer Street. Abbi pazienza, Joe, lasciami. Lasciami, Joe!"

Egli si arrese, sfogando il suo disappunto con empie parolacce tratte dal suo repertorio profano. Ma si dominò, scese, le offrí la mano, gettò lo scellino al cocchiere, la seguí sugli scalini. La sola vista della sua schiena mentr'ella introduceva la chiave nella serratura lo faceva impazzire di desiderio. E ricordò che il vecchio non dormiva in casa.

Giunta nella cucina, che era illuminata solo dalle fiamme del focolare, Jenny fece fronte al nemico. L'attentato alla sua verginità non pareva infonderle tutta la fretta che le sarebbe stata indispensabile per mettersi in salvo. L'eccitazione, la novità, operavano insidiosamente sul suo istinto di femmina, e il successo riportato al "sociale" le dava i fumi al cervello. Prese un atteggiamento provocante nella sua innocenza apparente. "Accendo il gas e ti faccio una tazza di cioccolato?"

Lui si lasciò cadere sul sofà, come esasperato. "Vieni

qui, Jenny, non far la cattiva. Non m'han lasciato parlare tutta la sera."

Incerta, insonnolita, timorosa, non sapeva a qual partito appigliarsi. Pareva un controsenso dar la buona notte e ritirarsi; e Joe, bisognava ammetterlo, era attraente stasera. E aveva ordinato la vettura. Disse, leziosa: "Be', non c'è nessun male a far due chiacchiere," e venne verso il divano.

Egli l'agguantò e se la strinse focosamente sul petto. Meno difficile ora, dopo che aveva fatto le prove in vettura. Essa resisteva con meno vigore. "No, Joe, no, è disonesto," ripeteva, meccanicamente.

"Lascia, Jenny, lasciami fare, son pazzo di te, ci vogliamo bene."

Affascinata e terrorizzata insieme, resistendo e cedendo, ora ansiosa ora restia, Jenny lasciò fare. "Ma Joe, mi fai male!"

Era sua finalmente, Joe trionfava, constatando d'aver vinto. Era questa la Jenny vera; stavolta l'aveva trovata.

"Tienmi stretta, Joe... piú stretta, Joe... Caro!"

Caspita, questa non se l'aspettava. E la posizione era incomoda, i capelli gli venivano in bocca. Com'essa si coccolò contro di lui, offrendo ai suoi baci il pallido visetto rigato di lagrime e mondo ormai d'ogni traccia di affettazione, gli apparve per la prima volta semplice e bella come una delle colombe di suo padre. E tuttavia..., sí, parola d'onore, ora gli ripugnava.

Era il primo amore di Joe.

XII

Il sabato, al Poggio, era un giorno tradizionale. Dopo cena Hilda suonava l'organo per esclusivo diletto del babbo. E stasera, ultimo sabato di novembre, 1909, alle otto, Hilda stava eseguendo il primo movimento della *Wasser Musik* di Händel, mentre nel suo seggiolone Barras ascoltava assorto sostenendosi la fronte con una mano. A Hilda non piaceva suonare l'organo per suo padre. Ma lo suonava. Fa parte della tradizione del sabato che Hilda suonasse l'organo.

Riccardo Barras aveva il culto della tradizione. Ciò non significava che egli fosse schiavo dell'abitudine. La sua statura lo elevava al disopra dell'abitudine. L'abitudine non era padrona; era l'eco, piuttosto, l'eco perenne dei princípi di Barras. Per essere in grado di capire Riccardo Barras, bisognava cominciare coll'ammettere la solidità dei suoi princípi. Era un uomo di princípi; ma non ipocrita, in buona fede.

Era inoltre un uomo eminentemente morale. Disprezzava le debolezze che ahi troppo spesso travolgono i miseri mortali. Era incapace ad esempio di pensare ad altra donna all'infuori della sua legittima consorte. Harriet era un'invalida, ma era sua moglie. Era sua moglie e basta. Barras disprezzava i bassi appetiti umani. I cibi prelibati, i vini rari, la crapula, il dormir tardi, il lusso, la lussuria, ogni eccesso insomma di indulgenza fisica gli riusciva aborrevole. Si nutriva di cibi semplici, e di solito beveva acqua. Non fumava. Sebbene i suoi abiti fossero tagliati bene e di buone stoffe, ne possedeva pochi; e non ambiva vestire con eleganza.

D'altra parte aveva ambizione; l'ambizione naturale di chi si sa bennato e indipendente. Si considerava un uomo di mezzi e di prestigio: era proprietario di miniera, proprietario della Nettuno; eran giusto cent'anni che i pozzi della Nettuno venivano sfruttati dalla famiglia Barras. Si gloriava della sua ascendenza, che risaliva a Peter Barras, colui che nel 1805 eseguí il perforamento n. 1 nello Snook, legando un pozzo discretamente fruttifero al figlio William, che a sua volta aveva eseguito i perforamenti n. 2 e 3. Il padre poi di Riccardo, Peter William, aveva con felice intuito scavato il pozzo n. 4, che ora fruttava a dovizia. Riccardo era orgoglioso di aver ereditato il nome reso illustre dai suoi predecessori scaltri tenaci intransigenti, e considerava un obbligo d'onore l'emularne le virtú tradizionali.

Però non nutriva, apertamente, ambizioni sociali. Se nel corso di una conversazione veniva pronunciato il nome di qualche notabile del contado, Barras aveva un modo tutto suo di interloquire chiedendo pacatamente "Quanto vale?" in un tono che implicava in anticipo la scarsa potenzialità finanziaria del personaggio in questione. E pur essendo sensibile alla deferenza che gli palesavano il suo banchiere e il suo notaio, tuttavia non era uno snob: la voce stessa suonava meschina al suo orecchio. Sebbene sua moglie appartenesse ad un'eletta famiglia del contado, egli non l'aveva sposata per derivar lustro personale dall'albero genealogico della consorte. L'aveva sposata per far di lei la moglie di Riccardo Barras.

Per passione dunque? È dubbio. Non era un uomo di forti passioni. La forza della sua personalità era terrificante, ma era una forza statica, glaciale. Non era un emotivo, né un impulsivo, né un violento. Ciò che gli era alieno, lo eliminava; ciò che non gli era alieno, lo assimilava. E, di ciò che assimilava, diventava gelosissimo. Era un uomo segreto; ma la sua segretezza, piú che a tener occulti i suoi stati d'animo, mirava a sventare da parte altrui eventuali indagini *indiscrete* entro i suoi stati d'animo. Con un'occhiata Barras agghiacciava ogni velleità di confidenza; un'occhiata che pareva dire "Io son io e continuerò ad esser quello che sono, ma ciò non riguarda nessuno all'infuori di me; e se mi so dominare, non mi lascio dominare da nessuno all'infuori di me." La staticità del ghiacciaio.

Da quanto precede sarebbe comunque erroneo dedurre che i tratti caratteristici di Barras fossero totalmente modellati di getto in questo stampo artico. Aveva talune qualità prettamente individuali: come la sua predilezione dell'organo fra tutti gli strumenti musicali, la sua passione per Händel e soprattutto pel *Messia*; o il suo culto dell'arte, dell'arte dalle basi solide, indiscusse, conformi a quelle che erano manifeste negli esemplari d'alto prezzo appesi alle pareti della hall; o il suo attaccamento al sacrosanto concetto dell'unione della famiglia; o la sua invincibile manía dell'ordine; o finalmente il suo acuto senso del possesso.

Quest'ultimo, in particolare, celava il nucleo della vera personalità di Riccardo Barras. Amava le sue possessioni appassionatamente: la sua miniera, la sua casa, i suoi quadri, i suoi beni, tutto ciò che fosse *suo*. Ciò spiegava l'avversione che sentiva contro ogni spreco. Avversione di cui Zia Carola, con la sua incapacità di buttar via niente, costituiva il pallido riflesso. Zia Carola spesso affermava semza ambagi questa sua incapacità, e Barras se ne compiaceva. Barras stesso non buttava mai via niente. Carte, documenti, lettere, ricevute, ricette, tutto veniva catalogato archiviato chiuso a chiave nella scrivania. Era quasi una religione quest'usanza in casa Barras; deteneva una proprietà spirituale; s'armonizzava con la passione per Händel; aveva al pari della musica di

Händel ampiezza e profondità e religiosità di respiro: ma era basata unicamente sull'avarizia. Perché, soverchiando ogn'altro moto dell'animo, la passione segreta e travolgente di Riccardo Barras era l'amore del denaro. Lo mascherava con molta abilità, illudendo persino se medesimo; ma adorava il denaro come un dio. Se lo teneva idealmente abbracciato al petto, accarezzandolo; rappresentava ai suoi occhi la manifestazione sfarzosa della propria ricchezza, la sostanza del suo intimo essere.

Hilda aveva finito il pezzo. Ma invece di alzarsi e ritirarsi in camera sua conformemente alla tradizione, quel sabato, apparentemente inclinata a propiziarsi il favore paterno, domandò, senza alzar gli occhi dalla tastiera: "Vuoi che ti suoni il *Largo*?"

Era il pezzo che Barras preferiva, che lo impressionava di piú, che Hilda odiava piú di tutti gli altri. Lo suonò adagio, inappuntabilmente.

Senza rimuovere la mano dalla fronte, Barras, dopo un lungo silenzio, disse: "Grazie, Hilda."

Hilda lasciò lo sgabello, venne ad appostarsi in piedi dall'altra parte della tavola. Sebbene arcigna come sempre, di dentro tremava. Disse: "Padre!"

"Cosa c'è, Hilda?" La sua voce suonò ragionevolmente.

Ella aspirò profondamente il fiato. Da varie settimane s'era venuta preparando ad affrontare quest'intervista. Disse: "Ho quasi vent'anni, padre, da tre anni ho finito la scuola, sono stanca di far niente, permettimi di andarmene via per cercare qualcosa da fare."

Barras si scoprí gli occhi e la misurò con curiosità. Ripeté: "Qualcosa da fare?"

"Sí, qualcosa da fare," disse Hilda con violenza. "Imparare una professione. Farmi una posizione."

"Una posizione?" Lo stesso accento di remota meraviglia. "Che posizione?"

"Qualunque. Farti da segretaria. Far l'infermiera. Fammi studiare medicina, padre, è questo che amerei piú di tutto."

La scrutò di nuovo, ancora piacevolmente ironico. "E cosa succederà quando dovrai prender marito?"

"Non mi sposerò mai," esplose Hilda; "non ci penso nemmeno, son troppo brutta."

Un gelo gli si diffuse sulla faccia, ma non mutò tono di voce. Disse: "Hilda, hai letto i giornali?"

Tanta penetrazione le fece fluire il sangue alle guance

smorte. Era vero. Aveva letto il *Times*. La vigilia a Londra in una manifestazione di suffragette nelle strade durante il Consiglio di Gabinetto erano avvenute scene di violenza, e le donne avevano tentato un assalto contro la Camera dei Comuni. La notizia aveva determinato Hilda a non differire l'azione.

"Fu tentato un assalto," sibilò Barras, sardonicamente, "un assalto contro... la Camera dei Comuni." Lo disse in tono da conferire all'evento il carattere d'un atto di estrema imbecillità.

Ella si morse il labbro. Disse:

"Padre, permettimi di andare a studiar medicina, voglio prender la laurea."

Barras disse:

"No, cara."

"Padre, ti prego," disse Hilda.

Barras disse:

"No, cara."

"Ti supplico, padre," in accento di implorazione quasi frenetica.

Barras non disse nulla.

Le guance ora le si fecero di gesso. Egli contemplava il soffitto con un'aria di assente interesse. Passò un minuto. Poi Hilda uscí, senza drammaticità.

Egli finse di non avvedersi che fosse uscita. Hilda aveva violato una inviolabile convenzione. Barras eliminò Hilda dalla sua mente.

Continuò a star seduto per mezz'ora, poi s'alzò e spense il gas e salí nel suo studio. Saliva sempre nel suo studio dopo che Hilda aveva suonato l'organo il sabato sera. Lo studio era una camera spaziosa e ben arredata, con tappeti spessi, tendaggi rosso-cupi ai finestroni, numerose fotografie della miniera appese alle pareti, una scrivania di grandi dimensioni. Barras sedette alla scrivania, trasse un mazzo di chiavi, ne scelse una ed aprí il superiore dei due cassetti centrali. Dal cassetto tolse tre libri mastri, del tipo ordinario col dorso in tela rossa, li palpò con la mossa gelosa che gli era abituale prima di aprirli, poi prese a consultarli. Il mastro numero 1 elencava i suoi investimenti, annotati di suo pugno in nitidi caratteri. Gli aleggiava sul labbro un'ombra di sorriso compiaciuto e tuttavia mancante d'espressione. Prese la penna e senza intingerla la fece scorrere lungo la colonna delle cifre. A un dato punto s'arrestò, meditò seriamente, e stabilí di vendere quel pacco d'azioni preferenziali di United Collieries. Avevano ultimamente toccato il culmine dell'ascesa; le sue private informazioni relative agli introiti dell'azienda erano contraddittorie; sí, era prudente vendere. Abbozzò un altro sorriso, debole ed effimero in riconoscimento del suo istinto di scaltrezza, del suo senso degli affari. Non sbagliava mai, e perché avrebbe dovuto sbagliare? Ogni singolo titolo registrato nel mastro numero 1 era in pratica assolutamente garantito, inespugnabile. Riprese il calcolo. Il totale gli diede soddisfazione.

Poi consultò il mastro numero 2. Elencava i suoi beni immobiliari, in Sleescale e nel distretto. La maggior parte dei Terrazzi apparteneva a lui, — il fatto che Ramage il macellaio possedesse una metà di Balaclava Row costituiva il suo incubo — e a Tynecastle aveva acquistato non pochi gruppi di case operaie. Le pigioni raccolte settimanalmente da un suo settore privato rappresentavano un introito cospicuo. Barras non rimpiangeva l'acquisto; era stata un'idea tutta sua sebbene l'operazione materiale fosse stata compiuta, con lodevole discrezione, da Bannerman, il suo notaio. Doveva parlare a Bannerman circa le spese di manutenzione.

E infine consultò il mastro numero 3. Con un senso di svago; con sguardo amorevole. Elencava i suoi quadri, col prezzo sborsato per ciascuno. Adocchiò le cifre con indulgenza. Lo lusingava il pensiero di aver potuto spendere ventimila sterline, un patrimonio, solo in quadri. Era comunque anche questo un buon impiego di denaro: i quadri erano tutti lí, sui suoi muri, dove acquistavano valore col passare del tempo, diventavano rari, antichi, come i Rembrandt, come i Tiziano. Ma non ne voleva comprar altri. No, aveva pagato il suo tributo all'arte. Bastava.

Guardò la pendola. Con le labbra produsse un suono esprimente la sua sorpresa che fosse cosí tardi. Ripose i mastri nel cassetto, lo chiuse a chiave, e passò in camera sua.

Trasse l'orologio di tasca e lo caricò. Stappò la caraffa dell'acqua, riempí il bicchiere e bevve. Poi cominciò a spogliarsi. Tutti i movimenti pacati, metodici, misurati, della sua persona massiccia esprimevano un senso di inevitabilità. Non ammettevano altri movimenti; ognuno di essi rispondeva ad un egoistico interesse deliberato.

Le candide mani poderose parlavano una lor muta favella inequivocabile. Questo è il modo... cosí si fa... il miglior modo è questo... il migliore per me... ne esisteranno degli altri, ma per me questo è il migliore. Per me. Nella penombra la simbolicità delle sue mani assumeva curiosamente un aspetto di minaccia.

Finalmente fu pronto. Infilò l'ampia veste da camera viola. Stette fermo un minuto soffregandosi la mandibola con la punta delle dita. Poi si avviò deciso pel corridoio.

All'altra estremità, Hilda, nel buio della sua stanza, riconobbe il passo. Tutto il corpo le si raggricchiò, s'irrigidí. Si tappò gli orecchi con le mani, ma non serviva. Udí aprir la porta della camera attigua di sua madre, udí il passo pesante procedere verso il letto, udí le voci sommesse, udí il letto scricchiolare sotto il peso nuovo. Ebbe un brivido di rivolta. Attese in un'agonia di disgusto. Ecco, cominciano i gemiti.

XIII

Joe, seduto di fronte alla finestra coi piedi appoggiati al davanzale, non prestava la minima attenzione ad Alf Sunley, che leggeva ad alta voce i pronostici del cap. Sanglar sulle corse di Gosforth Park. Avevano stabilito d'andare insieme all'ippodromo quel pomeriggio; ma Joe, a giudicare dal broncio che non si curava di dissimulare, aveva scarsa fiducia nelle previsioni del capitano. Soddisfatto della colazione, indulgeva a fantasticherie di natura privata.

"In base alle risultanze sulla carta," leggeva Alf con voce monotona, "posso con certezza indicare ai miei lettori il probabile vincitore della Eldon Plate nella puledra di Lord Kell, *Nesfield*, la cui forma è venuta costantemente progredendo..."

Ma gli orecchi di Joe erano sordi e i suoi occhi vagavano ostili attorno alla stanza. Dio, che buco infetto. Pensare che aveva avuto la costanza di dimorarvi ormai da tre anni e mezzo, quasi quattro. Fino a quando sarebbe stato in grado di tollerare tanta indegnità? Incredibile come volava il tempo. Volava, e si lasciava Joe alle spalle a imputridire in quell'ignobile stamberga. Dov'era andata la sua ambizione? Doveva rassegnarsi a star lí dentro tutta la vita?

Alla Fonderia se l'era cavata benino in questi quattr'anni, abbastanza bene. Ma abbastanza bene non era bene abbastanza per Joe Gowlan. Guadagnava ora le sue tre sterline la settimana, e tre sterline la settimana a ventidue anni era già qualchecosa; ed era apprezzato, sí, innegabile, si era messo in luce; Millington, passando pel suo reparto, si fermava sempre a dirgli due parole. Ma finora sembrava che nulla dovesse mai saltar fuori da questo stato di cose. Nulla, mondo schifo, nulla, pensava Joe, imbizzito.

Personalmente cos'aveva al suo attivo? Tre abiti invece di uno, tre paia di scarpe e una dozzina di cravatte, qualche scellino in tasca; si era esibito in pubblico in un incontro di pugilato per dilettanti; conosceva bene la città e aveva imparato qualche trucco, ma... Ma cos'altro? Niente, mondo schifo, niente. Continuava a far l'operaio, a vivere in una camera mobiliata, senza un soldo da parte, e ancora... ancora impegolato con Jenny.

Stizzito, cambiò posizione alle gambe. Jenny rappresentava la spina capitale del suo malcontento odierno. Era innamorata di lui, s'appiccicava, gli tarpava le ali. Situazione intollerabile. Al principio naturalmente per vanità si sentiva lusingato; gli faceva piacere vedersela correre dietro, appenderglisi al braccio, accompagnarlo a spasso per le vie centrali ch'ei percorreva allegro e baldanzoso col petto infuori e la bombetta sulla nuca. Ma ora non era piú questione di baldanza o d'allegria. Di Jenny ne aveva fin sopra i capelli. Cioè: forse esagerava. In letto era ancora una ghiottoneria. E i corpo a corpo, ovunque essi riuscissero a combinarli, qui in salotto, o disopra nella stanza di Joe, o fuori, nei recinti disabitati, sotto un atrio magari, dietro la rimessa Elswick, dovunque insomma, nei siti piú strambi ed impensabili, erano sempre incontri deliziosi, davvero, godimenti degni d'esser ricordati per un pezzo. Ma... era troppo facile adesso Jenny, non si schermiva piú, non simulava nemmeno un po' di resistenza, anzi! era lei piú ansiosa di lui. E se la lasciava sola troppo a lungo eran scene. All'inferno! Tanto valeva esser marito e moglie.

E sposarla, non ci pensava nemmeno. Né lei né un'altra. Non era tipo lui da legarsi per tutta la vita, lui. Troppo accorto uccel di bosco per lasciarsi cogliere in una rete di quella fatta. Doveva pensare a tirare innanzi, farsi strada da sé, racimolare il suo gruzzolo, beccarsi il buono tra le briciole che la vita aveva da offrirgli.

Aggrottò la fronte. Jenny contava troppo nella sua vita, gliela sconvolgeva, lo minorava. Oggi stesso, per esempio, che scena piantò quando seppe che andava con suo padre alle corse e la lasciava sola a casa! Aveva dovuto cedere, per aver pace; promettere di portarla con loro. Ora era su in camera che si vestiva. Mondo schifo! Joe tirò un calcio maligno allo sgabello.

Alf smise di leggere e si lamentò: "Non mi ascolti, Joe. Inutile ch'io sprechi il fiato."

Joe rispose, burbero: "Ma non capisce niente quel tuo capitano Sanglar. Prende le informazioni dagli allenatori e dai fantini, e son tutti bugiardi. Io m'informo all'ippodromo, direttamente da Dick Jobey. Siamo amici, ed è uno che se n'intende."

Alf rise imbarazzato. "Son dieci minuti che non leggo piú di corse. Leggevo dell'aeroplano nuovo di Blériot, sai quel matto che ha volato sulla Manica l'anno scorso."

Joe grugní: "Un giorno o l'altro avrò io una squadra di aeroplani tutta per me, sta a vedere."

"Starò a vedere," assentí Alf con una punta di sarcasmo.

S'aprí la porta ed entrò Jenny. Joe si voltò a guardarla e disse immusonito: "Pronta finalmente?"

"Prontissima," confermò Jenny allegramente. Svanita ogni traccia delle recenti lagrime, era tutta arzilla, come le accadeva spesso dopo una scenata di petulanza; piena di brio come un'allodola. "Sta bene il cappello? Piace al signorino?"

Malgrado l'umor tetro Joe dové ammettere che infatti era carina. Il cappello nuovo se l'era messo su con un certo garbo audace che conferiva leggiadria al suo pallido musetto. La slanciatezza della figura era il suo punto forte: aveva gambe e fianchi eccezionalmente ben modellati. La perdita della verginità le aveva fatto bene; appariva meno anemica, piú sicura di sé, matura. Essa medesima si teneva assai prossima al suo ideale della perfezione.

"Allora andiamo," ordinò, giuliva. "Su, papà, non fatemi aspettare o arriveremo in ritardo."

"Già, siam noi che facciamo aspettar te," gracchiò Joe; ed Alf, tentennando il capo commiserevolmente, corroborò la protesta mormorando in un sospiro: "Donne!"

Andarono a Gosforth Park in tram, che traballava e beccheggiava sul binario scassato della periferia; nondimeno Jenny sedeva allegra e dritta come un fuso in mezzo ai due uomini. "Ho bisogno di far quattrini," annunciò in confidenza a Joe, carezzando la borsetta.

"Non sei la sola," rimandò Joe seccamente.

Entrarono nel recinto da due scellini, dove c'era abbastanza folla da interessare Jenny e non troppa da far calca. Tutto le piaceva: lo steccato bianco contro il verde del prato, i colori dei fantini, il pelo lucido dei cavalli, il vociare degli allibratori sotto gli ombrelloni gialli e blu, l'animazione generale, i vestiti di moda, le celebrità visibili nel recinto del peso a non troppa distanza. "Ecco, Joe, guarda quello è Lord Kell," squittí tirandolo pel braccio; "un vero gentleman." Il vero gentleman, latifondista milionario, decano dello sport ippico, dava istruzioni a Lew Lester, il suo fantino; i suoi bei polpettoni gli davano un aspetto quanto mai florido.

Joe, con accento d'invidia, grugní: "Se spera di vincere con *Nesfield*, è un gaglioffo." Poi si squagliò, in cerca di Dick Jobey.

Ebbe difficoltà a scovarlo, perché Jobey era nelle tribune da dieci scellini; ma trovò modo di persuadere il custode del cancello a pregarlo di avvicinarsi alla palizzata di separazione.

"Non voglio disturbarvi, Mr. Jobey, ma avrei tanto bisogno di un favore da voi. Son qui con la mia fidanzata, e suo padre. Io non giuoco, voi lo sapete, vero, ma la ragazza e il vecchio sarebbero felici di portarsi via qualche scellino quest'oggi. Potete suggerirmi qualchecosa di buono? scusate la libertà."

Dick Jobey aveva simpatia per Joe. Lo aveva visto nel match di boxe. Lo giudicava un giovanotto in gamba; gli aveva persino affidato qualche incarico nel passato, su provvigione. Perché Dick Jobey era un allibratore, di quelli che lavorano in grande, con un ufficio al centro della città e succursali nei sobborghi. Ma il suo aspetto smentiva la leggenda che rappresenta gli allibratori come omoni panciuti dal viso rosso che parlano con un solo angolo della bocca perché l'altro è occupato da un sigaro enorme; era un ometto vestito correttamente senza ostentazione, e che fumava sigarette leggere, non bestemmiava mai e non gridava mai le quote. Gli amici pretendevano perfino che andasse alle corse solo per svagarsi, per coglier fiorellini nel prato. Alla domanda di Joe non rispose avventatamente; si ispezionò le unghie, la punta delle scarpe lucide, poi disse, in voce pacata: "Al posto tuo non la lascerei giuocare fino all'ultima corsa."

"Va bene, Mr. Jobey."

"Sull'ultima corsa potrà rischiare qualche cosetta. Ma poco, intendiamoci; mezza corona, cosí per spasso."

"Va bene, Mr. Jobey."

"Certo non si è mai sicuri."

"Capisco, Mr. Jobey; e chi sarebbe il vostro favorito, *Nesfield*?"

Dick Jobey scosse la testa. "Non ha la minima probabilità. Al posto tuo suggerirei *Pink Bud* alla signorina. Ma mezza corona e non piú, bada; cosí per spasso."

Joe sorrise da furbo, annuí ripetutamente, ringraziò e si ritrasse. Tornò a ritrovare Jenny e suo padre. "Dove diavolo t'eri cacciato?" protestò Jenny appena lo rivide. "La prima corsa è già finita e non ho nemmeno avuto il tempo di giuocare."

"Be', hai tutto il tempo che vuoi per giuocare sulle altre." Con un'aria di benigna superiorità ascoltò, senza parteciparvi, le discussioni tra padre e figlia. Jenny si ispirava, per la scelta del favorito, ai colori o alla notorietà della scuderia, al nome o del cavallo o del fantino. Joe la approvava sempre; accettava i suoi denari e andava a puntare in base alle sue istruzioni. Non vinse mai una volta.

"Che rabbia," diceva Jenny, senza commuoversi. Non era avara, anzi, era piuttosto prodiga dei suoi scellini; ma le sarebbe piaciuto tanto poter vincere almeno una volta. Suo padre, che aveva rigorosamente seguito i consigli del capitano Sanglar, senz'altro successo che un rimborso su un piazzato, la confortò:

"Ci rifacciamo sull'ultima corsa, vedrai. *Nesfield* è una certezza."

"Comincio a dubitare della perspicacia del tuo capitano," osservò Jenny; "cosa ne dici, Joe?"

"Non si può mai esser sicuri," disse Joe. "*Nesfield* è di Lord Kell, vero?"

"Ah, è vero!" esclamò Jenny, incoraggiata, "dimenticavo. Certo bisogna puntare su Lord Kell."

"E perché non *Pink Bud?*" azzardò Joe, con distacco.

"*Pink Bud*?" bofonchiò Alf. "Mai sentito nominare."

E Jenny: "No, no, Joe, io punto su Lord Kell."

"Come vuoi tu," assentí Joe, "ma credo che io per me rischierò qualche cosettina su *Pink Bud*." E si allontanò.

Trasse tutto quanto aveva in tasca, quattro sterline, e le schiaffò su *Pink Bud* vincente a cinque. Vide la quota scendere rapidamente a tre. Poi, alla partenza, si precipitò allo steccato, e seguí la corsa contorcendosi, sudando, trattenendo il fiato. Quando il plotone sbucò sulla dirittura d'arrivo, Joe ansava. Quando distinse *Pink Bud* in testa, gli occhi gli bruciavano. Quando lo vide passare il palo con due lunghezze di vantaggio, gli uscí dalla strozza un rantolo di trionfo. Si precipitò a riscuotere. Fece sparire in una tasca interna i quattro biglietti da cinque sterline, scivolò nella tasca del gilé le sue quattro sovrane, s'abbottonò la giacca, inclinò il cappello su un orecchio, e tornò verso Jenny con un passo da conquistatore.

"Oh, Joe," piagnucolava Jenny, "perché non t'ho dato retta?"

"Già, perché?" rispose, dissimulando la propria contentezza. "Non puoi accusarmi di non averti consigliata bene. T'ho perfin detto che io puntavo su *Pink Bud*. Avevo il presentimento che avrebbe vinto." Gongolava di gioia nel vedere il disappunto degli altri due. Gli veniva da ridere osservando la pallida faccia scorata di Jenny. La rincuorò, con fare di protezione: "Non lasciarti abbattere, Jenny. T'invito a cena. Stasera ci diamo alla pazza gioia."

Uscendo, piantarono Alf di soppiatto e se la svignarono. L'avevan fatto altre volte, ma oggi riuscí facile, perché Alf era troppo intento a maledire tra sé e sé il suo capitano per accorgersi dei loro maneggi. Arrivarono in città poco dopo le sei. Il malumore di Joe era evaporato, sostituito da una burbanzosa magnanimità che lo rabboní fino al punto da fargli tollerare che Jenny gli s'appoggiasse sul braccio.

D'un tratto, svoltando in Northumberland Street, Joe ebbe un moto di sorpresa, balbettò: "Corpo d'un cane, non può esser lui!" poi lanciò un grido potente: "Ohé, Davide, vecchia canaglia!"

Davide Fenwick si voltò, si fermò, stentò a riconoscerlo. "Oh, Joe, possibile?"

“Possibilissimo!” tuonò Joe, investendolo con esuberante cordialità. “C'è un solo Joe Gowlan in tutta Tynecastle.”

Risero tutt'e tre. Joe, con gesti da principe, procedette alle presentazioni. “Davide Fenwick, l'amico intimo di Joe nel buon tempo antico. Miss Sunley, la dolce amica del presente.”

Davide guardò Jenny, guardò fino in fondo agli occhioni chiari di Jenny, e sotto il sorriso di lei sorrise egli pure, esternando una genuina ammirazione. Si strinsero la mano con urbana effusione.

“Stavamo andando a prendere un boccone,” dichiarò Joe, assumendo irresistibilmente l'iniziativa delle operazioni, “e ora che t'ho acciuffato ti prelevo d'autorità. L'appetito c'è?”

“Sempre,” ammise Davide, “ottima idea. Siamo vicini a Nun Strett, andiamo da Lockart's?”

Joe lasciò cadere le braccia. “Lockart's,” ripeté, rivolto a Jenny, “hai sentito anche tu che ha detto Lockart's?”

“Che male c'è?” domandò Davide. “Ti servono benone. Io ci vado spesso la sera a prendere la cioccolata.”

“La cioccolata!” gemette Joe, appoggiandosi al lampione per reggersi in piedi. “Crede che abbiamo fatto voto d'astinenza.”

“Via, Joe, non fare il pagliaccio,” implorò Jenny lanciando a Davide un'occhiata leziosetta.

Joe si galvanizzò drammaticamente. S'accostò a Davide con aria di sussiego. “Senti qua, figliolo. Qui non siamo in fondo al pozzo. Ti trovi in compagnia di Mr. Joe Gowlan. E Mr. Joe Gowlan fa gli onori di casa. Chiudi il becco e mettiti al mio seguito.”

Senza aggiungere altro, infilò i pollici nelle aperture del gilé, e aprí la marcia. Davide e Jenny lo seguivano. Li condusse giú per Northumberland Street al Percy Grill. Entrarono. Sedettero a un tavolino. Nel far sfoggio d'esibizione, Joe era insuperabile. Era una delle cose che gli procuravano autentico diletto, checché si trattasse di sfoggiare: la sua forza, la destrezza, la sua disinvoltura, se stesso. Al Percy Grill si sentiva come in casa sua; v'era venuto sovente in compagnia di Jenny. Era un locale piccolo, pacchiano, con una profusione di ori alle pareti e di cappucci rosa sui lumi; era un'appendice del bar attiguo che si chiamava Percy Vaults. C'era un unico cameriere, col tovagliolo raggomitolato nel panciotto, che rispose con servile premura al perentorio cenno di Joe.

"Cosa si beve? Io un whisky. Tu Jenny? Un porto, va bene? E tu, Davide? Vietato di parlar di cioccolata, qui dentro."

Davide sorrise, e disse che in tal caso prenderebbe una birra.

Arrivate le bibite, Joe ordinò il pasto: bistecche, salsicce e patate fritte. Poi s'appoggiò allo schienale, scrutando Davide con occhio critico, e trovò con sorpresa che aveva piú buona cera; s'era fatto uomo. "Hai cambiato molto, sai. Dimmi, che stai facendo?"

Davide infatti s'era trasformato sensibilmente. Non aveva ancora ventun anni ma ne dimostrava di piú. Aveva una bella fronte, e la mandibola, piú sporgente che mai, denotava tenacia. Ma il suo timido sorriso era piacente a vedere. Sorrise ora, rispondendo: "C'è poco da dire sul mio conto, Joe."

"Via, Davide, sentiamo..."

"Be'..." cominciò Davide.

In questi tre anni aveva conosciuto non pochi stenti, e se ne vedevano i segni sul suo volto che aveva perso ogni traccia di immaturità. La retta del liceo era elevata, e le rimesse di suo padre incostanti (una volta era stato malato due mesi), cosí che gli era toccato di ingegnarsi per supplire alle deficienze. Gli era capitato, per guadagnarsi il sixpence della colazione, di dover offrire i suoi servizi alla stazione, come facchino. Poco male, quando l'entusiasmo c'è, quando si ha volontà di riuscire. E l'entusiasmo procedeva dal fatto che, al principio, aveva subito scoperto la profondità della propria ignoranza, e s'era messo di proposito a rimediarvi. Aveva preso a leggere di tutto, non solo i classici, ma qualunque cosa gli venisse tra mano, da Marx a Maupassant, da Goethe ai Goncourt. La sua scelta delle letture poteva non essere assennata, ma leggeva bene. Leggeva con curiosità, con meraviglia talora, ma sempre con tenacia. Si era inscritto alla Fabian Society, trovava modo di ottenere l'ingresso gratis ai concerti, aveva fatto conoscenza con Beethoven e Bach, e, nella pinacoteca, con Whistler e Degas e Manet.

Non era cosa facile istruirsi a quel modo, senza una guida; ma conosceva cosí poca gente. Era troppo povero e mal vestito, anche troppo orgoglioso, per aver molti amici. Desiderava averne, ma non li cercava; avrebbe voluto che venissero a lui.

Poi aveva cominciato a dare lezioni, come assistente, nelle scuole elementari dei distretti piú poveri. Ma aveva scoperto presto che, per quanto amasse i bambini e ne compatisse la povertà con tutte le sue conseguenze, non aveva la vocazione dell'insegnamento. Doveva per ora continuare nella professione, ma solo come mezzo ad altro fine; aspirava ad una sfera d'attività piú elevata, piú combattiva. L'anno venturo, ottenuta la patente di grado superiore, intendeva darsi d'attorno per...

Si arrestò bruscamente, e abbozzò il suo prezioso sorriso. "Ma ho parlato io tutto il tempo. La mia sola scusa è che mi ci hai indotto tu. Perdonatemi, non voglio piú seccarvi."

Ma Jenny si immaginò di essere profondamente impressionata. "Povera me," disse, vivace ma esitante: "non avevo idea d'essere stata presentata ad una persona cosí importante." Il porto le accendeva le guance; i suoi occhi sfavillavano.

Davide la guardò confuso. "Lo dite per sarcasmo, Miss Jenny?"

Ma Miss Jenny lo assicurò che non lo aveva detto per complimento, ma che lo pensava. Non aveva mai conosciuto un vero studioso. Gli studiosi appartenevano ad una casta sociale che ai suoi occhi era inaccessibile. Oltre a ciò, Davide, sebbene vestito dimessamente al confronto di Joe, le sembrava un giovanotto per bene: interessante era la parola! E ultimamente Joe l'aveva trattata indegnamente, bisognava riconoscerlo: mica una cattiva idea servirsi di Davide per renderlo geloso. Disse, a bassa voce:

"Mi vien la pelle d'oca a pensare a tutti i libri che dovete studiare. E la patente; povera me!"

"La patente servirà ad introdurmi in qualche scuola male aereata, e piena di marmocchi denutriti."

"Ma non vi piace fare l'insegnante? Possibile? È una carriera onorifica!"

Egli scosse la testa e stava per riprendere il filo della discussione, quando arrivarono le bistecche e le salsicce, creando una diversione. Joe distribuí le porzioni, con fare pensoso. Sulle prime, aveva ascoltato il racconto di Davide con un velato sogghigno d'ironia, propenso a cogliere la prima occasione opportuna per burlarsi di lui e delle sue aspirazioni. Ma poi aveva colto a volo lo sguardo che Davide aveva dato a Jenny. E allora era nata in fondo al suo cervello un'idea luminosa.

Porse a Davide il piatto, informandosi con sollecitudine: "Va bene cosí caro Davide?"

"Magnifico, Joe, grazie." Da mesi non vedeva una pietanza cosí.

Joe sorrise, passò a Jenny la mostarda, e le ordinò un altro bicchiere di porto. "E cosa stavi dicendo, Davide, circa... una sfera d'attività piú elevata?..." domandò in tono cortese.

"Niente d'interessante, Joe, niente d'interessante."

"Ma sí, Davide; vero, Jenny, che ci interessa?" Pareva entusiasta. "Di' su, via, non fare il misterioso."

Davide li guardò uno dopo l'altro. Incoraggiato dalla gravità di Joe e dalla curiosità di Jenny, si ingolfò nella narrazione.

"Si tratta di questo. Non credetemi ubriaco, né pazzo, né idealista. Dopo che avrò ottenuto la patente, sarò costretto a fare l'insegnante per qualche tempo, non foss'altro che per guadagnarmi il pane. Ma so che non è la mia vocazione. Forse non son paziente abbastanza. Sento invece una grande inclinazione per la lotta; è difficile spiegare, ma mi vo' persuadendo sempre piú che è mio dovere fare qualchecosa per migliorare le condizioni dei minatori. Noi sappiamo cos'è la vita che fanno, nemmeno tu puoi aver dimenticato ciò che hai visto nella Nettuno. Pensa a ciò che la miniera ha fatto a mio padre. Pensa alla paga. Be', io aspiro a trasformare tutto quello stato di cose. Capisci?"

Joe pensava, è matto da legare, ma disse, con molta dolcezza: "Seguita, Davide, seguita."

"Se tu conoscessi la storia delle miniere, come l'ho studiata io, vedresti facilmente quale è lo scopo che io vorrei raggiungere. Ancora sessanta o settanta anni fa, qui nel Northumberland, i minatori lavoravano sotto leggi intollerabilmente disumane. Erano trattati come dei fuorilegge, come dei barbari. Non ricevevano alcuna istruzione, anzi, si voleva che restassero ignoranti. Infortuni frequentissimi nelle miniere, perché i proprietari non si davano la briga di sventarli. Si lasciava che le donne lavorassero nei pozzi, coi bambini: bambini di sei anni. V'erano di quelli che lavoravano diciotto ore sotto terra. E gli uomini erano tutti vincolati, intendiamoci, non avevano diritto ad alcuna libertà personale. Erano costretti a rifornirsi di tutto ciò che abbisognavano, nella bottega esercíta da qualche parente del capominiera, e dalle paghe veniva diffalcato l'importo delle spese settimanali..."

Si interruppe, e ridendo con soggezione disse a Jenny: "È impossibile che tutto questo la interessi, mi scusi."

"Ma anzi," protestò Jenny in accento ammirativo; "dev'essere straordinariamente intelligente per sapere tutte queste cose."

"Seguita, Davide, i particolari sono interessanti," assicurò Joe, facendo segno al cameriere di portare un altro porto a Jenny.

"No, non son discorsi da fare qui. D'altronde, oggi la situazione è già migliorata da allora. Ma non abbastanza. C'è ancora molto da fare. La vita nei pozzi è ancora troppo dura, e le paghe troppo basse, e i pericoli ancora troppo spesso fatali. E nessuno se ne dà pensiero. La settimana scorsa, in tram, un signore leggeva il giornale, e un altro ch'era con lui gli domandò se c'era niente di nuovo, e quello rispose: 'Niente. Assolutamente niente. Solo uno dei soliti infortuni minerari.' Io diedi un'occhiata al giornale al disopra della spalla e vidi che erano stati uccisi quindici uomini in una esplosione a Nottingham."

Seguí una breve pausa. Gli occhi di Jenny erano pieni di commiserazione. Jenny aveva ingurgitato tre bicchieri di porto e si sentiva miracolosamente responsiva ad ogni sorta di emozioni, pronta cosí a ridere di gioia di fronte alla bellezza della vita come a piangere amaramente di fronte alla tristezza della morte. Da qualche tempo in qua, svelava per il porto una marcata predilezione. Lo giudicava una bevanda da signora; e *un vino*, per giunta, il che lo classificava tra le bibite raffinate. Naturalmente era Joe che l'aveva incoraggiata a bere.

Ora Joe ruppe il silenzio. "Tu farai carriera, Davide. Sei un giovane che andrà lontano. Io ti vedo già deputato al parlamento mentre io continuerò a tirare la carretta nella fonderia."

"Non far l'asino, Joe," disse Davide, seccamente.

Ma Jenny aveva sentito. Raddoppiò di attenzione verso Davide. Parve proprio volonterosa di dedicarsi a lui. Gli sguardi leziosetti si fecero piú arditi, piú significativi. Brillava. Si compiaceva di avere due corde al suo violino.

E le persisteva in mente il pensiero malizioso di servirsi di Davide per ingelosire Joe.

Parlarono di cose sublimi, di ciò che Joe aveva fatto in questi anni; parlarono e risero fino alle dieci, allegri e cordiali. Poi Davide si rese conto dell'ora, ed esclamò: "Giusto cielo! e io dovrei essere al lavoro."

"Oh, non lasciateci cosí presto," implorò Jenny.

"Vorrei restare, ma non posso. Lunedí ho un esame di storia."

"Be'," dichiarò Joe, "allora ti vedremo martedí, non mancare di venire a vederci com'hai promesso. E non ti metteremo in libertà cosí facilmente."

Jenny si ritirò a lavarsi le mani, e Joe pagò il conto esibendo i suoi vari biglietti da cinque sterline. Sul marciapiede, quando aspettavano Jenny, Joe smise bruscamente di masticare lo stuzzicadenti e disse a Davide: "È una gran brava ragazza Jenny."

"Molto carina. Ammiro il tuo gusto."

"Il mio gusto?" Joe rise molto cordialmente. "Ti sbagli in pieno, mio caro Davide, siamo semplicemente amici. C'è niente, assolutamente niente, tra Jenny e me."

"Ah, davvero?" Davide tradí il suo interessamento.

"Giuro." Joe rise ancora rumorosamente. "Questa non me la sarei aspettata. Ho fatto bene ad avvertirti."

Jenny li raggiunse, e si incamminarono a piedi. All'angolo di Westgate Road, Davide si congedò. Stringendogli la mano, le dita di Jenny conferirono la sensazione, oh, correttissima, appena percettibile, d'una tacita intesa. La stretta di mano di Joe fu virile: "Non mancare martedí sera."

Davide si sentiva leggero rientrando nel suo tugurio. Accese la pipa e aprí sulle ginocchia la Storia della Rivoluzione Francese di Mignet. Che combinazione, incontrare Joe cosí inaspettatamente. Strano che non si fossero mai incontrati prima. Ma Tynecastle è grande, e di Joe Gowland ce n'è uno solo in tutta la città, come aveva detto lui stesso. Davide pareva pensare molto a Joe, ma la faccia che gli danzava davanti agli occhi nelle pagine di Mignet non era quella di Joe. Era la faccia sorridente di Jenny.

XIV

E Davide venne il martedí seguente a far visita a Jenny. Peccato che Joe, trattenuto fuori orario alla Fonderia, non fosse presente; ma non ci aveva colpa, povero Joe, tanto lavoro! Davide comunque passò una bella serata. Era già venuto con la determinazione di godersi la compagnia degli amici, ne aveva cosí pochi, ed era dopo tutto d'indole socievole, e infatti godé la visita. La famiglia, preavvisata da Jenny, era stata propensa, dapprima, a trattarlo con sospetto; s'attendevano che si desse arie da superuomo. Ma il gelo si sciolse subito, e a cena l'atmosfera fu piacevolissima. La padrona di casa, scosso il suo letargo una volta tanto, aveva fatto il *rarebit*, e, come osservò Sally, i *rarebit* di mammà erano deliziosi. Alf, con l'aiuto del peparolo e due cucchiaini, diede una dimostrazione del metodo inventato da lui per costruire colombaie a buon mercato; gli frutterebbe un patrimonio, se ne potesse acquistare la patente. Jenny, freschissima nel suo vestitino di cotonella stampata, badò essa al tè, essendosi mammà stancata già tanto in cucina.

Davide non riusciva a distogliere gli occhi da lei. Nel quadro casalingo gli pareva una pianta rara, tutta in fiore. Non aveva quasi mai parlato con donne in quei quattro anni di Tynecastle; e prima, a Sleescale, era stato ancor troppo ragazzo per aver un'amica. Jenny era la prima, assolutamente la prima, a propinargli il filtro celeste. Osservandola, ne aspettava il sorriso: il morbido arricciarsi del suo labbro era la piú bella cosa che avesse mai vista, simile al dischiudersi d'un fiore. Nel porgergli la tazza, il solo contatto delle sue dita gli infondevano in tutto il corpo una divina dolcezza.

Conscia dell'effetto che produceva, Jenny era lusingata, e quand'era lusingata si mostrava in ottima luce. Però non sentiva alcuna attrazione per Davide; se le loro dita si toccavano, Jenny non percepiva alcunissima sensazione. Perché era innamorata di Joe.

Aveva cominciato per disprezzare Joe, i suoi modi scorretti, la sua sgarbatezza, il suo lavorare nello sporco, come diceva; ed era curioso che fossero stati proprio questi difetti la causa della sua infatuazione per lui. Jenny era nata per venir trattata con durezza: in fondo al suo essere giaceva l'inconscio e sgradito riconoscimento d'essere stata soggiogata dalla brutalità di Joe. Ma nel momento si compiaceva della sua nuova conquista: impari Joe a trattarla con tanta indifferenza!

Dopo cena Alf suggerí un po' di musica. Andarono in sala. Accompagnata da Sally al piano, Jenny cantò *Juanita* e *Come to me, sweet Mary*. La sua voce, sottile e sforzata, suonava tuttavia simpatica. Offrí di cantarne una terza ma suo padre, clamorosamente appoggiato da Clarissa e Phyllis, sollecitò Sally a prodursi.

"Sally è il numero centrale del programma," osservò confidenzialmente a Davide. "Se possiamo farle avere qualche lezione diventerà una stella. È un'attrice nata. Tutte le settimane la porto con me all'Empire."

"Via, Sally," perorava Clarissa, "fai Jack."

"Sí, brava, Sally," incalzava Phyllis, "e poi fai Florrie Ford."

Ma Sally seduta al piano si schermiva, senza scomporsi, picchiettando con un dito qualche malinconica nota sulla tastiera. "Non mi sento, e lui" con un cenno del capo indicava Davide "lui vuol sentir Jenny, non me."

Jenny sgranò un risolino di superiorità. "Vuol farsi pregare la signorina."

Sally prese fuoco istantaneamente. "Allora *all right, sweet Mary*; non mi farò pregare." Si rizzò a sedere e cominciò senz'altro. Era piccolina pei suoi quindici anni, e non ancor formata, ma aveva non so qual grazia scimmiesca che meravigliava, attirava. "A richiesta generale" annunciò con comica serietà "*l'altra* Miss Sunley canterà *Molly o' Morgan.*"

E diede spettacolo. Un vero numero. La canzone era niente, un motivo popolare del giorno, ma Sally ne fece qualchecosa. Non la cantò, la parodiò, ruzzolando in falsetti, riprendendosi in toni solenni; pianse quasi, per la tragicità dei disperati amanti di Molly, impersonandone lo scimmiotto, il classico scimmiotto che presumibilmente faceva lo smorfioso sull'organo di Molly o' Morgan, suonatrice ambulante d'organetto.

Tutti salvo Jenny ridevano convulsamente. Alf applaudiva con frenesia. Sally gli strizzò l'occhio in segno di ringraziamento, e subito attaccò un'altra canzone, parodiando il buffo Jack. Poi imitò Florrie Ford. Poi smise bruscamente e corse via.

Jenny si credette in dovere di scusarne l'eccentricità. "Non badatele, signor Fenwick, è un po' stramba. E che caratterino, uh, povera me. Credo," e abbassò la voce, "credo che sia un po' gelosa di me."

"Impossibile," sorrise Davide, "bambina cosí."

"Oh, ha quasi sedici anni," precisò Jenny; "e davvero è invidiosa se qualcuno s'interessa a me. Quasi che fosse colpa mia!"

Colpa sua! Sarebbe come accusare una rosa pel suo profumo, un giglio per la sua purezza. Davide quella sera rientrò persuaso che Jenny era una ragazza adorabile.

Poco dopo inaugurò la serie delle visite periodiche. Talvolta trovava anche Joe in casa, ma piú spesso non c'era. Aveva sempre del lavoro fuori orario, e l'aria preoccupata. Poi Davide cominciò ad invitare Jenny a uscire con lui, e inaugurò la serie delle passeggiate. Passeggiate che a Jenny sembravano curiose, su per la collina, in qualche borgata poco distante, nei boschi per un picnic, e persino nel parco. In cuor suo Jenny sprezzava tutto quel bucolico arcadeggiare; era avvezza alla pomposa scorta di Joe, ora al Percy Grill, ora al Bioscope, ora da Carrick's, e l'"andare in qualche posto" per lei significava "farsi vedere dalla gente", bere qualche bicchiere di porto, e il conto pagato dal cavaliere. Davide poverino non aveva soldi da spendere, altrimenti era certa che anche lui ce l'avrebbe portata volentieri in qualche posto. Era carino, Davide, le piaceva, ma certe volte lo trovava strano. Quando la condusse al parco, le causò autentica stupefazione.

Non era punto ansiosa, Jenny, d'andarci; il sito era mal frequentato, diceva, ci s'entrava gratis, vi conveniva la gente ordinaria, a mangiar roba in cartocci, sdraiata sull'erba. Le commesse di Slattery, quelle di infimo ordine, v'andavano la domenica con lo spasimante. Ma Davide pareva tenerci tanto ch'essa acconsentí ad accompagnarlo.

La condusse dapprima lungo un viottolo fuori mano per vedere le rondini nel nido. "Le avete mai viste nel nido?" le domandò in tono entusiastico. Ella scosse il capo e disse che una volta sola era stata nel parco in vita sua, quando aveva cinque anni. Egli ne sembrò scandalizzato. "Ma è un sito incantevole, Jenny! Io ci vengo almeno una volta tutte le settimane. Ha i suoi umori, come l'anima; un giorno è tetro, malinconico, e l'indomani è allegro, pieno di sole. Vedete là, sotto la grondaia del loggiato... li vedete i nidi?"

Jenny guardò intenta e vide i soliti nidi di fango secco che fan le rondini dappertutto. Si sentí mistificata; come sospettosa di trovarsi di fronte a qualchecosa di cui non capiva la bellezza.

Percorso il lungo viale dei rododendri, fecero una sosta sul rustico ponticello per riposare. "Quei castagni, Jenny! non si direbbe che squarciano il cielo? E i licheni qui su queste vecchie pietre. E il mulino laggiú non è una meraviglia? Un paesaggio di Corot."

Jenny guardò e vide una casupola diroccata, con la ruota del mulino e il tetto rosso, tutta coperta d'edera e d'altri rampicanti di molti bei colori insoliti. Ma era una rovina e comunque la ruota non girava nemmeno. Si sentí quasi stizzita. Avevano camminato tanto che i piedi le s'erano enfiati nelle scarpe nuove, un po' strettine ma un buon affare, quattro scellini e undici pence ridotto da nove scellini; e non aveva visto altro che erba, alberi, fiori e cielo, udito altro suono che quello dell'acqua e degli uccelli, e mangiato solo un fradicio sandwich all'uovo con due banane, banane delle Canarie, nemmeno quelle belle grosse profumate della Giamaica. Si sentiva delusa, perplessa, sconvolta; stizzita con Davide, con se stessa, con Joe, con la vita, con le scarpe, — le stavan dando un callo, ci scommetteva, — con tutto! Voleva una tazza di tè, un porto, qualche cosa insomma. Compresse le labbra e stava per dire qualche frase spiacevole quando colse a volo l'espressione della faccia di Davide.

Un'espressione di rapimento: cosí soffusa d'ardore e di adorazione, che la prese alla sprovvista e le diede una voglia matta di ridere. Provò a dominarsi, ma ruppe in un'ilarità contenuta eppure irrefrenabile che non finiva piú: un vero parossismo di eccitazione isterica.

Davide rise anche lui, per simpatia. "Cos'è, Jenny?" ripeteva; "via, ditemi cos'è che vi fa ridere."

"Non lo so," bofonchiava Jenny tra le risa spasmodiche, "questo è strano, non lo so nemmeno io, non so cos'è che mi fa ridere."

Finalmente s'asciugò gli occhi, con un magnifico fazzoletto di pizzo che una cliente aveva lasciato nel camerino da Slattery, e commentò "Dio mio, povera me, che fenomeno!" Era una delle sue frasi predilette: qualunque evento meno che normale, massime se trascendeva il suo intendimento, lo classificava allegramente tra i fenomeni.

Ma se ne sentí rianimata, se non altro, e piú affezionata a lui. Gli permise di infilare il braccio nel suo e di camminare a contatto di gamba mentre si dirigevano verso il tram. Ma, quando il tram arrivò al punto dov'essa doveva scendere, si dichiarò stanca, e rifiutò di farsi accompagnare fino a casa.

Imboccata Scottswood Road a piedi, prese a rimuginare l'idea luminosa che le era venuta in mente nel tram. Era sabato, circa le sei, l'ora in cui la gente esce a zonzo in cerca di divertimento, l'ora che a Jenny piaceva, l'ora in cui di solito con Joe usciva "per andare in qualche posto".

Entrò in casa senza far rumore, e nel corridoio s'imbatté in Joe, e le balzò il cuore in petto. "Hallo, Joe," lo salutò, tutta giuliva, dimentica che gli faceva il muso da una settimana.

"Hallo," brontolò Joe senza guardarla.

"Un fenomeno d'una giornata, caro Joe, t'assicuro," continuò Jenny, con fare civettuolo "Saresti morto dal ridere, parola, saresti morto. Ho visto tutte le qualità di uccelli eccetto la buona."

Nella penombra del corridoio Joe le scoccò un'occhiata sospettosa. Ella notò l'occhiata e gli si accostò, seducente, offrendosi con gli occhi col volto col corpo; esigendolo. "Usciamo insieme, Joe?" sussurrò, tentatrice. "Mai annoiata tanto come oggi, parola," e lisciandogli il bavero della giacca infilò un dito nell'asola per illustrare con suggestiva mossa infantile l'imperiosità della sua esigenza.

Ma Joe scosse la testa, brutalmente. "No, no," disse con accento di tedio; "dei pensieri per la testa, ho altro da fare." Le sgusciò accanto e uscí sbattendo la porta.

Ella restò con le spalle al muro, la bocca socchiusa in atto di sorpresa, gli occhi fissi alla porta. Lo aveva implorato, si era abbassata ad implorarlo. Si era offerta tutta, svelandogli la sua bramosia, e lui le aveva buttato in faccia il suo rifiuto. Si sentí sommergere da un'onda di umiliazione. Mai in tutta la sua vita era stata umiliata cosí. Pallida d'ira, si morse violentemente le labbra. Le pareva d'impazzire dalla rabbia. Poi si fece forza, levò fieramente la testa ed entrò in salotto come se nulla fosse accaduto.

Gettò guanti e cappello sul sofà e si fece scaldare il tè. Sua madre, sul seggiolone a dondolo, la osservava ostile al di sopra del giornale. Abbassò il giornale e domandò, con marcata freddezza: "Dove sei stata?"

"A spasso."

"H'mf. Con quello studente, vero?"

"Con Davide Fenwick, proprio. È stata una gran bella giornata. Perfetta. È realmente un giovane molto simpatico."

Ada ansava. "Simpatico lo trovi?"

"Simpaticissimo! Molto per bene." E prese a cantellare in gola.

"Smetti quel raglio!" ordinò Ada, indignata. "E lasciati dire, signorina, che trovo che è un'infamia come ti conduci. Tratti Joe da cane. Da quattr'anni ti corre dietro, ti porta fuori e tutto, e appena ne spunta un altro lo pianti e ti dài alla pazza gioia con quell'altro... Fai torto a Joe."

Jenny sorseggiava il tè con signorile contegno. "Non ho un alto concetto di Joe Gowlan, mammà. Potrei farne quello che voglio solo alzando il mignolo. Ma non l'ho alzato ancora. Non ancora."

"Ecco la gran dama. Joe non è abbastanza buono per lei, ora che s'è fatto avanti il maestrino. Sei una famosa cliente, te lo dice tua madre. Lasciati dire, signorina, che io non trattavo cosí tuo padre. E se non combini con Joe lo perdi com'è vero Dio."

"E me ne frego. Se anche non dovessi vederlo mai piú..."

Ada esplose. "Ed è piú che probabile che non lo vedrai mai piú. È fuori della grazia di Dio. È stato qui a parlarmi proprio ora. Non sa cosa fare. E per giunta ha dei fastidi anche alla fonderia. Aveva gli occhi pieni di lagrime. Lo tratti che è uno scandalo. Ma bada sai, nessun uomo tollera a lungo d'esser trattato cosí. Sei una ragazza senza cuore. Ho una gran voglia di raccontare tutto a tuo padre."

Liberatasi dalla minaccia finale, Ada sigillò la diatriba facendo nuovamente scattare il giornale e si riparò dietro di esso. Aveva detto quel che aveva da dire, aveva fatto il suo dovere, facesse un po' Jenny quel che le pareva!

Jenny, finito il tè, sorrideva con aria di condiscendente superiorità. Raccolse i guanti e il cappello e galleggiò dignitosa fuor dalla stanza. Salí in camera sua, e lí, chi sa come, il sorriso le si sciupò sulle labbra. Si sentí sola al centro del gelido linoleum come una bimbetta abbandonata e reietta da tutti. Lasciò cadere guanti e cappello e si gettò piatta bocconi sul letto, le braccia aperte, quasi volesse abbracciarlo. La sottana, impigliatasi in un ginocchio, lasciava nuda la pelle, bianchissima al disopra delle calze nere. Singhiozzò a lungo, con la sensazione che il cuore le si spezzasse.

Joe, diretto da Bigg's, dove aveva un appuntamento importante con Dick Jobey, si ripeteva, esultante: "Attacca, perdio, attacca!"

XV

Dieci giorni dopo, nella mattinata, Joe si presentò negli uffici della direzione e domandò di essere ricevuto dal signor Millington.

"Be' Joe, cosa c'è?" domandò Stanley Millington, seduto alla scrivania.

"Ho finito la mia settimana di licenziamento, e non volevo andar via senza prima passare a presentare i miei ossequi," rispose Joe rispettosamente.

Il nostro Mr. Stanley si rizzò a sedere. "Andar via? Ci lasciate? Oh, mi spiace. Eravate una delle colonne della bottega. E anche del Club Sociale. È successo qualche cosa, alle volte? Qualche cosa cui io possa rimediare?"

Joe scosse la testa in atto di virile malinconia. "Thank you, sir, solo dei fastidi miei privati. Niente da fare con la fonderia, anzi, mi piaceva il lavoro qui. Ma ho avuto dei... dissapori, con la mia ragazza."

"Ah, che seccatura, povero Joe, mi spiace." Il nostro Mr. Stanley rammentava Jenny benissimo. Aveva sposato Laura, ultimamente; quel mattino era uscito allora allora, per modo di dire, dal talamo nuziale, e si trovava in uno stato d'animo propizio alle espansioni di carattere confidenziale. "Volete dire che vi ha... piantato?"

Joe annuí, umilmente. "Non m'è piú possibile alloggiare in casa sua, capirete. Ho deciso di andarmene al piú presto."

Millington guardò altrove. Oh perbacco povero diavolo d'un Joe. E la prendeva con filosofia, per giunta. Per darsi un contegno trasse la pipa e la riempí lentamente, prendendo il tabacco da un barattolo di cristallo dipinto coi colori di St. Bede. Poi si racconciò la cravatta, dagli stessi colori, e finalmente disse: "Parola d'onore, mi spiace." Il suo senso di cavalleria verso il bel sesso gli vietava di profferire parole di biasimo all'indirizzo di Jenny, ma proseguí: "Sono doppiamente spiacente di perdervi, Joe, in quanto vi tenevo d'occhio ultimamente, e intendevo offrirvi una promozione, aiutarvi a far strada."

Joe pensò, figlio d'un cane, e perché non me l'hai detto? ma disse, con un sorriso di gratitudine, "Thank you, sir."

"Sicuro." Lanciò una boccata di fumo, con fare pensoso. "Mi piace il vostro stile. Voi siete di quel tipo d'operai che mi piace di avere per collaboratori: franchi, educati. La cultura, ai nostri giorni, conta poco. È il carattere che conta. Sicuro, volevo spianarvi la strada." Una lunga pausa. "Comunque, rinuncerò al tentativo di persuadervi a restare. Al vostro posto, farei probabilmente anch'io come voi: andar via, e dimenticare." Fece un'altra pausa, con la pipa in mano, pensando a quanto diversa da quella del povero Joe fosse la propria posizione di marito amante e riamato. "Procurate di dimenticare il vostro contrattempo, ma ricordatevi di quello che vi ho detto: qualunque momento decidiate di ritornare fra noi, un posto per voi qui dentro lo troverò sempre; e un buon posto; capito, Joe?"

"Thank you, sir."

Millington s'alzò, si tolse la pipa di bocca e tese la mano. "Good-bye, Joe. Ho il presentimento che ci rivedremo."

Joe strinse la mano profferta, fece dietro front e uscí. S'affrettò per Platt Street, saltò in un tram e mentalmente lo lanciò a tutta velocità. Fece quasi a passo di corsa il tratto di Scottswood Road che lo portò a casa, salí le scale a precipizio, e cominciò a far la valigia. Portò via tutto. Quando fu la volta della fotografia di Jenny, ch'essa gli aveva regalata in cornice, la contemplò per mezzo minuto, poi tolse la fotografia, mise la cornice nella valigia, e approvò il suo atto, pensando che era una cornice discreta, d'argento. Scese la scala con in pugno la valigia rigonfia, la lasciò in anticamera e si affacciò in sala.

Ada naturalmente era nel suo seggiolone a dondolo, godendosi il riposo antimeridiano.

"Godd-bye, Mrs. Sunley."

"Cosa?" Ada quasi saltò fuori dalla seggiola.

"M'han licenziato," annunciò Joe, succintamente. "Ho perso l'impiego, ho perso Jenny, non ho piú niente da fare qui dentro, me ne vado."

"Ma Joe!" ansò Ada, "non dite mica sul serio?"

"Seriissimo." Per evitare proteste non bisognava farsi vedere avvilito, ma anzi fermo, determinato, padrone di sé. Era un uomo oltraggiato che aveva irrevocabilmente deciso di lasciare al rivale il campo libero. E come tale Ada — impressionabile — lo accettò.

"Lo prevedevo," gemette, "lo prevedevo, notando le manovre di Jenny. Gliel'ho detto, l'ho messa in guardia. V'ha trattato che è un'infamia."

"Peggio," corresse Joe, amaramente.

"E per di piú avete perso l'impiego, è un colmo, Joe, oh, che disgrazia! Cosa farete ora, per l'amor di Dio?"

"Ne troverò un altro," rispose Joe risolutamente. "Ma lontano di qui."

"Ma Joe, non volete provare..."

"No!" urlò Joe, inaspettatamente. "Non voglio niente, non voglio provar niente, ho sofferto abbastanza, son stato tradito dal mio migliore amico e me ne vado, piú lontano che posso."

Naturalmente Davide era la sua migliore carta d'atout. Senza Davide, Joe non avrebbe potuto districarsi dalla situazione con tanta facilità. Avrebbe dovuto subire interrogatorii, inventare scuse e spiegazioni, Jenny lo avrebbe perseguitato, spiato. Questo pensiero gli traversò la mente quando stava parlando, e gli conferí il senso lusinghiero della propria scaltrezza. Bisognava riconoscerlo, era un furbacchione; un artista. Stava lí serio serio e indignato a buttar fumo negli occhi alla vecchia e li prendeva in giro tutti quanti.

"E voglio che si sappia, Mrs. Sunley, che io non serbo rancore contro nessuno. Desidero che Jenny sappia che io le perdono. Favorisca salutare tutti da parte mia, non mi sento di farlo io stesso, sono troppo addolorato."

Ada non voleva lasciarlo partire; lei, sí, sembrava addolorata; ma cosa fare con un uomo cosí ignominiosamente offeso? Joe uscí di casa puro e innocente come v'era entrato quattr'anni avanti.

Quella sera Jenny rientrò tardi. Era l'ultimo giorno dell'odioso periodo di vendita estiva nei magazzini Slattery, e l'ora di chiusura era stata differita fino alle otto. Sua madre era sola in casa; aveva trovato modo di far invitare Clarissa e Phyllis da una sua amica, e aveva spedito Alf e Sally all'Empire.

"Jenny, ho da parlarti."

Jenny notò una vibrazione insolita nell'accento di sua madre, ma era troppo seccata per darle retta. Era anche molto stanca; la giornata era stata laboriosissima. "Non ne posso piú, di quella bottega," dichiarò lasciandosi cadere su una seggiola. "Dieci ore sono stata in piedi. Son gonfi e bollenti. Mi verran le varici se continuo cosí. E m'illudevo che fosse un impiego distinto. Va sempre piú giú. La classe dei clienti che ci tocca servire è stomachevole, a dir poco."

"Joe," osservò sua madre, acidamente, "se n'è andato."

"Se n'è andato?" echeggiò Jenny, allibita.

"Stamattina. Per sempre."

Jenny capí. Diventò smorta. Smise di carezzarsi i piedi gonfi e si rizzò a sedere. Fissò lo sguardo non su sua madre ma nel vuoto. Pareva spaventata. Ma si dominò. "Vuoi darmi da mangiare, mammà?" mormorò, con un accento curioso. "Non dire una parola di piú; dammi da mangiare e sta zitta."

Ada aspirò profondamente il fiato ma la paternale che era venuta architettando in tutto il pomeriggio le morí sulla lingua. Conosceva il caratterino di Jenny abbastanza bene da rendersi conto che pel momento conveniva rimettersi a lei. Cosí stette zitta e le serví la cena.

Jenny, seduta molto eretta, mangiò l'arrosto sempre con lo sguardo fisso nel vuoto. Stava riflettendo. Com'ebbe finito si volse a sua madre.

"Ora ascolta mammà, ascolta bene. So che sei pronta a spiattellarmi una lavata di testa. So per filo e per segno tutto quello che hai da dire. Ho trattato Joe indegnamente e tutto il resto. Lo so già, ti dico; dunque non dirlo, cosí non avrai da rimpiangerlo. Intesi? Io vado a letto."

La lasciò ammutolita e si trascinò su in camera sua. Si sentiva incredibilmente stanca. Poter bere un porto, un paio di bicchierini! Avrebbe dato qualunque cosa per potersi rinfrancare con un po' di porto. Si liberò dei suoi effetti, buttandone parte sulle seggiole, parte a terra, dovunque, comunque. Si cacciò nel letto. Grazie al cielo Clarissa, che dormiva nella stessa stanza, non c'era.

Giaceva immobile nel buio sulla schiena, riflettendo, riflettendo accanitamente; senza dare in ismanie isteriche questa volta, senza torrenti di lagrime, senza scalmanarsi contro il guanciale. Era perfettamente calma. Ma con tutta la sua calma era in preda a un vero spavento.

Faceva fronte alla situazione: Joe l'aveva abbandonata. Colpo terribile, quasi mortale, pel suo orgoglio; e le veniva inferto in un momento psicologico disastroso. Era arcistufa di Slattery's, delle lunghe ore da passare in piedi servendo col sorriso sulle labbra clienti volgari che la trattavano con alterigia. Proprio oggi, pensando ai suoi sei anni di anzianità di servizio, le era venuto fatto di anelare con tutta la sua forza un fortunato evento che la liberasse dalla schiavitú. Era arcistufa anche della vita in casa; della ristrettezza, del disordine, della volgarità dell'ambiente. Voleva una casa propria, mobili suoi. Voleva far conoscenze, dar piccoli trattenimenti, farsi un gruppetto d'amici esclusivamente suoi. E se questi desideri non dovessero mai venir soddisfatti? Se fosse suo destino d'invecchiare facendo la spola tra Scottswood Road e Slattery? In questo pensiero giaceva la causa vitale dello spavento che provava. Perdendo Joe, aveva perso una prima occasione. Doveva rassegnarsi a rischiare di perdere anche la seconda?

Fece un gran meditare sui casi suoi, povera Jenny, quella notte, prima di assopirsi, ma al mattino svegliandosi si sentí riposata. Era sabato, il lavoro finiva alle una, e quando rientrò a casa fece colazione in fretta e corse su a cambiarsi e farsi bella: piú bella che poteva. Dedicò molto tempo per acconciarsi la capigliatura in uno stile nuovo, e per lisciarsi la carnagione col cold cream. Mise l'abito piú elegante che aveva, grigio-perla con guarnizioni in rosa-pallido, e, soddisfatta di sé, scese in sala per attendervi Davide.

Lo aspettava per le due e mezzo ma egli anticipò di un quarto d'ora, impaziente di ritrovarsi con lei. Le bastò un'occhiata per rassicurarsi: era innamorato cotto. Gli aveva aperto lei la porta; ed ora egli se ne stava impalato nel corridoio, estatico a guardarla come se volesse divorarla con gli occhi. "Jenny," bisbigliò, "sei troppo bella per esser vera."

Essa lo precedette in sala, ridendo, compiaciuta. Doveva riconoscere che Davide sapeva dire certe cose con assai piú bel garbo di Joe. Ma le aveva portato non una scatola di cioccolatini né una boccetta di profumo ma un fascetto di violacciocche, nemmeno un mazzo vero come si può comprare dalla fioraia, ma un semplice fascio acquistato per non piú di due pence su qualche bancarella del mercato. Ma non importava, non importava. Sorridendo gli disse che era contenta di vederlo, davvero contenta, e quei fiori cosí belli, ma che buon profumo.

"Oh, non sono gran che, ma sono delicati, Jenny, come te; hanno sui petali una specie di nebbia che è simile a quella che talvolta ti vela gli occhi."

Jenny non seppe che cosa dire; quel genere di discorso la lasciava sempre imbarazzata; probabilmente Davide l'aveva imparato in tutti quei libri che aveva letto in quei tre anni, "poesie eccetera". In tempi normali avrebbe proferito la signorile osservazione: "Oh, qual delicato pensiero; io ho la passione di aggiustare i fiori nei vasi," ma oggi non si sentiva di recitare la parte della gran dama, voleva essere il piú vicino possibile al cuore di Davide. Con le violacciocche in mano sedette, tutta modesta, accanto a lui, sull'orlo del sofà.

Egli sorrise dell'austera correttezza del loro comune atteggiamento. "Si direbbe," disse, "che siamo dal fotografo."

"Che?" Lo guardò senza capire.

Egli rise allegramente. "Devo dire, cara Jenny, che non ho mai conosciuto qualcuno cosí... completamente innocente come te. Come Francesca: *Uscita allora allora di convento, tutta brillante di rugiada...* Son versi di Stephen Philipps."

Ella aveva tenuto gli occhi bassi mentr'egli parlava; il vestito grigio, la faccia pallida e i fiori in mano le davano una cert'aria di monachella. Com'ebbe finito di parlare, ella si guardò bene dal rispondere, domandandosi cosa diavolo aveva voluto dire. Innocente? La pr..., era possibile che la prendesse in giro? Impossibile, cotto com'era. Ad ogni modo disse: "Non prendete in giro, voi! È un paio di giorni che non mi sento bene."

"Indisposta, davvero, cosa ti senti?" Il suo interessamento fu istantaneo e sincero.

Ella sospirò, prese a piluccare il gambo d'un fiore. "Tutti in casa ce l'hanno con me. A causa di Joe, che è partito..."

"Joe partito?"

Ella annuí senza rispondere.

"Ma perché? Cos'è stato?"

Ella prolungò il silenzio un altro po' continuando a tormentare il gambo della violacciocca. "Era geloso... partí perché... oh, tanto vale che te lo dica, perché s'è accorto che mi piacevi piú di lui...."

"Ma Jenny!" protestò Davide, confuso, "Joe m'aveva assicurato... credi proprio che, dopo tutto era innamorato di te?"

"Bah, meglio non parlarne," replicò Jenny, con un piccolo brivido, "non voglio parlare di lui. Ma tutti in casa m'hanno fatto delle paternali, perché non lo potevo soffrire." Alzò gli occhi a lui, imploranti: "Come avrei potuto, dopo che ho fatto conoscenza con te?"

Alla sottile insinuazione implicita nelle sue parole, Davide si sentí il cuore battere furiosamente, di gioia squisita. La guardò profondamente negli occhi, e gli parve udire il canto delle allodole, vedere schiudersi un bocciuolo di rosa, ammirare in un sol fascio uniti la beltà e la gentilezza, il profumo e la melodia. La desiderò con tutto l'ardore della sua giovane anima affamata. Si chinò verso di lei, ed essa non si ritrasse. "Jenny," mormorò, tra i battiti del suo cuore, "davvero mi vuoi bene?"

"Jenny, ne avevo come un presentimento... Mi ami proprio?"

Ella annuí, un pochino nervosamente.

Egli la prese tra le sue braccia. Nulla in vita sua trascese mai il rapimento di quel bacio. La baciò delicatamente, con reverenza, con una timida tenerezza che svelò tragicamente tutta la pateticità della sua imperizia. Per Jenny, fu il bacio piú strano che avesse mai ricevuto, e le comunicò un senso di dolce pietà che le mise una lagrima, due lagrime, tre, sul ciglio.

"Jenny, piangi! Oh, cara, perché piangi?"

"Ti amo, Davide. Non ho che te al mondo. Ho bisogno d'essere amata da te. Ho bisogno che tu mi porti via di qui. Non posso piú tollerare l'idea di doverci restare. Mi trattan tutti con tanto astio, se sapessi! Quanto al negozio, non ne posso piú. Sono incapace di continuare in quel lavoro. Voglio vivere con te. Voglio che ci sposiamo al piú presto per essere felici, e, oh, Davide, tutto quanto."

L'accento emotivo della sua voce lo mandava in estasi. "Ti porterò via di qui, Jenny, non dubitare. Appena mi sarà possibile. Appena conseguita la patente superiore troverò un buon impiego e..."

Jenny scoppiò in pianto. "Oh, Davide, ma ci vorrà tutto un anno. E dovrai andare a Durham all'università, e lasciarmi sola. Mi dimenticherai. Non voglio aspettare, ti dico che non posso piú resistere qui. Non potresti trovare un impiego adesso, se ti metti sul serio a cercarlo?" Piangeva amarissimamente, senza sapere perché.

Gli faceva pena, vederla piangere cosí. Capiva che i suoi nervi dovevano essere tesi oltre ogni limite sopportabile, e ad ogni suo singhiozzo si sentiva trafiggere il cuore come da un pugnale. Provò a calmarla, carezzandole la fronte reclina sulla propria spalla. "Un anno passa presto, Jenny. Comunque non voglio tenerti in pena. Chi sa che non trovi qualche impiego fin da ora. La licenza che ho mi qualifica per l'insegnamento elementare."

"Sí, Davide? Oh, prova, prova, Davide, per amor mio! A chi intendi rivolgerti?"

"Be'," continuava a carezzarla e, con la sola intenzione di rabbonirla, accennò agli appoggi che forse poteva ottenere da Riccardo Barras, "potrei scrivere a una persona che conosco a Sleescale, che ha molta influenza. Potrebbe ottenermi un posto in qualche scuola di campagna."

"Sarebbe bellissimo. Davide. La patente superiore potrai sempre ottenerla piú tardi. Pensa, caro, che felicità di vivere insieme in una casetta tutta nostra? Tu, la sera, coi tuoi libroni alla scrivania, e io vicino a te. Di giorno avrai le tue lezioni, e non è un lavoro troppo faticoso, e la sera avrai tutto il tempo che vuoi per studiare e prepararti alla patente. Sarebbe un paradiso, Davide!"

Il quadro dipinto da Jenny con tanta sentimentalità lo muoveva a sorridente tenerezza. La guardò protettivamente. "Ma, vedi, Jenny, dobbiamo esser pratici..."

Ella sorrise attraverso le lagrime e lo interruppe: "Davide, Davide, non dire un'altra parola. Sono tanto felice che non devi deludermi."

Balzò in piedi, ridendo. "Ora, senti! Andiamo a fare

una bella passeggiata. Andiamo nel parco, è cosí bello, mi piace tanto con tutti quei belli alberi, e quel mulino pittoresco. E parleremo dei nostri progetti, ti va? Dopo tutto, non ti farebbe alcun male di scrivere a quella persona influente...; ma vedremo, parleremo, vero, Davide, caro?" Lo ammaliava coi suoi occhi belli, sfavillanti di lagrime rattenute. Lo baciò rapidamente, poi corse via a prepararsi.

Egli rimase in piedi, sorridente, rapito, come sollevato in aria, forse un tantino perplesso. Ma l'essenziale era che Jenny lo amava. Dunque aspetterebbe, certo, aspetterebbe. Doveva per forza vedere anche lei che era indispensabile la patente di grado superiore, prima di pensare al matrimonio. Davide aveva ventidue anni soltanto.

Mentre stava in attesa di Jenny, la porta s'aprí e s'affacciò Sally. Vedendolo, esitò. "Scusi, non sapevo che era qui. Son venuta solo per prendere della musica." Aveva il suo solito cipiglio ostile.

Davide mentalmente paragonò quel cipiglio a una nuvola che si fosse levata nel sereno della sua felicità. Sally gli s'era sempre rivelata scontrosa, caustica, quasi che nutrisse qualche segreto rancore contro di lui. Per la prima volta egli sentí l'impulso, ora che era felice, e che stava per sposare sua sorella, di essere in buoni termini con lei. Le disse: "Perché mi guardi con occhi nemici, Sally? Ti dispiaccio?"

La ragazza portava un grembiule di tela blu, reliquia dei suoi giorni di scuola; era tutta spettinata. Lo guardò arditamente in faccia, ma non con la sfrontatezza inconsueta. "No, non mi dispiaci."

Egli vide che diceva la verità. Sorrise. "Ma mi parli sempre con tanta amarezza."

Sally replicò, con eccezionale gravità: "Sai dove prender lo zucchero, se ne vuoi." Abbassò gli occhi e uscí di nuovo senza aggiunger altro.

Jenny rientrò il secondo appresso. "Che cosa t'ha raccontato la smorfiosetta?" Senza aspettar risposta si impadroní del suo braccio, se lo strinse al fianco, e s'avviò con lui verso la porta. "Faremo una bella passeggiata, oggi, e ci racconteremo tante cose."

Era allegra come un uccello. E perché no? Aveva tutte le ragioni d'esser compiaciuta, col suo fidanzato, vero fidanzato, non soltanto un amico, un cavaliere di scorta, ma un signore serio, che la voleva sposare e darsi alla carriera, alla nobile carriera dell'insegnamento. Addio Slattery. Addio Scottswood Road. Mostrerebbe lei a tutti quanti, Joe compreso, se era stupida o no. E per far loro dispetto, voleva la cerimonia religiosa, sicuro; con l'articolo sul giornale. Aveva sempre desiderato di sposarsi in chiesa... Qual modello d'abito porterebbe? Qualche cosa di semplice, ma carino; oh, carino, carino...

Al ritorno dalla passeggiata Davide scrisse a Barras, "per far piacere a Jenny". La settimana seguente ricevette in risposta l'offerta di un posto nelle Nuove Scuole di Sleescale. La mostrò a Jenny, esitando tra la ragione, che lo dissuadeva dall'accettare, e l'amore che lo spingeva a tutto tentare per compiacere la fidanzata.

La fidanzata gli buttò le braccia al collo. "Oh, darling, darling! Non è una fortuna? Ho avuto ragione di farti scrivere? Non è meraviglioso?"

Davide, con Jenny sul petto, le loro bocche unite, pensava con gli occhi chiusi che era davvero meraviglioso.

XVI

Quel mattino Arturo Barras si svegliò singolarmente gaio. Appena aprí gli occhi sul rettangolo di ciel sereno incorniciato nella finestra spalancata avvertí la sensazione che la vita fosse una cosa preziosissima, piena di sole, di forza, di speranza. Non gli avveniva sovente di svegliarsi di tale umore. Certe mattine, quando il sole non c'era, parevano tenere in serbo nient'altro che oppressione e tenebre, statiche, acuendo in lui il senso delle sue deficienze.

Perché tanta allegria oggi? Era anche questo un mistero, come del resto la sua morbosa tendenza al pessimismo. Forse era il presentimento del telegramma che poi arrivò, o dell'imprevisto incontro con Hetty che si verificò nel pomeriggio. Piú probabilmente procedeva dal gioioso riconoscimento dei propri progressi, perché il suo primo pensiero, mentre stava poltrendo con le mani intrecciate dietro la testa e il lungo suo scheletro diciottenne mollemente adagiato in piuma, il suo primo luminoso pensiero era stato: "Non ho toccato le fragole."

Non che le fragole in sé, per quanto ghiotto ne fosse, avessero un valore reale! ma il loro valore era simbolico, in quanto lo avevano messo in grado di misurare la propria forza di carattere. Con un mezzo sorriso di soddisfazione rievocò tutta la scena di ieri sera: la mensa; Zia Carola officiante, intenta cioè a distribuire le porzioni di fragole — lusso raro sul desco di Barras — che pescava col cucchiaione fuor dall'urna di cristallo tentatrice; e la panna! già, stava quasi per dimenticare la lattiera d'argento piena di panna gialla. Non c'era niente che gli facesse gola quanto le fragole con la panna. "Ora a te, Arturo," sentí Zia Carola dire, mentre si preparava a servirgli una generosa razione. Poi, se stesso rispondere: "Grazie, no, Zia Carola, non ne prendo stasera." "Ma Arturo!..." sorpresa, costernazione perfino, nella voce di Zia Carola, e lo sguardo, distante, di suo padre, posato un attimo su di lui. Di nuovo Zia Carola: "Cos'è, caro, non stai bene?" e se stesso, ridendo: "Benone, grazie, ma non ho voglia di fragole stasera." Ed era rimasto su ritto a sedere, con l'acquolina in bocca, osservando gli altri gustare le fragole.

Era cosí che bisognava fare; cose di poco momento, sia pure, ma il libro diceva che aprivano la strada a conseguenze piú importanti. Sí: stamattina era soddisfatto di sé. "Come vorrei che Arturo manifestasse maggior forza di carattere!" Questa petulante osservazione materna, traudita un giorno passando pel corridoio e rimasta tutti questi mesi al centro della sua mente, ora perdeva consistenza di fronte alla sua vittoria sulle fragole.

Saltò giú dal letto, — era una debolezza imperdonabile stare a poltrire sognando dopo che si è svegli, — eseguí i suoi esercizi dinanzi alla finestra aperta, andò con passo deciso nel camerino e prese un bagno freddo, ma freddo sul serio, senza manco aprire il rubinetto dell'acqua calda per rompere il gelo dell'immersione. Rientrò in camera pieno d'energia, vestí gli abiti da lavoro tenendo gli occhi religiosamente fissi sul cartello appeso alla parete opposta al letto. Il cartello diceva, in caratteri a grassetto: "Io voglio!" Sotto ce n'era un altro: "Guardare gli uomini negli occhi."

Arturo finí di allacciare gli stivaloni, — oggi scendeva nel pozzo — e fu pronto. Andò a un cassetto e ne trasse un libriccino rosso, *La Cura della Timidezza*, uno dei volumetti della serie intitolata "La Volontà e il modo di coltivarla", e sedette serio serio sulla sponda del letto per leggere. Ne leggeva un capitolo ogni mattina prima di colazione, quando la mente, come diceva il libro, si trova nel suo stato di massima ricettività; e preferiva leggere in camera sua perché i libriccini costituivano un suo segreto gelosamente custodito.

Oltre il perimetro della sua concentrazione percepiva ad uno ad uno i rumori della casa: il passo morbido di Zia Carola nella stanza della mamma, le fresche risatine di Grace al momento del bagno, il tonfo dei piedi di Hilda che s'alzava dal letto. Suo padre era in piedi già da un'ora: l'alzarsi presto era uno degli articoli del suo codice tradizionale.

Rilesse con maggior attenzione un periodo. *La volontà umana è capace di controllare non solo il destino di un individuo ma i destini di molti. Quella determinata facoltà della mente che ora urge a fare ed ora vieta di fare, quella facoltà che ci assiste nello scegliere fra due vie quella che dobbiamo seguire, può esercitare influenza non solo sulla nostra vita individuale ma anche sulla vita di molte altre persone.*

Com'era vero! Bastava questa sola ragione per giustificare l'obbligo che incombe ad ognuno di coltivare la propria volontà, non tanto per vantaggio proprio quanto piuttosto per l'utile altrui. Arturo voleva diventare forte, risoluto, equilibrato, padrone di sé. Conosceva tutti i suoi difetti: la sua naturale timidezza, la sua goffaggine, la sua tendenza a trincerarsi in un ermetico riserbo, ma soprattutto la sua incorreggibile propensione al fantasticare.

Come tutti gli individui di natura sensibile e gentile, subiva la tendenza di evadere dalle dure realtà della vita pel maestoso cancello dell'immaginazione. Com'erano meravigliosi i sogni! Quante volte si era visto nella Nettuno compiere atti di eroismo sovrumano... o passeggiando salvare un bimbo che stava per annegare o per andar sotto al treno, e ritirarsi senza manco rendere noto il suo nome, solo per venir riconosciuto ed acclamato dalla folla in delirio... o mettere knock-out un bruto sorpreso a maltrattare una donna... o soggiogare con la sua eloquenza, dall'altro della tribuna, un uditorio ostile... oppure, in un trattenimento dell'alta società, brillare per la disinvoltura della sua effervescente conversazione... Oh, non v'era limite al portento vertiginoso di quei sogni. Però si rendeva conto del pericolo che rappresentavano, quindi li aveva definitivamente soppressi; d'ora innanzi voleva essere forte, inespugnabile.

Aveva quasi diciannove anni ormai; l'anno venturo finiva il corso d'ingegneria mineraria. La vita era, oh, sí, era cominciata sul serio, e diveniva indispensabile raccogliere tutto il coraggio atto a renderla sopportabile. Coraggio e volontà. Io voglio, disse Arturo con fermezza, chiudendo il libro e fissando zelantemente il cartello sul muro. Serrò forte le palpebre e ripeté varie volte le parole come per incidersele a fuoco nell'anima. Io voglio, io voglio, io voglio; poi scese a far colazione.

Suo padre, che preferiva compiere questo rito mezz'ora prima degli altri, aveva quasi terminato; stava bevendo un ultimo goccio di caffè, meditabondo, col giornale su un ginocchio. Fece un cenno col capo in risposta al buongiorno di Arturo. Nulla di perentorio oggi in quel cenno del capo, nemmeno quella frigida bruschezza che talora agghiacciava; stamane il cenno possedeva un carattere di indulgente bonarietà che cadde su Arturo come una carezza, incoraggiando ed accogliendo la sua devozione, riconoscendolo come un individuo. Arturo sorrise beato, e cominciò a rompere il sommo del guscio del suo uovo, calorosamente conscio che il babbo continuava ad osservarlo.

"Prevedo, Arturo," disse Barras d'un tratto, come se avesse deliberato lí per lí di aprirsi, "prevedo qualche novità interessante per oggi."

"Sí, babbo?"

"Probabilmente riceveremo un ordinativo importante."

"Davvero, babbo?" Arrossí. Quel riceveremo, che lo includeva, che lo associava col babbo negli affari, era una bellezza.

"Un contratto di prim'ordine, posso aggiungere. Con la P. W. & Co."

"Sei contento?" domandò Barras con affabile ironia.

"Son felice, babbo."

Barras annuí. "Hanno bisogno del nostro coke. Credevo già di dover rinunciare definitivamente agli scavi in quel settore Scupper. Ma se accettano il nostro prezzo cominceremo la settimana entrante."

"Quando saprai se lo accettano?"

"Stamattina." E quasi che la linearità della domanda lo avesse mosso a rimpiangere le confidenze fatte, alzò il giornale, e di dietro a quel riparo disse autoritariamente: "Vedi di esser pronto alle nove in punto. Non voglio aspettare."

Arturo tornò industriosamente al suo uovo. Ma all'improvviso un pensiero gli diede ombra. Scupper! Era il settore che aveva originato lo sciopero tant'anni fa. Scoccò un'occhiata furtiva alla sagoma invisibile del babbo mascherata dal giornale. Avrebbe voluto fargli una domanda. Era prudente chiedere? Ne avrebbe il coraggio? Meglio no. Mentre esitava, entrò Zia Carola, seguita da Hilda e da Grace. Zia Carola portava in volto la piacevole espressione che metteva tutte le mattine, metodicamente, meccanicamente, come metteva la dentiera.

"Mamma ha passato un'ottima notte," disse allegramente ad Arturo. L'informazione era diretta a Barras, ma Zia Carola prediligeva le vie indirette pel bene della pace generale.

Arturo le passò i crostini abbrustoliti senza rilevare la notizia. La sua mente era concentrata sul pensiero che gli dava fastidio. Scupper! Si sentiva già molto meno felice; preoccupato anzi, sconvolto. Teneva gli occhi fissi al piatto. Rimuginando, percepiva dileguarsi a poco a poco lo splendore della mattinata. Perché doveva sempre capitare cosí? Perché quelle brusche metamorfosi, da uno stato d'estasi a uno stato di preoccupazione?

Adocchiò Grace con invidia, osservandola servirsi la marmellata con giuliva spensieratezza. Grace era sempre uguale; a sedici anni conservava la stessa innocente giocondità che manifestava da bambina. Ieri ancora se ne veniva sotto il viale, mordicchiando una mela, in compagnia di Dan, — figlio del panettiere! — apparentemente beata della sua intimità con lui. Certo gliel'aveva data lui la mela. Se Zia Carola l'avesse sorpresa, chi sa che scenata.

Grace accolse la sua occhiata e gli sorrise, articolando, con le sole labbra e senza suono, il nome di Hetty. Tutte le volte che lo coglieva sovrappensiero ne deduceva che stava sognando Hetty Todd. Egli accennò di no, e il cenno parve causarle grande divertimento, a giudicare dal fremito d'allegria che le comunicò, ma siccome aveva la bocca piena di pane e marmellata, il risultato fu calamitoso. Spruzzò briciole, tossí, annaspò, arrossí come un gambero. "Dio Dio," commentò, quand'ebbe superata la crisi, "com'ero ingozzata."

Hilda le ordinò, arcigna: "Bevi e non fare la stupida." Grace ubbidí e bevve placidamente sotto il severo cipiglio della sorella. "Non imparerai mai a comportarti come si deve a tavola?"

Il richiamo suonò come un colpo di regolo sulle dita. Almeno cosí lo avrebbe risentito Arturo. Eppure sapeva che Hilda era profondamente affezionata a Grace. Strano! Un affetto *sui generis*: violento e tuttavia disciplinato; latente e possessivo; come una carezza accompagnata da uno scapaccione; un misto di tenerezza contenuta e di subita ira. Hilda avrebbe dato qualunque cosa per farsi voler bene da Grace, e nondimeno soffocava ogni manifestazione intesa a propiziarsela.

Con un moto d'impazienza Arturo rigettò il pensiero delle sorelle. Era un altro suo difetto, quella proclività della mente a passare da una indagine ad un'altra: bisognava correggersi. Non bastava a preoccuparlo la notizia datagli dal babbo? Finí il caffè, arrotolò il tovagliolo, lo infilò nell'anello d'osso, e aspettò che il babbo s'alzasse. Decise di differire la domanda a quando sarebbe solo con lui diretto alla Nettuno, o, meglio, al ritorno.

Finalmente Barras terminò di leggere il giornale. Non lo depose sulla tovaglia; lo piegò nitidamente con le sue mani meticolosamente ben tenute, lo lisciò amorevolmente con le dita e lo porse a Zia Carola. Era sempre Hilda che s'impadroniva del giornale appena il babbo se ne andava, e Barras lo sapeva, ma preferiva ignorare questa indiscrezione.

Uscí pedinato da Arturo, e cinque minuti dopo erano insieme nel calessino diretti alla miniera. Arturo si impose coraggio per porre la sua domanda. Le parole gli vennero sulle labbra una dozzina di volte, ogni volta in una formula diversa. "A proposito, babbo..." "Babbo, non credi che..." "Mi è venuto in mente, babbo, che..." Gli si allineavano davanti in sempre nuove disposizioni perch'egli potesse fare la sua scelta. Vedeva se stesso parlare, udiva il suono d'ogni parola. Ma stette muto. Era una vera agonia. Poi inaspettatamente Barras, calmo, recise d'un colpo il nodo gordiano:

"Ci ha dato qualche fastidio il settore Scupper anni fa, ricordi?"

"Sí, babbo, ricordo," con una rapida occhiata a Barras, che sedeva imperturbabile.

"Fu una faccenda deplorevole. Io non l'avevo voluta.

Chi vuole guai? Mi fu imposta. M'è costata cara." Scartò l'argomento, lo ripose con calma nell'archivio del passato remoto, e prese a filosofeggiare: "La vita, figlio mio, è un affar serio qualche volta. Ci sono delle circostanze che ci obbligano a star bene in gamba se vogliamo salvare le ossa. Ma questa volta non avremo seccature."

"Non credi, babbo?"

"Ne son certo. Gli uomini han ricevuto una severa lezione, e son poco ansiosi di subirne un'altra." Il suo era l'accento della ragione stessa; metteva sulla bilancia i pro e i contro, spassionatamente. "Certo il settore è umido, ma anche il Paradiso lo è, e anche il Mixen. Ci sono abituati."

Mentre parlava, dicendo poco e implicando molto, un'ondata di conforto investí Arturo, obliterando le nebulose ansie che lo tormentavano da un'ora, come la marea montante sopprime i castelli di rena costruiti dai bimbi sulla spiaggia. Sentí gratitudine per suo padre. Ne ammirava la forza tranquilla, l'inoffuscabile serenità. Dileguò ogni preoccupazione. La mattinata tornò a splendere.

Percorsa a gran trotto la discesa di Cowpen Strett, entrarono pel cancello nel cortile. Andarono difilato in direzione. Armstrong li aspettava in ufficio. "Un telegramma, Mr. Barras," e per mostrare che ne conosceva l'importanza soggiunse: "ho creduto bene di aspettare."

Barras prese il telegramma e lo aprí senza fretta. "Sí," disse con flemma, "all right, hanno accettato il nostro prezzo."

"Allora cominciamo lunedí nello Scupper?" domandò Armstrong.

Barras assentí col capo.

Armstrong s'asciugò la bocca col dorso della mano, col gesto abituale che denotava in lui un certo imbarazzo. Per nessun motivo apparente aveva negli occhi una espressione di disagio. Squillò il telefono e rispose lui alla chiamata, con una sollecitudine che tradiva il suo sollievo. "Hallo." Ascoltò, poi guardò Barras. "È il signor Todd, da Tynecastle. È la terza volta che chiama."

Barras gli tolse di mano lo strumento e se lo portò all'orecchio.

"Sí, Todd, son io. Sicuro; è definito; son contentone..." Ascoltò, poi cambiò accento: "Ma cosa ti salta in mente!... Certo, senza il minimo dubbio... Che?... Ho detto di sí, devo ripeterlo?" Altra pausa, durante la quale il solco nella sua fronte si fece piú profondo. "Ti ripeto di sí... meno male, non per telefono... Vengo oggi a Tynecastle... Cos'è, un'altra indigestione? mi spiace..." La sua voce si fece sarcastica, e il suo sguardo, vagando irascibile per l'ufficio, trovò gli occhi d'Arturo intenti su di lui e rimase fisso in essi, derisorio. "Sempre il fegato, vero, mi spiace. Poiché sei indisposto verrò io da te. Ma rifiuto fin da ora di prender sul serio le tue recriminazioni, capisci? Senti, porto con me Arturo, dillo a Hetty."

E tolse brutalmente la comunicazione. Stette qualche secondo immobile col sorrisetto sprezzante sulle labbra, poi osservò ad Arturo: "Intemperante, come al solito. Ma oggi pareva piú abbattuto delle altre volte." Abbozzò il sorriso setoloso che gli serviva di risata e mosse per uscire. Armstrong, il cui volto rifletteva ossequiosamente l'allegria del suo superiore, gli aprí la porta. I due uscirono in cortile.

Arturo restò in ufficio in compagnia dei suoi pensieri, che erano di varia natura. Sapeva che Todd beveva volentieri, non sbornie violente, ma un diligente e malinconico attaccamento alla bottiglia, che di quando in quando gli fruttava disturbi itterici. Per quanto leggeri ed effimeri e ormai accettati da tutti come inevitabili, questi disturbi causavano pena ad Arturo. Aveva simpatia per Adamo Todd; ne compativa l'aspetto d'uomo finito. Era certo che da giovane Todd doveva aver conosciuto i bollenti ardori e le paure e le speranze che fanno presa sulle anime sensitive. Era però difficile raffigurarsi quell'ometto tetro e malaticcio, sporco di nicotina e pregno d'alcool, sotto le spoglie d'un baldo giovanotto responsivo al richiamo della vita: piú difficile ancora immaginar vivace e chiaro quel suo torpido occhio velato. Eppure Adamo Todd in gioventú, quand'era compagno di studi di Riccardo Barras, ferveva d'entusiasmo per la professione di ingegnere minerario che aveva abbracciata di sua libera volontà. Poi gli anni gli eran passati sul corpo. Aveva perso la moglie, ch'era morta di parto. Poi un processo famoso, nel quale fungeva da perito per la parte lesa, s'era clamorosamente risolto a suo danno, facendogli perdere man mano il suo prestigio, l'interesse nella carriera, la fiducia in sé e la clientela. Il figlio Alan, pareva piú propenso a godersi la vita che a rianimare le fortune della ditta; e delle due figlie, ch'eran cresciute spiritualmente distaccate dal padre, Laura, la primogenita, aveva sposato Stanley Millington, e veniva raramente a far visita al vecchio, e Hetty non pensava che a se stessa e ai suoi divertimenti. Todd s'era gradatamente rannicchiato in se medesimo, e, smesso di frequentare la società, s'era confinato nel Country Club, dove lo si poteva trovare tutte le sere dalle venti alle ventitré nella sua solita poltrona, intento a bere, a fumare, ad ascoltare taciturno i discorsi altrui, con l'aspetto ormai definitivo di un uomo apatico, rassegnato alle delusioni.

Per tutta la mattina Arturo, sbrigando le proprie mansioni, non riuscí ad escludere Todd dalla sua mente. E nel pomeriggio, arrivato con suo padre a Tynecastle verso le tre, mentre s'avviavano a piedi verso la casa dove abitava, avvertiva un senso di strana aspettazione, quasi che sentisse vibrare in sé una corda che legava la sua personalità, ansiosa e zelante, con quella di Todd, acciocchita e rinunciataria.

Barras suonò il campanello e la porta s'aprí quasi subito. Todd in persona li ammise in casa; indossava una decrepita vestaglia color tabacco e calzava logore pianelle.

"Be'," disse Barras con un'occhiata di fianco, "son contento di vederti in piedi."

"Oh, un semplice raffreddore," replicò l'altro, rialzandosi sul naso venoso gli occhiali a molla cerchiati d'oro, che però ricaddero subito nella primitiva posizione; "tra un paio di giorni sarò ristabilito."

"Mi congratulo," assentí Barras mellifluo. L'abito di Todd, di attribuire invariabilmente al raffreddore la causa dei suoi acciacchi biliari, lo esilarava. Al fianco dell'infermo ometto malconcio, in quell'anticamera resa tetra dalla tappezzeria color marrone, da un mobile monumentale che serviva da attaccapanni, e da un barometro incastrato in una cornice di quercia affumicata, Barras, nei suoi abiti corretti e con la sua aria d'uomo facoltoso, sembrava torreggiare.

"Avevo proprio bisogno di parlarti, Barras." Todd impacciato, diresse l'osservazione alle sue pantofole.

"L'ho dedotto dalla telefonata," replicò Barras.

"Non t'è mica spiaciuto che t'abbia telefonato?"

"No, perché?" Man mano che l'aria condiscendente di

Barras si faceva piú espansiva, si faceva piú intenso l'imbarazzo di Todd.

"Avevo proprio bisogno di parlarti," ripeté quasi in tono di scusa.

"Ho inteso."

"Be', se credi andiamo nel salotto che dà sul rovescio. C'è il fuoco acceso; io ho sempre freddo: sangue povero." Fece una pausa, guardandosi attorno sempre piú a disagio, e sorrise ad Arturo. "Forse tu preferisci andar su da Hetty, vero. C'è anche Laura oggi. Le troverai nel salone."

Arturo diventò tutto rosso. L'esordio lo aveva incuriosito. Bisognava che fosse molto importante quello che Todd aveva da dire a suo padre; e sperava d'essere incluso nella discussione, data la sua maturità. Ed ecco che lo relegavano ignominiosamente tra le donne. Che umiliazione. Non c'era altro da fare che dissimularla. "Certo," disse, "vo su volentieri."

Todd annuí ripetutamente: "Sai la strada, vero?"

Barras guardò suo figlio con critica indulgenza. "Non sarà lungo," disse; "dobbiamo prendere il treno delle diciassette e dieci." Poi seguí Todd nel salotto che dava sul rovescio.

Arturo rimase immobile nell'anticamera, la guancia ancora convulsa dal sorriso forzato. Si sentiva terribilmente offeso. Sempre la stessa storia: bastava una parola, un'inflessione di voce per avvilirlo. Questione di temperamento. Ma lo preoccupava anche la curiosità di quello che Todd aveva tanto bisogno di dire in segreto a suo padre. Voleva chiedergli un prestito? Aveva l'aria tanto stravolta, e l'accento insistente, mentre suo padre affettava un'aria di sussiego, l'accento sprezzante.

"Arturo!" gridò Hetty, scendendo di corsa la scala. "M'era parso di avervi sentiti: perché diavolo non m'hai dato una voce?" Venne a lui, la mano tesa.

Immediatamente il suo umore mutò, con magica subitaneità. La guardò con occhi che esprimevano la sua gioia di vederla, e dimentico dei rispettivi babbi sentí prepotente il desiderio di produrre buona impressione su di lei, e — quel che piú conta — percepí di essere in grado di riuscirvi. Non che ciò fosse abituale in lui: era piuttosto il suo istinto che reagiva al rabbuffo sofferto testé.

"Cara Hetty," replicò gaiamente; poi notando ch'era vestita per uscire: "Ma vai fuori?"

Ella sorrise senza il minimo imbarazzo (Hetty non era timida). "Laura parte, ho promesso d'accompagnarla. Sono stata tre ore a far la signora con la ricca sorella maritata. Ma torno di galoppo a darti il tè appena mi sarò sbarazzata di lei."

"Senti piuttosto, t'invito io da Dilley's," suggerí Arturo impulsivamente.

Ella batté le mani per contentezza alla proposta inattesa. "Splendido, Arturo, splendido!"

Egli la osservava con occhi ammiratori. Com'era carina coi capelli alla moda: molto piú di prima. Diciott'anni. I lineamenti non si potevan dire belli; non si poteva dire bella, a rigore, non lo era. Le ossa cosí piccole; polsi e mani da bimba. Naso insignificante, carnagione pallida; ma i capelli erano morbidi e vaporosi attorno alla candida fronte, cosí liscia, un po' strettina, e negli occhioni verdognoli, liquidi, le pupille nere, ora singolarmente dilatate, facevano un contrasto curioso coi capelli biondi. Era questo il segreto del fascino di Hetty. Non era bella ma attraente; composta e vivace, stimolante, provocante; aveva qualcosa d'una gattina. Ora sorrideva, con seduzione, parlottando per gioco da bimbetta:

"Carino, Arturo, portare Hetty da Dilley's. A Hetty piace andare da Dilley's."

"Vuoi dire che ti piace andarvi con me?"

"Mmm! Arturo e Hetty si divertono da Dilley's, molto piú che qui."

"Son le paste di crema al caffè che ti piacciono, piú che la mia compagnia."

"Arturo compra a Hetty paste di crema al caffè? Hetty adora paste di crema al caffè."

Un colpo di tosse li fece voltare. Laura scendeva infilandosi i guanti. L'espressione di gattina svaní dal musetto di Hetty, che esclamò:

"Che modo, Laura! Per discrezione non potevi farti sentir prima?"

"Ho tossito," replicò Laura, senza calore, "dovevo starnutare?" Continuava a calzare i guanti, fissando l'uno e l'altra con piglio malizioso. Era molto elegante in un tailleur blu scuro. Arturo non l'aveva mai rivista dopo il matrimonio. Per qualche oscura ragione non si sentiva a suo agio al cospetto di Laura. Hetty era trasparente ma Laura impenetrabile. Il suo riserbo, soprattutto, quella curiosa freddezza che pareva custodire gelosamente chi sa quali recondite virtú inaccessibili, e l'espressione indagatrice della sua faccia ironica, lo turbavano sensibilmente.

"Allora si va?" esclamò Hetty impaziente di fronte alla placidità della sorella. "Arturo m'ha invitata da Dilley's."

Laura abbozzò un sorrisetto senza replicare. Appena sul marciapiede Arturo s'affrettò a far conversazione. "Stanley come va?"

"Benone, oggi giuoca a golf."

Cianciarono banalmente fino all'angolo di Grainger Street, dove Laura si accomiatò garbatamente per recarsi dalla sarta.

"Non pensa che a vestirsi," Hetty spiegò, con un risolino stridulo, appena furon soli. Posò le dita sul braccio offertole da Arturo. "Se non spendesse tanto dalla sarta potrebbe essere piú generosa verso di me. Mi dà solo cinque sterline al mese; per tutto, vestiario e minuti piaceri."

"È già bello," opinò Arturo.

"Trovi? È piena di quattrini, ha fatto un matrimonione." Pausa.

"Per me Laura è un mistero," disse Arturo.

"Non mi sorprende," replicò Hetty ridendo. "Potrei dirti parecchio sul suo conto ma non voglio. Sono contenta, comunque, di non essere come lei. Meglio parlar d'altro."

Entrarono da Dilley's, e Hetty responsiva alla calda nota di gaiezza che percepí nella sala, diede al proprio comportamento uno stile di controllata vivacità. Alle quattro e mezzo il locale era sempre affollato. Dilley's era il sito *select*, il convegno della *élite* di Tynecastle, come dichiarava la pubblicità sul *Courier*. C'era un'orchestrina dissimulata dietro palmizi. Quando Hetty ed Arturo si affacciarono sulla soglia della saletta del Mikado, arredata alla giapponese, un piacevole mormorio di voci diede loro il benvenuto. Sedettero a un tavolino di bambú e Arturo ordinò il tè.

"Simpatico locale." Si chinò verso Hetty, che era intenta a distribuire lieti cenni del capo ai suoi molti amici presenti. Costituivano la nuova generazione Tynecastle, prole dei professionisti eminenti della città, dottori, avvocati, industriali e commercianti: un'aristocrazia snob di stile prettamente provinciale. In quel ceto Hetty era una personalità, molto popolare, per quanto le fortune dei Todd fossero pietosamente abbacchiate. Hetty brillava in tutti i trattenimenti mondani; e tutti sapevano che aveva la testolina sulle spalle. I furbi che le profetizzavano un ricco matrimonio sorridevano sempre sotto i baffi quando si mostrava con Arturo Barras.

Hetty sorseggiava il tè con signorile indifferenza. "Ecco Alan." Indicava suo fratello in mezzo a una comitiva di amici e di amiche. "Con Dick Purves, e gli altri della brigata dei nomadi. Dovremmo andare da loro."

"Oh, Hetty, stiamo meglio soli."

Hetty, ritta a sedere, con gli occhi sfavillanti, giocherellava distrattamente con la minuscola forchetta delle paste. "Quel Dick Purves," osservò. "Assurdo per un uomo essere cosí bello."

"È un asino," disse Arturo, scoccando un'occhiata all'insipido bellimbusto che commuoveva Hetty.

"Niente affatto; balla come un dio."

"Pieno di boria." Le prese la mano sotto il tavolo. "Ti piaccio piú io, no?"

"Ma certo, scemino! Lui non è che un impiegatuccio di banca. Non farà mai niente di buono."

"Io sí, Hetty, vedrai."

"Tu sí, naturale!"

"Vedrai, Hetty, lasciami fare... Appena sarò socio col babbo... Oggi ancora abbiamo concluso un contrattone con la P.W. & Co."

Ella spalancò gli occhi. "State per ammassare altri mucchi di soldi?"

Egli assentí gravemente. "Ma il denaro non è tutto, Hetty. È la soddisfazione di lavorare con mio padre, di farmi valere alla Nettuno, come tutti i Barras han fatto prima di me. Davvero ho i brividi quando ci penso."

"Capisco," ammise Hetty, scrutandolo con occhi benigni. Ne notò le guance accese, gli occhi ardenti. Al momento si sentí sinceramente attratta verso di lui. Non era un bel giovane, sia pure; i cigli quasi bianchi, la pelle scialba, la mandibola sottile gli davano un aspetto troppo sensitivo. Dick Purves sí che era un gran bel ragazzo. Ma dopo tutto era un buon diavolo Arturo, coi pozzi della Nettuno nello sfondo, e sacchi di quattrini che non facevano altro che stare ad aspettarlo. Gli permise di nuovo di prenderle la mano sotto il tavolo.

"Mi diverto intensamente quest'oggi," riconobbe Arturo. "Non so dir perché."

"Non sai?"

"Cioè, sí, so!"

Risero insieme. Vederla ridere, con quei suoi dentini tutti eguali, lo entusiasmava. "E tu ti diverti?"

"Altro che."

Il contatto della sua mano gli faceva pulsare il sangue nelle arterie. Un senso di vertigine gli salí al capo, indorandogli non sapeva quali fulgide speranze, in sé, in Hetty, nel futuro. Attinse lo zenith della sua audacia. Fattosi coraggio, disse a precipizio:

"Senti, Hetty, è da tanto che voglio chiedertelo, non possiamo fidanzarci?"

Hetty rise, per nulla sconcertata, e gli premette la mano. "Che caro che sei, Arturo."

Lui arrossiva ed impallidiva nello stesso attimo. Proseguí:

"Sai quanto ti voglio bene. Da sempre. Ti ricordi quando si giocava da bambini al Poggio. Sei la piú simpatica di tutte le ragazze che conosco. Il babbo mi prenderà presto socio con lui..."

La sua stessa incoerenza frenò il suo ardore.

Hetty rifletté rapidamente. Piú d'una volta aveva ricevuto proposte di fidanzamento, formulate crudamente tra una danza e l'altra mentre sedeva appartata col suo cavaliere. Ma questa era un'altra cosa: piú reale. Però la sua scaltrezza la ammoní di non affrettare le cose. Vedeva distintamente che il fidanzarsi con lui era prematuro, e poteva dar luogo a pettegolezzi, insinuazioni. E inoltre voleva potersi divertire prima.

"Che caro che sei," ripeté in un bisbiglio, con le palpebre abbassate. "A perfect dear. E sai benissimo che mi sei simpatico. Ma siamo troppo giovani per fidanzarci ufficialmente. Basta l'intesa segreta fra noi, per ora. Il resto verrà."

"Ma non mi ami, Hetty?"

"Oh, Arturo, lo sai!"

Egli si sentí come sollevato in alto da una felicità sovrumana. La sua facile emotività gli metteva le lagrime negli occhi. Era maturo, virile, capace di tutto. Capace di gettarsi in ginocchio e ringraziarla d'amarlo.

Passò qualche minuto.

“Be’,” disse Hetty con un sospiro, “ora mi tocca rientrare a vedere se papà ha bisogno di me.”

Arturo consultò l’orologio. “Cinque meno venti. Ho appuntamento col babbo alla stazione per le cinque.”

“T’accompagno.”

Egli le sorrise teneramente, sensibile alla devozione ch’ella già gli manifestava. Fece segno a un cameriere e pagò con principesca disinvoltura. Avviandosi alla porta sostarono un momento al tavolo di Alan. Bel tipo quel-l’Alan, forse un tantino propenso a non far niente e a scialacquare, ma buono. Faceva parte della squadra calcistica dei Nomadi del Nord, era iscritto nella territoriale e conosceva il nome di battesimo di alcune kellerine. Ora, sostenuto da un lieto coro di lazzi e motteggi, prese a punzecchiare Arturo sulle sue attitudini di cicisbeo. Di solito Arturo soffriva sotto le arguzie, ma oggi parò e rispose con brio. Aveva il morale alto, si sentiva in forma, fiducioso, felice. Era persuaso che d’ora innanzi trionferebbe sempre su quelle inezie che lo preoccupavano tanto: il rossore, le crisi di depressione, il senso di inferiorità e di invidia. Quel Purves, per esempio, che si affannava a far l’occhio di pesce a Hetty, non era altro che un impiegatuccio di banca, totalmente trascurabile. Con un’ultima battuta di spirito che suscitò risate generali, si accese una sigaretta e scortò galantemente Hetty verso l’uscita.

Andarono a piedi alla stazione, Arturo immerso in un caldo insolito fervore di auto-approvazione, come un attore che si sia prodotto con successo in una parte principale. Sí, se l’era cavata benino. Capiva che Hetty lo desiderava cosí. Non balbuziente e timido, ma sicuro di sé, ardito. Nella stazione presero a passeggiare sulla banchina, perché era presto ancora, e Barras non era giunto.

“A proposito, Arturo, sai dirmi perché tuo padre è venuto a consultare il mio? Te lo chiedo perché la cosa mi sembra strana: papà non riceve mai nessuno quando è indisposto. Invece è stato lui a chiamare la Nettuno al telefono stamattina, tre volte. Sai dirmi perché?”

“Non so, Hetty, infatti me lo domandavo anch’io. Chiederò al babbo.”

“Guardatene, per l’amor di Dio! E non esser cosí serio; non ha nessuna importanza.”

XVII

Davide uscí alle quattro e mezzo dalle Nuove Scuole, e s'incamminò verso casa, sotto un cielo minaccioso e in un vento gelido, con una fretta che rivelava la sua ansia di allontanarsi dalla scuola. Non portava soprabito e s'era tirato su il bavero. A un dato punto sorrise alla sua impazienza di ritrovarsi in casa. Non si era ancora interamente assuefatto all'idea di essere insegnante regolare e marito felice.

Eppure era ammogliato da sei mesi ormai, e abitava con Jenny in una casina dietro le Dune. Era stata un'impresa tremenda la ricerca del domicilio coniugale, di un domicilio per bene, come diceva Jenny. Dei Terrazzi, del quartiere dei minatori, Jenny non voleva neppur sentir parlare, non ci si sarebbe adattata né viva né morta, né per amore né per forza, e Davide aveva intuito l'opportunità che pel momento abitassero il piú lontano possibile dalla casa dei genitori. La loro opposizione al suo matrimonio aveva creato delle difficoltà.

Cosí avevano rovistato dappertutto. Di un alloggetto, ammobiliato o non, Jenny non voleva saperne. Finalmente scovarono la casetta ideale, che sorgeva isolata in fondo a Lamb Lane, la continuazione non ancor sistemata di Lamb Street. La casa apparteneva alla moglie di Jesus Wept, che acconsentí ad affittarla per soli dieci scellini la settimana, dato che era sfitta da un semestre e svelava tracce d'umidità. Ma per Davide, il cui stipendio era di settanta sterline l'anno, la pigione era alta; tuttavia non poteva causare a Jenny un disappunto cosí grave. Jenny insisteva a dire che il rettangolo di giardinetto sul davanti conferiva ai muri un'aria distinta, ed accennava romanticamente alle meraviglie che era certa di poter operare coltivandolo con le sue mani.

Né aveva lesinato nell'ammobiliarla. Jenny era cosí entusiasta ed intrepida, cosí risoluta a procurarsi "quel che voleva", che preferiva esplorare infaticabilmente dozzine di botteghe prima di dichiararsi vinta; come avrebbe potuto Davide far congelare il suo ardente spirito di buona massaia? Ma alla fine avevano dovuto venire a un compromesso. Tre stanze, e cioè la camera da letto, la sala e la cucina, vennero ammobiliate in piena regola, a credito; alle rimanenti s'era rimediato con cretonnes, cortine di mussola, e una superba raccolta di ninnoli e cianfrusaglie.

Davide s'era sentito felice, felicissimo, in quei sei mesi, nella casina dietro le Dune: davvero il piú fulgido semestre della sua vita. E prima c'era stata la luna di miele: una settimana di purissima gioia. Lui aveva cominciato con lo scartare, come inattuabile, ogni idea di luna di miele; ma Jenny, tenace come sempre in materia di nobili tradizioni, aveva insistito fieramente. Lo aveva fatto tıasecolare producendo quindici sterline tutte sue, accumulate in sei anni sul fondo di riserva del personale dei magazzini Slattery, e gliele aveva consegnate in mano, con stoica fermezza. Lo aveva persino indotto a comprarsi un abito fatto, per sostituire il suo logoro costume di flanella grigia. Oh, Jenny non era spilorcia. E Davide s'era comprato il vestito e goduta la luna di miele coi denari di Jenny, contraendo verso di lei un debito d'eterna gratitudine.

Però la cerimonia nuziale era stata un fiasco: una frigida funzione nella chiesetta di Plummer Street, con Jenny rigida e convenzionale, con un pomposo breakfast in casa Sunley, che il disagio fra le due fazioni opposte dei Sunley e dei Fenwick aveva reso oppressivo. Ma la settimana spesa a Cullercoats in luna di miele aveva cancellato tutto. Jenny s'era mostrata esemplare, rivelando un ardore davvero sorprendente seppur lusinghiero. Davide, che la credeva timida, fu sopraffatto dal calore della sua passione. Lo amava... lo amava tanto... lo amava davvero.

Aveva scoperto, è vero, che Jenny era stata vittima di un infortunio: non era possibile sfuggire alla realtà del crudo fatto fisiologico. Singhiozzando fra le sue braccia, gli aveva raccontata tutta la storia, in quella prima notte dolceamara. Lui non voleva sentire; la supplicò perfino di smettere la macabra narrazione, ma non c'era stato verso. Jenny voleva, doveva dir tutto, spiegare come fosse accaduto, quand'era piccola piccola, e un commesso viaggiatore in articoli di biancheria fine, dall'aria distinta, sicuro, un vero bruto, una bestia d'uomo, aveva abusato di lei. Era ubriaco, sui quaranta, e lei nemmeno sedicenne; calvo, si ricordava, con un foruncolo sul mento, e come si chiamava? ah, sí, Harris. Lei s'era difesa, aveva lottato, ma ogni resistenza era stata inutile. Poi, terrorizzata, non aveva osato dir niente a sua madre. Era successo una volta sola e poi mai piú, mai mai mai con nessun altro al mondo.

Povera Jenny! Povera piccola Jenny adorata!

Finita la luna di miele, venuti direttamente a Sleescale, Davide aveva assunto senz'altro le sue funzioni di insegnante. Ma della scuola non era contento. Già prima d'ora s'era avveduto, ed ora lo riconosceva, che l'insegnamento non era la professione per lui: era troppo impulsivo, troppo impaziente di conseguire resultati. La sua segreta ambizione era di riformare il mondo. Adesso, come titolare della Terza A, piena di alunni d'ambo i sessi e sotto i dieci anni, sudici, indisciplinati, disattenti, constatava amaramente l'ironia dei suoi inizi. Avrebbe desiderato mutare il convenzionale andazzo dei metodi di istruzione, innovare, abolire, tutto quel futile tradizionalismo sul quale invece gli ispettori insistevano tanto, sorvolare sulla battaglia di Hastings o sulla latitudine di Città del Capo, sopprimere la recitazione meccanica di nomi e date; e invece svegliare l'intelligenza dei bimbi, stimolarne la curiosità piú che esercitarne la memoria. Naturalmente i suoi tentativi in tale direzione erano stati accolti freddamente dai superiori. Ad ogni ora di ogni giorno sentiva di non appartenere al nuovo ambiente; i colleghi lo trattavano come un estraneo, il preside non gli dissimulava la propria antipatia. Costui era stato vicedirettore nelle scuole vecchie, e conosceva vita e miracoli di Davide e della sua famiglia; lo disprezzava pel fatto che aveva lavorato nei pozzi e per l'altro fatto che non possedeva la patente di grado superiore.

Davide tuttavia non intendeva perdersi d'animo. Considerava il suo presente stato come transitorio; il punto di partenza d'una strada che doveva condurlo a piú alti destini. In Lamb Street riconobbe la figura di Ramage il macellaio, Ramage consigliere comunale, Ramage futuro sindaco del paese, e si propose di fargli un garbato cenno di saluto. Glielo fece, ma l'altro lo guardò fisso fingendo di non riconoscerlo e non rispose al saluto.

Davide ne risentí l'offesa. Strinse i denti. "Ecco un avversario," pensò. L'atto villano, coronando una giornata che per molt'altri versi era già stata fastidiosa, lo esacerbò profondamente. Ma entrando in casa ne bandí il ricordo dalla mente, e chiamò Jenny allegramente ad alta voce.

Jenny, tutta ben pettinata, azzimata, comparve in

una leggiadra camicetta di seta rosa ch'egli non aveva mai vista. "Ma Jenny, sembri una regina!"

Civettuola, altezzosetta, fece l'atto di tenerlo discosto da sé. "Bada, Mister Man, non sciuparmi la camicetta nuova." Da qualche giorno aveva preso a chiamarlo Mister Man. L'espressione strideva agli orecchi di Davide, ma per non mortificare la mogliettina l'onesto professore la tollerava. Le passò il braccio attorno alla vita e la sospinse amorevolmente verso la cucina dove ardeva un bel fuoco. Ma Jenny protestò: "No, non in cucina, Davide."

"Perché, cara? Io sono abituato a stare in cucina, e fa un bel calduccio qui."

"No, no, Mister Man; ricordati che abbiamo giurato di non trasandare. Abbiamo una sala, perché non usarne? È cosí volgare sedere in cucina." Lo precedette in sala, dove fumava, poco promettente, un fuoco di legna verde. "Ora tu siedi qui, da bravo, e io ti porto il tè."

"Ma perché tante cerimonie, oggi?"

Ella lo fece sedere con un vezzoso gesto autoritario e svolazzò via ridendo. Tornò dopo cinque minuti, col vassoio e le tazze; sparve, riapparve con una torta adagiata su un piatto nichelato e munito di piede — recente acquisto, un affare d'oro "caso mai ricevessimo visite", — e due salviette di carta velina. "Tu stai zitto, Mister Man," disse per tacitare in anticipo ogni eventuale protesta. Gli versò il tè non molto caldo, gli porse graziosamente una salvietta, gli collocò presso il gomito il piatto nichelato. Sembrava una bimba che giochi a dar la merenda alla bambola.

Davide non poté piú resistere ed esplose in accenti di gioiosa esasperazione: "Gran Dio, Jenny, cos'è tutta questa messinscena? Ho una fame da lupo, sarei disposto a divorarmi un cosciotto di Susanna se anche dovessi comparire al cospetto di Dio..."

"Ssst, Mister Man, non bestemmiare, sai che non ci sono abituata in casa mia. E non essere impaziente. Ho voluto far le prove, fra poco avremo delle visite, capirai. È buona la torta? L'ho comprata da Murchison."

"Be', devo dire, nel tuo inimitabile stile che sei un fenomeno, Jenny."

"Oh, meno male, fai progressi, Mister Man. E dimmi un po', novità a scuola?"

"Poca roba, Jenny."

"È sempre poca roba, con te."
"Be', oggi è successo..."
"Su, dimmi, cos'è successo."
"Ma niente, cara, cambiamo discorso." Come avrebbe potuto raccontarle la noiosa storia dei piccoli rabbuffi patiti e delle sue ribellioni. A qualche altra donna, forse, ma a Jenny! Lei voleva storie piacevoli, il resoconto dei successi, di un encomio del preside, foriero di una imminente promozione. Davide non voleva infastidirla. E mentire non sapeva.
Cadde un silenzio, poi Jenny abbordò un altro argomento pericoloso:
"Oh, dimmi, hai preso una decisione al riguardo di Arturo Barras?"
"Non ancora. Ho poca voglia, sai, di accettare l'incarico."
"Ma può essere un'ottima occasione per migliorare le nostre condizioni. Pensare che te l'ha offerto Barras in persona!"
Egli rispose, seccamente: "Mi piace poco quel Barras. Rimpiango, da una parte, di essermi rivolto a lui. Mi secca dovergli riconoscenza."
"Sei sciocco, Davide, è tanto influente. Ha fatto un bel gesto chiedendoti di dar ripetizioni a suo figlio."
"Io non lo considero un bel gesto. Fu puramente un tentativo di sfoggiare la sua alta benevolenza."
"Sfoggiarla a chi?"
"A se stesso."
Pausa. Jenny non apprezzava l'ironia. "Credo," dichiarò dopo un momento, "che non sai nemmeno tu quel che dici." Parve voler aggiungere qualche altra osservazione, ma si rattenne, s'alzò, raccolse gli oggetti del tè e li portò via.
Silenzio, nella fredda saletta meschinamente arredata e affumicata dalle legne verdi. Poi Davide s'alzò, posò i suoi libri sulla tavola, rattizzò il fuoco, ed escluse dalla mente il pensiero di Barras. Era in arretrato sul programma di studio. Le lezioni richiedevano per la preparazione piú tempo di quanto aveva preveduto. Spesso era stanco la sera, e piú spesso disturbato per varie ragioni. Aveva il dovere assoluto di conseguire la patente superiore: per sé, per Jenny.
Lavorò mezz'ora senz'esser disturbato; poi Jenny rientrò in punta di piedi e venne a sedersi sul bracciuolo della

sua seggiola. Era pentita, carezzevole, leziosuccia. Gli passò il braccio attorno al collo. "Davide, caro, mi scusi se t'ho fatto arrabbiare? Ero annoiata, ho avuto una giornata cosí triste! Pensavo che stasera, chi sa, ci si poteva divertire un po'."

"T'annoi, vero, poverina." Con le labbra sorrideva, e appoggiò la guancia al suo seno giovane e fermo, ma senz'alzare gli occhi dal libro.

Ella gli lisciò i capelli sulla nuca. "Sfido, lo capisci anche tu. Non vedo nessuno. Salvo che nei negozi non scambio mai parola con anima viva. Pensavo che stasera si poteva andar fuori a distrarci un po'."

"Ma ho da lavorare, Jenny, lo sai." Gli occhi ancor fissi alla pagina.

"Oh, non credere poi di dover seppellirti vivo sotto le tue scartoffie. Per una sera! Domani ti rifai."

"No, Jenny, bisogna che segua l'orario prefisso."

"Oh che noioso, mi trascuri pei tuoi libri."

Allora egli la guardò, perplesso; la scrutò per un momento. "Ma dove immagini di poter andare a distrarti stasera, con questo freddo! E piove, guarda. Si sta meglio in casa."

Ma Jenny aveva il suo piano, studiato in tutti i particolari. Lo espose, animatamente. "Possiamo prendere il treno delle sei e dieci per Tynecastle. C'è un bel varietà alla Eldon Hall, spettacolo di gala, l'ho letto sul giornale, con Loveday, sai il buffo che ha una cosí bella voce da tenore. Solo uno scellino e tre pence in galleria, dunque la spesa è niente. Oh, Davide, andiamo, portami! Ci divertiremo. Sono tanto depressa, mi rianimerà. Non fare il musone."

Davide non rispose subito. Non era che volesse fare il musone, ma si sentiva stanco, e preoccupato dell'imperiosità di affrettare la sua preparazione agli esami. E fuori c'era un tempaccio; e lo spettacolo non lo attraeva punto. Una subita idea, che gli parve luminosa, lo infiammò: "Senti piuttosto Jenny, ho un'altra proposta. Per farti piacere farò vacanza stasera, ma invece di portarti fuori corro io a casa mia e ti porto qui i miei due fratelli. Faremo un fuoco patriarcale e una grandiosa cena, con ogni sorta di ben di Dio nella marmitta; e si giuoca a carte. Giuro che Sam ti divertirà piú del tuo tenore; tu non lo conosci ancora, ma quando ci si mette è imbattibile." Gli era sembrata onestamente un'idea felicissima. Davide rimpiangeva d'essersi straniata la famiglia, e bramava riannodare la sua intimità coi fratelli. Qual migliore occasione di questa per rompere il ghiaccio? Ma a mano a mano che la sua faccia si rischiarava, s'oscurava quella di Jenny.

"Mm," disse, "per esser franca non mi farebbe nessun piacere. La tua famiglia, Davide, non mi ha accolta con molta tenerezza."

Silenzio. Egli serrò le labbra per impedirsi di parlare. Era un vero capriccio, da parte di Jenny. Costringerlo ad andare a Tynecastle, una notte cosí. Nemmeno per sogno. Le diede un'occhiata risentita e la vide sul punto di piangere. Non ci mancava altro: soffriva a vederla piangere. Sospirò, s'alzò, chiuse il libro: "All right, Jenny, andiamo al varietà, se ci tieni."

Ella squittí di gioia, batté le mani, lo baciò con fervore. "Sei un angelo, Davide, darling. Un minuto per mettere il cappello e son pronta. Abbiamo tutto il tempo."

Mentr'ella si preparava, Davide entrò in cucina, prese una pagnotta, si tagliò una fetta di formaggio, e mangiò in piedi, masticando lentamente, gli occhi fissi al fuoco. Aveva appena finito che udí bussare alla porta esterna, l'aprí, e "Sam!" esclamò con gioia, "caro Sam, pensavo proprio a te."

Il primogenito entrò, col ghigno bonario che pareva irremovibile dalla sua faccia rubiconda. "Passavo di qui con Annie," disse, non senza un po' di soggezione, "e ho pensato di venirvi a salutare."

"Oh bravo Sam, ma... Annie dov'è?"

Sam fece un segno con la testa verso le tenebre esterne. Annie aspettava nella strada, Annie era una donna che sapeva tenere il suo posto, Annie non era sicura di venire bene accolta: Davide intuí tutto il retroscena, ed intravide la figura di Annie sul marciapiede opposto, passeggiare, tranquilla, serena, in attesa che la si ritenesse degna di venir ammessa in casa. Davide gridò a Sam: "Chiamala subito, pezzo d'asino, immediatamente!"

Il ghigno di Sam si fece piú largo, ma in quella apparve in cucina Jenny, tutta vestita per uscire. Sam, già diretto verso la porta, esitò, con gli occhi incerti su Jenny, la quale avanzò decisa verso di lui con le sue arie di gran dama. "Ci fate un vero piacere," disse, col piú cortese dei suoi sorrisi, "ma purtroppo stiamo uscendo io e Davide."

Davide intervenne nervosamente: "Ma Jenny, Sam è venuto a passare la sera con noi e s'è portato Annie."

Jenny alzò le sopracciglia, e lasciò passare tre o quattro secondi di prammatica prima di replicare, con un sorriso ancora piú dolce, diretto a Sam: "Che contrattempo! Davvero mi spiace che ci abbiate colto proprio nel momento che usciamo per recarci al concerto. Abbiamo un impegno coi nostri amici di Tynecastle e non possiamo assolutamente mancare. Dovete venire un'altra volta."

Sam si aggrappava ostinatamente al suo ghigno. "Ma certo, scusate il disturbo. Annie e io non abbiam mai niente da fare, torneremo un'altra volta."

"No, Sam," interruppe Davide, con calore; "ti proibisco d'andar via. Ora che siete qui restate, vi diamo una tazza di tè."

Jenny lanciò un'occhiata d'angoscia alla pendola, ma Sam replicò: "Mai piú, figliuolo, figurati se voglio impedirvi d'uscire. Faremo due passi, Annie e io, prima di rientrare. Buona notte a tutt'e due." E se ne andò.

Il ghigno era durato fino all'ultimo, impavido, ma sotto di esso Davide aveva visto che Sam era amaramente offeso. Raggiungendo Annie, ora le brontolerebbe: "Vien via, piccina, da quando è professore Davide si crede dappiú di noi."

Jenny e Davide presero il treno delle sei e dieci per Tynecastle, un omnibus affollato che fermava a tutte le stazioni. Andarono al varietà. I posti costarono due scellini cadauno, perché erano esauriti quelli meno cari. Assistettero, in un'atmosfera surriscaldata, allo spettacolo che durò tre ore. Jenny godette ogni singolo numero in programma e applaudiva freneticamente, ma Davide trovò la rappresentazione ignobile. Si studiò di divertirsi, per non apparire *blasé,* ma senza successo. Sono attori di prim'ordine, bisbigliava Jenny entusiasmata, ma non lo erano. Erano tutti artisti di scarto, racimolati da varie compagnie di quart'ordine, col buffo che faceva assegnamento capitale sulla suocera, e il tenore che si palpava il cuore lanciando gli acuti. Davide pensava con rimpianto alle esibizioni private che Sally, la sorellina di Jenny, dava nel salotto di Scottswood Road; e con angoscia a Sam ed Annie sotto braccio sul marciapiede nella pioggia.

Al termine dello spettacolo, Jenny s'accoccolò contro

il suo corpo mentre si avviavano nella calca verso l'uscita. "Manca un'ora intera alla partenza, Davide, facciamo un salto al Percy Grill. Joe mi ci portava sempre. Meglio aspettare là dentro che nella stazione."

Nel Grill presero entrambi un porto. Jenny era beata di riesservi, riconosceva facce note, scherzava col cameriere dal tovagliolo infilato nel panciotto. Il porto riuscí a prospettare le cose sotto una luce piú rosea agli occhi di Davide, che ora sorrideva benigno a Jenny. "Jenny, sei un fenomeno. E mi fai rigare a bacchetta. Vedo che dopo tutto dovrò decidermi a dar ripetizioni al giovine Arturo."

"È cosí, darling, che bisogna prendere il mondo." Lo lodò per la sua decisione, gli dette sguardi seducenti, premette il ginocchio contro il suo sotto la tavola. Fattasi ardita, ordinò un secondo bicchierino.

Poi dovettero affrettarsi alla stazione. Giunsero appena in tempo, saltarono nel carrozzone piú vicino. "Dio Dio, darling, che fenomeno, un minuto piú tardi e si doveva passar qui la notte." Tacque per ricuperar fiato, vide che erano soli, pensò che era un diretto e non fermava fino a Sleescale, una buona mezz'ora. Le erano sempre piaciuti, anche con Joe, i luoghi strambi. S'annidò contro Davide. "Fai scuro, Davide, preferisco."

Egli la guardò dubbioso: aveva chiuso gli occhi, ma se ne distinguevano i globi sotto le palpebre sottili; le labbra erano umide e socchiuse come in un sorriso di beatitudine; il fiato aveva il generoso profumo del porto; tutta la persona era morbida, calda.

"Vieni... Darling, come on."

"No, Jenny, aspetta..."

"Come on... Oh, darling... Wonderful!"

Dopo, gli si addormentò tra le braccia; russava gentilmente. Davide guardava fisso di fronte, con un'espressione curiosa stampata sulla faccia. Il carrozzone puzzava di pipa, d'arance, di fumo. Fuori era buio pesto. Il vento impazzava scagliando contro i vetri torrenti di pioggia.

XVIII

Al principio d'aprile Davide ricevette a scuola un biglietto di suo padre, che diceva *Caro Davide vuoi venire sabato, andremo per trote. Tuo Padre.* Era scarabocchiato a lapis copiativo sul rovescio d'una busta, consegnatagli da uno dei suoi alunni domiciliato nel borgo dei Terrazzi. Davide si sentí commosso; il babbo desiderava di nuovo averlo con sé, come quando era ragazzo, per andare a pescare! Da dieci giorni, in seguito ad una minaccia di pleurite tubercolare, ch'egli chiamava "un po' d'infiammazione", il babbo non s'era presentato alla Nettuno; sabato era il suo ultimo giorno di libertà e intendeva passarlo in compagnia del suo beniamino emancipato. Davide interpretò l'invito come un'offerta di pace.

Seduto alla cattedra di fronte ai suoi marmocchi irrequieti, egli prese a meditare, riepilogando gli eventi degli ultimi mesi. Un po' per cedere alle pressioni di Jenny, e soprattutto perché aveva bisogno di introiti supplementari, aveva finalmente accettato l'incarico di impartire lezioni private ad Arturo Barras, tre volte la settimana, al Poggio, nelle ore serali, per prepararlo agli esami; e da tre mesi ormai adempieva regolarmente alle sue mansioni. Roberto Fenwick s'era profondamente adombrato della decisione presa da suo figlio, e a Davide stessa pareva irreale ch'egli avesse potuto annodare rapporti di familiarità con i Barras, che nella sua mente avevano sempre figurato come esseri alieni, viventi in un mondo che non era il suo.

Zia Carola, per esempio, al principio lo aveva guardato con sospetto e preoccupazione, a quel modo stesso con cui era propensa a guardare gli estranei che si presentassero al Poggio con gli scarponi infangati, o ad esaminare le note di Ramage il macellaio che a parer suo fatturava prezzi esorbitanti. Ma col tempo ogni traccia di ostilità era svanita dal volto di Zia Carola, la quale anzi aveva preso a volergli bene, a suo modo, fino al punto di mandargli il latte caldo e i biscotti al termine delle lezioni serali.

Poi Hilda aveva cominciato a venir su nella camera di studio, recando essa medesima il vassoio col latte e i biscotti. Anch'essa, al principio aveva trattato Davide come uno zoticone, ma egli senz'adombrarsene aveva considerato la sua sgarbatezza come un sintomo della lotta interiore che tormentava la povera ragazza. Trovava Hilda interessante. A ventiquattr'anni, piú brutta e brusca che mai, si distingueva dalle altre donne brutte in ciò che non si faceva alcuna illusione sulla propria apparenza, e invece di adoprarsi a migliorarla pareva determinata a potenziarne la ripugnanza. Ed era manifesto il conflitto in cui si struggeva tra la debolezza ereditata dalla madre e la forza ereditata dal padre: Hilda sembrava infatti costituire il nesso involontario tra quei due elementi in contrasto, come se il suo concepimento, il suo sviluppo embrionale e la sua venuta al mondo si fossero compiuti contro il suo deliberato volere. Era femminista ardente, ma militante solo nel segreto dell'anima sua. Nel marzo di quell'anno tutti i giornali s'erano sbizzarriti a descrivere la campagna di distruzione organizzata dalle suffragette nel West End di Londra. Avevano fracassato le vetrine dei principali negozi nelle strade piú frequentate, e la polizia aveva operato centinaia di arresti, tra cui quello di Mrs. Pankhurst. In quei giorni Hilda, esaltatissima, aveva intavolato una calorosa discussione: voleva partecipare al movimento, diceva, far qualche cosa, tuffarsi nel gorgo della vita, dedicarsi tutta alla redenzione del suo sesso. Mandava fiamme dagli occhi citando l'esempio delle donne armene e il traffico delle schiave bianche. Era stata violentissima, travolgente. Gli uomini? Li detestava. Odiava gli uomini. Altro sintomo del conflitto tra la sua bruttezza e la sua psicosi. Senza ch'ella ammettesse il fatto apertamente, la sua avversione contro il maschio procedeva ovviamente ed unicamente dall'astio che nutriva contro suo padre, che agli occhi suoi era il simbolo fallico del maschio. La calma inesorabile con cui Barras soffocava ogni aspirazione di Hilda all'indipendenza la faceva rinchiudere in se stessa, levitante ribelle feroce. Voleva andarsene dal Poggio, da Sleescale, ambiva di guadagnarsi la vita con le proprie capacità, era disposta a lottare contro tutti, con rostro ed artigli, pel trionfo delle sue aspirazioni; ma bastava una sola parola di suo padre, casuale, disattenta, per comunicarle la sensazione di essere una stupida. E Hilda non si muoveva: tutta la sua lotta si svolgeva solo interiormente.

Pel tramite indiretto del sordo conflitto di Hilda, Davide poté formarsi un concetto di uno dei lati della personalità di Barras, il quale non veniva mai in contatto con lui, ma restava una figura remota ed inaccessibile; mentre pel tramite di Arturo imparò a conoscerne un altro lato. Arturo era felice quando poteva parlare di suo padre, esaltandone il carattere. Davide cominciò ad affezionarsi al suo allievo, per quanto permanesse nel suo affetto una sfumatura di quel senso di pietà che aveva avvertito, il giorno in cui s'era licenziato dalla Nettuno, osservandolo nel calessino. Arturo era cosí pateticamente serio; e tuttavia cosí debole! Prendeva tutto terribilmente a cuore, era smodatamente sensitivo.

Davide ebbe anche occasione di conoscere sua madre. Una sera Zia Carola portò personalmente il latte caldo nella camera di studio, con l'aria di chi sa di conferire un altissimo favore. Disse, con sussiego: "Mia sorella desidera di conoscervi; vi prega di passare da lei."

Harriet voleva sentire "la sua opinione" su Arturo. Si preoccupava di suo figlio, che era per lei "una tremenda responsabilità". Oh, tremenda, disse pregando Davide di porgerle la boccetta di Colonia dal comodino, quella, appunto, vicino al suo gomito. La Colonia le calmava il mal di testa, quando Carola non aveva tempo di spazzolarle i capelli; sí, continuò, sarebbe un grave disappunto per suo marito se Arturo non dovesse mostrarsi all'altezza delle speranze riposte in lui dai suoi genitori. Forse Davide era in grado, poiché Carola ne parlava con tanta ammirazione, di "rinforzare il carattere" di Arturo, per prepararlo alle difficoltà della vita. E senza transizione gli domandò se avesse fiducia nei metodi di cura basati sul principio della trasmissione del pensiero. Da qualche tempo contemplava l'eventualità di provare questo sistema per sé, ma la difficoltà era che il letto, a rigore, avrebbe dovuto esser collocato fronte a nord, e nella sua stanza non si poteva, dato l'orientamento della finestra e la posizione della stufa, e non poteva, naturalmente, rinunciare alla sua stufa a gas. Comunque, continuò, visto che Davide era uno studioso, credeva in coscienza che la trasmissione del pensiero risulterebbe utile in un caso come il suo?

Jenny era tutta gioiosa che Davide avesse fatto cosí buona impressione al Poggio; si sentiva lusingata dei "rapporti amichevoli" ch'egli aveva stabiliti con la famiglia Barras. Era tale la sua brama di entrare in contatto con "l'alta società" che si contentava di goderne il riflesso. Quando Davide rientrava dal Poggio non tralasciava mai di interrogarlo per sapere "tutto quello che era successo". Aveva proprio detto cosí Zia Carola? E aveva offerto i biscotti porgendo attorno il recipiente o l'aveva lasciato sul vassoio? Che Hilda paresse avere un'inclinazione segreta per lui, Jenny non se ne impensieriva minimamente; non era gelosa, Jenny, era "piú sicura di Davide" e d'altronde Hilda brutta com'era...

La reazione che Jenny manifestava al resoconto ch'egli le faceva di ogni fatterello connesso con la vita al Poggio costituiva per Davide un vero divertimento; spesso inventava incidenti di sana pianta, per godersi il piccolo piacere di prenderla bonariamente in giro. Ma Jenny non si lasciava prendere in giro tanto facilmente. Jenny non era una sciocca. Jenny era Jenny, e Davide imparava a conoscerla sempre meglio, meravigliandosi di averla conosciuta cosí male prima del matrimonio, quand'ella non era che il riflesso dell'amore che aveva acceso in lui. Ora cominciava a vedere la Jenny vera, la Jenny che sospirava contatti mondani, anelava divertimenti, agognava bei vestiti e aveva la passione del porto; la Jenny libertina e bacchettona insieme che si rassegnava sorridente a sostenere privazioni gravi ma si ribellava lagrimosa contro i piccoli sacrifici, che esigeva bruscamente capricciosa d'essere trattata con amorevole dolcezza, che aveva l'istinto della contraddizione senz'argomenti su cui fondarla, che fondeva in uno la logica e la piú inconcepibile demenza.

Egli l'amava ancora e sapeva che non cesserebbe mai di amarla. Ma ora litigavano spesso, e violentemente. Jenny era cocciuta e Davide ostinato. In certe cose era impossibile che Jenny non la dovesse spuntare: nel bere, per esempio. Le aveva proibito di tenere porto in casa, e la proibizione aveva scatenato una tempesta. Sei un odioso guastafeste!... Perché non ti arruoli nell'esercito della Salute?... Bell'affare ho fatto!... Poi lagrime, riconciliazione, passione. Ti amo, Davide, ti amo, oh, come ti amo!

Altro motivo di lite erano gli esami di Davide. Jenny naturalmente desiderava, era anzi molto ansiosa, ch'egli conseguisse la patente di grado superiore, non foss'altro che per confondere quella pavonessa ch'era la moglie del preside e tutti gli altri invidiosi. Ma non gli lasciava tempo per prepararsi. Le sere che non poteva escogitare alcuna proposta accettabile per "andar fuori a divertirsi" si rivaleva con insistenti "Via, Mister Man, prendimi sui tuoi ginocchi, darling, non mi fai mai una carezza". In quelle circostanze la patente s'allontanava sempre piú.

L'aveva già differita di sei mesi; ora, dal modo come si mettevano le cose, e con le lezioni supplementari ad Arturo Barras, Davide sospettava di doverla differire di altri sei.

E finalmente litigavano a causa delle loro rispettive famiglie. Davide era addoloratissimo del raffreddamento che il matrimonio aveva prodotto tra sé e i suoi. Non che tutti i rapporti fossero rotti, ma le rare visite che si facevano reciprocamente non lo contentavano. Sua madre era gelida, suo padre muto, Jenny rigida, e Sam e Ugo imbarazzati. Lo strano era che quando vedeva Jenny, altezzosa e condiscendente, fra i suoi, si sentiva venir la voglia di picchiarla, ma appena tornavano nell'intimità della propria casina avvertiva di volerle ancor piú bene di prima. Si rendeva conto che il suo matrimonio aveva causato ai suoi genitori una profonda delusione. Sua madre aveva incassato il colpo come se lo avesse preveduto; era sempre stata piú che persuasa che il licenziamento dalla miniera sarebbe stato fonte di guai, e quell'infelice unione con una ragazza indegna di suo figlio era il primo evento che giustificava le sue apprensioni. L'atteggiamento di suo padre invece era diverso. Si trincerava nel silenzio. Nel tratto con la nuora era sempre correttissimo, si studiava anzi di mostrarsi con lei quanto piú garbato gli fosse possibile, ma la tristezza della sua espressione tradiva la profondità del suo risentimento. Era sempre stato orgoglioso del suo terzogenito, e aveva nutrito forti ambizioni per la sua carriera, ed ecco che Davide appena maggiorenne s'era appiccicato quella scioccherella d'una commessa di negozio. Era cosí che, nel segreto del suo cuore, suo padre pensava di Jenny. A Davide pesava la tristezza di suo padre, tanto che spesso non poteva dormire meditandoci su. Suo padre era esacerbato contro di lui per tre cose: perché aveva fatto un matrimonio sciocco, perché s'era rivolto a Barras per trovare un impiego, e perché aveva accettato di dar lezioni private al figlio di Barras. E cionondimeno ecco che suo padre lo invitava a venire con lui a pescare.

Per tutta la settimana egli aspettò con impazienza il sabato: la pesca era l'unico sport ch'egli avesse mai praticato, e la primavera era nell'aria. Il sabato venne: una bella giornata, calda, animata da una leggera brezza di ponente. Si levò di buon mattino, preparò la colazione per Jenny ed alcuni sandwiches per sé, alla marmellata.

Ispezionò la lenza, quella che suo padre gli aveva regalata pel suo decimo compleanno, e ricordò, come fosse ieri, il giorno ch'erano andati insieme a comprarla nella bottega di Marriot. Si allacciò gli stivali fischiettando. Partí che Jenny era ancora a letto.

Salí sui Terrazzi, con la sensazione curiosa che provava sempre avvicinandosi a casa. I suoi due fratelli erano al lavoro, ma sua madre stava legando con lo spago il pacchetto della colazione di suo marito. Vedendo Davide, gli fece un cenno del capo ma gli angoli della bocca le si voltarono incontrollabilmente in basso. Davide capí che non lo aveva perdonato ancora.

"Non sembri in buona salute," gli disse, scrutandolo con gli occhi biechi.

"Sto benone." Negli ultimi mesi s'era sentito indisposto di quando in quando.

"Sei bianco come un cencio."

"Non ci posso niente, sto benone, ti dico."

"Staresti meglio in questa casa, e se lavorassi onestamente nel pozzo."

Davide, sentendo montare la stizza, domandò: "Papà dov'è?"

"È andato fuori a fare una commissione, torna subito. Hai tanta premura che non puoi stare a discorrere un minuto con tua madre?"

Davide sedette, e la osservò legare lo spago con cura meticolosa: i nodi li faceva cosí che si potessero sciogliere facilmente, perché rivoleva lo spago. Era invecchiata un pochino, ma la tozza corporatura conservava agilità e sicurezza di movimenti, e nel volto vigoroso e sano splendevano scaltri ed imperiosi piú che mai gli occhi infossati.

"Ti sei portato la colazione?"

"L'ho in tasca."

"Fa' vedere."

Egli finse di non aver sentito.

Ella tese una mano e ripeté: "Fa' vedere."

"No, madre, me la sono preparata io, me la mangio io, e tu non hai da impensierirtene."

Ella continuava a stare con la mano tesa, torva in viso, intransigente. "Mi disubbidisci apertamente adesso?" Pose l'accento sull'avverbio.

"Ma via, madre, non t'ho mai disubbidito." Stizzito, posò il suo pacchettino sul tavolo.

Essa lo prese con calma, l'aprí e vide le tre fette di pane raffermo, appena impiastricciato di marmellata. Non mutò espressione, non manifestò sdegno, si limitò a metter via l'involto dicendo: "Mi servirà per il pudding." E gli consegnò in cambio il pacco che aveva fatto lei, e senza vantarsi si limitò a dichiarare: "Ce n'è per due."

Egli interpretò le parole come un tacito rimprovero all'indirizzo di Jenny, e non poté astenersi dal replicare, con un certo calore: "Madre, sei ingiusta verso Jenny. Non tenti nemmeno di farti voler bene da lei. In questi tre mesi sarai venuta a vederci quattro o cinque volte sole."

"Desidera lei ch'io venga, dimmi?"

"Ma sono i tuoi modi che le impediscono di desiderarlo. Si sente molto sola qui, capirai. Dovresti provare a farle coraggio."

Piú torva che mai, sua madre ribatté con una punta di scherno:

"Ah, cosí ha bisogno che le si faccia coraggio?" Una fredda indignazione ora l'incitava, ma non la rivelò né con gesti né con l'espressione del volto: solo col tono della voce. "E si sente sola? Che bisogno ha di sentirsi sola, col suo uomo e la casa da accudire? Io non mi sento sola. Non ne ho il tempo. Lei invece ha tutto il tempo che vuole per andare a spasso, e cercar la compagnia di gente ch'è superiore a lei. Non è a questo modo che si fanno gli amici, della qualità buona. E se fossi in te, le direi di non ordinare tante bottiglie di porto da Murchison."

"Cosa dici?" Davide scattò in piedi, il viso rosso d'ira. "Come osi?"

In quella, mentre stavano l'uno di fronte all'altra, lui fiammeggiante e lei gelida, entrò il padre per la porta aperta. Capí a volo la situazione. "Be'," disse, in tono conciliante, "eccomi qua, Davide. Andiamocene senz'altro. Vedrai tua madre al ritorno."

Davide trasse un profondo sospiro di soddisfazione, abbassò gli occhi per non svelare l'angoscia che esprimevano e disse: "All right, andiamo."

Uscirono insieme. Suo padre discorreva piú del solito. Si dilungò sul soggetto della pesca. Si era fatto dare dall'ortolano, disse, certi enormi vermi rossi, e il vento era favorevole, dovevano avere una giornata buona. E si era assicurato il mezzo di trasporto: il furgoncino del panettiere. Il conducente era malato ma Dan, il figlio del panettiere, non lavorava al sabato nella miniera, e faceva lui le consegne del pane: aveva promesso di condurli fino al podere di Avory. Bravo diavolo quel Dan.

Davide si sforzava d'ascoltare, ma intravedeva di là dalle parole il proposito della loquacità paterna. Ciò che lo pungeva non erano le cose dette da sua madre, ma piuttosto la particella di verità che racchiudevano.

Quando il furgoncino fu pronto, Dan salí pel primo, poi Fenwick, issandosi con sforzo, e per ultimo Davide: lo spazio era ristretto. Partirono. Appena fuori dal selciato, Dan si mise a chiacchierare con volubilità; li conduceva direttamente ad Avory, disse, e le consegne le farebbe al ritorno. Gli sarebbe piaciuto andar a pescare con loro, non aveva mai tempo; e gli piaceva la campagna, avrebbe fatto l'agricoltore se avesse potuto scegliere, per lavorare all'aria aperta, e non in fondo a quel maledetto pozzo. Ma che farci? rise Dan, un po' vergognoso d'essersi tradito.

Ora uscivano dal nero bacino carbonifero e penetravano in un verde scenario che era come un mondo tutto nuovo vestito di foglie nuove e d'erba nuova. Pareva che il Signore l'avesse creato stanotte pulito pulito, e che gli uomini non l'avessero ancora scoperto per sporcarlo. I ranuncoli nei campi erano una festa per gli occhi. Persino Davide se ne sentí riconfortato. "Magnifico!" disse a Dan.

Dan annuí. "Vero? Fanno buono il latte, dicono." Dopo un minuto di silenzio, con un'occhiata furtiva al viso di Davide, soggiunse: "Dimmi, ti piace andare al Poggio?"

"Non c'è male, Dan, non c'è male."

Dan sorrise impacciato, chi sa perché, e domandò, coi limpidi occhi ingenui fissi in quelli di Davide: "Conoscerai tutta la famiglia a quest'ora, vero? Anche Grace?"

Ne pronunciò il nome con accento di reverenza, e inghiottí la saliva come l'ostia del Sacramento, ma Davide non lo notò. Scosse la testa e rispose: "No, Grace non l'ho vista. Non c'è. È a Harrowgate, in collegio."

"Già," assentí Dan, contemplando gli orecchi del ronzino. "È a Harrowgate." Dopo una pausa sospirò e aggiunse: "È una gran brava ragazza, Grace." E tirò un altro lungo sospiro, che sintetizzava tutta la brama, l'inappagabile brama che celava in cuore da quasi otto anni.

Intanto erano arrivati al podere di Avory. Dan arrestò il cavallo. Padre e figlio smontarono, lo ringraziarono, e s'avviarono pei campi al fiume. Giunti sulla sponda, Fenwick notò con occhio da conoscitore il volume e il buon colore dell'acqua, e senza guardare il figlio disse: "Tu cominci qui, è il posto migliore, e risali il fiume; io mi porto oltre il ponte e scendo. Quando ci incontriamo faremo colazione." Abbozzò un cenno col capo e s'allontanò.

Davide, senza affrettarsi, montò la sua canna; scelse tra le mosche una greenwell, una march brown e una blue spider, e quando buttò l'amo avvertí un leggero fremito, riminiscenze di emozioni gustate in tempi remoti. Quasi subito una trota si elevò senza strepito nel mezzo della corrente, e gli parve sentir fin nelle midolle il lieve rumore succhiante, che è un po' simile a quello d'un tappo che sia per lasciare la bottiglia.

Rimontò adagio la corrente, perlustrando il massimo specchio d'acqua consentitogli dalla lunghezza della lenza, indugiando a frugare i luoghi riposti piú probabili. Il sole sbucando tratto tratto di fra le nuvole leggere lo immergeva in una calda chiarità; il suono dell'acqua corrente gli carezzava i timpani degli orecchi, il dolce eterno suono dell'acqua corrente.

Acchiappò cinque pesci, il maggiore di almeno mezzo chilo, ma quando raggiunse suo padre presso il ponte s'accorse d'essere stato battuto. Dodici trote giacevano in fila sull'erba accanto a Fenwick mezzo sdraiato e sostenuto su un gomito, intento a fumare la pipa. Aveva smesso un'ora fa, appena completata la sua dozzina.

Erano le tre e Davide aveva appetito. Consumarono le loro provviste: sandwiches al prosciutto, uova sode, carne fredda, e una delle torte che erano la specialità di Marta; c'era persino un litro di latte che Fenwick aveva messo a raffreddare all'ombra di un'ansa poco fonda. Contrariamente alla pluralità dei tisici, Fenwick mangiava pochissimo di solito, e oggi, per quanto il pasto fosse allettante, ne assaggiò appena. Riprese tosto a fumare la pipa. Davide lo notò. Preoccupato, scrutò suo padre in volto, e gli parve smagrito, contratto. Esistevano i sanatori pei ricchi, in Svizzera, nella Florida, nell'Arizona, dove ogni singolo sputo meritava l'attentissima considerazione di medici dispendiosi. Suo padre scendeva nel pozzo e sputava nei suoi quadratini di giornale. Disse: “Papà, non hai mangiato niente. Non ti nutri abbastanza.”

“Sto benone,” rispose Fenwick, convinto. Possedeva l’ottimismo che è caratteristico del suo male. Ne era affetto da tanto tempo che non covava piú alcuna ostilità contro i suoi sintomi: lo sputo la tosse i sudori eran diventati parte di se stesso. Non ci pensava se non per figurarsi di guarire. Sorrise a Davide, e si batté il petto con la pipa: “Non aver paura. Non sarà mai questo la mia rovina.”

Davide accese la pipa anche lui. Giacevano fianco a fianco, guardando i cirri rincorrersi nel cielo. L’aria odorava d’erba e di primule, di tabacco e di vermi: miscela piacevole alle nari dei pescatori. Tutt’intorno campi, alberi, pascoli: non una casa in vista. Era il tempo del l’agnellatura e s’udivano belati in tutte le direzioni: suono riposante, cheto. Tutto era immobile, salvo i cirri, e salvo gli agnellini che gambolavan goffi cozzando la testa contro le poppe delle madri intente a brucare imperturbate a gambe larghe. Cozzavano forte i candidi agnellini, tiravano con violenza, tornavano a cozzare, ma non stavano a lungo; si ritraevano, facevan capriole, e si preparavano a cozzare di nuovo, piú forte.

Fenwick si domandava se Davide fosse felice. Alla superficie, forse, ma in fondo no. Rifuggiva dal porgli la domanda perché non sapeva abbordare, con la crudità di sua moglie, l’argomento delle relazioni di Davide con Jenny. Sentiva la primavera nell’aria e pensava che basta una primula, e il canto d’un uccello, per creare la primavera. E inoltre pensava: i soli uccelli ai quali si dovrebbe riconoscere il diritto di cantare in primavera sono i cuculi. Che bisogno aveva avuto Davide di appiccicarsi quella ragazza; se se la fosse semplicemente goduta, ora non avrebbe quella faccia preoccupata. Ma nossignore, aveva voluto vestirsi di gala e portarla all’altare. Troppo giovane era Davide, senza esperienza. E ora gli toccava di sbarcare il lunario in una scuola elementare, pilotando per lucro suppletivo il figlio di Barras nei suoi studi; mentre la sua patente, e tutto il resto di cui solevano ragionare insieme, era messa nel dimenticatoio. Non c’era che sperare in Dio, sperare che Davide riuscisse un giorno a districarsi dal ginepraio in cui s’era messo, e si applicasse sul serio a farsi un nome: la stoffa ce l’aveva.

D'improvviso Davide si scosse: "Sei taciturno, papà. Hai dei pensieri."

"Oh... non so. Si sta bene qui." Dopo una pausa aggiunse: "Meglio che giú nello Scupper."

Allora Davide intuí quali fossero le sue preoccupazioni. Domandò esitante: "È là che lavorate adesso?"

"Sí. Son tre mesi che picconiamo la Muraglia."

"Ah, sí?"

"Sí."

"Acqua?"

"Fino agli orecchi, dove son io. Perciò sono stato malato."

La placidità della constatazione commosse Davide. "Avevi lottato con tanto accanimento, una volta, contro lo Scupper, ricordi, papà?"

"Già. Comunque, s'era stati battuti. Non ci avevano rimesso subito nello Scupper solo perché Barras aveva perso l'ordinativo. Be', ora ne ha ricevuto un altro. E rieccoci là dentro. La vita è una ruota. Basta aspettare; e tutto si ripete."

Cadde un silenzio. Poi Fenwick continuò: "Non è l'acqua *dentro* la galleria che mi preoccupa. In vita mia ho lavorato in luoghi anche peggiori di questo. Ma è quella che sta *fuori*. La situazione è questa, vedi." Posò la mano sull'erba, di costa, come per raffigurarne un muro. "Qui c'è la Muraglia. Da questa parte lavoriamo noi, e dall'altra parte c'è l'area di tutti i vecchi trapanamenti della Nettuno. I livelli inferiori sono pieni d'acqua, — non possono non essere cosí, — zeppi. Ora, cosa facciamo noialtri? Picconando la Muraglia, la stiamo indebolendo, capisci?"

Riprese a fumare.

Davide osservò: "Ho sempre sentito dire che la Muraglia è una barriera incrollabile, inespugnabile."

"Può darsi. Ma se non lo fosse? Cos'accadrebbe se scaviamo troppo addentro? Se si assottiglia troppo?" Parlava senza astio.

"Ma i direttori sanno quel che fanno, papà. Devono avere il tracciato dei sotterranei."

Fenwick scosse la testa. "Non esistono piani degli scavi vecchi."

"Come no? È prescritto dalla legge che vi siano. Dovresti vedere l'Ispettore, Jennings."

"Non serve a niente. Non può nulla Jennings. La legge non contempla le miniere abbandonate prima del 1872. E gli scavi vecchi risalgono a un'epoca molto anteriore. Allora la legge non prescriveva il rilievo geologico preventivo; non c'erano tracciati. O se c'erano in questo caso particolare, son andati distrutti, smarriti. L'acqua può trovarsi subito di là dalla Muraglia, o può trovarsi a un chilometro di distanza; non se ne sa niente." Sbadigliò, come se il soggetto lo tediasse. Sorrise. "Speriamo che si trovi a un chilometro."

"Ma papà..."

"No, Davide, questa volta non solleverò incidenti. Nessuno mi darebbe retta; nessuno mi seguirebbe. M'avevan seguito l'altra volta solo perché speravano l'aumento d'un mezzo penny, senza nemmeno capire i miei movimenti. Stavolta non voglio prendermi delle gatte da pelare." Tacque; guardò il cielo. "Voglio tornar qui quest'altra domenica. Vieni anche tu? È la stagione migliore per la pesca." Tossí: la sua tosse grassa eppure cavernosa.

Davide disse: "Dovresti stare il piú possibile all'aria aperta, con quella tosse."

Fenwick sorrise: "Credo che verrò a stabilirmi qui, dopo che sarò giubilato." Si batté il petto con la pipa. "Ma è niente la tosse. Siamo vecchi amici oramai. Non sarà lei la mia rovina."

Davide lo guardò con tacita ma piú intensa ansietà. I suoi nervi, anormalmente tesi da qualche tempo in qui, lo urgevano a ribellarsi contro l'intollerabile situazione descrittagli da suo padre. E se il pericolo fosse reale? Sentí il cuore contrarsi. Deliberò di parlare a Barras. La settimana entrante, senza fallo.

XIX

Nel frattempo Joe se la spassava allegramente. Se lo diceva lui stesso: "Questo si chiama godersi la vita!" Si divertiva, infatti, a Shiphead, cittadina amena e ricca di bar, con due saloni di biliardo, una sala da ballo, e tutti i sabati uno spettacolo di pugilato. Era lietissimo del cambiamento sopravvenuto; nel nuovo alloggio stava benone, e ancor meglio nel suo comodo ufficio, che constava di un unico locale, munito di telefono, e arredato con due seggiole, una scrivania per tenerci i piedi su, una cassaforte ed un calendario ippico. I muri erano tappezzati di fotografie, ritagliate dai giornali, di ogni sorta di celebrità, da Jack Johnson a Vesta Victoria. Era soddisfatto del suo vestito nuovo, color tabacco, della catena d'orologio che collegava i due taschini superiori del gilé, delle sue unghie che coltivava mediante un temperino quando sedeva alla scrivania (coi piedi sulla medesima) col cappello sulle ventitré; ed era soddisfatto dei progressi della sua relazione con la forosetta che abbelliva di sé la garitta d'ingresso al nuovo cine. Ma soprattutto era soddisfatto del suo lavoro. Niente da fare, eccetto registrare le scommesse e incassare il denaro: telefonare le prime al suo principale, Dick Jobey, che veniva ogni sabato da Tynecastle per ritirare il secondo. Dick Jobey lo aveva giudicato capace di dirigere la nuova succursale di Shiphead, fidando in quelle sue virtú — la giovialità nei bar, la cordialità coi clienti, l'abilità nell'evitare indiscrezioni da parte della polizia — che gli accaparravano le simpatie generali. Dick aveva bisogno d'un giovane in gamba, non di un parruccone, di uno che avesse la testa sulle spalle e si mettesse in buona luce nei ritrovi degli sportivi e fosse attivo, e non di una mummia d'impiegato che se ne stesse tutto il giorno in ufficio in attesa degli scommettitori. Ecco perché Dick aveva scelto lui, perdio.

E non aveva avuto ragione, forse? Non era Joe un giovane in gamba, e con la testa sulle spalle? Gli veniva da ridere, parola d'onore: era cosí facile, troppo facile! Ridicola davvero la facilità con cui si potevano far quattrini col suo metodo. Il suo metodo consisteva tutto nell'aurea regola, semplicissima, di farla al socio prima che il socio la faccia a te.

Con la lingua passò lo stecchino dall'altra parte della bocca, e trasse dalla tasca interna della giacca un taccuino dall'aspetto proibitivo. Gli piaceva consultarlo, manipolarlo, accarezzarlo. Fra le righe rosse il taccuino diceva che nella Banca di Shiphead c'erano 202 sterline 10 scellini e 6 pence a credito di Mr. Joe Gowlan. Il taccuino era la prova tangibile dei meriti di Joe.

Squillò il telefono. Joe distaccò il ricevitore. "Hallo. Oh, Mr. Carr. Va bene. Senza fallo. La seconda corsa Slider dieci scellini, e dieci scellini Blackbird nella quarta. Inteso. All right. Thank you, Mr. Carr."

Carr, il farmacista, ruminò Joe; strano che giuocassero certuni che a vederli non si direbbe mai. Carr sembrava proprio uno che non s'occupasse d'altro che di clisteri e di giulebbe, andava in chiesa con la moglie tutte le domeniche, ma non lasciava mai passare una settimana senza schiaffare la sua brava sterlina su qualche cavallo. E vinceva, anche; e grosso, qualche volta. Si distinguono alla prima occhiata i giuocatori che vincono sovente, furbacchioni dall'aria di gaglioffi che non si vantan mai delle loro vincite. E i perdenti, ancor piú facile riconoscerli! Quel gnoccone d'un Tracy, per esempio, ch'era venuto in città solo il mese scorso; quello era inequivocabilmente un perdente nato, se lo portava scritto sul grifo. Dalla prima volta che Joe lo aveva incontrato al biliardo, e Tracy gli aveva rimesso una sterlina da puntare su Sloper, che finí ultimo in un campo di quattordici, Joe gli aveva preso la misura. Era uno che si faceva infinocchiare da tutti, con quel suo mento sfuggente, gli orecchi a sventola e il naso da beccafico. E soldi ne aveva. Una ventina di sterline aveva schiaffato su, in un mese soltanto; e perso ogni santa volta, sempre con una risatina da cretino che lasciava capire che aveva denari da buttar via.

Daccapo il telefono. Oh, stavolta non per affari, era solo la forosetta del cine. "Hallo, Minnie, fragola mia... Cos'è che vuoi? Sulla seconda corsa? Qualunque corsa? O mi prendi per un indovino? Che? Ah, be', te l'ho promesso, ma mantenere è un altro conto. Ad ogni modo, lasciami fare, vedrò... Che? Certezza mai, la vuoi capire o no. Ma se sei carina con me io lo sarò doppiamente con te. Accetti il patto? Di' pure. Oh, lasciami pensare. Be', va bene, alle undici, sul marciapiede di fronte; ma puoi scommettere le tue mutandine che sarò puntuale! E ti porterò i tuoi guadagni. Contenta?"

Tolse la comunicazione, s'alzò e abbozzò un passo di cake-walk. Era raggiante. L'aveva sempre detto lui che non c'era altro modo: è la montagna che deve venire a Maometto, c'era anche nella Bibbia. Si pavoneggiava, gonfiando il torace, i pollici nell'apertura del gilé. Calma, Joe, siamo uomini seri, che diavolo. Tolse lo stecchino di bocca, lo infilò nel taschino, accese una sigaretta e si mise al lavoro.

Si trattava di fare la cernita di tutte le scommesse del mattino, prima di trasmetterle per telefono a Dick Jobey. Fece uno scrutinio meticoloso di tutti i cartellini, esaminandoli uno per uno con occhio da conoscitore, e li spartiva in due gruppi. Alla fine il gruppo di destra consisteva di un mucchio di cartellini, che rappresentavano le scommesse non prive di probabilità; mentre il gruppo di sinistra conteneva solo tre cartellini, relativi a scommesse su cavalli che — salvo un miracolo assolutamente irrealizzabile — non potevano vincere in alcun modo. Tracy, per esempio, aveva tre sterline su Idrangea! una rozza che fischiava come un mantice, col tubo respiratorio, che non s'era mai impegnata una volta sola in tutta la sua carriera. Idrangea! Lacerò il cartellino in minutissimi frammenti. Anche Fulbrook non aveva la minima *chance*. E Sweet Orb: il brocco dell'apocalisse! Distrusse parimenti questi due cartellini. Col sorriso sulle labbra guardò l'orologio. L'una e mezzo; non si accettavano piú scommesse. Distaccò il ricevitore dall'apparecchio, canzonò giocondamente la telefonista, e chiamò Dick a Tynecastle.

"Hallo, Dick, siete voi? Parla Joe. Giornata discreta. Ha! ha! Sicuro, Dick. Siete pronto a registrare? All right, comincio." Lesse i cartellini ad uno ad uno, con voce chiara, sonora, precisa. Arrivò alla fine. "Come dite? Sí, tutto; non c'è altro. Se son sicuro? Ma certo; m'avete mai colto in errore? Tutto, tutto, non c'è altro. Va bene, Dick, arrivederci sabato."

Riagganciò il ricevitore con mossa energica, s'alzò, strizzò l'occhio alla fotografia di un'artista in maglia, diede al suo lobbia una piega spavalda, chiuse a chiave la porta dell'ufficio e se ne andò. Traversò la strada, entrò nel bar, distribuendo cenni del capo a destra e sinistra. Lo conoscevano tutti, Joe Gowlan, agente allibratore, giovane in gamba...

Si ordinò una bistecca, grande, spessa, succosa, poco cotta, come piacevano a lui, con cipolle e patate croccanti, e un grande di birra. Gustò ogni singolo boccone, ogni sorso, perché Joe possedeva una rara capacità di gustare le gioie che si concedeva. Poi si fece portare una generosa porzione di stracchino. Ottimo, perdio, quello stracchino: ancora un paio d'anni fa non sapeva nemmeno cosa fosse. Faceva progressi, Joe Gowlan: lasciarlo fare, quel giovanotto, sapeva ben lui.

Tutto il pomeriggio a sua disposizione. Due chiacchiere con Preston, Jack Preston il padrone del locale, bel tipo quel Jack. Poi una capatina al biliardo. Tracy non c'era, strano. Ma non importava: c'eran le sue tre sterline, al sicuro, in tasca a Joe.

Dopo, una visita in palestra. Era un assiduo: bisognava tenere il corpo in esercizio, che diavolo, per sentirsi in forma, per conservarsi in gamba. Un po' di tutto occorre saper fare, ma ogni cosa alla sua ora, pensò Joe, rievocando l'appuntamento alle undici con Minnie. Spogliò i suoi carnosi novanta chili, fece un paio di piegamenti sulle parallele, prese a pugni il pallone da boxe, ed eseguí perfino tre riprese con Curley in persona, il proprietario dello stabilimento. Sudò ch'era un piacere. Poi il bagno caldo, lungo; seguito dalla doccia fredda e da un energico massaggio. Curley non era energico abbastanza. "Animo, Curley, animo! Credi che ti paghi la fiacca?" Eh diavolo, se pagava aveva il diritto d'esser servito come voleva, e del resto doveva vendicarsi del pugno all'orecchio appioppatogli da Curley nella terza ripresa. Roseo, lucente, saltò giú dal tavolo del massaggio, liscio come una foca. Si vestí con ricercatezza, gettò a Curley una mezza corona e uscí.

Le cinque. Giusto in tempo per l'ufficio. Avviandosi, comprò il supplemento speciale, ne scorse le intestazioni con una occhiata di fiducia. Come aveva previsto, Idrangea nemmeno nominata, Fulbrook quarto in campo di sei, e Sweet Orb tra i N.P. Joe non manifestò segni di giubilo: era roba da cafone. Ma quando traversò la strada per rientrare in ufficio, il suo passo era un tantino piú burbanzoso del normale. Sedette alla scrivania, fece i suoi conti, poi telefonò a Tynecastle. "Hallo, Dick, siete voi?... Che?... Dick Jobey è partito?... All right, telefonerò domattina."

Strano che Dick fosse partito. S'alzò, raddrizzò la cravatta, fischiettando. In quella s'aprí la porta ed entrò Dick.

"Oh, Dick, come mai, piacere di vedervi, non v'aspettavo..."

"Fa' silenzio, Joe. Siedi." Calmo, senza sorridere, Dick indicava una delle seggiole.

Il volto di Joe si rannuvolò. "Che c'è, Dick..." Poi diventò verde. Dietro a Dick c'era Tracy, e dietro a Tracy un omone dalla faccia rossa e torva, e con certe spalle da lottatore. L'omone chiuse la porta e vi s'appoggiò con la schiena. Tracy aveva l'aria meno ingenua del solito, e guardava Joe senza simpatia.

"Joe," disse Dick, "sei un mascalzone porco."

"Che?" Joe cercò di dominarsi, tentò di bluffare. "Diavolo, Dick, datemi tempo di giustificarmi. Ho telefonato in questo momento a Tynecastle per avvertirvi che avevo dimenticato Idrangea, la scommessa del signore," con un cenno del capo a Tracy; "parola d'onore, Dick, pura dimenticanza..."

"Fa' silenzio, Joe, non è la prima volta. Da un mese il signor Tracy scommette qui. Ha perso trentacinque sterline, e io non ne ho nemmeno visto l'ombra."

"Cosa? Lo dice lui; e mente. Non gli credete, Dick. È una fandonia piú grossa di lui. La mia parola vale quanto la sua..."

"Fa' silenzio, Joe." Lo disse per la terza volta, con accento di sopportazione. "Tracy è d'accordo con me. Lavora per un mese a turno in tutte le mie succursali. Mi credi un imbecille? Incapace di curare i miei interessi sorvegliando i miei impiegati? T'avevo dato un buon impiego. Ora ti scaccio, pezzo di vigliacco, con un calcio nel sedere."

Tutto finito, pensò Joe. Lasciò sfogare la rabbia. "Ehi là, bada con chi parli o ti pentirai..." Gli avrebbe spaccato il muso se non fossero stati in tre, maledizione, in tre... D'altronde s'era provveduto; i soldi li aveva messi al sicuro. Si dominò.

Dick Jobey si rivolse all'omone e gli ordinò: "Perquisiscilo, Jim."

Jim si staccò dall'uscio e avanzò verso Joe, con un aspetto e con un fare come se si fosse proposto di abbattere il muro.

Cristo, pensò Joe, ora mi portan via tutto, se non mi difendo. Contando sulla propria forza potenziata dalla collera, si mise in guardia e menò un perfido *crochet* alla mandibola di Jim. Colse nel segno ma la mandibola era d'acciaio temprato. Jim abbassò la testa di toro e caricò.

Per tre minuti l'ufficio fu il teatro d'un incontro senza mercé. Ma Joe pesava quindici chili di meno. Al termine dei tre minuti cadde riverso con un tonfo terribile. Jim gli si sedé sul torace. Ogni difesa era vana ormai. Joe dovette lasciarsi frugare. Sulla scrivania s'allinearono il taccuino riservato e i biglietti da cinque sterline.

Mentre Dick intascava i biglietti e consultava il taccuino, Joe si rimise in piedi. "Per l'amor di Dio, Mr. Jobey, sir, il denaro è mio, sono i miei sacrosanti risparmi...”

Jobey guardò l'ora, staccò il ricevitore, telefonò alla banca. Joe, smarrito, sfinito, ascoltava come in sogno. “Mi spiace di disturbarvi, signor direttore, ma c'è il signor Gowlan che ha la massima urgenza di scontare un assegno. Parla Jobey di Tynecastle, sissignore, Dick Jobey. Vorreste, signor direttore, in linea di favore speciale per me, autorizzare lo sconto al signor Gowlan, sebbene sia tardi?...”

“Non vengo,” strillò Joe, “nemmeno legato.”

“Ti do un minuto per decidere. Se rifiuti chiamo la polizia.”

Joe non rifiutò. I quattro, muti, andarono in processione alla banca, e fecero ritorno in ufficio.

“Dai qua tutto,” disse Dick.

“Per l'amor di Dio,” mugolò Joe, “una parte è proprio mia...”

“Dai qua tutto,” disse Dick. Jim era lí, pronto.

Cristo, non c'era scampo. Diede tutto; in biglietti da venti, da cinque, in sovrane; tutto il suo avere, tutto il suo prezioso denaro, tutte le sue duecento sterline. “Per l'amor di Dio,” ripeteva nella strozza, in tono di abbietta implorazione, “per l'amor di Dio, Mr. Jobey, sir...”

Avviandosi verso l'uscio, Dick Jobey s'arrestò. Gli sfavillava negli occhi uno sguardo di disprezzo. Trasse di tasca una sola sovrana e la gettò a Joe. “Per comprarti un cappello,” disse, e uscí seguito da Tracy e Jim.

Per dieci minuti Joe sedette dondolandosi in un'agonia di disperazione, e pianse lagrime autentiche. Poi s'alzò, furente, e raccolse la sovrana. Prese a calci le seggiole e la scrivania. Demolí l'ufficio. Eran pochi e miseri i mobili, ma quello che c'era fu ridotto in fuscelli. Sputò sul pavimento e sui muri. Maledisse Dick. Dié di piglio alla matita blu e scrisse sulle pareti *Jobey è un bastardo d'uno scozzese* con altre inenarrabili oscenità. Poi sedé sulla finestra e contò il suo avere. Aveva in tutto trenta scellini. Trenta scellini.

Abbandonò l'ufficio saccheggiato e si recò direttamente al bar. Mise dieci scellini nel taschino e col resto si ubriacò. Rimase a bere fino alle dieci e mezzo, tutto solo. Poi s'avviò barcollando al cine.

Alle undici uscí Minnie. L'aria piccante, i capelli gialli, il petto floscio, il molare d'oro, la rivelavan tutta per una fraschettuola del marciapiede. "Andiamo, Minnie, ho qui i tuoi guadagni. Dieci scellini in tutto, ma domani spero di far meglio. Andiamo."

"Oh," disse Minnie delusa, "non pensate che a quello, voialtri sporcaccioni."

"Andiamo, Minnie."

Minnie andò.

Joe non poté comprarsi un cappello, quella volta. Ma ne comprò in seguito quanti ne volle.

XX

Gli alberi del corso gocciolavano sotto la pioggia, accasciati come figure di donne piangenti in un corteo funebre. Ma Davide, camminando in fretta sovrappensieri, non li vedeva. Sotto il peso dell'inquietudine che gli attorceva i nervi entrò pel cancello nel giardino del Poggio, salí la gradinata, suonò il campanello ed attese. Gli aprí Hilda Barras, che a vederlo si fece tutta rossa.

"È piú presto del solito," esclamò, dominandosi istantaneamente. "Arturo è col babbo, nel suo studio."

Davide entrò e si liberò del soprabito bagnato. "Ho anticipato perché ho bisogno di parlare a vostro padre, signorina."

"A mio padre?" Per quanto ironica, la sua espressione denotava curiosità. "Avete l'aria di dire sul serio."

"Trovate?"

"Ma sí. Ed è penosa da vedere, quella vostra aria di serietà."

Non gli sfuggí il sarcasmo delle parole, ma non replicò. Hilda non gli era antipatica: con tutta la sua bruschezza gli pareva se non altro sincera. Seguí un silenzio. Ella si astenne dal chiedergli che cosa avesse da dire a suo padre; osservò solo, con simulata indifferenza:

"Be', è nel suo studio, come vi ho detto."

"Posso andar su?"

Ella scrollò le spalle senza rispondere, poi fece dietrofront e lo lasciò solo. Egli indugiò un momento, per agguerrirsi prima dell'incontro, poi prese a salire le scale. Bussò e penetrò nello studio.

La stanza era calda e piena di luce; nel camino ardeva un grosso fuoco. Barras era seduto alla scrivania, mentre Arturo era presso il camino, di fronte a suo padre. Arturo sorrise amichevolmente come al solito, ma l'accoglienza di Barras fu assai meno cordiale. Si voltò sulla seggiola e fissò Davide con freddo sguardo interrogativo. "Che c'è?" disse laconicamente. Gli occhi di Davide si spostarono due o tre volte dal padre al figlio e dal figlio al padre prima ch'ei rispondesse. "Desidererei dirvi due parole in privato, Mr. Barras."

Barras s'appoggiò allo schienale. Era d'ottimo umore. Nel pomeriggio aveva ricevuto dal sindaco di Tynecastle l'invito a presiedere il comitato per l'erezione del nuovo ospedale. Barras era già presidente del tribunale, commissario per l'educazione pubblica, e ora gli si offriva un'altra carica onoraria. Era compiaciuto, subodorando la nomina a baronetto, come un mastino può fiutare la probabilità di papparsi un osso ben polposo. Stava appunto tracciando la sua risposta di accettazione, con la sua squisita calligrafia: non esistevano al Poggio macchine da scrivere. Seduto con sussiego, impersonava la soddisfazione: la soddisfazione di constatare che la vita gli serbasse tante gratificazioni.

"Cos'è che ha da dire?" esclamò; e cogliendo lo sguardo che Davide lanciò nella direzione di Arturo, soggiunse: "Dica, dica pure. Se riguarda Arturo è meglio che sia presente."

Davide aspirò il fiato. Sotto l'irradiazione della forte personalità di Barras, gli venne fatto di intuire tutta la presuntuosità, l'assurdità di ciò che aveva in animo di dire. Ma aveva preso la determinazione di parlargli: nulla avrebbe potuto smuoverlo dal suo proposito.

"È circa i nuovi scavi nello Scupper," disse affrettatamente, prima che Barras potesse interporsi. "Non è dei miei affari, se vogliamo, ora che non lavoro piú nella Nettuno, ma ci lavorano mio padre e i miei fratelli. Lei conosce bene mio padre, Mr. Barras, e sa che non è un allarmista. Ma da quando si sono iniziati i nuovi lavori è preoccupatissimo, per tema di un'inondazione."

Silenzio. Barras continuava a misurare Davide col suo sguardo freddo e interrogativo. Dopo un po' disse: "Se a vostro padre non garba lo Scupper, può andarsene. Sette anni fa aveva già piantato la grana. È sempre stato un creatore di fastidi."

Davide si sentí ribollire il sangue, ma si costrinse a parlare con calma. "Non si tratta di mio padre soltanto.

Son molti che non lavorano volentieri nello Scupper. Dicono che si trova troppo vicino all'area abbandonata, che dev'essere piena di acqua."

"Sanno cos'han da fare," replicò Barras, gelidamente, "possono andarsene."

"No, non possono. Hanno da guadagnarsi il pane. Son quasi tutti ammogliati e con prole."

"E allora vadano a reclamare da Heddon," continuò Barras, ma coi lineamenti impercettibili piú duri. "Non è lí per questo? Non è pagato dai minatori per sostenerne gli interessi? Voi non c'entrate."

L'atmosfera veniva tendendosi, e Arturo guardava or Davide or suo padre con crescente imbarazzo. Non poteva soffrire le scene; gli causavano un senso di malessere acuto. Davide teneva gli occhi fissi in quelli di Barras; era impallidito un pochino, ma risolutissimo, e padrone di sé.

"Io mi limiterei a pregarla, Mr. Barras, di voler ascoltare ciò che essi hanno da dire sulla questione."

Barras diede in un risolino sardonico. "Già. Secondo voi, io dovrei seder qui e farmi dar la lezione dai miei uomini."

"Non intende dunque occuparsi affatto della cosa?"

"Assolutamente no."

Davide serrò i denti per tenere a freno l'indignazione, e disse, a voce bassa. "Mi rincresce. Se mi attribuisce dei propositi che non ho, è inutile che continui a parlare. Riconosco che non tocca a me di intervenire." Attese un momento con la speranza che Barras replicasse qualche cosa, poi si voltò e uscí tranquillamente.

Arturo non lo seguí. Il silenzio si prolungava. Finalmente Arturo, con gli occhi al tappeto, diffidente, disse: "Bada che non aveva intenzioni ostili, sai, babbo. È un bravo ragazzo." Barras non rispose e Arturo si fece rosso. Benché avesse preso molti bagni freddi e sapesse a memoria l'intera serie dei libriccini segreti, continuava ad arrossire per niente. Riprese, con piú calore: "Non credi che abbia alcunissima giustificazione? Mentre parlava, ho pensato al curioso fatto di quest'oggi: la pompa dello Scupper s'era arenata, e in un momento si produsse un allagamento."

"Ma guarda." Barras ispezionava meticolosamente la punta della sua penna.

Parve ad Arturo che l'informazione non lo avesse minimamente commosso. Continuava a starsene immobile sul suo trono, con orecchio distratto. Arturo insistette, zoppicante: "A me il volume dell'acqua è sembrato molto notevole. Si scoprí poi che un masso s'era staccato dalla Muraglia sotto la pressione dell'acqua esterna. Ho creduto utile di segnalartelo."

"Utilissimo, infatti." Solo una punta d'ironia. "Hai fatto bene. Armstrong me ne parlerà domani senza dubbio."

"Se solo possedessimo il tracciato degli scavi antichi! Si sarebbe piú sicuri. Sembra incredibile che una volta non fosse prescritto di far rilevare i tracciati."

"Peccato che arrivi un po' in ritardo, Arturo." La sua voce non era di scherno. "Se fossi nato ottant'anni fa, son certo che avresti rivoluzionato l'industria."

Altro silenzio. Barras rileggeva la bozza della sua lettera, tenendola sollevata dal tavolo, con le due mani, visibilmente compiaciuto del suo stile. Pensò un'altra battuta finale e prese la penna per eseguire la correzione. Contemporaneamente scoprí che Arturo era ancora presente, presso l'uscio. Lo scrutò in viso, ostensibilmente, come testé lo scritto. Parve divertito. Disse: "Son molto soddisfatto per l'interesse che prendi nella Nettuno. E lieto di constatare che hai delle idee tue, circa l'esercizio dell'azienda. Tra pochi anni comanderai tu, e... mi farai rigar diritto." S'egli fosse stato un uomo capace di ridere, non avrebbe potuto trattenere le risa in quel momento. "Per ora comunque ti consiglio di occuparti unicamente degli elementi del mestiere, lasciando *a me* l'amministrazione della *mia* miniera. Ora va' dal tuo amico e fàtti iniettare un po' di logica nella testolina."

Uscito Arturo, nella massima confusione, Barras tornò alla sua lettera d'accettazione. Dov'era rimasto? Ah, sí. Nella sua nitida, decisa calligrafia, continuò: "Quanto a me..."

XXI

I mesi passavano rapidi, dall'estate all'autunno, dall'autunno all'inverno, e il ricordo dell'intervista al Poggio si faceva per Davide meno pungente, benché avvertisse ancora una fitta al cuore tutte le volte che ci pensava. Era stato uno sciocco a presumere tanto di sé. Nel settore Scupper i lavori continuavano, e si prevedeva per capo d'anno il termine delle consegne di coke a conformità di contratto. Arturo Barras aveva conseguito la licenza d'istituto, e per conseguenza Davide, smesse le sue visite al Poggio, riservava ai propri studi tutte le ore disponibili — l'ultima prova d'esame cadeva il 14 dicembre — e Jenny si considerava piú che mai una povera mogliettina abbandonata.

Lamentava di non aver visite, né amici. Pur di aver compagnia si rassegnò a frequentare la moglie di Jesus Wept, la sua padrona di casa, la quale era l'unica "visita", in quanto si presentava tutti i mesi a riscuotere la pigione; e i rapporti tra le due donne si mantennero discreti fino al giorno in cui la buona Susanna invitò Jenny al meeting della congrega. Jenny rientrò dal meeting scandalizzata. Davide non poté cavarne fuori altra confidenza se non la dichiarazione che era stato un convegno di gente dappoco, tutte persone volgari.

In mancanza di meglio Jenny rammentò che aveva una famiglia propria, e si immaginò che le piacerebbe avere in casa per qualche tempo uno dei suoi membri, ma quale? Mammà no, mammà s'era fatta cosí grassa che costituiva un peso morto in casa; Phyllis e Clarissa erano da Slattery's e non potevano venire, e papà non faceva altro che parlar di piccioni. Restava Sally. Sally non era da Slattery's. Sally aveva cominciato benino all'ufficio telefonico; era un impiego "per bene" e "aveva i suoi vantaggi". Disgraziatamente papà non s'era mai tolto dalla zucca che Sally "aveva disposizione" pel teatro, e continuava a portarla al varietà, incoraggiandola a scimmiottare le stelle e gli astri, facendole prendere lezioni di cake-walk e ogni sorta di stupidaggini. Il colmo era stato l'averla iscritta al concorso del sabato per artisti dilettanti all'Empire. Volgari, quei concorsi del sabato: vi partecipava solo la feccia di Tynecastle. Triste a dirsi, ma Sally aveva vinto il concorso. Non solo, ma l'impresario l'aveva scritturata per tutta la settimana successiva, al termine della quale le era stata offerta un'altra scrittura di sei settimane con una troupe viaggiante. Perché, oh, perché, si domandava Jenny mestamente, perché aveva Sally fatto la bestialità di accettarla? Era stata quella la sua rovina. All'ufficio telefonico non la riprenderebbero mai piú: tutta gente per bene, nella direzione dell'ufficio telefonico di Tynecastle, si guardavan bene dal riservare i posti buoni alle frugoline. Cosí, da quattro mesi, Sally era senza impiego. Niente scritture, niente offerte, niente di niente. Eh, sospirava Jenny, ho ben paura povera Sally che si sia chiusa tutte le strade, poveri noi. Comunque sarebbe bello averla in casa per qualche tempo; era un atto di carità per quella disgraziata.

Sally arrivò a Sleecastle nella terza settimana di novembre, accolta da Jenny con rapimento. Jenny era cosí contenta, abbracciava e riabbracciava la nostra sorellina esclamando "che bellezza" e "proprio come ai bei tempi", le confidava tante cosette tra scoppi di risa argentine, le mostrava tutte le robe nuove di casa, faceva di corsa le scale per portarle in camera l'acqua calda e le salviette di bucato e per provarsi dinanzi allo specchio i cappellini di Sally, oh che amore mi sta bene non trovi? Davide era soddisfatto. Da molto tempo non aveva visto Jenny cosí vispa e felice.

Ma il rapimento si afflosciò con comica rapidità: le corse su per le scale diventarono una seccatura, le risate argentine perdettero il lustro, e la nostra sorellina il sapore della novità. "È cambiata, Davide," annunciò Jenny alla fine della prima settimana; "è tutt'un'altra ragazza; non ch'io avessi mai avuto delle grandi idee sul suo conto ma comunque."

Davide non la trovava cambiata: se mai, in meglio. Piú tranquilla. Forse era stordita dall'effusione di Jenny. Non chiedeva di esser divertita, cercava di rendersi utile, s'offriva a far commissioncelle per la casa. Un paio di volte o tre, seduta sul tavolo in cucina, dondolando le gambe, acconsentí a sbottonarsi, come diceva Jenny; s'era buttata a capofitto in un cinguettio interminabile per illustrare episodi della tournée artistica, tratteggiando tipi di istrioni, di impresari, descrivendo la vita dietro le quinte, nei camerini, burlandosi della propria nervosità, delle sue papere, dei suoi successi. Perché con quello stesso senso critico che le serviva a scimmiottare i buoni artisti, sapeva contemplare e mettere se stessa in caricatura. Non si dava delle arie, Sally; non si tingeva, non aveva preferenze per una data qualità di sapone, si lavava la faccia con l'acqua fredda, aveva pochissimi vestiti, e — al contrario di Jenny che continuava a rimodernare i suoi, e li stirava e li teneva in condizioni perfette — non se ne curava affatto. A Sleescale indossava quasi sempre lo stesso costume di tweed color pepe. Il suo metodo era di comprare un vestito e portarlo finché fosse logoro. Non possedeva abiti di gala, cappellini della domenica, adorabili sottovesti di fantasia. Portava mutandine ordinarie di percalle e tacchi bassi. Era bassotta, tozza. Bruttina.

La sera del primo dicembre, quando Davide rientrò dalla scuola, Jenny gli si mostrò nuovamente in uno stato di grande animazione. "Indovina chi è arrivato a Sleescale," gli gridò, con un largo sorriso raggiante.

"Buffalo Bill," brontolò Sally, intenta ad apparecchiare il tè.

"Zitta tu, sfacciatella," ribatté Jenny, "se non ti piace non è una ragione per far la maleducata. No, sul serio Davide, non indovinerai mai, mai. È Joe!"

"Oh, Joe Gowlan?"

"Mmm!" Jenny annuí ripetutamente, tutta giuliva. "E caro mio, vedessi che aria da signore! Che sorpresa per me quando l'ho riconosciuto in Church Street. Naturalmente volevo far finta di non riconoscerlo — non si era comportato bene con me l'ultima volta che ci siam visti — ma è venuto lui a parlarmi, con bellissimi modi! Si vede che ha fatto strada quello là."

Sally domandò: "Formaggio, Davide?"

"No, no," rispose Jenny precipitosamente, "tieni il formaggio per questa sera; ho invitato Joe, Davide, ho pensato che ti faceva piacere d'averlo a cena, ho fatto bene?"

"Ma sí, certo."

"Non che io ci tenga, ma ho pensato che era bene fargli vedere che non è lui il solo che abbia fatto strada. Credi pure, con la nostra porcellana celeste, e la carne fredda coi piselli e il formaggio, faremo una figurona. Peccato che non ci sia piú lo storione di ieri, ma farò un'insalata, e mi faccio prestare cucchiaio e forchettone dalla moglie di Jesus Wept."

"Perché non affitti un mastro di casa per l'occasione?" domandò Sally a mezza voce.

Jenny si fece rossa, e l'espressione piacevole svaní dalla sua faccia. Si voltò di scatto verso Sally. "Sei un'ingrata pettegola. Con tutto quello che ho fatto per te, stai lí a criticarmi perché ho invitato un signore a pranzo. Spudorata! Se non ti piace, tornatene a casa tua."

"Prontissima," mormorò Sally. E serví il tè a Davide.

Joe comparve alle sette, nel suo vestito color tabacco, la bombetta, la catena d'orologio, e un fare di amabile semplicità. Non fece strepiti cordiali, non si vantò, non raccontò prodigi, non fece nulla di quanto avrebbe potuto dare ombra a Davide. Notificò che era venuto per rivedere il vecchio genitore; le cose a Tynecastle non andavano troppo bene, a dirla schietta; per non far misteri, era, al momento, disoccupato, ma meditava di ripresentarsi alla fonderia: dopo tutto Millington gli aveva promesso di dargli un impiego seduta stante in qualunque momento, e un buon impiego, aveva promesso. Sí, era questa la miglior soluzione; ma non subito, prima aveva qualche conticino da aggiustare, con certi individui che meritavano una lezione. Era, contrariamente alle sue abitudini, un tantino preoccupato, lo confessava; ma il diavolo è meno brutto di quanto lo si fa; tutto s'aggiusta, porca miseria, l'essenziale è di non fare bestialità.

L'effetto insomma che cercava di produrre, con l'accento di incertezza e insieme di ottimismo che dava al resoconto degli affari che lo riguardavano, era di persuadere Davide che Joe aveva ormai acquistato alcune virtú che prima non possedeva: serietà, probità, operosità, senso della responsabilità... Ed era cosí contento di ritrovarsi col suo vecchio amico, quel caro vecchio Davide. Davvero era contagiosa la sua emozione.

Al riguardo di Jenny aveva assunto un atteggiamento di umiltà, pieno di deferenza. Ammirò la sua porcellana, lodò il suo vestito, apprezzò la sua mensa. Consumò un notevole pasto, per un giovane *viveur* come lui abituato a ben piú scelte vivande. Era colpito, visibilmente colpito, dai progressi realizzati da Jenny nell'arte di tener casa. "Corpo d'un cane," ripeteva, "devo dire che c'è una bella differenza tra qui e Scottswood Road." Aveva modi proprio signorili. Non usava piú il coltello per portare i piselli alla bocca. Aiutava le signore a servirsi. Ed era sempre piú un bel giovane: una prestanza tutta eccezionale.

Jenny era felice dell'occasione ch'egli le offriva di sfoggiare le sue maniere di gran dama. Si fece condiscendente: affabile e tuttavia sostenuta; conversò come una vera signora.

Non che Joe discorresse molto con lei, mai piú! Era chiaro che Joe ormai bazzicava poco con le femmine. Le sue attenzioni a Jenny erano puramente ispirate dalla sua cortesia verso la padrona di casa. Quanto a Sally non la guardò nemmeno una volta. Si dedicava tutto a Davide, unicamente a Davide; lo interrogava, ascoltava con interesse, con curiosità, con ammirazione. Gran bel colpo, porca mattina, quella patente fra un paio di settimane; aveva sempre avuto un cervello di prim'ordine quel boia d'un Davide, vero, vecchio farabutto?

Dopo cena i due amici restarono a lungo seduti a tavola per chiacchierare nell'intimità, e Jenny compariva di tanto in tanto, sorridente e graziosa, per informarsi se erano contenti di ritrovarsi assieme. Sally lavava i piatti, con insolita veemenza.

Joe alfine si alzò. "Be', è stata una gran bella serata, mio caro Davide. Speriamo di rivederci, mi tratterrò una o due settimane. M'accompagni due passi? Via, pigrone, è ancora presto. Oh, a proposito," con un candido sorrisetto nei soli occhi, "stavo per dimenticare. Devo confidarti che oggi, cedendo a un impulso generoso, ho consegnato al vecchio genitore tutti i miei risparmi. Fino all'ultimo centesimo. Cosí. Per sentimentalità, tanto tempo che non lo vedevo, capisci. Di' un po', ti secca favorirmi un paio di sterline, solo fino a che..."

"Due sterline?"

"Oh, non importa, se ti disturba lascia andare, m'aggiusto altrimenti; le troverò facilmente altrove." Ma il sorrisetto di candore s'era voltato in un ghigno, mirabilmente artefatto anche questo, e inteso a dissimulare una punta di risentimento.

Davide notò il ghigno, e interpretandolo secondo le intenzioni di Joe ne rimase mortificato: si sentí spilorcio. Aveva una diecina di sterline, faticosamente messe da parte per recarsi in città agli esami; le teneva nascoste nel cassettone in camera sua. "Che, che, Joe... Te le presto volentieri... Aspetta un minuto." Corse su, prese tre sterline, e gliele offrí.

"Sei un simpaticone, Davide." Era rinata in lui la sua fiducia nell'umanità: raggiava. "Ero certo che mi avresti reso questo piccolo servizio. Solo fino alla fine della settimana, sta' sicuro."

Uscirono insieme. Joe portava la bombetta molto inclinata su un orecchio. Il suo saluto a Davide suonò come una benedizione.

Davide svoltò in Cowpen Street. Aveva avuto intenzione di recarsi quella sera a vedere suo padre, ma eran quasi le dieci, e sua madre lo guardava brutto quando veniva tardi, quasi per intimargli che riteneva un sopruso da parte del figlio la scelta di un'ora cosí tarda per render visita ai suoi genitori. D'un tratto, nell'oscurità, riconobbe Ugo, in maglia e mutandine, passare di corsa in mezzo alla strada. Veniva dalla direzione opposta. "Ugo!" chiamò.

Ugo si fermò. Benché avesse corso quattro chilometri, ansava poco: era in forma. Appena riconosciuto Davide, gli si buttò al collo. "L'ho spuntata finalmente," gridò esultante; "m'han preso. Lo sapevi? M'han scritto oggi. Ho trovato la lettera al ritorno dal pozzo. M'han chiesto loro. Non è un miracolo?"

"Loro chi? Chiesto che cosa?" Davide non aveva mai visto Ugo cosí eccitato; non si raccapezzava. Se non lo avesse conosciuto l'avrebbe creduto brillo.

"Il direttorio. Mi vogliono nella squadra di Tynecastle. Te l'aspettavi? M'han visto giuocare sabato scorso, e io sapevo che mi tenevan d'occhio e ho fatto tre goal. Ora m'han chiesto in prova con le riserve a St. James's Park quest'altro sabato. Cosa ne dici? Se fo bene mi fanno il contratto. Non è una fortuna?"

Davide aveva capito. Ugo alfine vedeva realizzarsi il suo sogno di tant'anni. Davide si sentí felice, per suo fratello, e lo disse, ma col senso dell'inadeguatezza delle sue parole di congratulazione.

"T'assicuro che sabato mi ci metto d'impegno, lascia fare a me. Tu vieni a vedermi, vero?"

"Sfido."

"Anche Sam ha promesso. Dice che se non faccio sei goal mi fischia." Stette in equilibrio sui talloni per qualche attimo, conforme il suo uso, poi aggiunse: "Debbo badare a non prender freddo, voglio esser prudente. Buona notte, Davide." Ripartí di corsa. Sparí nell'oscurità.

Davide tornò a casa piacevolmente commosso. Sally era sola, seduta davanti al fuoco, o meglio rannicchiata in una seggiola comune sulla cui traversa inferiore appoggiava i piedi, i gomiti sulle ginocchia, gli angoli della bocca volti all'ingiú. Pareva piccina piccina, e triste. Al confronto dell'allegria di Ugo, la sua aria di abbattimento impressionò Davide.

"Dov'è Jenny?" domandò.

"Andata a letto."

"Già?" Avrebbe voluto parteciparle subito la fausta

notizia relativa ad Ugo; in compenso ne parlò con Sally. Essa lo ascoltava scrutandolo in faccia e mascherando la propria con l'ombra della mano che teneva alla fronte. "Sono felice per lui," concluse Davide; "era la sua unica ambizione."

Sally sospirò senza replicare subito; poi sussurrò: "Sí. È una gran cosa ottenere quello che si vuole."

Egli la guardò. "Cos'hai, Sally?"

"Niente."

"Sembri contrariata."

"Mah... Ho bisticciato con Jenny."

Con rapida mossa egli guardò altrove... "Mi spiace."

"Oh, non è la prima volta; e la sentivo venire da un pezzo. Mah... Non avrei dovuto dirtelo. Avrei dovuto sacrificarmi e partirmene domattina, graziosa e sorridente."

"Parti domani?"

"Sí. È ora che torni da papà. Puzza di piccione ma comunque ci vogliamo bene e si sente solo senza di me."

"Posso rimediare io in qualche modo? Ma non so di che cosa si tratta."

"Meglio se non lo sai."

"Mi rincresce che te ne vai cosí. Non vuoi restare un altro po'?"

"*Devo* andare. Capirai, ho portato con me cosí poca *lingerie* di ricambio." L'osservazione implicava l'intento sarcastico di fare il verso a Jenny. Diede in un risolino e poi scoppiò in lagrime; ma si dominò subito e riprese: "Non badarmi. Mi vengono ogni tanto di questi eccessi, da quando ho fatto fiasco sulla scena. Non soffrirei d'esser compatita. Vado a letto."

"Mi spiace, Sally, di vederti cosí."

"Oh piantala; è ora che smetti di compatire gli altri, e che cominci a compatire te stesso."

"Me? E per che cosa?"

"Per niente." S'alzò. "È troppo tardi per recriminare; ti dirò domani." Bruscamente diede la buona notte e si ritirò.

Al mattino Davide non la rivide; s'era alzata presto per prendere il treno delle sette. Nel corso della giornata egli pensò sovente a lei, preoccupato. Al ritorno dalla scuola, ne parlò con Jenny.

Jenny sorrise compiaciuta. "Non è altro che invidia, caro mio. Sally è gelosa di me."

Egli respinse la supposizione come assurda. "Macché. Ti sbagli."

Ella tentennò la testa con aria d'indulgenza. "Ti ha sempre tenuto d'occhio senza averne l'aria, anche quando si era a Tynecastle, ed era furiosa che facevi la corte a me. E ora le fa rabbia addirittura." Sorrise. "Perché vede che continui. Vero che mi vuoi ancora bene, Davide?"

Egli la guardò con insolita durezza. "Certo ti voglio bene... benché mi sia accorto che sei piena di difetti: come me d'altronde. Alle volte dici e fai cose che detesto; allora ti esecro, davvero. Ma non posso fare a meno di volerti bene."

Jenny non si diede la briga di penetrare il significato delle sue parole: le interpretò, nel complesso, come un complimento. "Sei un bel tipo," disse arcanamente, e riprese a leggere il suo romanzo.

Egli non era avvezzo ad analizzare i propri sentimenti all'indirizzo di Jenny; li accettava, senz'altro. Ma qualche giorno dopo, — era venerdí, — capitò un caso che lo turbò spiacevolmente. Rientrava dalla scuola, un'ora prima del solito in seguito alla soppressione d'una lezione, e dalla strada, avvicinandosi a casa, vide che Joe ne usciva. Joe usciva di casa sua con l'aria di uno che esca dalla propria casa. Davide si arrestò netto. Non lo aveva rivisto da quando gli aveva prestato le tre sterline. Si sentí tanto piú imbarazzato in quanto notò l'imbarazzo di Joe nel vederlo inaspettatamente arrivare.

"Credevo d'aver dimenticato il mio bastone in casa tua," spiegò Joe, guardando in tutte le direzioni salvo che in faccia a Davide.

"Ma l'altra sera non avevi il bastone."

Joe rise, e guardò su e giú lungo il viale. Sperava di vedere il bastone? "Sí, l'avevo, son sicuro, lo porto sempre. Chissà dove l'ho lasciato."

Niente altro. Poi un risolino impacciato, cenni affrettati con la testa, e via, a precipizio.

Davide entrò in casa, pensieroso. "Jenny, cosa voleva Joe?"

"Joe?" Gli scoccò un'occhiata, arrossendo come un gambero.

"L'ho incontrato che usciva di qui."

Ella era in piedi nel centro della sala, immobile, smarrita. Di botto s'infiammò. "Cosa vuoi che ne sappia io.

Sono la sua guardiana? È stato qui un minuto. Cos'hai da guardarmi cosí!"

Strano che non avesse accennato al fatto del bastone.

"Niente."

"Niente che cosa?" ella insisté, petulante.

Davide guardò fuori dalla finestra. Perché Joe era venuto in un'ora in cui sapeva ch'egli era a scuola? D'un tratto credette di intravedere la soluzione dell'enigma: attribuí l'imbarazzo di Joe, e la sua fretta di andarsene, al fatto che forse non era in grado di restituirgli le tre sterline. L'ipotesi lo tranquillizzò. Si voltò verso Jenny. "Era venuto per cercare il suo bastone, eh?"

"Il suo bastone, sí!" gridò Jenny, istericamente, e gli buttò le braccia al collo. "Cos'altro credevi, caro?"

Egli le carezzò i capelli. "Sciocco da parte mia, ma m'era seccato di vederlo uscire di qui come se fosse lui il padrone di casa."

"Come sei sospettoso. Non sei arrabbiato con me, vero?"

"O perché dovrei essere arrabbiato con te?"

Rassicurata, alzò gli occhi su di lui, limpidi, liquidi. Lo baciò. Lo colmò di gentilezze, tutta la sera. Al mattino si alzò prima di lui, e gli serví la colazione, perfino. Quand'egli nel pomeriggio partí in bicicletta per andare a passare la domenica in casa d'un collega fuori città, ella gli s'appese al collo, quasi che intendesse opporsi alla sua partenza. Ma alfine, dopo un ultimo caloroso abbraccio, lo lasciò andare.

Poi si mise a canterellare, compiaciuta di sentirsi amata da Davide, compiaciuta di sé, compiaciuta d'aver tutto il pomeriggio e la lunga domenica a sua completa disposizione. Ma certo non doveva lasciare che Joe venisse a cena stasera, nemmeno per sogno; che sfacciato quel Joe d'avergliela proposto. "Per far due chiacchiere sui bei tempi antichi," aveva detto, che faccia tosta. S'era ben guardata di alludervi, parlando con Davide: non son cose che una signora menzioni volentieri.

Uscí per fare una bella passeggiata in città. Davanti a Murchison indugiò, meditò, e decise sí, è sempre utile averne in casa; entrò e ordinò, con fare disinvolto, una bottiglia di porto, Sandeman, sí, Mrs. Murchison, me lo mandi a casa ancora stasera, mi raccomando. Davide era contrario, va bene; ma ultimamente Davide era stato noiosetto, povero Davide, e comunque era via e non lo saprà mai. Com'è che dice il proverbio: occhio non vede, cuore non piange; proprio cosí. Sorridendo a se stessa, tornò a casa, contenta della sua bella passeggiata, cambiò d'abito, si profumò dietro gli orecchi, conforme al consiglio della rubrica *Sottovoce alle Signore*, e si fece tutta bella, per nessuno al mondo, solo per sé, le piaceva cosí.

Alle sette Joe suonò il campanello e Jenny gli aprí. "Ma, dico, questa è troppo grossa; dopo la mia proibizione!"

"Via, Jenny. Dar sollievo ai derelitti, che diavolo."

"Che faccia tosta. Dovrei metterti alla porta."

Ma lo fece entrare e non lo lasciò uscire che a notte molto inoltrata. Era effervescente, scarmigliata, un tantino vergognosa. Ghignava. La bottiglia di Sandeman era vuota.

XXII

L'indomani, domenica 7 dicembre, Jack Reedy e Charles Leeming (figlio di Slogger) lavoravano in coppia nel settore Scupper. I lavori procedevano senza l'interruzione della domenica, e a due turni, allo scopo di completare le consegne di coke entro il termine fissato dal contratto. Fenwick faceva parte della stessa squadra, ma lavorava molto piú lontano, al fondo del budello, in un tratto di roccia dura. Nel tratto in cui lavoravano Jack Reedy e Charles Leeming, a circa due chilometri dal pozzo, era piú tenera. Alle diciassette terminava il lavoro. Jack e Charles, venendo via, lasciarono ancora aderente alla parete un grosso masso protuberante di minerale che doveva esser fatto saltare l'indomani: il suo volume era sufficiente a riempire di carbone buono cinque o sei carrelli.

Uscendo, i due compagni sostarono all'osteria della Salutazione. Jack aveva soldi in tasca. Tracannarono vari bicchieri, benché fosse domenica, e poi altri ancora. Jack uscí brillo e Charles sborniato. Sotto braccio risalirono i Terrazzi cantando. Andarono a letto e al mattino rimasero addormentati. Ma solo piú tardi apprezzarono al suo giusto valore la fortuna di esser rimasti addormentati.

Alle tre e mezzo entrò nel Paradiso il caporeparto

Dinning, per eseguire la sua indagine quotidiana sullo stato dei lavori. La eseguiva sempre innanzi che arrivasse la squadra di turno. Con la mazza in mano, curvo, Dinning perlustrò diligentemente i due settori Mixen e Scupper. Trovò tutto normale. Risalí nella sua bussola per stendere il suo rapporto.

La squadra arrivò, composta di 105 individui, fra cui 18 ragazzi. Due uomini, Bob Ogle e Tally Brown, vennero da Dinning, lo informarono che Jack Reedy e Charles Leeming erano rimasti a letto, e chiesero ed ottennero l'autorizzazione di sostituirli nel tratto ch'era riservato a quelli, perché il lavoro vi procedesse piú spedito.

Cosí Bob Ogle e Tally Brown si accodarono tutti contenti al gruppo di cui faceva parte Fenwick col figlio Ugo, Slogger Leeming, Harry Brace, Swee Messer, Ned Softley, Jesus Wept ed altri due Reedy, fratelli di quel Jack che si dormiva la sbornia, e chiamati Tom e Pat. Quest'ultimo aveva appena quindici anni, ed era la prima settimana che lavorava a grande profondità.

Fenwick aveva il morale alto. Si sentiva in buona salute, e cominciava a sperare di farla franca, dopo tutto, ora che il contratto era presso a spirare. Aveva dormito bene e tossito poco. Mentre procedeva nel buio del suo budello, alto un metro, duecento metri sotterra e a piú di tre chilometri dal pozzo, si trovò accanto il piccolo Pat Reedy. "Bravo, Pat," gli disse scherzosamente, "hai trovato un bel sito per passarvi le vacanze." Scese nell'avvallamento detto Swelly e finalmente raggiunse il tratto in cui lavorava di piccone in compagnia di Slogger Leeming. Da varie settimane non aveva visto il tratto cosí asciutto come lo trovò quella mattina.

Bob Ogle e Tally Brown si erano fermati nel punto dove la vigilia Jack Reedy e Charles Leeming avevano sospeso il lavoro, e cominciarono subito a praticare sulla facciata del masso che doveva esser fatto saltare due fori di circa un metro di profondità, e un terzo foro di ugual profondità praticarono sull'orlo del masso all'estremità destra. Alle cinque meno un quarto arrivò Dinning il caporeparto; introdusse le cariche nei fori e le fece brillare. Franò una quantità di minerale sufficiente a riempire otto carrelli di carbone. Dinning esaminò la parete nuova, annuí con soddisfazione, e se ne tornò nella sua bussola.

Ma dieci minuti dopo lo raggiunse Tom Reedy, e gli

disse, in grande affanno: "Bob Ogle mi manda a dire che viene acqua dai fori della mina."

Dinning sembrò preoccupato e tornò con Tom a vedere. Esaminò la parete meticolosamente. Trovò un rigagnolo sottilissimo che filtrava da un punto equidistante dai due fori praticati nella facciata. Non pareva che ci fosse pressione esterna. Fiutò l'acqua. Puzzava, dell'odore del grisú. La faccenda in complesso gli garbava poco. "Hm," disse, "avete forato troppo profondo. Tenete d'occhio il rigagnolo, io vado ad avvertire la direzione."

E s'affrettò di ritorno nella bussola. Ma poiché temeva che fosse troppo presto per telefonare in direzione, anziché recarsi al telefono scrisse un biglietto a Hudspeth, il sovrintendente, per avvertirlo della minaccia d'un allagamento; e un altro ne scrisse a Frank Logan, il pompiere del Paradiso. Consegnò le due note al figlio, un ragazzo di sedici anni, e gli disse, "Corri, figliolo, corri."

Il figlio partí svelto. Alla giunzione non trovò il trenino, e proseguí a piedi nella galleria principale del settore. Poi udí, con raccapriccio, un tonfo sordo, lontano, e avvertí l'aria ingolfarsi nei sotterranei. Subito dopo vide sbucare a pochi passi fuor dalle tenebre a tutta velocità tre o quattro carrelli, sciolti, distaccatisi dal treno ad un livello piú alto. Il ragazzo diede un urlo ma si scansò un secondo troppo tardi. I carrelli gli passarono sul corpo, lo trascinarono per una ventina di metri e lo lasciarono in brandelli.

Dopo ch'era partito il figlio, Dinning rifletté qualche attimo con la coscienza d'aver fatto tutto il suo dovere, e a un tratto udí il rumore che anche suo figlio aveva udito, ma essendo piú vicino ne sentí la ripercussione come un colpo di tuono. Impietrito, restò a bocca aperta. Aveva preveduto il pericolo, ma non imminente. D'impulso si avviò nella direzione dello Scupper, ma dopo percorsi dieci metri vide l'acqua rovesciarglisi incontro, in un volume tale che riempiva tutto il budello, e con un suono di valanga. Trascinava con sé i corpi di Bob Ogle e di Tally Brown, e di un'altra diecina di individui. Il gas compresso davanti alla colonna d'acqua spense la sua lanterna. Nei due secondi in cui ebbe ancor tempo di pensare, pensò che era contento di aver mandato suo figlio a recapitare i due avvisi. Non poteva sapere che suo figlio era già morto. Poi l'acqua lo travolse. Lottò, provò a nuotare. Invano. Il suo cadavere portò a quattordici il numero dei morti nello Scupper inondato.

Frank Logan, il pompiere del Paradiso, non ricevette l'avviso speditogli da Dinning. L'avviso rimase al buio nella mano mozzata del figlio di Dinning. Ma anche Frank Logan udí il tonfo sordo, e un minuto dopo sentí l'acqua salirgli al ginocchio. Fu cosí che ebbe notizia dell'inondazione. Quindici uomini lavoravano presso di lui. Due li mandò a segnalare il pericolo agli uomini che lavoravano piú in basso nel Paradiso, e agli altri tredici ordinò di mettersi in salvo nel pozzo a un chilometro e mezzo di distanza. Lui rimase dov'era; ma pensando che il settore Scupper era il piú basso di tutti, e che perciò sarebbe stato sommerso pel primo, volle andare lui stesso ad avvertire gli uomini che vi lavoravano. Non sapeva che erano già annegati tutti. Frank Logan non fu mai piú visto vivo.

I tredici ch'egli aveva mandati via perché si mettessero in salvo raggiunsero la galleria dell'Atlante, che collegava il Paradiso col Globo. Il Globo era un settore piú elevato, e quindi piú sicuro. Quivi si imbatterono in un gruppo di sterratori, i quali, senz'aver nozione del disastro già sopravvenuto ma preoccupati dal suono dell'esplosione che avevano percepito, stavano discutendo se restare o andarsene: l'arrivo dei tredici pose fine ad ogni discussione, naturalmente. Tre minuti dopo, l'acqua proveniente dal Paradiso imboccò la galleria dell'Atlante ed invase il Globo. Gli uomini la udirono venire e presero la corsa. Lo sterrato era sodo e liscio, il tetto abbastanza alto da non costringere a camminar curvi, cosí che gli uomini, giovani quasi tutti, erano in grado di correr via svelti. Taluni non avevano mai corso in vita loro con tanta velocità. Ma l'acqua correva piú di loro. Li inseguiva con ferocia. Li travolse con l'inesorabilità di una mareggiata. Un minuto fa non c'era una goccia d'acqua in tutto il Globo; il minuto seguente il Globo era sommerso.

L'acqua raggiunse entrambi i pozzi dei due settori, convergendovi dalle varie gallerie in volumi terrificanti, e annegando gli uomini che già erano arrivati nei pozzi con la speranza di salvarsi. E salí di livello, nei pozzi stessi, finché furon totalmente sommersi cosí il Globo come il Paradiso.

Il disastro si produsse con prodigiosa subitaneità. Non

piú d'un quarto d'ora era passato dall'attimo dell'infiltrazione nella Muraglia, che erano già 89 i deceduti per annegamento o per soffocamento di gas. Ma Fenwick e gli altri uomini del suo gruppo erano ancora vivi. Si trovavano alla massima distanza dai pozzi, e a un livello piú elevato del punto in cui era avvenuta l'inondazione. Appena udí il tonfo, e cinquanta secondi piú tardi il risucchio dell'aria, Fenwick intuí immediatamente la situazione e disse tra sè. "Ci siamo." Slogger, che lavorava in ginocchio accanto a lui, si raddrizzò a fatica e disse: "Dio! Hai sentito, Roberto?" Per istinto si rivolgeva al compagno con l'intento di sondarne il parere.

Fenwick disse concitatamente: "Tienli tutti qui con te finché torno. Tutti." E si allontanò, piegato in due, lungo il budello, nella direzione della galleria principale dello Scupper. Raggiunta questa, prese a correre, assordato dal rumor di valanga dell'acqua che si precipitava circolando nelle altre gallerie. Continuò a correre, guazzando, immerso fino ai polpacci, fino ai ginocchi, fino all'inguine. Sapeva di trovarsi nei pressi dell'avvallamento detto Swelly, e d'un tratto perdé fondo, e si trovò tutto sommerso. L'acqua lo sollevò e lo fece cozzar col capo contro il tetto. Aggrappandosi alle sporgenze del tetto, e manovrando con le gambe nell'acqua senza toccar fondo, riuscí a rifare in senso inverso il tratto che aveva percorso or ora a piedi, e cosí uscí dall'avvallamento. Quando poté stare in piedi, sostò per prender fiato. Il gelo dell'acqua lo fece tossire. Si rese conto della situazione. L'allagamento dello Swelly precludeva loro, per un buon tratto di cinquanta metri, ogni via di scampo.

Tossí per un minuto intero, poi riprese il cammino per raggiungere i compagni su pel budello. A metà strada s'imbatté in Pat Reedy. Il ragazzo era spaventato. "Cosa succede?" domandò.

"Niente, Pat, niente. Vieni con me."

All'estremità del budello trovarono gli altri riuniti intorno a Slogger. Erano dieci, tra cui Ugo, Harry Brace, Tom Reedy, Ned Softley e Jesus Wept. Tutti aspettavano ansiosi il ritorno di Fenwick. Non potevano saperlo, ma erano i soli vivi superstiti sotterra in tutta la Nettuno.

"Be', Roberto?" chiamò Slogger, guardandolo in fondo agli occhi.

"Be', Slogger," replicò Fenwick, studiandosi di impartire l'informazione in tono normale; "c'è un po' d'acqua nello Swelly, ma qui siamo abbastanza alti e non abbiamo niente da temere. Si tratta solo di cercare un'altra via d'uscita."

Silenzio. Intuivan tutti abbastanza per sapere che le parole servivano a poco. Ma Tom Redey osò domandare: "Allora non possiamo traversare lo Swelly?"

Slogger lo zittí brutalmente: "Chiudi quella bocca, mandrillo, fino a che non ti si inviti ad aprirla."

Fenwick proseguí, come se non fosse successo nulla: "Ciò che faremo è questo, ci introdurremo nel canale dell'aria, fino a raggiungere il Globo, e di là poi andremo fuori."

Tenendosi il piccolo Pat alle calcagna, e molto vicino, aprí la marcia verso il canale della ventilazione. Tutti gli si accodarono in fila indiana, eccetto Tom Reedy. Tom Reedy era bravo nuotatore. Era certo di poter traversare a nuoto tutto lo Swelly, sott'acqua, magari, se necessario. Giunto di là, gli tornerebbe facile segnalare l'incidente, sollecitare aiuto, e cosí mostrare a Slogger se era un mandrillo. Dunque Tom lasciò andare gli altri, discese lungo il budello, si tolse le scarpe, aspirò una profonda boccata d'aria e si tuffò nello Swelly. Lo traversò sott'acqua con poche vigorose bracciate, ma non poteva sapere che, al di là, c'erano altri due chilometri d'acqua da superare a nuoto senza poter venire a galla. Tom però venne a galla ed uscí ugualmente dalla Nettuno. Entro cinque minuti, il suo cadavere galleggiava nel pozzo inondato.

Fenwick, trascinandosi carponi, alla testa del suo gruppo procedeva, sia pure faticosamente, entro il canale della ventilazione. Riteneva ormai di trovarsi non lontano dal Globo. D'un tratto gli si spense la lanterna, come se qualcuno ci avesse soffiato su, e il piccolo Pat svenne per soffocamento. Non c'era acqua, questa volta, c'era il grisú.

"Indietro!" gridò Fenwick, "indietro tutti!"

Il gruppo prese a retrocedere, per una quarantina di metri. Lí si fermarono, per far rinvenire Pat. Fenwick, osservandolo riaversi, cogitava profondamente. Gli sembrava impossibile che non dovesse esservi piú nessuno nel Globo. Disse:

"Chi torna con me a fare un altro tentativo?"

Nessuno rispose. Sapevan tutti che cosa fosse il grisú, e ne avevano fiutato l'odore.

Ugo disse: "Non andare, papà, non si respira."

Jesus Wept non aveva ancora detto una parola. Ora disse: "Vengo io, Roberto." Aveva capito che Fenwick si proponeva di condur vivo nel Globo chiunque fosse in grado di non rimaner soffocato dal grisú. Non era un eroe, Jesus Wept, ma aveva fede in Fenwick: una fede religiosa.

Dunque Fenwick e Jesus Wept s'introdussero nuovamente carponi nel canale. Si tolsero la giacca e con essa s'avvilupparono la testa, pur sapendo che questa era una precauzione puramente tradizionale e non efficace. Procedevano trascinandosi sul petto. Jesus Wept era spaventatissimo, e a quando a quando veniva scosso da tremiti convulsi, ma tirava avanti, borbottando preghiere.

Il gas asfissiante, cacciato dall'acqua, proveniva dall'area abbandonata al di là della Muraglia; ma ora pareva diradarsi. S'era infatti diradato sensibilmente quando i due raggiunsero il Globo. Sebbene presi dalla nausea e dal sonno, erano tuttavia in grado di proseguire. Ma capirono che il gas aveva dovuto essere molto denso, poco prima, perché trovarono quattro uomini colpiti dal gas: quattro uomini seduti in gruppo che sembravano guardarsi l'un l'altro, sereni, sani, composti. Il gas aveva acceso il colorito delle loro guance. Sembravano sani. Sembravano sereni. Erano tutti morti.

Fenwick e Wept retrocedettero, trascinandosi seco i quattro uomini, fino a raggiungere di nuovo i compagni; ma per quanto ci si mettessero tutti d'impegno, non fu loro possibile di far rinvenire i cadaveri. Pat, che non aveva mai visto la morte, scoppiò in singhiozzi paurosi. "Aiuto, aiuto!" balbettava, "cosa ci faccio io qui dentro? Dov'è Tom?"

Wept disse: "Non piangere, figliolo, il Signore ci assisterà." Le parole di Jesus Wept suonarono eccezionalmente solenni.

Silenzio.

Fenwick cogitava ancor piú profondamente. La sua faccia esprimeva molta preoccupazione. Se nel Globo c'era il gas, era segno che doveva anche esserci l'acqua. Si persuase cosí che non esisteva alcuna via d'uscita attraverso il Globo. Allora rammentò il telefono, all'altra estremità dello Scupper. "Ragazzi," disse, "non ci conviene tentare per il Globo; c'è gas e acqua. Dobbiamo tornare nello Scupper, e telefonare alla direzione."

Alla menzione del telefono tutti i volti si schiarirono.

"Sicuro, perdio," disse Slogger, con ammirazione. Anche egli ammirava la perspicacia di Fenwick.

Il solo pensiero del telefono tolse ogni asprezza al viaggio di ritorno, e cancellò in ognuno il senso d'esser prigionieri.

"Aspettate qui," disse Fenwick.

Andò solo al telefono, girò con veemenza il manico della suoneria, staccò il ricevitore e lo portò all'orecchio. "Hallo, hallo." La sua voce, la voce di un uomo non ancora morto, montò su dalle tenebre della tomba, volò alla superficie sulle ali disperate della speranza.

La risposta venne istantaneamente: "Hallo, hallo."

Fenwick si sentí mancare. Era Barras, all'altro capo, Barras in persona nel suo ufficio, che ripeteva precipitosamente " Hallo, hallo, hallo..."

Fenwick parlò febbrilmente: "Parla Fenwick, dallo Scupper. L'acqua ha allagato lo Swelly fino al tetto. Siamo in dieci, tagliati fuori. Cosa dobbiamo fare?"

La risposta venne immediatamente, chiara, ferma: "Risalire fino al Globo pel canale della ventilazione."

"Abbiamo già provato."

"Come?"

"Il Globo è pieno d'acqua e di gas."

Silenzio. Trenta secondi di un silenzio d'agonia: trent'anni. Poi Fenwick udí sbattere una porta, come se Barras l'avesse sbattuta, chiusa con un calcio. Curioso, udire sbatter la porta dell'ufficio di Barras a tanta distanza.

"Fenwick, state a sentire." Barras parlò rapidamente, e tuttavia ogni singola parola suonava netta, incisiva. "Non potete usare la via solita. I due pozzi sono inondati. Dovete tentare la via del vecchio pozzo abbandonato dello Scupper..."

Il vecchio pozzo abbandonato dello Scupper!... Cosa diavolo andava dicendo?

"Mi sentite, Fenwick?" continuava Barras, con la stessa inflessibile precisione. "Dovete rimontare il vostro budello fino in fondo, aprirvi un varco attraverso la parete, dal lato superiore est, al disopra della Muraglia. Vi porterà nella galleria superiore dell'area abbandonata. Non temete di trovarci l'acqua; l'acqua sta tutta raccolta nei livelli inferiori. Percorrete la vecchia galleria principale, non le diramazioni, sempre in direzione di est, per millecinquecento metri, finché arrivate al vecchio pozzo..."

Perdio, pensava Fenwick, come fa a conoscere con tanta precisione il tracciato dei vecchi sotterranei? Fenwick allibiva. Misericordia! Barras sapeva tutto. Dunque sapeva, aveva sempre saputo tutto il tempo che c'era pericolo...

"Mi sentite Fenwick? Le squadre di soccorso vi verranno incontro passando pel vecchio pozzo. Capito?"

La sua voce veniva piú debole.

"Sí!" urlò Fenwick. Poi l'acqua spezzò il filo e gli lasciò in mano lo strumento muto. Lo lasciò cadere. Lo guardò ciondolare appeso. Misericordia!

"Presto, papà, presto!" Ugo arrivava di corsa, frenetico. "Vien l'acqua!"

Fenwick accorse. Gridò agli altri: "Tutti di qua! Tentiamo di aprirci il varco verso l'area abbandonata."

Si mise alla testa della fila, diretto verso il fondo estremo del budello, dove nessuno era mai stato. Era vero: c'era una chiusura di tavole, tre tavole l'una sopra l'altra, intervallate tra loro da due strati di calcina. In due minuti Slogger aprí, a calci, una breccia. Il gruppo penetrò in salvo nell'area abbandonata degli antichi scavi della Nettuno.

Il sito era freddo ed emanava un odore curioso. Non era odore di gas, ma di morte. Da ottant'anni non v'era stata anima viva.

Condotti da Fenwick i dieci uomini s'affrettarono, pieni di speranza, era asciutto... grazie a Dio si lasciavano l'acqua alle spalle... Sei lanterne erano ancora accese, e Harry Brace aveva in tasca tre candele da pozzo. La visibilità era sufficiente. Difficoltà non ce n'erano. Non c'era che un'unica strada, la vecchia galleria principale, che infatti volgeva ad est.

Per quattrocento metri procedettero fiduciosi. Poi dovettero arrestarsi davanti a una frana. "È niente, è niente," gridò Slogger, "solo terriccio. Ce la faremo." Si tolse la giacca, si strinse la cinghia dei calzoni, e diresse l'attacco contro le macerie.

Non avevano arnesi; tutto, viveri compresi, era andato sommerso, ma lavoravano con le mani, raspando, smuovendo le pietre ad una ad una. Lavoravano a coppie, una coppia alla volta, con turni frequenti. Per quanto tempo lavorarono nessuno lo seppe, tanto era l'impegno con cui s'accanivano a demolire l'ostacolo; ma in realtà lavorarono sette od otto ore senza interruzione, ed aprirono una breccia profonda quindici metri. Slogger vi si introdusse pel primo. "Hurrah," urlava tirandosi dietro Pat. Passarono tutti di là, chiacchierando tutti insieme, ridendo, trionfanti, felici come bambini.

Ma cinquanta metri piú avanti smisero di ridere. Altra frana, e non di terriccio questa volta. Macigno. Inespugnabile. Inattaccabile, se non per mezzo di una perforatrice. Essi non disponevano che delle loro mani nude e insanguinate; e non v'era altra strada.

Un lungo silenzio, gelido.

"Be', ragazzi," disse Fenwick con forzata allegria, "siamo poco lontani dal vecchio pozzo, e stiamocene qui tranquillamente. Ci vengono incontro le squadre di soccorso, e non possono tardare. Non abbiamo altro da fare che gridare di tanto in tanto e tenere alto il morale."

Sedettero tutti a terra. Harry Brace, accosciato contro la frana, dié di piglio a un sasso duro, e per farsi udire dalle squadre di soccorso cominciò a picchiare sistematicamente contro il macigno, ed a chiamare ad alta voce, a intervalli. Sotterrati nel profondo dell'area abbandonata, nel profondo del vecchio pozzo, stettero ad aspettare. Bussando, chiamando, urlando, aspettavano.

XXIII

Quel mattino Barras era stato svegliato da un lieve insistente bussare all'uscio. Gridò: "Chi è?"

Rispose la voce spaurita e diffidente di Zia Carola: "Scusa se disturbo, Richard... c'è qui il sovrintendente... ha bisogno di parlarti d'urgenza..." Zia Carola non poté risolversi a ripetere la terribile parola che Hudspeth aveva crudamente pronunciata: la ripetesse lui a Richard.

Barras si vestí e scese a terreno. D'altronde era già quasi l'ora in cui era solito alzarsi. "Buongiorno, Hudspeth," disse con flemma, benché avesse notato subito che Hudspeth, vestito solo a metà, era agitatissimo, e ansante per la corsa fatta.

Hudspeth sbottò: "C'è l'acqua nei due pozzi; copre tutti i livelli; la gabbia non può calare oltre il Five Quarter Seam."

Dopo un terribile silenzio, Barras enunciò, chiaramente, e con una compostezza d'automa: "Capito."

"Tutta la prima squadra era già calata nel Globo e nel Paradiso. Non è venuto fuori nessuno ancora. Impossibile portare aiuto."

Barras scrutava minuziosamente il viso di Hudspeth. "Quanti uomini?"

"Un centinaio, compresi i ragazzi, non so preciso, sono alzato da cinque minuti, m'ha chiamato la guardia, l'ho mandata ad avvertire Mr. Armstrong e io sono corso qui."

Barras non indugiò un secondo di piú. Sei minuti dopo, erano nel cortile dello stabilimento. Non c'era che un gruppo di quattro uomini, intimoriti, silenziosi, e cioè le due guardie, quella esterna e quella interna, uno degli assistenti e un controllore. Quest'ultimo disse a Barras: "Mr. Armstrong è arrivato adesso. È entrato nel magazzino."

Barras disse a Hudspeth: "Andate a chiamarlo."

Hudspeth partí di corsa. Barras entrò nell'ufficio della direzione, dove la pendola indicava le sei e un quarto, e in quel momento squillò il telefono sotterraneo. Immediatamente impugnò il ricevitore e disse, nella sua voce dura, impersonale: "Hallo hallo hallo." Parlava Fenwick, dallo Scupper, a nome dei dieci sepolti vivi. Al termine della comunicazione, Barras riagganciò meticolosamente il ricevitore sebbene si fosse accorto che non funzionava piú, cacciò il petto in fuori, prese il comando di sé. Subito dopo entrò Armstrong, seguito da Hudspeth. Barras lo apostrofò immediatamente, con voce autoritaria:

"Sentiamo, signor Armstrong, dite tutto quel che sapete."

Armstrong pensò: questa è la mia fine, e parlò laboriosamente, agitatamente, per due minuti. Gli tremava la pelle sotto un occhio, alzò la mano perché non si vedesse.

"Capito," disse Barras. "Telefonate al signor Jennings perché venga qui subito da me."

"Ho già mandato Saul Pickings a chiamarlo," replicò Armstrong affrettatamente: "è la prima cosa che ho fatto. Sarà qui tra un minuto."

"Avete fatto bene," disse Barras, compiaciuto. Il suo comando era perfetto. Sotto la sua influenza Armstrong e Hudspeth venivano riprendendo il dominio di sé; massime Armstrong.

Barras continuò: "Attaccatevi al telefono, signor Armstrong. Subito. Chiamate l'Impresa Impalcature di Tynecastle. Chiamate Henderson a Seaton. Chiamate le Miniere Riunite. Chiamate la Ferriera di Horton, chiamate personalmente il direttore signor Probert. Parlate a tutti in nome mio, date notizia del fatto, sollecitate assistenza, ogni possibile forma di assistenza, if you please. Ci occorre materiale da impalcature; pompe, materiale per impianti elettrici; e argani a vapore, soprattutto. Dalle Miniere Riunite fatevi promettere tutti gli uomini di cui dispongono per le squadre di soccorso. Immediatamente, signor Armstrong, if you please."

Armstrong partí di corsa per telefonare dal proprio ufficio.

Barras si volse a Hudspeth: "Prendete dieci uomini con voi, calatevi nel vecchio pozzo dello Scupper, eseguite una ispezione, la piú completa e rapida possibile. Ragguagliatevi esattamente circa le condizioni del pozzo. Poi affrettatevi da me."

Appena uscito Hudspeth entrò Jennings, l'ispettore delle miniere. Tarchiato, la faccia rossa, l'aspetto gioviale, audace, determinato. Ma era temporaneamente afflitto da un grosso foruncolo sul collo. Si lasciò cadere su di una seggiola, brontolando: "Dolore da cani questo foruncolo. Cos'è successo?"

Barras lo informò. Jennings dimenticò il foruncolo, trasecolò: "No!" disse, in tono di inesprimibile avvilimento.

Barras gli domandò, come per richiamarlo al suo dovere: "Volete compiere un'ispezione?"

"Sí. Devo."

Barras gli si accompagnò. Ispezionarono i due pozzi. Le pompe erano totalmente inservibili, strozzate; l'acqua era salita d'un altro paio di metri. Jennings interrogò il macchinista degli argani.

Poi Barras e Jennings rientrarono in ufficio. Jennings disse: "Vi occorreranno altre pompe in quei pozzi, signor Barras. Vi occorreranno al piú presto. Ma l'acqua è tanta che dubito del loro rendimento."

Barras ascoltava con deliberata pazienza. Lasciò che Jennings dicesse quel poco che aveva da dire. Non fece commenti. Ma quando Jennings ebbe finito, Barras dichiarò, nella sua voce chiara, perentoria, come se Jennings non avesse nemmeno parlato: "Il prosciugamento dei pozzi richiede troppi giorni. Dobbiamo penetrare là, sotto quel vecchio pozzo Scupper, con l'intento di aprire un passaggio. Questo è un fatto positivo. Aspetto Hudspeth di ritorno dall'indagine che sta compiendo d'ordine mio nel pozzo vecchio."

Jennings parve un po' mortificato: depresso, messo in sottordine dalla piú forte personalità di Barras. Inoltre gli doleva il foruncolo. Riconoscendo ineccepibile il piano di Barras, parve approvarlo a malincuore. "Sicuro," disse, "ma com'è possibile senza tracciato?"

"Deve esser possibile," ribatté Barras con forza.

"Be', be'," mormorò Jennings conciliante, "si può provare." Sospirò. "Ma se avessimo quel benedetto tracciato non ci troveremmo nei guai. Che bestie erano a quei tempi!" Fece una smorfia. "Maledizione, questo porco d'un foruncolo. Le medicine che m'hanno ordinato non servono a niente."

Mentre stava palpandosi il cerotto rientrò Hudspeth e disse: "Ho eseguito un'ispezione minuziosa, sir. Il pozzo non è troppo in cattivo stato. Macerie, sí, ma non troppo abbondanti. Però c'è il gas, in misura notevole. Abbiamo calato un uomo con l'aiuto di una corda, ed è tornato su stordito. Ritengo che occorreranno ventiquattro ore per sgomberare le macerie e spazzare via il gas."

Barras disse: "Grazie, Hudspeth. Andiamo senz'altro."

Non c'era da discutere. Barras comandava. La sua autorità esprimeva un cosí alto grado di risolutezza che soggiogava il panico. Era un monarca assoluto che dominava senza sforzo.

I tre uscirono dall'ufficio. Videro affrettarsi traverso il cortile nella loro direzione l'assistente del medico distrettuale, il dottor Lewis, il dottorino, come tutti lo chiamavano. Disse: "Ho saputo or ora... Posso fare qualcosa?" Attendeva drammaticamente la risposta vedendo in anticipo se stesso compiere atti d'eroismo sotto terra. Era un giovane pieno di zelo, di entusiasmo, di ideali. Jennings avrebbe voluto tirargli un calcio nel sedere.

Ma Barras disse cortesemente: "Mille grazie, dottore. Potremo aver bisogno dei vostri servizi. Favorite in ufficio, per ora; Saul Pickings vi farà la cioccolata."

Il dottorino riparò felice in direzione.

Barras, Jennings, Armstrong e Hudspeth si diressero

al pozzo vecchio. Albeggiava. Faceva freddo. Dal cielo invisibile cominciavano a cadere fiocchi di neve, radi, leggeri. Una squadra di venticinque uomini seguiva i direttori in silenzio: la prima squadra di soccorso. Allontanandosi dileguarono tutti nella neve.

E adesso la notizia dilagò nel paese. Sui Terrazzi, dagli usci che si spalancavano uomini e donne si precipitavano nelle strade, via via aumentando di numero. Correvano come se fossero incapaci di astenersi dal correre, come se la miniera si fosse trasformata in una calamita che li attraesse imperiosamente contro la loro volontà. Correvano in silenzio.

Marta conobbe la notizia dalla sua vicina di casa, Maddalena, la moglie di Harry Brace. Il suo primo pensiero, di gratitudine piú che di angoscia, fu: "Grazie a Dio il mio Sam è fuori!" Svegliò il figlio, s'infilò il mantello, e corse con Sam alla Nettuno. Davide la conobbe mentre in bicicletta si recava alla scuola; volò alla Nettuno. La moglie di Slogger Leeming la conobbe in letto e suo figlio Charles sulla soglia del bar. Susanna Wept la conobbe mentre recitava le orazioni. La levatrice, la madre dei fratelli Jack, Tom e Pat Reedy, la conobbe mentre stava assistendo col dottorino una partoriente. La madre di Ned Softley la conobbe alla lavanderia. Il vecchio Tom Ogle, al cesso: s'abbottonò i calzoni e via di corsa.

In men che non si dica cinquecento uomini e donne s'ammassarono alla periferia del cortile, in silenzio; le donne per lo piú in scialle, gli uomini senza soprabito, tutti molto neri sullo sfondo della neve, come un numeroso coro di muti nella penombra. Non attori ma ugualmente partecipanti al dramma. Ammassati in silenzio mortale, sotto il silenzio del cielo immortale.

Erano le nove allorché Barras, Jennings ed Armstrong tornarono nel cortile, e nevicava forte. Amstrong guardò la folla e disse: "Devo far chiudere i cancelli?"

"No," disse Barras, ispezionando la gente col suo sguardo remoto di miope. "Fate accendere un fuoco nel cortile, signor Armstrong. Un gran fuoco nel centro del cortile. Han freddo."

Il fuoco fu acceso. Charley Gowlan, Jake Wicks e altri portarono grosse travi intere per alimentarlo. Arrivò la prima squadra di volontari dalla miniera Henderson di Seaton; venne direttamente avviata al pozzo vecchio. Arrivò da Tynecastle il materiale da impalcatura. Armstrong si attaccò al telefono. Barras e Jennings fecero ritorno al pozzo vecchio. Il gas impediva la calata degli uomini, ma tra poco doveva venir spazzato via. Già si provvedeva ad erigere l'impalcatura, e ad apprestare l'argano a vapore ed un ventilatore.

Alle undici arrivò Arturo Barras da Tynecastle, dove aveva passato la domenica in casa Todd. Si precipitò nervoso in direzione.

"Babbo!" esclamò. "È terribile!"

Barras si voltò con lentezza. "È gravissimo."

"Cosa posso fare? Voglio fare qualcosa. È terribile!"

Barras guardò suo figlio con sguardo pesante: fece un gesto con la mano: "È la volontà di Dio, Arturo."

Arturo guardò suo padre con raddoppiata angoscia: "La volontà di Dio? Cosa vuoi dire?"

In quella s'affacciò Armstrong. "Le Miniere Riunite mandan due pompe; partiranno a momenti. Un'altra pompa a turbina verrà dalla Fonderia di Horton, il signor Probert dice di considerarlo interamente a nostra disposizione."

"Grazie, signor Armstrong," disse Barras, macchinalmente.

Entrò Saul Pickings, zoppicando. Recava su un vassoio tre tazze di cioccolata. Aveva piú di settant'anni Saul Pickings, e una gamba di legno, ma era ancora svelto: faceva da fattorino, e la sua specialità era la cioccolata. Arturo ed Armstrong presero ciascuno una tazza. Barras rifiutò, Arturo ed Armstrong gli fecero pressione perché bevesse, sostenendo che gli farebbe bene, che non era possibile lavorare a stomaco vuoto. Barras rifiutò. Saul Pickings disse: "Il dottorino vuol sapere se si ha ancora bisogno di lui. Se deve aspettare ancora, porterò a lui questa tazza."

Il dottorino ne aveva già bevute quattro, e il suo eroismo s'era diluito. Aveva dovuto chiedere garbatamente che gli si indicasse la latrina.

Barras guardò Armstrong. "Sarebbe bene che i medici del paese provvedessero a montar di guardia a turno, qui in direzione, per i prossimi giorni."

"Felice idea," esclamò Armstrong, e corse via al telefono.

"Babbo," disse Arturo, desolato, "dimmi cos'è successo, ho bisogno di saperlo."

"Non adesso, Arturo, non adesso."

Arturo gli voltò le spalle e posò la fronte al vetro della finestra. Pel momento il tono della risposta paterna lo ridusse al silenzio.

Ora arrivò maestoso Ebenezer Cambow, il capo dei pompieri del Comune. In uniforme, ricco di alamari rossi, e di bottoni lucidati dalla consorte. Era piccolo, tondo, calvo. Aveva la passione delle divise: cominciata la carriera nella Boy's Brigade col berrettino in forma di scatola di pillole farmaceutiche, era ora il capo non solo dei vigili del fuoco ma anche della banda comunale. Ebenezer suonava quattro strumenti, compreso il triangolo. Ogni anno all'esposizione dei fiori vinceva un premio per la signorilità dei suoi fiori di pisello. Negli ultimi cinque anni aveva spento un piccolo incendio in una birreria abbandonata.

"Sono venuto a mettermi a vostra disposizione, Mr. Barras," dichiarò. "Ho i miei uomini fuori. Qui in cortile. Allineati. Tutti vigili scelti. Aspetto i vostri comandi, sir."

Barras lo ringraziò e Saul Pickings gli offrí la terza tazza di cioccolata. Quando ritornò in cortile, il capo dei pompieri aveva un'aria di tale importanza che due giornalisti giunti allora allora da Tynecastle gli presero la fotografia. La fotografia apparve sul *Tynecastle Argus* dell'indomani, ed Ebenezer la ritagliò dal giornale e la serbò.

Intanto continuavano a pervenire offerte d'assistenza, per telefono, per telegrafo. Il signor Probert della Ferriera di Horton venne in persona. Le Miniere Riunite mandarono altre tre squadre di volontari. Poco prima di mezzogiorno Barras e Arturo si recarono a vedere come procedevano i lavori nel pozzo vecchio. Il pozzo si apriva al centro dell'area abbandonata detta Snook, tutta gobbe e detriti, ora coperta di neve e spazzata via dal vento. V'era convenuta tutta la gente che prima stava attorno al fuoco acceso in cortile, per osservare da una rispettosa distanza l'erezione dell'impalcatura. La gente si scansava per lasciar passare Barras e suo figlio; ma un capannello non si scansò. In esso Arturo riconobbe Davide; la pelle gli si raggrinziva sugli zigomi per il freddo, per l'angoscia. Con lui stavano fra gli altri Jack Reedy, Leeming figlio e il vecchio Tom Ogle. Davide attese finché Barras gli fosse vicino, e allora gli piantò gli occhi in faccia. Barras abbassò i suoi. Poi Davide parlò:

"Questi uomini desiderano sapere una cosa."
"Che cosa?" domandò Barras.
"Vogliono sapere se tutto sarà fatto per salvare i sepolti."
"Tutto è in corso di effettuazione." Pausa. Barras alzò gli occhi: "Volete altro?"
"No, pel momento."
Fu allora che il vecchio Tom Ogle, si fece avanti minaccioso. "Cosa son questi discorsi?" gridò a Barras. Era un po' fuori di senno. Testé aveva tentato drammaticamente di gettarsi giú nel pozzo. "Perché non li salvate? Tutte queste impalcature non servono a niente. Mio figlio Bob è là sotto. Perché non mandate gente a tirarlo fuori?"
"Facciamo tutto quello che si può, amico mio."
"Niente amico mio!" sghignazzò il vecchio Tom, e alzando il pugno colpí Barras in pieno volto.
Arturo rabbrividí. Charley Gowlan e altri trassero indietro Tom Ogle che urlava dibattendosi. Barras rimase rigidamente eretto. Non si era difeso, non aveva nemmeno tentato di scansare il pugno, lo incassò con una specie di esaltazione spirituale, quasi che in fondo all'anima sua fosse pago di riceverlo. Procedette innanzi perfettamente calmo, ordinò che si accendesse un altro fuoco, restò a dirigere i lavori.
Restò tutto il giorno. Restò finché vide l'impalcatura in piedi, il ventilatore e l'argano in azione, finché il gas fu disperso, finché calò la prima squadra per rimuovere le macerie che ostacolavano il passo. Restò finché vide in funzione le due pompe nei pozzi inondati: l'una smaltiva 1135 litri al minuto e l'altra, a turbina, 2050. Solo allora tornò al Poggio a piedi.
Non sentiva stanchezza né appetito. Era in uno stato di torpore fisico e di esaltazione mentale. Era impersonale: i suoi atti gli parevano illusori. Era come un uomo condannato a morte che accolga il verdetto con calma. Non si rendeva perfettamente conto della situazione. Incrollabile era in lui la fede nella propria innocenza.
Zia Carola aveva badato a fargli l'oxtail soup. Sapeva che nelle "giornate dure" Richard apprezzava l'oxtail soup piú d'ogni altra minestra. Inoltre gli fece servire un'ala di pollo e il formaggio verdognolo che prediligeva. Ma Barras mangiò pochissimo e bevve acqua pura. Di Zia Carola, che galleggiava sullo sfondo in svolaz-

zante servilità, non prese nota alcuna; non la vide nemmeno.

Di fronte a lui, Hilda lo fissava con disperata intensità; d'un tratto, incapace di resistere piú a lungo, gli disse: "Babbo, permettimi di rendermi utile, dammi qualche cosa da fare. Ti supplico." Si ribellava all'inazione, in una circostanza cosí tragica.

Barras alzò le palpebre pesanti e la osservò come se la vedesse per la prima volta. Rispose: "Non c'è niente per te da fare. Tutto è in corso di effettuazione. Non c'è niente che una donna possa fare."

Poi se ne andò, salí al piano superiore, si recò da sua moglie. A lei disse, come ad Arturo: "È la volontà di Dio."

Finalmente, austero ed inscrutabile, andò a sdraiarsi tutto vestito sul proprio letto.

Ma quattro ore dopo ritornò alla Nettuno e si diresse difilato al pozzo vecchio. Era convinto che fosse quella l'unica via di salvezza per i sepolti vivi. Si calò nel pozzo. Lo sgombero delle macerie procedeva al ritmo di due metri al minuto, ma la profondità dell'ostacolo risultava superiore alle previsioni.

L'ispettore Jennings gli fece osservare che la galleria, volgendo a ponente, doveva necessariamente sboccare nel punto voluto, e Barras replicò: "Sí, signor Jennings." Piú tardi, Jennings osservò che si doveva esser ormai vicini al completamento della breccia, e Barras replicò: "Sí, signor Jennings."

Al termine di ventiquattr'ore gli uomini avevano scavato un cunicolo profondo una cinquantina di metri, e finalmente trovarono la galleria sgombra. Gli urrà degli sterratori si fusero in un solo grido prolungato che salí su dal pozzo e rianimò la folla all'esterno.

Ma pochi metri piú in là trovarono una buca, un avvallamento di notevoli dimensioni, pieno d'acqua, e inguadabile. L'ispettore Jennings, sudicio, coperto di polvere di carbone, senza colletto, il collo gonfio avviluppato in un fazzoletto, guardò Barras con espressione di sgomento e disse: "Maledizione! Se avessimo posseduto il tracciato, tutto questo si poteva prevedere."

Barras rimase imperturbato. Disse: "Il tracciato non avrebbe soppresso l'avvallamento. Io prevedevo difficoltà di quest'ordine. Dobbiamo superarle Qui si tratta di far saltare la roccia, colmare l'avvallamento, e varcarlo."

Le parole esprimevano un cosí alto grado di inflessibilità che perfino Jennings ne fu impressionato. Benché esausto disse: "Non c'è altro, infatti. Coraggio, ragazzi, alle mine!"

Fu apprestato un compressore per azionare i trapani. Il lavoro diventò febbrile. Procedeva al buio, tra gli odori del sudore, del minerale polverizzato, degli esplosivi. Gli uomini si agitavano frenetici. Barras solo era calmo. Dirigeva l'opera di soccorso: era lui la forza motrice. Per altre diciotto ore non uscí dal pozzo.

Jennings, ricomparso dopo una assenza di sei ore di riposo, lo pregò di concedersi alcune ore di sonno. Armstrong, il signor Probert delle Ferriere, vari funzionari anziani delle Corporazioni, insistettero tutti perché risparmiasse le sue forze, aveva già fatto tanto, occorrevano almeno cinque giorni per colmare l'avvallamento; Arturo lo supplicava: "Babbo, va' a riposare; babbo, per farmi piacere...!" Ma Barras si limitò a rubacchiare ogni tanto qualche mezz'ora di riposo nella sua poltrona in ufficio. Non tornò al Poggio fino alla sera del quarto giorno. Vi andò di nuovo a piedi.

Il freddo era pungente e tutta la campagna sepolta sotto la neve. Camminò pensoso su per Cowpen Street, ma non pensava. Dal momento del disastro in poi, si era inibito di pensare; si era divelto dalla propria mente. Era la sua mente, e non lui, che aveva ideato tutto quel poderoso piano di attacco contro il pozzo vecchio, concentrandosi inflessibilmente nell'opera di soccorso. In quel gelido distacco dalla propria mente, Barras trovava la forza che gli era necessaria per sostenersi. Sotto la crosta della sua freddezza esteriore si muovevano a grande profondità forti correnti. Egli non le percepiva, ma le correnti c'erano.

Le strade erano deserte. Non un uscio aperto, non un bimbo in vista. Quasi tutte le botteghe eran chiuse. Sui Terrazzi incombeva l'agonia della disperazione. Due donne, amiche, s'incontrarono sul marciapiede; si oltrepassarono senza guardarsi in faccia. Non una parola, non un cenno: silenzio. Financo i loro passi erano attutiti dalla neve. Entro le case, lo stesso silenzio. Nelle abitazioni dei dieci sepolti vivi le donne in attesa del loro ritorno tenevan pronte le vivande sul desco, secondo la tradizione. Nemmeno di notte abbassavano le cortine. Al numero 23 di Inkerman Street, Marta preparava l'arrosto in cucina. Sam e Davide sedevano in silenzio senza guardarla; erano tornati allora allora dal pozzo, dopo avervi lavorato il giorno intero. Davide non era stato alla scuola da quattro giorni. Aveva dimenticato la scuola, dimenticati i propri esami, dimenticata Jenny. Sedeva muto, la testa fra le mani, pensando a suo padre.

Dopo il calore ed il frastuono del pozzo vecchio, quel gelido silenzio colpiva Barras vivamente. Tirò un profondo sospiro, senza averne coscienza. Trovò a casa una numerosa corrispondenza: lettere di encomio, di condoglianza; un telegramma di Stapleton, deputato della circoscrizione; un altro di Lord Kell, titolare delle regalíe della Nettuno; un altro del sindaco di Tynecastle, che diceva: *Vostri sforzi eroici per salvare sepolti suscitano generale ammirazione innalziamo a Dio fervidi voti di successo.* Perfino un messaggio della Casa Reale. Curioso! Prese in attento esame una lettera scritta dalla moglie di un fabbricante di tubi di caucciú, che offriva *gratis* — sottolineato — cinquecento metri o *piú* — sottolineato — di tubo per far pervenire ai sepolti il rancio in brodo. Curioso! Barras non sorrise.

Al mattino tornò al pozzo. Nei due pozzi inondati l'acqua era ormai calata abbastanza da permettere ai palombari di immergersi. Si immersero. Perlustrarono sott'acqua gallerie e diramazioni. Nessuno meglio di Barras sapeva quanto inutili fossero le ricerche. Tutto ciò che trovarono fu... 72 cadaveri. Al ritorno i palombari dichiararono che non esisteva anima viva sottoterra, e che occorreva un altro mese per prosciugare la miniera. Poi cominciarono a portar su i cadaveri. Gli annegati, legati a grappoli con corde, venivan su, ciondolando, nel chiarore del giorno che non vedevano.

Tutti gli sforzi si concentrarono unicamente nell'apertura del passaggio attraverso al pozzo vecchio. Si presumeva che nell'area abbandonata potessero trovarsi prigionieri gli uomini dei quali non s'era scoperto il cadavere. Benché fossero già passati dieci giorni, potevano ancora esser vivi. Il lavoro procedette con la massima intensità. L'ultima mina brillò sei giorni dopo la prima. Le squadre irruppero al di là dell'avvallamento, e ritrovarono la galleria, sgombra. Estenuati ma giubilanti avanzarono; dopo sessanta passi si arrestarono sfiniti contro un'inespugnabile frana di macigno.

"Poveri noi," gemette Jennings, "può essere profonda

mezzo chilometro. Non ce la faremo mai, mai! Questa è la fine." Affranto, s'appoggiò alla roccia e si coprí la faccia con le mani.

"Dobbiamo aprire una breccia," ordinò la voce squillante di Barras. "Al lavoro!"

XXIV

Harry Brace fu il primo a morire. Era debole di cuore, e non piú giovane, e l'immersione ne aveva esaurito le forze. Nessuno seppe come né quando morí finché Ned Softley, allungando una mano, urtò accidentalmente contro la sua fredda faccia e disse che era morto. Ciò avvenne verso la fine della terza notte; ma pei sepolti era sempre notte, perché non avevano piú olio nelle lanterne, e delle tre candele due erano state usate e la terza era in tasca a Fenwick che la teneva in serbo come ultima risorsa. L'oscurità non era crudele: li allacciava insieme, li nascondeva l'uno alla vista dell'altro.

Avevano passato il primo giorno ad urlare, e a picchiare contro la roccia, metodicamente, come selvaggi sul tamburo della tribú. Gli urli avevano questo di buono, che comprovavano la loro esistenza nelle insondabili tenebre. Ma il secondo giorno Slogger gridò: "Basta quel martellare, non posso piú soffrirlo." Ned Softley, che era di turno, smise immediatamente. Invero tutti eran contenti che il martellamento fosse finito, e per un'ora tutti stettero tranquilli. Ma poi uno dichiarò che dovevano ricominciare a battere, e Slogger non fece opposizione. Saranno ormai vicine le squadre di soccorso, disse qualcuno, oh certo non possono esser lontane, disse un altro. Cosí Ned Softley ricominciò a tambureggiare.

Poco dopo Jesus Wept recitò il suo primo ufficio. Finallora era rimasto molto tempo ginocchioni Jesus Wept, ma solo a pregare per conto suo, con intensa passione, come Gesú nel Giardino di Getsemani. Era sempre stato un uomo taciturno e tranquillo, e restío a indurre il prossimo alla preghiera. Cosí sulla spiaggia di Whitley Bay come nelle riunioni calcistiche si limitava — uomo sandwich — a stare immobile o a passeggiare lentamente tra i suoi due cartelloni per fare la propaganda alle lagrime del Salvatore. Era il piú mite pubblicista che Gesú abbia mai avuto, e certo non il meno capace. Non era nella sua natura il forzar chicchessia ad imitarlo. Ma fu Roberto Fenwick che, sebbene non andasse mai in chiesa, avanzò la proposta del servizio divino.

Jesus Wept si prestò volentieri. Cominciò a recitare una preghiera: un'ottima preghiera piena di accenti di fede e di spropositi grammaticali che finiva cosí: "Dunque levaci di qui Signore Onnipotente, per l'amore di Gesú Cristo, e cosí sia."

Poi Jesus Wept tenne un breve sermone sul testo di San Giovanni: *Io sono il lume del mondo e colui che mi segue non camminerà nella tenebra ma godrà della luce della vita.* Parlava semplici, povere parole ai compagni.

Finalmente li fece cantare in coro l'inno *Vieni, o Gran Liberatore.*

Cantato l'inno, cadde in un silenzio che nessuno osava rompere. Sedevano tutti immobili senza fare il minimo rumore; Slogger solo digrignava i denti, finché ruppe in un singhiozzo raccapricciante, e prese a gridare: "O mio Dio Cristo vieni a salvarci per l'amor di Dio." Poi cominciò a piangere. Era un uomo dalla pelle d'ippopotamo Slogger Leeming, ma non privo di settori teneri. Sedeva ora con la testa fra le mani, squarciando tratto tratto il silenzio con singhiozzi che gli facevano sussultare tutta la persona, ed erano orribili a udirsi. I suoi compagni, tutti a stomaco vuoto, deboli, trovavano difficoltà a dominarsi, a mostrarsi virili. Viveri non ne avevano, e d'acqua non v'era se non quella contenuta in una piccola pozza alimentata dal lento stillicidio del tetto. Cosí poca, dopo l'inondazione!

Wept si accostò a Slogger e prese a confortarlo. Provava una gran gioia segreta constatando d'aver salvato l'anima di Slogger, e Slogger stesso, nella sua commozione, si sentiva gratificato.

Di lí a poco cominciarono a sentir fame; il piccolo Pat piú acutamente degli altri. Fenwick gli diede una delle tre pastiglie per la tosse che teneva in tasca. Cinque minuti dopo — o cinque giorni? — gli diede la seconda, e Pat disse: "Che buona!" Fenwick sorrise, e fece per dargli la terza, ma se ne astenne, per serbarla piú a lungo, come ultima risorsa.

Lo stesso desiderio di tenere qualche cosa in riserva

lo dissuase dall'accendere la terza ed ultima candela quando le prime due furono consumate. L'oscurità rendeva ancor piú difficile il computo del tempo. Fenwick era il solo che avesse con sé l'orologio, ma s'era fermato in seguito all'immersione nello Swelly. Ugo piú degli altri si preoccupava dell'ora. Ugo era taciturno per natura, e dal momento che s'erano imbattuti nella frana non aveva quasi proferito parola. Stava seduto accanto a suo padre, preoccupatissimo. La prima frase che pronunciò fu:

"Papà, da quanto tempo siamo qui dentro?"

Fenwick disse: "Non so dirti, figliolo."

"Ma quanto credi, papà?"

"Due giorni, direi, forse tre."

"E allora che giorno è oggi?"

"Non so, Ugo, dovrebbe essere mercoledí."

"Mercoledí," sospirò Ugo, rettificando la sua posizione a sedere. Se era solo mercoledí, meno male; restavano ancora tre giorni prima del match. Ma per sabato bisognava esser fuori di lí, a tutti i costi. Afferrò un sasso e cominciò a tamburellare.

Quando smise, fu allora che Ned Softley allungando una mano, toccò accidentalmente la faccia fredda di Harry Brace. Sulle prime pensò che dormisse; tastò meglio, e le sue dita entrarono nella bocca aperta, gelida.

Fenwick accese la candela. Sí, povero Brace, era morto. Poveraccio, non aveva potuto mantenere la promessa di regalare per Natale alla moglie il cinto per l'ernia. Fenwick e Slogger ne sollevarono la salma a braccia. Era pesante — o eran deboli loro? — Lo trasportarono trenta metri piú in basso, lo adagiarono sulla schiena, gli posero le mani in croce sul petto e gli abbassarono le palpebre. Jesus Wept dormiva, s'era addormentato per la prima volta: e russava forte. Per non svegliarlo, Fenwick recitò lui i versetti del servizio funebre. Poi tornò fra gli altri.

Disse: "Ragazzi, consumiamo un centimetro di candela, per tener alto il morale."

Pat piangeva zitto. Vedeva la morte per la seconda volta, e non gli piaceva.

Fenwick gli pose un braccio attorno al collo. "Figliolo," disse, "è ora che ti dia qualche cosa da fare; vuoi tambureggiare mezz'ora?"

Il piccolo fece segno di no, e tra i singhiozzi disse: "Voglio scrivere alla mia mamma."

"Bene," rispose Fenwick con gravità, "scriverai. Io ho la matita, chi ha un pezzo di carta?"

Ned Softley aveva il taccuino su cui registrava i carrelli. Lo consegnò a Fenwick, il quale ne staccò due foglietti, li mise sulla copertina, e lo porse a Pat con la matita. Pat, rianimato, prese avidamente taccuino e matita. Cominciò subito a scrivere in grossi caratteri tondi *Cara Mamma.* Poi s'arrestò, chinò la testa da un lato, per rileggere, due, tre volte. Poi scoppiò in pianto, amarissimo. Aveva solo quindici anni.

Consumato il centimetro di candela, Fenwick la spense. Rimise in tasca taccuino e matita, e pose di nuovo il braccio attorno al collo di Pat come per prenderlo sotto la sua protezione. Il piccolo si addormentò.

Anche Fenwick s'appisolò. Il tempo passava. Si ridestò per tossire: un accesso lungo. Gli s'erano asciugati addosso gli stracci: era questa la cagione. Sarò di nuovo malato quando usciamo, pensò; poi, con una vaga fitta al cuore, si corresse; *se* usciamo. Passò dell'altro tempo. Certo dovevano esser vicine ormai le squadre di soccorso; non potevano esser lontano.

"Papà." Ugo di nuovo. "Che giorno è, papà?"

"Non so dirti, Ugo," rispose Fenwick con accento di rammarico.

"Ma, papà, che giorno sarà?... Perché c'è il match. Sabato devo esser fuori a tutti i costi, altrimenti... *Devo.* A tutti i costi." La voce suonava isterica; egli dondolava il busto avanti e indietro nel buio. Sabato doveva assolutamente esser fuori. Era domenica sera.

Slogger si svegliò. Si addormentavan tutti un po', con frequenza. Doveva esserci un po' di gas — o era soltanto la debolezza? — Slogger disse: "Dio mio, che sogno ho fatto. Se mia moglie sapesse. Dio, se solo potessi bere una birra. Non ho piú fame, ma ho voglia di birra. Dio, cos'ho detto! Ho promesso di non piú bere se ci togli di qui, Dio Onnipotente, oh Dio, toglici di qui per l'amor di Dio e cosí sia." La sua voce s'era venuta elevando fino a culminare in un ululo.

Anche Ned Softley prese a urlare. Parecchi altri urlarono. "Toglieteci di qui! Toglieteci di qui!" Perfino Jesus Wept cominciava a smarrirsi. In un silenzio strillò: "Oh quando, o Signore, oh quando ci libererai?"

Era un ruggire di fiere in gabbia.

Il secondo a morire fu Bennett; e sei ore dopo morí

Calder: due minatori che da quattordici anni lavoravano in coppia, s'ubriacavano in coppia, giuocavano a carte in coppia. Ma quando fu il suo turno, Calder si ribellò all'idea di morire in coppia col socio. Gemeva: "Io non voglio morire. Sono ancora un uomo giovane. Ho la moglie giovane. Io non voglio morire." Ma morí ugualmente.

Eran tutti troppo deboli per rimuovere le due salme, e inoltre Fenwick non disponeva piú che di due fiammiferi oltre al mozzicone di candela. Diede a Pat la terza ed ultima pastiglia. Tra poco arriveranno le squadre di soccorso. Ma faccian presto, Dio mio, altrimenti non servirà a niente.

Non avevano piú la forza di trasferirsi da un luogo ad un altro. Giaceva ognuno dove si trovava, mezzo incosciente. A Fenwick venne un'idea. Ogni tanto chiamava un nome tre volte; se il chiamato non rispondeva, era segno che non viveva piú.

Ned Softley fu il primo che non rispose. Il secondo fu Messer. Fu subito dopo la morte di Messer che Jesus Wept impazzí. Da qualche tempo non lo si sentiva. Ma ora d'un tratto si rizzò in piedi nel buio a declamare; e ognuno sentiva su di sé torreggiare la sua pazzia.

Diceva: "Li vedo! Vedo i sette angeli che stanno davanti a Dio. Odo le loro trombe. Il mistero m'è rivelato."

Sulle prime non gli badarono, ma Wept seguitava: "Odo le trombe. Il primo angelo suona, e cade la grandine con una pioggia di sangue."

Slogger disse: "Piantala, seccatore, per l'amor di Dio."

Wept seguitò piú forte: "Il secondo angelo suona, e un'alta montagna precipita in mare e la metà del mare si tinge di sangue. Non è acqua, fratelli, ma sangue. Non è l'acqua che ci ha portati qui dentro, ma sangue."

Slogger si rizzò a sedere e urlò: "Smettila, Wept, per l'amor di Dio, non voglio sentire altro."

Wept seguitò con voce esaltata: "Il terzo angelo suona, e precipita la stella Artemisia. Amarezza e fiele, fratelli, sono la nostra sorte in terra; siamo sfruttati e calpestati dalla cupidigia dei nostri simili. E il quarto angelo suona, e precipita un'altra stella nel pozzo senza fondo e s'alza dal pozzo una densa colonna di fumo. Qui nel pozzo, fratelli, l'aria è buia a causa del fumo, e il sigillo di Dio è sulle nostre fronti, e il castigo scenderà su coloro che stanno in alto loco e ci hanno cacciati qui dentro. Io vedo il castigo, fratelli. Io sono il profeta del pozzo, il profeta del Paradiso."

Allora Fenwick capí che era demente. Gli disse: "Siedi qui, Wept." Lo apostrofò in tono conciliante. "Vediamo, Wept, siedi accanto a me. Non abbiamo piú molto da aspettare ormai. Siedi e aspetta. Non sarà lungo."

Wept seguitò: "Il sesto angelo suona, e s'alza una voce dai quattro corni dell'altare d'oro che è davanti a Dio, e quattro angeli liberi si preparano a trafiggere tutti gli uomini che non si pentono delle loro male opere, dei loro furti, e delle loro fornicazioni."

La sua voce echeggiava riverberata dalla roccia che sembrava tremarne.

Slogger disse, in un grugnito: "Non posso piú sopportare questa roba." Strisciò carponi nella direzione di Wept, annaspando con le mani. Wept seguitava, in una voce terribile: "Ed ora il settimo angelo suona..." ma prima che il settimo angelo suonasse Slogger afferrò Wept per la caviglia e lo fece stramazzare. La sua voce, ora gemebonda, andò affievolendosi sempre piú. Jesus Wept si era estenuato nel gridare le sue profezie. Jesus Wept pianse per un poco, poi morí.

Passò molto tempo. Fenwick fece bere il piccolo Pat dal cavo delle proprie mani: qualche goccia raccolta nella pozzetta.

"Dio mio, Dio mio," ripeteva Slogger, quasi in delirio, "fa' che vengano presto o sarà troppo tardi." Diede di piglio a un sasso e cominciò a tamburellare, ma era cosí debole adesso, che il sasso gli cadde di mano. Si portò la mano alla gola e gracchiò: "Dio, Roberto, darei tutto per un litro." Poi cadde su un fianco e non si mosse piú.

Poi morí il piccolo Pat nelle braccia di Fenwick. Le ultime parole che disse furono: "Su, mamma, fammi dire le orazioni."

Dopo, Fenwick chiamò i nomi, e disse: "Ugo, siamo soli io e te."

Ugo disse: "Che giorno è, papà?" Ripeté la domanda, poi aggiunse: "Vorrei bere ma non mi sento d'andare fin là."

Suo padre si trascinò fin là e gli portò da bere nel cavo delle mani. Ugo lo ringraziò. poi disse: "Tutto è finito. Non mi prenderanno mai piú." Continuava a pensare al match.

Suo padre disse: "Oh, chi sa."

Ugo disse: "M'avrebbe fatto tanto piacere."

"Lo so, Ugo."

Fenwick aveva abbandonato ogni speranza di salvezza. Le squadre dovevano esser state fermate o dall'acqua o dalle frane. Era di là dalla speranza, di là dalla disperazione.

Pose il braccio attorno al collo di suo figlio, ora che il piccolo Pat era morto. Si rimproverò di non essersi occupato abbastanza di Ugo, in vita. Perché Ugo aveva un'indole identica alla sua, taciturna, riservata. Provò a parlargli, ma era difficile; le parole uscivano confuse. Tossí, e il catarro sapeva di sale, e gli usciva di bocca indisciplinato come le parole.

Passò del tempo. Ugo esalò l'ultimo respiro sognando del match al quale non poteva piú partecipare; morí, in realtà, di crepacuore.

Passò del tempo. Fenwick baciò Ugo in fronte, e tentò di disporgli le mani in croce sul petto, come aveva fatto per Harry Brace. Era troppo debole. Perfino per tossire. Disse mentalmente i versetti del servizio funebre. Li disse giusti.

I suoi pensieri erravano. Trovava curioso di essere — lui tisico — sopravvissuto a tutti quegli uomini robusti. Ma l'aveva sempre detto che la tosse non l'avrebbe mai ucciso. Smarrí il senso del tempo e dello spazio, si credette sul fiume a pescare con Davide, il suo prediletto; con Davide bambino; gli insegnava a buttare la lenza; lo rivedeva tirar su la sua prima trota, urrà, Davide, non è una bellezza?

Passò del tempo. Fenwick si muoveva a pena. Aprí gli occhi, accese la candela, peccato non consumarla. Preferiva non morire al buio. La candela gettò una luce gialla sulle mute forme spettrali dei morti. Ora toccava a lui. Non aveva paura, affatto. Ma sentiva il desiderio di scrivere a Davide. Gli aveva voluto tanto bene.

Trovò taccuino e matita. Scrisse a fatica: "*Caro D., quando mi troveranno riceverai questa nota. Abbiamo fatto il possibile ma invano. L'acqua aveva inondato lo Scupper, io ho telefonato a Barras e lui mi ordinò di uscire per il pozzo vecchio, ma abbiamo trovato una frana. Ugo è morto adesso senza soffrire. Dirai a tua madre che abbiamo tenuto il servizio divino. Spero che riuscirai nella vita. Tuo papà.*"

Aggiunse, dopo inconscia riflessione: "P.S. - *Barras*

deve possedere il tracciato perché le sue istruzioni risultarono corrette."

Piegò il foglietto e se lo pose tra la maglia e la pelle. Sedé addossato alla parete, come in meditazione. Percepiva onde di tenebre invadergli il cervello. Tossiva la sua piccola tosse quieta, quieta come lui. Poi il suo corpo slittò e si distese. Gli occhi erano aperti. Giacque tra i compagni morti.

La candela vacillò e si spense.

LIBRO SECONDO

I

Era l'ultima seduta della commissione d'inchiesta, che si era riunita, ai sensi dell'art. 83 del Coal Mines Act, per accertare le responsabilità del disastro della Nettuno. La tensione nervosa degli uomini che affollavano la piazza pareva penetrare coi raggi del sole pomeridiano negli alti finestroni del palazzo comunale di Sleescale, e rendere piú fastidiosa ancora la densa atmosfera della Corte. Fungeva da *chairman*, da presidente della Commissione, il molto onorevole Henry Drummond, K. C., coadiuvato dall'Ispettore Capo delle miniere in qualità di Assessore Tecnico, dall'Ispettore Divisionale e da Jennings, Ispettore locale.

Lynton Roscoe, K. G., sosteneva gli interessi di Barras, mentre Harry Nugent, deputato al parlamento, e Jim Dudgeon rappresentavano le Federazioni dei Minatori. Erano inoltre presenti Tom Heddon, in rappresentanza dell'Unione Minatori di Sleescale; William Snagg, in rappresentanza degli eredi dei sinistrati; e il colonnello Gascoigne, C.B.E., in qualità di osservatore per conto di Lord Kell, detentore delle regalíe sul sottosuolo del distretto.

Sul primo banco sedevano Barras con suo figlio, Armstrong, Hudspeth e l'alto personale della Nettuno; dietro a loro tre file di testi, tra cui Davide, Jack Reedy e Tom Ogle; sui banchi retrostanti si allineavano i parenti dei deceduti, donne per la maggior parte, malconce in nero, alcune senza cappello e in scialle, tutte un po' sbalordite, impressionate, incapaci di capire. Nel resto dell'aula si accalcavano minatori e cittadini. Non rimaneva libero un centimetro di spazio.

Conformemente all'uso, si era lasciato decorrere un certo periodo di tempo tra la catastrofe e le indagini ufficiali; ma ora, da sei giorni, cioè dal 27 luglio 1914, la Corte sedeva senza interruzione. Cinquantaquattro testi erano stati chiamati e richiamati a deporre, quindicimila quesiti posti e riposti, centinaia di migliaia di parole s'erano incrociate irose suasive amare al disopra del ronzio delle voci sommesse. Attori principali nel cimento oratorio erano stati Tom Heddon, violento, pronto alle digressioni, caustico, spesso severamente richiamato all'ordine; Jim Dudgeon, scaltro e sgrammaticato sostenitore della logica piana dell'on. Nugent; il colonnello Gascoigne, esperto nelle formazioni geologiche e nella legislazione mineraria; Lynton Roscoe, maestro nel tornire il periodo, nel cavillare, nel gestire.

Si era ormai alla ricapitolazione generale. Parlava in quel momento Lynton Roscoe, imponente figura di avvocato: mandibola pesante, labbro superiore molto alto, colorito acceso. Dalle due era venuto riesaminando testi già uditi in precedenza, ed ora si volse al presidente con un largo gesto drammatico.

Presidente: Desiderate rivolgermi una domanda, Mr. Roscoe?

Lynton Roscoe: Se mi fosse concesso di interrogare ancora una volta Mr. Richard Barras, ritengo, sir, che la conclusione sgorgherà da sé.

Presidente: Concesso, Mr. Roscoe.

Fu richiamato Barras. Egli s'affrettò ad abbandonare il suo posto e ad entrare nel banco dei testimoni, dove stette in piedi, con le guance accese, la testa protesa, un'espressione di zelo che voleva affermare la sua ansia di rispondere con la massima prontezza e sincerità a qualunque domanda gli venisse posta. Arturo, dal suo banco, continuò a star seduto curvo, gli occhi bassi, una mano alla fronte a guisa di visiera per render meno visibile la sua faccia.

Lynton Roscoe: Mr. Richard Barras, mi spiace di dovervi disturbare ancora una volta, ma vi sono alcuni punti che desidero porre in rilievo. Ci avete detto che, oltre ad essere proprietario della Nettuno, possedete la laurea in ingegneria mineraria, e che praticate la professione da trentacinque anni, è vero?

Barras: Infatti.

Lynton Roscoe: È quindi lecito inferire che avete acquistato una vasta esperienza professionale, vero?

Barras: Credo infatti che non lo si possa negare.

Lynton Roscoe, sillabando: Vi domando ancora una volta, Mr. Barras, allorché cominciaste a scavare nella

Muraglia, avevate la minima idea che immediatamente al di là di essa si stendeva il settore allagato degli antichi scavi abbandonati?

Barras: Non ne avevo la minima idea.

Lynton Roscoe: Mi si informa, Mr. Barras, che esistono due modi soli per ragguagliarsi sulle condizioni del sottosuolo: l'uno consiste nel trapanamento, e l'altro nel consultare eventuali piante rilevate in precedenza. È esatto?

Barras: Esattissimo.

Lynton Roscoe, con fare persuasivo: Ma il trapanamento, dopo tutto, svela solo le condizioni relative al punto trapanato, lasciando ignote quelle relative all'area circostante, è vero? In altre parole, il trapanamento ha scarsa o punto efficacia, è vero o no?

Barras: Nel caso presente, infatti, è vero.

Lynton Roscoe: Infatti. Quanto al secondo modo: possedevate voi, Mr. Barras, un tracciato qualunque degli antichi scavi della Nettuno?

Barras: No.

Lynton Roscoe: E ditemi, Mr. Barras, ammettendo pure che questo tracciato sia stato eseguito, nei tempi antichi in cui la legislazione non ne prescriveva l'uso, non è lecito presumere che esso sia andato smarrito o distrutto? Esso, comunque, non è mai stato nelle vostre mani?

Barras: Mai.

Lynton Roscoe: Quindi, Mr. Barras, è chiaro che non potevate avere alcuna nozione del pericolo imminente. (In tono drammatico): Ed alla luce della logica e della ragione, Mr. Barras, voi siete vittima del disastro non meno degli infelici che in esso perdettero la vita. (Rivolto al presidente): Questo è il punto, sir, che ho ritenuto opportuno di porre ancora una volta in risalto. Non intendo disturbare piú a lungo Mister Barras.

Presidente: Prendo atto, Mr. Roscoe, e vi sono obbligato.

Barras uscí a testa alta dal banco dei testimoni, come ansioso di esibirsi all'ispezione di tutti gli sguardi. La nobiltà del suo portamento suscitò un mormorio di approvazione in ogni parte dell'aula. L'opinione pubblica gli era sinceramente favorevole. La sua condotta durante l'inchiesta era stata ineccepibile, e venendo ad aggiungersi agli eroici sforzi da lui compiuti durante le operazioni di soccorso gli aveva assicurato una indubbia popolarità.

Come sedette accanto a suo figlio, s'alzò senza strepito Harry Nugent, deputato al parlamento. Era un uomo tranquillo, conscio della saldezza della sua posizione, dall'aria determinata, dallo sguardo chiaro e fermo. Alto, magro, aveva il viso ossuto e la carnagione olivastra, e la fronte bella, striata da pochi capelli finissimi. Non attraente a prima vista, effondeva tuttavia una calda aria di buona fede che gli conciliava simpatia. Da cinque anni rappresentava la circoscrizione di Edgeley alla Camera dei Comuni, ed era riconosciuto come uno dei piú attivi propugnatori del movimento laburista; molti seguaci suoi lo ritenevano candidato alla carica di capo partito.

Si rivolse al presidente: Mr. Chairman, poiché il mio amico ha richiamato il suo teste principale, sarà concesso a me di richiamare Davide Fenwick?

Presidente: Sí, se ritenete che il richiamo servirà un proposito utile.

Davide fu richiamato. Egli si alzò e si recò speditamente al banco dei testimoni, con una seria espressione di padronanza di sé. Nei cinque giorni precedenti era stato continuamente chiamato a deporre, interrogato, minacciato, adulato, perfino deriso a volta a volta, ma era tuttavia rimasto incrollabile nelle proprie vedute. Prese il Libro e pronunciò il giuramento.

Harry Nugent: Ancora una volta, Mr. Fenwick, desidero sapere se riconfermate che vostro padre, prima di perdere la vita nel disastro, vi aveva manifestato le sue apprensioni circa la probabilità di un allagamento.

Davide: Sí, parecchie volte.

Harry Nugent: Parlando con voi?

Davide: Sí, con me personalmente.

Harry Nugent: Dite se avete attribuito importanza a ciò che vostro padre vi diceva.

Davide: Sí. Ero preoccupato. Tanto che risolvetti di avere con Mr. Barras un colloquio sulla questione, come ho già affermato.

Harry Nugent: E questo colloquio con Mr. Barras, ha avuto luogo?

Davide: Sí.

Harry Nugent: E quale fu l'atteggiamento assunto da Mr. Barras in quella occasione?

Davide: Ha semplicemente rifiutato di darmi retta.

Lynton Roscoe intervenne, rivolto al presidente: Sir, protesto. Mr. Nugent ha già esaurito — oltre ogni limite sopportabile — l'indagine su questo terreno.

Presidente: Mr. Roscoe, se lo desiderate, concederò anche a voi l'autorizzazione di riesaminare questo teste. Ma esprimo il parere, Mr. Nugent, che da questo teste non abbiamo altro da apprendere.

Harry Nugent: Non aggiungo altro, Mr. Chairman. Ho solo voluto richiamare di nuovo la vostra attenzione sul fatto che il disastro avrebbe potuto essere evitato.

Nugent sedette, ma Lynton Roscoe balzò in piedi e con un gesto pomposamente drammatico significò a Davide di non abbandonare il banco dei testimoni: Un momento, Sir, un momento. Dove avrebbe avuto luogo la conversazione che dite di aver tenuto con vostro padre?

Davide: Sul fiume. Stavamo pescando insieme.

Lynton Roscoe, scettico: Volete indurci a credere che vostro padre, nonostante la paura in cui viveva di soccombere in una inondazione, andasse a spassarsela giocondamente alla pesca? (Pausa sardonica.) Siamo franchi, Mr. Fenwick! Vostro padre era un uomo istruito?

Davide: Era un uomo capace.

Lynton Roscoe: Via, via, sir, replicate direttamente alla mia domanda: era un uomo istruito?

Davide: Non nel senso ristretto della parola.

Lynton Roscoe: Ne desumo, sir, malgrado la vostra reticenza che egli *non* era un uomo istruito. Possedeva egli forse, per esempio, alcuna nozione di ingegneria mineraria? Rispondete sí o no.

Davide: No.

Lynton Roscoe: E ne possedete voi?

Davide: No.

Lyndon Roscoe: Voi seguite, mi dicono, la carriera dell'insegnamento?

Davide, con calore: Che c'entra questo col disastro?

Lynton Roscoe: Questa, sir, è appunto la domanda che io intendo porre a voi. Siete un maestro elementare in una scuola di provincia, senza nemmeno possedere, mi dicono, la patente di grado superiore; ammettete voi stesso la vostra completa ignoranza in materia di ingegneria mineraria, e tuttavia...

Davide: Io...

Lynton Roscoe, battendo il pugno sul tavolo: Un

momento, sir. Eravate stato delegato da qualcuno dei minatori a rappresentarli, nel colloquio con Mr. Barras?

Davide: No.

Lynton Roscoe: E allora come potevate aspettarvi che Mr. Barras accogliesse benignamente il vostro presuntuoso intervento?

Davide: Ritenete voi presuntoso il tentativo di salvare la vita a un centinaio di minatori?

Lynton Roscoe: Non siate insolente, sir.

Davide: Avete voi solo il diritto di esserlo?

Presidente: Esprimo il parere, Mr. Roscoe, come ho già detto, che da questo teste non abbiamo altro da apprendere.

Lynton Roscoe, con gesto drammatico: Ma, sir...

Presidente: Credo che l'incidente sia da considerarsi esaurito se io dichiaro, imparzialmente, che Mr. Barras merita che gli siano attribuiti solo i moventi piú alti.

Lynton Roscoe, sorridente, con ripetuti inchini: Vi ringrazio rispettosamente, sir.

Presidente: Avete altre comunicazioni da fare, Mr. Roscoe?

Lynton Roscoe: If you please, sir; solo ricapitolare succintamente i fatti. Ci possiamo rallegrare, innanzi tutto, che l'inchiesta abbia cosí luminosamente dimostrata l'innocenza di Mr. Barras. L'inesistenza di ogni tracciato relativo agli scavi vecchi della Nettuno è comprovata senz'ombra di dubbio. L'area era stata abbandonata nel 1808, cioè molto tempo prima che la legge prescrivesse il rilievo dei tracciati delle gallerie sotterranee. Di questo fatto, col vostro beneplacito, sir, noi non siamo responsabili!

È assodato che Mr. Barras era ed è un datore di lavoro esemplare, e che diresse le operazioni nel settore Scupper in base alle migliori e alle piú nobili tradizioni dell'industria. Egli non poteva conoscere e non conosceva l'esistenza di un pericolo imminente.

Io non posso credere che l'on. Nugent, interrogando il teste Fenwick, abbia sinceramente inteso implicare che qualcuno dei minatori che perdettero la vita nel disastro nutrisse reali apprensioni circa l'eventualità di una inondazione. Io vi invito, sir, a dichiarare che una cosí mostruosa insinuazione sarebbe, malgrado la deposizione di Fenwick, destituita di ogni fondamento. Nel migliore dei casi, erano pure chiacchiere. Possediamo le deposizioni giurate dei vari alti funzionari della Nettuno, i quali tutti senza eccezione affermano che nessun minatore, nessun abitante del paese, parlando con loro, ha mai espresso apprensioni di quella natura.

Il teste Fenwick ha insistito, con un'acrimonia che deploriamo, sul colloquio ch'egli ebbe con Mr. Barras la sera del 13 aprile. Ma, sir, quale importanza poteva il proprietario della miniera attribuire ad un passo cosí impertinente per la sua inopportunità? Se fosse stato compiuto da qualche persona competente, come Mr. Armstrong, o Mr. Hudspeth, allora sarebbe stata tutt'altra cosa; ma compiuto da un estraneo, da un estraneo male informato per giunta, che si credette autorizzato ad esprimere, in termini ambigui, vaghi timori circa il pericolo costituito dall'acqua o dall'umidità, non poteva rivestire alcun valore. La Nettuno, sir, è, notoriamente, una miniera umida: ma l'infiltrazione dell'acqua non poteva in alcun modo fornire la minima indicazione circa l'eventualità di un allagamento.

Per concludere, sir, è pienamente assodato che la direzione non aveva alcuna nozione del fatto che i lavori procedessero nelle immediate vicinanze dell'area allagata. Non esisteva un tracciato, a causa delle manchevolezze della legislazione anteriore al 1872. Questo, sir, è il punto cruciale della situazione. E col vostro permesso, sir, io non ho altro da aggiungere.

Presidente: Vi ringrazio, Mr. Roscoe, d'aver riepilogato i fatti con tanta lucidità. Non credo, Mr. Nugent, che desideriate farmi altre comunicazioni.

Harry Nugent: Mr. Chairman, ho poco da aggiungere a quanto ho già detto, pel momento. A suo tempo mi riservo di sollevare, nella Camera dei Comuni, l'intera questione della revisione delle leggi relative alle miniere che vanno soggette alle infiltrazioni dell'acqua. È una questione seriissima. Non è questa la prima inondazione che dobbiamo deplorare. Vari altri infortuni si sono verificati, i quali dimostrano, come questo, la noncuranza dei proprietari di miniere, che mirano unicamente al profitto personale. È un inconveniente che procede dal nostro sistema nazionale della proprietà privata delle miniere. Se vogliamo ottenere maggiori garanzie di sicurezza per la vita dei minatori, è ora che si incominci a fare qualche cosa. Non è forse tragico, sir, che nelle miniere del nostro paese si verifichino in media ben quattro infortuni al giorno: un uomo ucciso ogni sei ore! un uomo reso invalido ogni tre minuti?

Nel caso presente ci fu rinfacciato di aver contribuito con acrimonia alla ricerca delle responsabilità: ma l'accusa è ingiusta. Io mi do meno pensiero dell'esito di questa inchiesta particolare che non dell'intera questione della sicurezza per chi lavora nelle miniere. Abbiamo tutti il dovere di valerci di questo disastro per promuovere agitazioni intese a conseguire condizioni migliori per la mano d'opera, perché, purtroppo, è solo quando avviene una catastrofe che l'opinione pubblica tollera di dare ascolto alle nostre argomentazioni. È doloroso constatare che il cosiddetto progresso dell'industria mineraria si risolve in un incremento dell'indice degli infortuni e della mortalità. E fino a quando rimarrà in vigore il regime economico della proprietà privata delle miniere sarà inevitabile la prosecuzione di questo barbaro spreco di vite umane. Non ho altro da dire, sir, pel momento.

Presidente, ansioso di concludere in fretta: Allora dichiaro espletata l'indagine e chiusa l'inchiesta. Prima di sciogliere la seduta desidero rivolgere i miei ringraziamenti a tutti coloro che vi hanno partecipato e di esprimere il mio cordoglio alle famiglie dei sinistrati, e soprattutto ai parenti dei dieci minatori le cui salme non sono state finora ricuperate. In conclusione offro le mie congratulazioni a Mr. Barras, per gli eroici tentativi che compié allo scopo di salvare i sepolti vivi, e dichiaro che dalle deposizioni dei testi risulta chiaramente che egli esce da questa Corte senza la minima macchia sulla sua onorevolezza.

Appena si alzò il presidente, si elevò nella Corte un mormorio di sollievo generale. I battenti delle porte furono spalancati, e la Corte cominciò a vuotarsi rapidamente. Allorché Barras, seguito da Arturo, si affacciò alla soglia esterna, il colonnello Gascoigne ed altri gli s'affrettarono incontro per congratularsi con lui. Si udí perfino qualche grido isolato di acclamazione. Altra gente si avvicinò, ansiosa di stringergli la mano. A testa nuda, acceso in volto, eretto sulla persona, Barras stava sul piú alto scalino della gradinata, con Arturo, ancora pallidissimo, dietro a lui. Barras non pareva aver fretta di sottrarsi alla pubblicità. Si guardava attorno, con una espressione di vittoria, e un tantino vendicativa, sollecito ad afferrare qualunque mano gli venisse tesa. Un non so che di emotivo nel suo atteggiamento fluí verso la folla in attesa, una seconda acclamazione si elevò, piú alta della precedente. Lusingato, Barras incominciò a scendere i gradini lentamente, sempre senza cappello, fiancheggiato da Gascoigne, Lynton, Roscoe, Armstrong e Jennings, e sempre seguito da Arturo. La folla si aprí con deferenza per lasciar passare quel gruppo di personaggi imponenti. Barras apriva la marcia, con la testa ben alta, cercando in giro facce note, replicando ai saluti, lasciando qui e là cadere una parola grave, conscio che il sentimento popolare gli era propizio, conscio di essere colui che usciva dalla Corte senza la minima macchia sulla sua onorevolezza malgrado il fango che gli avevano scagliato addosso i nemici, e aveva negli orecchi l'eco delle ultime parole "per gli eroici tentativi che compié per salvare i sepolti vivi". L'incedere del gruppo verso il Poggio assunse un carattere trionfale.

Nell'aula Davide era rimasto immobile sul banco ove sedeva, ascoltando le acclamazioni e lo scalpiccio dei piedi all'esterno, fissando i muri nudi e le mosche sui vetri appannati. Faceva un violento sforzo per dominarsi. Inutile cercare di sfogarsi, perfettamente inutile. Un tocco sulla spalla lo fece voltare. Harry Nugent, vicino a lui nell'aula deserta, gli disse con dolcezza: "Be', è finito." Scrutandone il volto impassibile, gli si sedette accanto e aggiunse: "Spero che non s'aspettasse che l'avremmo spuntata noi, vero?"

"Ma devo dire di sí," osservò Davide; "m'aspettavo che venisse fatta giustizia. Io sono convinto che Barras è responsabile del disastro. Meritava di essere punito; e invece lo acclamano."

"Bisogna aver pazienza, Davide."

"Non è per me che protesto. A me non è capitato nulla. Ma per le vittime."

Un vago doloroso sorriso increspò il labbro di Nugent, un sorriso benevolo. Durante l'inchiesta aveva notato la personalità di Davide, e se ne sentiva attratto. "Non ce la siam cavata troppo male, dopo tutto," osservò, meditativamente: "ora saremo in grado di forzare il Ministero delle Miniere ad agire. Da anni aspettavamo un'occasione. Questo, se non altro, è già un risultato. Le par poco?"

Davide alzò la testa, in uno sforzo tenace di sopraffare il vuoto che sentiva dentro di sé, il dolore della sconfitta. "Sí," disse, "è già un risultato, non lo nego."

Nugent si sentí commosso dell'espressione addolorata di Davide, e gli passò un braccio attorno alle spalle. "So come si sente, figliolo, ma non si lasci abbattere. Meglio di quanto ha fatto, non poteva fare. La sua deposizione ci ha servito piú di quanto crede."

"Non ho potuto far niente. Avrei voluto rendermi utile, ma non vi sono riuscito. È da tanto che sogno di potermi rendere utile..."

"Ci riuscirà, non dubiti. Aspetti il suo momento. Io mi terrò in rapporti con lei. Vedrò ciò che sarà il caso di fare. E nel frattempo, su il morale, mi raccomando."

Si alzò e diede un'occhiata alla porta dove Heddon e Jim Dudgeon lo stavano aspettando. "Ascolti Davide, si trovi stasera alla stazione alle sei. Faremo due chiacchiere." Annuí ripetutamente per rincuorarlo e raggiunse Heddon e Dudgeon.

Poco dopo Davide si alzò, cercò il suo cappello, ed uscí dall'aula. Era sfinito. Da sei giorni mancava dalla scuola, essendosi concentrato con la sua tipica intensità totalmente nell'inchiesta; e questo era il risultato. Arrotondò le spalle con atto di ostinazione e riprese dominio su di sé. Non era quello il momento per lasciarsi sopraffare dalla disperazione.

Passò in Lamb Street, e lí si sentí chiamare da uno che lo seguiva. Era Ramage il macellaio, in blusa blu e grembiale. Usciva allora allora dal mattatoio, le mani ancor chiazzate di sangue essiccato. Il calore della tarda ora pomeridiana sembrava circondarlo di un alone rosso. "Ehi, Fenwick, sentite qua, un minuto!"

Davide si arrestò ma non aprí bocca. Ramage si passò un dito tra il collo taurino e il bavero che lo stringeva, poi conficcò i pollici nella cintura di cuoio che gli teneva a posto il grembiale, e prese a fissare Davide con sguardo insolente. "Finalmente è terminata l'inchiesta," dichiarò, in tono sarcastico. "Non mi sorprende la vostra espressione di trionfo. Avete fatto onore a tutto il paese, perdio, atteggiandovi ad avversario di Lynton Roscoe, niente meno, come se foste un fior d'avvocato!" Ora sghignazzava. "Ma io al posto vostro mi darei meno arie. Tutta la faccenda può esservi costata un po' cara."

Davide aspettava, conscio che l'altro aveva da dirgli

cose piú rilevanti. E infatti Ramage abbandonò il piglio sarcastico per assumere un fare di autorità. Seguitò: "E come vi siete permesso di abbandonare la scuola da sei giorni senza domandare permesso a nessuno?"

"Dovevo partecipare alle sedute della Commissione."

"Chi lo dice? Ci siete andato per dispetto. Per scagliar fango su uno dei personaggi piú influenti del comune, e mio collega in consiglio; sull'uomo che vi ha procurato l'impiego che non meritate. Vi siete rivoltato per mordere la mano che vi nutre. Giuro a Dio che ve ne pentirete."

"Questo riguarda me solo," replicò Davide, seccamente, e si voltò per allontanarsi.

"Un momento," ringhiò Ramage, "non ho finito. L'ho sempre detto io che siete un creatore di guai, un socialistoide, come vostro padre prima di voi. Ma nelle scuole non ce li vogliamo gli insegnanti come voi, capite? e vi sbatteremo fuori."

Davide lo guardò dall'alto in basso: "Come potete voi...?"

"Come posso? State a sentire." E con un ghigno trionfante scoccò l'ultimo dardo: "Forse v'interesserà di sapere che ieri sera s'è riunito il Consiglio dell'Istruzione, per prendere in esame il vostro caso, e si è deciso all'unanimità di accettare le vostre dimissioni."

"Che?"

"Be', se non avete capito, penserà il Preside a farvi la comunicazione del caso. Lui ha bisogno di insegnanti che posseggano la patente superiore, capite; di un ex minatore, mezzo cotto come voi, non sa cosa farsene." Per un altro minuto Ramage gustò la soddisfazione di contemplare l'espressione smarrita della faccia di Davide, e poi si ritirò sghignazzando nella sua bottega.

Davide proseguí per la sua strada, a testa bassa, gli occhi a terra. Entrò in casa per la porta della cucina, e macchinalmente si fece scaldare una tazza di tè. Jenny era a Tynecastle dai suoi genitori; ve l'aveva mandata lui per restar solo durante l'inchiesta. Sedette al tavolo, e prese a mescolare il tè col cucchiaino, ma senza nemmeno assaggiarlo. Avevano deciso di licenziarlo. Non c'era dubbio che Ramage non avesse detto la verità. Bisognava protestare, inoltrare reclamo all'Associazione degli Insegnanti del Nord. Ma a che pro? La faccia gli si indurí. No; facessero un po' quel che volevano. Alle sei ne parlerebbe con Nugent: bisognava a tutti i costi uscir via da quel vicolo chiuso dell'insegnamento; intraprendere un'altra strada, che se non altro sboccasse verso una méta qualunque.

Alle sei meno un quarto s'avviò alla stazione, ma dopo pochi passi notò un subbuglio in capo alla strada e vide venir correndo gli strilloni insolitamente carichi di giornali. Gli saettarono attraverso il cervello le voci e le apprensioni che l'inchiesta aveva temporaneamente sopite. Si fermò e comprò un giornale. Lesse in prima pagina l'intestazione in caratteri enormi: *A mezzanotte scade l'ultimatum dell'Inghilterra.*

II

Verso la una del secondo sabato di settembre Arturo rientrava dalla Nettuno al Poggio. L'attività della miniera aveva ormai ripreso l'andamento normale, e il ricordo della tragedia s'andava affievolendo nella mente di tutti, salvo in quella di Arturo, il cui viso infatti esprimeva uno sgomento irriducibile. Risaliva il viale col passo di un uomo stanco. Appena fu sul piazzale del villino scorse, come s'aspettava e temeva, la nuova automobile ferma davanti al portico d'ingresso, un landaulet color tabacco, splendente di vernice, e con le guernizioni di lucidissimo ottone. Presso la vettura Barras discorreva col servitore, il quale l'aveva condotta allora allora da Tynecastle dov'egli aveva trascorso un mese per apprendervi le sue nuove mansioni di meccanico e di autista. Vedendo il figlio arrivare Barras lo apostrofò cordialmente ad alta voce: "Eccola finalmente, Arturo!"

Arturo si avvicinò. Indossava l'abito da lavoro. Contemplò l'automobile senza entusiasmo. Barras spiegò: "Mi è assolutamente indispensabile, capirai, con tutto quello che ho da fare. Non capisco come non me ne fossi reso conto prima di adesso. Pietro m'assicura che è un'ottima macchina. Stasera la inauguriamo per andare a Tynecastle."

Arturo sembrò riflettere e disse: "Mi spiace ma io non posso venire."

Suo padre rise: un riso nuovo, come la vettura. Disse:

"Storie. Andiamo a passar la sera coi Todd. Li ho invitati a pranzo all'Albergo Centrale."

Arturo tolse gli occhi dall'automobile e li piantò in faccia a suo padre. Notò l'espressione curiosa del suo volto; il colorito, senz'essere acceso, tuttavia denotava un'aria d'imbarazzo; le palpebre e le labbra sembravano piú turgide del normale, e dietro le lenti spesse gli occhietti apparivano singolarmente protuberanti. Sembrava irrequieto: eccitato forse a causa dell'arrivo della vettura. Arturo disse: "Li hai invitati all'Albergo?" Perché era una pratica totalmente insolita per suo padre: era sempre stato cosí restio a mettersi in mostra.

"Sí," replicò Barras; "per fare onore al figlio di Todd, capirai, parte pel fronte, siamo tutti orgogliosi di lui. E del resto non vedo Todd da un'eternità."

Arturo rifletté di nuovo per mezzo minuto, poi domandò: "Non l'hai mai rivisto dopo il disastro, vero?"

"Vero," annuí Barras, seccamente.

Pausa.

"M'è sempre parso strano, babbo, che Todd non sia venuto a deporre all'inchiesta."

Barras si voltò bruscamente. "Che bisogno c'era di lui? L'inchiesta m'è andata benone anche senza il suo appoggio."

Trasse il fazzoletto e prese a strofinare l'ottone del radiatore. "Dunque decidi: vieni o non vieni a Tynecastle?"

Arturo abbassò gli occhi e mormorò di sí.

In quella suonò il gong, e Barras si avviò alla sala da pranzo camminando piú in fretta del solito. Seguendolo, Arturo notò nuovamente che da qualche tempo in qua l'andatura di suo padre s'era fatta piú vispa, come di chi s'immagini — senza motivi — d'aver fretta.

"Magnifica vettura." Barras entrando impartí la notizia per uso generale, ma rivolse la parola a zia Carola. "Uno di questi giorni ti porto con me, Carola, per un giro di prova." Zia Carola arrossí di piacere, ma prima che potesse rispondere, Barras, aperto il giornale, un supplemento straordinario che Pietro aveva portato da Tynecastle, seguitò: "Ahà, una vittoria importante. I tedeschi respinti dalla Marna. Perdite gravi. Oltre quattromila tra morti e feriti."

Arturo notò con un brivido che suo padre sembrava gioire avidamente del massacro. Impulsivamente disse in un tono che non gli era naturale: "Quattromila vittime! Quasi quaranta volte il numero dei sinistrati nella miniera."

Silenzio sepolcrale. Barras abbassò il giornale, fissò Arturo coi suoi occhietti protuberanti, e disse in voce staccata: "Trovo quanto mai inopportuno il tuo riferimento, Arturo. Se non smetti di rimuginare su ciò che è accaduto per disgrazia e ormai dimenticato, ci farai una malattia. Orientati, ti prego. Qui si tratta di ben altra circostanza: qui è in giuoco l'onore della nazione." Aggrottò la fronte e riprese la lettura.

Arturo s'affrettò a mangiare e appena finito si ritirò in camera sua. Sedette sulla sponda del letto e lasciò vagare gli occhi fuor dalla finestra. Cos'era che lo rodeva, dopo tutto? Suo padre aveva pienamente ragione di dire che era una morbosità vera e propria quel suo vano rimuginare sulla catastrofe della Nettuno, ma Arturo non poteva eliminare il ricordo. I centocinque morti vivevano dentro di lui, si accompagnavano a lui in tutti i suoi atti quotidiani, popolavano i suoi sogni notturni. E la notizia del macello dei quattromila tedeschi aveva d'un tratto intensificato la sua morbosa introspezione. La guerra non aveva ai suoi occhi un significato proprio: era puramente l'eco, la ripercussione centuplicata del disastro minerario. La guerra era la medesima catastrofe, ma ingrandita a proporzioni gigantesche. Era un'inondazione che invece di allagare una miniera sommergeva regioni intere, e nel padule che s'andava espandendo come una macchia d'olio affondava irremissibilmente il nobile ideale del valore della vita umana.

Arturo seduto sul letto eseguí mosse convulse come sotto l'assillo di un'incontrollabile inquietudine. Ultimamente i suoi pensieri gli ispiravano terrore. Vedeva la propria mente come un'anfora entro cui s'agitavano neri pensieri, come in una storta sostanze chimiche suscettibili di combinarsi e dar luogo ad un'esplosione. Si riconosceva incapace di neutralizzare le eventuali reazioni di quei suoi pensieri cosí chimicamente attivi. E soprattutto lo sgomentava l'analisi dei propri sentimenti al riguardo di suo padre. Voleva bene a suo padre, aveva sempre nutrito per lui un affetto profondo ed un'ammirazione senza limiti, e tuttavia scopriva ripetutamente se stesso intento a sorvegliarlo, a sospettarlo, a biasimarlo, facendo tesoro di ogni minimo indizio che valesse a porlo in una luce sfavorevole. Si rimproverava acerbamente; si proponeva di abbandonare una volta per sempre questo atteggiamento da spione, ma non ci riusciva. E non ci riusciva a causa del mutamento avvenuto nel contegno di suo padre. Mutamento innegabile. Prodotto da che cosa?

Per molto tempo rimase seduto sulla sponda del letto a fantasticare finché lo colse una stanchezza mortale, che lo indusse a sdraiarsi e a chiudere gli occhi. Si svegliò a pomeriggio inoltrato. Rievocando la situazione, sospirò, s'alzo e cominciò a vestirsi.

Alle sei trovò nell'anticamera suo padre che lo aspettava. Vedendo suo figlio avvicinarsi, Barras trasse l'orologio e con quella mossa ostentata che aveva adottata da qualche tempo in qua — faceva scattare il coperchio e fissava il quadrante con ciglia aggrottate — gli significò il proprio malcontento. Si sarebbe detto che il decorrere del tempo avesse assunto agli occhi di Barras un significato nuovo, quasi ch'ei fosse ansioso di utilizzare ogni attimo. "Cominciavo a temere che saresti in ritardo," disse, e senza aspettar risposta s'avviò all'automobile.

Una volta in vettura, e al fianco di suo padre, Arturo si sentí meno smarrito. Dopo tutto, per recarsi a Tynecastle, il veicolo silenzioso e ben molleggiato costituiva un piacevolissimo mezzo di trasporto. E non aveva visto Hetty da vari mesi; il pensiero di rivederla gli rialzava il morale. Dette un'occhiata furtiva a suo padre. Barras sedeva eretto, con una compiaciuta espressione di raccoglimento come d'un bimbo che usi un giocattolo nuovo.

Arrivarono a Tynecastle. Le strade affollate palesavano un trambusto ed un'agitazione di cui Barras sembrava dilettarsi. Sulla soglia dell'Albergo Centrale il guardaportone aprí la porta della vettura con quel piglio deferente che i portieri d'albergo riservano esclusivamente alle automobili di lusso; si tolse il berretto e stette sull'attenti. Barras gli fece un cenno del capo.

La hall era piena di gente, non meno agitata di quella che affollava le strade. Gli ufficiali erano numerosi. Barras contemplò le loro uniformi con uno sguardo di approvazione, poi scorse i cenni di mano con cui Hetty, dalla poltrona in cui sedeva presso il camino, intendeva richiamare su di sé la sua attenzione; suo fratello Alan si alzò in piedi quando i Barras li raggiunsero. La prima cosa che Barras disse fu: "E tuo padre dov'è?"

Alan sorrise. Portava molto bene la divisa, ed era d'ottimo umore perché aveva bevuto piú di un aperitivo. "Papà come al solito ha un po' d'itterizia. M'ha incaricato di presentarti le sue scuse."

Barras parve contrariato, ma dopo un attimo di silenzio sormontò il suo disappunto; sorrise a Hetty e con un gesto della mano le accennò di precederli in sala da pranzo. Sedendosi al tavolo Barras ispezionò con un'occhiata circolare le allegre persone presenti. La maggior parte degli uomini era in kaki. "Bel colpo d'occhio," disse, "mi fa bene un po' di distrazione, dopo tutti i fastidi di questi ultimi tempi."

"Sei contento che sian finiti, vero?" disse Alan a Barras, con uno sguardo significativo.

Barras rispose un sí secco.

"Son tutti una massa di imbroglioni," seguitò Alan. "Imbroglierebbero persino te se potessero. Io quell'Heddon lo conosco bene. Lo pagano perché faccia il porco, ma è un porco nato."

"Alan!" protestò Hetty, col suo broncetto d'occasione.

"Va' là, Hetty, so quel che dico. A bazzicare con quella gente lí ho imparato a conoscerla. Agiscono sotto l'impulso del solo istinto di conservazione: cercano di abbattere il prossimo per tenersi su"

Arturo guardando suo padre gli vide sul volto alcunché della sua antica espressione di gelidezza, come se avesse divisato lí per lí di adottare un nuovo punto di vista, e notò che sviò di proposito il discorso, perché disse: "Parti lunedí, Alan?"

"Sí."

"Bravo figliolo, mi sembri pieno d'entusiasmo."

"Sicuro," assentí Alan con fare burbanzoso; "si va a vedere uno spettacolo di gala."

Si accostò il cameriere con la lista dei vini, rilegata in rosso. Barras, consultandola, pareva argomentare con se stesso piú che meditare sulla scelta. Finí per dichiarare: "Celebreremo l'evento con lo champagne." Lo ordinò, e il cameriere si ritrasse con ripetuti inchini.

Hetty appariva compiaciuta. Aveva sempre avvertito soggezione accanto a Barras, intimidita dal suo distacco e dai suoi modi formali, ma oggi era sorpresa da quel suo fare insolito di ospite grandioso. Gli sorrise il piú dolce dei suoi rispettosi sorrisi. Con una mano accarezzava i grani della sua collana e con l'altra il bicchiere pieno. Disse ad Arturo: "Vero che sta bene Alan in divisa?"

Arturo si sforzò a sorridere. "Alan sta bene, sempre, qualunque cosa abbia addosso."

"Oh, ma non trovi che l'uniforme gli sta meglio di tutto il resto?"

"Ma sí, ma sí," disse Arturo, con labbra rigide.

"Però," osservò Alan in tono di frivolezza, "è una gran seccatura dover rispondere a tanti saluti."

Hetty s'inumidí di nuovo le labbra con lo champagne. Aveva gli occhi meditabondi, la testa leggermente inclinata da un lato. Disse: "Anche a te, Arturo, starebbe bene l'uniforme."

Arturo si sentí agghiacciare, e disse distintamente: "Io non mi ci vedo in uniforme."

Hetty insisté: "Ti starebbe magnificamente, credimi, sottile come sei; e il kaki s'accompagnerebbe benissimo alla tua carnagione bruna."

Arturo sentí su di sé il peso degli sguardi dei suoi tre commensali.

Alan disse: "È un fatto, Arturo. Dovresti arruolarti e venir via con me." Arturo avvertí un trémito senza intuirne la cagione. Indubbiamente era la tensione dei suoi nervi. La situazione gli pareva anormale, non solo, ma antipatica. Gli pareva inconcepibile la presenza di suo padre, intento a bere champagne in quel ristorante affollato, e ad incoraggiare la boria patriottica di Alan; era un atteggiamento del tutto contrario al carattere di suo padre: un controsenso. Alan seguitava: "Non ti pare, Arturo, che dovresti partecipare anche tu allo spettacolo di gala?"

Arturo fece uno sforzo per dire qualcosa. Finí per replicare, in tono di leggereza: "Lo spettacolo andrà benone senza di me. A dir la verità m'attira poco."

"Oh, Arturo!" esclamò Hetty delusa. Poiché considerava Arturo come una sua proprietà privata, avrebbe voluto che facesse sempre bella figura, e quell'ultima osservazione non era stata precisamente brillante. Abbozzò una smorfietta tra indulgente e scandalizzata e disse: "Che discorsi son questi? Si direbbe che hai fifa."

"Che, che, Hetty," disse Barras, conciliante, "Arturo, non ha ancora avuto tempo di riflettere e decidere. Uno di questi giorni lo vedrai precipitarsi come gli altri all'ufficio di arruolamento."

"Ne son persuasa!" ribatté Hetty con calore, ma abbassò gli occhi e rimpianse la botta che le era sfuggita.

Da quel momento Arturo ammutolí. Teneva gli occhi fissi nel suo piatto. Rifiutò lo champagne. Rifiutò il piatto dolce. Rifiutò di ascoltare la conversazione.

All'altra estremità della sala, di là dallo spazio sgombro apprestato per le coppie danzanti, l'orchestra attaccò il *God save the King*. Trambusto di seggiole. Tutti in piedi. Acclamazioni e applausi alla fine. In un registro piú basso l'orchestra attaccò un ballabile. Si ballava sempre il sabato sera all'Albergo Centrale.

Hetty sorrise ad Arturo. Ballavano bene tutti e due, e a lei piaceva ballare con lui; piú d'una volta le era stato detto che facevano una magnifica coppia. Ora s'aspettava ch'egli la invitasse. Ma Arturo continuava a tenere gli occhi fissi nel suo piatto e non la invitò.

Quando fu evidente ad Alan che Arturo faceva il muso a partito preso, si chinò verso la sorella: "Se ti contenti d'una passeggiatina con 'sto vecchio cavallo di battaglia..."

Hetty gli sorrise con maggior vivacità del solito. Alan ballava male, non gli piaceva ballare, e per Hetty non era una gioia ballare con lui. Ma questa volta finse d'essere compiaciuta, s'alzò e ballò col fratello ufficiale. Guardandoli ballare, Barras disse a suo figlio: "Carina, Hetty. Modesta, ma piena di vivacità." Ora, soddisfatto del pranzo e del vino, parlava piacevolmente, tranquillamente.

Arturo non replicò. Osservava Hetty e Alan con la coda dell'occhio e si sforzava a sopraffare il suo incomprensibile cattivo umore. Quando i due tornarono a sedersi, egli riuscí a chiedere a Hetty, per pura cortesia, di ballare con lui. Ma lo chiese con durezza, con mala grazia. Gli piaceva moltissimo ballare con Hetty, sentirsela tutta morbida fra le braccia, aspirare il profumo che ad ogni mossa del suo corpo si sprigionava da lei; ma nondimeno, anzi appunto perciò, si promise perversamente che ballerebbe con lei questa volta sola e poi basta.

Dopo, Hetty si rassegnò a starsene seduta, battendo la misura col piedino ben calzato, finché l'insopportabile inazione la spinse a dire, con quella seducente espressione di vispo smarrimento che le era propria: "Nessuno balla stasera?"

Arturo disse in fretta: "Io sono stanco."

Silenzio.

Poi Barras disse inaspettatamente: "Se ti contenti, Hetty, sono a tua disposizione. Ma ho paura di non saper fare i passi nuovi."

Dubbiosa, piuttosto reticente, ella lo fissò dicendo: "Ma è facilissimo, basta camminare."

Barras sfoggiava il sorriso nuovo, un sorriso vago e vanitoso. "Be', se non hai paura tu, proviamo."

Arturo, irrigidito, serio serio, fissava ora le figure allacciate di Hetty e di suo padre muovere lente all'altra estremità della sala. Suo padre aveva sempre trattato Hetty con un distacco protettivo, e Hetty s'era sempre condotta verso di lui con timidezza e deferenza. Non pareva vero ad Arturo vederli ballare insieme. E distingueva nettamente il sorriso di Hetty: un sorriso dal basso in alto, il suo sorriso da flirt, il sorriso della donna lusingata dalle attenzioni che riceve.

Poi udí Alan chiedergli di venir via con lui, e macchinalmente ubbidí. Alan era brillo. Il suo volto raggiava. Nel camerino barcollò. "Il tuo vecchio fa le cose in grande stasera, chi l'avrebbe mai creduto?" Aprí i due rubinetti a tutto spiano. "Sai, Arturo, il mio vecchio era offeso perché il tuo non lo chiamò all'inchiesta a deporre. In quella faccenda io dico che gatta ci cova, mio caro Arturo. Non c'è bisogno di gridarlo sui tetti ma io la so lunga. Ad ogni modo siamo amici, vero, Arturo, vecchi amici..."

"Cosa diavolo vuoi dire?" domandò Arturo, allarmato dalle insinuazioni implicite in quel discorso da ubriaco. Ma in quel punto l'acqua, riempita la bacinella, si rovesciò a terra, e in essa gli occhi trasognati di Arturo videro in miniatura l'inondazione della Nettuno e i cadaveri galleggianti degli annegati. Un tremito spasmodico lo scosse da capo a piedi, ed egli giurò a se stesso, appassionatamente, di scoprire la verità.

III

Al ritorno Arturo aspettò che la vettura fosse uscita dall'abitato, e mentre correva silenziosa sul lungo rettifilo tra Kenton e Sleescale disse precipitosamente: "C'è una cosa che voglio sapere, babbo."

Barras indugiò a rispondere. "Cos'è?" e lo disse di mala voglia, in un tono, piú che scoraggiante, proibitivo. Ma nulla ormai poteva smuovere Arturo dal suo proposito.

"È in merito al disastro," rispose.

Barras ebbe un moto di noia, quasi di repugnanza: Arturo lo sentí piú che non lo vide. Poi udí la voce aggressiva di suo padre: "Oh, sempre la stessa faccenda. Dovresti aver capito a quest'ora che m'è disgustoso sentirne parlare. Ho passato una bella sera, e ho ben poca voglia di lasciarmi infastidire da discorsi relativi a un incidente che considero esaurito e dimenticato."

"Ma io non l'ho dimenticato," ribatté Arturo con forza; "non posso dimenticarlo."

"Arturo, mi farai la cortesia di smettere questa cantilena." Barras cercava di frenare l'impazienza che sentiva lievitare in petto. "Non credere che mi sorprenda; l'ho vista venire da un pezzo. Da' retta a quel che ti dico io, e procura di farti una ragione: non posso immaginare che tu intenda deliberatamente metterti in contrasto con me. I miei interessi sono i tuoi. Hai quasi ventidue anni, e appena finita la guerra mi propongo di associarti nell'azienda. Orbene, visto che il disastro ormai è dimenticato da quasi tutte le persone ragionevoli, non ti pare una pazzia insistere ad arpeggiare su quel motivo?"

Arturo si sentí rivoltare lo stomaco. L'accenno all'identità dei loro interessi suonò ai suoi orecchi come un tentativo di subordinazione. La voce gli tremava quando rispose: "Non è una pazzia voler conoscere la verità."

Barras perdé la pazienza. "La verità," esclamò. "Non c'è stata l'inchiesta? Ha durato undici giorni, e ha indagato tutto, ha sentito tutte le persone interessate, e mi ha esonerato da ogni responsabilità. Non ti basta? Cos'altro vuoi?"

"Ma tutti sanno che è facile sopprimere certi fatti nelle inchieste ufficiali."

"Quali fatti?" gridò Barras. "Sei impazzito?"

Arturo teneva gli occhi fissi sulla schiena dell'autista di là dal cristallo di separazione. Trovò il coraggio di dire: "Non sapevi tutto il tempo che affrontavi un rischio enorme facendo scavare nello Scupper?"

"Ma i rischi sono inseparabili dal nostro mestiere," rispose Barras in collera. "Tutti i giorni, e dappertutto, si devono affrontare rischi nella nostra industria."

"Ma non t'aveva avvertito Todd del pericolo rappresentato dagli scavi nella Muraglia? Ricordi il giorno che siamo stati insieme da lui: non t'aveva messo in guardia? Ciononostante tu hai fatto procedere i lavori."

"Dici delle gran corbellerie," urlò Barras. "Il padrone della miniera son io, e l'amministro come pare a me. Nessuno ha il diritto di ficcare il naso nei miei affari. E l'amministro come meglio so."

"Meglio per chi?"

Barras lottava violentemente per conservare il dominio di sé. "T'immagini per caso che la Nettuno sia un istituto di beneficenza? È un'azienda che deve rendere, caro mio..."

"Appunto. Se prima di cominciare gli scavi avessi fatto prosciugare la vecchia area abbandonata, avresti eliminato ogni pericolo. Ma il costo del prosciugamento t'avrebbe assorbito il profitto. Cosí hai preferito sacrificare al tuo profitto la sicurezza degli operai."

"Oh basta! Non ti permetto di parlarmi cosí!"

Alla luce dei fari d'una vettura che incrociarono, Arturo vide per un attimo la faccia congestionata di suo padre; la fronte era rossa come non l'aveva vista mai, e gli occhi lanciavano fiamme d'indignazione. Poi piombarono di nuovo nell'oscurità. Arturo, pallidissimo, fremeva di paura per essere stato cosí audace. Avvertí nuovamente nell'inquietudine di suo padre quel senso di fretta che aveva già notato altre volte negli ultimi tempi, la fretta di uno che tenti di evadere, che intraprenda una fuga. Non parlò piú fino a casa.

Nel vestibolo, completamente illuminato, padre e figlio vennero a fronte l'uno contro l'altro. Barras, prima di salire in camera sua, si fermò ai piedi della scala, con la mano sulla ringhiera, e guardò Arturo con un'espressione singolarissima.

Gli disse:

"Da qualche tempo in qua hai avuto molte, troppe cose

da *dire*, mi pare. Dovresti metterti a *fare* qualche cosa d'ora in poi."

"Non ti capisco," disse Arturo con ingenua sincerità.

"Non t'è venuto in mente, per esempio, che potresti andare a combattere per la patria?" Poi si voltò, e si ritirò su per la scala.

Arturo stette immobile a guardarlo finché scomparve. La sua faccia smorta era convulsa in una smorfia di dolore. Ebbe la certezza in quel momento che il suo affetto filiale era definitivamente consunto, e gli parve che dalle sue ceneri s'alzasse un fumo, sinistro, che lo soffocava.

IV

Quel giorno stesso Sam Fenwick e Annie Macer passeggiavano insieme, secondo il rito tradizionale del sabato.

Tutti i sabati Sam ed Annie si davano appuntamento all'angolo di Quay Street. Di solito era Annie che vi si trovava per la prima, nei suoi stivaletti lucidi, nelle sue calze di grossa lana, e andava tranquillamente su e giú, su e giú, in attesa di Sam. Sam arrivava sempre in ritardo di una diecina di minuti, ben rasato e lustro come un pomodoro, nel vestito blu della domenica. "Ho fatto tardi," diceva, senza scusarsi, senza nemmeno sognare di scusarsi; Annie invero avrebbe trovato curioso che Sam si scusasse d'essere in ritardo. Partivano per la loro passeggiata "su pel Corso". Non sotto braccio: il corteggiamento di Sam escludeva rigidamente ogni esuberante manifestazione d'affetto in pubblico. Sam rispettava Annie. Tutt'al piú gli accadeva qualche volta, nel tratto piú buio del Corso, di passare educatamente il braccio attorno alla vita di Annie, ma nient'altro.

Annie sapeva che la madre di Sam si opponeva alla loro "relazione", ma era certa dell'amore di Sam, e tanto le bastava. Finita la passeggiata, il rito includeva di norma una visita alla rosticceria della vedova Wept, dov'erano amichevolmente accolti dal *drin* familiare del campanello quando la porta s'apriva e dal tinnío della vetrina malferma quando si richiudeva. Nella scura bottega consumavano in piedi un cosciotto di Susanna e una spremuta di limone. Annie preferiva il ginger ale, ma siccome Sam adorava la spremuta naturalmente Annie si conformava al gusto di lui. Qualche volta Sam ordinava un secondo cosciotto, ma Annie no, Annie sapeva tenere il suo posto, Annie non faceva mai il bis; mentre Sam smaltiva la sua seconda razione, Annie si contentava di smaltire il sugo del proprio piatto con l'aiuto della mollica di pane. Poi, scambiata qualche onesta parola con Susanna, tornavano insieme sull'angolo di Quay Street, dove sostavano qualche tempo per osservare l'animato viavai della strada al sabato sera; e finalmente si davano la buona notte e si separavano. Sulla via di ritorno ai Terrazzi Sam pensava che era fortunato di potersi portare a spasso una cosí brava ragazza.

Ma quel sabato, mentre risalivano il corso, era evidente che tra i due non regnava la solita serenità. Annie era visibilmente addolorata, e Sam, sgomento, s'arrabattava per spiegarsi, e tirava calci maligni ad ogni sasso che gli capitava tra i piedi. "Mi rincresce, piccola, non credevo che la prendeste tanto a cuore."

"Fa niente, Sam, non badarmi. Fa niente." Qualunque cosa Sam facesse, per Annie era ben fatta, se anche lei dovesse soffrirne.

"Ti giuro che nel pozzo non ce la facevo piú, credimi. Scender là sotto, ogni giorno della mia vita, pensando al babbo e a Ugo che vi sono sepolti, non ce la facevo proprio piú."

"Capisco questo, Sam."

"Non è che mi piaccia fare il guerriero, lo sai benissimo, ma è un pretesto per uscire dal pozzo. Qualunque cosa pur di uscire di là, capisci?"

"Sí, Sam, capisco; vedo quel che vuoi dire." Annie vedeva perfettamente che Sam, ottimo minatore che amava il mestiere ed era ben voluto dai superiori, non si sarebbe mai arruolato se non fosse sopravvenuto il disastro.

E Sam, dal canto suo, si studiava di farle capire quello ch'essa aveva già capito, col solo intento di farsi perdonare la defezione. "Quel disastro, vedi, è stato una rovina. Non per me solo. Guarda Davide, per esempio, poveraccio, mi fa pena davvero. È ingiusto che l'abbiano scacciato dalla scuola. Colpa di Ramage, sai; ci ha sempre odiati quel porco. Ma è un'indegnità, Annie, non trovi?"

"Certo. Ma Davide troverà un altro impiego."

"Non piú come maestro, ho paura. C'è di buono che ha

fatto amicizia col deputato. Harry Nugent l'ha apprezzato molto durante l'inchiesta; è da sperare che qualcosa ne uscirà. Ma è radicalmente cambiato, povero Davide."

Annie non replicò. Pensava che anche il suo Sam era radicalmente cambiato. Arrivarono in capo al Corso senza piú parlare. Era già scuro, ma passando davanti al Poggio videro sotto la luna la villa spiccare, quadra salda dura, quasi schernevole nel compiacimento di sé. Non lungi dal cancello, sotto uno dei grossi platani del viale, scorsero due figure in piedi, molto vicine l'una all'altra: un giovanotto in divisa da soldato e una ragazza a testa nuda.

"Hai visto, Annie? Era Grace Barras, con Dan Teasdale, il figlio del panettiere."

"Ho visto, Sam."

"Dio, se Barras li vedesse. Quel Barras!" sputò per disgusto. "Se l'è cavata all'inchiesta; ma io per lui non lavorerò mai piú, nemmeno se venisse a supplicarmi."

Si diressero alla rosticceria. Annie si faceva forza, ma il pensiero che Sam partiva per la guerra la paralizzava. Qualunque altra ragazza al suo posto avrebbe rinunciato al cosciotto quella sera, ma Annie sentiva che Sam voleva compiere tutto il rito del sabato, quindi si sforzò di mangiare la sua porzione. Ma oggi Sam non ordinò il bis.

Quando furono daccapo all'angolo di Quay Street, Sam disse, tentando di sorridere: "Non lasciarti abbattere, piccola. Dopo tutto la miniera mi ha fruttato poco. Chi sa che la guerra non mi frutti di piú."

"Speriamo, Sam." E trattenendo un singhiozzo aggiunse: "Ci vediamo domani, vero? Non partire senza salutarmi."

"Senza fallo, piccina mia. Un bacio, via, solo per mostrarmi che non sei arrabbiata con me."

Annie gli diede il bacio ma si voltò subito per nascondere le lagrime che le riempirono gli occhi, e a testa alta si allontanò nella direzione di casa sua.

Sam risalí lentamente i Terrazzi. Era una bestia, sapeva di essere una bestia a buttar via il suo buon impiego e a lasciare Annie sola, per una guerra che non lo interessava affatto. Ma non ne poteva piú della miniera. Il disastro lo aveva accasciato come aveva accasciato Davide. Dovunque lo destinassero, non importava; l'importante era uscire dal pozzo.

Trovò sua madre che lo aspettava, in piedi presso la stufa, sulla quale aveva posato allora allora la teiera fumante. Lo guardò coi suoi occhi scuri pieni d'amore, gli avambracci incrociati alla cintola. "Una fetta di torta, figliolo?"

Egli s'era seduto pesantemente al tavolo, col berretto sulla nuca, il mento appoggiato sul petto. Ora alzò gli occhi e osservò sua madre. Anche lei era cambiata. Sebbene avesse considerato la catastrofe come una fatalità, e fronteggiato il dolore con la fortezza d'animo di una donna che si rende conto, rassegnata dei pericoli della vita da minatore, tuttavia le linee le s'erano infossate ai lati della bocca, la sua fitta chioma corvina era sbarrata da una striscia di capelli grigi, e tra i cigli palesava due o tre brevi ma profondi solchi verticali. Ma si teneva ancora eretta senza sforzo apparente. La sua vitalità era indomabile.

Sam rifuggiva dall'odiosa necessità di comunicarle la notizia. Ma non c'era scampo. E poiché non conosceva le vie oblique scelse quella diretta e disse: "Mamma, mi sono arruolato."

Marta allibí. Le guance e le labbra le si fecero grigie come la striscia di capelli. Si portò istintivamente una mano alla gola. I suoi occhi sprigionarono lampi selvaggi. "Arruolato..." s'arrestò, ma finalmente si sforzò a pronunciare la parola, "...nell'esercito?"

Egli annuí imbronciato. "Il Quinto Fucilieri. Il Battaglione parte lunedí."

"Lunedí," ripeté Marta, in quello stesso tono di incredulo e selvaggio intontimento. Senza smettere di guardare suo figlio sedette su una seggiola. Non si lasciò cadere sulla seggiola, sedette con molta compostezza, sempre con la mano alla gola. Parve d'un subito rimpicciolita, come schiacciata dall'annuncio; ma rifiutava ancora di crederlo vero. Disse, a bassa voce: "Non ti prendono. Hanno bisogno dei minatori in paese. Impossibile che prendano un bravo operaio come te."

Egli scansò lo sguardo supplichevole di sua madre. "Mi han preso," disse.

Le tre parole annientarono Marta. Dopo un lungo silenzio, disse quasi in un bisbiglio: "Ma perché, oh, perché hai fatto una cosa simile? Oh, perché hai creduto di doverla fare?"

Sam rispose, con accento lugubre: "Non ne potevo piú, mamma; bisognava a tutti i costi che uscissi dal pozzo."

V

Verso le diciassette del martedí seguente Davide rincasando riconobbe — sul piatto nichelato che Jenny teneva in anticamera per deporvi su (in omaggio alle regole dell'etichetta) la corrispondenza in arrivo — la calligrafia di Harry Nugent sull'unica lettera che lo aspettava. La faccia scura gli si illuminò. Prese la lettera, andò in cucina, sedette presso il magro fuoco e cominciò a slacciarsi le scarpe con una mano, mentre contemplava la busta che teneva nell'altra.

Arrivò Jenny e gli portò le pantofole: fatto insolito. Ma ultimamente Jenny aveva preso a fare tante coserelle che non era solita di fare; lo guardava furtiva e timida, sembrava sgomenta, quasi che prendesse ombra della scarsa loquacità di lui e del suo torvo cipiglio. Davide la ringraziò con un'occhiata. Notò l'odore di porto del suo fiato ma si astenne dal rilevarlo. L'aveva rilevato tante volte e le parole non servivano. Ne prendeva solo un sorso, diceva Jenny, quand'era giú di morale; e dopo l'onta — com'essa diceva — del suo licenziamento dalla scuola era piú che scusabile se si sentiva depressa.

Egli aprí la lettera e lesse attentamente, con attenzione. Poi la posò su un ginocchio e guardò fisso nel fuoco. L'impassibilità della sua faccia denotava una matura determinatezza. Pareva invecchiato di dieci anni, dopo il disastro.

Jenny fingeva di sfaccendare, lanciandogli tratto tratto una occhiata, per la curiosità di sapere ciò che la lettera conteneva. Intuiva che Davide rivolgeva segreti propositi oscuri, impenetrabili per lei; cominciava ad avere un pochino paura di suo marito. Incapace di astenersene piú oltre, finí col domandare: "Niente di importante?"

"È Nugent che mi scrive," rispose Davide senza voltarsi.

A sentire quel nome Jenny si adombrò. Diffidava d'istinto di quell'amicizia sgorgata dal disastro; aveva il sospetto che i due si fossero alleati, non contro, ma ad esclusione di lei; e ne provava gelosia. "Oh," disse, con una punta di aggressività, "speravo che fosse un'offerta d'impiego; sarebbe tempo che ne trovassi uno, ti pare?"

Egli si scosse e la guardò: "È un impiego, infatti, per

modo di dire. Harry s'è arruolato nella Sanità. La miglior cosa ch'io possa fare è di imitarlo e di partire con lui."

Ella rimase sbalordita. Manifestò una reazione smodatamente violenta. Diventò verde, spettrale; tutto il corpo le si contrasse in un moto di ribellione; il volto le si deformò in un'espressione di terrore. Davide pensò che stesse per vomitare. Da qualche tempo andava soggetta a sforzi di vomito. Balzò in piedi e le fu vicino. "Non affannarti, Jenny; non c'è motivo, che diavolo!"

"Ma perché partire?" balbettò Jenny, in tono di autentica paura; "che bisogno hai di scimmiottare quel Nugent? Sei contrario, tu, alla guerra; perché partire?"

Egli si sentí commosso dall'attaccamento che gli palesava, tanto piú che era venuto persuadendosi che l'affetto di Jenny non era piú quello di prima. Ora stentava a formulare una replica adeguata alla circostanza. Non era certo per patriottismo che aveva deciso di partire. Nella sua mente la guerra era un prodoto del difettoso meccanismo politico, esattamente come il disastro della Nettuno era stato prodotto dai difetti del meccanismo economico. Dietro le due catastrofi egli scorgeva la medesima avidità di potere, l'insaziabile interesse egoistico dei potenti. Tuttavia sentiva che non poteva esimersi dal prendere parte attiva alla guerra. E Nugent pensava come lui. Era male partecipare alla guerra, ma era peggio restarne fuori. Non volevano né lui né Nugent ammazzare il prossimo, ma potevano l'uno e l'altro dedicarsi all'assistenza dei feriti. Starsene tranquillamente al sicuro mentre gli altri s'azzuffavano, equivaleva a proclamarsi solleciti unicamente della propria pelle e dei propri comodi. Era come stare sul margine del pozzo, e guardar scendere nella gabbia gli altri con in fronte il segno precursore del disastro inevitabile; starsene al sicuro in margine e dire, cari amici, io non ci vengo con voi nella gabbia, perché è un'indegnità sociale il pericolo che vi aspetta là sotto.

Finí per dire, carezzando Jenny sui capelli: "È difficile spiegare... Sai che il disastro nella miniera m'ha squilibrato un po': ho perso il posto, rinunciato alla patente, abbandonato l'idea dell'insegnamento. È quasi certo che dedicherò tutte le mie attività alla lotta sociale, ma finché dura la guerra non c'è niente da fare in questa direzione.

Di piú, Sam è già partito, e Harry Nugent parte quanto prima. È la sola cosa che mi resta a fare."

"No, oh, no. Davide," squittí Jenny; "tu non puoi partire."

"Ma non aver paura, Jenny, vediamo, non c'è motivo, credi."

"No no no, non puoi abbandonarmi adesso cosí." Creò a gesti un ritratto di se stessa derelitta non da lui soltanto ma da tutti coloro in cui aveva fiducia.

"Ma Jenny..."

"Ti dico che non puoi lasciarmi in questo stato." Era totalmente fuori di sé: le parole le uscivan di bocca a precipizio. "Non puoi non puoi assolutamente, sei mio marito, sarebbe una diserzione, non vedi che... che sto per avere un bambino?"

Egli vacillò sotto il colpo della notizia; non aveva mai scoperto il minimo indizio che la rendesse verosimile. Jenny scoppiò in pianto, col capo chino innanzi, cosí che le lagrime piovessero a terra ben visibili: era un modo tutto suo di piangere, che sfoggiava ogni qualvolta la coglieva il rimorso di averlo offeso. Lui non poteva sopportare di vederla piangere cosí; la prese tra le sue braccia. "Non piangere, via, Jenny, non piangere. Son felice della notizia, davvero; sai quanto la desideravo. Al primo momento la sorpresa m'ha impedito di dirtelo, ma son felice davvero. Non piangere, via, non è mica colpa tua, vediamo."

Ella sbuffava e singhiozzava sul suo petto, tutta rannicchiata contro di lui. Il colore le tornò sulle guance; si sentí sollevata, dopo la confessione. Disse: "Allora non mi lasci? Non fin dopo la nascita, almeno?" Il suo piagnucolare era patetico in ciò che denotava la sua ansia di avere presso di sé il padre della sua creatura quando venisse al mondo.

Ma a Davide sfuggí questa sottigliezza, disse: "Ma certo, Jenny, figurati un po'."

"Prometti?"

"Prometto." Sedette e la prese sulle ginocchia. Ella continuava a tenere la testa contro il suo petto, per paura ch'egli ne vedesse gli occhi. "Ma perché piangere cosí? Dovevi pur sapere che la notizia m'avrebbe reso felice. Perché non mi hai mai detto niente?"

"Credevo di farti arrabbiare. Eri tanto preoccupato. E hai cambiato tanto. Mi facevi paura."

"Ma io non voglio farti paura, Jenny."

"Allora non parti, vero? Non finché sia tutto finito, vero?"

Egli le prese il mento fra due dita e le sollevò il musetto lagrimoso. Guardandola negli occhi disse: "Non penserò piú alla guerra finché non sarai completamente ristabilita." Fece una pausa, seguitando a fissarla negli occhi; ed ella parve di nuovo spaurita, pronta a ritrarsi, a piangere, a fuggire, a mettersi in salvo. "Ma mi devi promettere una cosa anche tu: di non bere piú quel maledetto porto."

Non scoppiò alcuna lite questa volta, ma Jenny scoppiò daccapo in pianto: la scena finale dell'atto. "Sí, Davide, sí, prometto," gemeva, "giuro di star buona. Sei il miglior marito di questo mondo e io sono una stupida cattivella. Ma... oh!"

Aveva sentito squillare il campanello. In un attimo fu in piedi, composta, trasformata con comica rapidità. "Chi sarà?" Non aspettavano nessuno, chi poteva essere a quell'ora? Fece dietro-front e corse ad aprire. Entro mezzo minuto era di ritorno, eccitatissima, impressionata. "È Arturo Barras," annunciò, "l'ho fatto passare in salotto. Pensa, Arturo Barras in persona! Vuole parlare con te."

Davide s'irrigidí. "Cos'avrà da dire?"

"Non so. Naturalmente non ho chiesto. Ma pensa, venirci a trovare in casa! Avessi saputo avrei acceso il fuoco."

L'evento sociale importava poco a Davide. S'alzò e andò ad affacciarsi alla porta del salotto, poi entrò. Arturo andava su e giú, visibilmente nervosissimo, e trasalí udendo la porta aprirsi. Venne frettoloso incontro a Davide, con gli occhi spalancati. "Mi spiace disturbarla, Fenwick, ma non potevo farne a meno." Con un gesto di disperazione si lasciò cadere su una seggiola e si coprí gli occhi con la mano. "So quali possono essere i suoi sentimenti a nostro riguardo e non mi sarei formalizzato nemmeno se avesse rifiutato di ricevermi. Ma sono in uno stato terribile, Fenwick, avevo assolutamente bisogno di vederla. Sa che ho sempre avuto simpatia e stima in lei. È la sola persona al mondo che può aiutarmi."

Davide senza parlare sedette al tavolo di fronte ad Arturo. Il contrasto fra i due era notevole: l'uno sconvolto da un'agitazione penosa a vedersi, e l'altro fermamente padrone di sé. Davide disse: "Cos'è che desidera da me?"

Arturo si scoprí gli occhi e li piantò in faccia a Davide con una fissità disperata. "La verità," disse, "è la verità che voglio. Non avrò pace finché non la conoscerò. Voglio sapere se mio padre è responsabile del disastro. Devo saperlo. Può aiutarmi lei?"

Davide distolse lo sguardo, commosso da quel ricorrente senso di pietà che Arturo pareva destinato a suscitare sempre in lui. "Cosa posso fare io? Ho detto all'inchiesta tutto quanto sapevo. Non m'han dato retta."

"Ma si può provocare un'altra inchiesta!"

"A che pro?"

"Per la giustizia! Per nient'altro che la pura giustizia! Tutti quei morti!... Le vedove e gli orfani... Dio, non ci posso pensare. Se mio padre è responsabile, è inconcepibile, è inumano che tutto sia messo a tacere nel dimenticatoio."

Davide s'alzò e andò alla finestra Voleva dar tempo all'altro di padroneggiarsi. Poi disse: "Pensavo cosí anch'io, al principio. E anche peggio di cosí, perché come parte lesa ero mosso da odio, dall'odio contro l'oppressore, se sa cosa intendo dire... Ma poi mi sono sforzato a soverchiare la voce della passione. Non è stato facile. Se un uomo ci getta una bomba, ci vien fatto di raccoglierla se non scoppia per scagliarla contro di lui. Ma voler punire l'offensore non serve a niente. Ho discusso tutto questo con Harry Nugent: è l'uomo piú ragionevole ch'io conosca. È molto meglio ignorare l'offensore diretto, e mirare a demolire l'organizzazione di cui è l'esponente. Non serve appurare le responsabilità personali del disastro della Nettuno quando l'intero sistema economico è marcio. Per salvare un albero non serve potarlo, se il verme è nelle radici. Capisce, signor Arturo?"

"Allora non vuol far niente? Niente? Assolutamente niente?"

"Sí, proverò a far qualche cosa, dopo la guerra; non so ancora esattamente che cosa, ma le prometto che qualche cosa farò."

Un lungo silenzio. Arturo s'alzò, e con la mano si asciugò il sudore della fronte. "Cosí per ora non mi vuole aiutare?"

Davide stese la mano. "Lasci andare, creda a me. Non si lasci ossessionare da propositi per ora irraggiungibili.

Non farà male che a se stesso. Dimentichi; è la miglior cosa."

Arturo arrossí fino alla radice dei capelli. "Non posso," disse, in accento di tortura, "non posso dimenticare."

Uscí dal salotto, e in anticamera Davide aprí la porta di strada. Pioveva. Senza guardare Davide, Arturo disse good bye e si tuffò nelle tenebre. Davide rimase qualche momento ad ascoltare i passi allontanarsi. Poi non udí altro suono che il frusciare della pioggia.

VI

Arturo rincasò ch'eran già passate le sette. Nello stato d'animo in cui si trovava avrebbe voluto restar solo e sperava che gli altri avessero già cenato. Ma erano ancora tutti a tavola quando entrò nella sala da pranzo.

Barras era giubilante; da Tynecastle, dond'era tornato poco prima, aveva portato a casa la notizia di un'altra vittoria. A Loos il 26 settembre le forze britanniche sul fronte occidentale avevano brillantemente respinto il nemico, subendo perdite che ammontavano solo a 15.000 uomini. Il *Tynecastle Argus* computava a 19.000 le perdite dei tedeschi tra morti e feriti, a 7.000 i prigionieri e a 125 i cannoni catturati. Il *Northern Star* riduceva a 3.000 il numero dei prigionieri, ma portava a 21.000 quello dei morti e feriti.

Barras raggiava di entusiasmo patriottico. Lesse il comunicato ufficiale con la bocca piena in voce declamatoria. Nel passato non si vedeva mai al Poggio alcun giornale della sera, parendo il *Times* supplire a tutte le esigenze; ma ora Barras non poteva fare a meno dell'*Argus,* o dello *Star,* o di entrambi. Col giornale in mano s'alzò e si trasportò con fare burbanzoso presso la parete dov'era appesa una gran carta geografica irta di bandierine multicolori infilate su spilli e rappresentanti le forze dei vari eserciti. Consultando meticolosamente il giornale Barras spostò una mezza dozzina di bandierine britanniche. Le spostò in avanti. Dopo averle spostate, studiò attentamente la nuova situazione.

Osservandolo furtivamente Arturo fu colto da un pensiero stravagante. Suo padre, il porta-bandiera, era l'invisibile agente motore della guerra. Gongolante di gioia per la conquista di qualche centinaio di metri di trincee demolite, era potenzialmente responsabile del carnaio. Viveva ormai anima e corpo nel fitto della guerra in un turbine di attività d'ogni sorta. Faceva parte di ben sei comitati. Il telefono squillava tutto il giorno. Il landaulet era costantemente in marcia. Barras era un patriota. Il carbone uscente dal Globo introitava 40 scellini la tonnellata.

Barras tornò a sedersi a tavola, lanciando occhiate a ciascuno dei suoi figli per assicurarsi che avevano notato le sue attitudini strategiche nello spostare bandierine. Ostentatamente soddisfatto riprese la lettura. Le arterie temporali pulsando gagliarde gli si delineavano nettamente sotto la pelle. La sua irrequietudine era febbrile. Pareva un malato che si ostini a stare in piedi contrariamente agli ordini del dottore, un malato le cui funzioni organiche risultino accelerate in seguito ad anomalie del ricambio. Leggendo tamburеggiava senza posa con le punte delle dita sul tavolo, producendo un suono cadenzato che agli orecchi di Arturo risultava non dissimile da quello dei picconi in galleria.

Poi si verificò il fatto incredibile. Barras lesse due volte sottovoce un trafiletto, alzò la testa e disse: "Lord Kell ha generosamente offerto il suo palazzo di Londra al Governo perché sia trasformato in ospedale. I lavori di adattamento saranno ultimati entro un mese. Si accettano i servizi di infermiere volontarie, riservando la precedenza alle donne del Nord." Pausa. Guardò Hilda e Grace con calma intensità; "Vi piacerebbe concorrere?"

Arturo si sentí sprofondare sotto terra. Che suo padre, la rocca dell'unione familiare, l'inespugnabile rocca contro cui s'erano infrante tutte le implorazioni di Hilda, ora avanzasse di sua iniziativa una proposta cosí inaudita, gli pareva un mistero insondabile. Pallido come un cencio scoccò alle sorelle un'occhiata piena di apprensione.

Hilda s'era fatta tutta rossa. Non voleva credere ai suoi orecchi. Mormorò dubbiosamente: "Dici sul serio, babbo?"

Con lo stesso sguardo di calma intensità Barras rispose: "M'hai colto mai, Hilda, a parlare leggermente di cose serie?"

Il rossore le svaní dalla faccia con la stessa subitaneità con cui era venuto, e, guardando Grace trasecolata anch'ella, Hilda replicò con voce fremente di gio-

ia: “Saremmo veramente felici tutte e due, babbo.”
“Bene!” Barras riprese avidamente la lettura. La cosa era decisa senz’altro.
Altra occhiata fra Hilda e Grace. Hilda disse: “Per quando possiamo aspettarci di dover partire?”
Di dietro al giornale: “Tra poco, suppongo. Forse la settimana ventura. Domani vedrò il mio amico Leach a Tynecastle. Predisporrò ogni cosa.” Pausa. Poi, in tono significativo: “Sono lieto che almeno voi due, Hilda e Grace, facciate il vostro dovere verso la patria.”
Arturo si sentí le palme delle mani bagnate di sudore. Avrebbe voluto alzarsi e uscire, ma non poteva materialmente compiere lo sforzo necessario. Avvertí un senso di nausea, come sempre davanti a situazioni sconvolgenti.
Hilda e Grace si ritirarono in camera loro per discutere sul miracolo. Zia Carola s’era già ritirata. Egli ripeté il tentativo di alzarsi, ma le gambe rifiutarono di muoversi. Sedeva come paralizzato, nel vortice della corrente di animosità che fluiva verso di lui di dietro al giornale. Aspettò.
Come presumeva, suo padre non tardò ad abbassare il giornale. Barras disse: “Sono molto compiaciuto dello zelo che le tue sorelle dimostrano per rendersi utili al paese.”
Arturo accennò un moto impulsivo di parata. Una volta nutriva solo affetto e ammirazione per suo padre; adesso ne aveva paura. Lo sospettava. Lo odiava. Come aveva potuto operarsi un mutamento cosí radicale? La sua mente, stanca di cercare invano la risposta a questa domanda ricorrente cento volte ogni giorno, era di piombo: istupidita. Disse, con durezza: “Hilda e Grace non pensano che a fuggire di qui.”
La fronte di suo padre si chiazzò di rossore. A voce alta disse: “To’. E perché mai?”
Arturo replicò senza riflettere: non si curava piú ormai di quello che diceva. “Non ne possono piú di questa vita in casa. Hilda l’ha detestata sempre, e Grace ha cominciato anche lei, dopo il disastro. Le sentivo parlare l’altra sera. Dicevano che non sei piú l’uomo che eri. Hilda diceva che sei come uno che viva in una perpetua febbre.”
Barras parve determinato a lasciar le parole sfiorarlo senza scalfirlo. Era una facoltà ch’egli aveva acquistata ultimamente: la facoltà sovrana dell’inibizione. Chiudeva

deliberatamente ogni adito a qualunque forza esterna suscettibile di infastidirlo. Arturo lo paragonava in cuor suo a Pilato intento a lavarsi le mani. Barras disse: "Il tuo contegno mi preoccupa, Arturo. E non solo me. Ho visto Hetty oggi a Tynecastle. È molto infelice, poveretta, per la stessa ragione."

"Non m'importa niente di Hetty."

Barras accentuò il tono di gravità delle proprie parole: "Alan è stato citato all'ordine del giorno per la sua bravura, m'ha detto Hetty. Proposto per la Military Cross."

"Non m'importa niente di Alan."

Dalla fronte di Barras le chiazze di rossore si estesero dietro gli orecchi fino al tessuto rugoso del collo. Le arterie temporali pulsarono in modo piú evidente. Alzò d'un grado la voce: "Tu non senti il dovere di difendere la patria?"

"Io non voglio combattere per nessuno e per niente. Io non voglio ammazzare il mio prossimo. Il macello funziona già anche troppo bene. Abbiamo cominciato noi nella Nettuno." Era venuto progressivamente alzando la voce; ora gridava, quasi: "Mi vuoi capire o no? Se non fosse avvenuto il disastro, avrei potuto anch'io correre con gli altri al fronte, tutto carino e azzimato in uniforme, per contribuire al carnaio. Ma dopo aver visto coi miei occhi le vittime dell'inondazione, ho avuto tempo di pensare, capisci?... ho avuto tempo di pensare..." Smise perché gli pareva di soffocare. Non aveva osato alzare gli occhi su suo padre ma aveva sentito su di sé lo sguardo inesorabile dei suoi.

Dopo un lungo silenzio Barras compié il gesto che gli era divenuto abituale: un gesto studiato meticolosamente. Introduceva il pollice e l'indice della destra nel taschino sinistro del gilé, ne traeva l'orologio, faceva scattare il coperchio e consultava il quadrante con le ciglia aggrottate. Per Arturo, il click di chiusura del coperchio assunse un carattere patologico di infausto presagio. Suo padre doveva partecipare ad un'altra riunione in Tynecastle. Si alzò, e uscendo disse:

"Spero che ti renda conto che non mi sei affatto indispensabile alla Nettuno. Pensaci su. Potrà servire a additarti il tuo dovere."

VII

Joe Gowlan era venuto via da Sleescale alla fine di settembre, piuttosto in fretta e senza strepito, col primo treno del mattino. Aveva le sue buone ragioni per squagliarsi, ma non le seppe mai nessuno. Tornò cheto cheto a Yarrow, il sobborgo industriale di Tynecastle che era stato testimone dei suoi primi passi nella metallurgica.

Nei pressi di Platt Lane notò un'insolita attività che irradiava dalla Fonderia Millington. Al disopra dell'alto steccato di cinta vide i tetti in lamiera ondulata dei lunghi capannoni in corso di costruzione, e nel cortile un buon numero di autocarri scaricare materiali pesanti. Porca mattina, c'era carne al fuoco! Squadre di operai con travi e leve e corde erano intente a ricoverare entro il reparto delle macchine varie, tine fusorie, una trapanatrice e due magli grossi. Porterfield il caporeparto bestemmiava a tutto spiano. Irving usciva dall'ufficio disegni con fasci di scartoffie in mano.

Meditabondo, Joe s'abbottonò la giacca e penetrò negli uffici. Lo fecero aspettare a lungo, ma né la dilazione né le occhiate sospettose del capo-ufficio valsero a smuoverlo dal proposito di farsi ricevere da Millington in persona.

Quando finalmente fu ammesso in direzione, si presentò con un sorriso rispettoso e pieno di fiducia: "Forse non si ricorda di me, Mr. Stanley Sono Joe Gowlan. M'aveva lasciato sperare un impiego, all'occorrenza."

Stanley Millington, che sedeva in maniche di camicia alla scrivania incredibilmente ingombra di carte, alzò la testa e guardò Joe in faccia. Era piú grasso ma piú pallido, il nostro Mr. Stanley, e aveva perso parecchi capelli; sembrava anche diventato irascibile, e meno entusiasta. Aggrottò la fronte; aveva subito riconosciuto Joe, ma la sua improvvisa comparsa sembrava aver destato in lui vaghi ricordi non precisamente piacevoli. "Oh, sí, Gowlan. Sicuro. Perfettamente. Ma... cercate lavoro in questo momento?"

"Yes, sir." Il sorriso di Joe, per quanto deferente, era contagioso, irresistibile; Millington, suo malgrado, sorrise anche lui vagamente, per simpatia. "Ho fatto benino tutto questo tempo, sir, ma ho sempre sentito il desiderio di tornare ai suoi ordini."

"Vedo," mormorò Millington, asciutto. "Sfortunatamente non abbiamo bisogno di manovali al presente. E dite un po': perché non vi arruolereste? un giovanotto robusto come voi dovrebbe essere al fronte."

L'espressione zelante di Joe si trasformò in un'espressione di profondo rammarico. Aveva previsto la difficoltà e la domanda, e aveva la risposta pronta: "Non m'han preso, sir; m'hanno respinto due volte. È questo ginocchio. Sinovite cronica, o qualche altra conseguenza della mia antica attività di pugile."

Millington non aveva alcuna ragione per dubitare della sua sincerità. Dopo una pausa disse: "E cos'avete fatto tutto questo tempo?"

Senza esitazione Joe rispose modestamente: "Sono stato in un'impresa di costruzioni edilizie a Sheiffield. Ero capo-reparto: trenta uomini ai miei comandi. Ma non c'è avvenire in quel ramo. Non ho mai dimenticato, sir, che m'aveva promesso un impiego che mi consentisse la possibilità di farmi strada."

Altra pausa. Millington faceva rotare il regolo, tra pollice e medio, con mossa nervosa. Era oberato di lavoro. Aveva un mucchio di contratti, e di ordinativi da espletare. Al pari di molti uomini, non eccezionalmente capaci, che coprono cariche di responsabilità, si gloriava della propria abilità nel saper — se non altro — prendere su due piedi una decisione importante. Meditava appunto di prenderne una. Guardò su a Joe con mossa brusca, con aria da protettore, e non senza sussiego. Gli disse: "Sapete che il lavoro qui non è piú quello di prima. Lo sapevate?"

"No, sir."

Millington contemplò il regolo con aria di soddisfazione. "Ora facciamo munizioni," annunciò improvvisamente: "bombe a mano, shrapnel, granate di piccolo calibro, eccetera." Era comprensibile la sua soddisfazione. Perché la Fonderia era finalmente assurta agli onori della celebrità. Negli ultimi anni l'industria era venuta languendo miserevolmente; i vecchi mercati si spegnevano ad uno ad uno, e nei nuovi non era facile penetrare. La Millington aveva dovuto ridurre sensibilmente il suo personale, e il Club Sociale aveva meno soci di una volta. Nonostante i possenti sforzi del nostro Mr. Stanley, sembrava che la Fonderia dovesse tosto o tardi cessare di esistere. Ma ecco scoppiare la guerra, e il vecchio Clegg, l'iniziatore del nostro Mr. Stanley, ricevere dall'alto una ispirazione divina. Il vecchio Clegg era bolso, sfinito, buono pel macello; ma aveva avuto un'idea luminosa. Aveva detto a Millington: "Siamo fritti, Mr. Stanley, se non ci mettiamo a fabbricare munizioni. Ma a migliaia di tonnellate al mese, Mr. Stanley. Vogliamo discutere la cosa?" L'impianto dell'azienda, con qualche aggiunta, bastava alla fabbricazione dei proietti; e la fabbricazione dei proietti era la manna del cielo; quella appunto che ci voleva per salvare la ditta, far quattrini e vincere la guerra. Naturalmente fu il terzo obiettivo che, solleticando il patriottismo di Millington, lo persuase a far sua la proposta di quel vecchio bolso d'un Clegg. Realizzata ogni risorsa a sua disposizione, s'era affrettato a creare nuovi forni in aggiunta ai vecchi ed a migliorare il macchinario. Era ridicola la facilità del lavoro: la semplicità dei processi di fabbricazione stupí persino il nostro Mr. Stanley. Il Ministero degli approvvigionamenti accettava tutte le offerte; il suo primo ordinativo fu di un milione di bombe Mills per trecentocinquantamila sterline. La produzione degli shrapnel ammontava fino a trecento tonnellate la settimana; ed era tutta venduta in precedenza, beninteso.

In tali circostanze era umano che Millington guardasse Joe con una cert'aria di sussiego. Fece un gesto energico che significava che aveva preso sui due piedi una decisione importante. "Non c'è che dire, Gowlan, siete capitato al momento buono. Ho bisogno di assistenti. Mi piantano tutti, per arruolarsi, e non son certo io che dissuado chicchessia dal compiere il suo dovere verso la patria. Ancora la settimana scorsa Hughes, del reparto forni, se n'è andato. Clegg si fa vecchio, è sempre malato, e non può badare ai forni; bado già io a gran parte del lavoro che spetta a lui, e non posso essere dappertutto. Hughes deve assolutamente essere sostituito. Volete provare? Sei sterline la settimana e un mese di prova. Vi va?"

Gli occhi di Joe lampeggiarono, non s'aspettava tanto, ma contenne il suo giubilo. "Mi ci proverò volentieri, Mr. Stanley. Spero di dimostrarmi capace. La ringrazio della possibilità che mi offre di far vedere quel che valgo."

Il velato entusiasmo implicito nella risposta di Joe

parve far piacere a Millington. S'alzò e disse: "Venite senz'altro con me. Vi consegno a Clegg."

Trovarono Clegg intento a sorvegliare la posa d'una macchina nuova. Decrepito, coi baffi grigi sporchi di catarro, s'appoggiava con le due mani sul suo bastone. Non aveva di Joe il minimo ricordo, ma su richiesta di Millington lo condusse ai forni. Con l'esperienza che vi aveva acquistata prima, Joe giudicò alla prima occhiata di essere capace di coprire la nuova carica. V'erano in tutto sei forni, e il processo era della massima semplicità. Mentre Clegg gli veniva esponendo alcuni particolari, Joe fingeva di ascoltare attentamente, ma tutto il tempo i suoi occhi scaltri saettavano intorno, e prendevano nota dei quaranta uomini circa che lavoravano nel bagliore accecante dei fuochi, alimentando i forni, accudendo alle fosse, rimestando negli stampi dai quali pescavan fuori le bombe simili a piccoli ananas acerbi. Già capito tutto, pensava; posso cavarmela a occhi chiusi, niente da fare, solo far lavorare gli altri.

"Si tratta di ottenere dagli uomini il massimo rendimento," disse Millington, sopraggiungendo. "Intensificare la produzione piú che si può."

Joe disse gravemente: "Stia tranquillo, Mr. Stanley, ci baderò io."

Mr. Stanley fece un cenno di approvazione e se ne andò con Clegg.

Senza perdere un minuto, Joe si mise subito a badarci lui, perché gli uomini capissero chiaramente che il padrone era lui nella bottega oramai. Benché non avesse ancora coperto alcuna carica di comando, si sentiva eminentemente atto a sostenere la sua parte: non conosceva dubbi né esitazioni, e ispirava fiducia e confidenza. Si tuffò baldanzoso nel lavoro, era qui, là, dappertutto, sorvegliava le miscele, i fuochi, gli stampi, pronto a lodare o a vituperare secondo i casi con la stessa clamorosa cordialità.

Alla fine del primo mese l'indice della produzione segnava un netto aumento e Millington ne fu compiaciuto; si congratulò di essere stato felice nella sua decisione, convocò Joe in ufficio per encomiarlo personalmente e lo confermò in carica. Certo era che Joe non si risparmiava. Mirava unicamente a rendersi utile. Bastava che Millington si facesse vedere nei forni perché Joe se lo accaparrasse tutto; gli additava questo o quel provvedimento adottato di sua iniziativa, avanzava proposte, ventilava idee, sfoggiava in tutti i modi possibili la sua instancabile attività, materiale e cerebrale. Diceva fra sé che se lo cucchiaiava a suo talento, il nostro Mr. Stanley. Il quale, propenso per natura a smarrirsi davanti a un improvviso incremento di lavoro, cominciò a persuadersi che Joe era davvero un prezioso elemento.

Le sere Joe le passava in prudente ritiratezza. Aveva avuto sulle prime l'intenzione di alloggiare di nuovo in Scottswood Road presso la madre di Jenny, ma per varie ragioni a lui note non l'aveva effettuata. Conscio di aver finalmente acciuffato un impiego buono, — la Fonderia lavorava in pieno, i quattrini piovevano in cassa, l'atmosfera era eccitante, — non voleva affrontar rischi. Su consiglio di Porterfield, il capo reparto macchine, prese alloggio al numero 4 di Beech Road, nel sobborgo stesso di Yarrow, in casa di una Mrs. Calder, donna anziana, asciutta, nodosa, che, a giudicare dalla sua età e dall'aria rispettabile del suo linoleum, non era suscettibile di sconvolgere i piani di Joe attentando alla sua virtú.

Man mano che i mesi passavano, Joe veniva concentrando sempre piú la sua attenzione sulla pressante necessità di farsi strada. E quanto piú la concentrava, tanto piú i suoi occhi insistevano a guardare nella direzione del reparto macchine di Sim Porterfield.

Era costui un ometto taciturno di mezza età, dalla barbetta nera a punta, afflitto da una consorte acrimoniosa e pia e dominato dalla passione del giuoco degli anelli. La taciturnità gli aveva meritato fama di "pensatore". Leggeva e rileggeva senza capirli i lavori di Carlo Marx. Fra i suoi uomini era poco popolare, e il nostro Mr. Stanley sospettava persino che fosse socialista. Ma era un brav'uomo. Era stato lui ad assumere Joe in servizio sette anni fa.

Era quindi naturale che Joe, oggi, se la dicesse amichevolmente con Sim, ne tollerasse la tediosa compagnia, e rinunciasse ai piú frivoli piaceri del sabato per giuocare con Sim al giuoco degli anelli. Piú naturale ancora che Joe dedicasse molte ore allo studio della psicologia di Sim, fantasticando genialmente sui modi piú opportuni ed efficienti per dargli lo sgambetto. La difficoltà consisteva tutta nell'onestà granitica di Sim. Non aveva mai graffiato manco un dado dalla bottega. Con donne non bazzicava. Non c'era verso che bevesse piú d'un quartuccio. Joe cominciava a disperare quando una sera, mentre rincasava dalla fabbrica nelle strade già buie, un ignoto gli cacciò in mano certi foglietti a stampa e svaní nelle tenebre. Joe si fermò sotto il primo lampione per vedere di che si trattava: *Compagni Lavoratori di tutto il mondo! Abbasso la guerra! Giú i fucili! Rifiutate di uccidere i lavoratori tedeschi! Senza di voi il capitalismo non può fare la guerra. Non assoggettatevi a far da carne da cannone. Lavoratori nelle fabbriche di munizioni, incrociate le braccia! Abbasso il capitalismo!*

Joe, riconosciuto il genere di letteratura, stava per gettare i foglietti nel fosso, quando gli venne un'idea. Li piegò teneramente e li ripose nel suo portafoglio. Con un vago sorriso sulle labbra riprese a camminare, con maggior brio di prima, verso casa sua.

L'indomani in fabbrica era piú affabile del solito nella sua instancabile attività. Fece colazione in cantina con Sim. Dopo, fattosi improvvisamente serio, si diresse alla palazzina degli uffici e domandò di parlare con Millington. Rimase un pezzo in direzione, a porte chiuse.

Alle diciotto, quando fischiò la sirena, e gli uomini s'affrettavan fuori infilando le giacche, il nostro Mr. Stanley, fiancheggiato da Clegg e da Joe, stava in attesa al cancello d'uscita. Quando arrivò Sim, Millington allungò un braccio e lo fermò: "Porterfield, m'avete distribuito in fabbrica foglietti di propaganda sediziosa."

"Come?" domandò Sim, istupidito. Molti si voltarono per osservare la scena.

"Inutile negare." L'indignazione faceva fremere la voce al nostro Mr. Stanley. "So tutto. Voi e il vostro maledetto Marx. Dovevo sospettarlo."

"Non ho fatto niente, sir!" ansò Sim.

"Che faccia tosta!" urlò Millington. "E cos'è questa roba?" Con mossa fulminea trasse dalla tasca interna della giacca di Sim i foglietti che ne sporgevano. "Cos'è? Veleno sedizioso. E nella mia fabbrica! Vi scaccio sui due piedi. Passate alla cassa immediatamente, e non mostrate mai piú nei miei paraggi quel vostro grifo germanofilo!"

"Ma sentite, Mr. Stanley..." gemeva Sim, disperato. Inutile. Millington aveva voltato la schiena e s'allontanava indignatissimo, seguito da Clegg e da Joe.

Sim guardò intontito un foglietto a terra, lo raccolse, e prese a leggere, trasognato. S'alzarono grida di collera: "Germanofilo! Traditore!"

Gli si fecero addosso.

"Lasciatemi," ansava, protendendo grottescamente la barbetta a punta, "vi dico che non so niente; non ho fatto niente!" Fu colpito in un orecchio da un bullone d'acciaio lanciatogli da lontano. Menò pugni alla cieca. Un calcio nel basso ventre lo fece stramazzare in ginocchio. "Bastardo d'un germanofilo! Vigliacco d'un traditore!" Avvertí ancora una fitta di dolor rosso quando uno scarpone ferrato gli pestò una costola, poi svenne.

Tre settimane dopo, Joe andò a visitarlo in letto. Aveva la costola ancora ingessata e una gamba tra le stecche. "Porca mattina, Sim, non me la sarei mai aspettata da te! E pensare che han messo me al tuo posto. Ma cristo, Sim, cosa t'è venuto in mente di fare una cosa simile?"

Prima di andarsene gli lasciò premurosamente sul comodino un articolo ritagliato dal *Yarrow News*, intitolato, "Traditore malmenato dai compagni di lavoro". L'ultimo capoverso diceva: "Ora Mr. Joseph Gowlan ricopre la duplice carica di sovrintendente ai forni e nel reparto macchine della Fabbrica di Munizioni Millington." Sim lesse tutto l'articolo, con l'aiuto degli occhiali, e non manifestò alcuna emozione. Lo ripose sul comodino e aprí invece il libro; il libro che teneva sempre a portata di mano. Ma non capiva Carlo Marx.

Dopo questo episodio le azioni di Joe in fabbrica salirono di parecchi punti, parallelamente al suo prestigio personale agli occhi di Millington che prese a trattarlo come un alto impiegato. Poi venne quel memorando lunedí che Millington arrivò tardi in ufficio, piuttosto sconvolto dalla comunicazione telefonica che aveva ricevuto a casa, e secondo la quale Clegg, malato, era impedito dal recarsi in fabbrica. Joe aspettava Millington in direzione, col proposito, adottato di sua iniziativa, di sostituire temporaneamente Clegg nel suo rapporto mattutino.

Ma il nostro Mr. Stanley si trovava in uno di quei suoi stati d'animo in cui dava l'impressione di sopportare irascibilmente da solo tutto il peso dell'enorme responsabilità dipendente dall'aumento del lavoro. Entrò di volata, tra le falde del soprabito aperto che gli svolazzavano attorno, la cravatta di lana pendente tutta da una parte, e togliendosi i guanti telefonò in contabilità per convocare il cassiere in ufficio. Poi, palpando e frugando le tasche del soprabito, tirò un moccolo e fece un gesto d'impazienza. "Ho dimenticato il bollettario delle matrici." Si passò una mano nei capelli, "Gowlan, prendete l'automobile, bravo, fate un salto a casa, chiedete a Lau... a mia moglie, o alla cameriera, che vi diano quel plico in busta gialla, lungo cosí, che ho lasciato sul tavolo a colazione, credo, o forse in anticamera, non so. Presto, bravo, prima che lo chauffeur riparta."

Joe s'affrettò a conformarsi agli ordini. Corse giú in cortile, dove trovò ancora la vettura di Millington col motore già in marcia. Spiegò il caso all'autista, ed entro un minuto rotolavano a tutta velocità sullo stradone di Hilltop.

Il mattino era freddo e sereno, l'aria pungente. Joe sedeva a fianco dell'autista e il vento della corsa gli infuse nelle guance un colorito meraviglioso. Si sentiva in piena forma, e percepiva la sensazione del crescere della propria importanza nel mondo. La vettura arrivò a Hilltop, a tre chilometri circa dalla fabbrica, risalí la rampa in curva che portava alla Villa Millington prospiciente il campo di golf, e si arrestò davanti al portico d'ingresso. Joe balzò giú, saltò pei gradini e suonò il campanello.

Una nitida cameriera gli aprí la porta. Egli le sorrise fraternamente. Joe non trascurava mai nessuno, per principio. "Sono del personale della fabbrica," annunciò, "devo parlare con la signora."

La cameriera lo precedette nella hall, dov'egli si piantò con la schiena al fuoco, in cauta attesa. Benché le poltrone larghe e profonde fossero invitanti, Joe pensava che era piú corretto, e piú vantaggioso, restare in piedi. Ammirò il locale; lo trovò confortevole e *diverso.* Non c'era che un quadro solo a una parete, ma di classe, pensò Joe. Ed aveva abbastanza occhio per capire che i mobili erano antichi.

Poi apparve Laura. Scendeva la scala lentamente, fresca ed elegante in un vestitino grigio tortora con polsi e collarino bianchi. Con aria impersonale gli scoccò una rapida occhiata e disse: "Desiderate?"

Malgrado la sua sicurezza Joe si sentí intimidito. Bofonchiò: "Mi manda Mr. Millington a prender certe carte che ha dimenticato sul tavolo a colazione."

"Oh, sí." Stava in piedi e lo guardava con una punta di curiosità, sí che egli arrossí fino alla radice dei capelli, sentendosi scrutato, pesato, giudicato Benché maledicesse in cuor suo l'imbarazzo che provava ed al quale non era avvezzo, gli parve tuttavia che esso gli giovasse in qualche modo, perché vide d'un tratto Laura sorridergli, col sorriso di una donna tediata che indulga momentaneamente ad un suo capriccio. "Non ci siam mai visti prima?" domandò.

"Ho avuto il piacere di ballare con voi, Mrs. Millington; al sociale."

"Già. Adesso ricordo."

Egli diede in un risolino deferente Si veniva padroneggiando. "Io non l'ho mai dimenticato, Mrs. Millington. Fu uno di quegli eventi che un uomo come me non può dimenticare."

Ella continuava a considerarlo con un certo interesse. Era davvero un gran bel signore, con quell'aria piena di salute e la carnagione accesa, i denti forti e bianchissimi che svelava sorridendo, i capelli ondulati e gli occhi grandi e scuri. "Stanley parlava di voi poche sere fa," disse, pensosamente. "Ne parlava bene." Sorriso. "Voi siete quello che era stato piantato dalla sua ragazza, vero?" Altro sorriso frigido, ma divertito. "O era viceversa?"

Egli s'affrettò ad abbassare gli occhi, conscio ch'ella gli leggeva in cuore ed era pronta a canzonarlo. "Ad ogni modo è finita," mormorò.

Per qualche secondo ella non replicò, poi disse: "Be', vo a prender quelle carte," ma quando fu presso la porta sostò e, nel suo tono di nuovo impersonale "Un bicchierino?"

"Mai, al mattino; grazie. Ho troppo da fare. E devo far carriera."

Come se non avesse sentito, Laura prese la caraffa che stava sulla mensola d'un mobile e gli versò un whisky and soda. Poi uscí.

Joe stava sorseggiando la bibita quand'ella tornò. Gli porse le carte ed osservò: "Cosí volete far carriera?"

"Certo, Mrs. Millington, è naturale," rispos'egli, con sollecita deferenza.

Nel silenzio che seguí ella fissava il fuoco, con la sua aria annoiata. Joe la osservava. Non era bella. La faccia era troppo pallida, e gli occhi cerchiati d'ombre azzurre, non avevano lustro. La figura non aveva alcun che di notevole; le caviglie non erano sottili, e i fianchi tendevano a tondeggiare. Ma era estremamente elegante; non *chic* nel senso ordinario, ma impeccabilmente elegante.

Vestiva con gusto originale, le sue mani erano tenute a meraviglia, ed era pettinata con arte. Ammirandola, Joe non poteva impedirsi di pensare che anche nella scelta delle sottovesti Laura doveva manifestare la stessa raffinatezza.

Ma aveva terminato il whisky e non aveva scuse per indugiare. Ripose il bicchiere sulla mensola e disse: "Devo tornare in fabbrica."

Ella non parlò. Guardò su dal fuoco, e ancora una volta gli diede il frigido sorrisetto ironico stendendogli la mano morbida e fresca. Egli la strinse con mossa superlativamente rispettosa e garbata (anche lui si piccava di aver sempre le mani pulite e le unghie ben tenute), e s'avviò all'uscita.

Quando riprese posto in automobile, la sua mente turbinava in un vortice di pensieri smaglianti. Non sapeva, non poteva esserne sicuro, ma aveva la nozione — inverosimile, fantastica — di aver prodotto una certa quale impressione su Laura Millington. Idea pazza, forse; ma era nel suo cervello, e vi suscitava un senso di irrefrenabile esultanza. Sapeva benissimo di esercitare un fascino particolare sulle donne; ovunque si mostrasse, sia pure per la strada, non gli sfuggivano le occhiate d'ammirazione che provocava da parte del bel sesso. Laura non aveva detto niente, fatto niente, e il suo contegno era stato riservato, freddo persino; ma lui conosceva le donne, perdio, e aveva scoperto in lei, nella sua volontà troppo deliberata di controllarsi, dietro il velo della sua tediata indifferenza, un minuscolo ma inequivocabile indizio di eventuale vacillamento. Joe, che in tutta la sua costituzione organica non possedeva un'oncia di scrupoli morali, gongolava di gioia segreta. E se fosse vero? Aveva sempre sognato di aver un giorno per amante una vera lady. Piú d'una volta, umile pedone solitario tra la folla elegante di Grainger Street, s'era messo a fantasticare, osservando una dama scendere dalla sua vettura di lusso, attraversare il marciapiede e sparire in un negozio dispendioso lasciandosi alle spalle un profumo esasperante che sottolineava la sua suprema inaccessibilità; ed ognuna di quelle volte, stimolato da un assillo insopportabile, s'era cacciato le mani in tasca e, possentemente conscio della sua travolgente virilità, s'era giurato di aver per sé una lady cosí, proprio come quella, un giorno o l'altro. Perdio sí. Le fregoline, sia pure; sempre pronto a svagarsi con tutte, se bellocce; ma una lady è un altro paio di maniche, caro mio, eh diavolo! E rivolgendo di questi pensieri gli veniva fatto di fermarsi davanti ad una vetrina in cui erano esposti oggetti intimi di biancheria da signora: quella era la roba che si portavan sulla pelle, perdio, e non le crude cotonate di cui purtroppo finora s'era dovuto contentare. Ora cominciavano a disgustarlo le crude cotonate, e sentiva in sé la capacità di assurgere ad una posizione dall'altezza della quale gli tornerebbe facile appagare la sua sete di raffinatezze per ora proibite, in fatto di oggetti di biancheria muliebre.

Erano pensieri di questo genere che turbinavano nella mente di Joe mentre tornava in fabbrica, e lo eccitavan tanto che durava fatica a sedere tranquillo. Persisteva a guardarsi nello specchietto laterale, con palese soddisfazione. In ufficio consegnò le carte a Millington, e subito dopo si recò alle macchine per attendere con raddoppiato zelo alle sue mansioni.

Ma nei giorni seguenti, poiché non accadeva nulla, il suo giubilo cominciò a sgonfiarsi. S'era aspettato da parte di Laura qualche segno, qualche pur vago indizio del suo interessamento. Ma non capitava niente. Cominciò a dubitare d'essersi sbagliato, poi si persuase d'essersi interamente sbagliato. Diventò di pessimo umore, e lo sfogava sui suoi uomini, di giorno, e di notte su femmine d'incontro, i cui piedi sporchi lo disgustavano.

Passarono cosí altri tre mesi e poi, un freddo pomeriggio di novembre, mentre Joe si trovava casualmente in direzione, a consulto con Millington circa alcuni stampi difettosi, comparve Laura inaspettatamente. Era venuta in auto per prelevare suo marito e condurlo in città. Entrò tranquillamente, la pallida faccia ovale messa in risalto dal renard argenté; e il cuore di Joe diede un tuffo.

Millington guardò su leggermente irritato. Ultimamente la sua irascibilità era venuta peggiorando. Nell'ufficio surriscaldato il suo volto lucido di traspirazione sembrava vizzo. "Troppo lavoro," soleva protestare lamentevolmente; "son sei settimane filate che Clegg non si fa vedere." Clegg infatti era male incamminato, certe voci anzi lo davano per spacciato, e Millington, impensierito, tendeva a drammatizzare non la sua ma la propria situazione. Recriminava che metteva su pancia: come tenersi in forma senza golf?

"Vengo subito, Laura," grugní. "Conosci Gowlan, vero, Joe Gowlan. L'unico all'infuori di me che faccia qualcosa qua dentro."

Joe ardiva appena alzare gli occhi. Borbottò una frase convenzionale e, tostoché gli fu possibile, raccolse le sue carte e si ritirò.

Millington sbadigliò, depose la penna e si appoggiò allo schienale. "Son stanco, Laura; sfinito. Troppi gin ieri sera, e non abbastanza sonno. Mi son sentito uno straccio tutto il giorno. Inutile, ho bisogno di un po' di golf. E dovrei riprender le spugnature fredde al mattino. Ma non s'ha tempo a niente! Stanca, sai, questa monotonía, alla lunga. Quattrini a palate, non lo nego, ma... E Clegg piú di là che di qua. Ho ben paura che sarò costretto a giubilarlo, e sostituirlo."

"Senza fallo dovresti," assentí Laura.

Egli soffocò un altro sbadiglio e riprese, in tono imbronciato: "Ma è una parola. Difficile, sai, trovare uomini capaci. Son tutti al fronte, beati loro. Devo mettere un avviso sui giornali."

Laura, in piedi, si lisciava voluttuosamente il pelo delle maniche. "Perché non provi quel Gowlan?" osservò, in tono di indifferenza.

Suo marito la guardò trasognato, "Gowlan?" Rise secco e breve. "Joe Gowlan direttore di fabbrica!! Si vede che non capisci niente, mia cara; eh, che diavolo, era semplice operaio pochi anni fa. Ridicolo."

"Sarà," rispose Laura, indifferente, "non me ne intendo. Andiamo?" Si voltò e si avviò alla porta, ma suo marito restò a sedere.

Seguiva il filo dei suoi pensieri. "È una carica della massima responsabilità. Il direttore di fabbrica deve badare a tutto quanto, nella mia assenza; sostituirmi in tutto, capisci. Assurdo pensare che Gowlan sia all'altezza." Si grattò il mento, meditabondo: era cosí assurdo che continuava a pensarci. "Però." Occhi al soffitto. "Però, però... In gamba lo è. Ottimo elemento. M'ha giovato in mille maniere. Ti ricordi come ha smascherato quel porco d'un Porterfield. Ed è ben voluto dagli operai. Onesto; onesto come una spada... Dopo tutto, Laura, non è mica una cattiva idea la tua."

Ella consultò l'orologio che portava sopra il guanto.

"Oh, buona o cattiva, lascia andare, Stanley, e vieni via."

"No, ma senti, Laura. Sarebbe una soluzione. Tanto piú che, in tempo di guerra, le promozioni anche straordinarie sono ammesse. Eh, eh; non è escluso ch'io possa far peggio rivolgendomi ad altri che a Gowlan."

"Fai come meglio credi."

"Gran Dio, Laura, non faccio altro! Ma in coscienza, sai, hai avuto una gran buona idea. Senti, ti spiace se lo invito a pranzo, per ventilargli la proposta?"

"No, fai come credi. Ma andiamo, ora, o faremo tardi."

Egli stette un altro mezzo minuto a riflettere con la fronte aggrottata, poi si scosse, infilò il soprabito e prese il cappello. Seguí Laura nel corridoio e attraversando il cortile chiamò Joe con voce stentorea.

Joe apparve all'ingresso dei forni e venne senza affrettarsi. Millington raddrizzò la sua statura e gli disse: "A proposito, Gowlan, volevo invitarvi a cena una di queste sere. Diciamo domani? Vi va?"

Joe non trovava parole. Finí per borbottare: "Sí, domani va benissimo, grazie."

"Allora è deciso. Alle sette e mezzo."

Joe annuí. Sentiva su di sé gli occhi cupi di Laura scrutarlo in viso al disopra della spalla del marito. Poi, appena i due gli ebbero voltato le spalle, tornò, col batticuore, nei forni. Avrebbe voluto poter urlare e sgambettare per la gioia. Finalmente, finalmente! Non s'era sbagliato, porca mattina.

Era cosí contento quella sera rincasando che percepiva acutissimo il bisogno di comunicare ad altri la sua gioia. Non poteva contenerla dentro di sé. Un'idea stramba lo tentò, e se ne lasciò sedurre senza opporre resistenza. Saltò in un tram sul ponte di Tynecastle e portò il suo giubilo in Scottswood Road dai Sunley. Li trovò tutti a cena, papà e mammà, Clarissa e Phyllis, — Sally non c'era, era partita l'altro ieri per la Francia con una troupe di varietà, — e la loro cordiale e rumorosa accoglienza accrebbe in lui il senso della sua importanza.

"Che sorpresa, che sorpresa," ripeteva Ada, "è un regalo che ci fate, Joe, dopo tanto tempo."

Egli s'accomodò con buona grazia nella sua antica poltrona presso il camino, e permise che la vecchia mandasse una delle ragazze a comprare un po' di prosciutto e gli preparasse una seconda cena. Divorando i *sandwiches* impartí alla famiglia riunita la notizia dei suoi successi in fabbrica. Allungando la mano per prendere il barattolo della senape, aggiunse incidentalmente: "Sono in ottimi rapporti coi padroni. A proposito, devo ricordarmi domani sera che sono invitato a pranzo a Hilltop."

Joe era un millantatore di prim'ordine, e davanti a un uditorio sensibile come questo la jattanza gli causava un autentico piacere. Si diffuse esaltando la nobiltà del suo lavoro. Bisogna pur che ci sia qualcuno, dichiarò con la bocca piena, che procuri le bombe e i proietti ai nostri eroi al fronte. Ed era un lavoro aperto a tutti, e suscettibile di sviluppi incommensurabili. Solo l'altro giorno Mr. Stanley diceva che tra poco anche le donne, centinaia di ragazze, saranno richieste per... solo per riempire le granate di esplosivo. Mr. Stanley aveva ricevuto la notizia direttamente da Londra. Joe guardò con aria di protezione Clarissa e Phyllis. "Perché non provare voialtre due? Vi pagheranno tre volte di piú che da Slattery's, ed è un lavoro da ridere."

Ada parve interessarsi: "Parlate sul serio, Joe?"

"Perdio. Per chi mi prendete? non volete ch'io lo sappia? chi può saperlo meglio di me?"

Ada ponderava nel seggiolone a dondolo. In quei giorni il mestiere di decoratore rendeva pochino ad Alf, e la paga delle ragazze era ben scarsa; denaro in casa se ne vedeva raramente. "Ci terrete informati, vero, se si presenta un'occasione?" Ada aveva sempre avuto una debolezza, una specie di tenerezza materna, per Joe. Ora, a guardarlo, pensava che era davvero un giovanotto irresistibile, pieno di vivacità, di sicurezza, d'ardire. Ada sospirò. Aveva tanto desiderato di poterlo chiamare suo genero. Che bestia, Jenny, a buttar via un'occasione cosí.

Quando Clarissa e Phyllis furono uscite ed Alf intento ai suoi piccioni in cortile, Ada sospirò di nuovo mestamente, e bisbigliò in tono confidenziale: "Sapete la notizia, al riguardo di Jenny?"

"No," disse Joe, traendo la scatola di sigarette, e procedendo ad una scelta minuziosa, per darsi un contegno.

Ada sospirò. "Aspetta un bimbo, quest'altro mese. Mi tocca andare ad assisterla."

Forse a causa del fumo, Joe fu colto da un accesso di tosse, che lo fece arrossire come un gambero. Disse: "Ah, cosí? Non sapevo."

Ada annuí con aria lugubre. "Non ci mancava che questo, povera Jenny. E lui che s'è fitto in capo d'andare al fronte. Dio sa cos'altro succederà. L'han cacciato dalla scuola, potevate immaginare una cosa simile? L'ho sempre detto io a Jenny che s'era buttata via."

Joe tossiva ancora.

Dopo, la conversazione si fece ancor piú confidenziale. Ebbero un intimo e piacevole colloquio nella semioscurità della stanza, al termine del quale Ada si sentí grandemente consolata e Joe dichiarò che doveva partire. Ella lo assicurò che la sua visita le aveva fatto un mondo di bene.

Joe rincasò a piedi, con una singolare espressione d'ilarità dipinta sul volto. Grazie al cielo era venuto via in tempo, otto mesi fa, da Sleescale! Si mostrò insolitamente affabile quella sera con la sua padrona di casa, quasi che intendesse congratularsi con lei pel fatto ch'era vecchia, brutta e senza figliole.

Venne il domani, e Joe tutto il giorno non poté pensare ad altro che all'invito a cena. Finito il lavoro si precipitò dal barbiere per farsi radere e tagliare i capelli; poi corse a casa, aprí i rubinetti del bagno e sedette sulla sponda della vasca, tutto nudo per curarsi le unghie. Voleva farsi bello come mai in vita sua.

Dopo il bagno si trasferí nella sua camera e si vestí con attenzione particolare. Mise il vestito nuovo, d'un bel panno grigio scuro rigato di grigio piú chiaro, un disegno che aveva rubato ad un attore, un elegantone, che aveva visto all'Empire. Non aveva ancora mai potuto gratificare la sua ambizione di possedere lo *smoking*; pazienza, non era ancora venuto il momento. Ma anche nel vestito grigio sembrava un principe, col mento ben rasato, molta brillantina nei capelli, gli occhi lustri e vivaci, la catenina d'orologio tesa fra le tasche superiori del gilé, e la perla falsa nella cravatta. Sorrise al suo smagliante riflesso nello specchio, abbozzò un inchino e s'atteggiò in varie pose eleganti e disinvolte, finché il sorriso si mutò in ghigno, e si disse: "Siamo arrivati, Joe; ora tieni d'occhio e niente piú ti fermerà."

Riassunse un'espressione di gravità e s'incamminò a piedi verso Hilltop, rifacendo mentalmente le prove della parte che intendeva sostenere, ripetendo frasi imparate a memoria con accento deferente sí ma dignitoso. Quando salí, pronto alla conquista, la gradinata d'ingresso, il suo volto esprimeva una sovrana padronanza di sé.

La nitida cameriera lo ammise nella hall, dove Laura

stava sola, in piedi presso il camino, appoggiando un braccio nudo sulla mensola di marmo e tendendo al fuoco un piedino ben calzato. Portava una semplicissima veste nera e sembrava una pittura, col chiarore della fiamma che le accendeva il volto pallido, e le faceva luccicare le unghie perfette. Joe provò un brivido d'ammirazione. È grande, pensò, porca mattina, è imbattibile; e avvertendo nei visceri una tensione che ben conosceva avanzò tuttavia verso di lei con fare modesto e rispettoso.

Dopo il saluto restarono in silenzio. Per nascondere l'imbarazzo, Joe si fregò le mani, si lisciò i capelli, si raddrizzò la cravatta, e sorrise. "Un freddo birbone quest'oggi," osservò, "stanotte gelerà"

Ella tese alla fiamma l'altro piedino e disse: "Credete?"

Joe s'adombrò. Lo intimidiva quella donna; strano. Non ne aveva mai conosciuta un'altra come lei. Tentò in un'altra direzione: "Siete stata molto gentile ad invitarmi stasera. È un onore per me. Quando Mr. Stanley mi comunicò l'invito m'è venuto il capogiro."

Laura lo guardò con quel sorriso che non sorrideva, prendendo rapida nota della catenina, della perla falsa e dei pesanti effluvi della brillantina. Parve augurargli in cuor suo di affrancarsi un giorno da tali atrocità, e guardò altrove. Disse al fuoco: "Stanley sarà qui a momenti."

Joe si adombrò di nuovo. Non la capiva. Avrebbe dato qualunque cosa per capirla, e per sapere cosa pensava di lui. Ne aveva un po' paura. Per cominciare, era indubbiamente una lady; non nel senso sciocco che Jenny attribuiva alla parola, gli veniva da ridere pensando alle mosse di Jenny quando voleva fare la lady. No, Laura era un'altra cosa; era una donna di classe, ecco la parola. Non faceva la lady, lo era.

Curiosissima, anche, quella sua aria di indifferenza. Era certo una di quelle donne che non insistono mai; se non condividono la vostra opinione lascian cadere il discorso e si tengon la propria, senza abbandonare mai quel curioso sorriso che non è un sorriso. Sembrava che Laura possedesse una seconda natura segreta che si burlava di quell'altra palese. Joe se la figurava libera da ogni pregiudizio, e probabilmente avversa al codice consacrato delle buone usanze. Con tutta la sua eleganza esteriore doveva in fondo disprezzare le convenzioni; Joe la sospettava capace di disprezzare chiunque, sé compresa.

L'arrivo di Stanley interruppe il filo dei suoi pensieri. Stanley entrò con andatura spigliata, stringendo la mano di Joe gli diede un colpo sulla schiena svelando troppo apertamente la sua intenzione di metterlo a suo agio. "Lieto di vedervi in casa mia, Gowlan. Qui non si fanno cerimonie, consideratevi come a casa vostra." Si piantò a gambe larghe con la schiena al fuoco, ed esclamò: "Cosa ne dici, Laura, della razione di rum alle truppe?"

Laura s'alzò, andò presso il tavolino dov'era preparato uno shaker, con ghiaccio e bicchieri, e fece il cocktail. Bevvero tutt'e tre un *dry martini*; poi Millington e Joe ne bevettero un secondo; e finalmente Millington un terzo.

"Ne bevo troppi, Gowlan," osservò, facendo schioccare le labbra. "E non faccio abbastanza esercizio. Ma uno di questi giorni, ohò, mi ci metto di buona voglia a riacquistare la mia forma, ahà. Ho bisogno di ritemprarmi i muscoli." Piegò il braccio, si palpò il bicipite e fece una smorfia di malcontento. Per consolarsi bevve un quarto cocktail, poi andarono a cena.

"Però è curioso," riprese Millington rivolgendosi al pollo freddo nel suo piatto, "è curiosissimo come si fa presto a perder la forma. Gli affari, e i quattrini, sono una gran bella cosa, ma v'incatenano in un ufficio e vi riducono uno straccio. Ah, no no, la salute prima di tutto. *Health is the best wealth*, l'ha detto anche Shakespeare, vero, Laura?"

"O non fu Emerson?" suggerí Laura, guardando Joe.

Joe abbassò gli occhi. Tutta la sua biblioteca constava di due volumi: "Storielle Salaci Francesi", e la Bibbia della sua padrona di casa, che Joe sfogliava la domenica, quando si sentiva pio, per leggerne ciò che chiamava le oscenità.

"Ah," riprese Millington, "io sarei felice se potessi partire pel fronte. La sí mi rimetterei in forma." Aveva, come tutti i noiosi, l'abitudine di discutere un soggetto fino all'esaurimento.

Cadde un silenzio. Stanley, contrariato in apparenza, sbriciolava la sua pagnotta con mosse nervose delle dita. Da qualche tempo manifestava bruschi cambiamenti di umore. Bastava il pensiero dell'incipiente calvizie o dell'età incalzante per farlo passare dalla giovialità alla musoneria. Era di quelli che non si contentano mai del loro stato. Fino a poco addietro non aveva vagheggiato altro che salvare comunque le sorti della ditta; ora le aveva salvate, ammucchiava profitti inauditi, e nondimeno persisteva in lui il senso d'insoddisfazione.

Seguitò a monologare. Laura parlava pochissimo, e Joe — pur riconquistando progressivamente la sua disinvoltura — si limitava a lasciar cadere tratto tratto una laconica osservazione consona ai pareri che Stanley veniva esprimendo. Gli veniva fatto di quando in quando — mentre ad esempio Millington sproloquiava di golf e bridge dilungandosi in particolari insignificanti — di posare gli occhi su Laura, e la deliberata vacuità dello sguardo ch'essa gli scoccava con indifferenza gli procurava un senso di afflitta delusione. Si domandava quali fossero i sentimenti ch'essa in petto nutriva per suo marito. Eran sposati da sette anni. Non avevano bambini. Lo trattava con estrema gentilezza, pareva prestar ascolto a ciò ch'egli diceva, ma lo ascoltava in realtà? Era semplicemente una donna fredda? Joe sapeva che Stanley ne era stato positivamente innamorato al principio, ma ora si era indubbiamente calmato. Fors'anche perché sapeva di non essere piú un adone: cominciava — nel gergo di Joe — a sfasciarsi.

Dopo il dolce, Laura si ritirò, e Joe scattò su rumorosamente e si precipitò verso la porta per tenergliela aperta. Poi Stanley si scelse un sigaro, pose l'astuccio sul tavolo e lo spinse verso di lui, dicendo: "Si serva, vedrà che li troverà buoni." Joe ne prese uno, con aria di umiltà e di gratitudine, ma si sentí urtato dal fare condiscendente del padrone di casa: un fare da padrone. Aspetti un altro po', rifletté, gli darò ben io qualche lezione. Ma pel momento era tutto deferenza. Accese il sigaro senza rimuoverne la fascetta.

Seguí un silenzio lunghetto, durante il quale Stanley, soddisfatto del pranzo, appoggiato allo schienale e le gambe tese, succhiava il suo sigaro fissando Joe.

"Sapete, Gowlan," disse d'un tratto, "ho simpatia per voi." (Joe sorrise modestamente domandandosi cosa diavolo stesse per venire; ma la mezza bottiglia di Sauterne in aggiunta ai quattro cocktails spiegavano l'espansività del suo ospite.) "Sapete, io sono un uomo di idee liberali; se un Tizio mi serve, m'importa un fico di sapere donde viene. Può esser figlio d'un duca o fratello dello spazzino, se è in gamba per me è lo stesso. Mi capite?"

"Certo, Mr. Stanley, certo."

"Be', visto che mi capite andrò piú in là. Queste ultime settimane v'ho tenuto d'occhio, sapete, senza averne l'aria, e son piuttosto contento di quel che ho visto." Fece una pausa, e spostò il sigaro nell'altro angolo della bocca senza aiutarsi con le mani, e senza distoglier gli occhi da quelli di Joe. "La situazione è questa. Clegg è fottuto, in primo luogo, di qui non si scappa. In secondo luogo, Gowlan, avrei in mente di far fare una prova a voi come direttore di fabbrica."

Joe trasecolò. Bisbigliò, "direttore di fabbr...?!"

Millington sorrise. "Precisamente. Vi offro ufficialmente la carica di Clegg. Sta a voi dimostrarvene all'altezza."

Joe si sentiva cosí emozionato che vedeva la camera ondeggiare. Aveva subodorato una promozione, ma niente che fosse neppur lontanamente paragonabile ad un'offerta cosí. Diventò bianco come grasso di prosciutto, e il sigaro gli cadde dalle labbra nel piatto. Balbettava, "Ma Mr. Stanley!... Ma Mr. Stanley!..." Non faceva l'attore questa volta; era inequivocabilmente sincero.

"Non affannatevi, Joe, it's all right, non affannatevi. V'ho colto di sorpresa, ma siamo in tempo di guerra, che diavolo, ed è in questi tempi che capita l'imprevisto. Non dubito che non tarderete a rendervi padrone del mestiere. E son certo che non mi deluderete."

Joe si sentí sollevare su un'onda di irrefrenabile ilarità. Il posto di Clegg! A lui! Direttore della fabbrica di munizioni Millington!

"Vedete, Joe, io ho fiducia in voi," spiegava Stanley, in accenti cordiali, "e sono pronto a sostenere il concetto che me ne son fatto. Ecco perché vi offro il posto."

Squillò in quel punto il telefono nella hall, e Laura apparve sulla porta. "Stanley, è il maggiore Jenkins che ti vuole."

Stanley si scusò e andò al telefono.

Joe percepiva la prossimità di Laura e la sapeva intenta a scrutarlo. Nel fermento della gioia che gli palpitava dentro si sentí sovrumanamente forte, ebbro, gloriosamente vitale. Alzò gli occhi e affrontò lo sguardo di Laura.

Ma Laura evitò il suo, disse quasi con bruschezza: "Il caffè vi aspetta nella hall" e svaní.

VIII

S'avvicinava l'epoca del parto, e Jenny teneva una condotta esemplare sotto tutti gli aspetti. Dall'indomani del giorno che aveva confidata la notizia a suo marito, Jenny era diventata "un'altra donna". Aveva bensí i suoi queruli momenti, quale è la donna che non li ha? e anche i suoi capriccetti, come li chiamava, ma se persino sua madre soleva covare voglie strambe in quello stato non aveva lei il diritto di imitarla?

Preparava un amore di corredo per la piccoletta, — era certa che sarebbe una bambina, e lei preferiva una pupattola, da poter vestire carina, a un maschiotto, che orridi quei maschi! — e tutte le sere sedeva cheta cheta con Davide, lavorando d'uncinetto in base ai consigli della rubrica "Il Guardaroba di bebé". Sognando fantasticava sul futuro della figlioletta. Era un'artista, o meglio una cantante, primadonna nei massimi teatri d'opera. In lei maturerebbe quel talento naturale che sua madre avrebbe potuto coltivare se solo fosse stata piú fortunata. Vedeva se stessa in un palchetto di Covent Garden sorridere raggiante al trionfo di sua figlia circondata da gran mazzi d'orchidee ed applaudita dalle piú alte personalità di Londra. Ma la carriera purtroppo celava dei pericoli: il pericolo di travolgenti tentazioni, e a questo pensiero la fronte di Jenny si rannuvolava. Lo scenario si trasformava in un attimo, e vedeva una monaca, spiritualmente pallida, curva sotto il fardello d'un segreto dolore, lasciarsi alle spalle il mondo e le sue pompe, a varcar la soglia d'un convento e penetrare nella buia cappella; cominciava la celebrazione, sentiva l'organo e l'angelica voce della conversa elevarsi al cielo nella sua cristallina purità. Allora gli occhi le si riempivano di lagrime, e il fantasticare prendeva una piega ancora piú tragica. La piccoletta non vedrebbe mai la luce, niente primadonna, niente monaca. La puerpera era destinata a morire di parto, ne era certa, assurdo pensare che avesse la forza di mettere al mondo una creatura; e aveva sempre avuto il presentimento di morire giovane. Si vedeva esalare l'ultimo respiro tra le braccia di Davide che la implorava di non abbandonarlo. Un gran vaso di rose candide stava sul tavolo ai piedi del letto, e nello sfondo il dottore benché burbero singhiozzava da far pietà ai sassi.

Vere lagrime le scendevano sulle guance, e Davide, vedendole improvvisamente, esclamò: "Cosa c'è Jenny, per l'amor di Dio?"

"Niente, Davide, niente," con un sorriso angelico, "son lagrime di gioia."

Dopo ciò, decise che aveva bisogno d'un gatto perché tengon tanta compagnia in casa. Si raccomandò a tutte le persone che conosceva perché gliene procurassero uno, e andò in estasi quando arrivò quello del garzone del macellaio, ma accolse piú freddamente quello del camionista di Murchison, e guardò brutto il terzo che le mandò la vedova Wept. Non poteva rifiutarli, dopo la pubblicità delle sue richieste, ma tre gatti sporcavano dappertutto, e dovette farne annegar due, poor little darlings, ma cosa farci? In compenso si diede molte pene per scegliere un bel nome pel superstite e lo chiamò Pretty.

Poi riprese a coltivare la musica. Faceva gli esercizi al pianoforte e imparò due ninnarelle carine. Desiderava farsi piú compita in tutto. In quello stadio della gestazione, il suo atteggiamento esprimeva il segreto rimorso di non essere abbastanza colta per Davide; voleva perfezionarsi e diventare un'intellettuale, mettersi in grado di discorrere con lui di tutto, discutere, ma discussioni elevate, su temi sociali, economici, eccetera. Mossa da tale ambizione si tuffò coraggiosamente un paio di volte in libri capaci di farle raggiungere piú alti livelli, ma trovò che i libri la scoraggiavano, invece, e pensò ad altro.

Se non poteva essere istruita, poteva almeno esser buona. Ah questo sí, poteva. Acquistò un volumetto intitolato "Liete mezz'ore di sole nel nido", e lo lesse con devota applicazione, come una brava bambina che impari la lezione muovendo tacitamente le labbra. Dopo una mezz'ora particolarmente lieta, piantò gli occhi liquidi in faccia a Davide, ed esclamò, con voce rotta dall'emozione: "Sarò una grullina, Davide, ma non cattiva in fondo, vero che non son cattiva?"

Egli, paziente, l'assicurò che non era cattiva.

Jenny lo guardò esitante e poi, con mossa impulsiva, squittí: "Oh, Davide, sei il miglior marito del mondo, parola, Davide, senza confronto."

Davide in quei giorni la considerava, piú che mai, una bambina. Stentava a capacitarsi che stesse per diventar madre. Le usava mille tenere attenzioni. Frequentemente le accadeva la notte di svegliarsi di soprassalto e di rannicchiarsi contro di lui tremando per incomprensibili paure, e gli veniva fatto di sentire contro di sé palpitare la creatura ch'essa portava in seno; commosso oltre ogni dire tentava di calmarla sussurrando i termini che s'usano per tener buoni i bimbi spauriti.

Le aveva chiesto se non s'opponeva a che sua madre, ora ch'era sola in casa, si trasferisse da loro quando fosse imminente il parto, e Jenny, nella sua nuova remissività, aveva acconsentito. Ma quando Marta venne per consultar Jenny sulle disposizioni da prendere attinenti al caso, bastò la prima intervista per dimostrare impossibile la riconciliazione fra suocera e nuora. Davide incontrò sua madre che rincasava: era rossa in faccia. "Impossibile, Davide," gli dichiarò, controllando la sua voce; "meno ci vediamo, e meglio è. Io non potrò mai sopportarla, lei non sopporta me, e cosí non se ne parla piú." E lo piantò sul marciapiede prima ch'ei potesse replicare.

Cosí fu stabilito che Ada Sunley si trasferisse da Tynecastle per assistere la figlia. Arrivò il 2 dicembre, che faceva freddo e tirava vento; uscí pesantemente dal treno recando una valigia assicurata con una corda. Davide le era andato incontro alla stazione, prese la valigia ed accompagnò la suocera a casa. L'umore di Ada era bruschetto. Non pareva entusiasta d'esser dovuta venire, o almeno non pareva entusiasta di Davide. Lo trattò con freddezza, e appena a casa prese a criticare le limitazioni dell'arredamento: prima che fosse trascorsa mezz'ora spedí Davide a comperare uno scaldaletto. Divelta dagli agi del suo muffito alloggio, orba del suo seggiolone a dondolo, palesava un'attività soprannaturale, la terribile invadente attività delle obese. Al riguardo di sua figlia manifestava una sollecita compassione, come per dire, " Animo, gioia, c'è qui tua madre. "

Ed era loquace quanto mai. Mise Jenny al corrente di tutti i fatti di cronaca. Sally, interrotta la tournée in Francia a causa di difficoltà finanziarie della sua troupe, era di ritorno a Tynecastle, e, come sempre, disoccupata. Sperava ora di ottenere una scrittura in una compagnia che dava rappresentazioni negli ospedali per i soldati convalescenti, ma era un'opera di beneficenza, quindi niente paga, sospirava Ada. Era davvero da deplorare che Sally avesse abbandonato l'impiego nell'ufficio telefonico per la stupida e sterile ambizione di calcare le scene.

Come per associazione di idee Ada passò a parlare di Joe. Erano entrambe in cucina, l'indomani dell'arrivo di Ada, e questa faceva il tè. "A proposito, sapevi che Joe è venuto a vedermi?"

Jenny, distesa sul divano, s'irrigidí. Dopo qualche secondo rispose gelidamente: "Non so nulla di lui e non voglio saperne nulla. Lo disprezzo."

Ada aggiustò meticolosamente la cuffia sulla teiera. "Comunque, è venuto a trovarci. Non vedo per qual ragione dovresti parlarne male solo perché te lo sei lasciato scappare. Hai commesso un grosso errore, figlia mia. È un giovane molto per bene, non ho vergogna di dirlo. Ha promesso di dar lavoro a Clarissa e Phyllis nelle munizioni. Se la cava splendidamente."

"Ti dico che non m'interessa. Mi fa nausea solo a sentirne il nome."

Ada sedette al tavolo, posò le mani sulla teiera come per scaldarle e seguitò deliberatamente: "Non hai idea dei progressi che ha fatto. È già alla testa dell'azienda, lavora pulito e tutto, e veste come un duca. L'ultima volta ch'è venuto m'ha detto che andava a pranzo a Hilltop, pensa, in casa Millington! Lascia che tua madre ti dica che hai fatto lí un grosso errore. Quello sí l'avrei voluto per genero."

Jenny era molto pallida. Scattò: "Non voglio che lo paragoni a Davide! Joe è un vero furfante, e Davide il migliore dei mariti."

Ma, per una volta, Ada voleva spuntarla lei, su sua figlia: troppe volte aveva dovuto cederle. "Euh," schernì, "a sentirti si direbbe che hai dimenticato di esserti divertita con lui."

Jenny abbassò gli occhi, ebbe un brivido e non rispose.

Davide rincasò in quel momento. Aveva trovato un impiego provvisorio alla capitaneria del porto. Ada gli diede un sorriso condiscendente, ma prima che potesse parlargli Jenny emise un grido di dolore e si portò le mani all'addome. "Ahi! ahi! Dio che male!"

Sua madre la guardò tra dubbiosa e risentita. "Macché, Jenny, impossibile; hai ancora una settimana."

"Ti dico di sí, povera me, ecco che ritorna, ahi-ahaah!"

"Mah, pare che faccia sul serio, povera cara," dichiarò

Ada, fattasi di colpo tutta pietosa. Piegò un ginocchio a terra e le palpò il ventre. "Altro che," confermò, "ci siamo, ma com'è possibile?" Poi a Davide, arcigna, quasi ch'egli fosse responsabile dell'inatteso cambiamento di situazione: "Trotta via, vai a chiamare il dottore, non star lí a guardarla senza far niente!"

Davide ubbidí e trovò il dottore in casa. Il dottor Scott era un uomo anziano, di poche parole, dalla faccia ossuta, e afflitto dalla sconcertante abitudine di scatarrare e sputare nel mezzo del discorso, dall'apparenza trascuratissima e antiprofessionale. Portava sempre gli stivaloni, e una palandrana a scacchi, dalle tasche sempre rigonfie d'ogni sorta di roba: pipa, medicinali, rotoli di garza, pasticche sciolte, due astucci da termometri vuoti, un termometro, una siringa tascabile mai sterilizzata, e un catetere di gomma che gli ciondolava attorno tutte le volte che traeva il fazzoletto. Ma nonostante l'eccentricità e la trascuratezza era un ottimo medico.

Tuttavia attribuí scarsa urgenza ai primi dolori di Jenny. Scatarrò, sputò e annuí borbottando: "Vengo tra un'ora," poi chiamò, verso la porta aperta della sala d'aspetto: "Avanti l'altro!"

Davide tornò a casa crucciato, e attese inquieto in sala l'arrivo del dottore: Jenny e sua madre s'erano rifugiate al primo piano. Il medico arrivò alle sette, e sebbene i dolori fossero piú acuti, dichiarò che per ora non poteva far nulla. Davide intuí che un primo parto era sempre una faccenda suscettibile di protrarsi a lungo, e gli domandò quanto si poteva prevedere che dovesse durare. Il dottor Scott fissò il fuoco mezzo minuto prima di sputarci dentro, ed espresse il parere che non doveva durar tanto; promise di tornare a mezzanotte.

Era crudele dover aspettare fino a mezzanotte in quelle condizioni. I dolori si ripetevano con frequenza e sempre piú acuti. Jenny pareva, fisicamente e spiritualmente, incapace di sopportarli. Era, a turno, scontrosa afflitta isterica estenuata. La camera da letto che aveva abbellito con cosí amorosa sollecitudine, adornandola con nuove cortine di mussola e con la culla in un angolo tutta nastri e pizzi, aveva ora l'aspetto di una lettiera in disordine. Jenny si era arresa. Benché sua madre insistesse a ripeterle che doveva stare in piedi e camminare, Jenny giaceva diagonalmente sul letto tra le coperte sconvolte piangendo e palpandosi i fianchi. Non pensava piú alle

"Liete mezz'ore di sole nel nido". Aveva abdicato, e giaceva a gambe larghe, la vestaglia ritratta fin sul petto, i capelli sciolti alla diavola, la fronte grondante sudore. Tratto tratto chiudeva gli occhi e strillava: "Dio Dio ahi che male, ecco che ricomincia, oh la mia schiena, è sempre peggio, mamma dammi da bere. Dio, mamma ahi ahi ahi." Era molto meno romantico di quanto s'era immaginato.

Il dottore tornò a mezzanotte, non badò a Davide e si recò direttamente presso la puerpera sbattendosi la porta alle spalle. Gemiti, mugolii, strilli; poi silenzio.

Cloroformio, pensò Davide, grazie a Dio. Sedeva in cucina accasciato su una seggiola comune davanti al fuoco quasi spento. Poiché aveva sofferto con Jenny quasi ogni singola fitta di dolore, il silenzio cloroformizzato gli procurò un po' di sollievo. Era sensibilissimo sempre alla vista dei dolori altrui, ma veder soffrire Jenny era per lui un supplizio. Pensò a lei con tenerezza, dimentico delle loro liti acerbe, dimentico della meschinità, della petulanza, della vanità della sua povera mogliettina. Tentò di raffigurarsi il nascituro come il simbolo di una vita nuova germogliante fra i morti. Ebbe la visione dei campi di battaglia dove i morti giacevano in positure anche piú strambe di quelli che aveva visti nel pozzo. Tra poco sarebbe anch'egli là, in Francia. Nugent gli aveva scritto dal fronte; era portaferiti nella sezione di sanità del Northumberland Fusiliers. Davide sperava di essere destinato nella stessa zona, dato che si iscriveva nello stesso ufficio di reclutamento a Tynecastle.

Udí un gemito straziante, e poi una voce, la voce di Jenny, cantare, distintissimamente, una strofa di una delle sue solite canzoncine sentimentali; ma le parole ai suoi orecchi suonarono lubriche, scurrili. Era uno degli effetti del cloroformio: fa cantare il paziente come se fosse ubriaco.

Poi daccapo silenzio, un lungo silenzio, rotto alfine improvvisamente da una voce nuova che echeggiava come il suono del piffero. L'eco della voce sottile che scaturiva dal dolore penetrò a fondo nel cuore di Davide, che vide in essa un'altra allegoria: l'alba sorgere dal caos. Sedeva assolutamente immobile, le dita intrecciate sforzatamente, la testa alta, lo sguardo aspettante.

Di lí a mezz'ora il medico scese rumorosamente la scala ed entrò in cucina. Il suo volto esprimeva quell'aspetto stanco e disgustato che sovente i parti conferiscono al viso dei medici resi scettici dal troppo lavoro. Si frugava le tasche per trovare una pasticca. Eran pasticche che portava con sé per distribuirle ai bambini contro i vermi, ma gli piacevano e se le mangiava lui. Masticandone una disse, come incidentalmente: "Be', l'articolo è prodotto." Davide non disse niente; inghiottí la saliva, annuí. "Maschio," precisò il dottore, tentando automaticamente di infondere entusiasmo alla parola, ma invano.

"La madre come sta?"

"Oh, benone; benone." Fece una pausa, durante la quale guardò Davide in modo curioso. "Però il bimbo è delicato; richiederà qualche attenzione." Diede un'altra occhiata sospettosa a Davide ma non aggiunse spiegazioni. Era vecchio e burbero, e tutta la sua clientela constava di rurali e di minatori. Ma adesso non era burbero, era stanco. Si stiracchiò le braccia al disopra della testa, sbadigliando. Fece un cenno del capo a Davide, sputò nel fuoco ch'era spento e se ne andò.

Prima di andar su, Davide indugiò ancora qualche momento. Poi bussò, ed entrò nella camera di Jenny. Sentiva il bisogno di star vicino a sua moglie e al neonato. Ma Jenny non s'era ancora interamente riavuta dagli effetti dell'anestetico, e Ada, arcigna, lo scacciò senza cerimonie. Inutile protestare; Davide ritornò in cucina e si buttò sul divano. S'addormentò solo quando la casa fu immersa nel piú profondo silenzio.

Ma al mattino vide il pupo. Stava facendo colazione quando Ada glielo portò giú, fiera come se l'avesse fatto lei. Era tutto lavato di fresco e incipriato e azzimato in un camiciotto lungo che gli conferiva un aspetto imponente. Cionondimeno era molto brutto e vizzo. Aveva i capelli neri, un nasetto schiacciato e moccioso, occhi tremuli e la faccina pallida e malaticcia. Era cosí brutto e cosí piccolo che Davide si sentí fondere il cuore di tenerezza. Depose la tazza e lo prese sulle ginocchia. Sentirselo sulle ginocchia gli pareva una cosa strabiliante. Gli occhietti ammiccavano con una timida espressione di scusa.

"Buono, tesoro, via!" Ada se lo riprese e lo cullò fra le braccia. "Papà non sa tenere il pupetto in braccio." Era stupidamente convinta che gli uomini siano incapaci di maneggiare un neonato senza causargli serie conseguenze. Per caso il piccolo era rimasto cheto e buono sui ginocchi di Davide, e tra le braccia della nonna che se lo riportava via prese a strillare.

Davide si recò all'ufficio e tutto il giorno non poté distogliere il pensiero dal suo bambino. Gli si era già affezionato, appunto perché era brutto e vizzo.

Fu tosto evidente che era infatti delicato di salute. Jenny stessa non tardò ad ammetterlo, e col tempo adottò una frase che le sembrò acconcia alla circostanza e che ripeteva a chiunque venisse a trovarla. Con uno sguardo di compassione sussurrava, senza virgole: "Povero caro topino non è molto robusto, dice il dottore!"

Il dottore prescrisse polverine ed unguenti, e Jenny si piegò — non senza proteste — alla necessità di allattarlo, in seguito alle insistenze del dottor Scott. Già il ricordo del parto — ritenuto sulle prime incancellabile — si veniva affievolendo nella sua mente, e Jenny stessa si veniva rincuorando, dopo vinto il disappunto di non aver messo al mondo una pupattolina. Voleva chiamar Davide il suo maschietto; implorò leziosamente suo marito di permetterglielo. "È tuo," osservava con logica ingenua, "è solo naturale che porti il tuo nome."

Ma Davide volle imporgli il nome del proprio padre, cosí Jenny — dopo averne proposti vari altri, tra cui Hector, Archibald e Victor, che suonavano meglio — finí per consentire e lo chiamò Rob. Voleva compiacere Davide in tutti i modi.

Passarono tre settimane. Ada tornò a Tynecastle. Jenny fu in grado di lasciare la sua stanza e giaceva languida sul divano in salotto. Ma trovava fastidioso il dover allattare Rob. Come ricuperò le forze e riprese ad attendere normalmente alle faccende di casa, i propositi che aveva formato nella sua romantica immaginazione cominciarono a sembrarle meno seducenti.

Da quel povero caro topino che era prima, Rob diventò un povero caro piccolo seccatore. Era tutta contenta che Davide si prestasse con entusiasmo a somministragli la medicina o a fargli il bagno quand'ella si sentiva stanca. Però era gelosa. "Gli vuoi piú bene che a me, scommetto, vero che gli vuoi piú bene che a me?"

E man mano che s'avvicinava il capo d'anno, Jenny si faceva sempre piú irrequieta. Nulla andava pel suo verso. Era contenta che Davide partisse pel fronte, e tuttavia non voleva che andasse. Oggi era fiera d'avere per marito un uomo cosí coraggioso, e domani spaurita delle imprevedibili conseguenze. Per distrarsi si dedicò alla lettura di romanzi popolari. Alla musica non pensava piú, e le ninnarelle imparate non le cantò mai. Passava molto tempo davanti allo specchio, contemplando la sua figura per assicurarsi che non fosse sciupata. Avvertiva di nuovo acutamente la mancanza di amici. Si sentiva abbandonata sul margine della vita. Mai il piú piccolo divertimento, povera me, tanto vale morire. E pioveva sempre, a che scopo uscire di casa? Del resto, con Rob che vuole il latte ogni quattr'ore!

Ma l'ultimo giorno dell'anno la pioggia cessò e il sole comparve, e Jenny non ne poteva piú; aveva assolutamente bisogno di uno svago, assolutamente. Decise lí per lí di fare una scappata, a Tynecastle, per vedere mammà, aggiunse, rasserenandosi. Erano le tre. Aveva tutto il tempo per farsi bella, dare il seno a Rob alle quattro, prendere il treno delle quattro e mezzo e tornare per le otto. Scarabocchiò una nota per informare Davide.

Davide trovando lo scritto al ritorno dall'ufficio approvò la decisione di Jenny, contentone di avere Rob esclusivamente per sé fino alle otto. Era addormentato nella culla presso la stufa della cucina. Per non far rumore Davide si tolse le scarpe. Gustò altamente il tè, in compagnia di suo figlio. Poi si dispose a leggere "Di là dal Male e dal Bene" di Nietzsche, ma guardava Rob piú spesso che il libro.

Alle sette e mezzo Rob si svegliò, pronto a consumare il rancio. Stava perfettamente tranquillo, contemplando il tetto tutto pizzi della sua culla. Curiosa l'idea che deve farsi del mondo, pensò Davide.

Per mezz'oretta Rob si contentò della strana veduta del suo mondo, succhiandosi il pollice per tenere a freno l'appetito. Ma poi, sazio del pollice, provò due o tre accordi lamentevoli e finalmente attaccò la fragorosa rapsodia del pianto. Davide lo sollevò per calmarlo, e vi riuscí; per un po' Rob stette zitto, poi ricominciò peggio di prima.

Ansioso, Davide guardò l'ora. Le otto e mezzo. Jenny doveva aver perso il treno e il seguente non arrivava che alle dieci. Pensò, con meraviglia, fino a qual punto la vita di Rob dipendeva dalla presenza di sua madre.

Fece il meglio che poté. S'accorse che Rob era a disagio perché bagnato, e sebbene inesperto gli mutò i panni.

Rob sembrò provarne sollievo, e per dimostrargli la sua gratitudine gli afferrò un ciuffo di capelli. Davide rise, e Rob rise anche lui. Aveva ancora appetito, ma a parte questo sembrava piú a suo agio. Davide lo depose sul tappeto davanti al fuoco, e Rob s'avvoltolò beato tirando calci. Si era irrobustito in queste settimane, era piú grasso, e non smoccicava piú. Ma aveva una fame da lupo, e strillò parecchio verso le dieci.

Sentendo crescere la propria indignazione, Davide si mise a quattro zampe sul tappeto per ragionare con suo figlio, calmarlo, rassicurarlo. In quella s'aprí la porta ed entrò Jenny. Era animatissima. Era stata al cinema con Clarissa, disse, ma non disse che aveva bevuto. Stava sulla soglia con una mano sul fianco e un largo sorriso sulle labbra vermiglie, e d'un tratto scoppiò a ridere; rideva convulsivamente di Davide prono a quattro zampe con Rob sul tappeto.

Davide compresse le labbra. "Non ridere a quel modo," le ordinò, secco.

"Non posso tenermi," ghignava, "troppo buffo."

"Cos'è che ti fa ridere?"

"Niente niente, impossibile a dirsi, cosí, un'idea buffa."

Egli s'alzò sollevando il piccolo. "Rob ha fame," disse indispettito e sdegnato; "non vedi?"

Jenny avanzò malferma sulle gambe. "Eccomi qua, povero caro topino, ecco mammina."

Lo prese dalle mani di Davide e si lasciò cadere sul divano.

Davide la osservava torvo. Jenny si sfece la camicetta, liberando i turgidi seni che apparvero protesi come uberi di capra, già sprizzanti latte. Rob s'attaccò al sinistro e contemporaneamente il latte sgorgava dal destro. Col volto acceso Jenny sorrideva beata, dondolando il busto avanti e indietro voluttuosamente, noncurante del latte che le colava sugli abiti.

Preso da un senso di repugnanza, Davide le voltò le spalle. S'affaccendò a rattizzare il fuoco. Poi con uno sforzo fece di nuovo fronte a lei. "Bada," le disse a voce bassa e grave, "quando son via, intendo che non lo trascuri."

"Ma naturale, Davide, figurati, stai tranquillo!"

Egli partí l'indomani per Tynecastle, e di là fu mandato all'accampamento di Catterick. Tre mesi dopo, il

5 aprile, partí con l'ambulanza che doveva raggiungere in Francia il quinto battaglione del Northumberland Fusiliers.

IX

Nel pomeriggio della seconda domenica di settembre del 1915 Hetty arrivò al Poggio nella sua vetturetta. Dalla finestra della sala da pranzo Arturo la vide scendere dall'automobile, molto carina nella divisa kaki, e introdursi nel vestibolo.

Arturo ne aspettava la visita. Da otto mesi; da quando cioè si era arruolata nel Women's Emergency Corps, Hetty veniva abbastanza sovente per motivi di servizio, per far firmare documenti da Barras quale presidente di vari comitati patriottici. Ma Arturo sapeva che oggi Hetty non veniva per motivi di servizio: non poteva ignorarlo, dato che ieri suo padre a tavola aveva impartito la nuova in termini per Arturo eloquentissimi; aveva detto: "Domani viene Hetty a prendere il tè con noi: ha chiesto espressamente un pomeriggio di libertà." Non avrebbe avuto alcun bisogno di chiedere il permesso se la visita fosse stata ufficiale; si trattava quindi di una visita diplomatica e di carattere privato; e per questo Arturo la paventava.

Hetty entrò vispa nella sala da pranzo, e alla vista di Arturo presso la finestra gli sorrise luminosamente tendendogli le due mani e cinguettando compiaciuta: "Mi aspettavi, Arturo; carino da parte di Arturo di aspettare la sua piccola amica."

Era singolarmente allegra, ma lui lo aveva preveduto. Non le restituí il sorriso. Disse, atono: "Sí, t'aspettavo."

Ella finse di non notare la sua ostilità e rifiutò di lasciarsene impressionare. "Dove sono gli altri?" domandò.

"Tutti scomparsi, per discrezione, per lasciarci soli."

Ella rise con accento deprecativo: "A sentirti si direbbe che non sei contento. Ma io so benissimo che non intendi di essere sgarbato; ti conosco meglio di te stesso. Be', cosa si fa? Una passeggiata?"

Lui arrossí e guardò altrove ma poi disse: "Sí sí, se vuoi."

Prese cappello e soprabito e si avviarono nella direzione di Sluice Dene, una passeggiata che avevan fatta molte volte insieme, tanto tempo fa. Era una bella giornata, il bosco era pieno di ruggine, le felci secche cricchiavano sotto i piedi. Camminavano in silenzio. Ad una svolta nota del viottolo sedettero come già altre volte sulla radice emersa di una quercia che conoscevano come una vecchia amica. Sotto ai loro occhi giaceva il villaggio raccolto nella quiete domenicale, e al di là scintillava il mare fino all'orizzonte. Le impalcature della Nettuno s'ergevan nere contro lo sfondo chiaro di cielo e di mare. Arturo le guardò con occhio torvo: le impalcature patibolari del pozzo della Nettuno.

Hetty, acconciatasi la gonna attorno alle gambe con seducente modestia, seguí lo sguardo del compagno. "Arturo!" esclamò, "perché quegli occhi truci guardando la miniera?"

"Oh, non so," rispos'egli con amarezza. "Gli affari vanno bene, il carbone si vende a cinquanta scellini la tonnellata..."

"Ma non è questo che voglio sapere," ribatté Hetty, affettando una giuliva curiosità. "Da qualche tempo sei strano, dimmi cos'hai, Arturo, chi sa ch'io non possa giovarti."

Egli, vinto dal suo calore, si voltò verso di lei e sentí l'impulso di aprirsi a lei, per liberarsi di quel fardello che gli opprimeva l'anima. Disse, a bassa voce: "Non posso dimenticare il disastro."

Ella ebbe un moto d'impazienza ma lo dissimulò. Rispose, con l'accento che avrebbe adottato per secondare un bimbo afflitto: "Spiegami cos'è, caro; cos'è che ti tormenta?"

"Sono persuaso che il disastro avrebbe potuto essere evitato."

Ella gli scrutò il viso, malinconico, esasperato, e sentí l'imperiosità di risolvere l'enigma che la rendeva perplessa. "Vedo che soffri, caro; non vuoi spiegarmi perché?"

"Te l'ho detto! Credo fermamente che le vite di quei poveri minatori sono state... scientemente soppresse, e che..." Rinunciò a proseguire. A che scopo? Hetty non capirebbe mai.

Ella ebbe tuttavia un barlume di ciò che lo ossessionava. Gli prese la mano, affettuosamente, e gli disse con dolcezza: "E quand'anche fosse, mio povero Arturo, cosa puoi farci tu, dopo tanto tempo! Devi importi di dimenticare. Al confronto di quello che accade adesso, di quelle migliaia di giovani che tutti i giorni perdon la vita al fronte, il disastro della Nettuno è un incidente di minima importanza."

"Ma no!" protestò lui, lamentevolmente, premendosi gli occhi con le palme. "È la stessa cosa. Io non posso dissociarle l'una dall'altra nella mia mente. Gli uomini al fronte vengono sacrificati esattamente senza pietà come lo furono i nostri minatori. Ai miei occhi il disastro della Nettuno e la guerra hanno inesorabilmente lo stesso identico significato; sono entrambi due esempi ignominiosi di eccidio in massa."

Hetty sentí la necessità categorica di dominare lei la situazione, per non lasciarsi trascinare dentro il tortuoso labirinto della sua mente malata. A suo modo, gli voleva bene. Ma era e si vantava di essere una donna pratica. Ed era persuasa di agire pel bene di lui. "Adesso capisco," gli disse conciliante, "son contenta di averti costretto a confidarti a me. Vedo che ti stai torturando con un'idea fissa, ma se continui ci farai su una malattia. M'ero bene accorta che eri strano, ma non avevo la minima idea che si trattasse di questo; credevo che... oh, non sapevo cosa pensare."

"Cosa credevi?"

"Be', a esser franca credevo che tu... che tu *non volessi* andare al fronte..."

"Difatti non voglio."

"...Ma volevo dire che... temevo che tu... *avessi paura* di andarci!"

"E chi sa, può darsi anche questo, che ne so io?"

"Sciocchezze, Arturo," dichiarò Hetty con aria di superiorità, e carezzandogli il dorso della mano. "Ti sei rovinato i nervi, ecco tutto. Capita anche ai piú arditi. Alan mi diceva che lui stesso tremava di paura, proprio in quell'azione in cui il suo coraggio gli valse la Military Cross. Ora senti, Arturo, dài retta a me; devi smettere di tribolare con quei pensieri, devi fare una vita piú attiva se vuoi controllare i tuoi nervi, capisci?"

Lo guardava con occhi seducenti, sicura di sé, conscia dell'attrazione che sapeva di esercitare. "Lasciati persuadere, mio povero sciocchino, senti bene: ricordi il giorno che m'hai chiesto di sposarti, e io ho risposto che eravamo troppo giovani? Be', caro, adesso sarei disposta a cambiar parere, se solo tu fossi ufficiale, mi capisci?"

Arturo s'irrigidí. Ecco la crisi che aveva temuta: e sotto l'odioso mascheramento della tenerezza. Ma Hetty non notò in lui il subitaneo moto di ribellione che lo rese muto; trascinata dal proprio sentimento, che non era amore, ma devozione, — il senso di immolarsi pel bene di lui, — gli si fece piú vicino e seguitò, a bassissima voce: "Sai quanto ti voglio bene, vero, Arturo; da sempre, da quando si era bambini. Annunciando ora il nostro fidanzamento, faremo finire tutti questi sciocchi malintesi. A far cosí, causi molto dolore a tuo padre, e agli altri, me compresa. Nell'esercito inoltre ti sentiresti molto piú felice, credi; saremo tutt'e due piú felici."

"Non metto in dubbio le tue parole, Hetty; ma il guaio è che ho deciso fermamente di non arr..."

"Ma no, Arturo!" scattò Hetty, interrompendo, "non voglio crederlo!"

"Proprio cosí."

La prima reazione di Hetty fu un senso di smarrimento; volle sormontarlo e disse precipitosamente: "Ma ascolta, caro, ascolta, fammi il piacere; sai che tra poco ci sarà la coscrizione anche da noi, te lo dico io, l'ho sentito dire al Quartier Generale, prenderanno tutti gli uomini tra i diciotto e i quarantadue anni, se non sono esonerati; e nel caso tuo sai benissimo che l'esonero dipende esclusivamente da tuo padre, e non credo che..."

"Lascia che mio padre dica e faccia quello che vuole, io me ne infischio. Vedo del resto che avete parlato di me..."

"Ma, Arturo, per favore, te lo chiedo per me, please, please!"

"No. Assolutamente impossibile," concluse lui in tono che non ammetteva replica.

Ella arrossí di vergogna. Vergogna non tanto di lui quanto di sé. Ritrasse violentemente la mano. Per acquistar tempo e dominarsi s'acconciò i capelli, voltandogli le spalle; poi disse, su tutt'altro tono: "Dovresti intuire che per me non è lusinghiero di essere virtualmente fidanzata ad un uomo che rifiuta di fare la sola cosa decente che gli resta a fare e che gli chiedo di fare."

"Mi rincresce, Hetty, ma non vedi che..."

"Ma stai zitto, fa' il piacere. Nessuno mi ha mai offesa cosí. Mai. È un'indegnità. Non credere poi che io abbia addirittura perso la testa per te. Ho inteso piú che altro far piacere a tuo padre. Lui sí è un uomo: e non un tentativo d'uomo come te. Non voglio piú saperne di te." Era furente.

"Pazienza," mormorò lui, fra i denti.

"La conclusione è una sola," riprese Hetty, mordicchiandosi il labbro. Mirava a ferirlo, con maggior soddisfazione di quanta ne avesse provata prima immolandosi. "La conclusione è che sei un fifone." Fece una pausa, poi gli gettò in faccia l'altra parola. "Un vile!"

Arturo impallidí. Ella aspettò un attimo che dicesse qualcosa, ma vedendo che non reagiva, abbozzò una smorfia di disprezzo, s'alzò e venne via. Arturo la raggiunse e camminarono in silenzio fino a casa. Nel vestibolo egli la lasciò senza salutarla, e si ritirò in camera sua. Hetty stette qualche secondo immobile, ancor tutta fremente di sdegno, poi s'affacciò alla sala da pranzo.

C'era Barras, solo, assorto nello studio della carta geografica imbandierata, e si voltò, e vedendola l'accolse con insolita effusione, fregandosi le mani, "Cara Hetty," esclamò, "vieni a rapporto? che c'è di nuovo?" Finallora Hetty aveva potuto dominarsi. Ora la mite cortesia di Barras la disarmò. Scoppiò in lagrime. "Cosa c'è piccolina, Dio mio, cosa c'è?" Le si avvicinò, come per proteggerla. Essa gli si accoccolò contro la persona, come in un rifugio contro la tempesta. Lui le cinse le spalle con un braccio solo, mormorando monosillabi di conforto. Hetty chiuse gli occhi, abbandonandosi al senso di protezione — nuovo per lei — che derivava dall'irradiazione della sua forte personalità.

X

Nei primi sei mesi della sua nuova carica, Joe trovò lavoro quanto ne voleva. Arrivava in fabbrica di buon mattino e ne usciva a sera tarda, era sempre reperibile in qualunque momento si avesse bisogno di lui, deciso ad acquistarsi la fama di possedere un'energia entusiastica ed illimitata. Sulle prime andò cautissimo. Nella sua scaltrezza non aveva tardato a notare che Fuller, direttore degli uffici d'amministrazione, Irving, direttore dell'ufficio disegni, e Dobbie, il capo della contabilità, riconoscevano malvolentieri la sua autorità. Erano tutti e tre anziani d'età e d'impiego, e quindi suscettibili di adombrarsi degli alti poteri conferiti ad un giovinastro ventisettenne che non aveva fatto nulla per meritarli. Dobbie in particolare, da quell'arida ed angolosa macchina calcolatrice che era, con gli occhiali a molla in bilico sul naso adunco e l'alto colletto chiuso come quello dei pastori protestanti, era brusco come l'aceto. Ma Joe era astuto. Sapeva aspettare il suo momento. E frattanto badava unicamente ad entrare sempre piú nelle grazie di Millington.

Non c'era fatica alla quale si ricusasse. I suoi modi suasivi nell'esimere Millington da fastidiose incombenze di minor importanza gli assicurarono col tempo una sensibile estensione di quelle che spettavano a lui. In marzo propose di sua iniziativa la conferenza del sabato, allo scopo di rivedere con Millington le importanti transazioni conchiuse durante la settimana e ponderare su programmi allo studio. Alla fine dello stesso mese sollecitò ed ottenne l'autorizzazione di far impiantare sei macchine nuove, e propose l'assunzione di mano d'opera femminile. Prepose alle macchine e ai forni due operai che erano stati amici suoi, e che da quel momento gli furon devoti per la pelle. In aprile Clegg morí, e Joe mandò al funerale una superba corona.

Gradatamente si portò ad occupare una posizione assai prossima a quella di Millington, e venne a conoscere tutte le intricate fila dell'azienda. L'ammontare dei profitti lo stupí. La sola partita delle bombe a mano, che il Governo pagava sette scellini e sei pence cadauna e costavano in media nove pence e venivano prodotte a diecine di migliaia, introitava guadagni spettacolosi. Porca mattina, pensava Joe, e gli prudevano le mani: era zero al confronto il suo stipendio, che ormai ammontava a settecentocinquanta sterline all'anno. Intensificò i suoi sforzi. Divenne intimo con Millington; partecipava sovente allo spuntino di sandwiches e birra che Millington faceva privatamente in ufficio, e lo accompagnava al Club, non al Sociale, ma al Country Club, e nella hall dell'Albergo Centrale. Riuscí persino ad accompagnarlo alla prima riunione del Commissariato delle Munizioni. Tutto ciò si compié per gradi ma senza scosse. Quando Millington era assente, la responsabilità dell'andamento dell'azienda ricadeva naturalmente e di diritto sulle spalle di Joe. Tutte le volte che voleva sottrarsi al tedio d'un colloquio scabroso, Millington enunciava il ritornello "Consultare Gowlan in merito". A questo modo Joe venne a contatto con molte persone influenti, e si fece dare l'autorizzazione di provvedere direttamente ad una parte degli acquisti di materiale: piombo, rottami, e soprattutto l'antimonio, il cui prezzo era di venticinque scellini la tonnellata. Fu anzi sul prezzo dell'antimonio che Joe fondò l'inizio dei suoi rapporti con Mawson.

Jim Mawson era un omaccione dal doppio mento e dagli occhietti piccoli ma intelligenti e impenetrabili. Le sue origini erano forse anche piú oscure di quelle di Joe, il che contribuí non poco a stabilire tra i due un'intesa fin dall'inizio. Mawson si diceva negoziante all'ingrosso. Il centro dei suoi affari era situato su uno dei moli in un vasto magazzino sormontato da un'insegna ormai molto stinta che diceva: *Compravendita all'ingrosso di Rottami, Ferro e Affini, Corde e Sacchi usati, Caucciú, Pelli di coniglio, Stracci, Ossa, ecc.* Ma le sue attività erano di gran lunga piú varie ancora; compartecipava alla fornitura dei capannoni da campo, trafficava in tutto, giuocava in borsa; era insomma uno dei beati mortali che si arrangiavano per trar profitto dalla guerra. Uno degli affari minori in cui s'era reso celebre sollevò in Joe, allorché n'ebbe notizia, un'ammirazione senza limiti. Incominciava a quel tempo la penuria di carta, e Jim Mawson aveva reclutato nelle catapecchie dei suburbi tutto un battaglione di ragazzette, e le sguinzagliava alle cinque del mattino in tutta la città a raccogliere dai secchi della spazzatura la carta straccia. Le pagava due scellini e mezzo la settimana, che era assai piú di quanto meritavano, diceva Jim; ma il guadagno che realizzava lui era strabiliante. Ma non era il guadagno, bensí l'idea che entusiasmava Joe; l'idea di accumulare una fortuna razzolando nei rifiuti!

Joe si riconosceva fratello carnale di Jim. Alla sua presenza non aveva alcun bisogno di travestire i propri atti; ed era certo che Jim covasse analoghi sentimenti di reciprocità. Dopo il loro colloquio preliminare sul prezzo dell'antimonio, Jim invitò Joe a pranzo in casa sua. Si era reso proprietario d'un casone male in arnese rilevando l'ipoteca che lo gravava e facendo fallire il primo padrone; ne aveva arredato per proprio uso un alloggio con mobili pesanti di legno giallo e con una profusione di tappeti monocromi a un tanto al metro. Joe vi aveva fatto conoscenza con la genitrice di Jim, astuta femmina dai capelli brizzolati in paglia-di-ferro, che si vantava di aver posseduto un'agenzia di pegno, e sulla cui mano inanellata e sudicia Joe si chinò cosí profondamente che pareva volesse leccargliela. La cena consisté in feroci bistecche con cipolle servite nella padella, e parecchie bottiglie di birra scura; e dopo cena Jim diede a Joe un amichevole consiglio di borsa. Seduto placido in un gran seggiolone, e parlando laconicamente da un angolo della bocca, Jim disse: "Perché non comprarvi un mezzo migliaio di Frank's Ordinary? Valevan niente prima della guerra. È un pastificio che fa una galletta micidiale. Nemmeno buona pei cani. Ma in trincea va. Pagano un dividendo del 15 per cento. Meglio entrare in ballo prima che n'esca il dividendo."

Grazie a Jim, Joe, comprando a margine, incassò trecento sterline, e se ne congratulò vivamente, antivedendo altre future brillanti operazioni in società con Jim. Non si era che al principio. La guerra pareva voler durare un pezzo, e doveva far di lui un personaggio. Era la guerra piú amabile che si potesse immaginare; Joe s'augurava che non finisse mai.

Rimaneva però un'ombra, una sola, ad offuscare lo splendore delle prospettive di Joe. Laura. Tutte le volte che pensava a lei, ed erano tante, gli s'increspava la fronte in linee di perplessità. Non riusciva a penetrare il mistero ch'essa rappresentava. Era convinto di dovere a lei, in chi sa quale sottile maniera, la sua presente posizione. Inconsciamente si sorprendeva a imparare da lei le regole delle buone usanze, a modellarsi su di lei, a domandarsi "le piacerà questo?" o "preferirebbe quest'altro?" Era ancora tagliato con l'accetta, ma progressi ne aveva fatti. Aveva abolito la brillantina, per esempio, i cui effluvi le avevan fatto alzare un sopracciglio la sera del loro primo incontro; portava le scarpe gialle solo con gli abiti chiari; le sue cravatte erano già meno vistose; la catenina era discesa d'un piano sul gilé, e gli annessi sigilli in similoro avevan fatto naufragio nella Tyne in compagnia della perla falsa. Anche per altri versi, piú intimi, prevaleva l'influenza di Laura. Una volta, dopo aver intravisto il camerino da bagno a Hilltop, ricco di sali di cristallo, d'acque ammoniacali, di spugne e cento altri articoli raffinati, Joe era corso difilato in farmacia a comprarsi uno spazzolino da denti.

Ma il guaio era che Laura persisteva cosí perfidamente inaccessibile. Si vedevano abbastanza sovente, ma sempre alla presenza del marito; ed era da solo che Joe voleva trovarsi con lei, ma rifuggiva dal fare la prima mossa. Non era totalmente sicuro, quindi temeva di fare uno sproposito capace di compromettere l'avvenire. Non osava.

A volte in casa la sera sedeva assorto pensando lungamente a lei, desiderandola, creandone l'immagine nella fantasia, domandandosi che cosa potesse star facendo in quel momento: prendendo il bagno, forse, o pettinandosi, o infilando le calze di seta. Una volta la febbre lo prese cosí assillante che non poté trattenersi dal precipitarsi fuori di casa, diretto alla cabina telefonica. Col cuore in tumulto chiamò il suo numero, ma gli rispose la voce di Millington, e Joe, preso da panico, riagganciò il ricevitore e sgattaiolò umile verso casa.

C'era da ammattire. Si sentiva nei confronti di Laura impacciato come se si trovasse alla sua prima esperienza in fatto di emozioni sessuali. Ella rappresentava ai suoi occhi qualche cosa di nuovo, di indefinibilmente eccentrico, e non poteva venirne a capo. Laura continuava a restare un enigma. Si sforzava in tutti i modi di studiarne l'indole, e a quando a quando gli pareva di coglierne qualche barlume. Era certo, per cominciare, che Laura s'annoiava con suo marito; doveva essere stanca oltre ogni limite sopportabile delle arguzie, sempre le stesse, ch'egli alternava coi suoi bronci recriminatorii o coi suoi slanci patriottici che, ultimamente, si venivano moltiplicando. Era tediata fino alle lacrime dal suo public-school spirit, dei suoi alti ideali, del fanciullesco balbettare ch'ei riservava a lei negli istanti di tenera intimità. "Come sta la mia gattina," aveva borbottato Stanley una sera alla presenza di Joe; e Joe avrebbe giurato di aver visto Laura irrigidirsi sdegnata. Ma era fedele a suo marito, questa è la maledizione, ripeteva Joe.

Joe era vanitoso come un pavone. Si vedeva bello, ardito, irresistibile. Non lo vedeva anche Laura cosí? Che s'interessasse a lui, era innegabile; e senza dubbio lo riconosceva capace, sebbene talora lo fissasse con una punta d'ironia: sulla moralità di Joe, Laura non nutriva illusioni. Ma bastava che lui tentasse cautissimamente di avvicinarla bordeggiando perché ne risultassero immediatamente effetti disastrosi. Un giorno al tè Joe accennò di sfuggita ad uno scherzo noto, volgaruccio; Stanley rise rumorosamente, ma Laura si fece di pietra, spogliò — letteralmente — il suo viso da ogni ombra d'espressione. Joe, rosso come mai in vita sua, s'era sentito sprofondare in un pelago di vergogna. Strana, quella Laura. Un tipo unico.

Anche nella faccenda, ad esempio, dei comitati patriottici femminili, Laura si distingueva da tutte le altre signore, in quanto non volle mai saperne di portare l'uniforme. Erano tutte in kaki a Tynecastle; era divenuta una manía epidemica; Hetty sua sorella non smetteva mai la divisa. Ma Laura no. Andava, è vero, nella cantina delle reclute, a distribuire sandwiches e servire il caffè, perché le piaceva assistere al pasto delle belve, diceva; e portava le sue contribuzioni ai pacchi d'indumenti di lana destinati al fronte; ma basta. Laura apparteneva a sé. Si isolava, entro una rocca inespugnabile, di cui Joe non conosceva i camminamenti d'approccio.

Questa situazione persisté inalterata fino a giugno. Poi venne quel giorno indimenticabile, il 16 di detto mese, in cui Stanley fece trasecolare Joe per la seconda volta. Erano le dieci e un quarto, e Millington, che non si era fatto vedere tutta la mattina, si affacciò all'ufficio di Joe dicendo: "Venite da me, Gowlan, ho bisogno di parlarvi."

Il tono serio della chiamata impensierí Joe. Con la coscienza sporca e l'aria un tantino consapevole, si recò in direzione. Millington stava annaspando nervosamente nel mucchio di papiri che gli ingombravano la scrivania.

Da qualche tempo si mostrava nervosissimo. Era un uomo di meriti tutt'altro che eccezionali; intellettualmente non possedeva che clichés, idee comuni e tendenze ordinarie. Giuocava a golf e a bridge e leggeva romanzi polizieschi. Era fermamente convinto che un inglese valeva piú di cinque forestieri. Non aveva mai mancato di assistere all'inaugurazione di un salone dell'automobile. Era, inoltre, un noioso; ripeteva sempre le stesse storielle, dilungandosi a raccontare in qual modo la prima squadra dei quindici di St. Bede avesse battuto a cricket la squadra di Gibbleswick. Ma al disotto delle sue attitudini e delle sue varie attività fluiva in perpetuo una corrente di malcontento, quasi ch'ei fosse mosso dalla costante aspirazione a liberarsi dal presente, a sottrarsi alle sue occupazioni, a fuggirne la monotonia. Arrivava ad esempio in ufficio al lunedí, con gli angoli della bocca volti all'ingiú, e i suoi modi sembravano dire, oh, santo cielo, debbo andare avanti cosí per tutta la vita?

L'azienda andava a gonfie vele, e sulle prime il mercurio del termometro di Millington salí a livelli mai toccati prima. Era portentoso far quattrini al ritmo di mille sterline la settimana. Ma adesso Stanley era già pervenuto allo stadio in cui pensava che il denaro non era tutto. La sua nervosità si accentuò appena fu creato il Ministero delle Munizioni. Perché allora la fabbrica diventò un'azienda quasi parastatale; tutto procedeva ufficialmente secondo un ordine prestabilito e sotto controllo, e Stanley aveva molto meno da fare; invece di rallegrarsi della bonaccia sopravvenuta, trovò modo, dopo di averla tanto invocata brontolando, di attribuirle la causa della sua nuova irrequietudine.

Ciò che lo turbava in modo particolare erano le musiche dei reggimenti. Tutte le volte che una banda militare passava per la strada suonando Tipperary o Goodbye, Stanley s'impettiva, le sue guance s'accendevano e i suoi occhi mandavano un lampo; ma di man in mano che la banda s'allontanava, l'eco della marcia marziale spegnendoglisi nel cuore pareva accasciarlo. E Stanley sospirava.

Anche i manifesti lo turbavano. Il sobborgo di Yarrow aveva risposto con commendevole zelo all'appello della patria, e a molte finestre appariva il cartello che recava scritto: *Un UOMO ha lasciato questa casa per andare a combattere per il Re e per la Patria.* L'UOMO era in caratteri cubitali, e Stanley aveva sempre sognato di diventare un uomo a caratteri cubitali. Ma, piú di tutto, eran l'occhio e il dito di Kitchener che lo impressionavano. Passando sotto quell'occhio, sotto quel dito inesorabilmente puntato su di lui, Stanley s'imbestialiva, e serrava la pipa ferocemente fra i denti, domandandosi fino a quando sarebbe in grado di tollerare tale affronto.

Non fu, comunque, il dito di Kitchener, ma bensí il pranzo dei vecchi allievi di St. Bede che precipitò la crisi e ne determinò la soluzione. Il pranzo aveva avuto luogo la sera avanti, da Dilley's. Ora Stanley, di là dalla scrivania, guardò su a Joe e gli annunciò gravemente:

"Joe, lo sapete che in Francia si svolge, senza di me

una titanica impresa?" (Joe, nel sollievo che provò notando che non si trattava d'antimonio, non afferrò lí per lí l'allusione implicita nell'esordio.) "Ho deciso," seguitò Stanley, in un registro di voce che non gli era naturale, "ho deciso di parteciparvi."

Joe capí. Il colpo era cosí inatteso che lo disanimò. Dopo un silenzio carico d'elettricità, borbottò: "Ma non potete, Mr. Stanley. E qui, come si fa?"

"Di questo parleremo poi," disse Stanley, scartando l'idea con la mano e parlando precipitosamente; "quel che è certo è che parto. Ho preso la risoluzione ieri sera. Al pranzo. Gran Dio, non so come ho fatto a restare fino alla fine. Volete credere? Tutti quanti in uniforme eccetto io. Tutti i miei vecchi compagni in divisa, tutti, e io, io solo, in borghese. Mi sentivo assolutamente un pesce fuor d'acqua. Tutti mi guardavano, sapete come, — e cosa fa il nostro pescecane? — sapete cosa voglio dire. Hampson, che era della *mia* classe, bravo figliuolo e tutto, non m'ha nemmeno salutato. È maggiore. E Robbins, un vermiciattolo che non era nemmeno nel secondo undici, adesso è capitano, e due ferite sulla manica. Non posso piú tollerare, subire questo stato di cose. Im-pos-si-bile."

Joe aspirò trepidamente il fiato, ansioso di radunare le sue idee scompigliate. Non poteva ancora crederci. Troppo bello per esser vero. Disse: "Ma voi compite un lavoro d'importanza nazionale. Non vi esonerano da direttore d'una fabbrica di munizioni."

"*Devono esonerarmi!*" latrò Stanley. "La bottega va avanti da sé. I contratti sono automatici. E poi c'è Dobbie, che tiene i conti, e ci siete voi, che sapete tutto a occhi chiusi."

Joe li abbassò. "Questo è vero," mormorò.

Stanley scattò in piedi e prese a camminare animatamente su e giú. "Io non sono un cerebrale, voi mi conoscete, ma è innegabile che dal momento che ho preso questa risoluzione mi sento un altr'uomo. Grazie al cielo è ancor vivo in Inghilterra lo spirito di San Giorgio; non è spento, sapete, non è spento. Combattiamo per la bella causa. Chi può, decentemente, starsene a sedere, sotto gli attacchi aerei, e sottomarini, e veder violentare le donne, bombardare gli ospedali, sgozzare i bambini? Misericordia, basta leggere un giornale per sentirsi ribollire il sangue!"

“Capisco,” disse guardando in terra. “Anch’io, se non fosse per questo ginocchio...” Il ginocchio costituiva la scusa per farsi riformare che Joe aveva scoperto con l’aiuto di un oscuro medicastro dal quale s’era fatto rilasciare un certificato per sette scellini e mezzo, e lo faceva zoppicare maledettamente quando tirava vento patriottico.

Ma Stanley, andando su e giú, pensava solo di Stanley. “Sono qualificato, sapete, pel grado di ufficiale. Ho fatto tre anni nella *yeonmanry*, a St. Bede.”

Altro silenzio. “Vedo,” disse Joe pensosamente. “È Mrs. Millington, ho paura, che non sarà contenta.”

“Ah, naturalmente, si sa; mi dissuade.” Stanley rise, e diede un colpo sulla schiena a Joe. “Allegro, Joe, via! Mi rendo conto del vostro turbamento, che mi lusinga, ma alla fine dei conti la guerra non durerà piú molto tempo.” Guardò l’orologio. “Oh, sentite, io faccio colazione col maggiore Hampson. Se non sono di ritorno per le tre, andate voi per quell’affare delle granate. Avevo appuntamento col vecchio Rutley, col padre; spiegategli voi la situazione.”

Cosí Joe andò, guardingo, dal vecchio Rutley, e Stanley, eccitatissimo, dal suo vecchio compagno Hampson che la sera avanti non lo aveva nemmeno salutato. E alle cinque, mentre Stanley pieno di whisky e affondato in una poltrona del club si contorceva in risate ascoltando le storielle di Hampson relative ad una certa mademoiselle d’un certo estaminet, Joe si accomiatava, con una virile stretta di mano, dal vecchio Rutley, il quale pensava: ecco un giovane che ha la testa sulle spalle.

La sera Joe portò la notizia a Jim Mawson. Jim, immobile nel suo seggiolone, con la pancia sostenuta dalle mani intrecciate, la fronte increspata, gli occhietti fissi in quelli di Joe, non parlò per un pezzo; poi osservò, a mezza voce, senza scomporsi, e in tono privo di commozione: “Gran bella notizia.” (Joe ghignò suo malgrado.) “Dovremo io e voi cavarne qualcosa. Mamma,” abbaiò, “una bottiglia di Scotch!”

Vuotarono la bottiglia loro due soli. Ma non erano i fumi del whisky che esilaravano Joe mentre rincasava verso mezzanotte sulle gambe malferme. Era ebbro del senso della propria fortuna, delle possibilità che gli si aprivano davanti per conquistare la potenza, la ricchezza, tutto. Era in ballo finalmente, come del resto aveva sempre predetto, e poteva tuffarcisi fino agli orecchi, in compagnia dei pezzi grossi. A lui, ora, di misurarsi con loro, porca mattina, cristo, che colpo. Gran bella città Tynecastle, aria buona, strade larghe, bei palazzi, ecco un'idea! comprar case. Che notte meravigliosa! Con la luna che vien fuori proprio adesso per illuminarmi tutta la piazza. Cos'era quella roba là! Una latrina? Comunque una gran bella latrina.

All'angolo di Grainger Street una nottambula gli rivolse la parola. Poh, la troiettina! Procedette ridendo, lucidissimo, esultante. Aveva di meglio, lui, per le mani, cento volte meglio. Laura era già sua. Al diavolo le peripatetiche del marciapiede. Laura era un'altra cosa. Il lirismo quella notte trascinò Joe lontano lontano.

Ma al mattino era in fabbrica allo scoccar delle nove, fresco come una rosa, e piú deferente che mai verso Stanley. Trovò un subisso di cose da sottoporre alla sua attenzione. Joe era la perfezione personificata; non gli sfuggiva nulla. "Gran Dio, Joe" esclamò Stanley dopo due ore di applicazione. "Sei peggio d'un Tartaro. Non avevo idea che fossi cosí meticoloso," gli parlava in piena confidenza. Lo carezzava sulle spalle "Ma il tuo valore lo conosco. Ora vado a far colazione con Hampson. Ci vediamo dopo."

Era strano a vedersi lo sguardo con cui Joe lo osservò allontanarsi e scomparire.

Passarono altri giorni, e finalmente arrivò quello della partenza di Millington per Alderhor. Aveva stabilito di recarsi direttamente in auto a Carnton Junction per prendervi il diretto, anziché valersi del treno locale. Per dare a Joe un segno particolare della sua benevolenza lo invitò ad accompagnarlo con Laura fino a Carnton Junction.

Era un giorno piovoso. Joe arrivò a Hilltop in anticipo, e dovette aspettare dieci minuti nella hall, prima che Laura apparisse. Apparve nel suo semplice costumino di panno blu, con la morbida volpe scura che dava alla sua carnagione pallida quella curiosa luminosità onde Joe sempre s'eccitava. Joe s'alzò premurosamente in piedi, ma ella si diresse lentamente alla finestra quasi che non si fosse accorta della sua presenza. Egli la osservava. Dopo qualche attimo disse: "Gran peccato che Stanley ci lasci."

Ella si volse e lo considerò, con quello sguardo muto che lo rendeva perplesso. Egli si rese conto ch'ella doveva essere addolorata, forse anche indispettita. Si era opposta al proposito di partenza di suo marito.

In quella entrò Stanley, tutto baldanzoso, come se avesse già sul petto una fila di medaglie; si fregava allegramente le mani. "Tempaccio. Be', la giornata è brutta ma la gesta è bella, eh, Joe? Ah! Ah! Laura, cosa ne dici della razione di rum alle truppe?"

Laura suonò il campanello e la cameriera portò il tè. Stanley era rumorosamente giocondo. Canzonò il muso lungo della cameriera, si versò un whisky and soda, e passeggiò su e giú, parlando e sbocconcellando sandwiches. "Ottimi sandwiches, Laura. Tra un paio di settimane ho paura che non ne vedrò piú di questa roba. Me ne spedirai, vero? Uno ieri sera diceva che laggiú fanno tutti molto assegnamento sui pacchi da casa. Per variare il menú, capisci." Rideva. "Hampson, quel vecchio volpone," altra risata, "ha un metodo suo per fare il lesso nella gavetta, m'ha spiegato. Là si diventa tutti ingegnosi. Avete visto l'ultimo numero del *Bys tander*? Impagabile, ah! ah!" Poi diventò patriottico. Sempre marciando e mangiando ripeté con eloquenza ciò che aveva appreso dal maggiore Hampson: contrattacchi, maschere antigas, depositi di munizioni, pistole Very, istruzione sul tiro, valore britannico.

Mentre parlava, il profilo di Laura seduta alla finestra risaltava mesto contro il lauro gocciolante del giardino. Ascoltava lentamente il cicaleccio patriottico di suo marito. D'un tratto Stanley depose il bicchiere d'un gesto secco. "Be', ci tocca andare, o perderò la tradotta, Laura," aggiunse, venendole vicino, "non vuoi prendere l'impermeabile con questo tempaccio?"

"No, non importa," rispose Laura. S'alzò, e con l'assoluta immobilità della persona paralizzò ogni eventuale effusione da parte di suo marito. "Hai tutto quanto nella vettura?"

"E come no?" disse Stanley, e si avviò alla porta.

Salirono in automobile; non era la vettura di servizio, ma il modello sport, vecchio di due anni, proprietà personale di Millington, col mantice alzato. Stanley spinse il bottone della messinmoto, ingranò la marcia e partirono.

Percorsero la strada in salita che cingeva l'abitato, si lasciarono alle spalle l'ultimo villino isolato e si lanciarono attraverso la pianura in direzione della brughiera.

Dal modo di condurre si capiva che Stanley era esaltato: accelerava e apriva lo scappamento in tutte le curve. "Vola come un aeroplano," gridò giulivo. "Avrei dovuto entrare nell'aviazione."

"Bada di non slittare, la strada è una gelatina," disse Joe, ma Stanley rise di nuovo.

Joe, dal sedile posteriore, non levava gli occhi dal profilo di Laura seduta al fianco del marito in una compostezza che era a un tempo edificante e stupefacente. Stanley guidava come un pazzo, e lei non dava il minimo segno di nervosità. Che s'augurasse un capitombolo, alle volte? Joe per conto proprio non ci teneva affatto, perdio no!

Passarono di volata davanti alla vecchia chiesa di St. Bede che sorgeva, butterata dal tempo, tra poche tombe coperte di licheni, grigia e gagliarda sul limitare della brughiera. "Monumento nazionale," disse Stanley con un cenno del capo.

"Mai visitata, Joe?"

"No."

"Ci sono certe antiche panche scolpite che sono una bellezza. Meritano d'esser vedute."

Cominciarono la discesa. Venti minuti dopo arrivarono a Carnton Junction. Il diretto era in ritardo, e dopo aver spedito i bagagli Stanley prese a passeggiare con Laura avanti e indietro sulla banchina. Joe, per discrezione, si mise a discorrere affabilmente col facchino, ma con la coda dell'occhio sorvegliava i coniugi gelosamente. Sta' a vedere, dopo tutto, che è innamorata.

Un fischio acuto, e il fragore del treno in arrivo. "Eccolo," disse il facchino, "solo quattro minuti di ritardo."

Stanley veniva frettoloso. "Be', Joe, si va." (Al facchino:) "Sí, prima fumatori, di faccia alla macchina." (A Joe:) "Scrivimi, vero. Lascio tutto nelle tue mani. Yes, yes, all right, splendid, splendid. So che farai tutto benone." Gli strinse la mano con effusione, e la stretta di Joe fu virile e prolungata. Baciò Laura e saltò nella vettura. Era, in fondo, un sentimentale, e ora al momento della separazione si svelava profondamente commosso. Si sporgeva dal finestrino, sentendosi al cento per cento un guerriero che parte per la guerra e si stacca dalla sposa e dall'amico. Spense in un sorriso due lagrime che gli scintillavano negli occhi.

"Joe, ti raccomando Laura."

"Non dubitare, Stanley."
"Ricordati di scrivermi."
"Sta' sicuro."

Pausa. Il treno non accennava a muoversi e la pausa si prolungava; per riempirla Stanley disse: "Pare che si metta a piovere piú forte." Il treno ebbe una scossa e Stanley gridò: "Ecco, si va. Good-bye, Laura. Good-bye, Joe, old man." Il treno ebbe un brivido e si arrestò. Stanley, accigliato, guardò su e giú lungo il binario. "Farà acqua. Qualche altro minuto per noi." Ma improvvisamente il treno ebbe un altro scossone, s'incamminò liscio e cominciò ad acquistare velocità. "Well, good-bye, good-bye!"

Stavolta era partito. Laura e Joe rimasero sulla banchina finché l'ultima carrozza fu fuori dalla vista, Joe agitando la mano effusivamente, Laura no. Piú pallida del solito, palesava negli occhi un umidore sospetto, che non sfuggí a Joe. Si avviarono in silenzio all'automobile.

Quando uscirono di sotto alla pensilina diluviata, Laura andò verso il sedile posteriore, ma Joe, con aria di sollecitudine, le sbarrò il passo tendendo un braccio. "Lí dietro vi prendete tutta l'acqua, Mrs. Millington; salite davanti."

Ella esitò, poi senza parlare ubbidí. Egli la approvò, ne approvò la ragionevolezza, con un cenno del capo; poi prese posto al volante.

Guidava adagino, in parte perché la pioggia intorbidiva il cristallo e in parte per prolungare la gita. Pur palesando un contegno inappuntabile fremeva di sentirsi al fianco Laura, sola, alla propria mercé, mentre il marito, lanciato a tutta velocità Dio sa dove, s'allontanava sempre piú di minuto in minuto. Le scoccò una cauta occhiata. Sedeva discosta, il piú che poteva, da lui, e guardava fisso innanzi; egli intuí che in ciascuna fibra del suo corpo essa vibrava di risentimento, difensivamente all'erta. Si impose la massima prudenza, evitò ogni contatto di ginocchio; doveva seguire una tattica tutta diversa, temporeggiare per settimane, forse per mesi, andar piano con mille precauzioni. Aveva l'impressione che Laura lo detestasse. A un certo punto disse, in tono lievemente recriminatorio: "Temo, Mrs. Millington, che voi abbiate poca simpatia per me."

Silenzio. Joe non distoglieva gli occhi dalla strada.

"Non mi sono mai posta una simile domanda," rispose Laura, con accento piuttosto sdegnoso.

"Non ne dubito." Risolino di rimpianto. "Non date importanza a quello che ho detto. Solo pensavo che... siccome mi avevate aiutato in principio — in fabbrica, voglio dire — adesso potreste... Mah, non so nemmeno io quel che..."

"Volete favorire di andare un po' in fretta; alle sei devo essere in cantina."

"Certo, Mrs. Millington, certo." Premette l'acceleratore, e la pioggia sferzò penetrando dai lati. "Volevo solo assicurarvi che sono a vostra intera disposizione, ora che Stanley è partito. Bella figura d'uomo, Stanley." Sospirò. "Io non dimenticherò mai quello che gli devo. Gli sarò grato per tutta la vita."

La pioggia si faceva piú fitta. Stavano attraversando la brughiera, ch'era battuta da un fortissimo vento. La vettura era riparata solo dalla capote sottile, senza tendine laterali. "Vi bagnerete tutta, Mrs. Millington," disse Joe.

Laura s'alzò il bavero. "Non importa."

"Importa sí. Al primo riparo mi fermo. È un vero ciclone, bisogna lasciarlo passare."

Laura, senza impermeabile, cominciava infatti a sentirsi la pelle bagnata. Tra poco sarebbe fradicia. Ma non parlava. Joe comunque, avvistata la vecchia chiesa, lasciò la strada e portò la vettura davanti al pronao. "Svelta," disse, "svelta: mettetevi al riparo." La spinse pel braccio, urgendola a scendere. Fu la subitaneità del suo gesto incauto che persuase Laura a conformarsi all'ordine. Egli la raggiunse. Provò la porta: era aperta. "Entrate, Mrs. Millington, qui fuori prendete un malanno, il vento è freddissimo." Entrarono.

Era una chiesa piccola, calda dopo il vento mordente, e buia, impregnata dall'odore dei ceri e d'un lieve profumo di incenso. Sull'altare sormontato da un crocefisso grande si distinguevano nella penombra due mazzi di fiori bianchi in vaso. Pareva un altro mondo, tant'erano tangibili la pace, il tepore, il silenzio, intensificati dal rumore della pioggia sul tetto.

Guardandosi attorno con curiosità, Joe percorse la navata e notò, subcoscientemente, ai lati dell'altare le antiche panche scolpite di cui Stanley aveva parlato. "È un rifugio di nuovo genere, ma se non altro ci si sta all'asciutto." Premurosamente: "Rassicuratevi, non ci staremo un pezzo: vi porterò alla cantina in tempo." S'accorse, con sorpresa, che Laura, in piedi, appoggiata ad una delle panche, le mani giunte, era scossa da brividi. "Dio buono," disse, come per rimproverare se stesso, nei toni caldi della sua bella voce, "avete la giacchetta tutta fradicia, sgocciola! Levatevela, v'aiuto io!"

"No," diss'ella, "non importa." Guardava dalla parte opposta a Joe, si mordeva nervosamente il labbro.

Egli ebbe d'un tratto la vaga intuizione ch'ella lottasse in segreto, disperatamente. "Date retta, Mrs. Millington," e con lo stesso fare sollecito e rassicurante le pose la mano sul bavero della giacca.

"No, no," mormorò Laura, "vi dico che non m'importa... Non mi piace qui dentro, non dovevamo venirci. La pioggia..." S'interruppe, si tolse la giacca con mossa riluttante ma rapida. Respirava con affanno. Sotto la seta della camicetta bagnata e aderente alla pelle trasparivano i suoi seni che Joe vide abbassarsi e alzarsi nel respiro. Laura aveva completamente perso la sua padronanza, strappatale di dosso dalla buia segretezza del luogo. I suoi occhi aleggiavano attorno in occhiate timorose.

Joe la considerava attonito, senza capire. La vide rabbrividire una seconda volta. Allora miracolosamente capí. Un'onda di calore lo sommerse da capo a piedi. Fece un passo avanti: "Laura," supplicò, "Laura."

"No, no." Laura ansava. "Voglio andar via, via di qui..."

Ma si trovò nelle braccia di Joe e si arrese. Si strinsero selvaggiamente, e le loro labbra si cercarono con avidità. Ma ancor prima che la bocca di lei si aprisse ai suoi baci, Joe aveva scoperto ch'ella era pazza di lui, e aveva lottato tutti questi mesi per tenere a freno la passione. Barcollò come ebbro. Avvinti si spostarono verso la panca in prima fila, ch'era guernita d'un lungo cuscino. Le loro mani compivano gli stessi atti sincronicamente, le loro labbra erano umide di bramosia. Nella rossa oscurità che li avvolse, il rantolo di Laura lacerò l'aria fino alla cupola. Il Crocifisso li guardava.

XI

Quando fu promulgato il decreto della coscrizione, i rapporti fra Arturo e suo padre divennero cosí tesi da assumere apertamente il carattere di una guerra dichiarata. Poiché il nome di Arturo figurava tra gli imboscati sul "Registro Nazionale", gli fu recapitato l'ordine di presentarsi al suo centro di mobilitazione. Egli trascurò di conformarsi a quest'ordine; ma per qualche tempo la sua omissione non fu rilevata ufficialmente.

Egli rincasava tardi apposta la sera, per non trovarsi a mensa con suo padre, e al mattino arrivava prestissimo in miniera, anche prima di Hudspeth, e scompariva subito sottoterra; tuttavia queste precauzioni non bastavano ad eliminare gli incontri accidentali, e quando si verificavano traspariva acerbissima l'animosità del conflitto tra padre e figlio. Una sera Arturo entrò, stanco e sporco, in direzione, credendo di non trovarvi nessuno. Barras, simulandosi assorto nel lavoro, lo ignorò, solo per fargli capire che la sua presenza alla Nettuno non era indispensabile. Dopo un po', alzò la testa e finse di scoprirlo solo in quel momento, e aggrottando la fronte gli disse: "Oh, sei lí? Ancora lí?" Arturo senza rispondere si ritirò, seguito dagli occhi indignati e schernevoli di suo padre, che tambureggiava sul tavolo con le dita.

Non sfuggiva ad Arturo che la sua presenza alla miniera dava a suo padre un enorme fastidio. Al principio di gennaio sentí il dovere di richiamare l'attenzione sul cattivo stato delle travi di sostegno delle gallerie d'un dato settore. Barras prese fuoco istantaneamente: "Bada ai casi tuoi, che ai miei bado io. Se avrò bisogno del tuo consiglio te lo chiederò."

Arturo non replicò. Le travi erano di pessima qualità, e per di piú deteriorate alla base. Era indignato dalla bassa qualità del materiale che suo padre usava. Coi prezzi alti e la produzione in aumento, il denaro pioveva in casa; ciò malgrado, e nonostante il disastro, nulla veniva speso per consentire agli operai una maggior sicurezza e migliori condizioni di lavoro.

La stessa sera l'*Argus* di Tynecastle annunciava a grandi caratteri che il Military Service Act era stato convertito in legge. Leggendo la notizia ad alta voce, Barras non dissimulò la propria soddisfazione. "Questo sí ci voleva," dichiarò, "per scuotere i renitenti. È ora che si provveda a rinfrescare l'aria una buona volta; sono troppi gli imboscati che la avvelenano." Dette un risolino di trionfo. Le osservazioni erano dirette a Zia Carola, ma ovviamente intese per Arturo. "È un vero scandalo, non trovi, Carola, la quantità di gente idonea al servizio militare, che pur si sottrae al suo dovere. Finora hanno potuto ripararsi dietro al paravento di impieghi nei quali non si ha minimamente bisogno dei loro servizi. È ora di sbatterneli via a calci nel sedere."

"Yes, Richard," mormorò Zia Carola con una tremula occhiata ad Arturo, che teneva gli occhi fissi nel suo piatto.

"Ero certo che si sarebbe venuti a questo," seguitò Barras. "E prevedo che sarò invitato a prender parte attiva nell'opera di risanamento. Sia detto fra noi, m'hanno offerto la presidenza del tribunale locale."

"Il tribunale?" Zia Carola si sentí mancare.

"Sicuro. E non ammetterò scuse, sta' tranquilla. Ora si fa sul serio: e quanto piú presto se ne renderanno conto gli imboscati, tanto meglio per loro. Ne parlavo con Hetty solo ieri. Anche lei pensa che bisogna svegliarli a tutti i costi, i fiacconi. Ed eliminarli, aggiungo io." (Arturo alzò gli occhi lentamente ed osservò suo padre. Barras portava un vestito grigio, nuovo, col fiore alla bottoniera. Da qualche tempo sfoggiava un'eleganza che non gli era mai stata abituale; s'era ordinato in una volta sola parecchi abiti, e da un sarto nuovo, pensava Arturo, a giudicare dalla foggia. Anche il fiore all'occhiello era una novità: un garofano rosa, di solito, della sua serra. Aveva l'aspetto d'un ganimede maturo: l'occhio vivace e i gesti energici dell'uomo esaltato.) "Vedrai, Carola, che corsa in caserma, appena entrano in funzione i tribunali." Poi compié il gesto rituale di consultare l'orologio. "Oh, devo andare. Rientrerò tardi, Carola, non occorre che alcuno mi aspetti in piedi. Vado al teatro, con Hetty; m'ha chiesto di portarla a vedere *The Maid in Mountains*, ottimo spettacolo, con tutta la compagnia di Londra." S'alzò, si aggiustò il garofano, fece a Zia Carola un cordiale cenno del capo, ignorò Arturo e uscí.

Arturo rimase immobile a pensare. Sapeva che Hetty si faceva vedere spesso in pubblico con Barras; e sospettava che il garofano e gli abiti eleganti e la nuov'aria giovanile ne fossero la conseguenza. La cosa aveva avuto inizio a titolo di riparazione; Arturo aveva trattato Hetty sgarbatamente e suo padre aveva inteso indennizzarla. Ma Arturo aveva motivo di dubitare che la relazione eccedesse i limiti di un semplice indennizzo. Non era certo, tuttavia; non sapeva cosa pensare. Sospirò.

Il sospiro commosse Zia Carola. "Hai mangiato quasi niente, Arturo; prendi un po' di dolce, non vuoi?"

"Grazie, non ho voglia, Zia Carola."

"Ma è cosí buono," protestò ella con la voce turbata.

Insistendo nel diniego, Arturo si rese conto della profonda afflizione di sua zia, e sentí l'impulso di aprirsi a lei, per dare sfogo alla propria angoscia. Ma si rattenne, convinto dell'inutilità del tentativo. Zia Carola era una buona donna e gli voleva bene, a suo modo; ma era cosí timida e cosí timorosa di suo padre che non avrebbe mai potuto essergli di aiuto.

Si alzò ed uscí. Nel vestibolo si fermò indeciso, a testa bassa. Sentiva un acuto bisogno di simpatia. Riflettendo che ora aveva perso anche quella di Hetty, gli si strinse un nodo alla gola. Prese a salire lentamente la scala. Passando davanti alla camera di sua madre si fermò senza averlo premeditato. Posò d'istinto la mano sulla maniglia, aprí la porta bruscamente ed entrò: "Come va stasera, mamma?"

Ella volse la testa di soprassalto e lo guardò querula e interrogativa: "Ho mal di testa. Ma che modo di aprire la porta!"

"Scusa." Sedette umile sulla sponda del letto.

"Ma non sederti lí, Arturo, non posso sopportare nessuno seduto sul mio letto quando ho mal di testa."

Arturo s'alzò, arrossí, si scusò di nuovo, proibendosi di sentirsi offeso dalla bruschezza di sua madre, imponendosi anzi di considerare la situazione dal punto di vista della degente. Dai sotterranei della memoria evocò le tenerezze materne di altri tempi, quand'ella chinata su di lui sembrava volerlo proteggere tra le falde e le pieghe della sua vestaglia di pizzo. Cedendo all'emozione suscitata in lui da questo ricordo della sua infanzia, esclamò, con voce rotta: "Mamma, vorrei poterti parlare in confidenza."

Ella gli scoccò un'occhiata guardinga. "Ho tanto mal di testa, caro."

"Non è un discorso lungo, mamma; ho proprio bisogno d'un tuo consiglio."

"Abbi pazienza, caro," ribatté ostinata sua madre, e chiuse gli occhi, forse per non vedere l'angoscia del figlio. "Davvero non me la sento, stasera. Ho l'emicrania. Un'altra volta." (Questa volta egli si ritrasse, ammutolito, innegabilmente offeso dal rabbuffo.) "Dimmi, piuttosto, cosa credi tu che sia questo dolor di testa cosí insistente." Parlava con gli occhi chiusi. "Mi domando se non dipenda dalle cannonate al fronte; le vibrazioni, sai, che viaggiano nell'aria. Capisco benissimo che di qui non possiamo sentire il rumore, ma non è escluso che le vibrazioni possano arrivare fino a noi. È vero che questo non spiegherebbe il dolore alle reni, che è aumentato anch'esso ultimamente. Dimmi, Arturo, credi che i colpi di cannone possano avere un'influenza in questo senso?"

"Non saprei, mamma," rispose Arturo, sforzandosi a padroneggiare i suoi nervi. "È comunque difficile che possano aggravare il dolore alle reni."

"Pazienza, ancora le reni. L'unguento che mi danno adesso mi fa bene. Aconito, belladonna e cloroformio, tre potenti veleni; è strano come sono efficaci i veleni, per uso esterno. Ma cosa dicevamo? ah sí, le vibrazioni. Ho letto nel giornale che possono esser causa delle piogge straordinarie che abbiamo avuto in questa stagione. Ciò confermerebbe l'esistenza di queste vibrazioni. E il dottore mi dice che esiste un'emicrania speciale, prodotta dagli spari di cannone. Certo la base di tutto è l'esaurimento nervoso. I miei nervi sono una rovina. È questa in realtà la mia malattia."

Seguitò a cianciare per mezz'ora, sempre di se stessa, e infine portò la mano alla fronte e pregò Arturo di andarsene per non stancarla. Egli ubbidí in silenzio. Mezz'ora dopo, ripassando nel corridoio, la sentí che russava.

Nei giorni seguenti crebbe in lui il senso dell'isolamento nell'afflizione, la sensazione d'essere reietto dai piú, come un fuori legge. Istintivamente ridusse la sfera delle sue attività. Usciva solo per recarsi alla miniera, ed anche ivi sorprendeva spesso su di sé, freddi ed ostili, gli sguardi di Armstrong, di Hudspeth, di taluno fra gli operai. Non di rado veniva ingiuriato alle spalle, per la strada, da persone che egli non conosceva. Eran risaputi da tutti ormai i dissapori che esistevano tra lui e suo padre, e nessuno ignorava che procedevano dal suo rifiuto di arruolarsi. Il patriottismo di Barras riscuoteva la generale ammirazione; tutti approvavano il suo atteggiamento, che dimostrava com'egli anteponesse il dovere all'affetto paterno. E constatando che tutto il paese stava osservando il conflitto tra padre e figlio, Arturo si sentiva paralizzato.

In febbraio la situazione peggiorò, e finalmente in marzo risultò formato il tribunale speciale di Sleescale, costituito di cinque membri: Ramage il macellaio, Bates il tappezziere, Murchison il droghiere, il reverendo Enoch Low e Barras, il quale fu eletto presidente all'unanimità. Partecipava alle sedute il capitano Douglas, da Tynecastle, in rappresentanza dell'autorità militare.

Arturo ne seguí la formazione e l'insediamento con penosa e turbata curiosità. Non durò a lungo il dubbio, che sperava di poter conservare, circa la severità dei suoi procedimenti. Il capitano Douglas era un autocrate senza cuore; aveva un modo tutto suo di confondere i convenuti, metterli con le spalle al muro, e poi dichiarare succintamente ai colleghi: "Quest'uomo mi serve." L'uno dopo l'altro ogni singolo convenuto si vide rifiutare il diritto all'esonero. Tanto Barras quanto Ramage erano tronfi di sbrigliato patriottismo; gli altri contavano poco. La procedura era spiccia quanto mai. Il tribunale argomentava che l'opposizione di coscienza poteva a rigore essere ammessa solo per quanto si riferiva al servizio in prima linea, e non agli altri obblighi del servizio militare, e minacciava la condanna al carcere a chiunque rifiutasse di rispondere all'appello della patria.

Man mano che passavano i giorni, Arturo s'indignava sempre piú contro i metodi arbitrari del tribunale. Pallido in faccia, ma sollecito di dissimulare i propri sentimenti, osservava furtivamente suo padre ogni volta che rincasava dopo aver "amministrato la giustizia". Barras era invariabilmente eccitato, e si faceva una gioia di descrivere a Zia Carola, per beneficio di Arturo, i piú gustosi incidenti della seduta. L'ultimo giorno di marzo egli arrivò tardi pel tè, ma in uno stato d'animo ancor piú eccitato del solito. Ignorando Arturo ostentatamente, sedette a tavola e prese a imburrare generosamente le sue fette di pane tostato. Poi aprí il fuoco accennando al processo di quel giorno, contro un giovane studente di teologia, il quale rivendicava il diritto all'esonero per scrupoli religiosi.

"Vuoi sapere, Carola, quale fu la prima domanda che gli pose Ramage?" domandò con la bocca piena. "Gli ha domandato se non prendeva mai un bagno." Smise di masticare per ridere rumorosamente. "Ma il capitano Douglas è andato piú in là. M'ha strizzato l'occhio e gli ha detto 'Sapete che chi non risponde all'appello della patria è passibile della fucilazione?' Non ci è voluto altro, cara mia. Avresti dovuto vedere il teologo abbassare la coda. Ha acconsentito immediatamente ad arruolarsi. Fra tre mesi sarà in Francia." Rise di nuovo.

Arturo non poté trattenersi piú oltre. Perfino le sue labbra erano pallide; scattò in piedi ed esclamò aggressivamente: "Tu trovi tutto questo divertente? Sembri felice d'aver messo un fucile nelle mani di quel disgraziato, contro il suo volere. Felice di averlo obbligato a partire per andare ad ammazzare. Ammazzare o farsi ammazzare. Questo è il motto che dovresti far affiggere sui muri del tribunale. Ma se tu non hai rispetto per la vita umana, io sí! Non credere di poter incutermi tanto spavento da costringermi ad ammazzare. Tientelo per detto." Ansante, smise di urlare. Con un gesto disperato, voltò le spalle e si diresse all'uscio. Ma suo padre lo fermò:

"Arturo, un momento. Dobbiamo tenere un discorsetto io e te."

Arturo si voltò, udí Zia Carola trattenere il fiato, esitò. "Sentiamo," disse con un filo di voce, e tornò a sedersi al tavolo.

Barras s'imburrò un'altra fetta di pane e la mangiò masticando impassibilmente con lo sguardo fisso davanti a sé. Zia Carola s'era fatta d'un grigio appiccicoso; sostenne il silenzio pochi attimi in uno spasimo d'agonia, poi non poté resistere oltre: si scusò con voce tremula, s'alzò in fretta e uscí.

Barras finí la sua tazza, s'asciugò la bocca con mossa impaziente, e infine avviluppò Arturo nella rete dei suoi venati occhi protuberanti. "Si tratta di questo," cominciò in tono contenuto. "Per l'ultima volta, ti arruoli o no?"

Arturo sostenne lo sguardo di suo padre; era pallido ma risoluto. Rispose: "No."

Pausa.

"A scanso di equivoci, ti dico ben chiaro che io alla Nettuno non ho alcun bisogno di te."

"Pazienza."

"Questa mia dichiarazione non ti fa cambiar parere?"

"No."

Altra pausa.

"Allora è bene che tu sappia che martedí prossimo sarai citato a comparire in tribunale." (Arturo si sentí sommergere da un'onda di stomachevole apprensione. Abbassò gli occhi. Nel segreto del suo cuore non s'aspettava che suo padre andasse fino a quel punto; benché conscio di non occupare alla Nettuno un impiego ufficiale, si era sempre immaginato — nel segreto della sua mente — escluso dalle mire della nuova legge.) "È ora che ti renda conto che l'esser mio figlio non ti esonera dal dovere verso la patria. Sei sano. Non hai scuse. Le mie vedute sono ben note. Io non intendo farti da paravento."

"Con la citazione in tribunale, credi di poter costringermi ad arruolarmi?"

"Sí. Ed è la miglior cosa che ti possa capitare."

"Be', ti sbagli." Arturo tremava violentemente. "Credi che io abbia paura di comparire davanti al tribunale?"

Barras diede il suo secco risolino. "Sí."

"Be', ti sbagli. Mi presenterò."

La fronte di Barras s'imporporò. "In tal caso verrai trattato come i renitenti ordinari. Ne ho già parlato col capitano Douglas. Non si fanno preferenze. Io non desisto. Volere o no, *dovrai* arruolarti."

Silenzio.

"Ma dimmi, quale è il tuo obiettivo?"

"Farti fare il tuo dovere." Barras si alzò, con un gesto deciso. Fatto un passo si arrestò, tutto impettito, e senza guardare Arturo aggiunse: "Parti domattina per Tynecastle e arruolati. Nel tuo interesse. Arruolati prima d'esservi forzato. Questa è la mia ultima parola." E uscí.

Arturo rimase seduto. Tremava ancora. Appoggiava un gomito sulla tavola e con la mano sosteneva la testa inclinata da un lato. Dieci minuti piú tardi Zia Carola entrando furtiva lo trovò ancora in questo atteggiamento. Si appressò e gli posò un braccio attorno alle spalle. "Arturo," bisbigliò, "fai male a metterti contro tuo padre. Fa' giudizio. Pel tuo bene!" Egli non rispose. "Senti, Arturo, contro certe cose non si può lottare, anche se ti ripugna. Io ti voglio tanto bene, Arturo, non voglio vederti rovinato per tutta la vita. *Devi* fare quello che tuo padre vuole ”

Ma lui rispose, in un bisbiglio: “No. Devo andare diritto per la mia strada.” Si alzò, la guardò con l'ombra di un pietoso sorriso e si ritirò nella sua camera.

L'indomani ricevette la citazione. Barras era presente quando gli fu recapitata, e sottecchi lo osservò aprire la busta. Ma se s'aspettava che Arturo esternasse i suoi sentimenti, fu deluso; Arturo piegò il foglio, lo mise in tasca e uscí dalla stanza. Convinto che suo padre facesse calcolo sulla sua sottomissione, era deciso a non sottomettersi. Non era di indole forte, ma, esaltato come era, si sentiva un leone.

Venne il mattino del martedí e Arturo si recò alle dieci in tribunale. Funzionava nelle scuole vecchie, in un'aula abbastanza vasta da accomodare la Corte e consentire uno spazio riservato al pubblico. Roddam, la guardia comunale, lo informò che il suo caso era il primo della lista, e con fare rozzo lo accompagnò nell'aula. Tra il pubblico si elevò un ronzio di voci sommesse alla sua comparsa. Con una rapida occhiata egli riconobbe alcuni operai della miniera, e tra le donne la vedova Wept. Il banco dei giornalisti era stipato. Presso la finestra stavano due fotografi. Arturo abbassò subito gli occhi, penosamente conscio dell'interesse che suscitava. Sedé sulla seggiola assegnatagli al centro dell'aula e si frugò nervosamente in tasca per trovare il fazzoletto. Anche in tempi normali soffriva acutamente se per caso veniva esposto agli occhi del pubblico; ora gli sguardi ostili di tanta gente che convergevano tutti su di lui al centro della sala gli mettevano i brividi. Era la forza della sua debolezza che lo aveva trascinato là, e che lo manteneva saldo nella risoluzione di persistere nel suo atteggiamento; ma non aveva la faccia tosta di gloriarsene. Soffriva abominevolmente. Si sentiva come un criminale comune.

Un altro ronzio si elevò tra il pubblico e venne subito zittito. Entravano in fila i membri del tribunale. Roddam, che stava dietro ad Arturo, gli ordinò: “In piedi!” ed egli si alzò. Poi i suoi occhi, magnetizzati, caddero su suo padre, che si sedeva sullo scanno presidenziale. Arturo lo vedeva nella sua veste di giudice, non poteva distogliere lo sguardo, si sentiva avvolto in una rete di irrealtà, mantenuto a mezz'aria in una sospensione ipnotica.

Barras si chinò verso il capitano Douglas, i due tennero un consulto lunghetto, e Douglas accennò di sí, s'impettí e impose silenzio picchiando sul tavolo con le nocche. Mentre si spegnevano gli ultimi bisbigli, Douglas diede in giro una lenta occhiata significativa che abbracciò il pubblico, i giornalisti, i fotografi e il convenuto, poi parlò, rivolto ai colleghi, a voce alta e chiara:

"Ci troviamo ad esaminare un caso particolarmente penoso, in quanto concerne il figlio del nostro illustrissimo presidente, che finora ha diretto con tanto senno i dibattiti della Corte. I fatti sono noti. Il convenuto occupa un'alta posizione nella miniera, ed è idoneo al servizio militare. Non occorre che io ripeta ciò che ognuno sa. Ma voglio anzitutto riaffermare la mia personale ammirazione per gli alti sentimenti patriottici del nostro presidente, il quale non ha esitato fra il suo dovere e i suoi affetti familiari. Credo di interpretare i sentimenti di tutti assicurandolo che il suo atto ci ispira rispetto e gli fa onore."

Applausi tra il pubblico. Nessuno li zittí. Quando finirono, Douglas riprese:

"Nella mia qualità di rappresentante dell'autorità militare, dichiaro che da parte mia sono disposto ad esaminare con clemenza questo caso dolorosissimo. Il convenuto non ha che da riconoscere l'obbligo che gli spetta in dipendenza della sua idoneità al servizio militare, e riceverà ogni considerazione per quanto si riferisce all'addestramento e la sua ulteriore destinazione."

Guardava Arturo con occhi penetranti e severi. Arturo si passò la lingua sulle labbra. Intuí che s'aspettava da lui una risposta. Si raccolse e disse: "Rifiuto di servire nell'esercito."

Douglas non manifestò segni di sorpresa né di indignazione. Disse:

"Via, non posso ammettere che il convenuto dica sul serio."

"Dico sul serio."

Nel silenzio che accolse queste prime parole, la tensione divenne elettrica. Douglas scambiò un'occhiata con Barras, per significare che a lui non spettava di procedere oltre; e Ramage, protendendo la testa a guisa di ariete, domandò aggressivamente:

"Perché rifiutate di combattere per la patria?"

L'interrogatorio era cominciato. Arturo volse lentamente lo sguardo sul macellaio, i cui occhi piccini sotto la fronte bassa sembravano riunire gli attributi del toro e del maiale. Rispose con voce quasi impercettibile:

"Perché non voglio ammazzare il prossimo."

"Alzate la voce!" latrò Ramage.

Rauco, Arturo ripeté a voce piú alta: "Perché non voglio ammazzare il prossimo."

"Ma *perché*?" insisté Ramage.

"Perché è contrario alla mia coscienza."

"Ah. Troppa coscienza non fa bene a nessuno."

Qui interloquí il reverendo. Era uno spilungone cadaverico dalle narici sottili, e i suoi onorari erano meschini, e gli venivano versati per una buona metà da Ramage, che era il piú facoltoso dei suoi fedeli, e che quindi poteva sempre contare sull'appoggio del reverendo. Disse:

"Faccio però notare che nella religione cristiana non v'è nulla che condanni chi prende le armi per difendere la patria."

"Occhio per occhio, dente per dente," osservò Murchison, "l'ha detto anche il Salvatore."

"Non ci credo," esclamò Arturo.

"Ve lo dico io," gridò Murchison, "c'è nel Libro!" E si appoggiò, trionfante, allo schienale.

Allora parlò Bates, il tappezziere. Aveva una sola argomentazione, un quesito che non tralasciava mai di porre, ed ora gli parve giunto il momento opportuno. Carezzandosi i baffi pendenti disse:

"Se un Tedesco aggredisse vostra madre, cosa fareste?"

Arturo abbozzò un gesto di impazienza. Non rispose.

Bates persisté a carezzarsi i baffi e ripeté la domanda:

"Se un Tedesco aggredisse vostra madre, cosa fareste?"

Arturo si morse il labbro e replicò:

"Come rispondere a una domanda cosí! Bisognerebbe prima stabilire chi è l'aggressore."

Ma Bates non si lasciava sviare. Insisté:

"Lascereste sgozzare vostra madre o reagireste contro il Tedesco?"

Arturo non rispose, e Bates guardò i colleghi con un'aria puerile di vittoria.

Pausa. Ognuno aspettava che parlasse Barras. Barras stesso pareva aspettasse di sentirsi parlare. Si schiarí la gola con decisione. Aveva l'occhio vivace e il colorito acceso sugli zigomi. Tenne gli occhi fissi ad un punto al disopra e al di là della fronte di suo figlio.

"Dichiari il convenuto se rifiuta di riconoscere la necessità di questa guerra di difesa, la quale richiede sacrifici da parte di ogni singolo cittadino."

Udendo la voce paterna. Arturo riprese a tremare; si sentí afferrare alla gola dall'antica debolezza che provava di fronte alla personalità del padre. Percepí acutissimo il desiderio di possedere calma e coraggio, e la facoltà di esprimersi con calore ed eloquenza. Ma le labbra gli si contraevano come paralizzate, e poté solo balbettare:

"Non riconosco la necessità di gettare le une contro le altre tante masse di uomini armati; né la necessità di affamare donne e bambini in tutta l'Europa. Soprattutto quando nessuno sa in realtà per quale motivo."

Il rossore di Barras si fece piú intenso. Osservò:

"Questa è una guerra che mira ad abolire la guerra."

"Si è sempre detto cosí," esclamò Arturo. "Alla prossima guerra si dirà ancora cosí."

"Quante chiacchiere!" brontolò Ramage con impazienza. Non gli andava a genio la piega che prendeva la procedura. Lui prediligeva la maniera forte. Prese la penna e cominciò a foracchiare il tavolo col pennino.

Barras, che di solito affettava disprezzo di lui, questa volta non manifestò risentimento per la sua interruzione. Conservò la sua espressione statuaria. Prese a tambureggiare sul tavolo con la punta delle dita. Poi disse:

"Dica il convenuto quale sia la vera ragione che lo dissuade dall'arruolarsi."

"L'ho già detta," rispose Arturo, trattenendo il fiato.

"Spiegatevi meglio," sbottò Ramage, stizzito, "pare che la Corte non l'abbia capita."

"Spiegatevi," confermò il reverendo con fare suasivo.

"Non ho altro da aggiungere a quello che ho detto," rispose Arturo. "Sono contrario a tutto ciò che implica un ingiusto e non necessario sacrificio di vite umane. E sono risoluto a non parteciparvi in alcun modo." Pronunciò le parole tenendo gli occhi fissi in volto a suo padre.

"Deplorevole risoluzione," grugní Ramage.

Qui ebbe luogo un incidente. Tra il pubblico si alzò in piedi una donnetta, molto piccola, molto composta, molto decisa. Era la vedova Wept, che esclamò distintamente:

"Ha perfettamente ragione, Mr. Arthur Barras; e sono gli altri che hanno torto. Non ammazzare. Basta osservare questo comandamento perché la guerra finisca domani."

Un alto mormorio di protesta accolse le sue parole. "Zitta voi! Fuori! Cosa c'entra Susanna!" Le si fecero d'attorno in otto o dieci, la sospinsero verso la porta, e la vedova Wept fu espulsa dalla Corte. Ristabilito l'ordine, Douglas picchiò con le nocche sul tavolo e dichiarò:

"Se si ripete un'interruzione di questo genere farò sgombrare l'aula."

Si rivolse ai colleghi. Gli sembrava giunto il momento di raccogliere le singole forze digressive dei membri del tribunale per ricapitolare la discussione. Riteneva che avesse deviato anche troppo. Fin qui egli si era imposto di ascoltare, con malcelato disdegno, le difese di Arturo. Era un violento, intollerante ed illetterato, con la pelle di ippopotamo e la nota mentalità da caserma; proveniva dai sottufficiali. Apostrofò Arturo con asprezza:

"Consideriamo il caso sotto un altro aspetto, se non vi spiace. Voi dite che siete risoluto a non prestar servizio militare. Avete contemplato l'alternativa?"

Arturo impallidí, sbigottito dalla torbida corrente d'animosità che sentí fluire da Douglas alla propria persona. Rispose:

"Nulla mi farà desistere dal mio atteggiamento."

"Può darsi. Ma non ci tenete, vero, a due o tre anni di carcere?"

Silenzio sepolcrale. Arturo sentí su di sé l'ipnotica curiosità del pubblico. Pensava, non è vero tutto questo, è impossibile che sia io, qui, in questa posizione cosí vergognosa. Disse, con voce stentata:

"Non ci tengo, infatti; non piú di quanto ci tengano i soldati alla vita in trincea."

L'occhio di Douglas s'indurí. Dichiarò in voce squillante:

"I soldati vanno in trincea perché pensano che è questo il loro dovere."

"E io posso pensare che il mio è di andare in carcere."

Douglas scompigliò le sue carte con un gesto che significava che aveva perduto la pazienza, e guardò Barras. Barras sedeva rigido ed eretto. Si passò la mano sulla fronte. Fece mostra d'ascoltare i sommessi commenti dei suoi colleghi, mormorò a bassa voce, "Vedo che siam tutti dello stesso parere," e alzata la destra per imporre silenzio, con gli occhi sempre fissi al di sopra e al di là della fronte di suo figlio, enunciò il verdetto:

"Il Tribunale ha esaminato il caso con la massima attenzione, e delibera che il convenuto non può essere esonerato dal servizio militare."

Sorsero applausi ed acclamazioni che nessuno tentò di sopprimere. Una voce di donna gridò: "Ben detto, Mr. Barras, ben detto, sir." Il capitano si chinò in avanti verso Barras porgendogli la mano in segno di congratulazione, gli altri membri fecero altrettanto. Barras strinse tutte le mani offerte, ma con un'aria remota, e lo sguardo diretto al punto donde s'era elevata la voce femminile di plauso.

Arturo restava in piedi a testa bassa al centro dell'aula, coi lineamenti tirati e incolori. Pareva aspettare che succedesse qualche cosa. Alzò la testa d'un tratto e colse l'occhio di suo padre. Ebbe un brivido. Volse le spalle alla Corte e uscí.

Barras tornò a casa tardi quella sera. Nel vestibolo s'imbatté con Arturo. Si fermò, e con un fare (assolutamente insolito in lui) tra avvilito e colpevole disse inaspettatamente: "Puoi appellarti, se credi."

Arturo lo fissò con sguardo fermo. Ora si sentiva calmo. Rispose: "M'hai spinto tu a questo estremo. Non m'appellerò. Lascio che tutto si svolga com'è destino."

Pausa.

Poi Barras replicò con una punta di rimpianto nella voce: "Non so che farci. Sta in te." Gli volse le spalle ed entrò nella sala da pranzo. Mentre Arturo si ritirava, gli parve di sentire Zia Carola che piangeva.

La sera ebbe luogo una manifestazione in paese. Il contegno di Barras aveva causato molta sensazione. I manifestanti sfilarono nella via principale agitando le bandiere e cantando Tipperary. Ruppero le vetrine della vedova Wept e del barbiere, il quale era di origine austriaca, sebbene naturalizzato da trent'anni.

Due giorni dopo Arturo fu arrestato e condotto a Tynecastle in caserma. Rifiutò di indossare l'uniforme. Sottoposto alla corte marziale, fu condannato a due anni di lavori forzati e tradotto al penitenziario di Benton. Ma non poteva dimenticare l'espressione, tra avvilita e colpevole, che aveva vista sul volto di suo padre la sera del processo.

XII

Il furgone dei detenuti si fermò davanti al portone del penitenziario, e sotto la volta dell'androne rintronò il rumore dei catenacci. Arturo si rizzò a sedere nella sua gabbia, stentando ancora a capacitarsi che stava per venir rinchiuso. La porta del furgone s'aprí, lasciando entrare l'aria fredda della sera; e un guardiano ordinò: "Fuori!"

Arturo e i suoi quattro compagni di viaggio scesero a terra e furono introdotti nel cortile della prigione. Pioveva, e le depressioni dell'asfalto erano convertite in altrettante pozzanghere. Arturo si guardò rapidamente attorno: muri alti e merlati, file sovrapposte di finestre solidamente sbarrate, guardiani in impermeabili scintillanti, silenzio, e una tenebra informe rotta solo dal lume dell'androne che riverberava giallo contro l'archivolto. I cinque nuovi carcerati stavano in piedi sotto la pioggia battente. Al comando d'uno dei guardiani si avviarono in fila ad una porta che immetteva in un locale nudo e imbiancato a calce, crudamente illuminato. La luce abbagliava, dopo l'oscurità esterna. Ad un tavolo ingombro di carte sedeva davanti ad un registro un funzionario anziano, calvo, dal cranio lucidissimo.

Il guardiano gli si avvicinò e prese a parlargli sottovoce. Arturo ne approfittò per esaminare i suoi quattro compagni. Nel furgone non aveva potuto vederli, giacché ognuno era rinchiuso in una gabbia particolare. Due di essi, bassi di statura e sudici d'aspetto, con cravatta nera e facce lunghe da quacchero, erano indubbiamente fratelli. Un terzo aveva il mento sfuggente e gli occhiali a molla cerchiati d'oro; pareva un povero impiegato, ed altrettanto innocuo ed impacciato quanto i primi due. Il quarto era un omone sporco, con la barba da vari giorni. Era il solo che non apparisse sorpreso od afflitto di trovarsi lí.

Il funzionario finí di conferire col guardiano e prese la penna. "In riga qui davanti al tavolo," ordinò. Lesse proforma i particolari delle sentenze dei cinque detenuti, e registrò di ciascuno il nome, la professione, la religione e l'importo del denaro che aveva con sé.

L'omone sporco fu interrogato per primo, e non aveva un penny. Era stato condannato a tre anni di lavori forzati per aggressione e violenza; non esercitava alcun mestiere fisso. Si chiamava Hicks. Poi fu il turno di Arturo. Aveva su di sé 4 sterline 6 scellini e 10 pence. "Rockefeller," mormorò ironicamente il funzionario dopo aver contata la somma. Poi fu la volta dei due fratelli e del povero impiegato, condannati tutt'e tre per opposizione di coscienza e il funzionario borbottò qualche maligno commento deplorando la necessità di avere a che fare con delinquenti di tal fatta.

Finita la registrazione si alzò, tirò il catenaccio d'una porta interna e fece sfilare i cinque nuovi arrivati entro un locale lungo, fiancheggiato da celle. Comandò: "Alt. Svestirsi."

Si svestirono. I quaccheri si vergognavano di spogliarsi alla presenza di altri; deponevano i panni ad uno ad uno con lentezza e timidità, e prima di lasciar cadere le mutande stettero esitanti, scossi da brividi. L'omone Hicks li trovò buffi. Nudo, Hicks rivelava un enorme corpo peloso, e butterato da pustole rossigne. Piantato sulle gambe aperte sogghignò e fece ai quaccheri un gesto osceno dicendo: "Coraggio, verginelli, si va a 'cchiappar granchi."

"Zitto voi," ordinò il funzionario.

"Yes sir," rispose Hicks ossequiosamente, e salí sulla pesa.

Vennero pesati e misurati. Dopo di che Hicks, evidentemente pratico della procedura, aprí la marcia dirigendosi al bagno. La vasca, sudicia, era piena a metà di acqua torbida e tiepida, con una schiuma sospetta alla superficie. Arturo guardò il corpo pustoloso di Hicks guazzare nell'acqua. Si rivolse al funzionario e domandò a bassa voce: "Devo immergermi nella stessa acqua?"

Il funzionario, che non era privo di senso umoristico, rispose: "Sí, caro," poi aggiunse: "E silenzio!"

Arturo si immerse nella stessa acqua e fece silenzio.

Dopo il bagno ricevettero in consegna gli oggetti di corredo: maglia e mutande gialle, calze grigie, e la tenuta kaki stampata di larghe strisce nere a forma di frecce. I calzoni di Arturo gli arrivavano appena sotto il ginocchio. Contemplando la tunica stretta e corta, pensò: "kaki finalmente".

S'aprí un'altra porta ed entrò il dottore, tondo, con la faccia rubiconda e varie otturazioni d'oro nei denti; entrò vispo con lo stetoscopio già appeso agli orecchi, e ne usò speditamente. Esaminò i nuovi ospiti con fare distante e impersonale. Ordinò ad Arturo di dire novantanove, e col polpastrello del dito medio gli somministrò varie busse sul petto, domandandogli in pari tempo se non avesse mai avuto mali venerei. Poi passò oltre. Arturo ritenne ingiusto di biasimare il dottore perché faceva alla svelta; al posto suo, pensava, probabilmente farei come lui. Arturo si imponeva di essere equo nei suoi giudizi. Aveva giurato a se stesso di non voler perdere la calma. Era l'unico modo: accettare serenamente l'inevitabile. Ci aveva riflettuto su a lungo la notte scorsa. Intuiva che altrimenti c'era da impazzire.

Dopo la visita medica il funzionario calvo se ne andò col dottore, lasciando le cinque reclute sotto la sorveglianza d'un nuovo guardiano, il quale era entrato silenziosamente ed ora li ispezionava in silenzio ad uno ad uno. Costui era basso e tarchiato, e il suo aspetto era inquietante. Aveva il labbro superiore molto corto, ed un testone deforme sempre proteso in atto di vigilanza. Si chiamava Collins.

Finita l'ispezione Collins diede a ciascuno un numero, e il numero della rispettiva cella. Il numero di Arturo era 115, e quello della sua cella 273. Collins aprí un pesante cancello e disse. "Dentro. Svelti."

Entrarono in fila nel carcere propriamente detto. Era costruito come un pozzo: un enorme pozzo profondo, con celle tutto in giro, gallerie di celle che arrivavano su fino a grande altezza. Ogni galleria era munita di inferriate, cosí che la facciata interna del pozzo presentava l'aspetto di un'enorme gabbia. L'aria era fredda, e malgrado l'odore del disinfettante puzzava da stomacare.

Collins introdusse Arturo nella cella 273 in terza galleria. Le dimensioni della cella potevano essere di m. 3,50 per 1,80, ma era sorprendentemente alta. I muri erano di color mattone fino a metà altezza, poi bianchi fino al soffitto. In alto, a contatto del soffitto, s'apriva in un muro un minuscolo finestrino, munito di sbarre di ferro in croce. Pochissima luce vi penetrava, anche nei giorni di sole. Una lampadina protetta da un'armatura di filo di ferro, e manovrata dall'esterno, spandeva nella cella un tenuissimo chiarore. Il pavimento era di cemento, ed oltre al tavolaccio non v'era altro che una brocca con catino, e l'orinale. Era il puzzo di centinaia di questi orinali che appestava la prigione.

Il tavolaccio era lungo un metro e ottanta e largo settantacinque centimetri, con una coperta ma senza materasso. Al disopra di esso, su una mensola, erano una tazza un tondo un cucchiaio e un coltello, il tutto di stagno, e una Bibbia. E al disopra della mensola, appesa al muro, una lavagnetta.

Eseguita l'ispezione della propria cella, Arturo si voltò e vide Collins che pareva aspettare di conoscere la sua opinione. Teneva rialzato sui denti il labbro superiore, in un ghigno raccapricciante, e protendeva la testa deforme. Quando vide che Arturo non aveva nulla da dire, fece dietro front, sbatté chiusa la porta e s'allontanò senza rumore di passi.

Arturo sedette sul tavolaccio. Era carcerato. Questa era una cella, e lui vi si trovava rinchiuso. Non era piú Arturo Barras. Era il numero 115. Malgrado la risoluzione che aveva preso di conservare la calma, si sentí sopraffare dal panico. Fuori è facile filosofeggiare, quando non si ha idea di ciò che è una prigione in realtà. Si guardò attorno. No, dopo tutto non doveva esser facile abituarsi.

Alle sette ricevette il rancio: un rancio speciale pei nuovi venuti, data l'ora tarda del loro arrivo. Constava di una scodella di zuppa. Benché gli ripugnasse, Arturo si forzò a mangiare. Mangiò in piedi, e quand'ebbe finito sedé nuovamente sul tavolaccio. Sapeva che il meditare poteva essergli fatale. Ma non aveva altro da fare. La luce non era sufficiente per permettergli di leggere la Bibbia, e sulla lavagna non aveva nulla da scrivere.

Pensava, perché sono qui? Era lí perché s'era rifiutato di ammazzare, s'era rifiutato d'andare a sbudellare un altro uomo con la baionetta nelle lande desolate di Fiandra. Non era lí per aver ucciso, ma per aver rifiutato di uccidere. Curiosa l'idea, divertente perfino: ma piú ci rifletteva su, e meno gli pareva divertente. Tosto cominciarono a sudargli le palme delle mani: indizio fisiologico della sua nevrosi. Il sudore era cosí abbondante che Arturo se ne impensierí.

Tutto d'un tratto, mentre stava seduto, un urlo orribile lo fece trasalire. Proveniva dal fondo del pozzo carcerario, dalla galleria piú bassa di tutte, dalle celle di segregazione, era un urlo bestiale assolutamente inumano, e senza controllo. Arturo scattò in piedi. I suoi nervi, come corde di violino, vibravano in simpatia con quelle grida strazianti. Ascoltò attentamente. L'urlo crebbe fino al limite d'ogni sopportazione. Poi cessò bruscamente. Fu interrotto con una subitaneità quasi violenta. Nel silenzio che seguí, Arturo si perse in congetture circa il modo con cui l'urlo era stato fatto cessare.

Poi prese a camminare. Camminava rapidamente, e accelerava il passo progressivamente S'aspettava che l'ululo riprendesse, ma non riprese. Il suo passo s'era fatto precipitoso quando improvvisamente squillò una campana e tutte le luci si spensero. Si fermò di stucco al centro della cella, poi, lentamente, si tolse giacca e pantaloni nel buio e si sdraiò sul tavolaccio. Non poteva prender sonno, si diceva che non doveva pretendere di poter dormire, ma che col tempo s'avvezzerebbe alla durezza del tavolaccio. Ma intanto un vivido caleidoscopio di pensieri amari turbinava e saettava nel suo cervello, come un'enorme ruota che girasse vertiginosamente e allargando i giri fino a riempire tutta la cella. Entro la ruota vorticavano figure e vicende: suo padre, Hetty, Ramage, il tribunale, la Nettuno, gli annegati nel pozzo, i cadaveri su barelle sui campi di battaglia, con morti occhi di protesta. Arturo si aggrappava con le mani sudate ai margini del tavolaccio per persuadersi d'essere fuori da quel vortice indemoniato.

Alle cinque e mezzo suonò la campana della sveglia. Arturo si alzò, si lavò, si vestí, piegò la coperta e spazzò la cella. Aveva appena finito che la chiave girò nella toppa. Il suono della chiave girante nella toppa era quanto mai peculiare: un rasposo stridío come di due metalli refrattari al reciproco contatto. Era un suono che raschiava entro il midollo delle ossa. Collins gettò nella cella alcune tele di sacco dicendo: "Cucire." Poi sbatté la porta.

Arturo le raccolse. Parevano destinate a confezionare sacchi postali. Non sapeva come fare per unire le pezze insieme. Le lasciò nuovamente cadere a terra. Continuò a guardarle fino alle sette, quando la chiave raspò di nuovo e gli fu portata la colazione: una scodella che conteneva una brodetta inqualificabile, e un pezzo di pane nero.

Poco dopo Collins cacciò il testone deforme nello spiraglio della porta. Diede una lunga occhiata ai sacchi scuciti, poi un'altra, curiosa, ad Arturo. Ma non fece commenti. Disse soltanto in tono piuttosto umano, "Fuori per la passeggiata."

La passeggiata si effettuava in cortile. Il cortile era quadro, con muri altissimi, e una piattaforma elevata ad una estremità. Sulla piattaforma un guardiano sorvegliava i carcerati muovere in circolo. Ne osservava le labbra per impedire che parlassero. Di quando in quando gridava: "Silenzio!" I veterani avevano imparato a parlare senza muovere le labbra. Nel centro del cortile stava la latrina, circondata da una lamiera sostenuta su bassi pilastri. Mentre muovevano in circolo i carcerati alzavano la mano per chiedere il permesso di andare alla latrina. Quand'eran dentro, se ne vedevano le teste sporgere al disopra della lamiera, e i piedi al disotto. Era considerato un privilegio il permesso di star seduti a lungo nella latrina, un privilegio che il guardiano accordava solo ai suoi favoriti.

Arturo scalpicciava in circolo con gli altri. Nella fioca luce del mattino il moto circolare dei carcerati scalpiccianti gli appariva inconcepibile dalla ragione umana; diventava grottesco, come un circolo di dementi. I corpi mandavano il puzzo del carcere. Le braccia penzolavano in modo disumano.

Arturo vide, due posti piú avanti, Hicks che guardandolo al disopra della spalla sogghignava in segno di riconoscimento. "Ti piacerebbe una sigaretta?" ventilò Hicks da un angolo della bocca.

"Silenzio 514," gridò Collins dalla piattaforma.

Avanti la giostra, avanti senza posa, come la ruota nel cervello di Arturo; avanti la giostra attorno al centro osceno della latrina. Il guardiano poteva paragonarsi al presentatore di animali in un circo equestre; la sua voce schioccava come una frusta. Avanti la giostra dei dementi; avanti, per ragioni igieniche!

Alle nove entrarono nel laboratorio, un lungo locale nudo nel quale si procedeva alla confezione dei sacchi postali. Arturo ricevette in consegna altre tele. Nel dargliele, l'ispettore, che era già stato informato della sua inesperienza, gli spiegò "Vedi qua, si fa cosí." Conficcò l'ago in modo da infilare i lembi di due canovacci e gli mostrò il punto che bisognava eseguire. "Se ne fai un buon numero ti diamo la cioccolata la sera, un bel tazzone, capito, citrullo?"

Arturo si sentí rincuorare dall'accento bonario dell'ispettore. Cominciò a fare i punti. Erano un centinaio, intenti allo stesso lavoro. Il vicino di Arturo era vecchio; aveva la barba grigia e conficcava l'ago e tirava lo spago con rapidità, per guadagnarsi la cioccolata. Ogni volta che riponeva un sacco si grattava sotto l'ascella, dando ad Arturo un'occhiata furtiva. Ma non parlava, per non perdere il diritto alla cioccolata.

Alle dodici suonò la campana. Sospesero il lavoro e rientrarono in cella pel rancio. Il rancio era la solita zuppa con pane nero. Subito dopo il rancio, Collins aprí lo sportello praticato nella porta. In quella cornice il suo occhio appariva enorme, e sinistro. Ordinò: "Avanti coi sacchi. Credi di esser qui per far niente?"

Arturo andò avanti coi sacchi. Le mani gli doloravano; gli s'era già formata una vescichetta nel polpastrello del pollice. Lavorava senza sapere ciò che faceva né perché lo facesse, i suoi atti erano automatici: conficcare l'ago, tirare lo spago, fare il punto; conficcare l'ago, tirare lo spago, fare il punto; e cosí di seguito finché la chiave, stridula, girò di nuovo nella toppa. Era già l'ora del rancio serale. Collins entrando guardò i sacchi, e poi guardò Arturo ritraendo il labbro superiore e scoprendo i denti. Non c'era dubbio: ce l'aveva con lui, chi sa per quale ragione. Ma pareva non aver fretta di sfogarsi; aveva tanti mesi davanti a sé, e una lunga esperienza gli diceva che un piacere differito è sempre piú gustoso. Disse soltanto: "Non hai fatto altro? Bada che qui i fiacconi se la vedon brutta"

"Non ho pratica," rispose Arturo. Senza volerlo, diede alle parole un accento propiziatorio, quasi che si fosse reso conto dell'importanza di ingraziarsi Collins. Alzò gli occhi stanchi e gli parve che Collins fosse ancora ingrandito. Soprattutto la testa, quel testone deforme, era fantasticamente cresciuto, e appariva minaccioso. Per guardare Arturo impulsivamente portò una mano alla fronte per far schermo agli occhi.

"Qui dentro bisogna spicciarsi ad acquistar pratica." Il suo tono era pacato, ma il testone deforme s'avvicinava sempre piú alla faccia di Arturo. "Non immaginarti d'aver scansato il servizio militare per trovare qui dentro un comodo impiego. Avanti coi sacchi, fino alla campana."

Arturo andò avanti coi sacchi fino alla campana. La campana suonò alle otto. Il clangore della campana riempí il pozzo della prigione di un enorme volume di suono, e Arturo pensò che aveva tutt'un'altra notte davanti a sé, solo coi suoi pensieri.

Sedette sull'orlo del tavolaccio fissando le strisce nere a forma di frecce stampate sui pantaloni, e prese a seguirne col dito il disegno. Perché tante frecce addosso? Era coperto di frecce. Aveva tutto il corpo trafitto di strisce e strisce di frecce. Percepiva un senso curioso, come chi abbia cessato d'esistere, un senso di annientamento spirituale. Le frecce lo avevano ucciso.

Alle nove la luce si spense. Dopo un minuto di istupidimento nel buio cadde riverso tutto vestito sul tavolaccio e si addormentò.

Ma non dormí a lungo. Poco dopo mezzanotte fu svegliato dall'urlo disumano che lo aveva stravolto la sera avanti. Ma questa volta l'ululo continuava senza che nessuno si desse la briga di farlo cessare. Arturo scattò a sedere nel buio. Il sonno lo aveva ricreato; era vivo daccapo. Orribilmente, dolorosamente vivo. Non poteva sopportare l'ululo né il buio né la solitudine. Gli sfuggí un grido di gola: "Fatelo cessare, per l'amor del cielo!" e prese a tempestare la porta di pugni. Gridava e picchiava frenetico; e dopo un minuto udí altri gridare e picchiare anch'essi. Dalle catacombe nere si elevò un terribile frastuono di schiamazzi e percosse. Ma nessuno vi badò. Il terribile frastuono di schiamazzi e percosse cadde gradatamente nel buio e nel silenzio.

Arturo stette qualche istante ancora con la guancia premuta contro la fredda grata della porta che abbracciava con le braccia spalancate. Poi si divelse dall'abbraccio e prese a camminare. Lo spazio era poco, ma doveva camminare per forza, non poteva star fermo. Serrava le mani a pugno e si riconosceva incapace di disserrarle. Tratto tratto si gettava sul tavolaccio, ma il tormento dei nervi non gli permetteva di star fermo. Soltanto il camminare lo sollevava. Doveva per forza continuare a camminare.

Camminava ancora quando la chiave stridette nella toppa. Lo stridío della chiave apriva un altro giorno. Lo stridío lo fece trasalire. Improvvisamente vide Collins davanti a sé.

Con l'affanno, gridò: "Non ho potuto dormire, a causa di quegli urli."

"Peccato," sghignazzò Collins.

"Non ho potuto dormire. Cosa sono quegli urli?"

"È uno che è impazzito, se lo vuoi sapere. È in osservazione per disturbo mentale. Ma fa' silenzio." E Collins uscí.

Arturo premette le mani sulla fronte, applicandosi con tutte le sue forze a dominarsi. La testa pareva volergli cascare sul petto se non la sosteneva. Soffriva acutamente. Impossibile bere la brodetta della scodella. L'odore solo lo nauseava. Sedette sul tavolaccio.

Trasalí di nuovo allo stridere della chiave nella toppa. Collins entrò, guardò Arturo e ritrasse il labbro sui denti. Disse: "Perché non mangi?"

Arturo lo guardò con occhi vacui. "Non posso."

"Su in piedi quando ti parlo."

Arturo si mise in piedi.

"Ora mangia."

"Non posso."

Collins tirò ancora piú su il labbro sottile e bluastro. "Non ti piace, eh? Non è abbastanza buona per Rockefeller, eh? Mangia, Rockefeller."

Intontito Arturo ripeté: "Non posso."

Collins si grattò il mento. Cominciava a gustare l'incidente. "Sai cosa ti capiterà? Ti nutrirò per forza. Ti ficcherò un tubo in gola e ti caccerò la zuppa in pancia. L'ho fatto altre volte e son prontissimo a rifarlo."

"Mi rincresce," disse Arturo con gli occhi a terra, "ma se mangio vomito."

"Prendi la scodella," ordinò Collins.

Arturo si chinò e raccattò la scodella. Collins lo osservava. Lo odiava perché aveva capito fin dal principio che era un gentleman. C'era anche un'altra ragione. Gliela spiegò, con molta calma. "T'ho tenuto d'occhio, Rockefeller. T'ho individuato subito, dal momento che t'ho visto. Ho un figlio in trincea capisci? Questo spiega tante cose, ti pare? Spiega anche perché io mi sia fitto in testa di vederti mangiare la zuppa. Mangia, Rockefeller."

Arturo cominciò a mangiare. Inghiottí metà della polta bavosa, poi disse, bruscamente: "Non posso continuare," e lo stomaco gli si rovesciò. Vomitò sugli stivali del guardiano.

Collins diventò livido. Convinto che Arturo avesse fatto apposta, gli menò un ceffone.

Arturo impallidí come un cencio. Fissò Collins con

occhi stravolti. "Picchiarmi non potete," disse, con l'affanno. "Mi metto a rapporto."

"Ah non posso?" gridò Collins, scoprendo i denti. "To', tieni quest'altro e va' a far la spia." E gli tirò un terribile pugno alla mascella che lo fece stramazzare.

Arturo stramazzò e rimase immobile. Gemeva debolmente, e a udirne il gemito Collins pensò a suo figlio in trincea e sghignazzò torvo. Si asciugò gli stivali sulla tunica di Arturo; poi uscí, sempre col labbro rattratto. La chiave stridette nella toppa.

XIII

Arturo, in carcere, giaceva tramortito nel suo vomito, e lo stesso giorno Joe, a Tynecastle, sedeva compostissimo davanti a un piatto di ostriche nel grill-room dell'Albergo Centrale. Le ostriche costituivano una delle sue piú recenti scoperte. Deliziose, erano. Poteva mangiarne financo una dozzina e mezza, quand'era in forma; e generalmente lo era. Squisite, perdio, con qualche goccia di limone, e belle grasse soprattutto: una vera ghiottoneria.

Benché si avvertisse già una certa penuria di talune vivande, come la carne e il pollo, tuttavia, a saper fare, si riusciva sempre a procurarsi quello che si voleva, al Centrale. Joe sapeva fare. V'andava ormai cosí spesso che v'era tenuto tra i clienti di maggior riguardo; tutto il personale gli correva incontro, al suo apparire; e il capo-cameriere Sue (si chiamava Suchard, ma Joe, nella sua affabile familiarità, aveva il vezzo di abbreviare i nomi) correva piú degli altri. Perché, pochi mesi fa, Joe gli aveva detto un giorno: "Quel che ci vuole per te, Sue, è un centinaio di Crocker & Dicksons. Che? Hai paura? Oh, lo sappiamo, sei un onesto padre di famiglia che non specula, ma qui non c'è rischio, Sue, da' retta a me." La settimana dopo, Sue si era quasi genuflesso davanti a Joe. "Quant'hai fatto, Sue? Sessanta sterline? Be', meglio che niente, vero, ti potrai fumare un sigaro di tanto in tanto, eh, Sue? T'ho dato un buon consiglio? Non c'è di che, non c'è di che. Tu continua a trattarmi bene e io non ti dimenticherò."

Non c'è di che, il denaro può tutto, rifletteva Joe, cucchiaiandosi l'ultima ostrica bella grassa. Mentre il piccolo rimuoveva gli svuotati gusci di perla, Joe, soddisfatto, ispezionava la sala, in attesa della bistecca. Il grill-room del Centrale emulava a quei giorni i piú scelti ritrovi delle piú sfarzose stazioni climatiche. Anche di domenica era affollato. Era il luogo di convegno per eccellenza degli affaristi piú prosperosi, di coloro che affondavano fino al gomito le braccia nel calderone dell'abbondanza. Joe li conosceva quasi tutti: Bingham e Howard del sindacato delle munizioni, Snagg l'avvocato senza scrupoli, Ingram della birra, Wainwright il temerario agente di cambio, Pennington del prosciutto sintetico. Joe aveva rapporti con tutti i pezzi grossi, che diavolo, con chiunque potesse tornargli utile. Ignorava completamente e per sistema la voce della simpatia personale, coltivava solo le amicizie suscettibili di aprire sempre nuove strade alla sua ambizione, ed era cosí cordiale, cosí allegro, che si faceva apprezzare da tutti.

Due uomini presso la finestra attirarono il suo sguardo. Li salutò con un cenno del capo ed essi gli scambiarono il saluto con cenni di mano. Coppia in gamba, Bostock e Stokes; avevan certo messo il dente del giudizio quei due. Bostock voleva dire scarpe. Da un anno e mezzo si era assicurato un fascio di contratti con l'esercito. Ma non erano i contratti, per quanto redditizi, che avevano fatto di Bostock quello che era; erano le scarpe. Non c'era un grammo di cuoio nelle scarpe di Bostock, non un'oncia. Se l'era lasciato sfuggire lui stesso, parlando con Joe l'altra sera al Country Club quand'aveva bevuto. Usava invece del cuoio chi sa quale scorza d'albero, garantita di breve durata. «E a che scopo dovrebbe durare?» aveva detto Bostock, «van tutti kaputt prima ancora che si sfasci. È uno scandalo come muoiono quei poveracci!» aveva soggiunto, mosso da patriottico sdegno.

Stokes, dal canto suo, trafficava nel corredo. Aveva comprato ultimamente tutto il casone soprastante alla sua vecchia bottega, e ora si compiaceva di alludervi denominandolo «la mia fabbrica». Era il piú fervido patriota del sobborgo di Crockerstown, non parlava che di esigenze nazionali, ed esigeva dalle donne il lavoro fuori orario senza retribuzione, e lesinava loro i minuti all'ora dei pasti, e le costringeva a lavorare la domenica fino alle venti. E le confezioni venivano eseguite per lo piú da lavoratrici private che in quasi tutte le case del sobborgo sudavano per lui. Pagava i calzoni 7 pence, e il corredo completo 1 sterlina e 6 pence; 2 scellini la dozzina di camicie kaki, 8 pence la dozzina di cinture. Le sole cinture, pensava Joe, con gli occhi lucidi, le rivendeva a 2 scellini e 10 pence la dozzina. Meraviglioso. È vero che un bastardo di socialista aveva sollevato in Consiglio la questione dello sfruttamento della mano d'opera. Ma che sfruttamento dei suoi corbelli! Le donne s'acciuffavan pei capelli pur di ottenere lavoro. E del resto ce n'era fin troppe al mondo: bastava, per convincersene, dare un'occhiata alle code per la margarina. E poi, non s'era in tempo di guerra?

L'esperienza di Joe gli diceva che nulla eguaglia la guerra per offrire — a chi sa coglierla, beninteso — l'opportunità di farsi valere. Certo aveva saputo lui farsi valere, in fabbrica: lo rispettavan tutti, oramai, compresi Morgan, Irving, e quel pignolo d'un Dobbie. Joe sorrise. S'appoggiò allo schienale e tolse con amore l'anello dal suo avana chiaro: Bostock e Stokes, da pescicani ignoranti, fumavano il sigaro con l'anello intatto. Il sorriso di Joe rivelava l'amenità del suo fantasticare. Ma d'un tratto si scosse, alla vista di Jim Mawson che s'avvicinava; si mise in guardia, all'erta, pronto a dargli il benvenuto. Lo aspettava. Jim pranzava sempre in casa, ma verso le due veniva a dare un'occhiata nel grill.

Jim s'inoltrava placido attraverso il locale gremito, e venne a sedersi accanto a Joe. A guisa di saluto sollevò le tozze palpebre protettrici e piantò gli occhi in faccia a Joe, e Joe glielo ricambiò con un impercettibile cenno del capo: il tacito saluto di due individui che sanno quel che fanno.

"Whisky, Jim?"

Jim scosse la testa e sbadigliò. "Novità?"

Joe trasse un foglietto dal taschino del gilè. "Produzione della settimana duecento tonnellate di shrapnel, 10.000 granate, 1000 bombe, 1500 granate da 140."

"Cristo, Joe," osservò Jim, senza scomporsi, scegliendo uno stuzzicadenti, "di questo passo li ammazzi tutti e fai finire la guerra troppo presto."

Joe sogghignò cauto. "Non c'è pericolo. Produzione scandalosa. Mai visto una ghisa piú indecente. Sembrava formaggio, Jim, shocking. S'è dovuto tappare i buchi alla meglio."

Jim sospirò. "Roba scadente, vero?"

"Miracolo se esce dal cannone senza scoppiare."

“Peccato,” ammise Jim, lavorando di stecchino. “Quanta roba vuoi questa settimana?”

Joe finse di calcolare mentalmente prima di rispondere. “Centocinquanta tonnellate.” Jim annuí. “Ma fatturane trecentocinquanta. Sono stanco di contentarmi d’un solo centinaio extra.”

L’occhio enigmatico di Jim indagò, non è pericoloso? Disse meditabondo: “Meglio non correr tanto. C’è Dobbie.”

“Oh, Dobbie è un fesso. Purché quadrino le somme, del materiale non se ne incarica.” Da mesi Joe giuocava con Jim questo divertente giochetto Oggi per esempio aveva ordinato 150 tonnellate di rottami di ferro, col proposito deliberato di vistarne la fattura per 350. Dobbie pagava per 350 tonnellate, e Joe e Jim si spartivano, sulle 200 non consegnate, sette sterline per tonnellata. Un’inezia di settecento sterline cadauno, in una settimana. Si capisce perché la guerra fosse per loro una cuccagna.

Concluso l’affare con reciproca soddisfazione, Jim s’appoggiò allo schienale tenendosi il pancione tra le mani. Silenzio. “Ecco i due scozzoni che vengono,” disse d’un tratto.

Stokes e Bostock stavano venendo. Si fermarono al tavolo di Joe e stettero in piedi, adocchiando in giro, accesi dal vino e dal cibo, paghi e tuttavia pieni di sussiego. Stokes porse a Joe l’astuccio dei sigari. Joe depose il suo avana chiaro e si chinò per sceglierne uno dall’astuccio di coccodrillo listato d’oro. Stokes gli disse strizzando l’occhio: “Inutile annusarli, mi costano una corona l’uno.”

“Uno scandalo i prezzi di oggi,” disse Bostock, solenne. Aveva bevuto solo quattro brandy. Senza essere saldissimo sulle gambe, aveva tuttavia un aspetto superbamente grave. “Sapete che le uova si vendono a 5 pence cadauna?”

“Siete ancora in grado di comprarne, no?” mormorò Joe.

“Non lo dico per me. Io non ne mangio mai. Danno la bile. Ho altro da fare che pensare a comprarmi le uova. Mi son comprato or ora un palazzo a Kenton, per far piacere alla mia signora, e a mia figlia, che non mi davano pace. Ah, donne donne. Ma quel che volevo dire è questo: come diavolo può continuare la guerra se un uovo costa 5 pence?"

Accendendosi il sigaro Mawson disse: "Vi potete assicurare contro il rischio che cessi. Io l'ho fatto. 15 per cento contro il rischio che cessi quest'anno. Conviene."

Bostock volle mortificarlo: "Parlavo di uova, Mawson!"

Joe e Jim si scambiarono un'occhiata. Entrambi disprezzavano i due scozzoni. Né Stokes né Bostock sapevano portare, con disinvoltura e senza millanteria, il peso della loro ricchezza di nuovo acquisto. Mancavano di fondo. Uno di questi giorni schiatterebbero in una nuvoletta di fumo. La spontaneità dell'occhiata eloquente che Joe e Jim si scambiarono, rivelando la perfetta intesa che li univa, li persuase entrambi della propria superiorità rispetto ai due scozzoni. Joe carezzò affettuosamente il sigaro con le labbra e cacciò una derisoria buffata di fumo.

"Cosa fate oggi, Mawson?" domandò Stockes.

Mawson guardò Joe interrogativamente: "Forse al club."

"Buona idea," dichiarò Bostock, "andiamo tutti?"

Joe e Jim s'alzarono, e i quattro si avviarono lentamente all'uscita. La fattorina in uniforme mise in moto la porta girevole davanti ai quattro maschi trionfanti, sfarzosamente vestiti e splendidamente pasciuti, padroni dell'universo. Sulla gradinata del Centrale formavano un gruppo imponente, Joe due passi indietro, intento ad aggiustarsi attorno al collo il fazzoletto di seta blu.

Mawson si volse a lui. "Vieni anche tu, Joe, facciamo una partita a biliardo in quattro."

Joe consultò con aria di rincrescimento l'orologio di platino sul polso. "Mi spiace. Ho da fare."

Bostock sogghignò agitando l'indice grasso. "Sottane, scommetto; una duchessa?"

Joe scosse il capo e disse soavemente: "Affari."

Gli altri lo guardarono invidiosamente e Bostock disse: "Beato voi, Good-bye."

Mawson, Bostock e Stokes andarono al club. Joe li guardò finché furono scomparsi, poi scese sul marciapiede e raggiunse la sua vettura. Partí nella direzione della succursale di Wirtley: aveva promesso a Laura di andare a prenderla in cantina. Guidando nella quiete domenicale delle strade, soddisfatto del pranzo, dell'affare combinato con Jim, di sé, soprattutto di sé, sorrideva compiaciuto. Buona diavola, Laura E le doveva parecchio. Laura gli aveva insegnato tante cosette; dal nodo della cravatta bianca fino a trovare l'appartamento che abitava ormai da sei mesi. Gli aveva combinata lei, dietro le quinte, l'ammissione al club, e con egual discretezza gli aveva procurato gli inviti in casa degli Howard, dei Pennington, e perfino dei Rutley. Era proprio cotta di lui. Il sorriso gli si allargò. Adesso poteva dire di capirla perfettamente. Si era sempre vantato di conoscere le donne: le timorose, le fredde (le piú comuni), le gesuitiche; ma del tipo di Laura non ne aveva incontrate mai. Come avrebbe Laura potuto resistergli... o piuttosto resistere a se stessa?

Come svoltò l'angolo per entrare nella piazzetta deserta in cui, per ovvie ragioni, solevano incontrarsi, Laura ne sbucava, camminando a passi svelti. Laura gli piaceva anche per la sua puntualità. Alzò il cappello e senza scendere aprí lo sportello per farla salire. Laura sedette accanto a lui, che subito ripartí senza parlare nella direzione del proprio alloggio. Per qualche minuto non scambiarono una parola: il silenzio della perfetta intimità. Lui gioiva nel sentirsela vicino; era sempre cosí elegante, Laura, e portava il tailleur come pochissime donne sanno portarlo. Joe pensava a lei allo stesso modo d'un marito che sia ancora affezionato alla moglie. Naturalmente l'eccitazione era minore ormai; il manifesto attaccamento di Laura bastava a togliere il filo all'appetito di Joe. Fu essa che aprí la conversazione dopo un po'.

"Dove hai fatto colazione?"

"Al Centrale. E tu?"

"In cantina. Due sandwiches."

Egli sorrise; sapeva che Laura non era golosa. "Non sei ancora stanca della cantina?"

"No. Mi fa bene. Mi dà l'illusione di possedere ancora un po' di decenza."

Egli rise di nuovo, lasciò cadere l'argomento, parlò del piú e del meno fino a casa. Abitava il piano terreno rialzato d'un villino ben costruito, i cui vani parevano piú vasti di quanto erano a causa dello spazio libero che i due giardini, l'uno sulla facciata e l'altro sul rovescio, consentivano alla casa. Glielo aveva arredato Laura di suo gusto; e del gusto di Laura Joe sapeva di potersi fidare. Era un alloggio facile da tenere (una donna veniva al mattino per la pulizia) e liberissimo, perché era situato in un quartiere poco frequentato a cinque miglia da Yarrow.

Joe trasse la chiave e aprí l'uscio per far passare Laura. Laura si recò direttamente in salotto ed egli, innestata la spina del riscaldamento, sedette in una poltrona e aprí il giornale alla pagina del corriere finanziario. Laura, in piedi, dietro a lui guardandolo pensosa, sorseggiò un bicchiere di latte. "Tu non prendi whisky and soda, Joe?"

"No, grazie."

Per alcuni momenti ella girellò assestando oggetti, in attesa ch'egli le parlasse; poi s'introdusse cheta nell'attigua camera da letto. Joe la sentiva muovere, svestirsi; dietro il giornale sogghignò di compiacimento. Andavano sempre a letto nel pomeriggio della domenica, pacati e decorosi come si va in chiesa, ma da qualche tempo Joe, meno appassionato di prima, molto meno appassionato di lei, si divertiva a prenderla un pochino in giro. Oggi la fece aspettare una buona mezz'ora prima di recarsi da lei, e quando vi si decise non dissimulò uno sbadiglio.

Laura era in letto, in una camicia da notte di finissima batista e di squisita fattura, acconciati i capelli con bel garbo, e la camera era già impregnata del profumo del suo corpo. Joe si ripeté: è innegabilmente una donna di classe. La scorsa settimana s'era accoppiato una sera con un'operaia della sua succursale, oh, una ragazzina potabilissima, niente da dire; era la sua carnagione di bionda che lo aveva attratto, dopo le cespose oscurità del corpo di Laura, ma, inutile, le lenzuola ordinarie in quell'ambiente disadorno gli avevan guastato tutto il piacere. Senza dubbio Laura era responsabile dei suoi gusti raffinati. Il miglior modo per raffinarsi, per incivilirsi, è di andare a letto con una donna di classe.

Joe si svestí con studiata lentezza, conscio che Laura non gli toglieva gli occhi d'addosso: faceva il suo comodo, perdeva tempo nell'allineare in bell'ordine sul comò le chiavi, l'astuccio d'oro, le monete. Vestito delle sole mutandine, stava in piedi a contare minuziosamente fin gli spiccioli. Finalmente venne a sedersi sulla sponda del letto. Laura gli domandò: "Stavi calcolando quanto mi potevi pagare?"

Egli scoppiò in una cordialissima e ingenua risata; la botta di Laura aveva coronato il suo divertimento.

Laura continuò, sullo stesso tono di celia un tantino risentito: "Sai, caro, di noi due, mi sembra che sono io quella che dà. L'astuccio delle sigarette, l'orologio, i gemelli da polso, l'uso dell'automobile; un mucchio di cose t'ho dato. Se non sbaglio, anche il famoso chèque che m'hai promesso pel mobilio non l'ho mai visto finora. Oh, sono tutt'altro che avara, lo sai, e se anche te lo tieni quel famoso chèque, io me n'infischio. Ma quello che vorrei sapere è se tu ti rendi conto, o no, di tutto quello che ho fatto per te."

Lui stava palpandosi il bicipite; rispose, casualmente: "Be', l'hai fatto perché ti faceva piacere, no?"

"Già. Ero certa che era questo il tuo punto di vista. Quando penso al capitombolo che ho fatto, dal giorno che Stanley ti mandò a casa a cercare quel suo bollettario, fino a oggi!..."

"Oh, non ci pensare, ecco tutto. Era fatale, del resto. Eri pazza di me."

"Sicuro. Alle volte, Joe, davvero, credo che tu non mi voglia nemmeno un pochino di bene. Mi usi perché ti servo, ecco tutto."

"E io ti servo a niente, forse?"

"A una cosa m'hai servito. A farmi detestare me stessa."

"Via, non dir di queste cose." Buttò all'aria le mutandine e le scivolò al fianco sotto le coperte.

Ella diede un sospiro che fu quasi un gemito, gli s'accoccolò contro e si arrese.

Dopo, dormirono circa un'ora, Joe piuttosto irrequieto. Gli dava sempre fastidio il modo con cui ella s'aggrappava a lui dopo ch'ei s'era saziato. Ai primi tempi della loro relazione gli piaceva far sfoggio della sua virilità, perch'ella la comparasse mentalmente all'ovvia flaccidità di Stanley. Ma adesso non piú: non intendeva affatto sciupare su lei le sue risorse fisiche. Quand'ella aprí gli occhi e lo guardò, egli ne sostenne lo sguardo con un'espressione di burla maliziosa.

"Non mi vuoi piú bene, Joe?"

"Ma sí, lo sai." Ella sospirò, delusa. "Cos'è questo sospiro?"

"Niente. Ma sai renderti odioso alle volte. Mi fai sentire tutto il peso della mia indegnità."

Lui continuava a fissarla, ironico, sensibile a quell'interna ilarità che avvertiva con diletto. Aveva raggiunto lo stadio in cui l'uomo soddisfatto di sé deriva un sottile piacere scrutando sul viso della compagna il giuoco delle emozioni segrete. Osservandola s'immaginava di essere lui, e lui solo, la fonte e la cagione, e in pari tempo il mitigatore, dell'intimo subbuglio della sua amante. Era lui il padrone. Le voleva ancora bene, sí, ma era giusto ch'ella si sentisse, una volta tanto, inferiore a lui.

Messo di buon umore da quell'idea, propose il tè. Ma in quella suonò il telefono, dalla parte di Laura. Egli allungò il braccio e si sporse su lei per afferrare il ricevitore.

"Hallo. Sí, Morgan, son io, che c'è?... Non saprei, non ho la minima idea dove sia... Che? (La voce gli si alterò.) Oh!... Come dice, me lo legga... (Pausa prolungata.) Ooh!!... Era indirizzato all'ufficio?... Vengo, Morgan. Vengo subito. Vengo io." Riagganciò il ricevitore e tornò nell'altra metà del letto.

"Cos'era?" domandò Laura.

"Be'... vedi..." Esitava.

"Cos'è, dimmi..."

Joe stiracchiava le frange della coperta. "È un telegramma, arrivato adesso in ufficio..."

Laura scattò a sedere; disse immediatamente: "Stanley?"

"Ma è niente," si affrettò a dire Joe, "non è nemmeno ferito. Solo uno choc nervoso.."

"Choc?"

"Sí, sai, in seguito a uno scoppio di granata... non è niente... nemmeno ferito."

Laura si portò le palme sugli occhi. "Me l'aspettavo. Lo sapevo. Ero certa, certa."

"Laura, ti ripeto che è niente; non lasciarti sconvolgere. Nemmeno una graffiatura. È rimasto sepolto dallo scoppio, capisci, e... e lo mandano in licenza per... calmarsi i nervi, ma non è ferito, t'assicuro..." Provò a prenderle la mano, ma ella la ritrasse con mossa sdegnosa.

Gli volse la schiena, saltò giú dal letto, lasciò cadere la camicia; nuda, si chinava sulla seggiola su cui aveva deposto i suoi effetti, li sceglieva con mani tremanti e mosse agitate. Si vestí in un baleno. Piangeva. Singhiozzava.

"Ma Laura!" Non l'aveva mai vista piangere.

"Zitto! Qualunque cosa tu dica è peggio. Zitto! E adesso arriva Stanley. e chi sa in quale stato... (Joe cercava di interrompere per calmarla). Sta' zittoooo!!"

S'infilò la giacca, arraffò il cappello e corse via, singhiozzando, a testa nuda.

Joe restò un minuto appoggiato sul gomito. Poi alzò leggermente le spalle nude, allungò un braccio verso il tavolino, sbadigliò, e accese una sigaretta.

XIV

Era la primavera, del 1916, circa quattordici mesi dopo che Hilda e Grace eran venute via da Sleescale, e Hilda non era mai stata tanto felice in vita sua. Si era lasciata commuovere ben poco dal tono lugubre delle lettere in cui Zia Carola le descriveva gli eventi: l'inquietante metamorfosi di suo padre, i molti echi penosi del disastro della Nettuno, tutta la triste faccenda dell'incarceramento di Arturo. Se Grace, piangente, veniva a dirle: "Oh, Hilda, *dobbiamo* fare qualcosa per Arturo; è nostro dovere!", Hilda sbottava: "E cosa possiamo fare? Niente!", e tutte le volte che Grace abbordava quest'argomento, Hilda la zittiva implacabile con risposte di questo genere.

Il palazzo di Lord Kell era in Belgrave Square. Spogliato dell'arredo, ad eccezione dei magnifici lampadari di cristallo, degli arazzi preziosi e di qualche quadro di valore, si prestava ottimamente all'uso di ospedale cui era stato adibito. I sei vasti saloni erano stati convertiti in corsie per feriti, e la serra trasformata in sala operatoria; ed era in questa sala che Hilda trascorreva i suoi momenti piú felici.

Si era segnalata subito nel disimpegno delle sue mansioni; entro sei mesi aveva sulla punta delle dita ciò che un'infermiera ordinaria può imparare in tre anni di pratica. Miss Gibbs, la direttrice, ritenendola dotata di meriti eccezionali, l'aveva trasferita nel reparto chirurgia, dove infatti Hilda non tardò a dar prova delle sue attitudini: seria, precisa, attenta, Hilda adempiva con zelo inappuntabile a tutti i suoi doveri. Aveva dedicato allo studio tutte le ore libere, e possedeva il temperamento richiesto dalla professione. Bastava vederla all'opera per apprezzarla. Nella sua prima settimana di servizio in sala d'operazioni, il professor Ness l'aveva tenuta d'occhio, notando com'ella precorresse, di propria iniziativa, e come per istinto, ogni suo desiderio, porgendogli al momento opportuno gli arnesi che gli occorrevano. Ness era il chirurgo titolare, un ometto dai capelli rossigni che sudava terribilmente al lavoro, ma compiva miracoli in chirurgia addominale. Ultimamente aveva confidato alla direttrice di ritenere che fra non molto Hilda sarebbe in grado di operare personalmente.

Quando Hilda fu informata del concetto in cui il professore la teneva, avvertí un fremito interno di soddisfazione ma lo represse istantaneamente e non ne insuperbí. Mentre osservava il chirurgo intento alle sue incisioni, anastomosi e suture, non pensava agli atti che doveva far essa nella sua qualità di assistente, — questi li compieva automaticamente, — ma concentrava tutta la sua attenzione sui minimi gesti del professore, allo scopo di imparare ad imitarli all'occorrenza. Era sempre stato il suo sogno, la professione di chirurgo. Aveva, è vero, cominciato un po' tardi gli studi, ma non aveva che venticinque anni, dopo tutto, e dal momento della sua miracolosa emancipazione dal Poggio non aveva cessato di inseguire la sua meta. Nel frattempo, con questa luminosa meta in vista, col lavoro che la interessava, e con Grace tutta per lei, Hilda era felice.

Grace, invece, non s'era fatta molto onore come infermiera. Disordinata, trasandata nella persona, mai puntuale, la povera Grace non possedeva alcuna delle qualità essenziali che aprono la strada al successo. Mentre Hilda scoccava come un razzo alle vertiginose altezze della sala operatoria, Grace restava a pian terreno a spazzar pavimenti e lavar bacinelle. Grace non se ne curava. Era contentona. Se ne impensieriva cosí poco che Miss Gibbs aveva dovuto convocarla già due volte in direzione per richiamarla severamente: la prima perché l'aveva sorpresa a dare il tè in cucina alle parenti dei feriti, e la seconda perché l'aveva vista somministrare sigarette di nascosto ad un sergente che era stato punito per inciviltà verso la sua infermiera. Grace era, a detta di Miss Gibbs, *hopelessly* incompetente; Grace non farebbe mai niente di buono, diceva Miss Gibbs, se non cambiava metodo.

Però nessuno, all'infuori di Miss Gibbs e di Hilda, desiderava che Grace cambiasse metodo. Tra le colleghe era popolare quanto mai. Nel quartiere riservato ad abitazione per le infermiere, in Sloane Street, a mezzo chilometro di distanza, c'era sempre, nello stanzino disordinato di Grace, qualcuno che offriva o chiedeva una sigaretta, o un *Bystander*, o un disco di grammofono, o quei surrogati di cioccolatini che la guerra aveva prodotto. O qualcuno che invitava Grace al cinema, oppure in qualche tea-room per farle far conoscenza con un fratello in licenza dal fronte.

Hilda avversava queste pratiche. Nessuno veniva mai nell'austero stanzino di Hilda, e Hilda non ci voleva nessuno: nessuno all'infuori di Grace. Hilda voleva Grace, con tutto il cuore, tutta per sé. Congelava le visite amichevoli, soffocava in fasce le amicizie di Grace. Nel suo fraterno affetto possessivo, continuava a pretendere di dettar legge a Grace. E Grace, semplice bonacciona docile come sempre, si sottometteva di buon grado.

Ma nella faccenda della corrispondenza, Grace rifiutò netto di sottomettersi. Su questo punto, senza ragionare, senza contraddire, Grace oppose un fermo rifiuto. E Hilda era preoccupata oltre ogni dire delle lettere che Grace riceveva. Non passava settimana senza che le arrivasse, dalla Francia, dal fronte, una, o anche due lettere, sempre con la stessa calligrafia maschile. Alla fine Hilda non poté trattenersi. Una sera d'aprile, rincasando nel crepuscolo con Grace, le disse improvvisamene: "Ancora un'altra lettera oggi, vero, dalla Francia?"

Con gli occhi bassi Grace rispose sí.

Sdegnata, Hilda adottò un tono freddo ed ostile: "Chi è che ti scrive?"

Grace non rispose subito. Arrossí. Ma finí per dire (non c'era pericolo che Grace rispondesse evasivamente o indirettamente): "È Dan Teasdale."

"Teasdale?!" L'accento di Hilda era indignato e schernevole insieme. "Il figlio del panettiere?" (Grace rispose molto semplicemente sí). "Cielo! Be', in tutta la mia vita non ho mai sentito niente di piú idiota."

"Perché idiota?"

"Ma via, Grace, non ti pare abbietto costruire un romanzo col garzone del panettiere?"

Grace s'era fatta molto pallida, e la sua voce suonò estremamente flebile: "Dan non ha nulla di cui vergognarsi. Nessuno mi ha mai scritto lettere cosí carine come le sue. Non mi pare che ci sia qualcosa di abbietto in questo."

"Ah no? A me pare di sí. Non tollero assolutamente

che tu ti conduca come una scolaretta infatuata d'un suo compagno di classe. Già troppe donne che conosciamo si son buttate via a questo modo, tra le braccia dei loro... eroi! Disgustoso! Hai da smettere questa corrispondenza, capisci?"

Grace rispose molto semplicemente no.

"Devi, ti dico!"

"Mi spiace, Hilda, non smetterò" Aveva le lagrime negli occhi, ma nella voce un accento di decisione che disarmò Hilda, e le incusse un vero spavento.

Per quella sera Hilda non aggiunse altro. Ma adottò un contegno che sperava idoneo a fiaccare la cocciutaggine della sorella. La ignorava. Nel migliore dei casi le manifestava uno sdegno sprezzante. Seguitò cosí per due settimane; ma le lettere seguitavano a venire. Allora, presa da pànico, mutò contegno. Uscí totalmente dal suo riserbo, espresse perfino rammarico per esser stata troppo severa, colmò Grace di affettuose attenzioni, la invitò al Karomath, il caffè frequentato dalle infermiere. Per tutta una settimana la secondò, la lisciò; e Grace ne accettava i piaggiamenti con la stessa docilità con cui ne aveva accettato le rampogne. Finalmente Hilda ritenne giunto il momento di persuaderla a smettere la corrispondenza con Dan, e tornò alla carica. Inutile. Tutto inutile. Grace non voleva saperne.

Allora Hilda prese a tener d'occhio le lettere in arrivo. Scendeva di buon'ora al mattino per ispezionare, con un'espressione di indicibile odio, la casella postale di Grace. E un giorno di giugno notò che il francobollo portava il timbro di Loughborough. Dopo il breakfast domandò a Grace: "È ferito?"

Grace guardò dall'altra parte per nascondere gli occhi e disse sí.

"Grave?"

"No."

"All'ospedale?"

"Sí."

Hilda si sentí sollevata. Loughborough era lontano, molto lontano; e siccome la ferita non era grave, Dan tornerebbe presto in Francia. Ma arricciò il labbro in un sogghigno e disse: "Peccato che non ce l'abbiano mandato qui. È cosí che capita nei migliori romanzi popolari."

Grace le voltò la schiena e se ne andò, ma prima che

fosse fuori della portata della sua voce Hilda aggiunse: "Che bellezza, per lui, se, riavendosi dopo l'anestetico, ti trovasse al suo capezzale, pronta a gettargli le braccia al collo." Il tremito della sua voce palesò quanto male le facesse il pronunciar queste parole, ma non aveva potuto fare a meno di pronunciarle. Si struggeva di gelosia.

Grace non le diede risposta. Andò all'ospedale con la lettera di Dan nella tasca del grembiule. La rilesse parecchie volte durante le ore di servizio. Dan, nell'avanzata sulla Somme, era rimasto ferito al braccio; roba da poco, diceva, la ferita non gli dava dolore, ma gli dava fastidio il non poter usare la mano.

Alla fine di luglio le lettere di Dan si fecero piú rare. Ma la sera del 31, mentre Grace rincasava, sola, camminando adagio perché stanca, rattristata dal pensiero di Arturo e da tutti i cambiamenti sopravvenuti a Sleescale, tediata dal fatto che tutto sembrava andare alla rovescia (Miss Gibbs le aveva appioppato un altro rimprovero per la sua trascuratezza), ed inquieta a causa del silenzio di Dan (strano, come s'era abituata a fare assegnamento su quelle lettere di Dan!), vide di fronte alla sua porta di casa un ufficiale, fermo, col braccio fasciato e sostenuto da una pezza legata attorno al collo. Grace si fermò, non del tutto sicura. Poi, di botto, fu sicura. Il cuore le diede un tuffo. Dan, attraversata la strada, le si presentò facendo il saluto.

"Dan!... Mi pareva!..." Raggiava di gioia. Non era piú niente stanca, né triste. Gli tese la mano.

Senza parlare, Dan gliela strinse timidamente. La timidezza ch'ella gli ispirava era per lui una vera sofferenza; pareva timoroso di solo guardarla. Ora, Grace non aveva mai ispirato timore ad anima viva; l'idea le pareva cosí buffa che sentí voglia di ridere e piangere insieme; e, per evitare di far la stupida, s'affrettò a dire: "Mi aspettavi, Dan? Perché non sei entrato?"

"Non volevo disturbare. Pensavo che aspettandoti qui t'avrei potuta vedere un minuto."

"Un minuto!" Grace sorrise; poi si ricordò della ferita: "Come va il braccio?"

"È il polso che stenta a guarire. I tendini. M'han mandato qui per fare la cura elettrica, nella clinica di Langham. Massaggi elettrici. Sei settimane di cura."

"Sei settimane!" Il suo grido di gioia rinfrancò Dan.

Incoraggiato, disse: "Pensavo... se non ti secca... se non hai altro da fare.. "

"No!" interruppe Grace a precipizio, "non mi secca e non ho altro da fare." Stette a guardarlo con occhi sognanti. Di sotto la cuffia i capelli le uscivano scarmigliati, e sulla guancia aveva, visibilissima, una pillacchera di fango. "Domani ho due ore di libertà. Prendiamo il tè insieme?"

Lui rise, gli occhi a terra. "Volevo appunto invitarti."

"Hai ragione, hai ragione, scusa, non dovevo invitarmi da me. Ma, oh, Dan, è troppo bello! Quante cose possiam fare in sei settimane!" Pausa. "Non c'è nessun'altra ragazza, alla quale scrivevi. e che ti piacerebbe invitare al mio posto?"

Egli alzò gli occhi a lei in un'espressione di protesta cosí seria che Grace rise giocondamente. Che piacere, rivedere Dan! Andavano cosí bene d'accordo. Fin da bambini; fin da quel giorno che lui, fattala salire nel furgoncino, le aveva dato una deliziosa ciambella imbottita di marmellata; un'altra volta le aveva regalato uno zufolo di canna, fatto da lui stesso; l'aveva portata a vedere i fringuelli nel nido; dalla mietitura tornava sempre con qualche treccia di paglia, fatta con le sue mani, per regalarla a lei. E ora, benché vestito da tenente, non le pareva cambiato affatto. Come lei era rimasta la stessa, cosí lui era sempre lo stesso umile timido Dan. Grace non si sognava nemmeno d'esserne innamorata, ma si sentiva infinitamente felice. Non s'era mai sentita cosí felice.

Gli porse la mano: "Allora domani alle tre. Ma mi aspetti fuori, vero, e non avvicinarti troppo, altrimenti rischi di far perdere il posto alla custode." Senza aspettar replica, corse su pei gradini d'accesso.

E l'indomani alle tre si ritrovarono, e andarono a prendere il tè da Harry's in Oxford Street. Chiacchierarono di tante cose. Dan, una volta sormontata la timidezza, si rivelava un parlatore interessante, — almeno cosí pensava Grace, — e sopra tutto sapeva ascoltare. Sembrava ascoltare Grace con avidità, e questo fatto, per lei insolito e piacevole, la meravigliava. Incoraggiata, gli confidò tutti i suoi crucci a riguardo di Arturo e di suo padre. "A casa," concluse, con occhi neri e mesti, "le cose non sono piú come una volta. Non mi sembra piú la stessa casa, quando ci penso. E credo che non mi deciderò a tornarvi mai piú."

Egli annuiva, con simpatia. "Capisco, Grace."

Ella lo guardò gravemente. "Nemmeno tu, vero, tornerai mai alla Nettuno. Sarei disperata di saperti di nuovo in fondo a quell'orrendo pozzo."

"Anch'io, sai, credo di averne abbastanza. Ci ho pensato tante volte. Non m'era mai piaciuto il mestiere, a esser franco. Se campo, credo che mi piacerebbe dedicarmi all'agricoltura."

"Sí, Dan?"

Seguitarono a parlare. Stettero cosí a lungo che la cameriera venne due volte a chiedere altezzosamente se desideravano altro. Poi andarono a passeggiare nel parco, lungo la Serpentine, e ne uscirono ad Hyde Park Corner. Vennero le cinque prima che se n'accorgessero. Lasciandolo, Grace disse: "Se non ti sei annoiato, forse ci vediamo ancora?"

Grace e Dan presero ad uscire insieme regolarmente. Visitarono i siti piú buffi e disparati; e si divertivano, oh, come si divertivano! Andavano a girellare sul Chelsea Embarkment, prendevano il vaporetto per Putney, o l'autobus per Richmond, scoprivano curiosi minuscoli tea-rooms, in Soho fecero conoscenza con la pasta asciutta e col minestrone; tutte cose banali eppure cosí belle, cose che eran capitate milioni di volte a milioni di individui, ma non eran mai capitate a Grace e Dan.

Una sera tornando dai Kensington Gardens si imbatterono in Hilda poco lungi da Casa. Hilda era informata delle spedizioni di Grace, ma finora, benché si struggesse dalla voglia di intervenire, si era tenuta sdegnosa in disparte. Ma questa volta Hilda intervenne. Si fermò, sorrise frigida a Dan e disse un buonasera che suonò come uno schiaffo. Dan rispose, "Buona sera, Miss Barras."

Pausa.

Poi Hilda disse: "Sembra che la guerra vi faccia del bene, Mr. Teasdale"

Grace esclamò calorosamente: "Dan è stato ferito in guerra."

Dan arrossí. Guardava Hilda negli occhi. Cadde un silenzio imbarazzante, e Hilda lo ruppe dicendo: "Non alludevo a questo, Grace." Poi, rivolta a Dan: "Gran bella cosa quando sarà tutto finito. Allora ciascuno tornerà al suo posto."

Il suo intento era inequivocabile. Dan si sentí grandemente a disagio. Disse buonasera in fretta, strinse la mano a Grace senza guardarla in faccia e s'allontanò.

A casa poi, Hilda guardò Grace con fare sprezzante e disse: "Ti ricordi quando giocavamo con le bambole, e io avevo quel pupazzotto che chiamavamo Pagnottella, il figlio del panettiere?"

Grace prese fuoco. "Se osi ancora una volta parlarmi cosí, non ti guarderò mai piú in faccia."

Gli occhi delle due sorelle incrociarono per un lungo attimo i loro sguardi infuocati, ma fu Hilda la prima ad abbassare i suoi.

Il prossimo appuntamento fra Grace e Dan cadeva l'ultimo giovedí della sua licenza, e doveva essere l'ultimo appuntamento. Il braccio era guarito. Il lunedí seguente doveva ripartire pel fronte.

Andarono nei giardini di Kew. Dan aveva sempre desiderato di visitarli, perché aveva la passione del giardinaggio, e si era serbato Kew come l'ultimo boccone da prendersi in compagnia di Grace. Ma il giorno non annunciava niente di buono. Il tempo era minaccioso; e inoltre si sentivano ancora sconvolti entrambi dalla scenata di Hilda. Dan era taciturno e Grace mesta. Grace era molto mesta. Non aveva piú dubbio, sapeva ormai di essere innamorata, e il pensiero che Dan ripartisse pel fronte *senza saperlo*, le faceva sanguinare il cuore. Impossibile che Dan fosse innamorato di lei. Chi poteva innamorarsi di lei? Era una ragazza priva di capacità, trasandata, disordinata, e nemmeno carina. Si sentiva un terribile nodo alla gola mentre camminava mesta al fianco del taciturno Dan.

Andarono a vedere gli uccelli acquatici sul laghetto a monte del bosco delle campanule celesti. I paperi erano graziosi e Dan disse che erano graziosi. Aggiunse, tetro: "Se un giorno ne avrò la possibilità, alleverò anatre come queste."

Grace disse, "Sí, Dan?" che era tutto quanto si sentiva di dire.

Stavano sull'orlo dell'acqua, l'uno al fianco dell'altra, due lugubri figure sperdute, osservando gli uccelli gaiamente piumati. D'un tratto prese a piovere: un acquazzone balordo. "Corriamo a ripararci," disse Dan, "è un temporalaccio."

Presero a correre, nella direzione della serra delle orchidee. In tempi normali, la corsa li avrebbe divertiti immensamente, ma non li divertí oggi, non li divertí affatto. Grace aveva la mantella da infermiera, ma Dan non aveva il cappotto e la sua giubba fu presto fradicia. Quando raggiunsero la serra, Grace, appena ripreso fiato, si volse a Dan con sollecitudine:

"Hai la giubba tutta bagnata." Si guardò attorno. Erano soli. "Levatela. La metto ad asciugare sui tubi."

Dan socchiuse le labbra per rifiutare, ma le rinchiuse subito. Senza una parola si levò la giubba e gliela diede. Faceva sempre quello che voleva Grace. Come Grace ebbe la giubba tra le mani, un vecchio giardiniere comparve all'altro capo della serra. Li aveva visti correre per venirvisi a riparare. Fece a Dan un cenno del capo e sorrise a Grace: "Di qui, *nurse*; i tubi sono piú caldi."

Grace lo ringraziò e lo seguí in un recesso. Scosse la giubba e la posò sui tubi del calorifero. Poi si guardò in uno specchieto appeso alla parete. Era piú in disordine che mai, coi capelli che le uscivan da tutte le parti di sotto alla cuffia; cielo, pensò sgomenta, faccio paura, come può Dan volermi bene?

Aspettò finché la giubba fosse asciutta, prestando distrattamente orecchio al garrulo giardiniere che andava e veniva cianciugliando, per lo piú sulla difficoltà di procurarsi il combustibile. Quando la giubba fu asciutta, la portò a Dan, che era rimasto immobile a guardare la pioggia. Dan si voltò impacciato e disse: "Pioverà parecchi giorni."

Grace rispose: "Si direbbe," e allargò le braccia per tenere la giubba cosí ch'ei la infilasse.

Nel vederla cosí sconsolata e sgomenta, a braccia aperte, Dan perdette la padronanza di sé, e dalla strozza gli uscí un suono che sembrava un gemito: "Oh, Grace, Grace, ti amo, ti amo..."

Si trovarono tra le braccia l'uno dell'altra, e la giubba si trovò in terra. Il cuore di Grace batteva da far paura. "Oh, Dan," sussurrava, "oh, Dan!"

"Non potevo non dirtelo, Grace, non potevo," ripeteva lui, per farsi perdonare.

Sebbene il cuore continuasse a batterle da far paura, e

avesse lagrime negli occhi, tuttavia Grace trovò il coraggio e la calma che la situazione richiedeva, e disse:

"Davvero, Dan, mi ami?"

"Oh, Grace..."

"Parti lunedí, Dan? Oggi è giovedí? Sposiamoci subito, Dan!"

Dan allibí. La guardò con tutta l'anima negli occhi. Il vecchio e garrulo giardiniere faceva capolino tra le orchidee; si dava pensiero della carestia di combustibile, e rischiò di soccombere ad un attacco cardiaco.

Si sposarono sabato. Grace ottenne da Miss Gibbs, non senza difficoltà, il permesso per la domenica. La passarono a Brighton. Fu questa la loro luna di miele. Come Dan aveva previsto, pioveva. Piovve tutto il giorno. Ma Grace e Dan non si curavano della pioggia.

XV

Verso l'imbrunire di quel giorno d'agosto, Barras, in costume da minatore, calottino di cuoio e stivaloni, con un rozzo bastone, uscí dalla gabbia del Paradiso ed entrò nel cortile della Nettuno. Lo seguivano Armstrong e Hudspeth. Dinanzi alla porta degli uffici d'amministrazione si fermò per alcuni attimi a colloquio coi suoi due dipendenti, conscio — come un attore della ribalta — degli sguardi degli operai sparsi nel cortile.

"Sarà bene," disse, quasi che avesse preso in quel momento l'importante decisione, "sarà bene comunicare la notizia ai giornali. Almeno all'*Argus*. Sarà lieto di pubblicarla."

"Sicuro, Mr. Barras," approvò Armstrong, "telefonerò domattina."

"Specificate in particolare il costo della nuova galleria."

"Yes, sir."

"Oh, e non dimenticate di dar risalto al fatto che i miei moventi sono anzitutto patriottici. L'apertura della nuova galleria nel Paradiso ci consentirà di raddoppiare la produzione."

Si congedò con un cenno del capo e s'avviò al cancello d'uscita. Si diresse al Poggio a piedi, consapevole della dignitosa semplicità che il costume gli conferiva. Ad ogni otto o dieci passi era costretto a portar la mano al berretto per rispondere ai deferenti saluti dei passanti. Era diventato incredibilmente popolare. Le sue attività patriottiche erano innumerevoli e — caso singolare — s'eran fatte piú intense ancora dopo la condanna di Arturo. Sgomento, a tutta prima, di fronte al disastroso risultato dei suoi metodi coercitivi, non aveva però tardato a ritrovare il suo equilibrio. La sua immaginazione, soffocata dalla molteplicità e dall'urgenza degli affari, ripudiava sistematicamente ogni perturbatrice evocazione dell'effigie di suo figlio dolorante in carcere. Secondo il suo solito, Barras aveva preso posizione. Ammetteva apertamente il fatto d'aver il figlio in prigione, si concedeva perfino di alludervi in pubblico; ma conferiva a quel fatto il carattere d'un obbrobrio familiare purificato dall'irreprensibilità della sua propria condotta.

E ognuno riconosceva che Barras si era condotto esemplarmente. Il processo era stato ampiamente commentato nei giornali; l'*Argus* gli aveva dedicato due colonne sotto l'intestazione "Un Padre Spartano", e il *Sunday Echo* un editoriale intitolato "Giú il cappello, passa un patriota!" Barras si vedeva circonfuso da un alone di autentica gloria. In varie occasioni, pranzando con Hetty al Centrale, e accorgendosi d'essere notato, non poteva reprimere un interno brivido di soddisfazione. Amava farsi vedere, sentirsi cullato dall'approvazione generale. Aveva raggiunto uno stato spirituale deliberatamente estrospettivo. Al principio la sua reazione era stata istintivamente difensiva, ma adesso lo era deliberatamente. Fuggiva i momenti di introspezione. Non ho tempo, non ho tempo! Ovunque passasse frettoloso, la sua sagoma d'uomo acceso in volto e leggermente asmatico sembrava lasciarsi alle spalle quelle tre parolette. Non si curava d'altro che dell'esteriorità, degli effetti delle sue comparse in pubblico. Trovava distrazione solo nello strepito, nelle luci della ribalta, nelle acclamazioni, nella calca.

Anche nelle sue funzioni di presidente del tribunale manifestava un'attività centuplicata. Era ormai diventata un'impossibilità assoluta, per chiunque, di ottenere l'esonero dal servizio militare, se Barras presiedeva. Tambureggiando impazientemente con le dita sul tavolo, affettava di ascoltare con imparzialità ragioni e proteste, ma in realtà non ascoltava, né teneva conto alcuno della logica dei fatti. Il giudizio, se lo era già fatto in anticipo: niente esoneri.

Col volger del tempo adottò metodi sempre piú spicci, e amava vantarsi del numero delle cause ch'era in grado di sbrigare in una sola seduta. Alla fine di certe giornate singolarmente laboriose, rincasava soddisfatto e persuaso di aver ben meritato dalla Nazione.

Oggi però, mentre camminava lento su per Cowpen Street al ritorno dalla miniera, portava scritta in volto una soddisfazione ancor piú viva. Perché non erano gli altri che lo ammiravano, oggi, ma lui stesso si ammirava a causa della risoluzione che aveva preso testé. Da vari mesi deplorava la chiusura forzata del Paradiso, ma non s'era mai deciso a fronteggiare l'ingente spesa implicita nell'apertura d'una galleria nuova. Adesso invece, in seguito agli accordi giudiziosamente conclusi con le autorità competenti, era in grado di neutralizzare il costo dei lavori mediante la vendita del carbone al Governo. La galleria risultava già pagata in anticipo. Nulla poteva ormai ostacolare l'affluenza miracolosa dei suoi profitti di guerra. Coi prezzi cresciuti di altri dieci scellini la tonnellata, faceva quattrini piú rapidamente di quanto avesse mai sognato possibile. La segreta consapevolezza dell'ammontare delle sue sostanze lo entusiasmava; lo sosteneva al pari di una droga.

Non che fosse avaro; ma apprezzava la ricchezza. Era prontissimo a spendere; anzi, gli piaceva spendere, e spendeva puerilmente, e gioiva al pensiero di poter spendere cinque sterline con la stessa facilità con cui spendeva cinque pence. E nel suo presente stato di sovraeccitazione, sentiva il bisogno di soddisfare una quantità di piccole esigenze nuove, alle quali sopperiva tanto piú volentieri in quanto non voleva rinunciare alle gioie accessibili che la vita gli offriva. Al Poggio, per esempio, aveva compiuto numerose modifiche: mobili moderni, tappeti orientali, un grammofono d'alto prezzo, varie poltrone di lusso, la pianola elettrica in sostituzione del vecchio organo americano, e via dicendo. Ma non aveva mai voluto — e questo era un indizio caratteristico della sua metamorfosi — aggiungere nuovi quadri alla sua collezione. Ritenendo di possedere una fortuna "messa da parte nei suoi quadri", come diceva, ora indulgeva ad acquisti meno ponderati, piú frivoli, piú vistosi. Comprava per capriccio. Contrasse la smania di "fare un buon affare" e diventò un assiduo frequentatore della galleria in Tynecastle in cui pullulavano i negozi degli antiquari, e non ne usciva mai senza portare trionfalmente a casa un qualche oggetto d'arte acquistato a prezzo conveniente: "un vero affare!"

Ripensando a queste cose, Barras sorrise a se stesso con indulgenza, e per associazione di idee pensò a Hetty, e ai costosi oggetti ch'ei si compiaceva di regalarle. Non piú i regalucci d'una volta, quando le era paternamente devoto; non piú fazzolettini di pizzo né scatole di dolci né boccette di profumo, ma regali solidi, e in una tutt'altra scala psicologica. Perché a poco a poco, quasi insensibilmente, aveva preso a considerare Hetty come l'unica persona capace di ritemprar le sue forze alla fine d'una giornata di strenue fatiche. Hetty gli era sempre piaciuta, fin da quando la teneva, bimbetta dodicenne, cavalcioni sulle ginocchia e, aspirando il fresco odor di sapone del suo corpicino, sognavà di darla in moglie ad Arturo. Gli era sempre piaciuta; e gli piaceva piú che mai, ma, ora, "era un'altra cosa". Da quella domenica che Hetty tutta piangente in seguito al suo bisticcio con Arturo, era venuta a lui per conforto, e soprattutto dopo la rovina di Arturo, Barras si era tenuto in obbligo di esternarle una simpatia tutta speciale, e di guadagnarsi, in cambio, quella di lei. A tal uopo aveva cambiato sarto, s'era fatto elegante a vista d'occhio, portava le calze di seta, aveva perfino contratto l'abitudine di farsi fare il massaggio alla faccia e la cura vibroelettrica ai capelli. Accompagnava Hetty nei ritrovi in voga, con una certa qual galanteria impacciata, che però era adeguata alla circostanza. Stasera doveva accompagnarla a vedere la nuova rivista Zig-Zag.

Appena in casa, andò difilato nel camerino da bagno e giacque a lungo nella vasca, conscio della sua virilità. Poi si vestí con molta cura, e scese in giardino per procurarsi un fiore da infilare nell'occhiello. Nella serra trovò Zia Carola, che aveva finito allora allora di somministrare un massaggio di mezz'ora alla schiena di Harriet, e andava nell'orto a tagliare asparagi. In questi anni di guerra Zia Carola aveva coltivato l'orto con amore, dedicandosi perfino all'allevamento del pollame, cosí che la mensa del suo dear Richard non dovesse risentire gli effetti della penuria dei generi alimentari.

Vedendo dear Richard, Zia Carola gli disse: "Hai avuto una giornata affaticante, Richard?"

Richard la considerò con insolita indulgenza. "Ho deciso di aprire una galleria nuova nel Paradiso."

L'informazione confidenziale commosse Zia Carola, che rispose: "Oh, Richard, sarà un'ottima cosa, vero?"

"Già. Se non altro saremo in grado di riesumare quei dieci cadaveri. Ho deciso di dar loro solenni funerali, Carola."

"Yes, Richard. Io andavo a tagliare asparagi, i primi della stagione," e s'aspettava che Richard si congratulasse con lei, come già gli anni passati, sull'ottima qualità dei suoi asparagi.

Ma Richard fece solo un cenno d'approvazione e disse: "A proposito, Carola, vuoi lasciar fuori qualche sandwich per me, stasera? Tornerò tardi. Porto Hetty al teatro."

Zia Carola si fece di bragia, disse tremula, "Yes, Richard," e andò a nascondersi nell'orto. Ma tagliò gli asparagi di mala voglia. In aggiunta alla disgrazia di Arturo (Zia Carola la chiamava "disgrazia"), ecco ora questa intesa tra Richard e Hetty aumentare le sue preoccupazioni. Richard, si sa, era al di sopra di ogni sospetto. Ma Zia Carola non era altrettanto sicura di Hetty. Non poteva approvare che accettasse dei regali cosí costosi. Alle volte Zia Carola sentiva di odiare Hetty, quasi. Per tutta la sera pensò a Hetty, e stabilí di non andare a letto finché non fosse rientrato Richard.

Richard non rientrò tardi, rientrò verso le undici. Con Hetty. Le aveva proposto, all'uscita del teatro, dove faceva molto caldo, di accompagnarlo in vettura fino al Poggio, per prendere il fresco; l'avrebbe poi rimandata a casa sua sola con l'autista. Hetty, per prendere il fresco, aveva acconsentito.

Entrarono allegri nel salotto. "Non mi fermo, sai," dichiarò Hetty, tutta giuliva. Accettò una sigaretta offerta e sedette sul bracciuolo d'una poltrona, accavallando una gamba sull'altra e facendo dondolare il piede sospeso in aria.

"Mangerai un sandwich prima d'andar via?" propose Barras con un sorriso impacciato e andò in sala da pranzo, dove infatti trovò il vassoio preparato da Zia Carola. Si riconosceva riluttante a lasciarla partire, ma non se ne domandava il perché. Era un uomo di onesti costumi, per dirla con la sua frase; pago di soddisfare meccanicamente la sua sete fisica alla legittima fonte coniugale. Ma dal disastro in poi, ammetteva egli stesso di non essere piú quello di prima. Era lo stato di tensione in cui viveva che, accelerando le sue funzioni organiche, gli infondeva nelle vene una febbre arcana. Stava sperimentando l'estate di San Martino delle sue ghiandole genitali. Alle volte avvertiva molto vitale il senso del suo benessere fisico. È vero che andava soggetto a capogiri, e un paio di volte aveva dovuto aggrapparsi a un mobile per reggersi in equilibrio, ma questo era niente, si diceva, assolutamente niente; non s'era mai sentito cosí bene in vita sua.

Ritornò in salotto. "Ecco, cara."

Ella accettò in silenzio un sandwich di pollo.

"Perché tanto taciturna tutto d'un tratto?" domandò Barras, dopo varie occhiate furtive al suo nitido profilo.

"Chi sa." Aveva sorpreso uno sguardo di Barras, e le era parso poco rassicurante. Si rendeva nuovamente conto del cambiamento che s'era operato in lui. Da qualche settimana i suoi modi, le sue attenzioni, e i regali reiterati, le erano sembrati preannunciare l'avvicinarsi di qualche crisi. Crisi che a Hetty non garbava affatto. Hetty era dispostissima a continuare a ricevere, senza dover dar nulla in cambio. Hetty era una ragazza seria. Ignorava di non possedere in realtà alcun senso morale; ma era pura, di proposito, resa immune contro le tentazioni dal valore commerciale della sua verginità. La sua idea fissa era di fare un buon matrimonio; in cambio dei quattrini e della posizione sociale cui mirava, doveva almeno portare in dote l'unica sua possessione al mondo. E il mantenersi pura non le costava sacrificio, perché, sebbene afrodisiaca in apparenza, percepiva debolissimi gli istinti sessuali (Laura, sua sorella, ne aveva ricevuto da Madre Natura una razione doppia). Sulle prime s'era sentita rinfrancata, e lusingata, dalle attenzioni di Barras. La condanna di Arturo aveva inferto alla sua vanità un colpo terribile, ma non aveva durato fatica a metter l'anima in pace rinunciando al disegno di sposarlo. Le pareva naturale accettare la simpatia di Barras, e il farsi vedere in sua compagnia le conferiva un certo qual decoro: tutti potevan vedere che il padre e la fidanzata del reo restavano amici pur dopo esser stati da lui mirabilmente delusi.

Ora, per sottrarsi ad altre domande, imbarazzanti, s'alzò e carezzò la frangia del cappuccio della lampada, che gettava un cerchio di luce sul tappeto lasciando il soffitto nell'ombra "Grazioso," esclamò. "Non vuoi fumare un sigaro?" Si figurava piú al sicuro, offrendogli la distrazione d'un sigaro.

"No, non è il sigaro che voglio," replicò Barras, significativamente, guardandola negli occhi.

Hetty si sforzò a ridere, come s'egli avesse enunciato un'arguzia. Disse: "Io voglio un'altra sigaretta."

Lui gliel'accese, ed ella si trasferí presso il grammofono, scelse un disco, lo mise in moto, e disse, incoerentemente: "Domani ho un tè da Dilley's, con Dick Purves e sua sorella."

Barras cambiò espressione. Aveva già raggiunto la fase della gelosia. Detestava quel Purves, che era un amico d'infanzia di Hetty, ora aviatore, l'eroe del giorno. Nell'ultima incursione di dirigibili si era innalzato tutto solo al disopra d'uno Zeppelin, e lo aveva incendiato con una bomba. Tutta Tynecastle non parlava che di lui. Era stato proposto per la Victoria Cross, e in attesa di esserne insignito bastava che si mostrasse in pubblico perché tutti lo acclamassero come un eroe. Tutto ciò pensò Barras, prima di replicare: "Mi pare che stai correndo dietro a quel Dick Purves."

"Oh, sai che non è vero niente! Ma è il beniamino di tutti, in questo momento. Domani da Dilley's tutti gli occhi saranno rivolti al nostro tavolo. Divertente."

Barras represse un moto d'impazienza, e vide distintamente nella sua fantasia l'insulso Adone pieno di boria, dai biondi capelli spartiti nel mezzo e lucidi di brillantina, dal sorriso soddisfatto, cercare coi celesti occhi da pupo gli sguardi ammirativi degli assidui clienti di Dilley's. Stentò a dissimulare la propria irritazione. Dopo un po' disse: "Hetty, vieni qui a sedere vicino a me."

"Preferisco muovermi, son stata seduta tanto al teatro."

"Ma io preferisco che tu venga a sedere."

Pausa. Forse per non parere incivile, forse per evitare ch'egli credesse ch'ella avesse paura di lui, Hetty venne, reticente, a sedersi all'altro capo del sofà. "Ti trovo singolarmente imperativo stasera," osservò.

"Trovi?" (Hetty fe' cenno di sí con un'espressione che voleva essere arcigna, ma non era. Sentiva acutamente la prossimità del maschio, e la disgustavano la sua faccia congestionata, le sue spalle poderose, la mole del suo corpo costretta nell'abitino attillato.) "Dimmi, Hetty, ti piace il braccialetto che t'ho dato?" Toccò il cerchio di platino che le cingeva il polso.

"Oh, molto; moltissimo. Sei molto generoso con me."

"Son ricco, vedi. Posso darti tutto quello che vuoi." Era, nella sua inesperienza, cosí gnocco da risultare incapace di dominare la sua emozione. Sporse una mano per afferrare quella di Hetty, ma proprio in quel punto il grammofono cessò di girare, e Hetty fu lieta della circostanza che le forní una scappatoia. Corse a voltare il disco e rimase dov'era.

Barras la considerava di sotto alle sopracciglia, con un vago sorriso impacciato. Protendeva il labbro inferiore; respirava con affanno.

"Questo è un motivo allegro; trascina," disse Hetty, decisa a non tornare a sedersi, e prese ad abbozzare un passo di danza in misura, e a battere il tempo schioccando le dita. Ma quando passò vicino a lui, Barras improvvisamente si sporse in avanti e l'afferrò pel polso e se la trasse sulle ginocchia. L'atto fu cosí rapido che entrambi ne rimasero sorpresi. Hetty non seppe se gridare o no. Non si difese. Si limitò a guardarlo, come impietrita.

E mentre si trovavano in questa posizione, la porta dietro a loro si aprí, e si affacciò Zia Carola. Il rumore insolito a quell'ora l'aveva indotta a scendere dalla sua stanza, e allo spettacolo che vide dilatò gli occhi terrorizzata. Fu quello il momento piú orribile di tutta la vita di Zia Carola. Credette di venir meno, ma riuscí a trovare forza bastante a richiudere la porta senza far rumore, e fuggí su per la scala.

Né Barras né Hetty s'erano accorti dell'incidente. Barras, per conto suo non vedeva che Hetty, intossicato dal suo profumo, sensibile alla pressione dei suoi fianchi sottili contro le proprie cosce. Sussurrava: "Hetty, sai quanto ti voglio bene."

Ella si riebbe dallo stato di *trance* in cui era caduta per un attimo. "Lasciami," ordinò, "non tenermi cosí!"

Egli allentò la stretta ma le posò una mano su un ginocchio.

"Giú quella mano! Non mi piace. Devi sapere, una volta per tutte, che io non sono di quelle, affatto, affatto." Lo detestava con tutto il cuore, in quel momento, perché l'aveva messa nella necessità di dover rinunciare alla sua protezione, ai suoi regali. Era inorridita dalla sua faccia congestionata, dal suo asmatico respiro, dalle borse che aveva sotto gli occhi, dal suo naso carnoso. Per contrasto, intravide i lineamenti giovanili e ben disegnati di Dick Purves, e con voce ormai piú ferma ripeté: "Lasciami! Lasciami o chiamo."

Senza replicare egli la strinse piú forte al suo petto e affondò le labbra nel suo collo. Hetty non gridò, ma si sottrasse, con le mosse di una gattina, alla sua stretta, e gli tirò uno schiaffo. Si aggiustò la gonna e i capelli, e sputò le parole: "Sei un brutto vecchio brutale. Piú miserabile del tuo miserabile figlio. Ti detesto. Vergognati. Non voglio piú aver nulla a che fare con te."

S'era alzato in piedi anche lui, e voleva rispondere, ma non ne ebbe il tempo. Hetty raggiunse la porta di corsa e scomparve. Barras rimase qualche minuto immobile, con una mano protesa, come se tentasse ancora di trattenere la fuggitiva. Il cuore gli martellava le costole. La vista gli s'era annebbiata. I suoi orecchi ronzavano. Percepí un senso accasciante di prostrazione: il senso dell'età avanzata, causa del suo insuccesso. Per un attimo temette di soccombere a un colpo apoplettico. Poi si lasciò cadere come un peso morto sul sofà.

XVI

Intanto Zia Carola, seduta nel buio, sconvolta e tremante, udí la vettura mettersi in moto e ne vide la luce spettrale dei fari guizzar livida intorno sui muri della sua stanza. Capí che riportava Hetty a Tynecastle. La scena intravista in salotto squarciava fino alle radici la sua fede piú sacra. Pensare che Richard!... *Richard!* Oh, Zia Carola tremava in tutte le membra, e due lagrime s'ostinavano a riformarsi nei suoi occhi appena ne scuoteva via le precedenti. Dio, Dio, pensava Zia Carola, in un parossismo di dolore.

Perché Richard era il suo Dio. Da quindici anni lo serviva con le mani coi piedi con l'anima: lo serviva a distanza, sia pure, ma ciò non le impediva di adorarlo, e di tener gelosamente rinchiusa nello scrigno del cuore la propria adorazione. Per lei non esistevano uomini al mondo, all'infuori di Richard. È vero che, in un'epoca remota, Zia Carola aveva amorosamente coltivato una passioncella per la memoria del defunto Principe Alberto, ma quella era una pallida luna di fronte al sole radioso del suo amore per Richard. Zia Carola viveva per quel sole, immersa in quel sole, scaldando ai raggi di quel sole il suo povero essere raggranchito. E adesso, dopo quindici anni di cura solare, durante i quali aveva zelantemente provveduto a preparargli tutti i giorni i pasti, le pantofole e la vescica dell'acqua calda, a tagliare gli asparagi per la sua mensa, a salvare dal tarlo i suoi effetti personali, a rammendargli calze e calzettoni, farsetti e mutande, dopo quindici anni di celeste schiavitú, Zia Carola aveva visto dear Richard pacioccarsi Hetty Todd sulle ginocchia.

Singhiozzò. Tra i singhiozzi udí inaspettamente il bastone di Harriet. Quando Harriet aveva bisogno di qualche cosa, dava di piglio al bastone che teneva accanto al letto e bussava contro il muro della stanza di Zia Carola. Era la procedura regolarmente ammessa. Zia Carola rammentò subito che era l'ora della medicina, ma non si sentí capace di accorrere alla chiamata. Il pensiero di Richard, di questo nuovo Richard, di questo *povero* Richard, la paralizzava. Zia Carola non poteva rendersi conto che il nuovo Richard era puramente un pollone germogliato sul tronco del vecchio; né immaginarsi che le sue nuove scandalose inclinazioni pullulassero fuor dalle vecchie. Considerava dear Richard vittima di qualche arcana calamità. Non speculava sulla natura di questa calamità; non poteva che rassegnarsi a contemplare il suo dio convertito in pagliaccio, il suo arcangelo trasformato in satiro; e in tale contemplazione le si spezzava il cuore. Piangeva, piangeva. Richard con Hetty Todd sulle ginocchia. Non poteva sopportare l'idea.

Trasalí udendo di nuovo il bastone di Harriet. Ma come presentarsi ad Harriet, con gli occhi gonfi, le tremule mani, il petto ansimante? Tuttavia bisognava dare la medicina ad Harriet. Se no, Harriet continuerebbe a bussare, sempre piú forte, suscitando chi sa qualaltra catastrofica complicazione.

Padroneggiandosi quanto piú poteva, Zia Carola asciugò gli occhi gonfi e, senza accendere la luce, nemmeno nel corridoio, si trasferí da Harriet: faceva assegnamento, per dissimulare l'evidenza della sua angoscia, sulla fioca luce che sapeva di trovare nella camera dell'invalida. Appena aprí la porta notò le mosse di giovenca irritata con cui Harriet intendeva significarle il proprio malcontento. "Perché non sei venuta subito? chiamo da mezz'ora."

"Mi spiace, Harriet; vuoi la medicina?"

"E certo! È un'indegnità come mi si trascura. Sono qui affranta da una terribile emicrania, voglio la medicina, e non un'anima che si dia pensiero di me."

"Abbi pazienza, Harriet, te la do subito." Ancora acciocchita, Zia Carola si chinava sul tavolo delle medicine per discernere con gli occhi gonfi tra le innumerevoli boccette quella che occorreva, cercandola a casaccio con le sue mani tremanti. Pensava, oh, povera me, diamole questa benedetta medicina, e scappar via prima di stramazzare. "È il valerianato che vuoi, Harriet?"

"No! Il bromuro! Lí, nell'angolo, sulla mensola!"

"Yes, Harriet." Zia Carola cercò docilmente sulla mensola, annaspando alla cieca tra le bottiglie. "Non lo trovo. Dove hai detto?"

"Ma lí! Cos'hai stasera? Lí, sotto la tua mano. L'ho messo lí io stessa, ricordo benissimo."

"Questa?" Zia Carola sentiva di non poter piú dominare il pianto. Presto, pensava, altrimenti scoppio in singhiozzi. "Questa, Harriet?"

"Ma non quella! L'altra, vicino. Sei rimbecillita stasera? Sí, quella!"

Zia Carola prese la bottiglia e si affrettò presso il comodino. La mano le tremava tanto che stentava ad afferrare il bicchierino graduato. "Quanto, Harriet?"

"Mezzo bicchiere, non lo sai? non puoi nemmeno leggere?"

Non che leggere, nemmeno vedere, poteva Zia Carola, nel suo scompiglio. Compiva i gesti meccanicamente, col pensiero di quel fosco grottesco paese dove dear Richard teneva sui ginocchi Hetty Todd. Non percepiva altro impulso che quello irresistibile delle lagrime e dei singhiozzi, e aveva fretta di ritirarsi per piangere in libertà. Le parve, versando la medicina, di avvertire un odore curioso, ma non poté indulgere alla ricerca della sua spiegazione. Porse il bicchierino a Harriet con mano tremante.

Harriet si rizzò a sedere e glielo arraffò di mano. Chiuse gli occhi, conformemente alla sua abitudine, e ne tracannò irascibilmente il contenuto, d'un sorso. Ne inghiottí d'un sorso il contenuto e per un attimo rimase immobile con gli occhi chiusi e il bicchiere in mano sollevato in aria; poi spalancò gli occhi, cacciò un urlo straziante, "Non è il bromuro!!" e lasciò cadere il bicchiere.

Le lagrime di Zia Carola congelarono per orrore, e Zia Carola stessa rimase impietrita, ma solo per un secondo, poi squittí, come un coniglio spaventato, girò il commutatore e riempí la stanza di luce. Afferrò la bottiglia e lesse solo Uso Esterno. Allora strillò, a lungo, piú forte di Harriet la quale si contorceva nel letto, affondandosi le unghie nelle mammelle. Era la prima volta in quindici anni, da quando s'era messa a letto, che Harriet soffriva realmente. La sua faccia era verde, le labbra tumefatte, e ustionate dal veleno.

"Acqua," balbettava con un filo di voce. "Brucia come il fuoco."

Barcollando inorridita, Zia Carola corse al lavabo e tornò di corsa con un bicchier d'acqua. Ma l'acqua non voleva penetrare in gola a Harriet! ne rigurgitava fuor dalle labbra tumide e bianche spandendosi ovunque sulle candide lenzuola di bucato. Harriet non si rendeva nemmeno conto che l'acqua la bagnava dove non doveva. Continuava a gemere: "Acqua. Brucia come il fuoco."

Zia Carola ebbe finalmente un barlume della situazione, posò la bottiglia sul comodino, e corse al telefono, fece il corridoio di corsa, e la scala a volo, in un lampo. Nel vestibolo s'imbatté con la cameriera, che rincasava. "Ann, Ann, il dottore, presto, telefona, subito subito," e si precipitò in cucina a cercare il bicarbonato. Riteneva che servisse da emetico.

Ann era una donna posata, che parlava poco; di fronte all'ovvia gravità del caso non fece domande e chiamò al telefono il dottor Lewis, il quale promise di accorrere immediatamente; poi, caso mai dovesse verificarsi qualche dilazione, chiamò anche il dottor Proctor, e anche questi assicurò che sarebbe venuto senza indugio.

Intanto Zia Carola, uscendo dalla cucina col bicarbonato, vide Barras che usciva dal salotto. Barras avanzava lentamente, appoggiandosi con una mano ai mobili. "Cos'è successo?" domandò.

"È Harriet," sussurrò Zia Carola, e nella sua agitazione serrò tra le mani l'astuccio, cosí che il bicarbonato ne sprizzò in candidi schizzetti.

"Harriet?" ripeté Barras, intontito.

Ma Zia Carola non poté spiegare, emise una specie di grugnito, e fuggí, a salti da camoscio, su per la scala. Lui la seguí, adagio.

Harriet aveva smesso di gemere. Giaceva in diagonale, ma non distesa, anzi tutta contorta, la bocca socchiusa, le labbra nere cosparse di un muco gommoso. A quando a quando le gambe le si contraevano di soprassalto, e ad ogni sussulto il fiato le entrava in gola rantolando. Terrorizzata dal rantolo Zia Carola mescé rapidamente una generosa porzione di bicarbonato, e tentò di introdurgliela fra le labbra. Stava ancora tentando allorché Barras entrò. Trasecolò vedendo sua moglie in quello stato. "Harriet!" chiamò, rauco. Harriet rispose rigurgitando bicarbonato. "Harriet!" chiamò di nuovo.

In quella sopraggiunse il dottor Lewis, il dottorino, tutto arzillo, ma adocchiando Harriet perdette in un baleno la sua graziosa vivacità, ed a bassa voce suggerí a Zia Carola di far chiamare anche il dottor Scott, immediatamente. Zia Carola corse al telefono, Barras si ritirò nel vano della finestra, in silenzio a guardare, in piedi; sembrava impersonare il fato.

Gli altri due dottori arrivarono quasi subito, e insieme. Si consultarono tutti e tre, chini sulla degente. Le fecero un mucchio di cose. Le sollevarono le palpebre, la punzecchiarono con siringhe, le cacciarono un tubo in gola, ne pomparon dallo stomaco il contenuto. Pomparono a lungo e cavarono dallo stomaco di Harriet un'enorme quantità di roba. Tutti poterono vedere che Harriet aveva fatto un pranzo abbondante; incredibile la quantità di asparagi che aveva ingurgitata. Ma Harriet non poteva vederli piú. Era morta.

Alla fine, dopo un ultimo tentativo di farla risuscitare, i tre dottori dovettero abbandonare l'impresa. Il dottorino, asciugandosi la fronte, s'avvicinò a Barras nel vano della finestra. "Mr. Barras, non possiamo fare piú nulla." (Guardandolo, il dottorino notò il tempestoso pulsar delle sue arterie temporali, e il sudore della sua fronte, e pensò con rammarico che doveva avere un'alta pressione sanguigna.) "Abbiam fatto tutto il possibile," aggiunse.

"Non ne dubito," disse Barras, con una voce strana.

Guardandolo ancora, il dottorino conferí al proprio

sguardo un'espressione di pietà. Non poteva sapere, è ovvio, che Barras era la causa, sia pure indiretta, della morte di sua moglie.

XVII

La tragedia sconvolse perfino Hilda. Per varie settimane dopo il funerale, anche quand'ebbe con Grace ripreso servizio nell'ospedale di Lord Kell, persisté in un irascibile mutismo, manifestando però verso la sorella un amore possessivo sempre piú geloso.

Un giorno che aspettavano un tram, concludendo una diatriba contro le umilianti complicazioni della vita di famiglia, Hilda disse a Grace, con un'occhiata sardonica: "Tu che sei sempre disposta ad appianare le situazioni scabrose, perché non torni al Poggio ad offrire i tuoi servizi?"

"Temo che non sarei in grado di rendermi utile in questo periodo."

"Cosa vuoi dire?"

In quel momento arrivò il tram e Grace differí la risposta a quando si fossero accomodate all'interno; appena furono sedute, partecipò alla sorella la grande notizia. La informò, con tutta semplicità, che aspettava un bambino.

Hilda si fece di bragia. Rimase rigida, assolutamente immobile, finché venne l'impiegato a riscuotere il prezzo della corsa; poi osservò, a voce bassa e risentita: "Non bastava sposarlo. Non bastavan tutti gli altri guai che abbiamo avuto. Sei una vera imbecille, Grace."

"Io non credo," rispose Grace.

"Te lo dico io," ribatté Hilda, pallidissima ormai, e aggressiva. "Bel divertimento, i bimbi di guerra."

"Non ho mai detto che fossero divertenti, ma non è escluso che il mio possa esserlo."

"Sarà uno scemo come te." Arcigna, teneva gli occhi fissi di fronte a sé. "Prima, perdi la testa per quel Teasdale, e poi mi vieni fuori con quest'altra bella trovata. Ti toccherà lasciar l'ospedale. Disgustoso. Io non voglio incaricarmi di niente. Finora son riuscita a starmene fuori da tutte le difficoltà di casa nostra, figurati se non starò alla larga anche stavolta. Oh, è una cosa cosí volgare; è quello che stan facendo in tutto il paese le piú grulle infermiere da strapazzo; far bambini coi loro eroi! Stomachevole Non voglio aver niente a che fare in questa faccenda Se ti licenziano, vattene dove vuoi tu, per metterlo al mondo."

Grace non disse niente. Era la sua difesa, quando il tacere le sembrava la miglior risposta. Una lagrimetta le brillò negli occhi, ma la cacciò via. Si accinse immediatamente a conformarsi alla prospettiva di dover badare tutta sola a mettere al mondo la sua creatura. Ed eseguí il primo passo l'indomani.

Andò da Miss Gibbs. Per non smentire la tradizione, Miss Gibbs avrebbe dovuto accogliere la notizia con materna commozione e rassicurante dolcezza, ma Miss Gibbs era dello stesso stampo di Hilda. Miss Gibbs disse, con un lampo negli occhi e sui denti: "Sono arcistufa di questa roba, Nurse Barras. A che scopo credete che vi teniamo qui; curare i feriti o perpetuare la razza? Ci siamo date molte pene per addestrarvi cosí che foste in grado di rendere qualche utile servizio, e questo è il modo con cui ci ripagate. Non sono contenta di voi, Nurse Barras. Non posso dire che ci facciate onore come vostra sorella. Non è lei che pensa di mettere al mondo dei bimbi di guerra: lei sta nella sala operatoria dove l'abbiam messa e fa il suo dovere. È la terza volta in un mese che sono costretta a richiamarvi all'osservanza dei vostri. E ora venite fuori con quest'altra storia. È una brutta faccenda, Nurse Barras. Andate pure."

Grace si sentí come se non fosse nemmeno sposata; a sentire Hilda e Miss Gibbs, pareva che avesse commesso una mostruosa indecenza. Ma Grace non era di quelle che si lasciano abbattere per cosí poco. Era una sempliciona, era trasandata, sia pure, era la piú remissiva persona del mondo, ma aveva una maniera tutta sua per tener alto il morale anche quando la faccenda era brutta, come aveva detto Miss Gibbs Ideò il suo piano. Scrisse dapprima a Zia Carola, ma la risposta che n'ebbe, piena di timori inespressi e di velati ammonimenti, e terminante con un post-scriptum doppiamente sottolineato, la persuase che non le conveniva tornare al Poggio per dare alla luce il war-baby. Prese un'altra decisione.

La prese con disinvoltura: certi problemi che avrebbero tormentato Hilda per settimane, non tormentavano minimamente Grace; li esaminava appena superficialmente, e arrivava subito a una soluzione. Possedeva la capacità di ridurre le montagne alle proporzioni dei monticciuoli di terriccio che scavano le talpe. Ciò perché non pensava mai a sé.

Il primo sabato di gennaio Grace, esente dal servizio, prese un treno diretto nel Sussex. Non conosceva i luoghi, ma s'immaginava che il paesaggio le sarebbe piaciuto, in base alle confidenze fattele da una sua collega, Nurse Montgomerie, che vi aveva passato — a Winrush — le vacanze estive, anni fa, in pensione da una certa Mrs. Case. La stazione di Barnham, dove dovette scendere, era poco invitante, perché constava unicamente di alcune tettoie di lamiera ondulata, ricoveranti piramidi di secchioni di latte pronti per la spedizione. Ma fuori della stazione era un cartello che portava scritto il magico nome di Winrush, con la distanza specificata in km. 1,600. Grace s'incamminò a piedi. Faceva bello. L'aria era pregna di un delizioso odore di terra umida e di brezza marina. Pensò: è peccato che in un mondo cosí bello gli uomini facendosi la guerra deformino la faccia della natura, ne sopprimano ogni bellezza, e si distruggano a vicenda. Ricamando su questo pensiero man mano che procedeva, la sua giovane fronte si rannuvolava sempre piú. Ma entrando a Winrush si rasserenò. Trovò che Winrush era una meraviglia. Era una minuscola borgata: un'unica strada, con la campagna ad un'estremità, ed all'altra il mare.

Verso la metà di quell'unica strada c'era un botteghino, la cui insegna, rozza ma modesta, diceva: *Mrs. Case, Mercerie, Commestibili, Prodotti farmaceutici.* A dir vero i farmachi, salvo un pacchetto di polvere di Seidlitz, erano poco visibili, ma la vetrina piacque a Grace, che stette a lungo in contemplazione delle altre rarità che conteneva, riconoscendovi cose della sua infanzia, che aveva totalmente dimenticate. C'era per esempio un piatto di cannelloni, denominati Slim Jim a causa della loro sottigliezza (imposta dal razionamento dei generi alimentari), e un altro tipo di pasta dolce, detto Gop Stoppers, e certe belle pallottolone rosse e bianche, finte, scommetto, perché credi che dentro ci sia la nocciuola e non c'è. Grace ispezionò la vetrina per un bel pezzo, poi aspirò il fiato ed entrò risoluta nella bottega.

Cosí risoluta che inciampò goffamente nell'invisibile scalino dietro la porta, e sarebbe ruzzolata a terra se non si fosse trovato lí a sostenerla il sacco di patate su cui si adagiò bocconi con spietata bruschezza.

"Oh, poverina, quel birbone d'uno scalino!"

Ancor abbracciata al sacco, Grace guardò nella direzione donde veniva la voce, e fu certa alla prima occhiata che la donnetta dietro il banco era Mrs. Case. Disse: "Poco male. Sono tanto sbadata. Spero di non avere fatto male alle patate."

Mrs. Case si affrettò a ribattere: "Purché non vi siate fatta male voi, poverina!"

Grace s'alzò e sorrise. Chiunque avrebbe sorriso, perché Mrs. Case era incredibilmente buffa: una gobbetta con gli occhi a capocchia di spillone. Non proprio gobba, ma rachitica: il morbo di Pott, che aveva sofferto nella sua infanzia, le aveva deformato la colonna vertebrale. La testa le s'incassava nelle spalle cosí che, con quegli occhietti acuti, neri, vispi, evocava la comica apparenza d'una gallina seduta sulle sue uova. Una gallina rossa, perché aveva la pelle color ruggine, salvo sotto il naso, dov'era piú scura (Mrs. Case indulgeva all'innocente passione del tabaccare).

"Cerco alloggio, Mrs. Case. M'ha mandata da voi una mia amica, Nurse Montgomerie."

"Oh, yes." Mrs. Case si stropicciò le mani pensosamente. "Mi ricordo. Una signora tanto allegra. Per quest'estate?"

"No. Per la primavera. Aspetto un bambino, vedete."

"Vedo. E vostro marito è al fronte?" La domanda esprimeva sospetto.

Grace le forní senza reticenza tutte le informazioni del caso e Mrs. Case, rinfrancata, disse: "L'avevo capito subito. Si vede dalla faccia. Ma s'ha da essere prudenti al giorno d'oggi. Volete vedere le stanze?"

Le stanze erano magnifiche, pensò Grace. Eran due, e comunicanti, al secondo piano. I pavimenti erano un po' ondulati, e i soffitti anche, e cosí bassi che andando a letto, se non badavi, c'era da prendersi una zuccata, e nel salotto, in piedi non ci si poteva stare; ma pulite, con cortine di mussola inamidata alle finestre, un bel quadro dell'incoronazione della Regina Vittoria, oltre ad una cassetta vetrata contenente una collezione di uova d'uccelli, un ingrandimento fotografico del consorte di Mrs. Case, defunto in seguito a un rene mobile, e sopra tutto una meravigliosa vista sul giardino. Un giardino lungo, con molti ciliegi, che Grace s'immaginò di vedere, come sarebbero in primavera, tutti frementi nell'imminenza della fioritura E nel campo, di là dagli olmi, c'erano le mucche. Grace guardava estatica: era tutto cosí bello che rimpiangeva di non aver Dan con sé per ammirarlo.

"Mi piacciono le stanze," disse.

Mrs. Case annuí. "Venite, andiamo a prendere una tazza di tè, si discorre e ci mettiamo d'accordo."

Si misero d'accordo facilmente. Mrs. Case domandò, inclinando la testa da una parte: "Se dicessimo quindici scellini la settimana, date le circostanze, vi farebbe comodo?"

"Perfettamente," disse Grace, e l'affare fu concluso senza discussione di sorta. Ma il colloquio continuò un pezzo. Mrs. Case era una miniera di informazioni utili. C'era il telefono in paese, in casa di un privato, il vecchio Mr. Purcell, che senza dubbio avrebbe permesso a Grace di farne uso. E Fittlehampton era solo a cinque chilometri e c'erano dei bravi dottori a Fittlehampton. Fu una lunga conversazione, e nel complesso, per quanto alla fine vertesse con molti particolari sul rene mobile del defunto padrone di casa, piacevolissima.

Ripartendo col treno delle quattro, Grace si sentiva insolitamente felice. Grace era poco intelligente. Hilda e Mrs. Gibbs sostenevano con ragione che era trasandata, imprevidente e disordinata. Hilda e Miss Gibbs l'avrebbero fatta entrare in una clinica fornita di tutte le comodità moderne; e l'avrebbero giudicata pazza, se l'avessero sorpresa col naso appiattito contro la vetrina di Mrs. Case in Winrush. Nondimeno Grace era cosí contenta della sua gita che al ritorno percepí l'impulso di far pace con Hilda.

Raggiante, andò a trovarla in camera sua. In piedi sulla soglia, le guance accese dall'aria frizzante della sera, gli occhi illuminati di fiducia e di speranza, Grace disse: "Ho combinato, Hilda. Ho trovato un sito incantevole, nel Sussex."

"Ah sí?" disse Hilda, frigida. Si struggeva dalla voglia di sapere che cosa Grace avesse combinato, ma era troppo fiera per manifestarla.

L'entusiasmo svaní dalla faccia di Grace. "Vuoi che ti racconti?" domandò dubitosa.

"Un'altra volta," fece Hilda, sfogliando una rivista.

Grace fece dietro front e se ne andò. Appena la porta fu richiusa, Hilda scattò in piedi per correr dietro alla sorella. Ma si trattenne: non era abituata a correr dietro a chicchessia. Cosí rimase dov'era, accigliata, accorata, e scaraventò la rivista in un angolo.

La stessa notte vi fu un'incursione aerea su Londra, e Grace, di solito, quando c'era un'incursione, veniva a coricarsi nel letto di Hilda. Ma stanotte Hilda l'aspettò invano.

Grace sperava ancora di poter far pace con lei. Ma quando venne il giorno della partenza e Grace andò a congedarsi da Hilda, Hilda era nella sala operatoria. Cosí Grace partí, mesta, senza rivederla.

XVIII

Il 16 aprile 1917 Stanley Millington tornò a Tynecastle. Laura aveva passato con lui le precedenti settimane all'ospedale di Sawbridge in Warwickshire, una clinica riservata ai nevrotici. Joe nel frattempo non aveva ricevuto alcuna notizia, avendo Laura troncato con lui ogni rapporto da quella domenica ch'era fuggita in lagrime dal suo alloggio. Ma quando arrivò a Hilltop il telegramma che annunciava il ritorno dei padroni di casa, Joe, benchè non invitato, andò a riceverli alla stazione: coi suoi nervi saldi, con la sua faccia tosta, si sapeva in grado di fronteggiare con disinvoltura le situazioni piú scabrose. Non solo gli premeva di mostrare che non serbava il minimo rancore verso Laura, ma era ansioso di manifestare a Stanley la propria ammirazione per il suo eroismo e il proprio compiacimento per la sua guarigione. Andò alla stazione risoluto ad accoglierlo con la virile simpatia che lega tra loro due uomini di valore.

Ma la prima occhiata che diede a Stanley bastò per togliere ogni lustro al suo sorriso, e fu con un guardingo entusiasmo che disse: "Hallo, Stanley."

Stanley si prestò a lasciarsi stringere la mano. Disse: "M'ha sepolto una granata."

Joe scoccò un'occhiata a Laura. C'era calca sulla banchina, e Stanley, fermo, rigido, pareva trovarsi fra i piedi di tutti. Laura evitò gli occhi di Joe, passò il braccio sotto quello di suo marito e lo sospinse verso l'uscio.

Camminando, Stanley confidò di nuovo a Joe: "M'ha sepolto una granata "

Salirono nell'auto. Per tutto il percorso, Joe osservò Stanley senza aver l'aria di guardarlo, dicendosi, porca mattina, incredibile! Si augurava che Stanley non glielo ripetesse piú, ma Stanley glielo ripeté; per la terza volta Stanley disse: "M'ha sepolto una granata." E Joe, sempre osservandolo senza aver l'aria di guardarlo, rispose:

"Ho capito, Stanley, t'ha sepolto una granata." Stanley seduto sull'orlo del cuscino, pareva un pupazzo di legno, e si reggeva con le due mani allo sportello. Guardava dinanzi a sé, senza espressione Era incredibilmente dimagrito. "Siamo tosto a casa, Stanley. Coraggio." Si era aspettato di trovarlo completamente illeso, normale, rimesso a nuovo; e invece... Diede un'occhiata furtiva a Laura. Anche il suo viso non palesava espressione di sorta; sosteneva suo marito col braccio.

Arrivarono a Hilltop e Joe saltò giú premuroso e aprí lo sportello. "Bada alla pedana. Cosí. Ora bada allo scalino."

Stanley badava. Reggendosi ovunque poteva, scese con difficoltà, e stette impalato al piede della gradinata. Badava con estrema attenzione. Teneva la testa assolutamente immobile, quasi avesse il torcicollo; ma non solo il collo era rigido, bensí tutto il corpo. Ogni movimento si effettuava mediante una successione di piccoli impulsi, non coordinati. Come quelli di un fantoccio meccanico quasi perfetto.

Joe disse: "Vuoi che t'aiuti?"

Stanley non rispose, era restío a rispondere, ma dopo un po' disse: "Le gambe funzionano abbastanza bene. Ma è la testa. Sono stato all'ospedale. M'ha sepolto una granata."

Mentre Laura si tratteneva a dare istruzioni all'autista circa i bagagli, Joe pilotò Stanley su per la scalinata. Bessie, la cameriera, li aspettava sul limitare del vestibolo: vedendo il padrone spalancò occhi e bocca. Joe esclamò giovialmente: "Riecco a casa il nostro Mr. Stanley, Bessie."

Stanley non parve notare la presenza di Bessie. Si diresse a una poltroncina e vi si sedette, sull'orlo. Si sentiva estraneo in casa sua. Palpeggiandosi i bottoni del gilé, guardò Bessie, e dové riconoscerla questa volta perché disse: "M'ha sepolto una granata," e Bessie non poté reprimere un singhiozzo.

Joe, togliendogli di capo il berretto da viaggio, disse: "Ti sentirai meglio dopo colazione. Vero, Bessie?" E sorrise a Bessie. Cosí buona figliola, quella Bessie; Joe l'aveva sempre trattata affabilmente. Bessie si ritirò per apparecchiare, e Joe la sentí piangere in cucina, dando la notizia alla cuoca.

Stanley si guardava attorno. Per guardarsi attorno non girava la testa, girava tutto il busto, molto adagio, con estrema cautela. Entrò Laura. Joe disse stropicciandosi allegramente le mani: "Fa piacere di riaverlo tra noi, vero, Mrs. Millington?"

Laura si avvicinò a suo marito. A vederla cosí accasciata, non si capiva come fosse in grado di resistere alla tensione che la torturava. "Vuoi che andiamo su in camera tua?" gli domandò.

Stanley fe' cenno di no. Non pareva interessarsi a Laura, pareva anzi risentirsi dell'interessamento ch'essa gli dimostrava. Seguitava a guardarsi attorno, con occhi strani, al fondo dei quali si agitava una strana corrente. Sembravano piú scuri, velati di buio, e sotto il velo vorticava a tratti la strana corrente. Quando vorticava prossima alla superficie, la faccia di Stanley esprimeva un'onda d'emozione. Era difficile definire la natura di quest'emozione, perché i vortici della corrente apparivano subitamente e scomparivano l'attimo di poi. Ma era un'emozione profonda. Paura. Non paura di qualche cosa determinata: semplicemente paura.

Smise di guardare attorno e disse: "Abbiamo fatto un buon viaggio. Salvo il rumore."

"Il rumore?"

"Le ruote. Le gallerie." (Cosa diavolo, pensò Joe.) "M'ha sepol..."

"Ecco il gong, Stanley," interruppe Joe. "Si sentirà meglio dopo colazione, vero, Mrs. Millington? Non c'è niente che valga quanto un buon pranzo per rialzare il morale."

"Dopo pranzo devo coricarmi," disse Stanley. "È una delle cose che m'han detto i dottori. Me l'han fatto promettere, lasciando l'ospedale."

Andarono a colazione. Laura si fermò sulla soglia della sala da pranzo e disse, significativamente, senza guardar Joe: "Lei non deve andare in fabbrica?"

"Mai piú," s'affrettò Joe a rispondere cordialmente: "in fabbrica tutto va benone."

"Forse Stanley preferisce star solo."

Stanley disse irritato: "No. Joe rimanga."

Un breve silenzio. Joe sorrise soddisfatto. Laura avanzò riluttante. Sedettero a tavola. Finita la minestra, Stanley, per dimostrare che non dimenticava le istruzioni ricevute, ripeté: "Dopo pranzo devo coricarmi: è una delle cose che m'han detto. E quando mi alzo devo lavorare d'uncinetto."

Joe rimase a bocca aperta. Comincia a seccarmi questa roba, pensò. Ripeté, trasognato: "Uncinetto?"

Laura ebbe un moto d'angoscia. Ma Stanley seguitò, per spiegarsi; pareva contento quando gli toccava di spiegarsi: "È un lavoro che mi fa bene al cervello. Ho imparato all'ospedale, dopo che m'ha sepolto la granata."

Joe abbassò gli occhi. Rievocò lo Stanley d'una volta, le sue osservazioni d'un anno fa, qui, in questa medesima casa: il baldo guerriero ansioso di infilzare i tedeschi per San Giorgio e per l'Inghilterra, il sanguigno britanno avido d'entrare in aviazione, magnifico sport, pistole Very, quattrocentoventi. Cristo, cosa ne pensa oggi il nostro Mr. Stanley di tutta la faccenda? A Joe veniva da ridere.

Ma in quel momento Stanley aveva voglia di piangere. Non riusciva a richiudere il coperchio della senape. Gemeva: "Non ci riesco, non ce la faccio."

"Cos'è caro?" disse Laura, sporgendosi premurosa.

"Non posso chiudere il coperchio." Cominciava a tremar tutto, perché non poteva chiudere il coperchio.

Joe gli insegnò il modo. Sollevò il cucchiaio d'osso che l'ostruiva e abbassò il coperchio, e approfittò dell'occasione per asciugare con la propria salvietta il mento di Stanley imbrattato di sugo.

Laura non poté resistere oltre. S'alzò, mormorò con voce tremula che doveva badare a qualche cosa, e uscí dalla stanza.

Per qualche minuto, nel silenzio che seguí, Joe si raccolse a meditare. Poi disse: "Son felice, Stanley, che sei tornato. Stiamo facendo denari a palate in fabbrica. Il mese scorso fu meraviglioso." Stanley fe' cenno di sí. "Però quel Dobbie della contabilità vale un fico, sai. Ora che sei tornato potremo sbarazzarcene." Stanley fe' cenno di sí. "Pensavo anzi di licenziarlo io stesso alla fine del mese, cosa ne dici?" Stanley disse di sí.

Poi s'alzò rigido, d'un sol tratto, benché Joe non avesse finito la frutta, e disse: "Io vado a coricarmi."

"Vengo. T'aiuto." Lo sorresse pel braccio e lo accompagnò. Al piede della scala Laura stava in attesa, serrando tra le mani un fazzolettino molle di lagrime. Fece l'atto di sostituirsi a Joe per sorreggere il marito, ma Joe non pareva disposto ad abdicare, e Stanley stesso parve appoggiarsi piú forte su Joe, come per significare che se ne fidava, e disse: "Lascia pure, Laura."

Joe lo accompagnò in camera, l'aiutò a svestirsi. Vide che era ridotto a pelle e ossa. Nudo, non era piú un fantoccio, ma uno scheletro meccanico. Prima di coricarsi, si chinò, cauto, a guardare sotto il letto; poi guardò meticolosamente sotto il guanciale, e dentro un armadietto appeso al muro, e da ultimo dietro le tende della finestra. Poi si sdraiò, sulla schiena, a braccia e gambe distese ed aperte, gli occhi spalancati fissi al soffitto. Joe uscí in punta di piedi.

Appié della scala ritrovò Laura. Aveva gli occhi rossi e gonfi ma gli mosse incontro decisa, mordicchiandosi il labbro, con quella mossa che Joe conosceva cosí bene. "Ho una sola cosa da dire." Parlava con difficoltà, ansando. "Ed è di chiederti di stare alla larga. Qui dentro non ti ci voglio."

"Via, Laura," rispose Joe, in tono di rimostranza, "son qui per aiutarti in questa triste..."

"Lo chiami aiutarmi?"

"Certo," conciliante; "nessuno è piú sconvolto di me, credi. Ma dobbiamo stare uniti. Povero Stanley è finito, per quando riguarda il servizio militare, ma io mi preoccupo della fabbrica.. "

"Probabile!"

"Come no? Via, Laura, non screditarmi a questo modo. Intendo rendermi utile a te e a lui. Voglio indurlo a tornare in fabbrica, per risuscitare il suo interessamento ai lavori, sono persuaso che gli farà bene."

"A non conoscerti, ti si crederebbe sincero."

"E lo sono. Dopo tutto, è solo naturale che ci aiutiamo a vicenda. Io per mio conto farò quanto posso..."

"Cioè niente. Io ti disprezzo per quello che hai fatto... quasi quanto disprezzo me stessa." Gli voltò le spalle e si allontanò rapidamente.

Lui rimase dov'era, carezzandosi il mento, meditando. Poi sorrise e uscí di casa.

Ma l'indomani tornò, alle undici, risoluto a portare Stanley in fabbrica. Laura era fuori, ma Stanley era seduto, tutto solo, sull'orlo della stessa seggiola nella hall, e suonava il grammofono. Era un ottimo strumento; ma la musica, la musica che Stanley suonava, fece digrignare i denti a Joe, che disse: "Stanley, non puoi suonare qualche cosa di piú allegro? Una marcia militare, per esempio, che?"

"Mi piace questo" rispose Stanley. "L'ho suonato tutta la mattina."

Joe sopportò pazientemente il disco una seconda volta. Il motivo, con quel macabro fantoccio accanto al grammofono, era lugubre. Quando finí diede un'occhiata al disco. Chopin, Marcia Funebre. "Dio mio, Stanley, cosa ci trovi in quella cavernosa cantilena? Vieni via, ho la vettura, son venuto a prenderti per portarti alla fabbrica."

Andarono pianino. Giunti a destinazione, Joe lo condusse direttamente in fonderia. Aveva predisposto ogni cosa. Tutte le bandiere spiegate, sui muri e sulle colonne, e una gran fascia tesa in alto da una parte all'altra del locale, con la scritta: WELCOME! All'ingresso del nostro Mr. Stanley accompagnato da Joe, gli operai, smesso il lavoro, lo acclamarono. Le donne, numerose perché Joe le trovava piú svelte e meno costose dei vecchi rimasti, acclamavano freneticamente. Stanley fece bravamente fronte alle donne, alle donne in tuta maschile, alle donne che fabbricavano pallottole per le granate. Ma sembrava come uno che non sappia quale contegno adottare davanti a tante donne: si sentiva piú che mai estraneo all'ambiente. Joe gli disse sottovoce: "Di' qualcosa. Qualunque cosa," e alzò la mano per imporre silenzio.

Stanley disse: "M'ha sepolto una granata. Sono stato all'ospedale."

Nuove acclamazioni accolsero le sue parole, e nel frastuono Joe gli suggerí: "Di' che sei contento che la produzione continui ad aumentare, e che confidi che ciascuno continui a lavorare come ha fatto finora."

Stanley ripeté ad alta voce: "Sono contento che la produzione continui ad aumentare, e confido che ciascuno continui a lavorare come ha fatto finora."

Altra acclamazione, prolungata. Allora Joe prese le redini in mano. Impose nuovamente silenzio. Ficcò i pollici nei taschini del gilé, e parlò: "So che siete felici come me di rivedere il nostro Mr. Stanley. Mr. Stanley rifugge dal dirci quello che ha fatto per la patria, cosí parlerò io. Ma sarò breve, perché dovete anche voi lavorare per la patria, e non avete tempo da perdere ascoltando discorsi; ma quello che voglio dire è questo: voglio dire alla sua presenza che siamo tutti orgogliosi di Mr. Stanley. Io sono orgoglioso di lavorare con lui, e so che siete tutti quanti orgogliosi di lavorare per lui. Abbiamo messo allo studio, Mr. Stanley ed io, alcuni progetti per l'avvenire, ed egli ha piena fiducia che continuerete a fare il vostro dovere, com'egli ha fatto il suo. Il lavoro urge: dev'essere compiuto, per tener alta la produzione. Non aggiungo altro, ma prima che torniate alle vostre macchine, vi invito a cantare con me l'inno nazionale "

Cadde un silenzio, poi alcune voci femminili intonarono vacillando le prime note del *God Save the King*. Fu una cerimonia commovente. Joe aveva gli occhi lucidi.

Dopo aver pregato Dio di salvare il loro re, le donne acclamarono il loro Mr. Stanley, acclamarono Joe, acclamarono tutti un po', e finalmente ripresero, con religioso fervore, a fabbricare shrapnel, bombe e granate.

Joe si trasse dietro Stanley lungo il corridoio che metteva agli uffici. Ma non arrivarono molto lontano. Verso la metà del corridoio c'era una granata da 305, regalata dal vecchio Rutley, la cui fabbrica era sistemata per la produzione dei calibri massimi. La granata si ergeva gigantesca, maestosa, su una base di noce verniciata. Stanley la guardava fisso con occhi spaventati. Joe ne carezzò il muso aguzzo affettuosamente: "È una bellezza, vero? La chiamiamo Caterina."

Stanley non rispose, ma la strana corrente prese a vorticare sotto il velo buio che gli copriva gli occhi.

Joe seguitava: "Vorrei che le potessimo fabbricar noi. C'è da guadagnare tutto quello che si vuole. Comunque. Vieni via, Stanley, andiamo in ufficio. Morgan e Dobbie ci aspettano e devo dare ordini."

Ma Stanley non veniva via; non poteva risolversi a passar davanti a Caterina. La guardava terrorizzato. Era una granata cosí che l'aveva sepolto in Francia.

"Su, Stanley," insisté Joe impaziente, "ci aspettano."

"Voglio andare a casa," disse Stanley. La sua voce suonò molto strana, e lui cominciò a retrocedere, a scatti da automa.

Cristo, pensò Joe, eccolo daccapo. Prese Stanley pel braccio, per deciderlo a passare davanti a Caterina, ma Stanley non volle saperne. Sulla fronte la pelle gli s'arricciava in un tremito convulso, e nella corrente che vorticava sotto il velo buio dei suoi occhi traspariva una paura raccapricciante. "Lasciami," diceva, "voglio andare a casa."

"È niente, Stanley, via! Hai paura che ti morda? Non è nemmeno carica; è vuota. Via Stanley, un po' di buon senso."

Ma il buon senso di Stanley, tutto il lucido buon senso del nostro Mr. Stanley era esploso con un'altra Caterina che in Francia lo aveva sepolto. Ora la pelle della faccia intera gli si arricciava in un tremito di paura.

Joe diede un grugnito d'impazienza. " All right. Stanley, ti mando a casa; non far scenate." Joe non voleva scene in fabbrica, dove finora tutto era andato liscio. Infilò il braccio sotto il suo, e lo accompagnò gentilmente fuori, con un sorriso che voleva dare a intendere, a chi si trovava accidentalmente sul loro passaggio, che tutto andava a meraviglia. Mr. Stanley non è ancora completamente rimesso, diceva il sorriso, ecco tutto: è appena uscito dall'ospedale, capirete

Lo aiutò a salire in vettura, ordinò all'autista di riportarlo a casa, e si recò in ufficio. Vi si rinchiuse a chiave e accese un sigaro. Fumò meditando. Il sigaro era buono, ma Joe non pensava al sigaro. Pensava a Stanley.

Non c'era piú dubbio, Stanley era eliminato. Del resto l'aveva capito alla prima occhiata alla stazione. Non s'era mai sognato, però, che quegli choc nervosi fossero dei guai cosí seri Ci volevan dei mesi prima che Stanley potesse dirsi guarito. Se guariva! E nel frattempo toccava piú che mai a Joe di spingere avanti l'azienda. Dovere pesante; lavoro faticosissimo. Non era giusto accollarlo a lui solo. A meno di aumentargli i profitti. Joe esaminò minuziosamente la punta del sigaro acceso assorto in calcoli mentali. Cos'erano due o tremila sterline all'anno, per un lavoro cosí oneroso? Bisognava pensare all'avvenire. Bisognava trovare il modo di... riorganizzare, ecco la parola, riorganizzare l'azienda su altre basi. Questa era l'idea.

Passandosi la lingua sulle labbra, allungò il braccio e chiamò al telefono Jim Mawson. Non aveva mai apprezzato quanto oggi i suoi rapporti con Jim Mawson. Su Jim Mawson, come socio, poteva contare. Furbo quel Jim. Sapeva sempre esattamente come impostare gli affari; e sopra tutto era maestro nel guidare la barca in acque sicure pur sul limite dei gorghi.

"Hallo, Jim, figlio d'un cane." Gli spiegò la situazione, in termini di compassionevole simpatia per Stanley. "Ti assicuro che ti farebbe pena vederlo. È perfettamente sano, come te e me, ma sono i nervi, capisci. Uno choc... Choc, ho detto choc. Choc, sí, ora m'hai capito." (Pausa prolungata, mentre parlava Jim.) "Allora domani sera a casa tua, va bene, alle sei. Certo certo, nessuna fretta... Snagg? Sí, lo conosco, è quello che ha salvato Bostock, con quella clausola nel contratto, vero?... E diavolo, Jim, per chi mi prendi? Ma senti una cosa... Che?... Be' non per telefono, hai ragione, come sta la genitrice, allora ci vediamo domani, benone, ta-ta, vecchia canaglia."

Tolse la comunicazione, ripose il telefono, aspettò un momento, poi sganciò di nuovo il ricevitore, chiamò Laura a Hilltop, e le parlò con voce assennata, ragionevole, conciliante: "Dobbiamo vederci, Laura, ho bisogno assoluto di parlarti... No, sul serio, Laura, non persistere in quell'atteggiamento. So perfettamente come ti senti, non posso biasimarti, ma dopo tutto siamo dei semplici mortali e dobbiamo cavarcela meglio che si può. Sta' a sentire... Va be', va be' ingiuriami fin che vuoi, forse lo merito, ma qui si tratta di esser realisti. Dobbiamo assolutamente vederci... Che?... Ah, in questo caso, se non vuoi venire io non posso forzarti; comunque, è bene che tu sappia che sarò in casa tutta la sera, caso mai cambiassi parere..." Seguitò a ragionare per un paio di minuti prima di rendersi conto ch'essa aveva tolto la comunicazione. Allora sogghignò, ripose il telefono, e si immerse tutto giulivo nel lavoro.

Quella sera soppresse il pranzo al club e si fece cuocere in casa, fischierellando, una costoletta che mangiò in piedi, e annaffiò di whisky. Poi prese il bagno, infilò la veste da camera di seta a scacchi bianchi e blu, e lesse il giornale in attesa di Laura. Tratto tratto guardava la pendola. Rizzava gli orecchi al rumore delle automobili che passavano. Dopo un po' un'ombra cominciò a rabbuiare la serenità della sua fronte liscia, ma alle nove in punto scattò in piedi al suono del campanello.

Laura entrò di volata, con una veemenza che pareva ispirata da inquietudine. Portava l'impermeabile e un tocchetto bruno molto aderente alla testa; aveva le scarpe inzaccherate. Joe sospettò che avesse fatto a piedi tutto il percorso da Hilltop. Era molto pallida.

Senza sedersi, con le mani affondate nelle tasche, gli disse: "Eccomi qua. Cos'hai da dirmi?" Joe bofonchiò con gli occhi bassi che era contento di vederla. "Be', di' su, non ho tempo da perdere."

"Accomodati, Laura," disse Joe, in tono fraterno. "Non possiamo ragionare in piedi. Hai l'aria stanca." Per darle tempo si mise a riattizzare il fuoco.

Ella lo considerò con cipiglio ironico, si lasciò cadere su un seggiolone con un sospiro di stanchezza, e disse amaramente: "Non ho piú avuto un momento di pace, da quando sono venuta via di qui dentro."

"Immagino." S'era seduto anche lui, e fissava il fuoco, con aria pentita. "Ma non potevamo prevedere tutto questo, Laura."

"Non faccio che guardarlo," disse Laura, in un singhiozzo, "lo guardo ogni minuto del giorno. Non mi può soffrire. L'hai notato anche tu, eh? Non può tollerare la mia prossimità. Deve andare a Bournemouth, al convalescenziario; vuol andarci senza di me, me l'ha detto! Dio! Ho meritato il castigo, ma è crudele. Come mi detesto!" (Egli emise un suono di simpatia, che la rivoltò.) "Oh, fa il piacere! Detesto anche te!"

"Ma non c'è alcun bisogno che Stanley sappia quello ch'è successo tra noi, ti pare?" disse Joe, in tono suasivo.

"E spero bene!" Si voltò verso di lui con uno scatto felino e domandò sarcastica: "Avresti intenzione di informarlo, alle volte?"

"Ma nemmeno per sogno," rispose Joe, in voce strana. Si alzò, andò all'armadio, mescé un whisky and soda e lo portò a Laura. "No, se restiamo amici. Senti ora, bevi questo, ti rinforzerà."

Ella accettò il bicchiere meccanicamente, senza toglier gli occhi dalla faccia di lui. "Cosa vuoi dire, se restiamo amici?"

"Cara mia, *dobbiamo* restar amici." Mescé un bicchiere per sé, ne prese un sorso, come immerso in pensieri. "Amico con tutti, è il mio motto. Capirai, ci troveremmo tutti in una situazione imbarazzante, se dovessimo rompere i rapporti con te. A Stanley non farebbe alcun bene; e nemmeno a noialtri due. Da qualche tempo ho in testa varie idee, per allargare l'azienda, assorbirne altre, combinare fusioni, eccetera. Ancora l'altro giorno ne parlavo con Mawson. Jim Mawson, sai chi è. Be', se ci mettessimo insieme tutt'e tre, io e Stanley e Mawson, non hai idea come si potrebbe riorganizzare l'azienda. Ne faremmo una miniera d'oro."

"Ora comincio a capire," disse Laura, a bassa voce. "Sei stufo di me, ma cerchi il modo di valerti ancora di me, di valerti magari di quel ch'è successo fra noi per..."

"Oh, senti, Laura; non esagerare, non far la cattiva. I miei propositi in questo caso sono irreprensibili. Si forma una società, capisci, è questo che voglio; e si dividono gli utili."

"Non pensi che al denaro."

"Come tutti, Laura. È umano. Come è umano che io mi sia innamorato di te."

"Sta' zitto!" gridò Laura, feroce.

Silenzio.

Ella bevve il whisky e se ne sentí ristorata. Riconobbe, suo malgrado, che Joe se non altro era pratico. Gli lanciò un'occhiata carica d'odio. Lo odiava da parecchie settimane, e nel proprio rancore lo vedeva sotto tutti i peggiori aspetti: volgare, egoista, rozzo fisicamente. Ora doveva ammettere, suo malgrado, che fisicamente non era rozzo. Era innegabilmente un bel giovane, eccezionalmente bello. Ben fatto; muscoloso, slanciato, elastico. Gli occhi davvero seducenti. E quante cose non gli aveva insegnato lei! L'aveva quasi creato.

"Ancora arrabbiata con me, Laura?" domandò, umilmente.

"Non pensavo nemmeno a te." Gli porse bruscamente il bicchiere vuoto. "Ancora uno. Credo di meritarmelo."

Lui s'affrettò a ubbidire. Sospirò. "Io invece non faccio che pensare a te. Sapessi quanto m'è stata penosa la tua assenza, tutte queste settimane."

Ella diede un risolino breve, inghiottendo la bibita come se fosse amara. "Bugiardo! Mentre io stavo curando l'uomo che mi detesta, chi sa tu con chi dormivi. Confessa."

"Non ho niente da confessare," rispose Joe con accento di serietà.

"Non ti credo. Del resto me ne infischio. Grazie al cielo mi sono ripresa. Puoi farti cento amanti se vuoi; io mi dedicherò interamente a Stanley."

"Ma almeno restiamo amici, Laura. è questo che chiedo." Allungò il braccio come per prendere il bicchiere ch'essa aveva vuotato, ma invece le prese la mano.

"Come osi, sfacciato!" Ritrasse la mano con violenza. Aveva gli occhi lucidi. Scoppiò in pianto.

"Restiamo buoni amici, Laura. Nient'altro."

"Come puoi essere cosí crudele. Non m'hai fatto soffrire abbastanza? Me ne vado, me ne vado." Si alzò, come ebbra, e nello stesso istante egli la prese tra le sue braccia, e la strinse a sé, fiducioso nella propria forza.

"Non andar via cosí, Laura."

"Lasciami, lasciami; per l'amor del cielo lasciami!" Lottava per disgiungersi da lui, sussultando in singhiozzi isterici.

"Stai buona Laura, stai buona."

Mentre si difendeva, ella si sentí tremare in tutto il corpo, e sentiva il corpo di lui tremare contro il suo. "Joe, come osi, come puoi essere cosí brutale con me..."

"Laura!" La baciò.

"No, Joe, no..." sussurrava lei debolmente. Ma le labbra di Joe le impedivano di parlare. Tutto parve dileguare alla sua vista: fu sensibile solo al contatto fisico del suo amante, e si sentí travolgere da una ondata di reazione: reazione contro l'isolamento che aveva patito a Sawbridge, contro l'ostilità di Stanley, contro la monotonia dei giorni passati al fianco del fantoccio meccanico la cui virilità giaceva sepolta in Francia. Chiuse gli occhi. Un gran brivido la scosse da capo a piedi. Sapeva benissimo che Joe non l'amava; sapeva che si serviva di lei per profittarne, e che l'abbandonerebbe quando non gli servisse piú. Ma era inutile tentare di resistergli. Si sentí portar di peso nella camera da letto.

XIX

Verso la metà di dicembre 1917 Marta apprese ciò che era capitato ad Annie Macer. Fu Maddalena che le comunicò la notizia, quel mattino che faceva un freddo birbone; e Maddalena deplorava che fosse toccato tale infortunio ad una cosí buona figliola come Annie Macer. La Maddalena era là, sul marciapiede di fronte alla casetta dei Fenwick, coi capelli scarruffati sotto un berrettaccio da uomo, il naso lucido pel gran freddo, con in mano la stuoia del corridoio ch'era venuta a scuotere fuor della porta di casa, e parlava a Marta affacciatasi un momento alla finestra: « Gesummaria, non potevo credere ai miei occhi, quando ho visto che era in quello stato! »

Ma il volto di Marta non rifletté lo smarrimento dipinto su quello di Maddalena; anzi, non rivelò alcuna espressione; e, senza indulgere ai commenti che Maddalena ovviamente aveva inteso provocare, Marta si ritirò e chiuse la finestra. Ciononondimeno la strabiliante notizia le aveva causato una vivissima gioia maligna. Sedette al tavolo, appoggiò il mento sul poderoso pugno nocchiuto e rimuginò sulle parole di Maddalena. Un ghigno malvagio le arricciava il labbro. Non l'aveva sempre detto, lei, che quell'Annie era un poco di buono? E i fatti non le davan ragione, come sempre?

Era Sam il padre, senza fallo. Durante la licenza, in agosto, era sempre in compagnia di Annie. Una volta persino aveva, con grave dispiacere di Marta, passato tutto il week-end con Annie, fuori del paese. Eccone ora le conseguenze. Sí, dei due, non era mai l'uomo il piú colpevole. Marta si rallegrava, lo ammetteva lei stessa con calore, si rallegrava altamente delle conseguenze. D'ora in poi Sam non poteva piú nutrir rispetto per quella sgualdrina. Marta sapeva bene che non c'è nulla che disgusti tanto un uomo quanto il metter nei pasticci la sua ragazza. D'altronde Sam era lontano, in capo al mondo, in Francia. E al suo ritorno, baderebbe lei, sua madre, a fargli metter giudizio e smetter la relazione. Sapeva per filo e per segno come aveva da fare.

Prima di tutto bisognava accertarsi che Maddalena non avesse avuto le traveggole. Perciò alle undici Marta infilò il mantello e scese per Cowpen Street, camminando lenta e dignitosa, in attesa di udire la campanella di Annie Macer. I Macer erano in cattivissime acque. Pug, anche lui, era al fronte; e il vecchio, pieno di debiti e di acciacchi, si era ridotto a pescare all'amo lungo la riva in una barchetta, che Annie spingeva lei stessa in acqua, con le sue braccia, a forza di spalla, tutte le mattine, assai prima dell'alba. Poi, quando il paese si svegliava, Annie, col pesce nella gerla, la gerla sulla schiena, percorreva i marciapiedi fino a mezzogiorno, suonando la campanella per annunciarsi alle massaie.

Quel mattino Marta udí la campanella di Annie quando arrivò in fondo a Cowpen Street. Quei rintocchi la irritavano sempre, ma oggi no; anzi le piacquero. Le bastò un'occhiata per accertarsi che Maddalena non aveva avuto le traveggole. Annie Macer era incontestabilmente in quello stato.

Marta seguitò a camminare, lenta, formidabile, finché raggiunse la disgraziata, la quale in quel momento aveva deposto la gerla sul marciapiede per servire la lattivendola che passava. Marta la osservò scegliere ad uno ad uno i pesci con le sue mani pulite e disporli con garbo sul piatto che la lattivendola le forní. Marta non poté non ammettere che Annie era effettivamente una ragazza pulita: il grembiale di grossa tela blu era sempre fresco di bucato e stirato con le pieghe; le rosse braccia sode, nude fin sopra il gomito, erano immacolate; i chiari occhi, nitidi come lavati dal vento. Riluttante a dover riconoscere in Annie questa qualità, Marta si fece ancora piú arcigna. Si fermò, per aspettare che la lattivendola se ne andasse.

Finalmente Annie, raddrizzandosi, adocchiò Marta, ferma a pochi passi, e la faccia le si schiarí, a poco a poco. Il giuoco nelle espressioni era sempre lento, tardo, sul volto di Annie. Credette che Marta intendesse far acquisto, il che era un onore che Marta non le aveva conferito mai; quindi disse, con un sorriso di dente: "Ho certi aselli belli grassi, stamattina... piú grassi del solito..."

Marta non rispose. La guardava. Ma Annie, ancor senza sospetto, impugnò la gerla per le cinghie e la sollevò per mostrarne il contenuto, seguitando: "Li ha pescati il babbo alle quattro stamane. Ve ne lascio un paio sul davanzale della finestra, passando; cosí non avete da portarli con voi." Era un lungo discorso, per

Annie Macer che parlava cosí poco; estremamente lungo, perché Annie era estremamente ansiosa di piacere alla madre del suo Sam.

Ma la madre del suo Sam non disse una parola; e quando Annie alzò con diffidenza gli occhi dagli aselli freschi, incontrò lo sguardo gelido e insolente di Marta: uno sguardo che diceva molto, che sapeva tutto, che implicava ancor di piú. Allora soltanto Annie capí.

Poi Marta disse: "Non voglio da voi né pesce né altra roba, mi spiego?" E aspettò, dura, altezzosa, spietata, che Annie reagisse. Ma Annie non reagí. Abbassò gli occhi sulla gerla, umiliata. Marta trionfava. Le voltò la schiena e s'allontanò, naso al vento.

Annie la osservò allontanarsi, e in quell'istante il portamento di Annie accusava un'autentica nobiltà. Il suo volto aperto, dalla carnagione brunita dalle intemperie, non esprimeva né vergogna né ira né risentimento, ma rifletteva solo mestizia: un profondo rimpianto. Poi impugnò le cinghie, si buttò la gerla sulle spalle e risalí la strada. La campanella tinniva chiara e tranquilla.

Da quel giorno, Marta non esitò ad andar contro le proprie abitudini. Non era pettegola, per natura; quanto all'immoralità, disprezzava e scherniva perfino il suono scandaloso della parola. Ma ora volle gustare l'amaro piacere di divulgare l'indegnità di Annie. Si faceva un dovere di incontrarla il piú sovente possibile, e sempre le lanciava quello sguardo gelido e insolente. Non diceva mai una parola, ma saettava fiamme dagli occhi. Venne a scoprire che Annie soleva recarsi il pomeriggio sulla cima di un'altura che sorgeva tra le dune di là dalla miniera; e, benché Marta non uscisse mai dall'abitato, ora contrasse l'abito di andare a passeggiare da quelle parti, solo per incontrarvi Annie. Le pareva alle volte che Annie desiderasse parlarle, e allora con lo sguardo le congelava le parole sulle labbra. Aveva sofferto tanto, Marta, a causa di Annie; ora si vendicava.

Al figlio Sam, Marta non comunicò mai nulla di tutto questo. Troppo scaltra. Gli spediva pacchi con maggior frequenza di prima, curandone la confezione con ancor piú amorevoli premure, cosí ch'egli apprezzasse il privilegio di avere in lei una madre tanto devota. Le autorità militari le corrispondevano ogni settimana la quota che Sam le aveva fissata sulla propria paga; senza questo sussidio Marta non avrebbe avuto di che sostentarsi.

Passavano i giorni. le settimane, i mesi. A Sleescale la vita procedeva senza incidenti notevoli. Alla Nettuno proseguivano i lavori di scavo per la galleria nuova, Jenny era ancora a Tynecastle presso i suoi genitori, e Marta non ne aveva alcuna notizia Harry Ogle, figlio del vecchio Tom, era stato eletto consigliere comunale. Hans Messuer, il barbiere di origine austriaca, era stato internato in campo di concentramento. La vedova Wept teneva aperta la bottega solo due giorni alla settimana. Jack Reedy era tornato a casa avvelenato dai gas. Le lettere di Davide arrivavano regolarmente una volta al mese. La vita, insomma, continuava.

E Annie continuava a vendere il pesce sul marciapiede, per sostenere sé e il padre, perché sulle rimesse di Pug non poteva contare. Ma venne un giorno che Marta non la incontrò per la strada. Era il 22 marzo. Marta non ne udí la campanella e non la vide in nessun posto. Si starà sgravando, la sgualdrina, pensò.

Ma si sbagliava. Nel pomeriggio Marta si recò alle dune come al solito. Annie non c'era. Marta stette a lungo, eretta, altezzosa, sulla cima dell'altura, esplorando l'erto sentiero che vi adduceva. Finalmente la vide venire in lontananza, al piede della salita. Annie saliva molto lentamente, come affranta, schiacciata da un grave peso. Come arrivò sulla cima, Marta le scoccò il suo sguardo.

Annie non badò allo sguardo; sostò, a due passi, non piú, insolitamente curva e ansante e smorta, quasi che soffrisse sotto il grave peso. Guardò Marta vagamente, poi lasciò vagar gli occhi sul mare nella probabile direzione di Sam, come faceva sempre quand'era lassú: ci andava unicamente per questo. Poi disse, con semplicità, quasi che constatasse un fatto ovvio: "Ci eravamo sposati in agosto, io e Sam."

Marta trabalzò, come sotto la puntura di uno spillo, e ringhiò: "Bugiarda!"

Sempre fissando nella probabile direzione di Sam, Annie insisté mestamente: "È vero. Durante la sua licenza."

"Non è vero. Non può esser vero Pagano a me il sussidio di Sam."

"Lo so. Si era d'accordo, io e Sam, che continuasse a venirvi pagato, per non lasciarvi sprovveduta."

Offesa nell'orgoglio, Marta si fece livida di rabbia; fra i denti stretti sibilò: "Non è vero. Non ci crederò mai."

Allora Annie distolse gli occhi dalla probabile direzione di Sam. I suoi occhi erano asciutti. Una grande ombra le avviluppava la faccia. Era piú che mai affranta dal grave peso. Tese a Marta un telegramma che teneva in mano.

Il telegramma era indirizzato a Mrs. Annie Fenwick. Diceva: *Dolente parteciparvi decesso vostro marito Caporale Samuele Fenwick caduto 19 marzo combattendo per la patria.*

XX

Il 2 aprile 1918 Arturo, terminata la pena, uscí dal carcere alle nove del mattino, camminando guardingo a testa bassa. Era una giornata grigia e triste; ma il senso della luce e della libertà lo sbalordiva. Stentava a capacitarsi del suo stato. Come mai non c'erano muri, né guardiani, per sbarrargli il passo? Accelerò, conscio che se li lasciava alle spalle. Anelava ad allontanarsene Ma tosto rinunciò a camminare svelto: non ce la faceva. Si paragonò a un convalescente all'uscita dall'ospedale, tanto si sentiva debole. Stentava a tenersi ritto, ed era pallido come un malato Coi capelli rasi, rasi fino all'osso, — ci aveva badato Collins, vendicativamente, solo due giorni fa, — poteva somigliare ad uno che avesse subíto la trapanazione del cranio e un'operazione al cervello, in quel tetro ospedale che si lasciava alle spalle. Era senza dubbio il cervello malato che gli faceva credere che i passanti lo guardassero. Lo guardavano davvero?

Dopo una ventina di minuti arrivò alla periferia di Benton. Entrò in una cantina, sedette a un tavolo, e senza togliersi il cappello ordinò due uova e un caffelatte. Non guardò l'oste in faccia, ma ne vedeva le scarpacce infangate, il grembiale sporco e le dita lorde di nicotina. L'oste si fece pagare in anticipo.

Curvo sul tavolo, Arturo fece colazione. Le posate, dopo quelle di stagno, gli riuscivano pesanti da maneggiare, e gli abiti gli stavano larghi e flosci sulla persona, tanto era smagrito. Ma, pensava, son fuori, stavolta son fuori, fuori!

Si sentí rifocillato e alzandosi ardí guardare l'oste in faccia per chiedergli un pacchetto di sigarette. Aveva i capelli rossi, e l'espressione volgare, indagatrice. "Venti?" domandò. Arturo fe' cenno di sí e mise uno scellino sul banco. L'oste prese confidenza. "Ci siete stato un pezzo?" domandò. Aveva capito che usciva dall'ergastolo. Chi sa quanti liberati dal carcere sostavano all'uscita nella sua cantina. Arturo arrossí, non rispose e uscí.

La prima sigaretta non era molto buona, ma benché gli causasse un po' di vertigine ne derivò maggior disinvoltura. Uno scolaretto che lo aveva visto aprire il pacchetto venne a chiedergli il cartellino di pubblicità che conteneva. Arturo, con le dita callose e poco sensibili, frugò sollecito tra le sigarette e glielo porse. Rinfrancato dal fatto che gli avevan rivolto la parola, gustò il fugace contatto della manina del monello: si sentí tornare umano.

Prese il tram per Tynecastle e per tutto il percorso sedé pensieroso con gli occhi a terra. In cella pensava unicamente al mondo esterno; ora che era fuori non poteva pensare ad altro che al carcere. Il suo commiato dal direttore e dal cappellano: tutt'e due gli avevan detto press'a poco "Spero che l'espiazione avrà contribuito a fare di voi un uomo." La visita medica: "Giú i calzoni. Su la camicia." L'ultimo frizzo di Hicks, lanciatogli al disopra della spalla, alla passeggiata in circolo: "Te la fai 'na sfojatina, stasera, eh, Rockefeller?" Ricordava tutto. E sopra tutto la reazione di Collins, quando Arturo partendo gli aveva steso la mano. Collins ci aveva sputato su. Ripensandoci ora, gli venne fatto istintivamente di strofinarsi la palma sui calzoni.

Il tram entrò rumoroso in Tynecastle e fermò in piazza della stazione. Arturo scese ed entrò nella stazione col proposito di prendere il treno per Sleescale. Ma quando fu allo sportello, il proposito gli parve insensato; esitò, non poté decidersi a farsi dare il biglietto. Si scostò dallo sportello e chiese a un facchino: "A che ora parte il prossimo treno per Sleescale?" Sentendo che partiva alle 11,55, guardò su all'orologio. Non c'erano che cinque minuti di tempo. Impossibile risolversi cosí presto. D'altronde non c'era fretta. Giustificò la propria indecisione attribuendola alla consapevolezza del fatto che non c'era nemmeno sua madre in casa ad accoglierlo. La notizia della sua morte gli era stata comunicata in carcere. Si avvicinò al banco dei giornali. Dalle intestazioni apprese che si preparava sul fronte francese un'offensiva in grande stile. Gli piacque sentirsi la folla attorno, il movimento, il trambusto. Una ragazza passando lo sfiorò. Ripensò al frizzo di Hicks. Si fece rosso, e venne via.

Per dilazionare, entrò al buffet ed ordinò un tè con pane. Perché nascondersi che era unicamente il pensiero di Hetty che lo tratteneva a Tynecastle? Sentiva acutissimo il desiderio di vederla, il bisogno di esserle vicino, di buttarsi in ginocchio ai suoi piedi, di cingerle la persona con le braccia. Hetty gli voleva bene. Lo compatirebbe, lo consolerebbe. Si sentí sommergere da un'ondata di tenerezza, gli s'empirono gli occhi di lagrime. Aveva bisogno assoluto di rivedere Hetty.

All'una lasciò la stazione e si diresse verso College Row dove abitavano i Todd. La strada saliva leggermente, ed egli camminò adagio, in parte perché stanco ma soprattutto perché timoroso. Adesso il pensiero di rivederla lo disanimava. Piú s'avvicinava alla casa e piú sentiva crescere l'angoscia. Si fermò sul marciapiede di fronte e guardò su alle finestre. Ora ch'era arrivato, rifuggiva dall'entrare in casa, impaurito da un'orda di pensieri ostili. Bel piacere, per i Todd, accoglierlo fresco fresco fuor dall'ergastolo... con quel cranio pelato... No. Impossibile. Come trovare il coraggio sufficiente per salire la gradinata e suonare il campanello?

Girellò, indeciso, sempre piú indeciso, anelando Hetty con tutta l'anima, augurandosi la fortuna di vederla uscire o rientrare. Andava su e giú, incapace di allontanarsi, incapace di risolversi ad entrare. Verso le tre lo prese una stanchezza tale che non poteva piú reggersi in piedi. Si trascinò fino in capo alla salita, dove sapeva di trovare in piazza le panche sotto gli olmi; e si propose di tornar piú tardi, a montare la guardia. Giunto all'angolo della piazza s'imbatté in Laura Millington. Trasalí all'incontro inatteso. Laura non lo riconobbe subito: appariva preoccupata, e vedendolo non mutò espressione. Ma oltrepassandolo lo riconobbe e si fermò. "Arturo!" chiamò, attonita.

Lui non alzò gli occhi da terra. "Sí" disse, "son io."

Guardandolo fissamente, allora mutò espressione e domandò: "Sei stato a vedere papà?"

Lui scosse la testa senza parlare, sempre con gli occhi bassi. La sua aria da derelitto le causò pena. Profondamente commossa, gli si avvicinò e infilò il braccio sotto il suo. "Devi venire, Arturo; io sto appunto andando a casa. Hai l'aria malata."

Lui recalcitrò come un bambino. "No... no... non mi vogliono."

"Sciocchezze, Arturo, vieni con me."

Il tono materno lo persuase; si lasciò trascinare, come un bambino. Si vergognava di sentirsi sul punto di scoppiare in pianto.

Laura trasse la chiave dalla borsetta, aprí la porta e lo introdusse nel salottino che dava sul rovescio, che Arturo conosceva cosí bene. A vederne il cranio rasato, Laura percepí una nuova fitta di compassione; gli pose le mani sulle spalle e lo fece sedere davanti al fuoco. Arturo si lasciò cadere come uno straccio sulla poltrona. Laura andò in cucina, e senza dir nulla a Minnie, la cuoca, preparò ella stessa il vassoio del tè e lo portò in salotto. Mentr'egli rosicchiava le fettine di pane abbrustolito, Laura lo osservava con uno sguardo pieno di sollecitudine.

Arturo intuí che né Todd né Hetty erano in casa. Pel momento smise di pensare a Hetty e per la prima volta ardí alzar gli occhi su Laura.

"Grazie, Laura," disse.

Ella non rispose, ma la faccia le si illuminò d'un lampo di simpatia. Arturo dovette ammettere tra sé e sé che la trovava molto invecchiata, forse a causa delle ombre nere che le cerchiavan gli occhi; gli parve vestita con minor ricercatezza di una volta, e pettinata senza grazia. Malgrado il proprio torpore, fu sorpreso da tanto cambiamento, e gli venne fatto di domandare: "È successa qualche disgrazia, Laura? Perché sei qui, e sola?"

"Son venuta a stare con mio padre per una settimana, perché chiudo casa a Hilltop. Stanley è in clinica, a Bournemouth. Non lo sai ancora, ma è tornato dal fronte coi nervi in cattivo stato, uno choc nervoso...; io andrò a raggiungerlo appena avrò sistemato ogni cosa qui."

Lui la guardava intontito; gli pareva di traudire, quasi che il suo cervello rifiutasse di funzionare. Disse: "Ma la fabbrica?"

"Anche a questo s'è rimediato. È il meno." Non pareva disposta a spiegare.

Lui continuava a fissarla come in un sogno. Non era piú la Laura che conosceva; non l'aveva mai vista con la faccia cosí triste, con gli angoli della bocca volti all'ingiú, le labbra che pur con l'antica ironia esprimevano un profondo dolore. Intuí che anch'essa doveva aver sofferto. Ma era troppo sfinito per indagare. Cadde un lungo silenzio.

"Mi spiace di disturbare, Laura."

"Non disturbi affatto."

Sospettò che Laura potesse desiderare ch'ei se ne andasse. "Ma ora che sono qui, pensavo, tanto vale che aspetti, per veder Hetty."

"Hetty non è piú qui, Arturo."

"Che?"

"No; vive a Fornborough, dove Dick Purves sta di guarnigione. Si sono sposati in gennaio." Gli pose una mano sulla spalla e distolse gli occhi dalla sua faccia. "Fu una cosa combinata in fretta; noi non ne sapevamo niente. Hetty s'è decisa tutto d'un tratto, quando si guadagnò la Victoria Cross dopo aver abbattuto lo Zeppelin. Tutti i giornali hanno parlato del matrimonio."

Arturo si sentiva come se avesse ricevuto una mazzata sul capo: il colpo di grazia. "Cosí s'è sposata. To', non me l'ero mai immaginato." Inghiottí la saliva, e parve scosso da uno spasimo lancinante. "Oh, tanto di me non avrebbe piú voluto saperne, comunque." Laura, saviamente, non lo contraddisse. "Be' allora... non ho piú nessuna scusa per rimanere." La voce era rotta dall'emozione.

"No, Arturo, resta. Si vede che non stai bene."

"È che realmente mi sento molto male," ammise lui, alzandosi. Ma barcollò. "Dio, non mi reggo. La testa che gira. Come faccio per arrivare alla stazione?" Con mossa goffa si portò la mano alla fronte.

Laura si alzò e s'interpose tra lui e la porta. "Non ti lascio andare in questo stato. Dovrei metterti a letto." Prese senz'altro la determinazione e gli pose un braccio attorno alle spalle. "Dammi retta. Vieni a coricarti. Subito. Non rifiutare. Spiegherò io a papà."

Lo sorresse su per la scala. Accese il fuoco di gas nella camera da letto. Lo aiutò a svestirsi, con mosse discrete ma ferme. Gli mise in letto una vescica d'acqua calda. "Come ti senti? Meglio?"

"Meglio, sí," ma non era vero. Giaceva su un fianco, raggomitolato, e pensava, questa è la camera da letto di Hetty, bel caso: sono nel letto di Hetty, te la fai 'na sfojatina stasera, eh, Rockefeller? Erano circa le cinque;

il sole entrava obliquo e indorava la carta sui muri. Nel giardino ciarlavano i passeri. La scena era irreale, come la morbidezza del letto di Hetty.

"Bevi questo, Arturo; ti fa dormire." Laura era tornata con un sonnifero. Com'era buona! Sollevatosi su un gomito, Arturo bevve la camomilla. Lei s'era seduta sulla sponda del letto. Cosí bianche, cosí tenere, le sue mani che reggevano il vassoio. Arturo non aveva mai avuto dimestichezza con Laura; adesso tanta gentilezza lo confondeva.

Mosso da gratitudine, le disse con molta dolcezza: "Laura, perché ti dài tanto disturbo per me?"

Ella rispose indirettamente: "Non tormentarti, Arturo. Tutto si aggiusta."

Gli tolse dalle mani la tazza vuota, la ripose sul vassoio e fece per andarsene, ma lui allungò un braccio e la trattenne, come un bimbo timoroso di star solo. "Non lasciarmi, Laura."

"Come vuoi tu. Non ti lascio." Posò il vassoio sul comodino e prese a carezzargli la fronte.

Egli ruppe in un singhiozzo e poi in un pianto dirotto. In atto di completo abbandono si accoccolò contro di lei, e le reclinò la faccia sul grembo. Inverosimile gli pareva il conforto che derivava dal contatto del suo corpo morbido; percepí come una corrente di latte caldo fluire in tutto il proprio essere. "Laura," bisbigliava, "Laura."

Ella si sentí avvampare in un fuoco di compassione. L'accasciamento di quel povero ragazzo infelice, la pressione della sua faccia contro il proprio grembo destarono in lei foschi stimoli sessuali. Ma vedendosi riflessa nello specchio alla parete, provò ripugnanza di sé.

Arturo non singhiozzava piú, pareva sul punto di addormentarsi, con le labbra socchiuse, in un'espressione di totale abbandono, indifeso, esposto alla mercé del prossimo. Laura ne vide distintamente le ferite. C'era qualcosa di infinitamente triste nelle flaccide connessure delle sue palpebre, e nella debolezza della sua mandibola.

Di soppiatto l'oscurità veniva invadendo tutta la camera, e i passeri smettevano di ciarlare. Laura continuava a sedere immobile con in grembo la testa d'Arturo addormentato. Era nobile l'espressione del patetico volto di Laura.

XXI

Arturo rimase a letto quindici giorni. Il medico di casa, temendo un accesso di anemia cerebrale, procedé varie volte all'esame del sangue ed ordinò iniezioni muscolari di manganese. Ma fu Laura che, piú del dottore, contribuí alla sua guarigione. Lo curò con devozione esemplare. Aveva definitivamente chiuso la palazzina a Hilltop e spendeva tutte le ore libere al capezzale del disgraziato, a fargli la lettura o semplicemente a tenergli compagnia senza parlare. Strana condotta per una donna d'indole egoista e apparentemente assorbita nel proprio io. Forse lo faceva per riscattare la sua indegnità, s'aggrappava a quell'occasione offertale dal caso per convincere se medesima che possedeva ancora un briciolo di bontà. Quindi era felice di osservare i passi di Arturo sulla via della guarigione e si consolava tutta al minimo cenno di riconoscenza ch'egli le esprimeva. Curando le sue ferite morali sanava le proprie. Suo padre non faceva obiezioni. Non era uomo, Todd, da fare obiezioni. D'altra parte, compiangeva Arturo di tutto cuore per aver cosí disastrosamente voluto nuotare contro corrente. Veniva a vederlo due volte al giorno, e stava in piedi, imbarazzato, a far conversazione, con molte pause, schiarendosi frequentemente la gola, reggendosi or sull'una or sull'altra gamba come una decrepita cicogna. Era commovente, e comica allo stesso tempo, la cura con cui evitava gli argomenti pericolosi: la Nettuno, la guerra, Hetty, checché potesse tornar scabroso ad Arturo. E concludeva invariabilmente le sue visite con la medesima frase: "Non aver fretta, figliolo, rimani in casa mia finché vuoi."

Gradatamente Arturo migliorò, lasciò la camera da letto, cominciò a far brevi passeggiate con Laura. Fuggivano i luoghi frequentati, preferendo isolarsi nel parco sulla collina donde si vedevano in lontananza nei giorni sereni le alture di Otterburne. Un mattino eran seduti su una panca nella parte piú elevata del parco. Arturo le disse, con un sospiro: "Chi sa cosa sarei diventato senza di te. Sarei certo andato a fondo; moralmente, voglio dire. Tu non puoi sapere che cosa sia la tentazione di lasciarsi andare a fondo." Laura non rispose. "Ma son persuaso che sei tu sola che m'hai rimesso insieme, rattoppato, a somiglianza piú o meno di un uomo. Adesso mi sento quasi in grado di riaffrontare la vita. Ma non è giusto che io goda tutto il beneficio senza darti nulla in cambio." Ella lo guardò con l'ombra d'un sorriso deprecatorio, ma non disse nulla. "Sai chi mi ricordi, Laura?" rispose Arturo, dopo esser rimasto qualche momento a considerare il suo casto profilo nella passiva immobilità della persona, "mi ricordi una Madonna di Raffaello che ho in un libro a casa."

Laura arrossí violentemente e ribatté, "non far l'asino!" ma non con accento scherzoso, bensí in tono aspro; s'alzò e s'allontanò a passi rapidi. Arturo la guardò stupito; poi la seguí.

Man mano che gli tornavan le forze, s'allenava al pensiero di rivedere suo padre, al pensiero di tornare a vivere in casa sua. Poiché aveva nel sangue il vizio di procrastinare per timore, faceva appello alla maturità della sua logica per derivarne animo. D'altra parte, il carcere, acuendo in lui il senso dell'ingiustizia patita, del torto fattogli da suo padre, gli aveva indurito il cuore.

Una sera, mentre giocava a *bèzigue* con Laura, dichiarò inaspettatamente: "Tra poco devo partire per Sleescale." Laura non rilevò l'annuncio, e lui non ne parlò piú. Ora che aveva manifestato la sua intenzione, cedeva già alla tentazione di differire il momento di attuarla.

Ma il mattino del 16, a colazione, dopo che Todd era partito per l'ufficio, un articoletto del *Courier* posato aperto sul tavolo attirò il suo sguardo. Era una breve notizia, espressa in sei righe, persa in una matassa di altisonanti intestazioni bellicose. Forse a causa appunto della sua modesta apparenza, eccitò la curiosità di Arturo. La lesse sbirciando di fianco, senza avvicinare il giornale a sé; e Laura notò che il suo sguardo s'era subitamente pietrificato. "Qualcosa di importante?" domandò.

Dopo qualche secondo Arturo rispose: "Han terminata la galleria nuova nel Paradiso. Da tre giorni. Han ritrovato le salme dei dieci uomini sepolti vivi. Domani fanno un sopralluogo."

La catastrofe lo aveva travolto daccapo in un baleno, come una mareggiata. Sotto l'urto, la mente gli si era contratta. Riprese, parlando adagio, gli occhi sbarrati sempre fissi sull'articoletto: "Han richiamato dalla Francia i parenti dei morti, per l'identificazione. Devo andarci anch'io. Oggi stesso. Subito."

Laura non lo dissuase. Gli serví il caffè. Arturo lo bevve macchinalmente, rivedendo in un lampo tutte le vicende che gli avevano irremissibilmente rovinato la vita. Non c'era scampo. Doveva partire. Finito il caffè, diede a Laura una timida occhiata. Laura la interpretò giustamente e col capo fece un cenno di approvazione quasi impercettibile Allora egli s'alzò, andò in anticamera, infilò il soprabito e prese il cappello. Valige non ne aveva. Laura lo accompagnò alla porta.

"Arturo, promettimi di non fare cose sventate," gli disse, studiandosi di toglier dalla voce ogni accento emotivo.

Arturo scosse la testa, poi impulsivamente, le prese entrambe le mani: "Non so far delle frasi per ringraziarti, Laura, ma tu mi capisci. Ci rivedremo presto, spero. Chi sa che io non sia in grado un giorno di renderti servizio."

"Chi sa," assentí Laura, e il riserbo implicito in questa osservazione bastò a rabbuiare il partente. Stava in piedi come indeciso se rimanere o no.

Finalmente le lasciò libere le mani. "Addio, Laura."

"Addio."

Quando arrivò a Sleescale alle undici e mezzo, e sceso dal treno posò il piede sulla banchina, percepí netto, tra le emozioni suscitate in lui dai particolari dell'ambiente che gli era familiare, il senso di riaversi dopo un lungo letargo. Un soldato scese con lui da un'altra vettura dello stesso treno, e mentre uscivano insieme dal cancelletto, Arturo lo riconobbe. Era Davide Fenwick. Anche Davide vide e riconobbe Arturo, ma non diede alcun segno né accennò ad evitarlo.

"Siete venuto per l'inchiesta?" gli domandò Arturo a bassa voce. Le parole gli erano uscite spontaneamente di bocca.

Davide annuí e prese a camminare al suo fianco senza parlare. Quando imboccarono Cowpen Street cominciò a piovere. Solo allora Davide parlò e disse: "Sono arrivato due giorni fa. Mia moglie abita a Tynecastle col bimbo."

"Oh!" Ecco perché Davide aveva viaggiato con lui. Ma Arturo non trovava nulla da dirgli.

Come arrivarono davanti a casa sua, Davide disse, studiandosi di eliminare ogni accento d'amarezza: "Volete venire un momento da me? Ho da mostrarvi una cosa."

Arturo lo seguí entro la casa. Le persiane eran chiuse,

ma nella penombra vide nel centro della stanza due bare, ancora aperte. Col cuore che batteva forte si avvicinò alla prima, e i suoi occhi incontrarono quelli spenti ma aperti di Roberto Fenwick. Benché la morte risalisse a quattro anni addietro, la faccia, mummificata, con la pelle raggrinzita sugli ossi scarnificati, era perfettamente riconoscibile. Arturo retrocesse coprendosi gli occhi con la mano; era incapace di sostenere lo sguardo degli occhi del morto, gli occhi della vittima, spenti e tuttavia accusatori. Avrebbe voluto ritirarsi, ma non poté; era intontito, paralizzato.

Davide parlò di nuovo, studiandosi ancora di abolire ogni risentimento dalla sua voce. "Ho trovato questo biglietto addosso a mio padre. Non l'ho mostrato a nessuno."

Arturo con mossa lenta si scoprí gli occhi e sbirciò il foglietto che Davide gli porgeva. Lo prese, e leggendo le parole scritte da Fenwick in punto di morte si sentí, per un secondo, morire a sua volta.

"Vedete," diceva Davide, "ora non è piú possibile conservare il minimo dubbio. Badate che io non intendo dar seguito alla cosa. Ma ho ritenuto opportuno darne conoscenza a voi."

Arturo alzò gli occhi dal foglietto e li piantò, come ciechi, in faccia a Davide. Allungò un braccio per reggersi alla parete. Tutta la camera gli parve vorticare. Era accasciato sotto la rivelazione della fondatezza dei suoi antichi sospetti. Finalmente parve scoprire Davide dinanzi a sé. Piegò il foglietto e glielo restituí dicendo rauco: "Lasciate fare a me. Parlo io a mio padre." Poi fu visibilmente scosso da un gran brivido. Mosso dall'irresistibile bisogno di trovarsi all'aria aperta, si voltò bruscamente e uscí dalla casa.

Pioveva forte, ma Arturo non sentiva la pioggia: camminava in uno stato di ipnosi. Il foglietto che da quattro anni giaceva sul cuore morto di Fenwick aveva convertito le sue apprensioni in certezza. Era fatale che quel foglietto dovesse venir portato a sua conoscenza. Le parole lette assumevano nella sua fantasia proporzioni gigantesche, e racchiudevano molteplici e insondabili significati ma tutti concomitanti ad una sola e medesima meta: la colpevolezza di suo padre. Una collera incontenibile lo urgeva ad affrontare il colpevole.

Salí i gradini del Poggio e suonò il campanello. Gli aprí Zia Carola.

Al vederlo rimase di stucco, incorniciata nella porta, con gli occhi spalancati, poi con un grido di gioiosa pietà gli buttò le braccia al collo. "Oh, Arturo, caro... Come son felice... Mi domandavo... Non sapevo... Oh, non hai l'aria di star bene, povero figliolo, ma oh, che bella cosa che sei tornato!..." Controllandosi a mala pena, lo introdusse nella hall, lo aiutò a spogliarsi del soprabito, prese possesso del suo cappello sgocciolante, continuando a proferire parolette di affettuosa compassione; era patetica nel dimostrargli la sua contentezza di riaverlo a casa. Gli svolazzava attorno, con gesti agitati, con labbra tremule. "Prendi qualcosa subito, vero, un bicchiere di latte, un biscotto. Qualche cosa, Arturo, caro!"

"No, Zia Carola, grazie. Papà è in casa?"

"Non ancora..."

"Viene per colazione?"

"Certo. Verso l'una, ha detto. So che nel pomeriggio ha varie cose da fare... Deve predisporre pei funerali, capirai... Vuole che siano solenni..."

Arturo non replicò. Si guardava attorno, notando i cambiamenti: mobili nuovi, tappeti nuovi, il nuovo impianto della luce. Rievocò la sua cella e i patimenti sofferti in carcere; confrontò l'orrore della residenza in cui aveva passato due anni col lusso che trovava in casa, e l'odio per suo padre gli comunicò un tremito nelle gambe. Tuttavia si sentí forte come mai prima in vita sua, e nella sua sovreccitazione nervosa percepí con sorpresa che bramava ardentemente di vendicarsi. Disse a Zia Carola: "Vado un momento di sopra."

"Yes, Arthur, yes." Svolazzava ancor piú agitata di prima. "Lunch all'una... un ottimo lunch stamane... Promettimi, caro, che non... non farai niente per... contrariare tuo padre. È un poco irascibile questi giorni, ha tanto da fare, capirai..."

"Irascibile," ripeté Arturo, con l'aria di chi soppesa il significato d'una parola. Poi salí la scala con fare deciso.

Non si recò nella propria camera ma nello studio di suo padre; nella stanza che, fin dalla fanciullezza, gli era sempre stata preclusa, come un santuario protetto da clausura. Nel centro, la lussuosa scrivania, tutta di mogano massiccio con elaborate guarnizioni dorate, pareva piú sacra, piú inviolabile sinanche della stanza. Arturo la contemplò con espressione di scherno, tanto gli pareva impregnata della personalità di Barras, dell'odiosa personalità che simboleggiava agli occhi di Arturo la sua propria rovina.

Con mossa deliberata agguantò per l'impugnatura d'ottone il ferro che serviva a rattizzare il fuoco e avanzò verso la scrivania. Lo brandí con violenza, fece saltar la serratura del primo cassetto e ne esaminò il contenuto; poi fece saltar la seconda serratura, la terza, via via fino all'ultima. Perquisí sistematicamente ogni singolo cassetto. In ciascuno trovò l'evidenza delle sostanze paterne: ricevute, listini di borsa, elenchi di ipoteche, il libromastro che enumerava, nella meticolosa calligrafia di Barras, le sue proprietà, l'altro, recante l'etichetta *I Miei Quadri*, col prezzo di ciascuno, il terzo, nel quale erano registrati i suoi investimenti. Rapidamente Arturo compulsava le colonne: tutto solido, tutto redimibile in buoni pacchetti di azioni, almeno duecentomila sterline in titoli saldi come il bronzo. Con un gesto di rabbia, scaraventò il libro lungi da sé. Duecentomila sterline. L'enormità del totale, l'amorevole nitidezza delle scritturazioni, lo sfacciato compiacimento che traspariva nelle colonne delle cifre, lo imbestialivano. Denaro denaro denaro. Denaro stillato dal sudore e dal sangue degli operai. Gli operai non contavano; ciò che contava era il denaro. La miseria la carestia la morte la guerra, niente di tutto questo contava, purché fossero al sicuro quei lerci sacchi di denaro.

Ma non era la dimostrazione delle ricchezze paterne che lo interessava. Cercava altro. Aveva la convinzione che la pianta degli antichi scavi della Nettuno si trovasse nella scrivania. Conoscendo suo padre, e la sua smania conservatrice, rifiutava di ritener possibile che egli l'avesse distrutta. Se Fenwick non s'era sbagliato, la pianta era esistita, e se era dunque esistita doveva sussistere. Eseguí una vera razzia in tutti i cassetti l'uno dopo l'altro; e finalmente, nell'ultimo, scoprí un rotoletto di carta pergamenata, apparentemente privo di ogni importanza. Lo srotolò, s'inginocchiò per esaminarlo sul pavimento. Un grido di trionfo gli uscí dalla strozza. La pianta rivelava di primo acchito che l'antica area abbandonata, parallela all'andamento della Muraglia, nei livelli inferiori, distava non piú di mezzo metro dalla Muraglia stessa. Arturo si chinò piú basso per accertarsi delle quote e per interpretare certi calcoli a matita segnati in margine nella calligrafia di suo padre. Non ebbe bisogno di altre prove per convincersi della sua iniquità consapevole.

S'alzò, arrotolò la pianta, rappresentandosi mentalmente tutta la struttura della colossale furfanteria di suo padre. Restò in piedi al centro della stanza consacrata, stringendo il rotolo tra le mani, gli occhi lampeggianti, la faccia livida dal pallore contratto in carcere, le labbra socchiuse in un sogghigno suggeritogli dal pensiero paradossale che lui, l'ergastolano, teneva in pugno la prova della delinquenza del suo genitore universalmente onorato. Si sentí assalire da una voglia prepotente di devastare incendiare distruggere: per punire il colpevole, per riabilitare se stesso, per far trionfare la giustizia.

Con un immane sforzo si dominò, voltò le spalle alla scrivania, uscí dalla stanza e scese al piede della scala. Appoggiato con la schiena al pilastro della ringhiera, gli occhi fissi alla porta, aspettava. Ogni poco lanciava un'occhiata alla pendola, insofferente dell'inesorabile lentezza dei minuti. Finalmente, alle 12,35, trasalí udendo l'automobile. La porta s'aprí e Barras entrò. Un attimo di immobilità assoluta da ambo le parti. Padre e figlio incrociarono gli sguardi.

Arturo fu colpito dal cambiamento che notò nell'aspetto di suo padre. Era diventato tozzo e flaccido, con le gote carnose pendenti come bargigli, l'addome deformato, la collottola sporgente, e l'antica staticità surrogata da una febbrile inquietudine. Le mani, che tenevano giornali e pacchetti, erano irrequiete; gli occhi erano irrequieti, saettando intorno per vedere ciò che meritasse d'essere veduto; la mente era visibilmente irrequieta, sollecita di trovare interesse nelle distrazioni banali e meschine che la vita aveva da offrirgli. In un lampo di lucidità Arturo intuí che tanta irrequietudine muoveva dal bisogno di afferrare l'attimo presente ripudiando il passato ed ignorando deliberatamente l'avvenire: sintomo inequivocabile d'un fatale processo di disintegrazione. Arturo rimase addossato alla ringhiera, mentre Barras avanzava verso il tavolo al centro del vestibolo.

"Cosí sei tornato," disse Barras. "È un fausto evento inatteso." Arturo non rispose: guardava suo padre deporre sul tavolo i giornali e i pacchetti che teneva infilati alle dita per le cordicelle. "Naturalmente non ignori che la guerra continua. Io per conto mio non ho cambiato il mio punto di vista. Sai che non tollero imboscati in casa."

Arturo disse, atono: "Io non sono un imboscato, son stato in carcere tutto questo tempo."

Barras replicò, senza smettere di assestare nervosamente gli oggetti: "Be', hai scelto tu d'andarci, no? E se non cambi parere, rischi di tornarci. Sei persuaso?"

"Son persuaso di molte cose. In carcere ci si persuade di tante cose."

Barras gli scoccò un'occhiata diffidente e prese ad andar su e giú. Trasse l'orologio e guardò l'ora. Disse: "Subito dopo colazione ho un appuntamento. E stasera due riunioni. Giornata laboriosissima, oggi. Ho poco tempo da perdere con te. Troppe cose da fare."

"Per vincere la guerra, eh. Alludi a questo, vero?"

Barras si fece rosso, e le arterie temporali gli s'ingrossarono visibilmente. "Sicuro, se ti piace di esprimerti in questi termini. Ho fatto e faccio quanto posso, io, per contribuire alla vittoria."

"Puoi vantartene. Sei un patriota Tutti ti ammirano. Fai parte di chi sa quanti comitati. Il tuo nome è su tutti i giornali. Dei gran discorsi fai, mentre gli uomini in trincea si fan scannare a migliaia. E batti moneta, anche, col sudore degli operai, e vai spifferando che lo fai per la Patria e per il Re. Sicuro. Degli altri te ne infischi. Non pensi che a te."

"Se non altro, io sto alla larga dal carcere."

"Non esserne troppo certo!" gridò Arturo. "Può venire anche il tuo turno, e tra poco. Certo è che io non mi presterò piú a scontare in vece tua la tua sentenza."

Barras si fermò, a bocca aperta. "Cos'è questa roba? Sei matto?"

"No, non son matto. Vorrei esserlo."

Per qualche secondo Barras lo fissò furente, poi scrollò le spalle, per significare che rinunciava a risolvere l'enigma che non lo interessava. Trasse di nuovo l'orologio e lo guardò con gli occhietti iniettati di sangue. "È tosto l'ora di colazione. Ho un appuntamento importante," disse fra sé, e fece per avanzare verso la scala

"Non passare!" esclamò Arturo, e il suo tono di minaccia esprimeva la consapevolezza della propria forza.

"Cosa diavolo..." borbottò Barras, col viso paonazzo.

"Ascoltami. So tutto, adesso, circa il disastro. Fenwick, prima di morire, ha scritto un biglietto. Io l'ho letto. Ora so che sei colpevole tu del disastro."

Barras trabalzò, e il suo volto espresse un vago terrore. "Cosa dici?"

"Mi hai sentito benissimo." Per la prima volta vide insinuarsi negli occhi di suo padre la paura d'esser smascherato.

"Frottole," disse Barras con forza. "Smentisco energicamente."

"Smentisci pure. Ma io ho trovato la pianta antica."

Il viso di Barras si congestionò totalmente. Gli si gonfiarono le arterie del collo. Barcollò lievemente e si appoggiò al tavolo. "Decisamente sei pazzo. Non voglio saper altro."

"Avresti almeno dovuto distruggere la pianta."

Allora Barras perdette il dominio di sé. Urlò: "Cosa ne sai tu? Perché avrei dovuto distruggerla? Io non sono un delinquente. Io ho sempre agito per il meglio. Non voglio sentire altro. È tutto sepolto. Siamo in tempo di guerra. Alle due ho un appuntamento... una riunione." Si era avvicinato alla scala e si abbrancava alla ringhiera, respirando affannosamente; tentava di oltrepassare Arturo.

Arturo non gli lasciò il passo. "Tu puoi andare alla tua riunione, ma io so che li hai uccisi tu quei disgraziati. E baderò io a far giustizia."

"Ma io avevo da corrispondere le paghe. Dovevo pur far rendere la miniera. Dovevo pur affrontare rischi. Come chiunque. Siamo uomini, dopo tutto, e soggetti a sbagliare. Ho agito per il meglio. L'inchiesta è chiusa e non possono riaprirla. Devo far colazione e ho un appuntamento alle due." Ripeté il gesto di trar l'orologio, non trovò il taschino e abbandonò subito l'idea; continuava a fissare Arturo, come sotto il colpo d'una mazzata.

Arturo sentí nausea. Era suo padre, quello straccio; il padre ch'egli aveva adorato come un nume. Disse, in voce impersonale: "Se pensi a questo modo, non mi resta che inoltrare la pianta alle autorità. Non puoi aver nulla in contrario, vero?"

Barras si portò le mani alle tempie come per contenere il pulsare delle arterie. Con puerile incoerenza disse: "Credo che non sai nemmeno tu quel che dici. Non pensi che ho una riunione, importantissima, alle due.

Devo lavarmi, far colazione." Guardava suo figlio con lc sguardo smarrito d'un bimbo pauroso. Con gesto convulso trasse l'orologio, lo guardò con querula espressione, poi deliberatamente oltrepassò Arturo e salí la scala.

Arturo rimase dov'era, coi lineamenti distorti, accasciato. Era venuto col proposito irremovibile di sostenere una lotta, una lotta disperata per far trionfare la giustizia, e per affermare la propria personalità, ed ecco che non v'era nemmeno stata una lotta, era impossibile impegnare una lotta, era illusorio far trionfare la giustizia. Lo muoveva persino a compassione la vista di quel guscio d'uomo, di ciò che una volta era stato un uomo. Addossato alla ringhiera, si sentiva schiacciato dall'ipocrisia della vita.

Udiva scendere dal piano superiore il suono dei movimenti di suo padre: passetti rapidi, disuguali, irrequieti. Udí l'acqua sgorgare dal lavabo. Poi, sinistro, un tonfo. Rizzò gli orecchi. Silenzio assoluto.

Corse su. Zia Carola lo rincorse. Si diressero al camerino da bagno. La porta era chiusa dall'interno. Arturo la sfondò a spallate. Zia Carola cacciò un urlo di terrore.

Barras giaceva disteso in terra, con in mano il pennello della barba, metà faccia insaponata. Ma respirava, affannosamente; ed era cosciente. Colpito da paralisi.

LIBRO TERZO

I

Il 25 novembre era una smagliante giornata di sole. Le impalcature della Nettuno si ergevano nella limpida lucentezza dell'aria che pareva smussare le asperità e renderne iridescenti le carrucole in azione. Dal locale delle macchine uscivano fiocchi lanosi di fumo, che restavano sospesi al disopra del pozzo in forma di aloni.

Scendendo Cowpen Street a passi rapidi, Arturo notò la limpida lucentezza dell'aria e le carrucole iridescenti e i fiocchi di fumo sospesi nel cielo, e gli pareva che la radiosità del giorno inondasse la miniera, permeasse lui meschino e gli illuminasse tutto l'avvenire. Sorrise di gioia. Non gli sembrava vero di doversi sentire di nuovo felice, e libero finalmente dalla sinistra influenza che il pozzo aveva in altri tempi esercitato su di lui. I dubbi, le paure, le angosce, che aveva sofferto durante tutta la guerra e ch'egli aveva creduto dovessero rovinargli la vita intera, si dileguavano oramai nel passato; e per indennizzarlo dei suoi patimenti il sole gli rischiarava il futuro.

Entrò pel cancello nel cortile e lo attraversò d'un passo deciso. Vestiva un abito di panno grigio, colletto moscio, cravatta a palline bianche annodata a farfalla. Benché dimostrasse piú dei suoi ventisette anni, l'espressione del suo volto dimostrava un entusiasmo singolarmente giovanile.

Armstrong e Hudspeth lo aspettavano in ufficio. Li salutò d'un cenno del capo, appese il cappello dietro la porta, si lisciò i capelli fini che già cominciavano a farsi radi sul cocuzzolo, sedé alla scrivania ed esclamò: "Finalmente tutto è sistemato. Il notaio Bannerman ha ultimato ieri le pratiche."

Armstrong si schiarí la gola, e disse ossequiosamente: "Mi congratulo, sir, a nome di tutto il personale."

"Grazie." Si appoggiò allo schienale e riprese: "Ho

due o tre cose da dire, per intenderci fin dall'inizio. Siete entrambi abituati ad eseguire gli ordini di mio padre, e adesso che è malato dovete abituarvi ad eseguire i miei. Questo è il primo cambiamento. E i cambiamenti che intendo effettuare sono numerosi. Il momento è propizio: la guerra è finita, e pare che si sia tutti d'accordo — per quanto finora le opinioni siano state molto disparate su questo argomento, — nel parere che non vi debbano essere mai piú altre guerre. Abbiamo fatto pace e tutti son decisi a mantenerla. Si è messo un termine alla distruzione, ora si tratta di ricostruire. Questo è precisamente quello che faremo qui. Dobbiamo creare condizioni tali da garantire agli operai la sicurezza, e da eliminare per l'avvenire ogni possibilità di disastri. Mi spiego? Fair play per tutti. E, per cominciare, qual è il vostro stipendio, Armstrong? Quattrocento, se non sbaglio, vero? D'ora innanzi lo porteremo a cinquecento sterline all'anno. E voi Hudspeth?"

"Duecentocinquanta, sir."

"Anche a voi lo aumento di cento sterline all'anno." E sorvolando sui ringraziamenti che i suoi due direttori, commossi e meravigliati, gli esprimevano con inchini e sorrisi, continuò: "Oh, sentite. Stamane non allontanatevi. Aspetto il signor Todd da Tynecastle. Verrà verso le undici. Lo porterò con me ad eseguire un'ispezione minuta di tutti gli impianti. Posso aver bisogno di voi. Capito?"

Armstrong annuí rispettosamente ed uscí con Hudspeth. Arturo andò alla finestra e rimase qualche minuto a contemplare il cortile soleggiato. Gli echeggiavan grati negli orecchi i suoni tracotanti delle macchine in azione, e i suoi occhi si rallegravano alla vista dei vagoncini che sbucavano dalla galleria e degli operai seri e sereni, intenti ai loro lavori. Pensava, ho sofferto molto, ma non inutilmente; adesso che son io al timone le cose andranno meglio.

Sedette alla scrivania e prese a consultare il dossier delle fatture. Le conosceva quasi tutte a memoria. Ne era indignato. Legname di qualità inferiore, mattoni friabili, travature che non reggevano in piedi, traverse deboli, lavori eseguiti alla peggio e materiale di scarto, che veniva comperato dovunque purché fosse di vil prezzo. Persino il cavo dell'argano principale, che era vecchio di dieci anni, era stato comperato di seconda mano ad una vendita all'asta. Questo era l'operato di suo padre, il metodo di suo padre. Tutto ciò doveva venir modificato radicalmente.

Alle undici il fattorino Saul Pickings, sempre in gamba malgrado i suoi settantaquattro anni, annunciò il signor Todd. Arturo gli andò premurosamente incontro, autenticamente lieto di vederlo. Non lo trovò invecchiato dall'ultima volta che lo aveva visto sei mesi fa; aveva sempre la stess'aria malaticcia, con gli occhi da itterico. Lo fece accomodare sul seggiolone presso la scrivania e gli passò il dossier dicendogli: "Vuoi cominciare a dare un'occhiata a queste fatture?"

Todd prese a sfogliare, lentamente e con attenzione, inumidendosi l'indice alle labbra. Dopo un po' disse: "Non si può negare che certi acquisti sono da classificare nella categoria..." esitò, poi concluse, "...nella categoria, diremo, dei buoni affari."

"Un vero scandalo," osservò Arturo, con calore: "io direi piuttosto nella categoria degli affari scandalosi. Tutto materiale di scarto." Todd non rispose, ma Arturo capí che la pensava come lui. Incoraggiato, seguitò: "Con te posso essere franco, perché sai come stanno le cose. So che avevi messo in guardia mio padre. Senti: io mi prefiggo una meta sola. Intendo fare della Nettuno una miniera immune da ogni pericolo."

"Hai pieni poteri?" domandò Todd, tenendo gli occhi itterici fissi sulle carte.

"Sí; Bannerman ha sistemato ogni cosa, e da oggi sono io il padrone. Se vuoi venire, andiamo a compiere un'ispezione completa, sopra e sotto. Tu mi favorirai tutti i suggerimenti che crederai utili, come del resto facevi già con mio padre; ma con questa differenza che io li seguirò. Voglio rimodernare tutto quanto. Sostituire tutte le travature deteriorate, rifare le cementature, pavimentare le gallerie, insomma mettere a nuovo tutti gli impianti."

"Ti costerà grosso."

"Il denaro c'è. Durante la guerra ha allagato la cassa, come all'epoca del disastro l'acqua aveva allagato la miniera. E non baderò unicamente alla sicurezza, ma voglio migliorare le condizioni materiali della mano d'opera. Vuoi che andiamo?"

Andarono a visitare i locali delle macchine e delle pompe al margine del pozzo. Poi scesero sotto terra.

Accompagnati da Armstrong e da Hudspeth eseguirono un'ispezione completa. Discorsero, discussero, sperimentarono. Ogni volta Arturo faceva accettare il suo punto di vista.

Era l'una quando tornarono in ufficio, e Todd sembrava un poco affaticato. Non esitò a chiedere un rinfresco, e il whisky lo rianimò. Si mise a fare dei calcoli a matita su un blocknotes. Alla fine guardò su. "Vuoi sapere quanto ti costerà? Intorno alle centomila sterline."

"Ciò dimostra il pessimo stato della miniera. Sono in grado di affrontare la spesa. Foss'anche doppia. È necessaria."

"Ti prevengo che incontrerai qualche difficoltà nel procurarti il materiale che ti occorre. Tutte le fabbriche avevan smesso la produzione durante la guerra, e sono poche quelle che han già cominciato a rimettere in efficienza i loro impianti per renderli adatti alle nuove esigenze." Pausa. "Una di queste è la fonderia di Yarrow."

"La Millington?"

"Ex Millington, direi. Stanley ha ceduto ogni sua interessenza ai due soci, Mawson e Gowlan. Adesso sono padroni loro." Ripose le carte nella sua borsetta, e la richiuse senza acrimonia.

"Non sapevo. Be', ci rivolgeremo a Yarrow, se la fonderia è in grado di fornirci quello che occorre." Meditò qualche istante, poi: "Hai appetito, Todd?" Si alzò, lo aiutò a mettersi in piedi. "Al Poggio ti aspettano Hilda è in casa. Anche Grace e Dan son qui per un paio di giorni. Andiamo?"

Si recarono al Poggio a piedi. I caldi raggi del sole fecero fondere il pessimismo di Todd, il quale cominciò ad apprezzare sinceramente i nobili sentimenti che spingevano Arturo a voler trasformare la Nettuno. Suo padre non li avrebbe apprezzati di certo. Disse: "Però, Arturo, sembra inverosimile visitare la Nettuno senza incontrare tuo padre."

"Temo che la Nettuno non lo vedrà mai piú. Tuttavia sta meglio, sai molto meglio. Può tirare avanti molti anni, dice il medico. Ha tutta la parte destra del corpo paralizzata. E quel che è peggio, non ha riacquistato la favella. In confidenza, non ragiona; non connette." Sospirò, poi aggiunse: "Mi auguro che possa vivere abbastanza a lungo per vedere la Nettuno trasformata."

Todd non rispose. Forse pensava che Barras avrebbe

scarsamente gradito un simile augurio, se fosse stato a conoscenza dei propositi di suo figlio.

Quando entrarono nella sala da pranzo all'una e mezzo, tutta la famiglia era già seduta a tavola. Todd fu fatto accomodare accanto a Hilda, di faccia a Grace e Dan, e Arturo sedette a capotavola, di fronte a Zia Carola. Parevan tutti di buon umore, sensibili all'ottimismo dell'ora, conseguenza del miracolo della pace. Todd non ricordava d'aver mai visto al Poggio una tavola cosí allegra. Si sentiva, certo, l'assenza del padrone, relegato al piano superiore, muto e paralitico; ma il senso stesso della sua assenza materiale ne rendeva presente la personalità alla mente di ognuno.

Todd domandò a Hilda: "Lo curi tu tuo padre?"

Hilda scosse il capo: "No, lo cura la Zia Carola."

Arturo disse, ridendo cordialmente: "Todd, non indovinerai mai ciò che Hilda sta meditando di fare. Vuol dedicarsi professionalmente alla medicina. Parte per Londra il mese venturo."

Todd dissimulò la sua sorpresa applicandosi a spolpare la sua coscia di pollo. "Davvero?"

"Hilda è entusiasta," confermò Arturo. Si sentiva in ottima forma. Scoccò un'occhiata a Dan. "È l'entusiasmo che la rende cosí benigna in questi giorni."

Dan arrossí, conscio della propria posizione al Poggio, piuttosto scabrosa, e della frigidità con cui Hilda lo tollerava. Aveva acconsentito a venire solo per far piacere a Grace. In quel momento Grace stava appunto cercando la sua mano sotto il tavolo. Dan le diede una stretta rassicurante. Guardando su dal piatto, sorprese gli occhi di Todd che lo guardavano. Todd disse: "Riprenderete il vostro posto alla Nettuno, Teasdale?"

Dan inghiottí il boccone per traverso. "No, ho intenzione di dedicarmi all'agricoltura."

Grace spiegò: "Sono io che non voglio che torni nel pozzo. Andiamo a stabilirci nel Sussex. Abbiamo comperato un podere a Winrush. Con l'indennità di congedo di Dan," aggiunse sollecita.

"Sono una coppia eroica, e quanto mai ostinata," disse Arturo. "Io ho dimostrato a Dan che ho assolutamente bisogno di lui alla miniera: ma non vuol saperne. È indipendente come il diavolo. Tutta colpa di Grace, beninteso. Ha scoperto che il Sussex è la contrada ideale per allevarvi bambini, cosí vuol provare a allevarci anche pulcini e maialetti."

Grace disse: "Verrai a vederci, vero, Todd?"

Todd sorrise uno dei suoi rari sorrisi, gravi, ammirativi. Ammirava il coraggio dei due sposini, ma trovava strano il loro proposito. Nobile, ma un po' patetico. Si sentí vecchio.

Zia Carola si squagliò senza attirare l'attenzione su di sé. Harriet non c'era piú, ma l'aveva sostituita un altro invalido; quelle attitudini che rendevano preziosa Zia Carola nell'attendere alle piú umili bisogne, come rimuovere le lenzuola sudice e i vasi da notte, erano piú che mai richieste al Poggio, e per servire una causa piú sacrosanta che mai.

Anche gli altri si alzarono. Arturo prese Todd pel braccio e lo scortò fino all'automobile che doveva portarlo alla stazione. Todd aveva deciso di non recarsi a vedere Barras, per non sconvolgerlo, osservò saviamente. Congedandosi, disse ad Arturo: "Ti terrò al corrente di ogni cosa, circa l'acquisto del materiale. Ma voglio congratularmi per la nobiltà dei tuoi propositi. Avrai una miniera modello."

Le parole suonarono grate all'orecchio di Arturo, che esclamò: "È sempre stato il mio sogno!"

Rimasto solo, Arturo alzò gli occhi al cielo. Immerso nel sole, si sentiva come avviluppato nel calore del mondo. L'orribile passato giaceva alle sue spalle, sepolto e dimenticato, mentre il suo ideale sorgeva luminoso di fronte. Si sentiva miracolosamente risorto. O gloriosa resurrezione!

Rientrò fremente d'intima gioia, e si recò a rendere la visita quotidiana a suo padre. Entrò nella stanza e avanzò verso il letto. Barras giaceva sulla schiena, massa flaccida e inerte. La mano destra era rattrappita, le dita livide. Metà della faccia era morta, e un filo di saliva scendeva nel solco partente dall'angolo destro della bocca. Gli occhi soltanto erano animati, e ruotando nella direzione di Arturo diedero un lampo di riconoscimento animale, pietoso.

Arturo sedé sulla seggiola ai piedi del letto. Non sentiva piú odio, né amarezza; era calmo, paziente. Prese a comunicargli parte delle notizie concernenti la miniera. Il dottore diceva che ciò poteva contribuire al ricupero delle sue facoltà. Arturo infatti vedeva che suo padre capiva. Parlando, osservava quasi unicamente gli occhi del malato; che parevano gli occhi di un animale inseguito. A un dato punto vide che suo padre faceva degli sforzi per articolare una parola; anzi, due parole; ma le labbra flaccide rifiutavano di lasciarle uscire. Arturo si sporse avanti e avvicinò l'orecchio, con la speranza di afferrarne il suono. Ma non riuscí a udir nulla. Non ancora.

II

Alle sei pomeridiane del sabato 17 dicembre la pace riportò anche Davide a Tynecastle. Appena il treno fu fermo, Davide ne uscí e si affrettò all'uscita cercando con gli occhi ansiosi Jenny e Rob. Si era annunciato per telegramma. La prima persona che riconobbe fu Sally la sorella minore di Jenny, e la salutò da lungi con la mano. Sally, in risposta, agitò anch'essa la mano senza dar segni di gioia. Davide non lo rilevò, e avvicinandosi gridò, tutto sorridente e un poco ansante: "Hallo, Sally! E dove son gli altri?"

Mossa dal suo entusiastico saluto, anche Sally sorrise, ma con ritegno. "Son cosí contenta di rivederti, Davide. Il tuo treno era in ritardo, è tanto che aspetto, ho bisogno di prendere un caffè caldo."

"Be', Sally, lo prenderai a casa, ti pare? Andiamo senz'altro."

"Preferisco andare al buffet, vuoi? Vieni, devo dirti una cosa."

Sorpreso, Davide la seguí. Sally ordinò al banco e pagò in anticipo due tazze di caffè e le portò sul vassoio ad uno dei tavolini di marmo, al quale si accomodò. Davide la guardava meravigliato. "Mi spiace, Sally, io non ne prendo; ho già preso il tè in treno." Ma Sally, senza dargli retta, cominciò a sorseggiare il suo caffè. Davide sedette anche lui.

"Avevo bisogno di parlarti, Davide."

"L'ho capito, ma non possiamo parlare a casa?"

"No. Meglio qui." Rimescolava il caffè col cucchiaino, nervosa; i suoi occhi erano tragicamente mesti.

Guardandola, Davide suppose che non si sentisse bene. Beveva con studiata eppure irrequieta lentezza. Appena ebbe finito, Davide allungò il braccio per riprendere il suo zaino. "Be', andiamo? Sono impaziente di rivedere Jenny e Rob. Da otto mesi non li vedo. Come sta il piccino?"

Allora Sally si decise a piantargli gli occhi in faccia, e disse: "Davide, non fu colpa di Jenny."

"Che?"

"Non l'ha trascurato, ma lo sai anche tu, vero, non era mai stato robusto, povero piccolo. T'assicuro che non fu colpa di Jenny."

Davide la guardò impietrito. (Fuori, la folla acclamava un manipolo di reduci. Una locomotiva fischiò derisoriamente.) Non trovò una sola parola da dire. Non emise un sol suono dalle labbra. Ora si spiegava la strana condotta di Sally. Aveva capito che non appagherebbe mai piú il suo pungente desiderio di rivedere il suo piccino.

Mentre Sally gli accennava sottovoce i particolari della tragedia, — un improvviso attacco di enterite in agosto, due soli giorni di malattia, il terrore di Jenny al pensiero di comunicargliene la notizia, — egli la ascoltò in assoluto silenzio, serrando i denti. Al fronte aveva imparato a padroneggiare le sue emozioni. Anche dopo che Sally ebbe finito di parlare, egli rimase assolutamente immobile per vari secondi. "Non essere severo verso Jenny, vero, Davide. M'ha detto con tanta insistenza di pregarti di non rimproverarla e di essere gentile con lei."

"Non temere, non dirò niente." S'alzò, buttò lo zaino in spalla, e aprí la porta per farla uscire. Andarono a piedi fino a casa. Arrivandovi, Sally si scusò e si allontanò con qualche pretesto. Davide, riluttante ad entrare, stette a guardarla finché sparí. Povera Sally! Forse sapeva che lui s'era opposto al disegno di Jenny di venir via da Sleescale, dove l'aria marina era buona per la salute di Rob, per stabilirsi nel distretto industriale di Tynecastle, dove aveva preso impiego nella succursale di Wirtley. Poi scacciò questo pensiero dalla mente, scacciò l'ombra che gli oscurava la faccia, ed entrò in casa.

Jenny era sola in salotto, raggomitolata sul vecchio sofà imbottito di crine, senza scarpe, intenta a carezzarsi pietosamente i dolenti piedini calzati di seta. Vedendola in quella posa ch'ei ben conosceva, avvertí, sovr'ogni altro sentimento, compassione di lei. Dalla soglia chiamò: "Jenny!"

Ella trasalí, guardò su, e senz'alzarsi spalancò drammaticamente le braccia. "Davide," gridò, "finalmente!"

Egli venne a lei, ed essa gli buttò le braccia al collo in un parossismo di passione, nascondendo il viso contro il bavero del pastrano. Prese immediatamente a piangere. "Oh, Davide, non guardarmi cosí, non esser arrabbiato con me, non è stata colpa mia, parola. Davide, non mi credi? Stava bene, era allegro, e io ero al lavoro, non m'è nemmeno venuto in mente di chiamare il dottore, e tutto d'un tratto m'è sembrato che dimagrisse a vista d'occhio, e non mi conosceva piú e poi oh, Davide, quello che ho sofferto quando gli angeli se lo portarono via, uh, povera me..." Singhiozzava descrivendo l'angoscia che aveva sofferto lei. Davide ascoltava, con faccia grave, ma pacata, in silenzio. Poi Jenny riprese, con maggior vivacità: "Che benedizione che sei tornato. Oh, non puoi immaginare, Davide, tutti questi mesi senza di te, dimmi che capisci Davide please please non è stata colpa mia." Un sospirone. "Dio benedetto che consolazione per me di riavere il mio valoroso guerriero, non dormivo piú, non mangiavo piú..." Un cuscino scivolò a terra e scoprí una scatola di cioccolatini in compagnia di un osceno giornale illustrato. Davide raccattò il cuscino, lo ripose, tentò di confortare Jenny. Ella finalmente alzò la testa: "Sei contento di esser tornato, Davide, contento di rivedermi?"

"Felice, Jenny. La guerra è finita, grazie al cielo, e ora ci tocca di metterci di buona voglia a ricominciare una vita nuova."

"Conta su me, Davide," assicurò Jenny con voce malcerta. "Sei davvero il miglior marito di questo mondo. Ora potrai prendere la patente."

"No, Jenny. Basta l'insegnamento. È un vicolo cieco."

"E allora che cosa?" Guardò con diffidenza le nuove linee dure che scoprí sul volto di Davide.

"Ho già il mio piano. Andrò a vedere Heddon, della Federazione dei Minatori. Ho una lettera di raccomandazione, che m'ha data Nugent, il deputato; e spero di trovare impiego, sia pure modestissimo, per cominciare. Il resto verrà poi," aggiunse in tono di fiducia.

"Ma, Davide..."

"Oh, lo stipendio sarà minimo, lo so; due sterline la settimana nella migliore delle ipotesi. Ma non è che un principio, in attesa di meglio. Tu parti domani per

Sleescale, vero, Jenny, per riaprire la casa; e io ti raggiungerò appena mi sarò messo d'accordo con Heddon."

"Ma... Davide... due sterline la settimana... e io qui ne guadagno quattro, tutta sola."

Egli la guardò duramente. "Abbi pazienza, Jenny; non dobbiamo badare al denaro, per ora. Si tratta di fare un sacrificio all'inizio per migliorare poi in seguito."

"Ma perché non potrei io..." (gli palpeggiava il bavero e parlava in tono di supplica) "...continuare ancora per qualche tempo nel mio impiego? Quattro sterline la settimana non sono da buttar via."

Davide compresse le labbra e aggrottò la fronte. "Ascolta, cara Jenny, dobbiamo spiegarci chiaramente una volta per tutte."

"Ma ci intendiamo benissimo," interruppe lei, subitamente remissiva di fronte alla sua fermezza, "non c'è niente da spiegare, sai quanto ti voglio bene."

"E anch'io a te, vero? Dunque farai le valige e partirai domani e torniamo a vivere in casa nostra. Questa volta non si tratta per me di un'occupazione provvisoria, ma è l'inizio della mia carriera. Comincio coll'introdurmi nel direttorio della Federazione, in seguito mi porterò candidato al Consiglio comunale..."

"Oh, Davide, questo sí sarebbe bello!" Lo guardò con occhi lucidi, pieni di ammirazione, vedendosi già la moglie del consigliere; istintivamente si aggiustò la sottana. Era elegantina: un pullover di seta pesante, la gonna ben tagliata e strettissima sulle anche, un paio di anelli alle dita piuttosto carini. Non le si poteva negare un certo chic. Sotto il tenue velo della cipria traspariva, appena visibile, un finissimo reticolato di vene rossigne che pareva una fioritura esotica. Guardando suo marito, inclinava la testolina da un lato, le labbra sensuali socchiuse, conscia del proprio fascino. Gli chiese, sotto voce, con un sorriso suggestivo: "Ti piaccio ancora, Davide? Siam soli, son tutti fuori, torneranno tardi..."

Davide si alzò bruscamente e si trasferí alla finestra dove rimase in silenzio a guardare nel cortile.

Jenny si rabbuiò, riluttante a riconoscere che Davide era cambiato; pareva piú sicuro di sé nel resistere. La puerile reticenza con cui, nel passato, sapeva difendersi da lei, ora si era convertita in maschia risolutezza.

Piú tardi, quando rientrarono i suoi genitori, Jenny ebbe campo di rilevare ancor piú evidente il cambiamento che s'era operato in lui. Benché spigliato e garbato nei modi, Davide esternò, senza equivoco possibile, in faccia alla suocera ostentatamente dissenziente, la sua incrollabile decisione di partire l'indomani con Jenny. E Jenny non osò tentare di smuoverlo dal suo proposito.

Il mattino adunque ella partí per Sleescale col treno delle 9,45 mentre Davide si recava da Heddon. L'Ufficio della Federazione constava di due miseri locali, nel primo dei quali un uomo attempato, ex minatore, era intento a riordinare l'archivio della corrispondenza, mentre il secondo era occupato dal direttore Heddon. Il pavimento era di tavole comuni, e molto polverose, senza tappeto né linoleum; e sulle pareti non v'era che una mappa della circoscrizione; e un cartello con la scritta: *Vietato sputare sul pavimento*: divieto che Heddon, apparendo sulla soglia della porta di comunicazione fra i due stambugi, si affrettò ad infrangere, dopo di essersi tolto la pipa di bocca. Poi salutò Davide: "Oh, Fenwick, mi ricordo di voi, ci siam conosciuti all'inchiesta, prima della guerra." Col gesto della mano scartò la lettera di introduzione che Davide gli porgeva. "Nugent m'ha già scritto personalmente; inutile legger quest'altra. A meno che contenga un vaglia," aggiunse con un sorriso scontroso.

Heddon infatti non si faceva scrupolo di dissimulare la scontrosità del suo carattere. La bassa statura, l'incolta zazzera, nera, i folti sopraccigli e la carnagione scura gli conferivano un aspetto proibitivo. Era un uomo tremendamente dinamico; eccessivo in tutto: nel sudare, nello sputare, nel turpiloquio, nel mangiare, nel bere, nel lavoro, nel profanare. I suoi epiteti prediletti erano eunuco, castrato, bastardo e fottutissimo. Era il prototipo degli oratori da comizio: tutto clichés, ma sovranamente dotato del dono della rimbeccata, fulminea e pungente. Possedeva però scarso ingegno; ed era questa deficienza che lo teneva arenato da quindici anni nella direzione dell'ufficio locale, precludendogli ogni promozione; ed egli, deluso, se ne rendeva benissimo conto. Si lavava di rado. Bastava vederlo per intuire che dormiva in mutande.

"Cosí, siete reduce da quella fottutissima guerra, eh? Non voglio sapere se v'ha divertito o no. Venite nel mio ufficio."

Si accomodarono alla scrivania. Parlò Heddon tutto il tempo. Era vero che aveva perso quel castrato d'un suo segretario, soppresso dalla legge di coscrizione imposta da quel bastardo d'un Lord Derby; quindi, a rigore, poteva, per far piacere a Nugent, prendere Davide in prova. Tutto dipendeva da Davide: toccava a lui di sminchionirsi e far vedere quel che valeva nell'evadere i Reclami, i Sussidi e la Corrispondenza, cumulativamente. Quanto a stipendio, il piú che poteva fare era 35 scellini la settimana. "Vi toccherà imparare il mio stile. To', date un'occhiata a questo." Con aria indifferente aprí un cassetto, ne tolse un giornale — *Il Lavoratore* — vecchio di qualche anno, e lo porse a Davide indicandogli un articolo segnato a matita blu. "Roba mia. Leggete un po'."

Mentre Davide leggeva, Heddon lo osservava copertamente, pur fingendo di occuparsi d'altro. L'articolo era intitolato *Corte e Cortile*, e possedeva una certa causticità selvaggia. Era un bozzetto che mirava ad illustrare il contrasto fra la Corte di Buckingham e un'altra corte, meglio nota all'autore. La terminologia era brutale e goffa, ma il parallelo ne risultava tanto piú efficace. "Lady Fallington indossava un abito di raso bianco, con lo strascico ricamato a squame d'oro. Aveva il collo purissimo cinto da un ricco monile di perle, e un serto di brillanti sormontato da aigrettes le ornava il capo patrizio." E subito dopo: "La vecchia Slaney non porta aigrettes, e la sua gonna è di tela di sacco. Vive in una catapecchia, guadagna dodici scellini la settimana, ed è tisica." Davide lesse tutto l'articolo, interessato suo malgrado dalla vivezza e dal vigore dello stile, imbevuto dall'odio di classe.

"Fatto bene," disse Davide, in buona fede.

Heddon, toccato nel suo punto debole, sorrise benevolmente. Riponendo con cura il giornale nel cassetto, disse: "Ve l'ho fatto leggere perché sappiate come la penso. Ho qualche conto da aggiustare con parecchi di quei bastardi. Li voglio veder ballare, un giorno o l'altro, al suono della mia musica. Anche da voi, per esempio, a Sleescale, fra poco ne vedremo delle belle, e credo che ci sarà da divertirsi." Davide si sentí incuriosito. "Ve lo dico io. State a vedere. Barras è knock-out, e quel suo eunuco d'un figlio si crede in grado di dirigere lui la baracca. Per costruir vasche da bagno nel pozzo, per gettar polvere igienica negli occhi, spreca parte del denaro che il vecchio ha messo da parte spillandolo dagli operai e frodando il fisco. Ci vuol far credere che dalla

Nettuno sorgerà fuori una nuova Gerusalemme. Ma state a vedere. Io non ho dimenticato il torto che ci è stato fatto all'inchiesta. Se la son cavata con troppa facilità quei bastardi. Finora naturalmente ho dovuto aspettare, a causa della guerra. Ma io non disarmo. State a vedere." Tacque per mezzo minuto, come assorto in truci pensieri, poi riaccese la pipa e spinse verso Davide un panierino pieno di lettere inevase. "Allora potete cominciare lunedí." Di botto si fece giocondamente chiassoso. "Adesso andate; la Rolls Royce v'aspetta alla porta, e quel castrato d'un autista è capace di licenziarsi se perde la pazienza." Davide partí lo stesso giorno per Sleescale, e in treno passò in rassegna i suoi piani. Il primo passo era fatto. Non era un passo particolarmente brillante, in quanto si riduceva ad un umilissimo ed oscuro ricominciamento; ma gli serviva di avviamento sulla direttrice che intendeva percorrere senza deviare, senza compromessi, senza debolezze.

Trovò Jenny nel bel mezzo delle operazioni di riassetto della casa, tutta eccitata a causa della novità dell'occupazione; alternava squittii di gioia, quando scopriva qualche oggetto dimenticato, con esclamazioni di rimpianto, se trovava qualche arnese deteriorato. "Guarda Davide che carini, me n'ero completamente dimenticata," diceva mostrandogli due candelabri di porcellana; oppure: "Che scandalo la nichelatura di quel portadolci! e il negoziante m'aveva giurato che era inalterabile." Ogni poco gli domandava: "Di' la verità, non sono una mogliettina fiera del suo nido?"

Davide la aiutò, riservando a sé i lavori piú pesanti. Munito di pomice e benzina, raschiò via la ruggine dalla graticola della stufa; armato di spazzole, granate e cera procedette alla ripulitura generale dei pavimenti; e poi uscí per estirpare le erbacce del giardino, o per meglio dire dallo spiazzo che Jenny un giorno si era gentilmente offerta di convertire in giardino, senza poi mantenere la promessa.

Dopo il tè si ripulí e uscí a passeggio. Gli pareva meraviglioso di ritrovarsi al paese, dopo di esser miracolosamente scampato a tutti gli orrori della guerra e di essersi sottratto al sudiciume della vita al fronte. Scendendo Lamb Street, alla vista del mare, si sentiva avviluppare di nuovo dalla vita del paese natio. Nel sobborgo dei Terrazzi, molte persone che incontrava si fermavano per congratularsi del suo ritorno. La loro amichevolezza gli scaldava il cuore, e teneva accesa la speranza che vi ardeva.

Andò dapprima da sua madre e trascorse con lei un'ora. La morte di Sam aveva lasciato profonde impronte sul volto di Marta. Alla notizia del suo matrimonio essa aveva reagito in un modo singolarissimo: cancellandola totalmente dalla propria consapevolezza. Tutto il paese era venuto a conoscenza del fatto, e il bimbo di Annie, che stava ormai per compiere l'anno, era stato battezzato e registrato come figlio legittimo di Sam Fenwick. Ma per Marta il matrimonio non aveva avuto luogo. Marta si trincerava nell'illusione che il suo Sam non avesse mai appartenuto ad altra donna all'infuori di lei.

Erano le sei quando Davide, congedatosi da sua madre, si recò a far visita a Harry Ogle. Harry Ogle era il primogenito dei figli di Tom, e di vari anni piú vecchio di quel Bob che aveva perso la vita nel disastro della Nettuno. Era un uomo sui quarantacinque, che aveva sempre nutrito per Roberto Fenwick affetto e stima; un uomo pallido e cagionevole, dalla voce rauca singolarmente priva di autorità. Ciononondimeno era tenuto in alto concetto dai camerati, che lo avevano eletto consigliere comunale, tesoriere del fondo sanitario e segretario della sezione locale della Federazione.

Harry Ogle si rallegrò nel riveder Davide; lo fece sedere in cucina, e dopo un breve scambio di notizie, Davide gli notificò lo scopo della sua visita. "Harry, son venuto a chiederti un favore. Ho bisogno del tuo appoggio alla mia candidatura in Consiglio."

Era raro che Harry ponesse domande o svelasse sorpresa. Rifletté silenziosamente per vari secondi. "Puoi contarci, Davide. Ma hai poca probabilità. L'elezione è già quest'altro mese. Hai per avversario Murchison nel tuo quartiere; ed è consigliere da dieci anni."

"Lo so. Ma so anche che assisteva, sí e no, a una seduta su dieci."

"Forse è per questo che ha conservato il seggio cosí a lungo," ribatté Harry con una punta d'ironia.

"Ad ogni modo, Harry, mi son messo in testa di provare. Non fa male a nessuno, una prova."

"Certo, certo. Sul mio appoggio, come ho detto, puoi contare."

Davide tornò a casa col morale alto, persuaso di avere

eseguito il secondo passo. Non ne riparlò a Jenny, finché non fu ufficialmente accettata — dieci giorni piú tardi — la sua candidatura. Alla notizia Jenny si eccitò vivamente. Il suo maritino candidato al Consiglio! Perché non le aveva detto niente tutti questi giorni? Credeva che avesse scherzato, il giorno del suo arrivo, quando le aveva accennato la cosa a Tynecastle! Ma era stupendo, semplicemente meraviglioso, Davide caro!

E Jenny si tuffò entusiasticamente nella campagna elettorale. Diceva che faceva la propaganda lei, e ogni giorno suggeriva qualche nuova idea portentosa. Sua sorella Clarissa aveva un amico, un meccanico, che forse poteva prestar loro un'automobile. E chissà che il padrone del cinema non si presterebbe a proiettare qualche scena d'un discorso di Davide? In tutte le finestre della casa aveva appeso un cartello con la scritta: *Votate per Fenwick* in stampatello rosso. Usciva frequentemente per ammirarli dal marciapiede di fronte. Ripeteva: "Oh, stavolta Davide ti renderai famoso!" e non capiva perché Davide, a sentirla, comprimeva le labbra e si voltava dall'altra parte.

Quanto diverso l'atteggiamento di Annie! Davide la incontrò per strada il giorno della presentazione. Egli nutriva in cuor suo forti dubbi circa il buon esito del suo tentativo. Il suo nome era popolare in paese, — aveva perduto un fratello e il padre nel disastro minerario e l'altro fratello sul campo dell'onore, ed era lui stesso reduce dalla guerra, — ma gli mancava il prestigio dell'esperienza, e il suo avversario Murchison aveva un modo tutto suo di estendere il credito ai clienti, nell'epoca delle elezioni, e di far scivolare una saponetta profumata o una scatola di sardine nella borsetta delle massaie. Davide s'imbatté in Annie mentre essa usciva dalla scuola in cui aveva luogo la votazione. "Ho votato per te," gli disse.

Davide si sentí realmente commosso dalla semplicità dell'annuncio, e dal pensiero ch'ella si fosse presa il disturbo di recarsi a votare. "Grazie, Annie."

Annie non aveva mai gran cose da dire, e nemmeno questa volta si credette in dovere di far conversazione per esprimergli la propria fiducia nel successo, ma era facile vedere dalla sua espressione che si augurava che egli la spuntasse. Fu Davide che invece sentí improvvisamente il desiderio di dirle tante cose: per confortarla della sua vedovanza, per informarsi del suo maschietto, per discorrere del proprio piccino morto; ma i rumori della strada ne lo dissuasero. Disse semplicemente: "Temo un fiasco, Annie."

Ella osservò, con un vago sorriso: "Non si può mai sapere. Tentar non nuoce." Lo salutò con un cenno del capo e rientrò a casa per accudire al bimbo.

Lo scrutinio svelò che Davide aveva battuto Murchison per soli 47 voti. Jenny, un pochino delusa dell'esiguità del margine, si professò tuttavia "incantata" della vittoria. "Non te l'avevo detto?" E subito prese a fantasticare sui particolari della prima seduta, con la stessa eccitazione che avrebbe palesata se fosse stata eletta lei.

L'allegrezza di Davide era di tutt'altra natura. Durante la campagna aveva avuto modo di indagare nei meschini retroscena della politica locale, e vi aveva scoperto, col solito fermento di interessi personali, l'applicazione della tattica equivoca del "Tu fa' questo per me e io fo quest'altro per te." Ramage, presidente del Consiglio, ne era l'esponente piú alto. Fin da principio Davide aveva capito, senz'ombra di dubbio, che Ramage era l'individuo ch'egli doveva combattere se voleva far piazza pulita.

Il Consiglio fu convocato il 2 novembre. Eran presenti, oltre a Ramage e a Davide, Harry Ogle e il rev. Enoch Low, Strother, che era il presidente della scuola in cui Davide aveva insegnato, Bates il drappiere e Connolly direttore del gas. Segretario del Consiglio era Rutter. Prima della seduta ebbe luogo in anticamera un caloroso scambio di gioviali saluti tra Ramage, Connolly e Bates, caratterizzato da fragorose risate, lepide scemenze e motti scurrili. Il reverendo finse di non udire ed esternò molta deferenza a Connolly e profondo ossequio a Ramage. Nessuno rilevò la presenza di Harry Ogle e di Davide. Solo Ramage, entrando nell'aula scoccò una gelida occhiata a Davide, e sedendosi sullo scanno presidenziale osservò ad alta voce: "Peccato che Murchison non sia piú con noi. Fa senso, devo dire, l'aver fra noi un estraneo."

Harry Ogle bisbigliò a Davide di non meravigliarsi. "Ci farai il callo a questo genere di insinuazioni."

Il Segretario lesse la relazione dell'ultima seduta del Consiglio precedente. Leggeva con voce arida e monotona, e quand'ebbe finito disse, senza pausa e senza mutar tono: "La prima questione all'ordine del giorno è l'esame dei contratti della carne e del vestiario. Ritengo, signori, che li approviate senza discussione."

"Approvati," disse Ramage sbadigliando. Stava quasi sdraiato nella poltrona, col faccione rosso e rivolto al soffitto, le mani intrecciate sul pancione.

"Approvati," assentí Bates, con gli occhi fissi sul tavolo, facendo ruotare i pollici.

"Approvati," concluse il segretario, e si accinse a prenderne nota sul libro.

Davide intervenne: "Un momento, prego." Tutti lo guardarono con tacita curiosità. "Io non li ho nemmeno visti i contratti."

"E che bisogno avete di vederli?" disse Ramage aggressivamente; "sono approvati dalla maggioranza."

"Ma se non abbiamo nemmeno votato!" esclamò Davide. Il segretario, imbarazzato, assunse un'aria di solennità. Incontrando gli occhi di Davide fissi su di lui, prese ad esaminare il pennino. "Io chiedo di prender conoscenza dei due contratti." La sua voce era calma; il tono ragionevole.

Davide sapeva benissimo che quei due contratti costituivano da lungo tempo uno scandalo, che il paese tollerava per paura di reagire. Quello del vestiario aveva scarsa importanza: riguardava la fornitura delle divise a pochi funzionari pubblici locali, e per quanto Bates ne ricavasse un utile esagerato, il danno per l'amministrazione era irrilevante. Ma il contratto della carne, che garantiva a Ramage la fornitura della carne all'ospedale era una vera iniquità al cospetto di Dio e degli uomini. I prezzi erano quelli in vigore per la carne di prima qualità, e all'ospedale Ramage forniva solo la carne di scarto.

Davide prese i due contratti dalle mani inquiete del segretario, ed esaminò quello della carne: il totale era notevole, trecento sterline. Protrasse deliberatamente l'esame, tenendo il Consiglio in sospeso, conscio degli occhi dei colleghi, fissi su di sé. Alla fine domandò: "È stato indetto un concorso per questa fornitura?"

Ramage perdé la pazienza e, sporgendosi avanti, col volto cattivo di rabbia e di sdegno, disse: "È una fornitura che detengo io da quindici anni. Avete qualche obiezione da fare?"

Davide gli piantò gli occhi in faccia. Ecco venuto il

momento della mia prova di collaudo, pensò. Si sentiva padrone di sé; calmo. Disse tranquillamente: "Credo di non essere il solo."

Ramage lanciò una bestemmia, sorpreso da tanta sfrontatezza; e il reverendo credette di dover intervenire. Belò: "Mr. Ramage, Mr. Ramage!" Cosí in Consiglio come in piazza, il reverendo si palesava invariabilmente servile nei suoi rapporti con Ramage, il piú influente dei suoi parrocchiani, il personaggio che aveva posato la prima pietra della chiesa nuova, il vitello d'oro della sua mandria. Poi si rivolse a Davide: "Mr. Fenwick, siete nuovo in Consiglio, e perciò dimostrate uno zelo che è forse alquanto intempestivo. Non dovete dimenticare che le forniture sono concesse in seguito ad una pubblicità regolare."

Davide replicò: "Una pubblicità che nessuno vede, dissimulata com'è in poche righe sui giornali che nessuno legge."

"E per qual mai ragione si dovrebbe vedere?" latrò Ramage. "E per qual mai ragione volete ficcarci dentro il naso voi? Ho io la fornitura e nessuno s'è mai sognato di sollevare obiezioni."

"Eccetto i poveri diavoli che son costretti a mangiare la carne marcia che fornite," ribatté Davide con voce piana.

Un drammatico silenzio avvolse l'inverosimile risposta. Anche Harry Ogle lanciò a Davide un'occhiata timorosa. Il segretario impallidí. Quanto a Ramage, rosso di furore, batté il pugno sul tavolo e gridò: "Questa è pura diffamazione. Contemplata dal codice. Bates, Rutter, siete testimoni. Mi ha diffamato." Rutter si preparava a protestare contro Davide, e il reverendo a belare, ma Ramage abbaiò di nuovo: "Esigo che ritiri le parole. Esigo scuse."

Il segretario disse: "Debbo pregarvi, Mr. Fenwick, di ritirare le parole."

Davide non si scompose, e senza distoglier gli occhi dal viso di Ramage, trasse di tasca un fascio di carte e disse: "Non ho l'obbligo di ritirarle se posso comprovare l'accusa che ho formulata. Mi sono dato la briga di procurarmi le prove in anticipo. Ho qui le dichiarazioni scritte e sottoscritte di quindici infermi ricoverati nell'ospedale, di tre infermiere, e della stessa direttrice. Son queste le persone che mangiano la carne che fornite,

Mr. Ramage, e, per usare l'espressione della signora direttrice, non è buona nemmeno pei cani. Mi sia concesso di leggere queste dichiarazioni. Mr. Ramage giudicherà se sono, o no, valide testimonianze."

E Davide procedette alla lettura. Fibrosa, coriacea, infetta, erano gli aggettivi che qualificavano la carne di Ramage. Una delle infermiere dichiarava di aver sofferto una colica dopo aver mangiato un pezzo di agnello: un'altra di aver contratta un'infezione intestinale, attribuibile incontestabilmente alla carne putrida.

Finita la lettura, Davide sorprese la soddisfazione che illuminava la faccia di Harry Ogle, e la rabbia che contorceva quella di Ramage.

"È un mucchio di calunnie, è un mucchio di calunnie," ripeteva Ramage, ma senza piú gridare: "vendo esclusivamente carne di prima, esclusivamente."

Ogle disse: "In tal caso, credo che convenga cercare altrove la carne di seconda."

Il reverendo alzò una mano propiziatoria, belando: "Può capitare a tutti, una volta tanto... qualche pezzo andato a male..."

Ogle ribatté: "È da quindici anni che capita una volta tanto, reverendo."

Connolly, impazientito, cacciò le mani in tasca e disse: "Quante chiacchiere, Dio mio. Procediamo alla votazione e facciamola finita. Votazione, votazione," ripeté.

Ogle bisbigliò a Davide che contro la coalizione non doveva illudersi di spuntarla, ma Davide si rivolse al reverendo: "Mi appello a voi come ministro del vangelo. Vi rassegnate a vedere gli infermi esposti al pericolo di venir avvelenati?" Il reverendo borbottò che le prove addotte eran lungi dall'averlo convinto, e allora Davide si voltò daccapo verso Ramage e disse, sillabando: "Voglio parlar chiaro. Se il Consiglio rifiuta di indire un nuovo concorso per la fornitura delle carne, io inoltrerò queste dichiarazioni alla Commissione Sanitaria della Contea, e solleciterò una inchiesta su tutta la questione."

Ramage abbassò gli occhi. Ebbe paura. Da quindici anni vendeva carne cattiva e rubava sul peso. Un'inchiesta su tutta la questione lo spaventava. Il diavolo se lo porti, pensò, stavolta devo arrendermi, ma mi vendicherò. Finí per dire: "Lasciamo pure andare la votazione, e pubblichiamo pure il bando. La mia offerta varrà quanto le altre, se non di piú."

Ho vinto, pensava Davide, ho vinto. Era il suo primo successo. Esultava constatando che era in grado di vincere.

Il Consiglio passò alle altre questioni figuranti all'ordine del giorno.

III

Ma per Jenny, ahimè, la vittoria di Davide fu una delusione. Gli entusiasmi di Jenny erano invariabilmente cosí effervescenti all'inizio che i loro postumi riverberi perdevano ogni lustro. Cosí pure l'ardore che aveva spiegato nella campagna elettorale era scoccato al cielo come un razzo, solo per scoppiare in una mirabolante pioggia di stelle e svanire nelle tenebre.

Si era illusa che l'elezione le avrebbe garantito un avanzamento, nella società di Sleescale. Ambiva, in particolare, introdursi nell'intimità della moglie del macellaio. I tè di Mrs. Ramage davano il tono ai trattenimenti sociali di Sleescale. Tra gli assidui spiccavano Mrs. Strother, moglie del preside della scuola, Mrs. Armstrong, Mrs. Bates, Mrs. Proctor moglie del dottore, "e perché non Mrs. Fenwick? Non era la moglie del nuovo Consigliere?" si domandava Jenny nella sua delusione. Qualche volta si dava concerto, ai tè di Mrs. Ramage, e non c'era in tutta Sleescale un'altra signora che cantasse cosí bene come Jenny. *Passing By* era proprio una bella canzone, classica, si poteva dire; e Jenny bruciava dalla voglia di cantarla alle signore di Sleescale nello sfarzoso salotto della moglie del macellaio. Oh, se solo trovasse il modo d'introdurvisi!

Ma nessun segno di riconoscimento, non il piú tenue cenno le dava Mrs. Ramage se s'incontravano per istrada. E un giorno ebbe luogo un incidente abominevole. Jenny entrò nel negozio di Bates per comprare un paio di metri di mussola, — Staffetta, nel *Milady's Journal*, profetava che la mussola sarebbe diventata il dernier cri nel campo delle sottovesti, — e lí, nel negozio di Bates davanti al banco, c'era Mrs. Ramage, intenta ad esaminare certi pizzi fini. Colta alla sprovvista, sembrava affabilissima, la moglie del macellaio. Era un donnone ossuto dalla faccia bieca, che dava l'impressione d'esser stata piuttosto malmenata dalla vita ma d'aver lottato con asperrima risolutezza per difendersi ed affermarsi. Quel giorno però la sua espressione era benigna, piú che risoluta, Jenny dunque si avvicinò guardinga, bordeggiando, pensando ai rispettivi mariti entrambi consiglieri, le si presentò col piú compito di quei sorrisi che le scoprivano i bei dentini, e disse graziosamente: "Buongiorno, Mrs. Ramage, magnifica giornata per questa stagione, vero?"

L'altra si voltò, lentamente, e squadrò Jenny in faccia. La cosa terribile fu che la riconobbe, ma finse di non riconoscerla: in un attimo il suo volto si richiuse come le valve di un'ostrica. Disse, con piglio altezzoso: "Non mi pare che ci conosciamo!"

La povera Jenny, rossa e confusa, con l'intento di rimediare, non fece che determinare la propria rovina, dicendo: "Sono Mrs. Fenwick! Mio marito è nel Consiglio, con il suo, Mrs. Ramage!"

L'altra la guardò dall'alto in basso, con vera crudeltà. Fece "Aoh!", scrollò la spalla piú prossima a Jenny, e riprendendo ad esaminare il suo pizzo disse alla commessa in tono mellifluo: "Ho deciso, prendo questo, benché sia il piú caro. Me lo manda, vero, e me lo mette in conto."

Jenny si sentí mancare per la vergogna. Dio, che affronto! E per giunta alla presenza di quella commessa che aveva l'aria cosí per bene. Fece voltafaccia e uscí dal negozio. Appena a casa, spiattellò tutto il racconto a Davide. Egli l'ascoltò, con la faccia grave, le labbra compresse, e poi disse rassegnato: "Cara Jenny, non puoi pretendere che quel budello ti butti le braccia al collo, visto che io ho dichiarato la guerra a suo marito. Gli ho già fatto perdere l'appalto della carne, ora faccio opposizione alla strada che lui vorrebbe far aprire nel suo quartiere, perché non servirebbe ad altri che a lui. Nell'ultima seduta ho dimostrato che nel suo ammazzatoio privato contravviene a sei specifiche norme regolamentari. Capirai che con tutto questo non può volermi un gran bene."

Jenny stentava a credere ai suoi orecchi. Lo guardò risentita. "Ma perché ti metti contro alle persone influenti? Sei strano. Ti conveniva metterti con lui, non contro, se vuoi far strada."

“Avresti già dovuto capire, Jenny, che il farmi strada a quel modo che dici tu, non mi garba. Sarò strano, ma ho visto parecchie cose strane, in questi ultimi anni. È ora che qualcuno si risolva a combattere certi abusi del regime sociale ed economico, che producono inevitabili catastrofi, come la guerra, e i disastri minerari...”

“Ma Davide,” ribatté Jenny con logica ineccepibile, “guadagni solo 35 scellini la settimana!”

Egli tirò un sospiro, non replicò, le diede un'occhiata espressiva e andò nell'altra stanza. Questo procedimento la ferí, come una prova ulteriore della trascuratezza ch'ei le manifestava. Nel suo dispetto si raccolse a meditare, e meditando si imbronciò, e nel broncio imbizzí. Davide era un altr'uomo. Non badava piú nemmeno alle sue carezze; le sue seduzioni non avevano piú alcuna presa su di lui; pareva determinato a farle capire che gli repugnava l'atto carnale, se i loro rapporti normali non s'ispirassero a reciproca tenerezza. Jenny se ne risentiva come di un insulto. Lei, subito dopo una lite magari violenta, era prontissima a “far pace”, come diceva; ma lui no; era un marito contro natura, diceva Jenny. Ma lei non era tipo da subire soprusi senza reagire. Reagí.

Cominciò con smettere ogni tentativo di rendersi gradita a suo marito. Davide, se rincasava tardi, doveva rassegnarsi a non trovare né cena né fuoco; e poiché si asteneva dal fare rimostranze, poiché non litigava mai, Jenny s'esasperava. Prese deliberatamente a provocare liti, e siccome nemmeno questo le riusciva, si propose di umiliarlo, mediante discorsi di questo tenore: “Durante la guerra io guadagnavo 4 sterline la settimana, piú del doppio di quello che guadagni tu adesso. Non è che io ci tenga al denaro; lo sai benissimo che non son avida di denaro. Io non sono tirchia. Ricordi il vestito che t'ho fatto coi miei soldi per la luna di miele. Questa non la dimenticherò mai, troppo buffa! t'ho fatto io il corredo. Già allora dimostravi ben poco criterio. Io francamente al tuo posto mi vergognerei di arrivare a casa il sabato con uno stipendio cosí magro. Per conto mio, posso procurarmi qualunque impiego, basta che voglia. Ancora stamattina leggevo i piccoli avvisi, e ho trovato una mezza dozzina di impieghi che sarei capacissima di ottenere se volessi.”

“Abbi pazienza, Jenny,” replicava lui invariabilmente

con fare conciliante, "vedrai che col tempo mi dimostrerò meno tonto di quanto immagini."

Ma Jenny non aveva pazienza. E sopra tutto non aveva afferrata la situazione. Altrimenti avrebbe constatato che Davide cominciava già a farsi effettivamente apprezzare nella sua nuova carica. Accompagnava Heddon a tutti i comizi, e generalmente veniva invitato a parlare. A Seghill tenne un discorso a circa duemila operai, sul tema della soluzione dei conflitti di Southport; discorso lucido, vitale, appassionatamente sincero. Alla fine, si vide, con sua sorpresa, circondato da una massa di individui che volevano stringergli la mano.

Heddon, — fatto incredibile, — non era geloso dei successi del suo dipendente. Heddon aveva pochi amici, la sua indole violenta li alienava tutti, ma fin dal principio s'era preso di simpatia per Davide. Ne riconosceva il fiero spirito di indipendenza, e intuiva che era un uomo che aveva trovato la sua vocazione: lo giudicava un oratore nato: impassibile, convincente, sincero, intelligente ed entusiasta, capace di rendere alla causa preziosi servigi. E pareva che Heddon si fosse proposta ed imposta questa disciplina: far tacere l'invidia che Davide gli ispirava, e aiutarlo a salire. Leggeva avidamente i resoconti delle sedute del Consiglio comunale di Sleescale, che i giornali di Tynecastle, a corto di notizie in quella stagione, andavano a gara per pubblicare, rivendicando l'onore di aver scoperto Davide e l'inesorabilità dei suoi attacchi contro gli inveterati abusi che rendevano notoria la cattiva amministrazione di Sleescale. Gli articoli erano intestati *Grave scompiglio nel Palazzo del Comune di Sleescale*, oppure *Il guastafeste di Sleescale torna alla carica*. Heddon rideva come un matto leggendo le rimbeccate di Davide. "Hai proprio detto cosí, Davide? Che boia. Avrei voluto vedere il grifo di Ramage."

Ma era la modestia di Davide che sopra tutto gli conquistava la benevolenza di Heddon. Se avesse manifestato il minimo segno di presuntuosità, Heddon lo avrebbe abbattuto senz'altro. Invece gustava il maligno piacere di ritagliare dall'*Argus* i resoconti piú interessanti, per mandarli a Harry Nugent, contrassegnati da eloquenti fregacci a matita blu.

Ma di tutto ciò, Jenny non sapeva niente. Non ammetteva che la carriera lo assorbisse tanto da fargli trascurare la moglie. Offesa, per consolarsi beveva. E in primavera ebbe luogo un evento di notevole importanza, perché determinò conseguenze fatali. Il 5 maggio morí Charlie Gowlan, padre di Joe, di idropisia. L'arrivo di Joe a Sleescale causò viva emozione. Arrivò in una sontuosa Sunbeam verde, una 25 c. v., guidata da un magnifico autista in livrea verde bottiglia. Scendendo di vettura davanti a casa sua nel borgo dei Terrazzi, fu circondato da una muta folla estatica. Dentro la casa si trovavano Harry Ogle, Jake Wicks e qualche altro minatore, intenti a predisporre le modalità del miserrimo funerale; e — benché la fama della prosperità di Joe fosse nota al suo paesello natale — rimasero sbalorditi dal suo aspetto di gran signore. Frank Walmsley, che era suo coetaneo e suo antico compagno di squadra, gli diede senz'altro del sir... Joe era vestito con austera eleganza. Portava le ghette. Sfoggiava ai polsi gemelli d'oro e al gilé una catena di platino. Era tutto lustro, come le sue unghie. Raggiava opulenza. Davanti a tanto splendore Harry stesso scalpitò di soggezione, stentando a riconoscere in lui lo scugnizzo che riempiva i vagoncini del Paradiso. "Hai fatto bene a venire, Joe. Abbiam fatto una colletta per procurarci i soldi del funerale, tuo padre pover'uomo non ha lasciato il becco d'un quattrino."

"Ma è uno scandalo!" esclamò Joe drammaticamente. "Non avevo idea che fosse in cosí tristi condizioni." Guardandosi attorno, notò subcoscientemente i particolari dello stambugio di suo padre, e ne vide nella bara aperta il cadavere idropico. "E nessuno di voi che sia stato capace di avvisarmi. Non sapevate dov'ero? Non sapevate chi ero? Incredibile. Si direbbe che non siamo in un paese civile. Dovreste vergognarvi di aver lasciato quel povero vecchio morire in miseria. Che ci voleva a telefonarmi in fabbrica?"

Al funerale ostentò analoghi sentimenti. Versò lagrime sulla fossa, e s'asciugò gli occhi con un fazzolettone di seta indiana. Tutti gli occhi erano su di lui, ammirativi. Subito dopo l'inumazione si fece condurre in auto dal marmorino e ordinò una lapide grandiosa. "Non bado a spese, Tom. Mi mandi la nota, vero." A suo tempo Tom mandò la nota. La mandò parecchie volte.

Poi fece in paese un breve giro sentimentale, esternando le emozioni dell'uomo arrivato che rivisita i luoghi della sua sordida infanzia. Mandò a chiamare il fotografo, e davanti alla casupola dov'era nato si fece fotografare tra gli ex compagni di lavoro.

Verso le sei si recò a far visita a Davide. Jenny, avvisata dalla sua presenza in Sleescale, e prevedendo che sarebbe venuto da lei, si era data molte pene per prepargli una degna accoglienza. Ma Joe declinò decisamente l'invito a cena. Spiacentissimo, ma aveva un appuntamento al Centrale, a Tynecastle. Jenny, delusa, insisté. Allora Joe la squadrò dall'alto in basso, severo, da capo a piedi, cosí; e Jenny capí che non c'era piú niente da fare. Ogni allegrezza le si spense negli occhi; svaní ogni tentativo di frascheggiamento. Sedette in silenzio, fremente di rabbia, invidiosa... Ma era tutt'occhi e tutt'orecchi. C'era, intorno a Joe, un'aria da signore che le metteva soggezione.

Joe prese a discorrere volubilmente. Non faceva alcun mistero della sua opinione circa la prematurità della pace; dopo tutto, la guerra aveva avuto i suoi vantaggi. Tuttavia anche adesso le prospettive erano abbastanza rosee. Trasse l'astuccio d'oro, accese la sigaretta, ne aspirò il fumo e lo cacciò dalle narici esalando un aroma turco che quelle di Jenny colsero avidamente. "Sapevate, vero, che io e Mawson abbiamo eliminato Millington dalla nostra società? Povero Millington. S'è stabilito definitivamente a Bournemouth, con la moglie: non voleva piú saperne della Fonderia. Poveraccio, è una rovina. D'altronde, sbarazzarsi della fabbrica era la miglior cosa che potesse fare; e ce l'ha fatta pagare, credi pure, Davide, ce l'ha fatta pagar salata. Lo sai che ci siamo beccati noi l'ordinativo della Nettuno? No? Sicuro. Appena ci siamo accorti che la guerra tramontava, abbiamo immediatamente convertito gli impianti per alterare la produzione. Durante la guerra, le miniere non pensavano che a produrre, alla massima potenzialità, e avevan trascurata la manutenzione; d'altra parte, non avrebbero trovato il materiale quand'anche l'avessero voluto, dato che tutte le fonderie fabbricavano solo munizioni. Jim e io, prevedendo la richiesta di materiale da parte delle miniere, abbiamo trasformato tempestivamente i nostri impianti, cosí da essere i primi pronti a soddisfarle. Fu a questo modo che ci siamo assicurato l'ordine della Nettuno. Un affaretto di..." (pausa impressionante) "...cinquantamila sterline".

L'importo favoloso risuonò nel modesto salottino e

quasi ruppe i timpani di Jenny. Possibile che Joe trafficasse in proporzioni cosí colossali? Jenny si sentí tutta rimpicciolire nel suo seggiolone, consunta dall'invidia.

Joe notò l'effetto che aveva creato, e si compiacque dello sguardo famelico di Jenny, del silenzio ostile di Davide. Con patrocinante disinvoltura seguitò: "È questione che io e Jim siamo due tipi che ci lambicchiamo il cervello per trovare sempre nuove idee. Nella faccenda ad esempio della vendita del materiale bellico da parte dello Stato; siete al corrente, vero? No? Possibile che non sappiate niente? Che peccato, avreste potuto fare qualche affaruccio anche voi. Ci voglion capitali, beninteso. Sentite questa, per dirne una. Vedete la mia macchinetta, lí fuori; be', l'ho avuta gratis. Eravamo andati a vedere un deposito di ferrivecchi del governo, io e Jim, e abbiam adocchiato due trattrici, che a vederle nessuno avrebbe sborsato venti sterline per portarsele via. Ma i motori erano come nuovi. Le abbiam pagate una inezia. Le abbiam fatte venire a Tynecastle, coi mezzi propri, rimesse in ordine perfetto, e vendute proprio benino. Con la mia parte del guadagno ho acquistato la Sunbeam. Ho citato questo esempio, per quanto di entità secondaria, solo per darvi un'idea di quel che si può fare, tenendo gli occhi aperti."

Che uomo capace, quel Joe! Era troppo. Jenny soffriva.

Joe intuí che era venuto il momento psicologico opportuno per congedarsi. Diede un'occhiata alla squallida pendola sul camino, ne verificò l'ora sul proprio orologio d'oro e scattò in piedi. "È tardi. Mi spiace, ma devo essere al Centrale per le sette." Principesche strette di mano, e ritirata rumorosa, gioviale, da buon camerata. La Sunbeam ruggí e scomparve.

"Sempre lo stesso Joe," osservò Davide con un sorriso ironico.

"Cos'hai da dire contro di lui?" ribatté Jenny inviperita, con lo sguardo cattivo. "Io lo trovo piú in gamba che mai."

"Già; ma mi deve ancora quelle tre sterline."

"Tre sterline! Cosa vuoi che si ricordi, Joe, d'un debito di tre sterline! Tre sterline le dà di mancia al cameriere del Centrale." Era furente. "Intanto lui s'è fatto un patrimonio, e ti potrebbe comperare centomila volte. Quello è un uomo. Sa fare. Dovresti imparare da lui. Guarda l'automobile che ha, e com'è vestito, e gli oggetti di valore che porta addosso, e le sigarette che fuma." Ora gridava. "Quello sí sarebbe un marito capace di dare un po' di distrazione a sua moglie, portarla nei ristoranti di lusso, ai balli, nell'alta società. Fammi solo il piacere di paragonarti a lui. Non sei nemmeno degno di leccargli le scarpe. Non sei un uomo, sei uno straccio, ecco quel che sei, ecco quel che pensa Joe di te in questo momento. È là sdraiato come un pascià nella sua vettura e ride di te. È uno straccio, dice, uno straccio, uno straccio!"

La sua voce strideva e chiocciava, sulle sue labbra s'era formata una schiuma di saliva, e i suoi occhi erano carichi d'odio. Davide stava a guardarla serrando i pugni. Si dominava a stento, con grandissimo sforzo, rendendosi conto che l'unico modo per calmarla era lasciare che si sfogasse. A un dato punto le voltò la schiena e andò in cucina. Jenny represse l'impulso di seguirlo e di spiattellargli in faccia il resto che aveva in petto; lo tenne in serbo per una migliore occasione. Fece l'atto di trangugiare, ma la sua bocca era arida. L'aroma turco l'ammattiva. Corse a mettersi il cappello e uscí.

Tornò che eran quasi le undici, ma Davide non era ancora a letto. Stava compulsando la prima bozza del nuovo decreto relativo alla riorganizzazione dell'industria mineraria, che gli era stato recapitato nel pomeriggio. Quando la sentí entrare alzò gli occhi. Jenny stava nell'inquadratura della porta, col cappello sulle ventitré, gli occhi vitrei, le guance venate da un sottilissimo reticolato rosso. Aveva una sbornia solenne. "Hallo," disse, "sempre occupato a far quattrini?" Articolava confusamente. Davide scattò in piedi inorridito. Non l'aveva mai vista in quello stato. Le si avvicinò. "Ti proibisco di toccarmi!" strillò Jenny; gli tirò uno schiaffo e rischiò di cadere. "Giú le mani! non sei degno di farmi delle carezze."

Davide era nauseato. "Jenny," supplicò.

"Shenny!" sciommiottò essa, facendo apposta una smorfia da ubriaco. Si piantò i pugni sui fianchi, coi gomiti scartati, dimenando le anche. "Non hai dignità Mi sfrutti che è una vergogna, e mi fai fare una vita da cani. Quando eri via, io me la spassavo finché volevo. E intendo ricominciare."

"Jenny, fammi il favore, vai a coricarti." Era paralizzato dal disgusto.

"Coricarmi? pel signorino, eh? sta fresco. Per rischiare d'avere un altro bambino?" Qui scoppiò a ridere, a ridere finché la saliva le uscí di bocca. "Anche questa è una cosa buffa, che t'avevo sempre voluta dire. Credevi che l'altro fosse tuo? Che scemo! Era di Joe!"

Davide diventò pallido come un cencio. L'afferrò pei due polsi e la batté con la schiena contro il muro. "È vero quello che hai detto?"

La violenza dell'urto parve smaltirle la sbornia. Guardando suo marito, sempre con occhi vitrei, capí che aveva passato il segno. Aveva sempre inteso nascondere a Davide la verità. Terrorizzata dalla sua imprudenza, cominciò a piangere. Si lasciò cadere a terra. Abbracciata alle sue ginocchia singhiozzava istericamente. "Perdona, Davide, perdonami. Sono un'indegna, indegna, indegna. Non lo farò piú, mai piú, con nessuno al mondo, giuro. Sarò buona, vedrai, fedele, sarò buona, perdono! Compatiscimi, perché non sto bene, davvero, e un po' di vino ogni tanto mi dà forza..."

Egli era venuto sospingendola verso il sofà, reggendole con una mano la testa ch'essa lasciava penzolare. Jenny vi si lasciò cader seduta, e prese a scalpitar coi tacchi sul pavimento, in un parossismo isterico. Continuava a gridare: "Tienimi in prova, Davide, fai quest'ultima prova. Non son cattiva in fondo, davvero non son cattiva. M'ha presa alla sprovvista; m'ha fatto violenza, una volta sola, lo giuro, tanti anni fa, e tutto è finito, l'hai visto anche stasera dal modo che mi trattava. Sei l'uomo piú perfetto del mondo, Davide, e io sono malata. Mai la piú piccola distrazione. Perdono. Fai ancora una prova..."

Lui guardava altrove, aspettando pazientemente che si sfogasse, che si liberasse, mediante quel torrente di parole volgari e puerili, dalla stretta del rimorso. Si sentiva come un uomo che abbia ricevuto una mazzata sul capo Aveva voluto bene al piccino. Non gliene restava che il ricordo, da amare. Jenny gli aveva imbrattato perfino il ricordo. Quand'ella ebbe finito di straparlare e di scalpitare, egli tirò un profondo respiro e disse con voce calma: "Non ne parliamo piú. Riconosco che non stai bene. Non credi che hai bisogno di un po' di vacanza? Ti propongo di andare per qualche tempo nel Sussex, dai Teasdale; credo di poter combinare la cosa. Sono in rapporti con Dan."

"A stare con loro?" Alzò gli occhi rapiti. "Nel Sussex? Oh, Davide, sarei felice," Riprese a piangere, stavolta di consolazione. La prospettiva la allettava. Davide era proprio un brav'uomo. Tutto era diventato miracolosamente bello. "Sei buono con me. Davide, abbracciami, Davide, e dimmi che mi vuoi bene."

"Promettimi di non bere piú."

"Prometto, giuro giuro giuro." Giurava con accento di appassionata devozione.

"Sta bene. Combinerò."

"Oh, Davide, sei il miglior marito del mondo."

IV

Uno dei primi giorni di giugno, di buon mattino, Davide accompagnò Jenny alla stazione. Non aveva avuto alcuna difficoltà ad intendersi con Grace Teasdale circa i termini del soggiorno di Jenny in campagna: Grace era felicissima, e nella sua schietta risposta dimostrò di gradire altamente la retta settimanale ch'egli le aveva offerta, per quanto l'importo ne fosse modestissimo.

Jenny era tutta effervescente; l'eccitamento le aveva acceso occhi e guance. Era pentita, tenera, affettuosa. Si vedeva già intenta a pascere i polli, a carezzare quegli amori di agnellini, e a ripresentarsi a Davide, in capo a tre settimane, purificata, santificata, e piú carina che mai. Che bello, era cosí contenta.

Stava sulla banchina con suo marito davanti allo sportello della carrozza in cui aveva deposto i giornali per riservarsi un posto d'angolo in faccia alla macchina. Coi giornali c'era anche una rivista illustrata. Carina l'idea di Davide, di comprarle la rivista! Non che Jenny ne apprezzasse la scelta ma comunque era corretto, per una signora, partirsene in viaggio con una rivista. Quando poteva fare ciò che è corretto, Jenny era sempre soddisfatta. Cinguettava, scoccando ogni poco a Davide occhiate patetiche, esprimenti contrizione e sincero desiderio di emendarsi. Lui parlava poco, Jenny si domandava, s'era domandata spesso, chi sa cosa pensava Davide, in merito all'infelice confessione ch'ella s'era lasciata sfuggire. Alle volte si immaginava che Davide l'avesse interamente dimenticata, oppure che non vi avesse prestato fede, perché mai una volta vi aveva fatto la minima allusione... Certo era, comunque, che l'aveva perdonata: e l'esser stata perdonata lusingava la vanità di Jenny. Jenny non era capace di intuire che la rivelazione era stata per Davide un colpo di un'efferata brutalità. Davide era fermamente convinto che Jenny gli fosse assolutamente fedele: inoltre venerava con vera devozione la memoria di Rob. Jenny aveva distrutto tutto con una frase da ubriaco. Davide aveva sofferto abominevolmente; ma poiché non l'aveva sgridata, né sottoposta a un interrogatorio per cavarne fuori i sordidi particolari del tradimento, né picchiata cosí da lasciarle i segni delle botte, Jenny s'immaginava che non avesse sofferto gran che. Non conosceva per niente suo marito. Non era in grado di capire che solo la sua forza di carattere, la nobiltà del suo carattere, gli avevano imposto il silenzio. E nel suo intimo Jenny, sebbene un po' perplessa, sentiva compiacimento di sé e disprezzo di lui.

Quando fu l'ora, salí in vettura e subito la macchina fischiò. Ella si sporse fuori e lo abbracciò con effusione. Le sue ultime parole furono, "Sentirai la mia assenza vero, Davide, dimmi di sí."

Poi si accomodò con un sospiro di soddisfazione. Il viaggio era lungo, ma il tempo trascorse abbastanza presto, tra la lettura e i sandwiches e le occhiate furtive ai suoi compagni di viaggio. Jenny si piccava d'esser brava nell'individuare gli ignoti alla prima occhiata. Li giudicava da ciò che portavano addosso, sapeva distinguere i brillanti veri dai falsi, dichiarare il costo esatto dei guanti o dei cappelli, e si pronunciava categoricamente sulla "classe" della persona esaminata.

Alle due cambiò treno e alle tre si trasferí nella vettura ristorante per prendere una tazza di tè; e tenne un piacevole colloquio con un distinto giovanotto seduto al suo tavolino. Non proprio al suo ma a quello contiguo, e comunque era poi venuto a sedersi al suo, e s'era presentato. Era un commesso viaggiatore, e Jenny non poté trattenersi dal sorridere rievocando la frottola che aveva inventata durante la luna di miele per impietosire Davide sull'infortunio che le era capitato tra le mani di un calvo e brutale commesso viaggiatore. Ma l'aveva trattato con staccata condiscendenza, con un fare ineccepibilmente corretto, e andandosene gli aveva steso la mano con mossa quanto mai signorile.

Alle quattro e mezzo arrivò a Barnham Junction e

alla stazione trovò Dan: grande e grosso, pieno di salute e di allegria, in camicia kaki aperta sul petto, vecchi pantaloni da ufficiale e gambali gialli. Era venuto a prenderla in camioncino. Dan le prese la valigia e la issò sull'imperiale con sorprendente facilità, quasi che fosse stata una piuma. Partí immediatamente per Winrush.

Jenny fu "incantata" del podere, e ancor piú dell'accoglienza di Grace. Grace aveva preparato un dovizioso tè, con uova fresche, e una torta fatta in casa, e una quantità di deliziose pasterelle dolci che Grace chiamava griddle cakes: specialità del paese. Alla merenda prese parte anche la prole, e cioè la piccola Carolina e il minuscolo Tom, soprannominato Dickery Dock, appollaiato sull'alto seggiolino alla destra di sua madre. Tutta la famiglia s'era riunita per festeggiare l'arrivo dell'ospite, riunita nella vasta cucina lastricata in pietra; e Jenny era "rapita" davanti alle uova fresche, ai griddle cakes e a Dickery Dock. Jenny era in ammirazione. Tutto era cosí bello: che bello, diceva Jenny.

Dopo il tè, Grace le fece fare il giro della proprietà, spiegandole che era una cascinotta da niente, solo quaranta acri, e l'avevano in affitto. Ma Jenny, furba, aveva già intuito che le tiravan verdi; e Grace non ne fece mistero, ammise anzi con tutta semplicità che Dan e lei erano incredibilmente poveri. Allevar polli, che era l'attività principale sul podere, costava fatica e rendeva poco. Ma d'estate prendevano villeggianti a pensione. Grace sorrideva spesso. Era perfettamente felice con Dan, Carolina e Dickery Dock. Lavorava come una negra ed era felice. Aveva tolto Dan da quell'inferno della Nettuno e non chiedeva altro: questo solo contava; il denaro contava un fico.

Incoraggiata dalle confidenze di Grace, Jenny, assentí calorosamente. "Proprio come dice il mio Davide!" esclamò, giubilante di poter corroborare la tesi di Grace, "anche lui dice sempre che il denaro non conta niente."

Stanca del viaggio, Jenny si ritirò di buon'ora dopo cena. Dormí come un ghiro, e si svegliò in un magnifico sole, che tra le fronde mosse da una brezza divina rideva dei muggiti della mucca. Che bello, che bello, pensava Jenny, pigramente adagiata nel letto. Udendo bussare, cantarellò giuliva su tre note, "Avanti!"

Entrò un amore di ragazzetta, che veniva al mattino a far pulizia, recando il vassoio del tè. Si chiamava Peg.

Le sue gote eran rosse come mele, e aveva gambe massicce come un pianoforte. Jenny si esilarò alla vista delle gambe di Peg, erano un portento!

Dopo sorseggiato signorilmente il tè, s'alzò, infilò la veste da camera e le babbucce guernite di marabú, cosí carine, vaporose, come del resto anche la veste da camera; e andò nel camerino da bagno. Molto semplice, ma cosí allegro. Prese il bagno. A casa sua lo prendeva di rado, ma in casa altrui, si capisce, era naturale...

Dopo il breakfast girellò da sola, scoprendo meraviglie ad ogni passo. Carucci i pulcini, che buono l'odore sull'aia, che amore il giardinetto che s'era fatto Grace, che buffi i codini dei maialetti galoppanti via da tutte le parti, oh, che bella cosa la campagna, sospirava Jenny in un'estasi sentimentale.

Alle undici Grace venne a proporle un bagno in mare. Disse che d'estate tutti i giorni tutta la famiglia faceva un tuffo; disse, ridendo, che Dan e lei avevano fatto il voto solenne di non tralasciarlo mai per quanto urgenti fossero i lavori. Jenny non sapeva nuotare, ma si uní graziosamente a tutta la famiglia diretta alla spiaggia, a cinque minuti di distanza. E rimase sulla spiaggia a guardare gli altri. Come si divertivano! Dan portava Carolina, e Grace Dickery Dock. Come ridevano tutt'e quattro insieme vicino alla riva! Poi, mentre i bimbi giacevano sulla rena calda, Grace e Dan partirono a nuoto. Andarono lontano lontano, e al ritorno somigliavano esattamente ai due sulla copertina della rivista di Jenny. Jenny sentí invidia del corpo forte e sottile di Grace, brunito dal sole. S'era messa a giuocare alla palla con Dan, e la palla era Dickery Dock, e Dickery Dock era felice. Carolina sgambettava attorno e supplicava papà e mammà di lasciar cadere la palla a terra. Ma papà e mammà non volevano saperne, e alla fine Dan afferrò Carolina per una caviglia e la fece ruzzolare, e tutt'e quattro s'accapigliarono sulla sabbia tra risa e schiamazzi.

Poi era finita la mezz'ora di ricreazione di Dan, che s'affrettò alla Ford per recarsi a Fittlehampton. Jenny, in compagnia di Grace e dei bimbi, rientrò pensosa: cosa poteva contare, il denaro, agli occhi di quella gente cosí fortunata! Avevano una salute d'oro, un'aria paradisiaca da respirare, e il mare e il sole tutti per loro.

Dopo il lunch Jenny scrisse una lettera a Davide, una

lettera di quattro pagine, cosparsa di lagrimette di gioia, esaltando le gioie della vita semplice e le bellezze della campagna. Andò a piedi fino alla stazione di Barnham per impostarla, sentendosi leggera e pura. Stava ritrovando se stessa. Volendo, bastava che volesse, poteva anche lei essere come Grace, e perché no? Sorrise. Si fermò per fare una tenera carezza al nasino che un agnello le tendeva attraverso la siepe; ma l'agnellino scappò via e fece i suoi comodi contro un mucchio di fieno guardandola derisoriamente. Fa niente, fa niente, era tutto un incanto.

L'indomani faceva bello di nuovo e cosí il giorno appresso, e il terzo e il quarto, e tutto continuava ad essere incantevole. Forse, a dir la verità, non proprio cosí incantevole come il primo giorno. Jenny cominciò a rendersi conto che alle cose ci si abitua col tempo, ed ecco perché la campagna, sebbene le piacesse ancora, le piaceva già meno. Strano. Era già sabato; stava fumando sulla spiaggia tutta sola. Non era che Grace e Dan fossero meno gentili verso di lei. Grace e Dan erano perfetti. Ma era la vita, qui, che era francamente un po' noiosetta; bisogna confessarlo. Non un'anima sulla spiaggia, dove avrebbe dovuto essere almeno una jetée lungomare, e magari un'orchestra. Quanto ai pulcini e ai maialetti, venivano a noia, dopo un po', innegabile. I maiali grossi, poi, meglio non parlarne.

S'alzò, e non sapendo cosa fare si diresse verso Barnham Junction. Qui comprò un pacco di sigarette e un giornale; poi fece una visita al Merrythought e s'ordinò un bicchiere di porto. Che buco! Bel coraggio, chiamarlo Hoôtey. E s'era fatta elegante, povera Jenny, era proprio carina, a vedersi nello specchio della reclame di Metzger; e nessuno che la vedesse, salvo la vecchia arcigna padrona, che la guardava con sospetto e la serví con riluttanza perché era stata intenta a pascere le galline. Gran Dio, pensava Jenny, che non ci sia modo di liberarsi di queste benedette galline?

Al ritorno, si chiuse in camera per leggere il giornale. Era un giornale di Londra. Jenny adorava Londra. C'era stata quattro volte, e ogni volta le era piaciuta di piú. Lesse tutte le notizie della vita mondana; poi i piccoli avvisi. Eran davvero interessanti i piccoli avvisi; sopra tutto le richieste di commesse specialiste. Quella sera, coricandosi, Jenny era meditabonda.

L'indomani pioveva. "Uff, una domenica piovosa!" pensò Jenny svegliandosi e guardando accigliata la pioggia. Non volle andare in chiesa cogli altri e rimase a bighellonare per le stanze, rispondendo seccata alle domande di Carolina. Nel pomeriggio, quando Grace andò a riposare, Dan si recò nel fienile a rassettare. Cinque minuti dopo, Jenny si affacciò all'ingresso del fienile. "Hallo, Dan," chiamò, giuliva, con un'occhiata maliziosa, piantata sulle gambe leggermente aperte, in una posa civettuola.

Dan la guardò senza sorridere, e senza entusiasmo disse "Hallo" e riprese vigorosamente il lavoro.

La faccia di Jenny si allungò. Rimase un momento per non mortificare il proprio orgoglio. Naturale: Dan non aveva occhi che per Grace; era una rapa. Venne via nella pioggia mormorando rapa, rapastrella, raperonzolo.

L'indomani pioveva ancora. Il tedio di Jenny, aumentò. Quanti giorni ancora in quel buco infetto? Dodici? Non ce la faceva, a nessun costo. Aveva bisogno di un po' di vita, che diavolo, un briciolo di distrazione. Non era fatta, lei, per quel monotono tran-tran. Cominciò a rimproverar Davide d'avercela mandata. Lui, scapolo, naturalmente se la passava a Tynecastle, come fan tutti i mariti appena son soli; ma lei doveva ammuffire in quel buco? Prese a rivolgere in mente la storia completa dei suoi rapporti con Davide. Impossibile continuare cosí. Perché sacrificarsi? Poteva guadagnare quattro sterline la settimana, e godersi Londra per soprammercato. Amore per Davide comunque non ne aveva.

L'indomani venne il sole, un sole glorioso, ma non portò tuttavia alcun calore sul viso di Jenny. Tutte le finestre e le porte della casa erano spalancate, soffiava una brezza incantevole. Grace, intenta a far la marmellata di ciliege, si muoveva allegra ed agile nella vasta cucina. Notò che Jenny pareva un pochino depressa, e dopo aver munto la vacca le posò accanto sul tavolino un bicchiere di latte spumoso. "Non mi piace il latte," disse Jenny, e uscí sull'aia soleggiata. Le api ronzavano tra i fiori, là in un angolo Dan spaccava legna, e la sua scure disegnava nell'aria archi lucenti, e nei prati le pecore brucavano all'ombra. Era un bellissimo quadro.

Ma non per Jenny. La stomacava, ora. Anelava Londra, anelava il movimento e il rumore delle strade. Col naso al vento andò a piedi a Barnham e comprò il giornale. Ne lesse i piccoli avvisi davanti all'edicola; eran tanti, tanti! impossibile che non le riuscisse di trovare qualche impiego. Entrò, cosí, per capriccio, nella stazione e s'informò dei treni in partenza. C'era un diretto alle quattro. In un lampo prese la decisione. Nel pomeriggio, mentre Grace era occupata a preparare il tè, Jenny fece la valigia e sgattaiolò furtiva fuori di casa. Fece a tempo per prendere il diretto delle quattro.

Quando Grace andò a chiamarla, e trovò che s'era portata via il bagaglio, ne fu tutta sconvolta. "Dan," gridò. "Jenny è partita. Cos'abbiamo fatto?"

Dan sospese l'operazione di spalmarsi il panino con la marmellata. "Partita, eh?"

"Ma sí! L'abbiamo offesa? Mi secca."

"Oh," replicò Dan, riprendendo l'operazione sospesa, "al posto tuo non me ne darei pensiero. Se non sbaglio, è una poco di buono quella là." Il che dimostra che Dan era meno rapa di quanto lo ritenesse Jenny.

La sera Dan si mise di buona voglia a scrivere a Davide. Gli rincresceva, diceva, che Jenny fosse stata costretta a interrompere il suo soggiorno, e s'augurava che sarebbe arrivata a casa senza incidenti.

La lettera fu recapitata a Davide la sera dell'indomani, e gli causò un vago malessere. Jenny non era arrivata. Guardò sua madre, che era venuta a tener casa per lui, ma non le disse nulla. Supponeva che Jenny rincaserebbe l'indomani. Malgrado tutto l'amava ancora. Certo arrivava domani. Ma Jenny non arrivò.

V

Pietosa e tenera, Zia Carola spingeva Barras in carrozzella verso il citiso sull'aiuola erbosa. Era un bel mattino di sole, e i grappoli gialli penzolavan pesanti dai rami convertendo il citiso in un gran mazzo di fiori che gettava una fresca ombra sull'erba rasa. In quell'ombra Zia Carola, con elaborate mosse svolazzanti, si accinse ad accomodare dear Richard. Prima di tutto gli aggiustò l'assicciuola su cui poggiava i piedi, poi gli posò in grembo la bottiglia d'acqua calda, una bottiglia in alluminio, perché conservava piú a lungo il calore, e finalmente gli avviluppò il tronco e le gambe nella coperta di lana jaeger. Zia Carola indovinava a puntino i minimi desideri di dear Richard, e gioiva nel secondarne i capricci, sopra tutto ora che sapeva che Barras finalmente andava migliorando.

Zia Carola era certa che non dimenticherebbe mai piú, per tutta la sua vita, quel glorioso giorno in cui dear Richard aveva dato — cento giorni fa, precisi — il primo indizio di miglioramento. Era in letto, una gran massa inerte e muta, e il suo occhio, vacuo e tuttavia vivo, ruotava nell'orbita seguendo ogni passo di Zia Carola per la stanza, e dalle sue labbra erano uscite, confuse, ma distinguibili, le tre parole, "sei tu, Carola". Nel suo inesprimibile rapimento Zia Carola s'era sentita come una mamma al primo favellare del suo primogenito, e con ambo le mani alla gola aveva risposto tutta sorridente. "Yes, Richard, son io, son io, Carlotta." Lui aveva ancora bofonchiato. "Cos'ho detto?", poi s'era totalmente disinteressato dell'incidente; ma fa niente, aveva parlato.

Incoraggiata da quel segno augurale, Zia Carola gli aveva prodigato da quel momento le sue attenzioni centuplicate; lo lavava interamente due volte al giorno, e tutte le sere gli faceva il massaggio alla schiena con l'alcool metilico e poi lo incipriava colla polvere di talco. Il lavoro piú arduo era quello di cambiargli le lenzuola ch'egli persisteva a bagnare magari quattro volte al giorno; ma anche a questo ci aveva fatto la mano. Lo guariva lei, il suo Richard. Resisteva un'ora intera a strofinargli il braccio destro, come una volta strofinava per un'ora i capelli di Harriet sofferente d'emicrania. Strofinando, vedeva l'occhio vacuo di Richard squadrarla su e giú, non senza una certa vaga malizia e coglieva a volo i suoni confusi che gli uscivano dalle labbra. "Sei una brava donna, Carola." "Mi voglion rovinare, con l'elettricità."

Era une delle sue ubbíe. S'immaginava che qualcuno gli trasfondesse nel corpo correnti elettriche paralizzanti. Voleva che il suo letto fosse distante dal muro, per evitare ogni contatto con la parete attraverso la quale poteva venir trasmessa la corrente dalla camera attigua. Pur biascicando e confondendo le sillabe, e sbagliando le consonanti, talora omettendo parole intere, tuttavia parlava con accento furbesco.

Zia Carola non escludeva che potesse esserci qualcosa di vero, perché no? nella faccenda della corrente elettrica; non osava mettere in dubbio il giudizio di Barras. Ma badava sopra tutto a intrattenerlo, interessarlo, distrarlo, e a tal uopo gli faceva la lettura delle opere di Humphyr Ward, che era l'autrice prediletta di Zia Carola, perché nei momenti di depressione spirituale aveva sempre trovato in esse un indicibile conforto. E mentre leggeva, assorta, con voce commossa, accadeva spesso che dear Richard smettesse di succhiarsi il pollice e la interrompesse per osservare: "Mi vogliono rovinare," e poi, sottovoce, in confidenza. "Elettricità!"

Venuto il bel tempo Zia Carola cominciò a portarlo fuori in carrozzella, e un giorno compié un ardito passo innanzi, per inoltrarlo sulla via della guarigione, e gli posò il libro aperto nella mano sinistra, onde procurargli il piacere di leggere da solo. Egli parve grandemente apprezzare Humphyr Ward. Infatti, la prima cosa che fece fu di trarre l'orologio, non senza difficoltà, guardar l'ora, e riporlo nel taschino. La seconda fu di esibire una matita, con ancor maggiore difficoltà e con gesti disperatamente incerti, e con la sinistra scrisse in margine alla prima pagina: "*Partenza alle* 11,45." La terza fu di contare quattro pagine, e al piede della quarta scrisse: "12,15-6 *Cambio della squadra.*" Poi contemplò a lungo lo scarabocchio, quasi indecifrabile, con una puerile espressione di trionfo.

Ma quel chiaro mattino di maggio, dopo di averlo accomodato, Zia Carola sedette sul seggiolino pieghevole e gli disse: "M'ha scritto Hilda. Ha superato un altro esame. Vuoi che ti legga la lettera?"

Barras parve riflettere guardando a vuoto i grappoli del citiso e rispose: "Hilda è una brava donna. Anche tu, Carola. Anche Harriet lo era."

Zia Carola, sorvolando, secondo il suo costume, su queste piccole eccentricità, seguitò tutta giuliva: "Hilda si fa realmente onore. Scrive che il lavoro la rende estremamente felice. Senti cosa dice:" E lesse tutta la lettera di Hilda, in data 14 maggio 1920; la lesse lentamente e distintamente, studiandosi di tener desto l'interesse di dear Richard.

Ma appena finí, dear Richard diede un gemito e disse: "Perché nessuno mi scrive? Mai una lettera. Dov'è Arturo? È il nemico numero uno. Cosa fa alla Nettuno? Dov'è il mio diario? Voglio il mio taccuino."

"Yes, Richard." S'affrettò a placarlo consegnandogli il diario. "Ecco. Contento?"

Col diario sulle ginocchia Barras aspettò, sorvegliandola senz'averne l'aria, finché ella prese a lavorare d'uncinetto; allora posò la mano paralitica a guisa di paravento per impedire ch'ella vedesse ciò che voleva scrivere. Con la sinistra scrisse: *Seguito delle Note precedenti a difesa della Nettuno. Memorandum.* Consultò furtivamente l'orologio e aggiunse: 12,22-3-14 *Considerando inoltre che...*

In quella, udendo un rumore di passi, fu colto da panico, e con goffe mosse diffidenti chiuse il diario. Guardò su e vide Ann la cameriera avvicinarsi. Allora la sua faccia si schiarí a poco a poco; le sorrise, e annuí ripetutamente. Ann era una brava donna anche lei. Ma benché notasse il sorriso e i cenni del capo del padrone, Ann non se ne diede per intesa; ed evitandolo con cautela porse il vassoio a Zia Carola e si ritirò in fretta. Barras s'offese; la faccia gli si allungò in modo ridicolo. Imbizzí. Rifiutò il latte. "Perché è andata via?" Ma non aspettava risposta perché seguitò subito: "Perché Arturo non viene? Cosa fa? Dov'è?" Le domande gli cadevano alla rinfusa fuor dalle labbra, quasi inintelligibili.

"Yes, Richard, yes. È alla Nettuno, lo sai. Sarà tosto qui, per colazione."

"Cosa fa? Cosa fa? Cosa mi nasconde?"

"Niente, Richard, niente, assolutamente niente. Sai bene che ti racconta sempre tutto quello che fa. Bevi il latte, da bravo. Bada! lo versi tutto. Cosí, bravo. Vuoi il libro? Contento?"

"Niente contento. Arturo capisce poco. Pasticcione. È lui che mi inchioda qui. Elettricità. Traverso i muri. Ma se non fa attenzione," l'occhio vacuo ruotò furbescamente verso di lei, "se non fa attenzione, fra poco si troverà nei guai. Infortunio. Disastro. Inchiesta. È un imbecille."

"Yes, Richard."

"Devo parlargli. Devo insistere. Subito."

"Yes, Richard."

"Porta via quel bicchiere e fa' silenzio. Parli e parli e parli e mi impedisci di lavorare."

In quel momento udí un altro suono di passi, e questa volta era Arturo, che veniva su pel viale. Allora, con fretta furtiva, Barras tese il bicchiere a Zia Carola, e stette ad aspettare ostentando un'aria da me n'impipo. Ma interiormente tremava tutto, di risentimento e di diffidenza.

Arturo attraversava l'aiuola in direzione del citiso. Portava i knickerbockers e gli scarponi, e camminava curvo come se avesse lavorato eccessivamente. Da piú d'un anno, infatti, sospingeva i lavori a tutta pressione, sotto l'assillo della propria tensione nervosa, ma risoluto a non allentarla prima d'aver completato il suo programma. Aveva riorganizzata tutta la miniera, cosí che si stentava a riconoscerla. Vi aveva profuso molti quattrini, ma la bellezza della sua creazione lo ripagava a cento doppi, lo animava nelle preoccupazioni, lo sosteneva nelle depressioni. Aveva però dovuto lottare contro non poche difficoltà. Gli operai erano dubbiosi circa i suoi intenti; la sua condotta durante la guerra lo rendeva sospetto agli occhi dei piú. Inoltre, il suo temperamento spesso lo tradiva, e allora si sentiva accasciato dalla malinconia di riconoscere che era senza adesioni. Era uno di questi accessi di malinconia che gli pesava sulle spalle e lo faceva camminare curvo mentre si avvicinava a suo padre! e gli rivolse la parola in un tono piú indulgente del solito: "Come va, babbo?"

Barras alzò l'occhio su di lui e assunse un tono di grottesca autorità: "Cos'hai fatto?"

"Stamane sono stato nel Globo. È lí che gli scavi procedono adesso."

"Globo?"

"Sí, c'è scarsa richiesta di coke al presente. Produciamo sopra tutto *Parrot,* a 55 scellini la tonnellata."

"55 scellini." Il suo occhio mandò un lampo di intelligenza. Ma espresse indignazione, come nel passato quando riteneva che gli fosse fatta ingiuria. "Io lo vendevo a 80. Son canagliate. Mi combini qualche cosa di nascosto."

"Ma no. Devi tener conto che i prezzi son calati. Ancora la settimana scorsa il coke è sceso d'altri 10 scellini."

Il lampo svaní dall'occhio di Barras, che però rimase fisso su Arturo, carico di sospetto, mentre proseguiva nel suo cervello malato la lotta mentale. "Cosa dicevo? Oh, sí. Dimmi, dimmi tutto, tutto quel che fai."

Arturo sospirò. "T'ho già spiegato altre volte. Voglio

rimodernare tutta la Nettuno. Sicurezza, efficienza, collaborazione. Trattandoli meglio, gli operai rendono di piú."

La reazione di Barras fu violenta. Gli tremavano le mani. Parve sul punto di scoppiare in lagrime. "Sprechi denaro. Hai già speso troppo."

"No. Spendo soltanto quello che avrebbe dovuto essere speso negli anni passati. Sei persuaso?"

Barras finse di non udire: "Disapprovo. Sprechi denaro. Tutto per niente."

"Non eccitarti, babbo, ti fa male."

"Mi fa male?" La faccia gli s'imporporò. "Cosa intendi? Sei un imbecille. Ma aspetta: la prossima settimana vengo io alla Nettuno. Ti fo veder io."

"Va bene, babbo," disse Arturo tranquillamente, udendo suonare il gong; e rientrò in casa.

Barras, tremante di rabbia, aspettò che fosse scomparso sotto il portico, poi la sua espressione mutò istantaneamente e si fece puerilmente scaltra e cauta. Lanciò a Zia Carola un'occhiata furtiva, frugò la coperta, trasse il diario e scrisse: *A difesa della Nettuno. Indagare sulle somme spese contro il mio volere. Tener presente che comando io. Memorandum: durante la mia forzata assenza provvisoria dalla Nettuno, tener d'occhio il nemico numero uno.*

Contemplò lo scritto con infantile compiacimento. Poi, con fare spigliatamente ingenuo, accennò a Zia Carola di spingere la carrozzella verso casa.

VI

Quel mattino Davide si svegliò col piacevole pensiero di rivedere Harry Nugent. Abitualmente il suo primo pensiero era per Jenny: la strana rievocazione del fatto che era scomparsa, recisa dalla sua vita, dileguata nell'ignoto. Ma stamane fu per Nugent. Rimase un altro minuto in letto, riandando la storia della sua amicizia col deputato: i mesi passati in Francia, dove avevano fatto insieme, chini entrambi sulla stessa barella, leggera all'andata e pesante al ritorno, tante meste indimenticabili spedizioni in silenzio... Si scosse al suono dei passi di sua madre, a piano terreno, e percepí l'odore del *bacon* fritto. S'alzò, si fece la barba, si vestí e corse giú dalla scala in cucina. Benché non fossero ancora le otto, Marta era giú in faccende da piú di un'ora; il fuoco era acceso, la grata smerigliata di fresco, la tavola apparecchiata. "Buon giorno, mamma," disse sedendosi, e spiegando lo *Herald*.

Marta fece un cenno col capo senza parlare. Non era suo costume dare il buon giorno o la buona notte. Tutte le parole di Marta erano utili; mai superflue. Prese le scarpe di Davide e cominciò a lustrarle in silenzio.

Per un minuto egli scorse il giornale. La vigilia, a Edgeley, era stato inaugurato il nuovo locale della Federazione. Alla cerimonia aveva presieduto Harry Nugent, scortato da Jim Dudgeon e da Clem Bebbington. C'era la fotografia di Harry, con Bebbington bene in vista, in primo piano. D'un tratto Davide vide che sua madre gli lustrava le scarpe. S'indignò: "T'ho già detto che non voglio."

Marta continuò a spazzolare: "L'ho sempre fatto. Anche quando c'erano cinque paia. Non c'è ragione di smettere."

"T'ho detto che lo voglio far io. Perché non fai colazione assieme a me?"

"Non amo le novità."

Egli la guardò curiosamente. Da quando era venuta a tener casa per lui, non smetteva mai un momento di lavorare. Faceva tutto lei. Non era mai stato servito cosí bene in vita sua. Tuttavia sentiva che essa gli nascondeva qualche cosa; o piuttosto gli pareva di avvertire, sotto ogni atto ch'ella eseguiva per giovargli, un fosco satirico rimuginare. Mosso da curiosità, volle indagare, senza averne l'aria. Con fare spigliato disse: "Sai, mamma, stamattina faccio lunch con Harry Nugent."

L'imponente sagoma di Marta si delineava contro la finestra; la sua faccia tetra era inscrutabile. Prese l'altra scarpa, e appannandone il cuoio col fiato disse, in tono sarcastico: "Lunch, hai detto?"

Davide sorrise tra sé. Non c'era dubbio. Era gelosa, e si tradiva. Replicò: "Be', come vuoi tu, colazione. Sai chi è, vero? Il deputato. Siamo amici. È un'amicizia che devo coltivare. Non tutti posson dire di sedersi a tavola con l'on. Nugent. È un onore, capisci, mamma?"

Ella guardò su, pronta a ribattere una botta amara, ma capí che suo figlio voleva prenderla in giro. Arrossí, per essersi lasciata cogliere in trappola, e per nascondere il rossore si chinò e pose le due scarpe presso il fuoco. Poi, con un sorriso stentato: "Vantati, vantati. A me non la dài a intendere."

"Ma è vero, sai, quel che dico. Io sono molto piú cortigiano di quanto credi. Una di queste sere mi vedrai in sparato bianco."

"Va' là che non te lo stirerò io," rimandò Marta, torcendo le labbra in un sorriso.

Era un trionfo, per Davide: aveva fatto sorridere sua madre. Approfittando del minuto di buon umore, riprese, facendosi serio: "Vorrei, mamma, che tu non mi dimostrassi tanta avversione per ogni cosa che faccio. Se mi do tante premure, dovresti capire che ho i miei motivi."

"Avversione! Non è avversione. Non approvo certe cose che fai, ecco tutto; in Consiglio, in politica, eccetera. Quella faccenda della Nazionalizzazione, per esempio, e altre belle idee del genere. Non mi vanno. Non entrano nel mio codice. In tutti i tempi c'è sempre stato, nel pozzo, il signore e il lavorante. È contro natura voler cambiare le cose."

Nonostante la durezza del tono, Davide capí ch'ella era già piú malleabile, meglio disposta verso di lui; ne prese ardire per toccare un altro argomento: "Un'altra cosa, mamma."

"Cos'è?" domandò Marta, sospettosa.

"Riguarda Annie. Il piccino cresce che è un amore, e Annie fa miracoli per tirarlo su. È da un pezzo che voglio parlartene. Mi farebbe molto piacere se, dimenticando il passato, tu le permettessi di venire a vederti."

"E per qual motivo dovrei?"

"Sammy è tuo nipotino, dopo tutto. Trovo strano che questo pensiero non ti commuova. Se lo conoscessi come lo conosco io, son certo che gli vorresti bene. Quanto a lei, è una delle piú buone figliole del mondo. Il vecchio non s'alza piú dal letto, Pug è uno scapestrato, non hanno mai un quattrino in cassetta, e tuttavia è un prodigio come Annie tiene la casa."

"Cosa c'entro io?" disse Marta, di nuovo aspra, a labbra compresse. Sentir Davide lodare Annie le metteva stizza. Davide lo intuí, capí d'aver commesso uno sbaglio. Marta insisté: "Mi vuoi dire per quale ragione dovrei interessarmi di cose che non mi riguardano?"

Davide non rispose e riprese a scorrere il giornale.

Marta gli posò sul piatto un'altra fetta di bacon. Era il suo modo di dimostrare che non era irragionevole, che anzi intendeva di esser gentile. Ma Davide finse di non notarlo. Assolutamente inutile discorrere con sua madre. Alle otto e tre quarti piegò il giornale e s'alzò. Marta lo aiutò a infilare il soprabito. "Bada di non tornar tardi, dopo il tuo grandioso lunch."

Davide le sorrise prima di andarsene. Assolutamente inutile fare il broncio a sua madre.

Camminava in fretta andando alla stazione. Il gelo mattutino faceva crocchiare il terreno sotto i suoi passi. Fra i ragazzi che si recavano alla Nettuno, molti lo salutavano, se fosse stato presuntuoso, ecco, pensò ironicamente, un'occasione per sentirsi lusingato. Si rendeva conto d'esser diventato un personaggio importante nel comune, nel distretto, anzi; ma non ne traeva vanità. Davanti alla scuola incontrò il preside Strother, e la rapida occhiata di riconoscimento che questi gli lanciò carica di riluttante ammirazione, lo divertí realmente. Strother aveva una sacra paura di Ramage, che era presidente del consiglio scolastico. Aveva dovuto subire molte imposizioni da parte del macellaio; e la campagna che Davide aveva sferrato contro costui, pur terrorizzando il preside, gli ispirava un vero rispetto per Davide. Strano, pensava Davide, ricordando l'antica animosità che il preside gli dimostrava.

A metà percorso vide le nuove case operaie in costruzione; lavori indetti dal Comune in base al programma elaborato e presentato da lui. La vista dei muratori affaccendati a fabbricar calce, a portar mattoni, gli parve esprimere una nota di promessa, di vittoria. Oh, se solo gli riuscisse di far cadere al suolo tutto il sobborgo dei Terrazzi, con le sue catapecchie lastricate di pietra, dei muri infestati di cimici, con le scale interne a piuoli, e le latrine in cortile; e di veder effettuarsi il suo sogno di costruire dieci file di case come questa, proprio qui, di fronte alla nuova residenza di Ramage!

Salí nel treno, assorto nei suoi sogni e dimenticò di leggere il giornale. Ne uscí a Tynecastle e si diresse all'ufficio, sempre immerso nelle sue meditazioni. Notò in un'edicola l'intestazione d'un giornale che diceva *Le Miniere ai Minatori.* Un giornale laburista. Su un altro giornale vicino lesse quest'altra intestazione: *Lady X, sul suo pony in Park Lane.* Quello non era un giornale laburista.

Heddon non era in ufficio. Davide si liberò del mantello, scambiò due parole con l'impiegato e passò nello stanzino interno. Lavorò tutta la mattina. Alle dodici e mezzo arrivò Heddon, apparentemente di cattivo umore, perché piú brusco del solito e taciturno.

"Sei stato a Edgeley ieri?" domandò Davide.

"No!" Razzolava tra le carte, come per cercarne una, e quando la trovò non seppe che cosa farsene, quasi che non gli occorresse. Si cacciò il cappello sulla nuca e sputò con veemenza verso il camino.

"Qualche cosa che non va?" domandò Davide.

"Oh, fa' silenzio, e andiamo a quel fottutissimo banchetto. Ho già visto Nugent stamane e mi ha raccomandato di non far tardi. C'è anche Jim Dudgeon, e l'onnipotente iddio Bebbington."

Non aprí bocca durante il percorso. Arrivarono in anticipo al North Eastern Hotel. Sedettero ad uno dei tavolini in vimini della hall, e Heddon, che probabilmente aveva fatto apposta ad arrivar presto, ordinò whisky, e dopo un paio di bicchieri cominciò a sentirsi piú umano. Guardò Davide con torva allegrezza e disse: "Ad ogni modo, ne sono felicissimo. Solo mi secca il trambusto del cambiamento."

"Di che cosa parli?" domandò Davide.

"Di niente, mio innocente cherubino, come diceva Shakespeare. Oh, ecco i magnati."

S'alzò quando i tre deputati s'avvicinarono. Davide strinse calorosamente la mano di Nugent, che lo presentò agli altri due, Jim Dudgeon gli fece un'accoglienza rumorosamente cordiale, come ad un vecchio amico, ma Bebbington lo salutò con freddezza, con marcato distacco. Heddon vuotò d'un fiato il suo bicchiere, e benché Dudgeon proponesse altre bibite per tutti Nugent scosse semplicemente la testa e si avviarono al ristorante.

La lunga sala color nocciuola, con le finestre prospicienti da una parte sulla strada e dall'altra sull'interno della stazione, era quasi gremita; ma il capocameriere venne loro incontro e li precedette ad un tavolo riservato, facendo a Bebbington ripetuti inchini. Lo aveva riconosciuto dalle fotografie apparse sui giornali. Da qualche tempo Bebbington s'era messo sovente in mostra: alto, freddo, elegantemente vestito senza ricercatezza, l'aria superiore, l'occhio irrequieto, sfoggiava un piglio soavemente cortese e un sorriso antipatico, e possedeva un modo tutto suo per attirare l'attenzione su di sé. La sua finta modestia proveniva dalla sua smodata ambizione che egli mascherava abilmente sotto uno strato di indifferenza. Era un vero aristocratico, prodotto di Winchester e Oxford; tutte le mattine tirava di scherma, e il resto della giornata frequentava la piú alta società di Londra. Nessuno sapeva se fosse per convinzione, o non piuttosto per motivi di salute, che militava nelle file del laburismo; certo era che aveva brillantemente conquistata la circoscrizione di Chalworth Borough, che finallora era stata una delle roccheforti del partito conservatore. Non faceva parte, ancora, del Comitato esecutivo del Partito Laburista, ma lo teneva d'occhio. Davide lo detestò al primo sguardo.

Jim Dudgeon era un uomo di tutt'altra pasta Come Nugent, faceva parte da vari anni del Consiglio della Federazione dei Minatori. Contator di frottole, e cantore di gioconde canzoni, era piccolo di statura, tarchiato, trascurato nella pronuncia, ma geniale, e chiamava tutti pel nome di battesimo. Gli occhiali montati in corno gli davano l'aspetto d'un gufo. Ordinò al cameriere una costoletta di agnello e un doppio di birra, usando le mani per illustrarne lo spessore e le dimensioni. Anche gli altri ordinarono le vivande: Heddon come Dudgeon, Davide rosbif con patate al pari di Nugent, e Bebbington una sogliola fritta, con toast Melba, e acqua di Vichy.

"Mi fa piacere di rivederti," disse Nugent a Davide, col suo amichevole sorriso incoraggiante. La sua schiettezza derivava dal candore della sua ferma personalità. Al contrario di Bebbington, non si studiava di convincere il prossimo; i suoi modi erano spontanei. Ma oggi Davide intuí qualche proposito nascosto dietro la cordialità di Nugent; ed era conscio degli sguardi di Dudgeon e di Bebbington intenti a pesarlo. Curioso.

"Non c'è male questa bettola," disse Dudgeon, masticando pane, ed ispezionando la sala.

"Son gli specchi che vi piacciono, vero?" disse Bebbington, col sorriso antipatico. "Senza procurarvi un torcicollo potete prendervi la soddisfazione di osservare sei Dudgeon in una sola volta."

"Ben detto, Clem, ben detto," replicò Dudgeon fregandosi allegramente le mani. Benché capace di ridere o di piangere, nei momenti politici critici, era tuttavia refrattario come un ippopotamo al senso della canzonatura. "Vedete là quella bella figliuola col *sciapò* celeste?"

"Si direbbe che venite qui a fare il Don Giovanni."

"Ho sempre avuto un debole per le biondine, Clem."

"Andate a presentarvi e datele appuntamento per stasera."

"È una grande idea, Clem, ma meglio no. Devo ripartire alle tre per Londra."

Heddon diede una risata, e Bebbington parve scoprirlo solo allora, perché lo guardò stupito per un attimo, e l'attimo seguente dimostrò di volersene dimenticare.

Nugent disse a Davide: "Stai facendo cose da pazzi a Sleescale, mi dicono."

"Non vale la pena di parlarne," rispose Davide, con un sorriso deprecativo.

"Come no?" saltò su Heddon. L'arroganza di Bebbington lo indispettiva, ed era fermamente risoluto a non lasciarsi imporre da un castrato come lui. Aveva già ingurgitato mezzo litro di birra in aggiunta ai due whisky, e si sentiva in forma, e intendeva dare la misura della propria importanza. "Ha presentato un programma di costruzioni operaie, che non se n'era mai visto l'uguale in tutta la circoscrizione. Ha creato una clinica per le gestanti, e una centrale del latte pei bimbi bisognosi. A Sleescale son sempre stati una manica di imbroglioni. Ora finalmente un uomo onesto s'è intrufolato nell'amministrazione, e tutti i colleghi stan su a sedere con la fifa ch'egli li obblighi ad inscriversi nella Banda della Speranza." Trangugiò un enorme sorso di birra. "Potete star tranquilli che farà piazza pulita quanto prima."

Cadde un silenzio. Nugent pareva compiaciuto. Dudgeon spalmò di mostarda la sua costoletta d'agnello e disse, con un sogghigno: "Potessimo fare noi altrettanto in Parlamento! Liberarci degli ostruzionisti, che si oppongono alla Riforma delle miniere."

Davide domandò avidamente: "A che punto si trova la faccenda della Nazionalizzazione?"

Bebbington e Nugent scambiarono un'occhiata, mentre Dudgeon si trincerò dietro gli occhiali montati in corno. Poi pose un dito nocchiuto sulla tovaglia davanti a Davide e replicò: "Conoscete, è vero, la proposta di Sir John Sankey, di far acquistare dal Governo le miniere e tutta l'industria carbonifera. E naturalmente sapete che

Lloyd George ha dichiarato il 18 agosto alla Camera dei Comuni che il Governo accetta il principio di far acquistare dallo Stato tutti i diritti minerari. Su questo punto sono unanimi tutte le relazioni della Commissione Reale. Dovrebbe bastare, no? Cos'altro volete? Non è come se fosse già fatto?" E prese a ridere omericamente, per dimostrare che la cosa lo divertiva assai, "Impagabile quella Commissione! Avreste dovuto sentire Bob Smillie discutere col duca di Northumberland; e Frank attaccare il Marchese di Bute sull'origine delle regalie e dei privilegi sul sottosuolo! Tutta la situazione attuale è dovuta alla firma d'un bamboccio di sei anni: Edoardo VI. Avrei pagato qualunque cosa per prendere la fotografia di Lord Kell. Pare che l'arcitrisavolo di Lord Kell conseguisse tutte le sue regalie per aver fatto da ruffiano a Carlo II. Non è un portento? Milioni di regalie per tutta l'eternità, per aver fatto, con molto successo, da ruffiano a Sua Maestà!" Dudgeon si appoggiò allo schienale per ridere fragorosamente.

"Tutto questo non mi pare affatto divertente," disse Davide, serio serio. "Il Governo ha preso un solenne impegno di fronte alla Camera dei Comuni. L'intera faccenda è una bricconata."

"Questo è esattamente ciò che Harry Nugent ha dichiarato alla Camera dei Comuni," rispose Dudgeon. "Ma, Dio mio, non ha alcun valore. Cameriere, ancora un po' di patate."

Mentre Dudgeon ciarlava, Nugent aveva tenuto d'occhio Davide, rievocando le loro lunghe discussioni dietro i sacchi a terra nelle trincee, sotto la luna che illuminava i reticolati e i crateri scavati dalle granate. Domandò: "Sempre entusiasta della Nazionalizzazione, Davide?"

Davide accennò di sí senza parlare. Nessuna parola avrebbe potuto essere piú efficace di quel cenno. Nugent guardò Dudgeon, che con la bocca piena emise un suono gutturale, poi guardò Bebbington, che dal canto suo fece un segno di assentimento. Allora si volse a Davide, e disse in tono d'autorità: "Senti, Davide. Il Consiglio ha deciso di fondere i tre distretti locali in una sola circoscrizione, il suo quartier generale sarà nel nuovo fabbricato di Edgeley inaugurato ieri. Cerchiamo un segretario, con le funzioni suppletive di tesoriere. Abbiamo bisogno di un uomo giovane ed energico. Ne ho parlato stamattina a Heddon; ed ora ti annuncio ufficialmente che abbiamo riservato la carica a te."

Davide trasecolò; l'offerta gli pareva esorbitare dalle sue capacità. Domandò: "Significa che potrò presentarmi al concorso?"

"No. La settimana scorsa abbiamo già sottoposto il tuo nome, con altri, al Comitato. Il Comitato siamo noi tre. E tu sei il nuovo segretario." Gli tese la mano.

Davide gliela strinse meccanicamente, rendendosi conto dell'importanza della promozione. Ma pensando a Heddon, che ovviamente aveva scavalcato, disse, con fare incerto: "Ma Heddon..."

"Heddon ha dato ottime referenze sul tuo conto," interruppe Nugent tranquillamente.

Gli occhi di Heddon incontrarono quelli di Davide, rivelando il senso dell'offesa che gli era stata fatta, ma anche la generosità della propria indole. Poi protese il mento innanzi e disse aggressivamente: "Io non accetterei la carica né per denaro né per amore. Vogliono un uomo giovane, capisci. Io continuerò a starmene qui, alla mia greppia; e non la cederei a nessuno." Il suo sorriso, benché un po' forzato, era riuscitissimo.

Bebbington, seccato da tanta emotività, consultò l'orologio, e disse che il treno partiva alle tre.

Si alzarono tutti e passarono nell'interno della stazione. Nugent indugiò alla retroguardia, con Davide e gli disse prendendolo pel braccio: "Eccoti finalmente l'occasione che meritavi. Ora ci farai vedere ciò che vali."

Presso il treno aspettava un giornalista con la macchina fotografica. Jim Dudgeon s'affrettò a rimettere gli occhiali e assunse un aspetto ufficiale. Gli piaceva farsi fotografare. "Gli affari riprendono," disse a Davide, "è la seconda volta, oggi, che mi fotografano."

Bebbington sorrise frigidamente e passò in primo piano, dicendo: "Non fa meraviglia, dato che fui io a combinare col giornale, tutt'e due le volte."

Quando il treno partí, l'ultima impressione di Davide, mentre stava sulla banchina in compagnia di Heddon, fu la tranquilla serenità della faccia di Nugent.

VII

Verso il principio di febbraio Arturo si assicurò un importante ordinativo di coke dalla ditta Mawson & Gowlan. Da un anno in qua, gli introiti della miniera erano grandemente diminuiti; le riparazioni, estorcendo carbone alla Germania, danneggiavano l'esportazione inglese, e nel dopoguerra la Nettuno aveva prodotto sopra tutto per l'estero. La Francia naturalmente preferiva il carbone tedesco, gratis e scadente, a quello costoso e perfetto di Arturo; e, quasi che ciò non bastasse, l'America si era introdotta in concorrenza con la Gran Bretagna sui mercati europei.

Arturo non era uno stupido. Persuaso che l'inflazione artificiale dei prezzi d'esportazione fosse la conseguenza diretta della carestia di carbone sofferta dall'Europa durante la guerra, egli riteneva conveniente, ora che calava la richiesta dall'estero, rinunciare all'esportazione, e crearsi una clientela in patria.

Questo ordinativo della ditta Mawson & Gowlan era stato implicitamente previsto, a titolo di reciprocità, nel contratto per la fornitura di materiale che la Nettuno aveva stipulato nel 1918 con la medesima ditta; ma quei volponi di Jim Mawson e Joe Gowlan ne avevano finora differito la conferma, e per conseguirla Arturo aveva dovuto accordare prezzi minimi, che gli lasciavano un tenuissimo margine di profitto. Nondimeno era soddisfatto d'aver potuto finalmente concludere l'affare, e quand'ebbe tra le mani la bozza del contratto la portò trionfalmente nell'ufficio di Armstrong, dicendogli: "Prendetene visione. Significa due turni di lavoro al massimo della nostra potenzialità per quattro mesi."

Armstrong, con un'espressione di compiacimento, trasse gli occhiali dal taschino e prese a compulsare lentamente le clausole. Ogni poco mormorava qualche osservazione, intesa ad esprimere la sua meraviglia che Gowlan, quel monello d'un Joe che una volta caricava i vagoncini nel Paradiso, fosse ora salito a tanta altezza da poter trattare affari di cosí vaste proporzioni.

"Meglio non ricordarglielo, Armstrong. Viene stamattina alle dieci per la firma. A proposito, conto sulla vostra presenza come testimone."

"Non mancherò, Mr. Arthur... Son realmente due

pezzi grossi a Tynecastle lui e Mawson. Hanno le mani in pasta in una mezza dozzina di grosse aziende. Ho sentito dire che ultimamente hanno assorbito anche la Young, la ferriera che stava per fallire..."

"Già," disse seccamente Arturo, perché non gli garbava l'allusione ad un'altra impresa minacciata dal fallimento. "Gowlan continua ad allargare le sue attività; pare che navighi in ottime acque, ed è perciò che ho voluto assicurarmi questo ordinativo."

Armstrong gli scoccò un'occhiata curiosa al disopra degli occhiali, poi riprese la lettura, meticolosamente, muovendo le labbra. A un dato punto disse: "Vedo che c'è la clausola della penale."

"Per forza."

"Mr. Barras non le tollerava mai, nei contratti di fornitura."

Arturo s'irritava udendo citare i metodi paterni in opposizione ai suoi. Fece qualche passo, le mani intrecciate dietro la schiena, e dichiarò nervosamente: "In questi tempi si fa come si può. Se si vuol cambiare, è una necessità assoluta cedere su alcuni punti; altrimenti si perde l'affare, e lo guadagna la concorrenza. D'altronde siamo perfettamente in grado di eseguire l'ordinativo Da parte delle maestranze, non c'è periodo di guai. Il sussidio governativo continua fino al 31 agosto, solennemente garantito; dunque abbiamo sei mesi davanti a noi, e la fornitura sarà ultimata entro quattro."

"Questo è vero," assentí Armstrong, senza entusiasmo. "Solo pensavo che... Ad ogni modo è affar vostro, sir." Arturo stava per sollecitare spiegazioni quando udí il rumore di un'automobile che entrava in cortile. Fece dietro fronte e si accostò alla finestra. "Ecco Gowlan. Dite un po', Armstrong; vi pare che abbia l'aria di un monello?"

Un minuto dopo, Joe entrava in ufficio. Fece un ingresso teatrale; la mano tesa, l'occhio elettricamente vivace e cordiale. Strinse vigorosamente la mano di Arturo e di Armstrong; guardandosi attorno con compiaciuta commozione quasi che si rallegrasse di trovarsi in quell'ufficio. "È una vera gioia per me, ritornare in questa miniera. Ricordate, Armstrong, che da ragazzo lavoravo ai vostri ordini? È innegabile che ho imparato da voi l'abbicí del mestiere. Ed è da vostro padre, Mr. Arthur, che ho riscosso i miei primi soldini. Se ci si pensa, non son mica passati molti anni da allora a oggi." Sedendo, tirò su sui ginocchi i calzoni dall'impeccabile piega. "Devo dire, anzi, che, piú che dal bisogno, mi son lasciato indurre dalla sentimentalità, nel passarvi questo ordinativo. La Nettuno mi piace; e mi piacciono i vostri metodi, Mr. Arthur. S'è fatta una miniera modello. L'ho detto al mio socio. C'è chi sostiene che negli affari s'ha da escludere il sentimento. Per conto mio, chi pensa cosí è un materialone, che non capisce niente; vero, Mr. Arthur?"

Arturo sorrise. Impossibile resistere al giocondo fascino di Joe. Disse: "Dal canto nostro siamo soddisfatti d'aver ottenuto l'ordinativo."

Joe annuí graziosamente: "Le cose non son troppo brillanti, eh, Mr. Arthur? So bene, so bene; è un affar serio, quando si è totalmente impegnati in un'azienda sola. È per questo che io e Jim persistiamo ad estenderci." Fece una pausa significativa, prese macchinalmente una sigaretta dalla scatola sulla scrivania, e accendendola seguitò, con molta solennità: "Stiamo facendo l'anonima. Il momento è propizio. Ci dànno duecentomila per l'avviamento, e beninteso il controllo sull'amministrazione."

Arturo non poté non sentirsi impressionato dalla notizia. Per qualche attimo, pensando alle proprie preoccupazioni, provò invidia della suprema abilità di Joe. Poi cacciò il pensiero dalla mente, e sfogliando il contratto disse: "Vogliamo passare a ciò che ci interessa?"

"Pronto, Mr. Arthur, sempre pronto alla discussione, sir," rispose Joe, mellifluo.

"C'è un solo punto," rispose Arturo, "sul quale vorrei avanzare un'obiezione. La questione della penale."

"Sarebbe a dire?"

"Non esiste il minimo dubbio, quanto alla nostra capacità di eseguire l'ordinativo, ma..."

"Allora perché preoccuparsi della clausola?" interruppe Joe, col piú persuasivo dei suoi sorrisi.

"Oh non è che me ne preoccupi; ma, visto che ho accettato prezzi eccezionalmente bassi, e per giunta la consegna a domicilio, pensavo che potremmo intenderci per sopprimere la clausola. Cosa ne dite?"

"Ah, sir, dobbiamo pur garantirci, capirete. Se vi accordiamo la fornitura, una fornitura cosí importante, è giusto che ci assicuriamo contro ogni eventualità. È fair play, dopo tutto. Se non la pensate come me, sarei spiacentissimo di dover..."

"No, no, non è il caso. Se insistete, lascio correre." Arturo mirava sopra tutto ad assicurarsi la fornitura, per intensificare la produzione e creare lavoro pei suoi uomini. E in cuor suo pensava che la clausola era, giuridicamente, ragionevolissima.

Allora Joe, senza affrettarsi, trasse la stilografica montata in oro e vergò la sua firma con abbondanti ghirigori ornamentali, sotto gli occhi ammirativi di Armstrong, il quale pensava agli scappellotti che gli aveva appioppati non molti anni addietro. Poi strinse principescamente le mani offerte, si fece accompagnare all'automobile ed eseguí una pomposa ritirata da trionfatore.

Tornato alla sua scrivania, Arturo prese a meditare sull'impegno col quale si era legato accettando la clausola della penale. Come sempre gli avveniva dopo di aver adottato una decisione importante, si sentí assalire dalla preoccupazione di venir impedito, da cause di forza maggiore, di effettuarla. Pensò che poteva assicurarsi contro rischi di tal natura, e telefonò alla sua società d'assicurazione; ma gli fu chiesta una annualità cosí alta che avrebbe inghiottito tutto il profitto della fornitura. Riagganciò il ricevitore, e proibí a se stesso di lasciarsi tormentare da morbose inquietudini.

Ed invero ogni preoccupazione svaní appena egli vide il lavoro nella miniera ricominciare a svolgersi con ritmo accelerato. Nella gloriosa attività del pozzo gli pareva sentir pulsare il proprio entusiasmo. Era questo ciò ch'egli aveva sempre ambito: lavoro per tutti, lavoro onesto, paghe oneste, profitti onesti. Si sentiva felice come mai prima. Quella sera si recò, in uno stato di gioiosa sovreccitazione, a far visita a suo padre, e gli annunciò con manifesta allegrezza: "Abbiamo ripreso i due turni, babbo, e a tutta pressione!"

Dalla sua poltrona accanto al camino, Barras lo guardò con marcata diffidenza. La stanza era surriscaldata, le finestre e le porte ermeticamente chiuse da Zia Carola contro il pericolo d'ogni infiltrazione di elettricità. Sotto la coperta, mezzo nascosto, era un fascio di cartelle, scarabocchiate dal paralitico; ed a portata di mano un bastone, perché ora poteva eseguire qualche passo, trascinando il piede destro. Dopo un minuto balbettò, confusamente: "Niente di straordinario. Sempre cosí, ai miei tempi."

Arturo si sentí mortificato. "È vero, ma i tempi son cambiati."

"Cambiati. Aha! Aspetta che torni io, poi vedi... Sei un imbecille. Ridi pure. Ridi pure come un pagliaccio, ma tieni a mente questo: la miniera non andrà mai bene finché non tornerò io."

"Ne sono persuaso. Fa' presto a guarire," rispose Arturo, e con un cenno conciliante se ne andò.

Tutto procedette senza intoppi fino al 16 febbraio: Quel mattino si era seduto al breakfast d'ottimo umore: imitando l'antica abitudine di suo padre, faceva colazione da solo. Aveva cominciato a succhiarsi il grape-fruit quando l'intestazione d'un articolo in terza pagina richiamò il suo sguardo. La rilesse varie volte come trasognato. Depose il cucchiaio e lesse tutto l'articolo. Poi dimenticò totalmente la colazione; respinse indietro la seggiola, s'alzò lasciando cadere il tovagliolo e corse al telefono. Chiamò Probert delle Miniere Riunite, il quale era anche un membro influente dell'Associazione dei Minatori del Nord.

"Avete letto il *Times?*" furono le sue prime parole. "Sospendono il sussidio. Il 31 marzo. Nel discorso della Corona."

La voce di Probert rispose: "Sí, ho letto. Piú presto di quanto ci aspettavamo."

"Il 31 marzo! Il mese venturo! Incredibile. Avevan promesso di mantenerlo fino ad agosto."

"Son meravigliato anch'io. È un colpo di cannone. Avremo delle seccature."

"Ho assoluto bisogno di parlarvi. Posso venir subito? Grazie, vengo."

Infilò il pastrano, corse alla rimessa, salí nella vetturetta (che aveva sostituito la sfarzosa guida interna) e partí a precipizio. Probert abitava a quattro miglia di distanza, a Hedlington; Arturo arrivò in sette minuti a casa sua, e lo trovò nella sala da pranzo impregnata dell'odore di buon caffè e d'ottimo tabacco, comodamente adagiato in una gran poltrona presso il fuoco, col *Times* sulle ginocchia. Era un quadretto piacevole alla vista: la camera calda, coi soffici e ricchi tappeti, il padrone dall'aria piena di decoro, ben pasciuto, che si concedeva qualche momento di digestione prima di intraprendere la sua laboriosa giornata.

Probert si alzò per stringere la mano di Arturo. "Sono

anch'io sconvolto al pari di voi, figliuolo." Era un uomo sui sessantacinque, alto di statura, e aveva un nobile portamento, ch'egli sapeva mettere a profitto nelle riunioni che presiedeva: una criniera abbondante, candida, e sopraccigli neri. Facoltosissimo, rispettosissimo, contribuiva largamente alla beneficenza, o meglio a quelle opere d'assistenza che pubblicavano il nome degli offerenti e l'importo dei loro versamenti. Non passava inverno senza che la sua chioma leonina apparisse sui cartelloni di propaganda a favore di qualche ospedale, con la scritta *Mr. Edgar Probert, che ha generosamente contribuito al fondo, invita tutte le persone di buon cuore ad imitarlo.* Da oltre trent'anni dissanguava i suoi uomini. Era un simpaticissimo vecchio furfante. "S'accomodi, figliuolo."

Ma Arturo era troppo agitato per star seduto. "Vorrei sapere che cosa significa questa misura inaspettata. Non riesco a capacitarmene."

"Mah! Temo che ci creerà qualche difficoltà."

"Ma perché han preso una decisione simile?"

"Eh, capirà, il Governo sussidiava finché esisteva la probabilità, con questo mezzo, di sollevare le sorti dell'industria, e finché conservò la speranza di beneficiare indirettamente. Ma ora che le cose vanno maluccio, è naturale che rifiuti di dividere con noi le perdite, che purtroppo dobbiamo subire. Ma, per esser franchi, meglio cosí, sa. Sia detto fra noi, ho ricevuto informazioni private da Westminster. Da esse risulta che è assolutamente indispensabile provvedere a rimettere un po' d'ordine in casa. Dalla fine della guerra si è venuta formando una minacciosa corrente di malintesi, tra noi e le maestranze. Siamo ad una svolta critica. Bisogna risolversi a prender posizione: accordarci tra noi datori di lavoro, e... lottare."

"Lottare?"

Probert annuí, tra i balsamici fumi del suo avana. Aveva un aspetto nobilissimo. Impersonava — ma sotto tratti simpatici — un tipo medio tra il Silver King e il Dottor Barnardo. Dichiarò: "Per conto mio proporrò una riduzione del 40 per cento sui salari."

"Quaranta per cento!" esclamò Arturo trattenendo il fiato. "Impossibile che gli operai accettino. Sciopero garantito."

"Non credo che siano in grado di scioperare." Nessuna animosità nelle parole; solo un accento di benevola astrazione. "D'altronde, se non si dimostrano ragionevoli, faremo la serrata."

"La serrata?" echeggiò Arturo. "Rovinoso!"

Probert sorrise tranquillamente e guardò Arturo con aria patrocinante. "Suppongo che ognuno di noi si è costituito il suo gruzzoletto, durante la guerra. Si tratta di vivacchiarci su alla meglio, finché gli operai cedano. Non le pare, figliuolo?"

Il gruzzoletto! Arturo pensava alle somme spese nel rimodernamento della Nettuno; e pensava alla fornitura che s'era testé assicurata con tanta difficoltà che richiedeva la massima attività di lavoro. Si sentí assalire da una subitanea collera. "Io non voglio sentir parlare di serrate. M'oppongo assolutamente. Alla Nettuno lavoriamo in pieno a turni doppi. Sarebbe una pazzia la riduzione del 40 per cento. Io ai miei uomini intendo pagare salari ragionevoli. Non sono certo disposto a chiudere un pozzo che funziona in pieno. Nessuna voglia di sacrificarmi per gli altri."

Probert — rammentando l'ignobile condotta di Arturo durante la guerra, disprezzandolo come uno scemino squilibrato, e mascherando il tutto sotto una gesuitica benevolezza — gli posò una mano sulla spalla dicendo: "Via, figliuolo, non esageriamo. Voi siete un pochino impulsivo, lo sappiamo. Bisogna sapersi dominare. Quest'altra settimana v'è la riunione plenaria dell'Associazione. Conto anche sul vostro appoggio, figliuolo. Di qui a là avrete avuto tempo di riflettere, e di accettare il mio punto di vista. Non esiste altra via di scampo, date retta."

Arturo lo fissava con uno sguardo profondamente addolorato. Un nervetto prese a tremargli sulla guancia. Non esiste altra via di scampo, aveva detto Seneca. Era vero. Verissimo. Arturo era, come tutti i suoi colleghi, legato mani e piedi all'Associazione; in mille maniere. Mormorò, indignato: "Per me sarà una rovina."

Ma l'osservazione non parve interessare Probert. "Capirete, figliuolo, bisogna tenerli al loro posto gli operai, altrimenti... Sentite, avete fatto colazione? Volete una tazza di caffè?"

"No, grazie, non posso trattenermi."

"E come sta vostro padre?" domandò Probert, con soavità. "La Nettuno deve sentir profondamente la sua assenza, vero? Ma mi dicono che va migliorando. È il mio piú vecchio collega, nell'Associazione. M'auguro di rivederlo presto alle nostre riunioni, quel caro Richard. Non dimenticate di portargli i miei saluti, vero?" Arturo, spostandosi verso la porta, faceva ripetuti cenni del capo. "Davvero non volete una tazza di caffè?"

"No, grazie," rispose Arturo, sospettando che il vecchio ipocrita si burlasse di lui. S'affrettò ad uscire dalla casa, ma quando fu in automobile riprese lentamente la via del ritorno. Entrò nel suo ufficio alla Nettuno, sedette alla scrivania e con la testa fra le mani ponderò amaramente sulla situazione. Era a capo di una miniera mirabilmente attrezzata ed in piena attività. Era determinato a pagare ai suoi uomini un salario onesto. L'obiettivo di Probert lo scandalizzava. Prese la matita, si ingolfò di calcoli e trovò che la riduzione del 40 per cento, conguagliata agli indici prebellici, portava il salario medio al disotto di una sterlina la settimana. Era follia sperare che gli operai l'accettassero. E tuttavia lui, Arturo, non poteva opporsi: si era impegnato a rispettare le decisioni dell'Associazione. Il sottrarsi a quest'obbligo equivaleva ad un suicidio finanziario. Non c'era che da rassegnarsi: chiudere i cancelli, metter gli uomini sul lastrico, rinunciare alla fornitura, e pagare la penale. Di fronte alla crudele ironia della situazione gli venne da ridere.

Nella sua seduta plenaria l'Associazione stabilí di inviare a tutti i proprietari una circolare riservata e confidenziale, nella quale si accennava all'eventualità di una prossima serrata, e si additava la convenienza di accumulare forti riserve di carbone. Quando Arturo la ricevette, rise di scherno. Com'era possibile accumulare in sei settimane una quantità di carbone che richiedeva per lo meno quattro mesi per esser cavata?

Il 24 marzo fu promulgata la legge che sospendeva il sussidio alle miniere. Arturo dovette notificare alle maestranze la sospensione dei lavori a partire dal 1° aprile. Il 31 marzo era un giorno piovoso. Nel pomeriggio, mentre Arturo guardava dal suo ufficio gli ultimi vagoncini uscire di sotterra nella pioggia battente, la porta si aprí e comparve Heddon, senza preannuncio. Il suo ingresso silenzioso denotava intenti battaglieri. Si piantò, torvo e minaccioso, con la schiena appoggiata alla porta chiusa, la sagoma tozza leggermente curva come sotto il peso dell'imminente serrata. Disse: "Cosí avete licenziato gli uomini."

Arturo rispose definitivamente: "E che cosa ci posso fare io? Devo fare come tutti gli altri."

Heddon emise un risolino sarcastico. "Il vostro caso è leggermente diverso. E la differenza sta in ciò che questa è la piú umida miniera di tutto il distretto. Avete licenziato anche i pompieri e gli uomini di sicurezza..."

"Sentite, Heddon," disse Arturo, con serietà. "Sono ancora troppo sconvolto dalla situazione per poterne discutere con voi. Sapete che sono costretto..."

"A provocare un altro allagamento, alle volte?" interruppe Heddon, con una curiosa inflessione nella voce.

Arturo era sul punto di perder la pazienza. Non aveva nulla da rimproverarsi, e non poteva ammettere che Heddon assumesse contro di lui un simile atteggiamento. Sdegnato, rispose: "Gli uomini di sicurezza li tengo."

"Ah, li tenete? Solo se io acconsentirò che essi continuino a lavorare per voi. Se non lo acconsento, la vostra fottutissima miniera sarà allagata in ventiquattr'ore. Credete ch'io sia cosí imbecille da permettere che gli uomini vi salvino la miniera. per farvi ingrassare, quando voi m'affamate i compagni? State fresco!..." Poi, con un gesto da forsennato, quasi che diffidasse di potersi dominare piú oltre, fece un brusco voltafaccia, spalancò la porta, uscí e se la sbatté alle spalle.

Arturo rimase vario tempo inchiodato sulla seggiola, finché annottò. Finché la miniera rimase deserta. Allora si alzò a stento, e rincasò, oppresso da un senso intollerabile di disperazione.

La serrata proseguí per lunghe, tristissime settimane. Arturo non poteva fare altro che stare ad osservare la lotta crudele degli operai contro lo spettro della miseria. Da un giorno all'altro notava i progressi sempre piú ignominiosi di quel disuguale conflitto, i sintomi sempre piú evidenti delle sofferenze degli operai: le gote smunte degli uomini disperati, la oscurità che avviluppava le facce delle donne e persino dei bambini. Il cuore gli sanguinava sotto le fitte spietate di un freddo dolore. Dapprima la guerra, la guerra che doveva abolire la guerra e portare la pace eterna, segnare l'avvento di una gloriosa èra di civiltà rinnovellata. E adesso quest'obbrobrio! Contentatevi della *dole*, o ciurma di schiavi! Rinunciate a tribolar sotterra nel vostro sudore e nel lerciume e nei pericoli; contentatevi della *dole* e crepate di fame! Una donna è morta di parto, nel borgo dei Terrazzi; e il dottor Scott, su richiesta delle autorità, ne attribuí il decesso al suo stato di denutrizione: la temperata locuzione ufficiale intesa a mascherare il fatto che era morta di fame. Margarina e pane; pane e margarina. Talora nemmeno questo! Procreate baldi figliuoli, o donne, per cantare la canzone dell'Impero!

Scottanti pensieri di tal fatta saettavano nella mente di Arturo. Alla fine del primo mese inaugurò nel villaggio varie cucine economiche, ed elaborò e mise in atto un programma di assistenza ai bisognosi. I suoi tentativi furono accolti non con gratitudine ma con odio. Egli in cuor suo non poteva biasimare gli operai. Capiva le ragioni del loro risentimento, ma si sentiva incapace di voltare a proprio favore la corrente dell'opinione popolare. Non possedeva il dono di farsi una propaganda spettacolosa; non possedeva una personalità persuasiva da utilizzare. Fin da quando aveva assunto la direzione della miniera, gli operai gli avevano dimostrato poca fiducia; e adesso, sui muri delle sue cucine economiche, apparivano sovente scritte ingiuriose al suo indirizzo. *All'inferno l'imboscato*. Appena cancellata, ricompariva nella notte; con qualche altra frase anche piú offensiva. I giovani, figli o fratelli minori degli operai periti nel disastro, gli erano particolarmente ostili.

La crudele tragedia continuava. Con vero disgusto Arturo lesse la notizia della costituzione della Defence Force, un corpo di ottantamila uomini in uniforme, armati di tutto punto, per mantenere l'ordine pubblico. Nel maggio scoppiarono disordini nelle Miniere Riunite, e le truppe accorsero nel distretto. Sua Maestà emanava proclami, e Probert si era trasferito con tutta la famiglia a Bournemouth, per godervi una meritata vacanza.

Ma Arturo non si mosse da Sleescale. In giugno cominciò a ricevere cartoline anonime di minaccia. Ogni giorno ne arrivava una, scritta sempre con la stessa calligrafia, rozza, che sulle prime Arturo ritenne contraffatta. Chi poteva perseguitarlo con tanta malevolenza? Alla fine del mese ne scoprí l'autore, in flagrante. Era suo padre. Ma piú ancora delle cartoline riusciva penosa ad Arturo la vigilanza sorniona con cui suo padre spiava ogni sua minima mossa, ostentando di rallegrarsi alla vista delle sue angosce.

Il primo luglio la lotta finí per esaurimento. Gli operai si arresero. Ma Arturo, non che vincere, ci aveva rimesso la penale. Tuttavia, vedendo gli uomini strisciar di nuovo silenziosi nel cortile della Nettuno, e le ruote rimettersi in moto, e la vita ridestarsi a poco a poco, Arturo riuscí a soverchiare il proprio scoraggiamento. Incerti del mestiere. Si trattava di ricominciare daccapo, ecco tutto.

VIII

Una domenica d'estate del 1925 Davide, tornando da una solitaria passeggiata tra le Dune, vide in lontananza Annie col piccino. Riconosciuto lo zio, Sammy cacciò uno strillo di gioia e gli corse incontro precipitosamente; e prima ancora di raggiungerlo gli partecipò la grande notizia: "Sono cominciate le vacanze quest'oggi!"

"Gran bella notizia, figliuolo." Guardandolo in viso, gli parve che l'ometto di otto anni avesse davvero bisogno di vacanza; sotto la fronte bernoccoluta gli occhi celesti scomparivano nella faccina pallida tutte le volte che rideva; fenomeno analogo a quello che s'era verificato già nei lineamenti di suo padre. Era nitidamente vestito nel costumino grigio della domenica che sua madre aveva confezionato mediante una pezza di un "saldo" di Bates. Era alto per la sua età, ma all'estremità dei suoi stinchi scarni gli stivaletti, acquistati per la loro solida apparenza piú che per la loro eleganza, sembravano enormi. "È mammina che dovrà faticare a tenerti disciplinato durante le vacanze," aggiunse Davide, quando Annie s'avvicinò.

"Senti cosa dice zio Davide?" confermò la mammina. "Ha già cominciato a farmi disperare. Ha voluto a tutti i costi andar sull'altalena e s'è screpolato il colletto di celluloide nuovo."

Piú ancora di Sammy, aveva Annie bisogno d'un po' di vacanza, pensò Davide, osservandola. Forse soffriva il gran caldo, certo era che i cerchi blu sotto gli occhi e le guance smorte le davano un aspetto di malata. Tribolava troppo, tra il padre invalido e il demonietto da accudire; e il fratello, Pug, portava pochi quattrini a casa. Davide sapeva che Annie non aveva esitato a offrire alle vicine di casa i suoi servizi come lavandaia, e come serva, pur di racimolare il necessario. Le aveva offerto aiuto, varie volte, ma sempre invano. Annie era indipendente. Le domandò: "E tu, mammina, da quand'è che non fai vacanza?"

"Io? Da quando andavo a scuola," rispose Annie con semplicità.

"Perché non verreste tutt'e due con me a Whitley Bay?"

Annie abbassò gli occhi sul marciapiede, ma Sammy gridò: "Sí, mamma, andiamo; mi piacerebbe andare a Whitley Bay."

Davide seguitò: "Harry Nugent m'ha scritto che sarà là il 26, e vuole vedermi." Poi mentí: "Cosí avevo deciso di andarci a passare una settimana in attesa del suo arrivo."

"Sí, mamma, andiamo!"

"Farebbe bene a Sammy; e anche a te, mammina; hai l'aria stanca."

"Fa molto caldo oggi," ammise Annie. L'idea di passare tutta una settimana a Whitley Bay col piccino era meravigliosa, ma c'era un mucchio di difficoltà. Non aveva vestiti, prima di tutto; come mostrarsi in compagnia di Davide? Poi, come farebbe il babbo, solo a casa? E Pug ricomincerebbe a bere se non lo teneva d'occhio lei. Ma le venne un'altra idea: "Porta Sammy con te."

Davide rispose che senza mammina Sammy non ci veniva, e Sammy, col musetto carico di una disperazione minacciosa insisteva per spuntarla: "Mamma, di' di sí!"

Finalmente, dopo un altro silenzio, Annie alzò gli occhi e sorrise placida a Davide: "Allora va bene, Davide; se sei cosí buono da condurci con te."

Davide si sentí sorprendentemente lieto. Era come se un'improvvisa luce gli avesse inondato il cuore. Stette ad osservare la mamma ed il bambino allontanarsi risalendo la strada; Sammy, appeso al braccio di lei, scalpicciava negli enormi stivaletti e discorreva animatamente di Whitley Bay...

Se ne tornò a casa. Non v'erano piú erbacce, ora sul viottolo d'accesso; lo spiazzo era finalmente stato convertito in un giardinetto e i nasturzi gialli rampicavano obbedienti sui fili tesi da Marta sul muro della facciata. Il gradino della porta era imbiancato con la calce, e tutte le cortine sfoggiavano un magnifico orlo di almeno trenta centimetri di ricamo, come solo le mani di Marta sapevano confezionare. Era il segno distintivo delle case dei minatori prosperosi, ma nessuna casa in tutta Sleescale mostrava cortine adorne di un orlo cosí sfarzoso.

Appese il cappello nell'anticamera e si recò in cucina, dove Marta, sempre in piedi, vero demiurgo delle massaie, preparava l'insalata per la cena. La cucina era cosí pulita che Davide avrebbe potuto cenare seduto in terra, come dicono da quelle parti. La famosa pendola di marmo, che il padre di Marta aveva vinta al gioco delle bocce, e ch'essa aveva trasportata dal borgo dei Terrazzi prima di chiuder casa, ticchettava austera e solenne sulla mensola del camino. L'alta quiete domenicale avviluppava tutta la casetta. Davide disse: "Mamma, perché non verresti anche tu a Whitley Bay? Parto il 19."

Marta non si volse, ma continuò ad esaminare scrupolosamente le foglioline di crescione: non ammetteva un atomo di fango nell'insalata. Rispose, senza guardarlo: "Cosa ci verrei a fare?"

"Pensavo che ti piacerebbe l'idea. Annie e il bimbo vengono con me." Adottò un tono suasivo: "Vieni anche tu, via!"

Per un intero minuto ella non rispose; e quando si voltò, recando il piatto dell'insalata, l'espressione della sua faccia era di bronzo. Disse: "No. Sto meglio dove sono."

Davide sapeva inutile ogni insistenza. Sedette presso la finestra e diede una scorsa al *Workers' Independent*. Il suo articolo settimanale, che inviava da oltre un anno, era pubblicato in prima pagina; e in terza il suo recente discorso di Seghill. Non lesse né l'uno né l'altro. Da quattro anni lavorava come uno schiavo. Lavoro di propaganda e di organizzazione. Aveva guadagnato l'adesione di quattromila nuovi soci alla Federazione di Edgeley. S'era fatto un nome, per la sua tenacia, per la sua energia, per la sua capacità. La Anvil Press aveva pubblicato tre lavori suoi; e la sua conferenza su *La Nazione e le Miniere*, era stata premiata con la medaglia Russel. La medaglia giaceva in fondo a qualche cassetto nella sua stanza. Si sentí assalire da una vaga malinconia. Aveva ormai 35 anni. Alle Dune, nel pomeriggio, s'era sdraiato sulla sabbia, con l'orecchio teso al canto delle lodole, che gli aveva rievocata la sua fanciullezza. Già una ventina d'anni era passata da quando ci veniva da ragazzo per lo stesso motivo. Poi s'era messo a pensare a Jenny. Chi sa dove poteva essersi cacciata. Povera cara. Malgrado tutto le voleva ancora bene, e ne sentiva l'assenza, e pensava spesso a lei. E il canto delle lodole e il pensiero di lei lo avevano reso malinconico. Ma al ritorno, l'incontro con Annie e la gioia di Sammy lo avevano rallegrato. Ora era mesto daccapo. Forse era colpa dell'atteggiamento di sua madre... Si domandò se non fosse disperato il proposito ch'ei perseguiva di voler mutare le condizioni delle masse, dato che il cuor segreto d'ogni singolo individuo rimane inespugnabile ed immutato. Marta non era di quelle che perdonano.

Dopo cena si sentí riconfortato. Scrisse una lunga lettera a Harry Nugent. Poi prese a sfogliare il volume di Erich Flitner, *Esperimenti di Economia Manovrata*, e l'altro di Max Sering, *Risveglio delle Collettività*, ma non riusciva a costringere la sua attenzione a fissarsi sulle pagine. Continuava a pensare a Whitley Bay, e al beneficio che ne trarrebbero Annie e Sammy.

Per tutta la settimana non poté escludere dalla mente il pensiero della cognata e del nipote, e il mattino del 19, quando arrivò alla stazione, era insolitamente eccitato. Lo avevan trattenuto in ufficio fino all'ultimo, ed era venuto di corsa, e allo sportello dei biglietti trovò Annie e Sammy che lo stavano aspettando. "Temevo di far tardi," esclamò, ansante e sorridente, e lieto di sentirsi ancor giovane abbastanza da ansare e sorridere.

"C'è tutto il tempo," disse Annie, placida.

Sammy non disse niente, aveva ricevuto istruzioni di non dir niente, ma i lucidi occhi celesti nel visetto ben pulito esprimevano tutta una dottrina filosofica.

Davide s'impadroní delle valigie, e si avviarono al treno. Annie non approvava che le portasse lui, voleva portar essa almeno la propria, che s'era fatta prestare da Pug, ed era pesante, e cosí logora che Davide ci faceva brutta figura a portarla; ma il luogo e il momento erano inopportuni per sollevare proteste. Salirono in carrozza e il treno partí quasi subito.

Sammy sedeva nell'angolo presso il finestrino accanto a Davide, e Annie di faccia. L'entusiasmo di Sammy era tale che gli fece dimenticare il voto del silenzio. "Guarda quel macchinone!... Guarda quella gru!... Uh, e quella ciminiera! mai vista una ciminiera grande cosí..."

La ciminiera portò il discorso sulle girandole in vetta ai campanili, sulla meraviglia di starsene sospesi lassú, cosí in alto, cosí lontano dalla terra, cosí vicino al cielo.

"È vero che vuoi fare la girandola quando sei grande?" domandò Davide.

"No. Io faccio il minatore."

"Come papà?"

"Sí. Come papà." Aveva un'aria cosí solenne che Davide non poté trattenersi dal ridere.

Fu un viaggio piacevolissimo, ma troppo breve; non s'erano ancora accorti d'esser partiti che già arrivarono a Whitley Bay. Avevano riservato due camere ammobiliate presso Mrs. Leslie, ch'era la vedova d'un dottore, il quale aveva perso la vita, vent'anni addietro, in un disastro minerario. Mrs. Leslie non presentava alcuna di quelle caratteristiche che generalmente dipingono l'affittacamere delle stazioni termali; era una buona donna, semplice e riservata, ed accolse decorosamente i nuovi ospiti, ma commise un leggero sproposito quando disse ad Annie: "Avrei destinato questa camera a voi e a vostro marito, e quest'altra al ragazzo."

Annie non arrossí; senz'alcuna traccia d'imbarazzo rispose: "Siamo cognati, Mrs. Leslie. Mio marito è morto in guerra."

Fu Mrs. Leslie che arrossí, fino alla radice dei capelli. "Scusate. Che sciocca, avrei dovuto arguirlo dalla lettera."

Cosí Annie e Sammy presero la stanza sulla facciata, e Davide quella sul rovescio. Ma Mrs. Leslie, per farsi perdonare, raddoppiò di gentilezza verso Annie. Entro pochi minuti avevano fatto salda amicizia.

La vacanza procedeva a meraviglia, galvanizzata da Sammy che come un ago elettrico assillava lo zio continuamente, benché Davide non richiedesse assilli, dato che si compiaceva della compagnia di Sammy quanto Sammy della sua. Faceva caldo, ma a Whitley Bay c'è sempre una brezza fresca. Ogni mattina prendevano il bagno insieme, e giuocavano al cricket francese sulla spiaggia. Mangiavano ogni sorta di frutta e una quantità di gelati, e spesso andavano a piedi fino a Cullercoats, nel bugigattolo dei frutti marini. Davide temeva che le vongole riuscissero indigeste a Sammy, ma Sammy le adorava quanto lui; cosí entravano, con l'aria un po' colpevole, nel bugigattolo che sapeva di catrame e di reti, e mangiavano senza parlare alla presenza della vecchia padrona che fumava la pipa in gesso e chiamava Sammy "puledrino".

Al ritorno, sul lungomare, Sammy dava la mano allo zio. Era l'ora delle domande. Davide permetteva a Sammy di porgli qualunque domanda, e Sammy, trotterellandogli al fianco, lo bombardava letteralmente di domande. Davide rispondeva correttamente se poteva, e se no inventava. Ma Sammy s'accorgeva quando inventava. Lo guardava di sotto in su, strizzando gli occhi che scomparivano nel riso: "Eh, zio Davide, questa è una frottola." Ma gli piacevano le frottole anche piú della realtà. Davide e Sammy si divertivano un mondo.

Annie ne era felice: si teneva in disparte, trovava sempre qualche cosa da fare e zio e nipote l'invitavano a venir fuori con loro. Con la complicità di Mrs. Leslie faceva meraviglie in cucina. Era cosí sinceramente grata a Davide che in compenso si studiava il piú possibile di non essergli di peso. Esagerava al punto che Davide si promise di parlare chiaro. Un giorno la sorprese a stirargli i calzoni di flanella grigia. "Che bisogno c'è di stirarli! Vien fuori a goderti il sole! Perché non vieni mai con noi sulla spiaggia?"

"Vengo piú tardi, Davide."

"Piú tardi. Sempre cosí. Gran bene ti farà la vacanza. Per qual motivo credi che t'abbia portata qui?"

"Ho tante cose da fare in casa..."

"Devi anzitutto prenderti un po' di riposo, e farci il regalo della tua compagnia."

"Non volevo disturbare." Ma mise il cappello e scese con lui alla spiaggia e sedettero tutt'e tre sulla rena perfettamente felici. Mentre ella stava sdraiata con gli occhi chiusi, Davide ogni tanto la guardava furtivamente, con una curiosità nuova. Brava figliuola, quell'Annie. Capace, tranquilla, modesta. Non era lei che aveva fisime pel capo; né bisogni sessuali. Tuttavia era un bel pezzo di donna; pulita, soda, sana. La placidità della sua indole dava alla sua faccia una bellezza composta, anche se un po' mesta. Era un fatto: qualunque donna sarebbe stata orgogliosa di possedere la sua bellezza. Ma Annie, per quanto indipendente e puntigliosa, non aveva un briciolo di vanità. Cosí poca che temeva sempre di esser di disturbo. Aveva invece di lui, di Davide, un concetto esagerato; ma era solo da qualche tempo in qua che glielo aveva manifestato. Pareva venerarlo. D'un tratto le disse, mentre Sammy giuocava col secchiello sul margine delle onde: "Una volta, Annie, c'era piú confidenza tra noi due. Cos'è successo?"

Senza aprire gli occhi Annie rispose: "Io ti considero sempre il migliore amico che abbia al mondo."

"Vorrei sapere quello che succede dentro quella testina. Alle volte mi vien voglia di prenderti per le spalle e darti una buona scrollata, per cavarti il tuo segreto. Sei diventata una specie di Monna Lisa. Parola, mi vien fatto di picchiarti, alle volte."

"Meglio no, Davide. Son forte, sai."

"Be'. Vuoi sentire quello che ho deciso di fare stasera? Quando Sammy sarà a letto, ti porto alle giostre. Ti faccio venire con me su tutte quante, una per una, anche le piú balorde, le piú sbalorditive. Ti porto al ballo pubblico, e ti faccio schiacciare come una sardina tra la folla. Sul toboga, nelle automobili elettriche, sulle montagne russe. E quando sarai lanciata nello spazio a ottanta chilometri all'ora, starò a osservarti, per vedere se l'antica Annie è ancora lí."

"Mi piacerebbe provare una volta le montagne russe, ma costa caro, no?"

Egli scoppiò a ridere. "Sei imbattibile, Annie. Andremo sulle montagne russe anche se costa un milione."

Ci andarono. Dopo che Sammy, senza sospetto, e indennizzato mediante un pacco di caramelle, fu messo a letto piú presto del solito, Davide e Annie si diressero a Tynemouth a visitare il parco dei divertimenti. A Davide, il luogo rievocò le sere che vi aveva trascorso in compagnia di Jenny durante la luna di miele, e lo disse ad Annie: "Ero venuto qui con Jenny."

"Lo so," rispose Annie dopo un momento, lanciandogli involontariamente uno sguardo curioso.

"Quanto tempo è passato!"

"Non è poi tanto."

Intenerito dal ricordo, Davide seguitò: "La rimpiango spesso, sai. Continuo a sperare che ritorni un giorno."

Dopo un silenzio che gli sembrò lungo ella disse: "Lo spero, anch'io, Davide. So che le volevi tanto bene."

In seguito non parlarono piú finché non furono nel parco, e Davide temette che la serata dovesse risolversi in un fiasco, perché Annie, oltre che taciturna, sembrava imbronciata. Ma egli si propose di mettere in fuga la sua malinconia. La portò dappertutto, dal palazzo degli specchi al castello incantato. Slittando giú dal toboga sulla stessa stuoia con lui, Annie diede la sua prima risata. La gran ruota coi vagoncini appesi ebbe un successo ancora maggiore. Ma le montagne russe compierono il miracolo. Le trovarono solo dopo le nove; e si elevarono e tornearono e sprofondarono da altezze inverosimili finché tutta la piazza volteggiò intorno a loro in una vertigine che toglieva il respiro. Per salire, il vagoncino si arrampicava a passo di lumaca, su, sempre piú su, conferendo ai passeggeri l'illusione di godersi al fresco e in tutta sicurezza e nella massima tranquillità il vasto panorama punteggiato da infinite luci. Poi, giunto su, si metteva orizzontale per un attimo, e senza preavviso precipitava nell'abisso. Giú, sempre piú giú, nell'ignoto, rombando nelle tenebre. Nell'estatica fuga terrificante Annie si sentiva lo stomaco contrarre, scomparire la persona, morire e rinascere, sprofondare in una voragine per scoccare di nuovo in cima ad un'altra montagna, ricadere daccapo in un altro abisso, morire di nuovo e rinascere daccapo.

Davide dovette sostenerla uscendo dal carrello. Con le guance accese e il cappello sbilenco, ella stentava a reggersi sulle gambe e si appendeva al suo braccio come se fosse contenta di appendervisi. "Oh, Davide, non portarmici piú!" Però rideva, tranquillamente, come a se stessa. "Ma era una bellezza!"

Lui la guardava sorridendo: "Se non altro t'ha fatta ridere. Questo volevo."

D'ottimo umore tutt'e due, ora, e spiritualmente uniti, visitarono uno per uno ogni singolo baraccone. Bighellonarono tra la folla senza parlare, assordati dalla musica, dai gridi degli istrioni, accecati dalle luci. Tutta gente ordinaria, ilare, povera. Minatori da Tyneside, meccanici di Shiphead, picconieri da Seghill e Hedlington e Edgeley. Berretti sulla nuca, cravatte svolazzanti, sigarette dietro l'orecchio. Ognuno con la ragazza, rossa in faccia, succhiante caramelle o rosicchiando nocciolini; quand'eran vuote le borsette di carta, ci soffiavan dentro e le facevan scoppiare. Erano i saturnali degli umili, degli ignoti, degli oscuri. Davide disse: "Questa è la mia gente. Mi sento felice in mezzo a loro."

Annie scosse la testa. "Il tuo destino ti porterà sulla cima, Davide. Lo dicon tutti. Alle prossime elezioni entri in parlamento."

"Chi lo dice?"

"Tutti alla Nettuno. Lo so da Pug. Dicono che sei l'unico che possa salvarli."

"Volesse il cielo!" E sospirò profondamente.

Al ritorno sul lungomare una gran luna sorse dall'acqua e parve guardarli. Alle loro spalle si spegnevano il frastuono e i bagliori del parco. E Davide raccontò ad Annie ciò che aveva in animo di fare. Si aprí tutto a lei, depose ai suoi piedi tutte le sue aspirazioni. Non pareva nemmeno accorgersi ch'ella camminasse al suo fianco: Annie parlava cosí poco, e ascoltava cosí bene. Voleva giustizia pei minatori, giustizia per la sua classe, una classe cosí crudelmente oppressa da tanto tempo. "Giustizia e sicurezza, Annie, nient'altro," concluse, a bassa voce. "L'industria mineraria non è come le altre. Esige la nazionalizzazione. Finché si tollererà la proprietà privata delle miniere, i padroni mireranno sempre solo al loro profitto, e non potrà esserci sicurezza per gli operai." Cambiando tono domandò: "Non sei stanca di sentirmi sempre ribattere su questo tamburo?"

Annie rispose: "Non è un tamburo, è una realtà."

"Domani voglio farti conoscere Harry Nugent, quando arriva. È un uomo che riesce a persuadere chiunque."

Ma Annie scosse la testa. "Preferisco non conoscerlo."

"Perché?"

"Non so dirti," replicò Annie vagamente, ma con un inatteso accento definitivo.

Senza spiegarsene la ragione, egli si sentí mortificato; l'incomprensibile riluttanza di lei, dopo ch'egli le aveva parlato con tanta amichevole sincerità, lo feriva. Lasciò cadere il discorso e si ritirò in se stesso. Quando rincasarono, declinò l'offerta di un po' di cena, disse buona notte e salí in camera sua.

Harry Nugent arrivò l'indomani. Era un assiduo e affezionato cliente di Whitley Bay, diceva che in nessun altro luogo al mondo si respirava un'aria cosí salubre, e veniva a passarci la domenica, per riempirsene i polmoni, tutte le volte che poteva. Scese al Waverley Hotel, e Davide venne a trovarlo alle tre.

Benché fosse presto, Nugent ordinò il tè. Era un gran bevitore di tè, quantunque non gli facesse bene, anzi aggravasse la dispepsia di cui soffriva abitualmente. Non era un uomo robusto, Nugent. La sua sagoma ossuta e mingherlina, la sua faccia emaciata denotavano una costituzione poco atta alla strenua vita che faceva. Era afflitto da vari malanni, meschini e prosaici; una volta, per esempio, aveva sofferto sei mesi in seguito ad una fistola. Ma non era di quelli che si lamentavano, si inteneriscono su di sé, si scoraggiano. La piú piccola distrazione, come una tazza di tè, una sigaretta, una domenica a Whitley Bay, bastava a rasserenarlo. Era un uomo impregnato d'umanità, come rivelava il suo sorriso, un sorriso che pareva infantile perché i denti incisivi erano intervallati l'uno dall'altro. Ora, bevendo la sua tazza di tè, sorrideva a Davide. "Be', Davide, possiamo senz'altro venire al sodo."

"Secondo il tuo solito, Harry."

Harry accese la sigaretta, e con le dita sporche di nicotina vi rintuzzò dentro i filacci di tabacco che ne sporgevano, sorvegliando tale operazione con insolita serietà. "Sapevi, vero, che Stapleton era malato. Ma sta molto peggio di quanto supponevamo tutti noi. L'hanno operato la settimana scorsa. Cancro. Sono andato a vederlo ieri in clinica. Non m'ha riconosciuto. Declina rapidamente." Pausa. "Avremo senza fallo le elezioni a Sleescale il mese venturo." Davide ebbe un fremito involontario, e Nugent lo notò, perché disse: "Sicuro, Davide, ora tocca a te. Sono in stretti rapporti col direttorio della circoscrizione. So che vogliono te e nessun altro. Riuscirai senza ombra di dubbio."

Davide, incredulo, fissava Nugent senza poter articolare parola. Poi gli si annebbiaron gli occhi e non vide piú nemmeno Nugent.

IX

La prima persona che Davide incontrò a Sleescale fu Ramage il macellaio. Era partito da Whitley Bay al mattino, con Annie e Sammy, e se ne era separato a Tynecastle per recarsi nel suo ufficio a Edgeley, dove aveva lavorato alacremente tutto il giorno. Rientrò a Sleescale a sera tarda, e sul piazzale della stazione si imbatté in Ramage, che era venuto a comprare l'edizione serale dello *Herald*. Ramage, vedendolo, si arrestò netto, e Davide capí dalla sua faccia che era al corrente. Stapleton era morto in clinica due giorni addietro, e il giornale del mattino aveva già annunciato la candidatura di Davide.

"Ahà," disse Ramage in tono sarcastico, fingendosi

divertito dall'idea, "aspiriamo nientemeno che al parlamento, mi dicono, è vero?"

Con la piú affabile disinvoltura che poté, Davide disse: "Verissimo."

"E credete di spuntarla?"

"Certo."

Ramage smise di fingersi divertito. Si fece ancora piú rosso. Batté ripetutamente il pugno destro contro l'altra palma e disse: "Non contate sul mio appoggio, vi prevengo. Qui, nella circoscrizione, i sovversivi non ce li vogliamo."

Davide scrutò, con vera curiosità, i lineamenti contorti del macellaio, contorti da un'espressione di odio che appariva puerile nella sua ostentazione. Gli sembrava curioso che quell'uomo lo odiasse tanto, dopo tutto il bene che Davide lo aveva costretto a fare al prossimo: fornire carne sana agli ammalati, ricostruire il mattatoio secondo le norme dell'igiene, rimodernare le catapecchie che dava in affitto ai minatori. Gli sembrava curiosissimo. Disse tranquillamente: "Non ci conto, siate certo. È piú che naturale che votiate pel vostro candidato."

"Non solo," incalzò Ramage, "ma vi faremo la guerra, andate là, vi facciamo fare una figura tale che non oserete mai piú farvi vedere in tutta la regione..." La collera gli impedí di proseguire; lanciò ancora due o tre grugniti incoerenti, poi voltò la schiena e se ne andò furente.

Pur sapendo che Ramage non rappresentava la pubblica opinione, Davide si rendeva conto che non era un nemico disprezzabile. La circoscrizione era ligia al laburismo, da vario tempo; ma nelle ultime elezioni, che avevano mandato Baldwin al Governo, il povero Stapleton aveva riportato una maggioranza sensibilmente inferiore a quelle precedenti. Il suo avversario era stato Lynton Roscoe (ora Sir Lynton, e presidente delle Grandi Miniere di Tynecastle) che aveva sostenuto nell'inchiesta gli interessi di Barras, e contro il quale Davide aveva combattuto in quell'occasione una fiera battaglia senza successo. Era strano che ora dovesse combatterne un'altra, e assai piú fiera, contro suo figlio. Costui era un giovanotto di trentaquattr'anni, che esercitava l'avvocatura nel settentrione, e si era segnalato in guerra come aviatore, molto ricco, possedeva un aeroplano, e ne usava spesso, per brevi voli, e unicamente a scopo di pubblicità personale.

Davide, pur riconoscendo l'asprezza della lotta imminente, alzò le spalle, consolandosi col dire: "Piú sono in alto i colossi, e maggiore è il fracasso con cui precipitano a terra."

Entrò in casa. Marta era insolitamente seduta al tavolo del salotto, e attraverso gli occhiali cercava di decifrare un articolo di giornale. Non leggeva mai un giornale, ma quella sera la Maddalena passando le aveva partecipato per la finestra la grande notizia, sicché Marta era andata all'edicola, per la prima volta in vita sua, e aveva comperato l'*Argus*. All'inatteso ingresso di Davide ella s'alzò, confusa, con un'aria tra colpevole e strabiliata (ma Davide capí che si studiava di dissimulare il suo sbalordimento), fece l'atto di nascondere il giornale, e aggredí suo figlio con l'accusa: "Non t'aspettavo prima delle nove."

Ma egli non volle lasciarle una via di scampo: "Cosa ne dici, mamma?"

Ella indugiò prima di rispondere: "Non mi piace," e passò in cucina per apparecchiare. Non disse altro.

Cenando, Davide elaborava in silenzio il piano della sua campagna *vigorosa*, come si dice, ma non è facile dimostrarsi vigorosi quando si è poveri. Nugent aveva dichiarato senza ambagi che non c'era da far calcolo su sovvenzioni del partito. Ma non bisognava lasciarsi scoraggiare prima ancora dell'inizio. Peter Wilson era, tra gli agenti elettorali, uno dei piú onesti. Conveniva affittare un camioncino della Cooperativa, e tener comizi all'aperto, brevi ma numerosi, fino alla riunione plenaria in municipio alla vigilia della votazione. Sorrise a sua madre quando gli porse le prugne cotte; non gli piacevano e lei lo sapeva. Disse ironico: "Prugne cotte a un membro del parlamento?

Marta rispose, torva: "Eh, aspetta, ne riparleremo del parlamento."

La campagna, o piuttosto il duello, perché i candidati erano due soli, ebbe inizio il 24 agosto. Pioveva forte quel giorno, e Roscoe dichiarò che la pioggia era un fosco presagio per l'uno dei due candidati. Davide trovò deprimente la fiducia che l'altro sfoggiava. Il partito conservatore aveva organizzato la sua campagna con metodi molto piú efficienti e con mezzi piú validi di quelli che Davide aveva a sua disposizione. Il suo agente elettorale, Peter Wilson, faceva un'assai magra figura al confronto di Bannerman in tight, l'agente di Roscoe. Inoltre, la pioggia battente era poco propizia alle fioriture oratorie sboccianti sopra uno scassato camioncino. Cosí Davide, sentendosi in condizioni d'inferiorità, fu costretto a differire l'offensiva.

Ma l'indomani il tempo era bello, e Davide si gettò corpo e anima nella lotta. Con Cha Leeming al volante del suo trabiccolo, e assistito da Harry Ogle, Wicks e Bill Snow, si trovò al cancello della Nettuno all'ora in cui ne uscí la squadra di primo turno. A testa nuda tenne un discorso incisivo, violento e volutamente breve. Sapeva che gli uomini avevano appetito, e non voleva trattenerli; solo Roscoe, che non era mai uscito affamato dal pozzo, avrebbe potuto commettere un simile errore. Il discorso ebbe successo.

La sua "piattaforma" era rozza, nuda: *Giustizia ai minatori*. Nondimeno reggeva. I minatori sapevano che solo la nazionalizzazione poteva procurar loro la giustizia che rivendicavano. Davide non sosteneva altra tesi all'infuori di questa; ma su questa era competente. Era l'espressione della fede che nutriva da tanti anni.

Alla fine della prima settimana Tom Heddon venne da Tynecastle per "dire una parola" per lui. I discorsi di Davide erano stati studiatamente impersonali, perché Roscoe era un avversario che combatteva con armi pulite, senza schizzar fango. Ma Heddon era Heddon, e benché Davide lo avesse scongiurato di moderarsi non poté impedire che qualche immondizia schizzasse fuori dalla concione. Con un torvo sogghigno Heddon cominciò: "Date retta a me, figlioli. Sono due i candidati, vero, in questa fottutissima elezione: Roscoe e Fenwick. Be', state a sentire, un minutino solo, vi prego. Quando quell'eunuco d'un Roscoe batteva la boccia sul prato del cricket di Eton o di Harrow, tutto lindo nelle sue flanelle, con papà e mammà, e le sorelline sotto il parasole, che lo applaudivano dalla tribuna, il nostro Davide era sotto terra, nella Nettuno, nudo fino alla cintola, sudato e sporco e moccicoso, e s'affannava a riempire fottuti vagoncini di fottutissimo carbone, come abbiamo fatto tutti quanti noi, nei giorni della nostra arcifottutissima infanzia. Or bene, dite su, a quale dei due darete il vostro voto: a quello dei vagoncini o a quello del cricket?..." Continuò per mezz'ora su questo tono.

Fu una poltiglia lordetta, ma pepata e succosa; ebbe un successone.

Il giorno della votazione era il 21 settembre, e la vigilia, alle sei pomeridiane, Davide pronunciò il discorso finale in municipio. L'aula era gremita. Tom Heddon, Peter Wilson, Kinch, Wicks, Harry Ogle e suo padre Tom, con pochi altri che si allineavano tra i piú zelanti sostenitori di Davide, erano attorno a lui sul podio. Quando egli si alzò a parlare, il silenzio si fece sepolcrale. Non c'era il minimo alito di vento, cosí ch'ei poteva sentire il rumore delle onde sulla spiaggia dietro le sue spalle. Davanti a sé vedeva, al disopra del riverbero delle luci della ribalta, file innumerevoli di facce, tutte intente a lui, bianche del pallore simbolico, del supplichevole pallore dei minatori. Le conosceva quasi tutte. Era la sua gente. Si sentí investire da un'ondata di profonda umiltà, e determinò di parlare loro semplicemente, senza ricorrere a slanci oratorii, sdegnando i clichés dell'eloquenza da comizio.

"Vi conosco tutti individualmente," cominciò, "ho lavorato nel pozzo della Nettuno con la maggior parte di voi; vi considero tutti amici, quindi vi parlerò come si parla fra amici."

Dal fondo dell'aula s'alzò una voce allegra di incoraggiamento: "Avanti, figliolo, tira avanti, Davide, siamo tutti in ascolto." La voce fu salutata da grandi acclamazioni. Ristabilito il silenzio, Davide riprese:

"Se mi seguite nel mio ragionamento, vedrete che la vita di tutti gli individui qui presenti, e delle loro donne e dei loro bambini, dipende indissolubilmente dalle condizioni di lavoro nella miniera. Ed è su questa questione delle condizioni di lavoro, questione vitalissima per tutti noi, che vi voglio intrattenere questa sera..."

La sua voce echeggiava chiarissima, e percependone l'eco improvvisamente, ne derivò animo e forza: si sentí capace di avvincere e convincere. Prese ad esporre in bell'ordine le sue argomentazioni. Esaminò dapprima il sistema della proprietà privata delle miniere, che inevitabilmente faceva passare in prima linea l'interesse degli azionisti a scapito della sicurezza dei lavoratori. Poi passò alla questione delle regalie sul sottosuolo, principio immorale, intollerabile, che fa uscire dal distretto un notevole importo del profitto per rovesciarlo nelle tasche di pochi privilegiati, i quali non rendono alcun servizio alla comunità, e ciò in forza di monopoli concessi in epoche tramontate. Poi fece un rapido parallelo tra queste condizioni e quelle che i minatori avevano diritto di aspettarsi dalla riforma, dalla nazionalizzazione: parola che da anni veniva gridata nel deserto. Invitò l'uditorio a compulsarne il significato. Significava in primo luogo l'unificazione delle miniere, dei sistemi amministrativi, dell'applicazione dei metodi piú progrediti di produzione del carbone e della sua distribuzione ai consumatori. Significava in secondo luogo la sicurezza di lavoro nei pozzi. C'erano nel paese centinaia di pozzi antiquati e male attrezzati, che i proprietari, anche volendo, non erano in grado di rimodernare. Significava in terzo luogo un aumento dei salari, perché lo Stato non poteva rifiutarsi di corrispondere salari onesti, e sopra tutto stabili, in modo da sopprimere la differenza, ingiusta pel lavoratore, tra le annate magre e quelle grasse. Significava anche la possibilità di procurare migliori residenze ai minatori, perché lo Stato, pel proprio decoro, non poteva tollerare che si perpetuassero le infelici condizioni d'alloggio che esistevano al presente in cosí numerosi distretti. Queste deplorevoli condizioni erano il retaggio di regimi del tempo passato, in cui i governi non credevano, per apatia o per insipienza, di dover intervenire per frenare la cupidigia dei proprietari. I minatori compivano un servizio di pubblica utilità, cioè un servizio pubblico, un servizio che per giunta implica pericoli gravi; avevano quindi il diritto di essere considerati come servitori pubblici: servitori dello Stato, non schiavi del Denaro altrui...

Per oltre mezz'ora li tenne avvinti, ipnotizzati nel silenzio, appesi alle proprie labbra. La sua buona fede, l'accento della sua sincerità, spazzava ogni obiezione. Li commosse con cenni storici sull'origine e sullo sviluppo della classe, talvolta vilipesa e sempre tradita con somma iniquità. Li rianimò rammentando loro la forza della loro solidarietà, il loro coraggio dinanzi ai pericoli, la mutua assistenza che si prestavano durante le privazioni. "Aiutatemi voi," concluse, tendendo le mani in un appello emozionante, "aiutatemi voi a combattere per voi, sostenetemi fino alla fine in questa lotta che ho impegnata per far trionfare la giustizia."

Restò in piedi un attimo, quasi stordito dalla propria

emozione spontanea, poi, di botto, si sedette. Allora le acclamazioni, un ruggito di acclamazioni salí fino al soffitto. Harry Ogle fu il primo a correre a lui e stringergli la mano. Tom Heddon gridava: "Li hai tutti in mano, faranno quello che vuoi tu." Wicks, con le lagrime agli occhi gli dava affettuosamente dei colpetti sulla schiena: moltissimi venivano sciamando sul podio, lo circondarono, tutti ansiosi di congratularsi personalmente con lui. Il rumore era assordante; e si propagò lontano nel silenzio della sera stellata.

L'indomani Davide raccolse 12.424 voti; Roscoe 3.691. Un trionfo senza precedenti in quella circoscrizione. Mentr'egli stava a testa nuda dinanzi al municipio nel mezzo della folla clamante, si sentí cogliere dalle vertigini pensando al potere che la sua gente gli aveva generosamente conferito. Aveva vinto. Roscoe venne a stringergli la mano, e la folla mandò vere urla di gioia. Roscoe sapeva perdere da gran signore, e sorridere sotto il suo disappunto. Ma chi non sorrideva era Ramage. Era lí a due passi, tra Bates e Murchison, ma non venne a congratularsi con Davide; aggrottava i sopraccigli, piú truce che mai, e la sua faccia esprimeva un'indugiante incredulità mista ad un'ostilità irremissibile.

Davide pronunciò due parole. Non seppe mai che cosa disse né come le disse. Li ringraziò, li ringraziò dal profondo del cuore; d'ora innanzi era in grado di lavorare per loro, di combattere, di servirli. Gli fu recapitato un telegramma. Era di Nugent, che si rallegrava della vittoria. Altri, molti altri si facevano avanti fra la folla per portargli le loro congratulazioni personali. I piú lontani intonarono *For he's a jolly good fellow*, e tutta la folla cantò in coro la canzone del successo. Un giornalista riuscí a farsi largo a gomitate: "Due parole per l'*Argus*, favorisca." Fotografi, lampi di magnesio. Urla, evviva. Poi finalmente l'ondeggiare della folla che si dirada. Era finito.

Rincasò ed entrò in cucina. Pallido dall'emozione, si arrestò guardando sua madre: "Mamma, ho vinto."

Marta, asciutta, fece un cenno del capo e disse: "So anche che non hai mangiato niente dal breakfast in poi. È troppo modesta per te questa cena da minatore?"

X

Come era inevitabile, il suo entusiasmo si raffreddò il primo giorno che Davide, entrando nella Camera, si sentí sperduto, insignificante, isolato, per quanto risoluto egli fosse a reagire contro questa sensazione. Solo i policemen di guardia al palazzo gli offrirono un certo quale incoraggiamento; e in ciò consistette la nota amena del suo ingresso. Arrivato in anticipo, commise l'errore, abituale a tutti i nuovi eletti, di entrare pel portone. Un policeman gli sbarrò il passo e con fare amichevole gli indicò la portina riservata ai deputati. Davide attraversò il cortile, al centro del quale sorge la statua di Cromwell, e si presentò all'ingresso riservato. Qui trovò un altro policeman che lo diresse allo spogliatoio, la cosiddetta cloak-room, uno stanzone lungo, dalle pareti irte di attaccapanni, alcuni dei quali erano stranamente adorni d'una fettuccia rosa. Mentre Davide si liberava del soprabito, un terzo policeman lo prese affabilmente sotto la sua protezione, e gli spiegò la topografia del palazzo, fornendogli persino qualche ragguaglio storico relativo alle fettucce rosa: "Sono una tradizione, che risale al tempo in cui i deputati nobili cingevano la spada. Le appendevano qui prima d'entrare nella Camera."

"Possibile che non si logorino mai, le fettucce?" osservò Davide.

"Oh, sí, si logorano; ma è prescritto di sostituirle man mano."

Alle tre arrivarono Nugent e Bebbington, e Davide si inoltrò con loro per un vasto corridoio a scaffali carichi di Libri Azzurri, libri che nessuno legge mai. Entrato nell'aula, si sentí confuso, notandone la vastità, notando crocchi di persone ferme, altre che deambulavano, lo Speaker con la Mazza davanti a sé; poi udí borbottare una preghiera, e in seguito il suo nome nominato ad alta voce, e andò in fretta a sedersi su uno dei banchi posteriori. Era nettamente conscio del proprio stato d'animo: uno stato curioso, nel quale i suoi alti propositi parevano sottomettersi riverenti davanti all'umiltà di sé ch'egli percepiva. Capí che il suo vero lavoro stava per cominciare sul serio.

Aveva preso un alloggio ammobiliato in Blount Street nel rione di Battersea. Constava d'una camera da letto, del camerino da bagno e di una minuscola cucina, ma non era indipendente, in quanto faceva corpo con l'appartamento della padrona di casa. A costei Davide riconobbe volentieri il dovere di far pulizia, ma si riservò il diritto di cucinarsi i pasti da sé, il breakfast compreso; il che causò a Mrs. Tucker notevole sorpresa.

Blount Street non era una via signorile, ma un buio e fumoso budello disteso tra due file di case malinconiche. Sui marciapiedi, costellati di pezzi di carta straccia, un gran numero di pallidi marmocchi erano invariabilmente intenti a giuochi strambi e rumorosi, e se non s'arrampicavano sulle cancellate di cinta, sedevano in terra, socievolmente assorti, con i piedi nel canaletto delle spazzature. Ma l'alloggio non era molto lontano dal parco di Battersea; anzi, dal tetto della casa se ne potevano vedere, al di là di un esercito di comignoli, le vette degli alberi contro uno sfondo di cielo aperto. Davide amava quel parco; non era cosí grandioso come Hyde Park o Green Park o Kensington Gardens, ma gli piaceva di piú. Amava assistere agli esercizi di allenamento dei giovani operai nella corsa o nel salto sulla pista di cenere, o alle strenue partite di calcio degli scolari, o alle buffe contorsioni con cui le pallide dattilografe inseguivano le palle agitando le racchette in uno stile che non sarebbe tollerato a Wimbledon. Non c'erano balie eleganti, né bambocci mollemente adagiati in carrozzelle fatte dal carrozziere e fregiate di stemmi. Peter Pan, che era un bambino bene educato, non ci sarebbe venuto due volte in Battersea Park. Ma Davide, girellando tra l'ingenua umanità che vi si ricreava, ne derivava autentico conforto e possente ispirazione.

Fece conoscenza col parco nel pomeriggio del sabato che Bebbington lo invitò a colazione. Bebbington era rimasto in certo qual modo impressionato dalla vasta maggioranza di suffragi che Davide aveva ottenuto nell'elezione, perché Bebbington apparteneva a quella categoria di uomini che si fanno un dovere di frequentare chiunque si segnali in pubblico favorevolmente. Solo per questo si era unito a Nugent allo scopo di presentare Davide alla Camera dei Comuni. Qualche giorno dopo la presentazione Bebbington gli aveva chiesto, come per caso: "Andrete fuori di città questa domenica?" E alla risposta negativa di Davide aveva soggiunto: "Io avevo inteso di andare pel week-end a Larchwood Park, sapete, la villa di Lady Outram," e scoccò un'occhiata di fianco per vedere l'effetto delle sue parole, "ma all'ultimo momento hanno appioppato a me la seccatura di tenere il discorso all'Unione Democratica domenica sera. Detesto Londra, la domenica. Volete far lunch con me, sabato, se non avete niente di meglio?"

"Volentieri," rispose Davide dopo un momento di esitazione. Bebbington gli piaceva poco, ma sarebbe stata una pacchianata rifiutare.

Fecero colazione nella sala verde e oro dell'Adalia, ad un tavolo posto nel vano d'una finestra, da dove si godeva una splendida vista sul Tamigi. Davide non tardò a notare che in quel ristorante famoso ed esclusivo Bebbington conosceva tutti, e che moltissimi conoscevano lui. Piacevolmente conscio degli sguardi diretti sulla propria persona, Bebbington si rese piacevole a Davide, sia pure in uno stile patrocinante, e si diede la briga di notificargli le corde opportune da pizzicare e le persone con cui conveniva farsi vedere e quelle che era meglio evitare. Ma soprattutto parlò di sé. "Ero incerto se inscrivermi nel partito conservatore o in quello laburista. Ma credo di aver scelto bene. Ho ambizione, non ne faccio alcun mistero. E il laburismo ha indubbiamente un avvenire, non vi pare?"

"In che senso?" domandò Davide.

Bebbington elevò leggermente i sopraccigli, quasi che la domanda non fosse di suo gusto, poi mormorò, soavemente: "Finiremo per comandare noi, senza dubbio."

Questa volta fu Davide che elevò i sopraccigli, e guardò altrove. Gli dava sui nervi la vanità del compagno, il suo freddo e sfacciato egoismo. Lasciando vagare lo sguardo per la sala, notò l'inappuntabilità del servizio rapido e disciplinato, la profusione dei fiori, il vino in ghiaccio, la ricchezza dei cibi e l'eleganza delle donne. Queste parevano fiorire, come fiori esotici, in quell'aria calda e profumata. Che differenza tra queste signore e le donne dei Terrazzi! Portavano pellicce costose, perle, pietre di grande valore. Avevano unghie cremisine, come le avessero delicatamente immerse nel sangue. Mangiavano caviale proveniente dalla Russia, pâté originario di Strasburgo, fragole primaticce prodotte sotto campane di vetro e trasportate in aeroplano dal sud della Francia. Al tavolo vicino ce n'era una, bella e giovane, che sedeva in compagnia di un uomo anziano.

calvo, grasso, dal naso adunco, dalle gote flaccide e pendule che caratterizzano il debosciato. Lei s'illanguidiva tutta per lui. Un brillante grosso come un fagiuolo le luceva sull'indice. Lui ordinò un magnum di champagne, osservando che nei magnum s'imbottiglia sempre il vino scelto. Benché non bevesse mai piú di un bicchiere, disse, ordinava sempre un magnum. Quando il cameriere gli porse il conto con una genuflessione, Davide vide la mano grassa del vecchio ebreo snocciolare sul piatto sei sterline. Per aver giocherellato una mezz'oretta con bibite e bevande, quei due avevano speso una somma bastante a mantenere un mese una intera famiglia dei Terrazzi.

Davide percepí un senso d'irrealtà. Come non ribellarsi contro un ordinamento che permette tanta disuguaglianza tra le classi sociali? Non poteva non essere marcia, fino alle fondamenta, una società che tollera un'ingiustizia cosí enorme. Perdé l'appetito e pel resto della colazione rimase silenzioso. Riandava i giorni della sua fanciullezza, quando, durante lo sciopero, si era introdotto in un orto per dissotterrare una rapa ed appagare la sua fame. Si ribellava alla vista di un lusso cosí sfacciato. Quando uscí, tirò un sospiro di sollievo, come quando s'esce da una serra troppo calda i cui letali odori voluttuosi intossicano i sensi e distruggono l'anima. Fu sulla via del ritorno a casa che scoprí il parco. Gli parve allettante e v'entrò.

Da quel momento rafforzò il suo proposito di vivere una vita semplice. Gli era capitato recentemente in mano un libro strano, *La Vie du Curé d'Ars*. Il parroco era un semplice prete di villaggio, e la frugalità della sua dieta e l'austerità della sua vita avevano prodotto in Davide una notevole impressione. Dopo lo sperpero di cui era stato testimonio oculare nella sala dell'Adalia, Davide sentí crescere il suo rispetto per la personalità del parroco di Ars, il cui unico pasto giornaliero consisteva in due patate fredde annaffiate con l'acqua del ruscello.

Mrs. Tucker, la sua padrona di casa, deplorava altamente l'inclinazione del suo inquilino per la vita spartana. Era una Irlandese, anziana e volubile, che si vantava del suo cognome di ragazza — Shanahan, — e che aveva molte lenticchie, gli occhi verdi e i capelli aggressivamente rossi. Suo marito era un impiegato del gas, e anche i suoi due figli, adulti, erano impiegati nella City. Il colore dei suoi capelli attestava che non era per nulla afflitta dall'indolenza naturale della sua razza, ma aveva l'ambizione di *servire* i suoi inquilini. L'ostinazione con cui Davide rifiutava di farsi apparecchiare da lei il breakfast e la cena offendeva in lei l'orgoglio di tutti i Shanahan; e la indusse a parlar chiaro. Parlava molto, Nora Shanahan, e generalmente la spuntava; ma con Davide ebbe scarso successo.

L'ultimo giorno di gennaio Davide andò a fare acquisti in Bull Street, che era un'arteria importante in cui sboccava Blount Street. C'erano delle botteghe ben fornite e a buon mercato, e Davide ci andava spesso a comprarvi le frutta o un pezzo di formaggio. Ma quel giorno ci andò per acquistare un padellotto. La commessa trovò difficoltà per incartarglielo, e dopo aver allegramente lacerato parecchi fogli di giornale rinunciò al tentativo e domandò a Davide se non gli faceva niente di prenderselo cosí. Davide lo prese cosí e se lo portò a casa senza vergognarsene. Ma a pochi passi da casa successe un fatto importante. Un giovanotto in plus-four e impermeabile, che Davide ultimamente aveva notato spesso da quelle parti, improvvisamente puntò su lui la macchina e gli prese la fotografia. Poi sollevò il cappello e s'allontanò a rapidi passi.

L'indomani, nel centro della *Daily Gazette*, apparve la fotografia con la dicitura: "L'on. Padella." Seguiva una mezza colonna che esaltava i costumi ascetici del nuovo deputato dei minatori del nord, in base alle informazioni desunte da una intervista concessa da Mrs. Tucker ed infiorate di goffaggini amene.

Davide si stizzí, corse al telefono del pianerottolo, chiamò il redattore e protestò energicamente. Il redattore si scusò, in termini civilissimi, ma stentava a vedere qual colpa avesse commesso. Era un'ottima propaganda, a suo parere, quell'articoletto pieno di pepe, suscettibile di attirare su Davide l'attenzione non solo degli ambienti politici ma anche dei suoi elettori. Anche Mrs. Tucker si dimostrò incapace di intuire le ragioni dell'indignazione del suo inquilino. Era contentona di aver letto sul giornale il proprio nome, e citato rispettabilmente, aggiunse.

Ma Davide quel giorno si recò alla Camera risentito e vergognoso, pur conservando la speranza che l'articolo non fosse stato rilevato. Vana speranza. Il suo ingresso fu accolto da blande acclamazioni derisorie, che sembravano implicare la supposizione ch'egli avesse architettato l'episodio per mettersi in vista. "Non prenderli sul serio. Fatti una risata," gli suggerí Nugent sotto voce. Nugent capiva. Ma Bebbington no. Bebbington si dimostrò freddamente satirico e distante, e non gli dissimulò la propria convinzione che l'articolo fosse stato ispirato da lui. Probabilmente era geloso.

La stessa sera Nugent venne per la prima volta a trovar Davide in casa. Si accomodò, trasse la pipa e si guardò attorno, contemplando l'arredamento. Aveva l'aspetto piú che mai cadaverico, ma la sua solita espressione serena di bravo bambino. Accendendo la pipa disse: "Non ho mai potuto venire prima d'oggi. Hai un bell'alloggetto."

"Non c'è male, per una sterlina la settimana. Ma non è tutto qui. Di là c'è ancora il famoso padellotto."

Nugent parve divertito. "Non preoccupati di simili sciocchezze," disse con dolcezza, "del resto, son cose che ti fanno del bene, fra i compagni del nord."

"Ma son io che vorrei far del bene a loro," ribatté Davide per scherzo.

"Questo verrà a suo tempo, non dubitare. Pel momento non possiamo far altro che segnare il passo. Siamo fermi, assolutamente fermi, davanti al muro Tory. Capirai, 419 seggi, contro i nostri 151. Dobbiamo starcene tranquillamente seduti, aggrappati, magari, finché non venga il nostro turno. So bene come ti senti. L'inazione ti rende inquieto. Tu vorresti cominciare a fare; fare qualunque cosa, abolire le fettucce rosa, per esempio, le procedure tradizionali: veder risultati. Bisogna aspettare, Davide. Vedrai che uno di questi giorni non ti mancherà l'occasione di sbizzarrirti."

"Speriamo. È questo procrastinare che mi sembra senza senso. È indubitabile che il malcontento va aggravandosi sempre piú nelle miniere. E mentre si finge di cercare una possibile via d'intesa, i proprietari stanno già macchinando di esigere un aumento delle ore di lavoro e un ribasso delle paghe."

"Già. Ora si torna a giocherellare con l'idea di ripristinare il sussidio agli esercenti. Come se non si fossero sperperati, nel 1924, dieci milioni di sterline in tale sussidio. Poi hanno avuto l'altra idea colossale, di istituire la commissione d'inchiesta. E vedrai che ancor prima di conoscere i risultati, il Governo deciderà di pagare i sussidi daccapo. Poi la commissione produrrà i suoi risultati e condannerà il sussidio. Tutto ciò è molto istruttivo. Divertente, direi."

"L'unica soluzione sta nella nazionalizzazione. Dobbiamo aspettare che ce la offrano sul piatto?"

"Dobbiamo aspettare che il nostro partito salga al potere. Non c'è altro da fare pel momento. Tu continua a compulsare i Libri Azzurri, e ad usare il tuo padellotto. Con ciò voglio dire che è l'equazione personale quella che conta in realtà. Nel giuoco della vita politica le distrazioni e le vie sghembe son tante che ci si perde, se non si sta in gamba. E nessun altro gioco rivela cosí chiaramente il merito, il demerito, degli individui. L'ambizione personale, le ambizioni sociali, l'egoismo, l'interesse: son queste le maledizioni. Guarda Bebbington, per dirne uno. Se ne infischia dei centomila minatori del Durham che lo hanno eletto. Non si cura che di Bebbington. Guarda Chalmers, per citarne un altro. Era pieno di zelo, quando fu eletto quattro anni fa. Ricordo che m'aveva giurato, con lagrime agli occhi, di ottenere le sette ore di lavoro per i tessili, quand'anche dovesse rimetterci la vita. Ora, le sette ore non sono arrivate nel Lancashire, che io sappia, ma Chalmers è sempre vivo. Piú vivo che mai, anzi. È stato punto dalla tarantola dell'oro. Frequenta la cricca dei Clinton, dalla quale si procura informazioni utilissime, e fa denari a palate nella City. E quell'altro, Cleghorn. Ha sposato una dama dell'alta società, e fugge qualsiasi riunione del partito pur di presenziare alle serate di gala nel West End al fianco della dama sua sposa. Non esagero. Io non sono un santo, ma, parola mia, c'è da disperare. Ecco perché mi fa piacere vedere che ti sei sotterrato in questo buco e che intendi vivere una vita semplice. Continua, per l'amor di Dio!"

Davide non aveva mai visto Nugent cosí eccitato. Ma durò solo un momento. Tosto si dominò, e la solita serenità gli splendette sul viso. "Quando sarà venuto il momento opportuno, ciò che a te converrà piú di tutto sarà di farti iniziatore di una campagna contro la corruzione generale. Non ti parlo da predicatore. Comunque, questa è la fine del sermone. Avevo bisogno assoluto di sbarazzarmene. Ma bada: se, dopo ciò, tornando qui dovessi trovare la tua mensola del camino coperta di biglietti d'invito mondani, ti prendo a calci nel sedere. Se hai bisogno di distrazioni vieni con me al cricket. È uno dei piú begli spettacoli che si possano osservare."

"È questa la tua forma di corruzione, vero?"

"Precisamente. Mi costa due ghinee all'anno. E non vi rinuncerei nemmeno se m'offrissero la direzione del partito." Diede uno sguardo alla pendola, s'alzò e si stirò le membra. "Devo andare. Ho pensato che l'occasione propizia pel tuo discorso inaugurale la troverai tra un paio di settimane, quando Clarke presenterà la sua proposta di emendamento al Miners' Safety Bill. Allora potrai espettorare una parte di ciò che ti pesa sullo stomaco. Intanto, sta' allegro; e buona notte."

Dopo che fu partito, Davide rimase lungo tempo a sedere assorto in meditazioni. Si sentiva meglio, piú calmo. Nugent esercitava sempre questa influenza su di lui. Era innegabile che la sua irrequietudine dipendeva dalla esasperante lentezza delle procedure, dall'intollerabile perdita di tempo, dalle chiacchiere vuote di senso, dalle interpellanze assurde e dalle risposte melliflue, dalla generale insincerità imposta dalle "buone usanze" parlamentari: tutta polvere negli occhi. Invece di vedere un rapido girar di ruote, si udiva soltanto l'impotente sbuffare della macchina. Nugent aveva ragione di dire che il risentimento di Davide, per quanto spiegabile, era assurdo. Bisognava allenarsi alla pazienza. Con una certa apprensione, ma con entusiasmo, cominciò a pensare al suo discorso inaugurale. Era indispensabile che riuscisse un discorso capace di suscitare interesse, di richiamare l'attenzione su di lui. L'emendamento del Miners' Safety Bill costituiva un'occasione meravigliosa; anche in questo Nugent non si sbagliava. Il discorso cominciò a prender forma nella mente di Davide, come una cosa viva. Vedeva già, chiarissimamente, le linee su cui impostarlo, i temi da svolgere, le argomentazioni da sottolineare e quelle opposte da svalutare. Immergendosi nella meditazione, si sentiva sollevare in alto dalla forza del pensiero; si vedeva sprofondare di nuovo nelle buie gallerie dove gli uomini lavorano sotto la costante minaccia di mille pericoli. È facile, a chi non le conosce, non preoccuparsi delle loro condizioni. Ma lui le conosceva. Si sentiva capace di forzare entro le menti e i cuori di chi le ignorava l'immagine viva della propria conoscenza.

Mentre sedeva immobile e intento presso il fuoco, udí bussare e Mrs. Tucker entrò: "C'è una signora che desidera parlarvi."

Sobbalzando, Davide tornò in sé. "Una signora?" ripeté, e di colpo si sentí investire da un'assurda speranza. Aveva sempre avuto la nozione che Jenny vivesse a Londra: possibile che avesse deciso di tornare a lui?

"È giú abbasso. Devo farla salire?"

"Sí." Stette in piedi, di fronte alla porta, con una strana fitta al cuore. Poi la sua espressione cambiò; la fulminea speranza dileguò con la stessa rapidità con cui s'era formata. Non era Jenny, ma Hilda Barras.

"Sí, sono solo io," disse con la sua solita linearità, notando il cambiamento della sua espressione. "Il giornale m'ha svelato il vostro indirizzo, e sono venuta a rallegrarmi. Se avete da fare ditelo e me ne vado."

"Niente da fare," protestò Davide. Era stata una grande sorpresa vedere Hilda Barras, ma dopo il suo primo disappunto se ne compiacque. Indossava un semplice tailleur grigio, e una volpe d'alto prezzo. La sua faccia severa e scura toccò una corda familiare nella memoria di lui e rievocò i loro litigiosi colloqui degli antichi tempi. Davide sorrise. E lo strano fu che sorrise anche lei; cosa che le capitava assai di rado. "Accomodatevi. Questo è un avvenimento." Ella sedette e si tolse i guanti. Le sue mani erano bianchissime: forti, agili. "Cosa fate a Londra?" domandò Davide.

"Buona questa; dato che voi siete arrivato solo da un mese. Che provinciale!"

"Provinciale sarete voi."

"Cominciamo subito a bisticciare?"

Li rammentava anche lei i bisticci! Rispose: "Volentieri; ma ci vuole il latte caldo e i biscotti."

Hilda rise. Quando rideva era simpatica: aveva i denti belli. Il suo aspetto era molto meno proibitivo di una volta; sembrava piú felice, contenta di sé. Disse: "È evidente che mentre io ho seguito con interesse la vostra carriera, voi invece avete dimenticato persino la mia esistenza."

"Non è vero. So che avete preso la patente in medicina circa quattro anni fa."

"Sapete niente. In chirurgia, non in medicina. Forse non v'interessa, ma sono la titolare dell'ospedale femminile di Santa Elisabetta, proprio qui dirimpetto, dall'altra parte del fiume."

"Mi congratulo. Vi piace?"

"Molto. Non potrei vivere senza il mio lavoro." Perciò era cambiata, pensò Davide istintivamente. Ella ne indovinò il pensiero, perché disse: "Ero intrattabile, vero? Mi rendevo antipatica a tutti; a Zia Carola, a Grace, a me stessa. Non contraddite, fate il piacere, nemmeno per complimento. Anzi vi confesserò che questa mia visita è un vero atto di riparazione."

"Spero che lo ripeterete."

"Bravo, Davide, facciamo progressi." Arrossí leggermente, di riconoscenza. "Per esser franca, ho pochissimi amici a Londra. Son troppo rigida. Socialmente parlando, valgo niente. Ma per voi ho sempre avuto un debole. Non mi fraintendete, prego. Sapete che non son tipo da flirt. Ma pensavo che, se non avete niente in contrario, potremmo di tanto in tanto affilare l'un contro l'altro i nostri ingegni."

"I nostri?... Ma voi non ne avete."

"Sempre meglio, Davide. Cosí mi piace. Ero certa che non m'avreste fraintesa."

Lui stava in piedi con la schiena al fuoco, con le mani in tasca. "Ora vado a prepararmi la cena. Sapete di che cosa consta? Una tazza di cioccolata con biscotti. Ne volete?"

"Sí. La fate nel padellotto?"

"Si capisce." E si recò in cucina.

Mentr'era in cucina ella lo sentí tossire e quando tornò gli chiese: "Cos'è quella tosse?"

"Tosse del fumatore con un pizzico di gas tedesco."

"Dovreste curarvi."

"Ma non avete detto che fate il chirurgo?"

Continuarono a bisticciarsi bevendo la cioccolata. Hilda gli parlò del proprio lavoro, della camera operatoria, delle donne che le capitavano sotto i ferri. In un certo qual modo egli la invidiava, perché Hilda se non altro poteva consolarsi soccorrendo l'umanità sofferente; e glielo disse: "No," rispose Hilda, "non credetemi *umanitaria.* Io son tutta tecnica; matematica applicata; fredda e risoluta. Ammetto però di essere diventata piú *umana.*"

Poi egli le parlò del proprio discorso inaugurale. Hilda era interessata, eccitata. Davide le delineò il tracciato che aveva in mente, ed ella discordò di tutto cuore. Era piacevolissimo; come una volta. Restò fino alle dieci. Andandosene, lo invitò da lei, assicurandolo che faceva la cioccolata meglio di lui. "Verrò," disse Davide, "ma non è vero."

Rincasando, Hilda riconosceva con piacere di essersi divertita. Aveva dovuto fare uno sforzo di volontà per decidersi a visitarlo, perché temeva ch'egli potesse fraintendere lo scopo della sua visita. Ma si erano intesi a meraviglia. Davide era ragionevolissimo. Hilda era contenta. (Era un ottimo chirurgo, ma di psicologia aveva scarsa conoscenza.)

La sera del discorso Hilda comprò il giornale con impazienza. Era commentato favorevolmente. I giornali del mattino erano ancor piú favorevoli. Il *Daily Herald* gli consacrava una colonna e mezzo. Persino il *Times* accennava in termini lusinghieri all'eloquenza sincera e commovente del nuovo deputato di Sleescale. Hilda era compiaciuta. Pensò, "devo rallegrarmi per telefono." E prima di recarsi all'ospedale gli telefonò calorose congratulazioni, e venendo via dal telefono si sentí soddisfatta. Forse si era mostrata un pochino troppo entusiasta. Ma aveva pronunciato un bellissimo discorso. E naturalmente era il discorso che la interessava.

XI

Dalla finestra del suo ufficio, Arturo osservava i minatori affollare il cortile della Nettuno, e pensava mestamente alla serrata del 1921, che aveva inaugurato una lunga serie di dolorosi conflitti nei quali egli era stato trascinato contro il proprio volere, e che in ultima analisi avevano determinato lo sciopero generale del 1926. Si passò una mano sulla fronte, come per cancellare il ricordo di tanti iniqui atti inconsulti e sterili. Era ormai roba del passato, grazie a Dio. Gli operai si accalcavano, urgendo innanzi, ansiosi di superarsi l'un l'altro per arrivare in tempo allo sportello del botteghino di ammissione. Non chiedevano ma supplicavano d'essere riassunti in servizio, e la supplica non s'esprimeva con parole ma era scritta su tutti i volti silenziosi. Lavoro! lavoro a qualunque prezzo! Bastava osservare quei volti per intuire l'importanza della vittoria conseguita dalla classe padronale. Piú che sconfitti, i lavoratori erano stati schiacciati. Nei loro occhi era palese il timor panico di un inverno d'affamamento. Qualunque condizione, qualunque termine, ma lavoro! lavoro ad ogni prezzo! Urgevano innanzi, lavorando di gomiti, lottando, per arrivare in tempo al botteghino dove Hudspeth giudicava inappellabilmente sulla riammissione dei singoli.

Arturo non poteva distogliere lo sguardo dalla scena. Man mano che uno si presentava, Hudspeth lo squadrava, lo pesava, dava un'occhiata all'impiegato che distribuiva le tessere, e, se faceva un cenno affermativo, l'operaio era riammesso; ritirava la sua tessera e passava di là dalla spranga, come una anima accolta in Paradiso dopo il Giudizio. Era interessante da scrutare l'espressione dei volti muti di quelli che venivano accettati: un lampo di gioia, che si spegneva immediatamente in una contrazione muscolare rivelatrice di un indicibile sollievo, di un'illimitata gratitudine pel fatto quasi incredibile di essere stati riammessi negli infernali abissi del Paradiso. Ma non tutti venivano riammessi; oh, no! Non c'era lavoro per tutti. Se la giornata fosse stata di sei ore, allora ci sarebbe stato lavoro per tutti; ma le forze della Legge e dell'Ordine, organizzate da un Governo propenso — pur di vincere — al proseguimento dello sciopero, e sostenute dal Popolo Britannico, avevano stabilito la giornata di otto ore; quindi molti minatori dovevano per forza essere esclusi. Ma non importa, non importa! Qualunque condizione, qualunque termine, ma dateci lavoro, per l'amor del cielo!

Arturo voleva ritirarsi dalla finestra ma non ci riusciva. Le facce degli uomini ve lo inchiodavano ipnotizzato, la faccia di uno, in particolare, la faccia di Pug Macer. Arturo lo conosceva benissimo. Sapeva che era un operaio mediocre, dedito al vino, mai puntuale, sempre assente il lunedí mattina. E Arturo intuiva che Pug stesso sapeva tutto questo. Sulla sua faccia si leggeva il franco riconoscimento della sua mediocrità, insieme con l'incontenibile ansia di essere ugualmente accettato; e queste due emozioni in conflitto rivelavano un'apprensione che faceva male a vedere, e che conferiva a Pug l'aspetto d'un pauroso cane randagio e affamato che tenti di impadronirsi di un osso.

Arturo aspettava, incapace di ritirarsi dalla finestra. Era imminente il turno di Pug. I quattro uomini che lo precedevano furono tutti riammessi, ed ogni singola riammissione diminuiva le probabilità di Pug; e anche questo si leggeva sulla sua faccia. Quando finalmente fu davanti alla spranga, un poco ansante a causa della ressa e dell'emozione, Hudspeth gli diede una brevissima occhiata, poi guardò altrove. Non fece alcun cenno del capo, non guardò nemmeno l'impiegato delle tessere: si limitò a guardare i sopravvenienti. Pug era respinto. Arturo vide che le sue labbra si muovevano: non poteva udirne le parole, ma intuiva che supplicava di essere ripreso. Invano. Pug era uno dei quattrocento respinti. L'espressione della sua faccia, analoga del resto a quella degli altri quattrocento, finí per esasperare Arturo. Egli si voltò di schianto, si strappò dalla finestra. Se avesse potuto agire a suo talento, lui avrebbe dato lavoro nel pozzo anche ai quattrocento; ma non poteva. I suoi occhi caddero sul calendario: era il 15 ottobre. D'un gesto violento strappò il foglietto. I suoi nervi avevano bisogno di questo futile sfogo. Voleva cancellare il giorno nefasto.

Uscito dal cancello, Pug infilò Cowpen Street, occhi a terra, mani in tasca, strascicando i piedi. Sentiva il peso degli sguardi delle donne sul limitare delle loro casette. Era uno dei quattrocento. Voltò in Quay Street, aprí la porta di casa sua e dalla soglia domandò: "Dov'è Annie?"

"Fuori," rispose suo padre, dal letto in cucina. Era ormai condannato al letto, deformato dall'artrite; e siccome era stato un uomo molto attivo, l'inazione lo rendeva scontroso e querulo. Poiché aveva dolori di schiena, credeva d'essere malato di reni. E tesaurizzava ogni penny su cui poteva metter le mani, per comperarsi le pillole del dott. Poupart, fabbricate da un plutocrate di Whitechapel al costo di un penny la scatola, il cui prezzo di vendita era di tre scellini e mezzo. Le pillole, consistenti di zucchero, sapone e alcool metilico colorato, colorivano le urine d'azzurro, e siccome l'istruzione spiegava che il colore era dovuto alle impurità cacciate via dal rene, il vecchio Macer era tutto contento. Era sicuro di guarire se solo potesse eliminare dai reni tutte le impurità. Il guaio era che non poteva comperare abbastanza pillole. Com'era inoltre scritto nell'istruzione, il costo delle pillole era elevato perché gli ingredienti venivano cavati da rare erbe indiane reperibili solo sulle pendici dell'Imalaia, e distillate in base alla ricetta che un savio indiano aveva dato al defunto dott. Poupart.

Il vecchio era senza pillole da parecchio tempo, e ora squadrò suo figlio con sguardo ostile, ma ansioso. "Come mai non sei nel pozzo?"

"Non m'han preso."

"Devi pur trovar lavoro. Indispensabile."

"Devo, sí. Ma è piú facile che trovi i mezzi per farmi una crociera in Spagna."

"E come faccio io senza pillole?"

"Va' all'inferno con le tue pillole." Si lasciò cadere mezzo sdraiato su una seggiola, gambe stese e divaricate, mani in tasca, berretto sulla nuca, occhi sul piccolo fuoco che moriva nel grande camino.

Annie era andata ad accompagnare il piccino a scuola, e a consegnare un lavoro di cucito ordinatole dalla moglie del dottor Proctor. Fu tosto di ritorno. Vedendo Pug capí a volo. Sentí nel cuore la familiare fitta di apprensione, ma non disse una parola; sparecchiò e prese a lavare i piatti.

Pug parlò pel primo: "M'hanno respinto."

"Pazienza, Pug: rimedieremo," rispose Annie, senza smettere di lavare i piatti.

Ma Pug continuava a soffrire sotto l'ignominia del licenziamento. A denti stretti proseguí: "Porci! Giudicare incapace me, che se voglio posso fare il lavoro di due uomini."

"Lo so, Pug. Non rammaricarti."

"Vogliono a tutti i costi vedermi sulla lista della *dole*, ecco quel che vogliono," sghignazzò Pug, "e io non domando altro che lavorare."

Dal suo letto il vecchio seguiva la conversazione, commiserando se stesso, guardando ora il figlio ora la figlia con occhio ostile. Disse: "Questa volta devi scrivere a Davide Fenwick, Annie. Adesso devi per forza accettare il suo aiuto."

"Rimedieremo, papà," rispose Annie. Non voleva accettare denaro da Davide. "Abbiamo sempre rimediato." Il suo proposito era di procurarsi dell'altro lavoro.

Cosí, appena ebbe riposto le stoviglie, uscí alla ricerca. Provò da Armstrong, da Bates, soffocò il suo orgoglio e bussò persino da Ramage. Nessuno aveva bisogno dei suoi servizi. Solo la moglie del dottore le promise, vagamente, di affidarle all'occorrenza altri lavori di cucito, e la moglie del vicario acconsentí, con l'aria di farle la carità, a lasciarla venire il lunedí per lavarle la biancheria. Ma non trovò altro. Cercò ancora l'indomani, e il giorno appresso, sempre invano. Pareva che a Sleescale, nessuno fosse in grado di dar lavoro. E Annie non aveva nulla da vendere o da impegnare.

Nel frattempo Pug si recò all'ufficio di distribuzione dei sussidi. Rifuggiva dal farsi iscrivere sulla lista dei disoccupati, ma dato che ve lo costringevano, non aveva scelta. Trovò una lunga fila di disperati come lui che aspettavano nella strada davanti all'ufficio. Una folla di uomini non impazienti come i minatori della Nettuno; nessuno aveva fretta. Aspettavan tutti. Era sottinteso che per ottenere il sussidio bisognava aspettare. Pug prese posto in coda alla fila, vicino a Len Woods e a Cha Leeming. Non parlò né all'uno né all'altro; né essi a lui. Pioveva. Non una pioggia violenta, che se non altro avrebbe procurato agli uomini lo sfogo di lanciar moccoli, ma una pioggina melliflua, una simpatica pioggerella che bagnava gentilmente fino alle ossa. Pug alzò il bavero e aspettò. Non pensava. Aspettava.

Cinque minuti dopo di lui, arrivò Jack Reedy. Non si fermò in coda, ma risalí alla testa della colonna, con aria furente. Giuntovi, si abbottonò la giacca con gesti lenti, e prese ad arringare. Jack era fratello di Tom e di Pat, periti entrambi nel disastro. Era una volta un ragazzo ben piantato, ma i dispiaceri e il risentimento l'avevano raggranchito cosí che s'era ridotto come un pover'uomo dal petto rientrante che nutriva opinioni estremiste. In guerra s'era presa una pallottola in una coscia e zoppicava. Hudspeth l'aveva respinto poco fa.

Pug alzò la testa per sentire ciò che Jack aveva da dire, benché lo prevedesse

"Ricordate quello che s'era noialtri quando ci mandarono in trincea?" cominciò Jack con voce cavernosa di ribellione; di ribellione contro la vita, contro il destino, contro l'ordinamento economico che era la causa di tutti i mali. "Noialtri eravamo gli eroi, quando si trattava di farci scannare, e adesso cosa siamo? Siamo la feccia. È cosí che ci chiamano adesso. Avete mai pensato chi fu che fabbricò gli aeroplani e le navi e i cannoni e i proiettili? Noialtri, i proletari. E cos'hanno ricavato i proletari dalla guerra? Questo: il privilegio di aspettare sotto la pioggia, e di stendere la mano per chiedere l'elemosina.

Ci dicevano di combattere per la patria, e abbiamo combattuto, cristo, e cosa ci han dato? Fango. Ma di fango non si vive. Col fango non potete mantenere la moglie e i bambini." Si asciugava la bocca col dorso della mano. Alzò la voce. "E mentre noi si sudava a lavorare e a combattere, gli altri incassavano i milioni. Coi milioni incassati hanno potuto resistere allo sciopero. Ora date retta a me..."

In quella si sentí afferrare per la spalla, e ammutolí; rimase assolutamente immobile. Poi, lentamente, voltò la testa. Era Roddam. "Basta questo discorso. Passate in coda, e fate silenzio." Roddam era la guardia comunale, ormai cinquantenne: ben pasciuto, l'aria importante.

"Lasciatemi dire," balbettò Jack su un altro tono, ma con accento minaccioso e sguardo malvagio. "Io ho fatto la guerra. Non mettetemi le mani addosso."

La folla cominciava ad interessarsi. Roddam si fece rosso. "Silenzio, Jack, o vi porto in gabbia."

"Ho diritto di parlare quanto voi."

Roddam lo sospinse bruscamente pel braccio. "Passate in coda, vi dico; e fate silenzio."

"Perché in coda? Il mio posto è qui, dopo Pug Macer."

"Venite dove vi metto io," ordinò Roddam. "In coda. Qui. E silenzio." E gli diede un'ultima scrollata.

Jack fece per ribellarsi, e guardava Roddam con tale odio che si sarebbe detto che volesse trucidarlo. Ma d'un tratto si calmò, quasi che avesse deciso lí per lí di differire la vendetta ad un'altra occasione. Gli altri tirarono un sospiro di sollievo e di disappunto. Roddam sfilò avanti e indietro, pomposo, ufficiale, nella mantella impermeabile munita di belle fibbie e di catenella... La folla continuò ad aspettare sotto la pioggia.

Era raro che non piovesse, perché era un brutto inverno. Quando non pioveva, nevicava. Ma erano sempre lí; dovevano esserci per forza; e aspettavano. E Pug aspettava con gli altri. Il piccolo Sammy aveva vergogna dello zio Pug. Rientrando dalla scuola, per non vederlo, passava davanti alla fila guardando dall'altra parte; e Pug, che dal canto suo si sentiva umiliato davanti al nipote, fingeva anche lui di non vederlo passare. Sammy era profondamente turbato, e seccato anche per varie ragioni; non poteva piú, per esempio, farsi regalare i cartellini delle sigarette, e doveva rinunciare al penny che qualche volta Pug gli dava, di nascosto, il sabato. E — peggio di tutto — Pug non lo portava piú al football, per quanto i disoccupati potessero andarci con soli tre pence.

E in casa il vitto era sempre piú meschino; alle volte nemmeno sufficiente, per l'appetito di Sammy. Ai tempi dello sciopero si era d'estate, e l'estate si ha meno fame che l'inverno. Se non era pei soldi che guadagnava la mamma, non ci sarebbe stato niente da mangiare. Sammy si struggeva dalla voglia di crescere presto, cosí da essere in grado di lavorare per aiutare la mamma. Era certo che, crisi o no, avrebbe trovato lavoro; anche nella Nettuno.

Ma intanto passavano le settimane, e Sammy continuava a veder Pug da lontano nella fila dei disoccupati. Appena lo scorgeva, s'immaginava di vedere qualcosa di molto importante all'altro capo della strada, e con gli occhi fissi in questa direzione partiva di corsa veloce. Arrivandoci, naturalmente non trovava mai niente di interessante. Ma l'ultimo venerdí di gennaio trovò qualche cosa al termine della corsa. All'angolo della via picchiò in pieno contro la nonna, scivolò sulla punta ferrata dei suoi zoccoletti, perdé l'equilibrio, e stramazzò.

Non si fece alcun male, ma ebbe paura di aver causato chi sa quali danni. Confuso, raccolse berretto e cartella, e fece per andarsene, rosso come un gambero. Allora vide che Marta lo stava guardando. Incontrandolo per strada, Marta non lo guardava mai, quasi che egli non esistesse nemmeno. Adesso invece lo guardava, con insistenza, con curiosità. Poi, fatto ancor piú incredibile, gli parlò. Gli domandò: "Ti sei fatto male?"

"No, no, niente."

"Come ti chiami?"

"Sammy Fenwick."

Ella ripeté "Sammy Fenwick" e con gli occhi parve divorarlo. Ne esaminava la faccia pallida sotto la fronte bernoccoluta, i chiari occhi celesti, il costume fatto in casa, logoro e rattoppato, gli stinchi scarni infilati negli zoccoli troppo grandi. Sammy non poteva saperlo, ma da vari mesi Marta lo spiava ogni giorno, all'andata o al ritorno dalla scuola, di dietro alle cortine delle sue finestre. Lo spiava di nascosto. Somigliava tanto al suo Sam. Aveva dieci anni oramai. Marta avrebbe voluto averlo con sé. Come rompere il ghiaccio? Disse: "Sai chi sono?"

"Sei la nonna," rispose Sammy senza esitare.

Marta diventò rossa di piacere. Sammy aveva rotto il ghiaccio, finalmente aveva fatto fondere la crosta di ghiaccio del cuore della vecchia. "Senti qua, Sammy."

Il piccolo si avvicinò, e Marta lo prese per la mano. Sammy trovò la cosa assai strana, ed ebbe un pochino paura, ma camminò docilmente con lei, fino alla casa della nonna. V'entrarono insieme. "Siedi qui, Sammy," disse Marta. Pronunciarne il nome le causava una squisita gioia.

Sammy sedette ubbidiente, e si guardò attorno. Era una cucina ben tenuta, come quella della mamma, pulitissima, ma i mobili erano piú belli e piú copiosi. I suoi occhi mandarono un lampo quando vide Marta tagliare una fetta di torta; una enorme fetta. "Grazie," disse accettandola; posò i libri in bilico sulle ginocchia e l'addentò.

I grandi occhi scuri e duri della nonna indugiavano sulla fresca e giovane faccia del nipotino. Era la faccia del suo Sam. "Buona?" domandò.

"Eccellente."

"Piú buona di tutte quelle che hai assaggiato?"

Sammy esitò, per timore di offenderla, ma doveva dire la verità: "Anche mamma le fa buone, quando ha il necessario. Ma da qualche tempo non le fa piú."

"Zio Pug è disoccupato?"

"Sí." E aggiunse: "Pel momento."

"Tuo padre non era mai disoccupato."

"Lo so."

"Era un ottimo minatore."

"Lo so. Mamma lo dice sempre."

Silenzio. Marta non poteva distogliere lo sguardo da lui. Tagliò una seconda fetta e gliela porse. Sammy l'accettò con un muto sorriso. Il sorriso di Sam. "Cosa farai quando sarai grande?"

"Il minatore, come papà."

"Bravo, Sammy." Marta, sopraffatta dalla consolazione, si sentí debole. Il suo Sam era tornato a lei. Sammy perpetuerebbe la tradizione di famiglia. Lo vedeva già tra i piú bravi minatori della Nettuno. Non poteva parlare.

Inghiottita l'ultima briciola, Sammy fece per andarsene.

"Non andare ancora, Sammy."

"Mamma s'inquieterà."

"Allora portati questo in tasca." Tagliò febbrilmente una terza fetta, gliela incartò, vi aggiunse una splendida mela rossa, e gli mise il pacco nella cartella. Sulla soglia gli disse: "Torna a vedermi domani, Sammy." E la sua voce era supplichevole.

"Vengo," rispose Sammy, e saettò via come una trota giovane.

Marta rimase a guardarlo allontanarsi finché scomparve, poi tornò in cucina. Muoveva lentamente, con difficoltà. Vide la torta mutilata. Sullo schermo della sua dura faccia impassibile passava un'ondata di memorie. D'un tratto lo schermo si ruppe. Marta si lasciò cadere sulla seggiola, nascose il viso nel cavo del braccio e singhiozzò amaramente.

XII

La carriera politica di Davide procedeva lentamente come lo sviluppo del corpo umano, la cui crescita è lenta, anzi impercettibile da un giorno all'altro, ma appare manifesta da un lustro all'altro; cosí la statura politica di Davide, se comparata a quella di cinque anni avanti, era notevolmente cresciuta. Per quanto definiti e forti i suoi propositi, egli doveva procedere per strade lunghe, tortuose, irte di ostacoli. Le meteore politiche saettano soltanto nell'immaginazione del romanziere. Davide sperimentava la realtà, che è ben diversa. Attendeva scrupolosamente al lavoro e imparava molte cose, ma sopra tutto ad avere pazienza. Il suo discorso inaugurale fu seguito, a pochi mesi d'intervallo, da un altro discorso relativo al profondo disagio che prevaleva nei distretti carboniferi. I commenti che suscitò indussero parecchi gerarchi del partito a consultare Davide per ottenerne preziosi dati statistici sull'argomento; e nel seguito furono pronunciate alla Camera parecchie forbite orazioni vertenti tutte sulla stessa questione, senza tuttavia che Davide ricavasse onore alcuno per averle ispirate. Piú tardi comunque venne nominato — a titolo di riconoscimento dei suoi meriti — membro di uno dei Comitati distrettuali incaricati di indagare sugli infortuni che si verificavano nelle miniere; e per un anno intero attese alle sue nuove mansioni, acquistando vasta esperienza in materia di congiuntiviti, sinoviti e simili malanni comuni ai minatori... Prima della fine della sessione fu nominato membro di un altro Comitato, il quale eseguiva un'inchiesta sui titoli qualificativi — prescritti dalla legge — posseduti dai direttori delle miniere. L'anno dopo, Nugent, che doveva tenere una conferenza nella Albert Hall, fu colpito da influenza, e dietro sua richiesta Davide fu invitato a sostituirlo. Davanti ad un uditorio di cinquemila persone pronunciò, in stile sommariamente incisivo, un discorso ardente, e palpitante di umanità. L'eco di quel discorso attirò su di lui l'attenzione generale e lo allineò tra i piú chiari conferenzieri del Parlamento. Il partito gli affidò l'incarico di elaborare con altri colleghi il programma della nazionalizzazione delle miniere, e di preparare inoltre un memorandum sulla costituzione della Power and Transport Commission. Il lavoro che presentò, intitolato *Energia elettrica e Progresso nazionale*, fu letto negli Stati Uniti alla Conferenza del Lavoro. Da quel momento fu considerato il primo rappresentante dei minatori nel Consiglio che aveva l'incarico di rivedere tutta la questione relativa ai pericoli derivanti dalle infiltrazioni dell'acqua nelle miniere. Nell'autunno del 1928 fu eletto membro del Comitato parlamentare del partito laburista; e al principio dell'anno seguente venne alfine chiamato a far parte del Direttorio della Federazione Minatori.

Tali successi naturalmente alimentavano le sue speranze. Era in ottima salute, aveva le idee chiare, si sentiva in grado di disimpegnare qualsiasi mansione. E avvertiva la piega favorevole degli eventi. Il Governo, moribondo, era malinconicamente rassegnato a morire. Il Paese, nauseato dalla vieta politica e dalle misure banali reiteratamente adottate da una antiquata amministrazione dura a morire, cominciava a guardare verso altri orizzonti ed a far congetture; e i pensatori stessi, malgrado la loro costituzionale apatia foderata di insensibilità, prendevano a dubitare della sanità di un sistema economico-politico che in nessun modo riusciva a dar sollievo ai miseri e ai disoccupati. Idee nuove ed ardite entravano in circolazionne. Gli uomini non rifuggivano piú, atterriti come dianzi, dalla constatazione che il capitalismo, come sistema di vita, avesse fatto fallimento; tutti cominciavano ad ammettere come non fosse possibile ricostruire il mondo mediante atti di violenza tendenti a sopprimere l'idea del nazionalismo economico. Si cessò di bollare i disoccupati con l'espressione *la feccia della società*. Le speciose argomentazioni di coloro che attribuivano alle *condizioni mondiali* la causa di tutti i guai assumevano un accento di ipocrisia e diventavano motivi da operetta.

Davide era convinto che s'avvicinava finalmente l'ora del Laburismo. E che era indispensabile impostare tutta la prossima campagna elettorale sulla questione delle miniere: piattaforma solidissima, sulla quale il partito doveva impegnarsi ad erigere una struttura nazionale suscettibile di recar lauti benefici ai minatori e prosperità all'intero paese.

Quel chiaro mattino d'aprile Davide, col morale altissimo, stava seduto presso la finestra della sua camera scorrendo il giornale. Era sabato. Il telefono suonò. Davide non si mosse, perché di solito rispondeva la padrona di casa alle chiamate, ma poiché la suoneria continuava, si recò sul pianerottolo e sganciò il ricevitore. Riconobbe subito la voce stridula di Sally, sua cognata: "Hallo, hallo, son cinque minuti che chiamo."

"Sally!"

"M'hai riconosciuta alla voce?"

"Impossibile non riconoscere la tua voce." Risero entrambi. "Dove sei?"

"Hotel Stanton, vicino al British Museum. Sono con papà."

"E cosa fate a Londra?"

"Be', devo annunciarti prima di tutto che tra poco mi sposo, quindi ho voluto portare papà a spassarsela qui per una settimana: al Chrystal Palace c'è l'esposizione dei colombi."

"Mi congratulo, Sally. Chi è il fidanzato? Lo conosco?"

"Non so se lo conosci. È Dick Jobey, di Tynecastle."

"Dick Jobey! Ma è un matrimonione, Sally."

"Senti, vogliamo vederti, vieni a colazione con noi?"

"All right. Verrò verso mezzogiorno. Sí, so dov'è, non dubitare. Arrivederci."

Venne via sorridendo: Sally era sempre cosí incorreggibilmente allegra che comunicava agli altri il suo buon umore.

Alle undici e mezzo prese il metrò per Museum Station, e uscitone percorse a piedi Thackeray Street fino a Woburn Square dov'era situato l'albergo, un albergo modesto e tranquillo. C'era nell'aria il sentore della primavera e sugli alberi in piazza spuntavano le foglie; da uno dei lati, dove un vecchio gettava briciole di pane ai passeri, veniva un gaio cinguettio. Persino i tassí mettevano una nota allegra nel quadro, quasi che partecipassero alla gioia del giorno. Arrivò pochi minuti prima di mezzogiorno, e Sally e suo padre, che lo aspettavano nella hall, lo accolsero effusivamente.

Da anni non vedeva il suocero, ma lo trovò quasi immutato. Forse i suoi baffi erano un pochino piú lordi di nicotina, e le gote piú cave, e il torcicollo piú pronunciato, ma altrimenti era sempre il medesimo ometto ordinario, benigno, schivo. Tutto vestito di nero: un costume nuovo, un po' largo ma non floscio, anzi, curiosamente rigido; e anche la cravatta, dal nodo fatto, era nuova; e cosí pure le scarpe, perché cricchiavano. Ma Sally aveva cambiato parecchio. S'era fatta tonda come un barilotto, e aveva sui polsi vari braccialetti di adipe; la faccia, sopra tutto, era francamente grassa. Sorrise alla sorpresa che Davide tentò premurosamente di dissimulare. "Sono ingrassata, vero? Ma fa niente. Andiamo a tavola."

Sedettero ad un tavolo illuminato dal sole e ordinarono carne fredda con insalata. Sally mangiava di gusto, e bevve un'intera bottiglia di Guinness. Dopo il pasto, con la faccia rossa, pareva ancor piú grassa. Non si vergognò di allentarsi la cintura e tirò un gran sospiro di soddisfazione. Davide le sorrise. "Cosí ti sposi. C'era da aspettarselo."

"Dick è un buon diavolo. Non dice gran che, ma vale di piú. Credo che possa dirmi fortunata. Cominciavo a esser stanca della scena. Ho fatto il circuito Payne Goud tante volte che avevo le vertigini. D'altronde metto su pancia. Tra un paio d'anni non m'accetterebbero nemmeno piú per far la dea. E preferisco Dick a tutti gli dei dell'Olimpo. Sono contentona di sistemarmi."

Davide, memore della sua primitiva passione pel teatro, la guardava incuriosito. "E la tua ambizione Sally?"

Ella sorrise senza imbarazzo: "Sfumata. Sognavo di diventare, come nei romanzi, una star di Piccadilly." Scrollò la testa. "Caro mio, son cose che càpitano a una su un milione. E non son io quell'una. Avevo un po' di talento, lo riconosco, ma basta. Al confronto di una vera artista io scompaio del tutto."

"Però, Sally..."

"Niente però. So io meglio di te. Partiamo tutte con delle grandi idee, ma son poche quelle che arrivano. Beata me che ho trovato una conveniente stazione di tappa."

Poi, improvvisamente, si fece seria. Giocherellò distrattamente col cucchiaio. La sua faccia s'oscurò come sotto la nuvola d'un pensiero. Scoccò un'occhiata significativa a suo padre, il quale stava stuzzicandosi i denti. "Papà, non vuoi andare a farti una passeggiata in piazza?"

Il vecchietto si dimostrò dispostissimo. Mentre se ne andava, Sally osservò: "Caro ometto. Grazie a Dick, posso tirarlo via dalla sua biacca. Gli compero un bungalow a Gosforth, perché possa allevarvi colombi a suo piacimento."

Davide avvertí la sensazione d'interno calore che sempre gli causava l'evidenza d'un atto generoso. "Sei una buona figliola, Sally. Non hai mai fatto male a nessuno in vita tua."

"Questo non so. Ho paura di doverti far del male proprio adesso, caro Davide."

"Cos'è?" domandò Davide, sorpreso.

"Ho da dirti qualcosa che ti addolorerà. Ho notizie di Jenny." Trasse una lettera dalla borsa e senz'altro gliela tese. "M'ha scritto."

Davide prese la lettera con gesto macchinale. La carta era spessa, profumata, color viola, coi margini frastagliati. Lo intenerí la vista della calligrafia tonda, infantile, di Jenny. La busta era foderata di carta velina. L'indirizzo era The Excelsior Hotel, Cheltenham; la data, di tre settimane addietro.

Cara Sally,

ho bisogno di prender la penna per rompere il lungo silenzio, dovuto soprattutto al fatto che mi trovo *all'estero* quasi sempre. Chi sa cos'avrai pensato. Ora ti voglio raccontar tutto. Quando ero dai Teasdale, ho letto un piccolo avviso di una signora anziana che cercava una dama di compagnia. Ho fatto domanda per scritto, senza grandi speranze, e lo crederai? ho ricevuto una risposta gentilissima che includeva il costo del biglietto fino a Londra. Mi son presentata e m'ha presa subito. Partiva per un viaggio in Spagna e Italia e Venezia e Parigi. Aveva capelli bianchi e un vestito mauve cosí grazioso, con pizzi, e occhi tanto buoni. Io stentavo a decidermi ma lei m'ha subito voluto tanto bene che non lo crederai. Continuava a dire my dear siete tanto cara non posso rinunciare a voi. Cosí per farla breve ho dovuto accettare. Siamo andate *dappertutto*, Spagna e Italia e Venezia e Parigi, oh, e persino in *Egitto*. Sempre in treni di lusso. I migliori alberghi, teatri d'opera, in palco, e conti e marchesi in uniforme. La mia signora non può fare senza di me, dice che sono come una figlia per lei. E mi ha messa sul testamento. Non ho altro da fare che leggere, e accompagnarla ai tè, e in auto. E aggiustare i fiori, sai che era la mia specialità. Vero che son fortunata? Non lo dico per farti ingelosire ma se vedessi la nostra casa rimarresti sbalordita. Avrei voluto vederti ma restiamo qui solo pochi giorni per far la cura e ripartiamo subito. Sono felicissima della mia vita e auguro altrettanto a te. Saluta tutti da parte mia. Se vedi Davide digli che penso a lui qualche volta. Non c'è nessuno nella mia vita, digli anche questo. Tutti gli uomini son delle bestie, ma lui era buono con me. Ora chiudo questa mia perché devo vestirmi per pranzo, un vestito nuovo nero con paillettes che è una bellezza. Goodbye and God bless you then,

Yours for ever Jenny

Davide tirò un lungo sospiro. Continuava a fissare la grottesca missiva, dalle cui singole linee spirava vivo il ricordo di Jenny, penoso e pietoso, e tuttavia tenero. "Perché non me ne hai informato prima?" domandò.

"A che scopo," rispose Sally, senza dare un tono interrogativo alla battuta. "Sono andata espressamente a Cheltenham, all'Hotel Excelsior, e ho trovato che Jenny c'era stata realmente, un paio di giorni, durante la settimana delle corse. Ma non con una vecchia signora."

"Immagino."

"Non lasciarti deprimere, Davide." Gli pose una mano

sulla sua. "È già qualcosa sapere che è viva e in buona salute."

"Questo sí."

"Ho fatto bene a dartene notizia?"

"Hai fatto bene." Mise la lettera in tasca: "Era giusto che io fossi informato."

"Cosí appunto pensavo."

Tornò suo padre a raggiungerli. Li guardò l'un dopo l'altro, senza far domande.

Lasciarono l'albergo mezz'ora piú tardi, e Davide li accompagnò all'autobus. Si studiava di mostrarsi indifferente, di sorridere. Non voleva che Sally — che era di nuovo allegra, e che del resto aveva creduto doveroso metterlo al corrente — si accorgesse d'avergli riaperto la ferita non del tutto rimarginata. La volgare insincerità della lettera gli procurava la visione netta del quadro ripugnante: Jenny, sola per un'ora, in quell'albergo equivoco, mentre il suo compagno si spassava alle corse o in qualche bar; il suo intento di uccidere la noia utilizzando la gita a Cheltenham per mandare a casa notizie mirabolanti ed appagare cosí le futili romanticherie del suo cervello di bambina.

Sospirò, rassegnato. Lo nauseava il profumo della lettera che gli permaneva nelle narici. *Di' a Davide che penso a lui qualche volta.* Perché questa frase lo inteneriva? Forse era sincera; anche lui pensava a lei qualche volta. Malgrado tutto non poteva dimenticarla. Sentiva ancora tenerezza per Jenny. Poteva disprezzarla, odiarla magari, ma non cancellare questa segreta tenerezza.

Quella sera stette seduto a lungo davanti al fuoco senza potersi decidere a lavorare, in preda a una strana nervosità. Sul tardi uscí per passeggiare nelle strade deserte. E la sua irrequietudine durò vari giorni, impedendogli di riprendere il lavoro. Non faceva altro che rimuginare sul passato, e andare a zonzo immerso nel pensiero di Jenny. Tornava spesso a contemplare, nella Tates Gallery, il piccolo Degas, *La Lecture de la Lettre*, e se ne sentiva affascinato. Cercò distrazione e luce in Tolstoi, il cui nervoso impressionismo pareva vibrare all'unisono col suo presente stato d'animo. Rilesse rapidamente *Anna Karenina, Resurrezione, Potenza delle Tenebre.* Anche Tolstoi vedeva l'umanità travagliata da tendenze fatalmente antagonistiche, legata alla terra da sordidi interessi personali, e tuttavia capace di estollersi talora, mediante un nobile atto di sacrificio, a sublimi altezze.

Venne il maggio e, finalmente Davide poté di nuovo dedicarsi al lavoro. Subitamente gli eventi presero a precipitare. Era ovvio che il Governo si trovava in punto di morte. Immerso nella preparazione della campagna elettorale, Davide non ebbe piú tempo per rimuginare. Non aveva un minuto per sé.

Lo scioglimento della Camera fu effettuato il 10, e le elezioni dovevano aver luogo il 30. Il programma laburista si imperniava tutto sulla nazionalizzazione delle miniere, in base ai termini del Manifesto, firmato da Ramsay Mac Donald, J. R. Clynes, Herbert Morrison, e Arthur Henderson, nel quale si leggeva testualmente: *Le condizioni dell'industria mineraria sono cosí tragiche che esigono imperiosamente l'adozione di misure radicali, atte ad alleviare il malessere nei distretti carboniferi, a riorganizzare dalla base alla cima cosí la produzione come la vendita ed a diminuire le ore lavorative. La vittoria del Partito Laburista trascinerà la proclamazione della Nazionalizzazione delle Miniere, che è l'unica via di scampo, e promuoverà l'utilizzazione scientifica del carbone e dei suoi preziosi sottoprodotti oggi in massima parte sprecati.*

In base a questo Manifesto, e alla politica che prometteva, il Laburismo trionfò nelle elezioni. Davide vide aumentata la propria maggioranza di circa duemila voti. Nugent, Bebbington, Dudgeon, Chalmers e Cleghorn ottennero anch'essi un numero di suffragi sensibilmente maggiore.

Davide tornò a Londra esultante e fiducioso. Vedeva già il famoso Coal Mines Bill — da tanto tempo elaborato dal Partito — finalmente trionfare travolgendo ogni opposizione. La sessione fu aperta il 2 luglio 1929.

XIII

Una sera di nebbia, al principio dell'autunno, Davide e Nugent, uscendo dalla Camera, indugiarono in colloquio sulla gradinata. Dieci settimane avanti, dall'alto del trono, il Re aveva pronunciato il discorso della corona. I ministri laburisti avevano eseguito il baciamano.

Jim Dudgeon, in calzoni corti e feluca, aveva posato affabilmente davanti a una dozzina di fotografi. Il Primo Ministro, durante una frettolosa visita agli Stati Uniti, aveva diretto il seguente messaggio alla Confederazione del Lavoro: *Abbiamo l'imprescindibile dovere di sollevare l'industria mineraria dall'abisso in cui è piombata in seguito all'instabile e cieca politica perseguita durante tanti anni dai Governi che ci precedettero.*

Ma il volto di Davide, quale appariva traverso la nebbia fitta, denotava un'espressione che era curiosamente in antitesi con inizi cosí promettenti. Con la testa affondata nel bavero rialzato del pastrano, le mani in tasca, aveva l'aria turbata e recalcitrante insieme. "Credi che lo vedremo quest'anno, il Bill?" domandò a Nugent. "È questo che vorrei sapere."

Nugent rispose con calma, aggiustandosi la cravatta di lana: "A dar retta alle voci sarà promulgato a dicembre."

Davide cercava di penetrare il velo della nebbia che pareva simbolizzare il suo stato d'animo. "Non capisco i motivi di tanta procrastinazione. Ho l'impressione che ci curiamo soltanto di dimostrarci rispettabili; costituzionali. E che nessuno vuol prendersi la briga di un'iniziativa."

"Già. Ed è piuttosto sintomatico il fatto che il Governo continui a rammentarci che siamo in carica e non al potere."

"L'ho sentito tante volte questo ritornello che certo mi verrà inciso sulla pietra tombale."

"Allora non sarai piú in carica," rispose Nugent sorridendo. "Intanto mantieni viva la fiamma della speranza, caro Davide."

"Faccio il possibile," replicò Davide malcontento.

Seguí una pausa durante la quale entrambi guardarono una lunga automobile nera fermarsi silenziosamente all'ingresso. Poco dopo, dal loggiato comparve Bebbington. Vide i due colleghi e li osservò con l'aria di sussiego che gli era abituale. Avvicinandosi disse soavemente: "Seduta scocciante. Volete un passaggio? Vado nel West End."

Davide scrollò la testa senza parlare e Nugent rispose: "No, grazie. Aspettiamo Ralston."

Bebbington sorrise, distante e condiscendente, fece un cenno col capo, scese i gradini e salí in vettura. L'autista gli avviluppò le gambe nella coperta di pelo, poi prese posto al volante. La vettura scomparve silenziosa nella nebbia.

"Strano. Estremamente strano," disse Davide in tono sarcastico. "È una Minerva. Come diavolo se l'è procurata?"

Nugent lo guardò di traverso e disse sullo stesso tono: "Gliel'avran procurata i servizi resi allo Stato."

"No, Harry, a parte gli scherzi, Bebbington si lamenta sempre di non possedere un quattrino. Come fa ad andare in giro con una vettura cosí?"

"Davide! Val la pena di prender queste cose sul serio?" Le labbra gli s'arricciavano in una smorfia di cinismo. "Se ci tieni ecco qua la spiegazione. Il nostro amico Bebbington è stato eletto consigliere d'amministrazione delle Miniere Riunite. Oh non scandalizzarti. Ci sono dei precedenti. Tutto è in piena regola e nessuno può dire una parola."

Davide guardò Nugent con aria di risentimento. Che il suo amico sembrasse ammettere passivamente il fatto sospetto contribuiva ad accrescere il suo turbamento. Era un po' stanco, disanimato, Nugent, da qualche tempo in qua; come rassegnato alla propria esclusione dal Gabinetto, sul quale aveva fatto sicuro assegnamento. Aveva perso vitalità; ovviamente non era in buona salute. Solo per questo motivo Davide troncò la discussione. Appena Ralston li raggiunse, sviò il discorso sulla riunione della Lega del Controllo democratico, alla quale tutti e tre avevano promesso di partecipare; e insieme si avviarono nella nebbia verso Victoria Street.

Ma Davide era inquieto. La sessione che si era iniziata sotto cosí lusinghieri auspici ora procedeva come per legge d'inerzia, senz'atti, stranamente simile alle precedenti. Davide non smetteva di pensare ai suoi elettori, ai quali aveva promesso giustizia. Il partito intero aveva stipulato un patto col Paese, promettendo giustizia, e questa promessa aveva determinato il suo trionfo. Il Ministero doveva mantenerla a tutti i costi, a rischio magari di venir rovesciato dall'opposizione. La situazione in Sleescale era quasi disperata; Davide lo sapeva, perché era in costanti rapporti con Heddon, con Ogle ed altri funzionari locali. La popolazione nutriva sentimenti di ribellione contro tutto l'ordinamento sociale che si rivelava incapace di mettere in fuga lo spettro della miseria. Era un delitto differire piú oltre l'azione.

Per fronteggiare la crisi Davide riponeva tutte le sue speranze nel Coal Mines Bill, che gli risultava essere l'unica soluzione del problema, l'unico mezzo logico per rafforzare l'autorità del Partito e salvaguardare gli interessi degli operai. Di quando in quando si faceva strada la voce secondo la quale il Bill era in corso di elaborazione. Ad esso attendeva un Comitato ministeriale, assistito da un'apposita Delegazione della Federazione. Ma né Davide né Nugent facevan parte di questa Delegazione, e le informazioni erano quanto mai incerte. L'amministrazione interna del Partito aveva recentemente assunto un carattere di estrema riservatezza in tutti i campi, e i delegati si sottraevano ad ogni tentativo di sondaggio da parte degli indiscreti. Era insomma impossibile scoprire la forma o il contesto del Bill: non si sapeva altro che era in corso di elaborazione.

Quasi senza preavviso, l'11 dicembre, il Bill fu presentato in prima lettura, dal Presidente del Board of Trade appoggiato dall'Attorney General e dal Ministro delle Miniere. L'affluenza nella Camera non era particolarmente notevole, né spirava un'aura d'interessamento speciale. La formula di presentazione del Bill era breve, elusiva, di carattere generale: dieci righe in tutto, lette in fretta. Davide ascoltava con crescente apprensione. Non si capacitava. La formula non specificava nemmeno lo scopo del decreto, e il suo tenore rivelava la scarsa portata delle sue applicazioni. Si alzò impaziente, si recò frettolosamente nel loggiato e si rivolse ad alcuni membri del Comitato richiedendo d'urgenza una bozza del decreto; dovette persino raccomandarsi a Bebbington perché gliela ottenesse. Riuscí comunque a procurarsela la sera stessa, e solo allora si rese conto del valore negativo delle misure proposte La sua reazione fu indescrivibile. Trasecolava. Ancora stentava a credere all'evidenza. Era incredibile. Sbalorditivo. Una pugnalata nella schiena.

Vegliò fin tardi, travagliandosi sulla scelta della miglior linea di condotta. La lunga meditazione gli fece vedere chiaramente tutti gli obblighi che gli incombevano; egli prese la salda risoluzione di lottare con tutte le sue forze per non venir meno alla fiducia degli elettori.

L'indomani assisté alla riunione del Comitato Parlamentare del partito laburista. I presenti erano poco numerosi, forse la metà del normale. La scarsità dell'affluenza corroborò le sue apprensioni. Era già da qualche tempo che i ministri tralasciavano di intervenire a queste riunioni, ma oggi la loro assenza era sintomatica, tanto piú che mancava anche il Ministro delle Miniere. I membri presenti, tra cui Jim Dudgeon, Bebbington, Nugent, Ralston e Chalmers, non raggiungevano la trentina. Spirava un'aura di dopo pranzo: Chalmers s'era sbottonato gli ultimi due bottoni del gilé, e Cleghorn si preparava a farsi un pisolino.

Jim Dudgeon fungeva da chairman. Diede in giro un'occhiata da gufo ai presenti, una rapida scorsa alle carte che aveva davanti e cominciò a leggere a tutta velocità: *Nella prossima settimana la Camera discuterà sulla disoccupazione, sulle residenze operaie e darà la seconda lettura del Coal Mines Bill...*

Davide scattò in piedi ed esclamò: "Mr. Chairman, mi sia lecito di informarmi se i membri del Comitato qui presenti ritengono che questo Bill risponda alla politica del partito laburista."

"Hear, hear!" mormorarono approvando i membri di sinistra del Comitato.

Dudgeon non parve affatto imbarazzato. Squadrò affabilmente Davide, su e giú, e replicò: "Avete qualche fondata ragione per dubitarne?"

Davide, che pur si era proposto di mantenersi calmo, non riuscí ad eliminare un accento di sarcasmo nella sua risposta: "Direi che, nella sua forma presente, il Bill è per lo meno inadeguato. Il partito deve il suo trionfo nelle elezioni alla promessa di proclamare la nazionalizzazione delle miniere. Ci siamo solennemente impegnati, in uno storico Manifesto firmato dai Capi del partito, ad alleviare il malessere dei distretti carboniferi riorganizzando tutta l'industria su linee nazionali dalla base fino alla cima. È possibile conseguire tali obiettivi con un Bill di questa fatta? Non credo che tutti i membri qui presenti abbiano preso visione del Bill. Ma io l'ho esaminato coscienziosamente. E coscienziosamente posso assicurare che non tiene alcun conto delle nostre promesse agli elettori."

Cadde un silenzio imbarazzante. Dudgeon si grattava il mento cogitabondo, senza smettere di fissare Davide al disopra degli occhiali. Rispose: "Mi pare che siate voi che non tenete conto di un'altra cosa; ed è che noialtri siamo semplicemente in carica, *non* al potere. Adempiamo alle nostre mansioni, come meglio possiamo... compatibilmente con... Il Governo insomma deve sempre venire a compromessi."

"Lo chiamate compromesso? Questa è pura viltà. L'opposizione stessa non avrebbe potuto produrre un Bill piú di questo remissivo alla prepotenza della classe padronale. È un Bill che mantiene il sistema delle quote, esclude ogni cenno al minimo dei salari, elude la questione dello 'spread over'... Insomma è un Bill conservatore, nessuno lo può negare."

"Piano, piano," disse blandamente Dudgeon. "Io sono un uomo pratico. Almeno ho la reputazione di essere un uomo pratico. E credo fermamente nella convenienza di prendere il toro per le corna. Precisatemi dunque le vostre obiezioni."

"Via, sapete quanto me che questo Bill non rappresenta affatto una soluzione fondamentale delle nostre difficoltà. L'unico obiettivo che persegue è quello di intensificare la vendita. È un derisorio tentativo di conciliare due princípi irreconciliabili. Il sistema delle quote è un sopruso qualificato all'indirizzo dei minatori; e non potrà mai esser altro. Alla luce delle promesse fatte, l'azione del Governo è un vero tradimento."

"Piano, piano," protestò Dudgeon. "Sentiamo: cos'altro proporreste? Tenete presente la nostra posizione."

"È questa appunto che tengo presente," ribatté Davide, fremente di sdegno, "la nostra posizione e il nostro onore, l'onore del Partito."

"Per l'amor di Dio," interloquí Chalmers, con la voce rauca e gli occhi al soffitto, "cos'è che vuole il nostro collega?"

"Voglio veder il Bill emendato in una forma che rispetti le nostre promesse, e soddisfi le coscienze d'ogni singolo membro del Partito. Poi lo si presenti pure alla Camera. Se saremo sconfitti, almeno il Paese saprà che abbiamo combattuto valorosamente. Non potremmo ambire piú alta soddisfazione."

"Hear, hear!" mormorarono di nuovo gli estremisti, ma i mormorii prevalenti furono di disapprovazione.

Chalmers si sporse avanti e dichiarò, e sottolineò le parole tambureggiando il tavolo con le nocche delle dita: "Mi hanno messo qui, e per conto mio intendo restarci."

"Non vi rendete conto," riprese Dudgeon in tono mellifluo, rivolto a Davide, "che dobbiamo anzitutto dimostrare al Paese che siamo effettivamente capaci di governare. Finora, i metodi che adottiamo per sbrigare gli affari di Stato, hanno contentato l'opinione."

"Non v'illudete!" replicò Davide amaramente. "Si ride di noi nel Paese. Leggete la stampa Tory! *Le classi inferiori scimmiottano le superiori. Le fiere addomesticate.* Secondo quei giornali noi non governiamo: diamo spettacolo. E se ci dimostreremo deboli su questa vitalissima questione, ci disprezzeranno."

"Calma, calma," sospirò Dudgeon, in tono deprecatorio, "non vogliamo sentir pronunciare delle frasi cosí dure in seno al Partito. Non vi abbiamo spiegato che siamo costretti ad andar pianino?"

"Pianino! A questa andatura, tra duemila anni staremo ancora deliberando sulla nazionalizzazione."

Per la prima volta Nugent parlò. Disse lentamente: "Fenwick ha ragione. A rigore, è indubitabile che dovremmo lottare per spuntarla adesso. Se continuiamo a giocherellare, a differire, potremo conservare la carica per un altro annetto, ma alla fine saremo ugualmente scavalcati. Mi pare che stiamo illudendoci di far sul serio. Perché non sferrate apertamente l'assalto? D'altra parte, come Fenwick dice giustamente, dobbiamo fare i conti con gli elettori. Nel nord le popolazioni sono al limite della pazienza. Se ve lo dico è perché lo so."

Cleghorn disse acidamente: "Se ci chiedete di rassegnare le dimissioni per compiacere pochi malcontenti di Tynecastle, siete su una cattiva strada."

Davide gridò: "Li chiamavate malcontenti quando ne sollecitavate i suffragi? È un incitamento alla rivoluzione."

Chalmers picchiò il pugno sul tavolo. "Fenwick, dite degli spropositi. Al diavolo la rivoluzione! Non tolleriamo idee russe qui dentro."

Bebbington, a mezza voce, corroborò questo parere: "Anche le classi medie le gradiscono poco."

"Vedete, Fenwick" riprese Dudgeon liscio liscio, "siamo tutti d'accordo che si dovrebbe procedere ad un radicale riassetto dell'operosità umana. Ma non possiamo ripudiare il presente sistema su due piedi, come un paio di scarpe vecchie. Ci vuol prudenza. Dobbiamo rispettare la Costituzione. In fede mia, io sono troppo patriottico per sognarmi di proporre la minima infrazione alla Costituzione Britannica."

"Preferite far niente!" ribatté Davide, ormai incollerito. "Starvene sul seggiolone da ministro e intascare lo stipendio mentre migliaia di minatori stentano a campare col sussidio."

Si elevarono grida quasi generali di *Calma, calma! Ritirate le parole.* Dudgeon si fece rosso e bofonchiò: "Io non ho nessuna intenzione di suicidarmi politicamente per far piacere a chicchessia."

"È questa l'opinione del Comitato interno?" domandò Davide guardandosi attorno attentamente. "Cos'è che vi proponete? Mantenere la parola o mancare di parola?"

"Io mi propongo di conservare la mia reputazione di sanità mentale," disse Bebbington freddamente.

"Hear, hear!" gridarono in molti, entusiasticamente.

Poi la voce di Cleghorn: "Io propongo di passare all'ordine del giorno, Mr. Chairman."

"Vi scongiuro," riprese Davide, disperatamente, "vi scongiuro di riconsiderare la forma di questo Bill. Non posso credere che rifiutate di emendarla. Lasciamo pure da parte la nazionalizzazione. Ma che almeno venga inserita la clausola del minimo dei salari..."

Questa volta Chalmers disse irascibilmente: "Mr. Chairman, è ovvio che non abbiamo il tempo di proseguire questa discussione. Fenwick deve aver fiducia nel Governo, il quale fa tutto il possibile nelle presenti circostanze; o altrimenti tenga per sé le sue teorie."

"Non vi parlo in termini di teorie!" gridò Davide, "vi parlo in termini di uomini e di donne. Questo Bill spingerà i minatori alla disperazione, alla sommossa..."

"Ciò vi offrirà un'altra opportunità per chiedere l'emendamento," interruppe seccamente Dudgeon. "Signori, cosa volete fare?"

"All'ordine del giorno!" Il grido fu quasi unanime.

Il comitato passò all'ordine del giorno.

XIV

Quel freddo mattino di dicembre Arturo arrivò a piedi alla Nettuno ed entrò nel suo ufficio. Era presto. Appese cappello e soprabito all'attaccapanni, diede una torva occhiata al calendario, stette pensoso un momento, poi avanzò deciso e strappò il foglietto con un gesto d'intolleranza. Un altro giorno passato. Era già qualcosa sentirsi ancor vivo quest'oggi. Sedette alla scrivania. Aveva dormito male e si sentiva stanco, sfinito dalla perpetua lotta contro le inesorabili forze economiche che minacciavano di abbatterlo. Era smagrito, e sul suo volto le rughe rivelavano le sue preoccupazioni. Suonò il campanello e l'impiegato gli portò la posta del mattino, nitidamente ordinata nella cartella. Ancor prima che l'impiegato si ritirasse, Arturo cercò ansiosamente la lettera che aspettava, dalla Banca di Tynecastle. Lesse in un batter d'occhio la laconica e fredda comunicazione, e non ne fu sorpreso, né risentito. Date le presenti condizioni, la Direzione si diceva restia a concedere ulteriori anticipi a breve termine, ed esprimeva il suo sincero rammarico... Arturo lasciò cadere la lettera sul tavolo. Rammarico era una bella parola: ognuno si rammaricava quando si vedeva costretto, "per impellenti ragioni", a rifiutare un prestito. Aveva raggiunto il limite massimo del credito accordatogli, s'era fatto imprestare fin l'ultimo penny sulla garanzia del macchinario. Se non altro, ora sapeva esattamente quale era la sua posizione.

Con cura febbrile passò in rassegna la situazione. La tensione dei suoi nervi era scritta nelle linee che gli increspavano la fronte. Aveva fatto molta strada, dal giorno del disastro in poi; ma ora la strada finiva bruscamente, sboccava in una palude, nel ristagno industriale, nella crisi. Il prezzo del carbone era caduto di altri 15 scellini la tonnellata, e nemmeno cosí si vendeva. I trust, le aziende fuse, vendevano tutto il vendibile; ma il produttore singolo, come lui, era impotente. Ciononpertanto doveva continuare a provvedere alle spese generali, mantenere le pompe in attività, e pagare le regalie a chi di dovere, sei pence per ogni tonnellata che usciva dal pozzo. E gli uomini?

Arturo sospirò. Coi metodi concilianti che aveva adottato, con l'obiettivo che perseguiva di garantire la massima sicurezza nel pozzo, aveva sperato di meritarsi la stima degli uomini, e di assicurarsene la volonterosa collaborazione. Ma aveva subíto una serie ininterrotta di delusioni. Parevano persino risentirsi dei tentativi che eseguiva per migliorare le loro condizioni, e diffidavano dei movimenti delle sue ardite riforme. Alla maggior parte dei minatori, quei suoi famosi bagni in galleria erano fonte d'irritazione e di commenti scurrili.

Alle volte riconosceva segretamente di non possedere autorità. Gli mancavano le doti dell'uomo di comando. Tentennava quando si trattava di prendere una decisione, era persuasivo in circostanze nelle quali avrebbe dovuto dimostrarsi fermo, e ostinato là dove un uomo piú forte avrebbe ceduto facendosi una risata. Gli operai intuivano la sua debolezza e ci speculavano su. Tutta gente che aveva capito, temuto e magari ammirato l'asprezza del vecchio Barras, e ora disprezzava suo figlio e ne sospettava l'altruismo. Questo tragico paradosso pungeva Arturo sul vivo. Alzò fieramente la testa sotto l'assillo dell'esasperazione. Rifiutava di ammettere possibile questo stato di cose. Rifiutava di dichiararsi battuto. Era solo in cattive acque. Perseverando al timone con indomita volontà, poteva ancora salvarsi.

Si applicò con rinnovata intensità alla ricerca della miglior rotta. Nella febbre della sua concentrazione, la situazione a poco a poco gli si schiarí, i fatti si delucidarono, le figure sfilarono sotto una forma piú concreta davanti alla sua immaginazione. Il pozzo era ipotecato, il credito esaurito, la produzione ridotta a livelli ai quali non era scesa mai negli ultimi vent'anni. Ma il mercato non poteva non dare, tra poco, segni di ripresa; la crisi doveva finire per forza. L'unica politica ragionevole era di restare aggrappati con tutte le forze al rottame sul quale si galleggiava ancora. Si poteva resistere un altr'anno almeno; ne era certo. Restringersi, bisognava; questo sí. Economia fino all'osso.

Sospirò dolorosamente, come depresso da un tedio insopportabile. Era questa faccenda dell'economia che lo tribolava piú di tutto. Ma era una necessità. Oggi stesso bisognava, fino a nuovo ordine, chiudere una galleria nel settore Five Quarter Seam. Un'altra cinquantina di licenziamenti. Gli sanguinava il cuore a dover licenziare questi cinquanta, per mandarli ad ingrossare la schiera dei seicento minatori della Nettuno già iscritti sulla lista dei sussidiati. Ma non aveva scelta. Appena possibile, li riassumerebbe in servizio.

Con mossa brusca guardò l'orologio. Bisogna notificare immediatamente la decisione ad Armstrong. Aprí la porta, percorse il corridoio a grandi passi ed entrò nell'ufficio del vice direttore. Vi rimase mezz'ora. Procedette personalmente alla scelta dei licenziandi, ponderando coscienziosamente ogni singola cosa prima di cancellare dal ruolino il nome dell'individuo. Non avrebbe potuto riuscirgli piú penoso. Alcuni erano bravi operai che lavoravano da oltre vent'anni nella miniera. Ma non c'era scampo. Cause di forza maggiore lo costringevano a mandarli ad ingrossare la schiera dei seicento. Li sacrificò. Factum est.

Dalla finestra Arturo osservò, con l'anima in pena, Armstrong traversare il cortile, con in mano il foglio volante che recava la fatale sentenza di condanna, nella direzione del botteghino d'ammissione. Arturo si sentiva come un colpevole. Si premette la fronte con la mano e fu sorpreso dell'intensità con cui la mano gli tremava. A passi lenti tornò nel proprio ufficio.

Non era vuoto. C'era Hudspeth che lo aspettava, con la faccia rossa di sdegno, e con lui un ragazzo, un pezzo di bamboccione, con una mano in tasca e il berretto nell'altra, il quale pareva ritroso a star lí. Arturo lo riconobbe. Era Bert Wicks, il figlio di Jake controllore dei pesi; lavorava nel Globo. Qualche infrazione disciplinare, evidentemente; sentí tutti i nervi vibrare. "Cosa c'è?" domandò.

Hudspeth disse: "Guardi" e mostrò un pacco di sigarette e una scatola di fiammiferi. Tutti e tre guardarono con raccapriccio il corpo del reato. "E nelle scuderie, per giunta! L'ha pescato Forbes la guardia; fumava tranquillamente seduto nella paglia."

Arturo continuava a fissare il corpo del reato, incapace di distogliere gli occhi sopra tutto dai fiammiferi. Percepiva piccole onde fredde passargli sui nervi; fece sforzi sovrumani per sopprimere questa strana sensazione. Nel Globo, in seguito a recenti ispezioni, s'era trovato qualche traccia di gas esplosivo. Arturo aveva paura che, togliendo gli occhi dai fiammiferi per guardare il reo, qualchecosa gli si scatenasse nel proprio interno cosí da fargli commettere un atto irreparabile. Senza guardarlo disse: "Cos'hai da dire?"

"Io non sapevo niente," rispose Bert Wicks, imbronciato.

Scandendo le sillabe: "T'han colto a fumare!"

"Solo una boccata, dentro le scuderie. Non sapevo niente."

Arturo ebbe un brivido. "Hai avuto il coraggio di portare fiammiferi nel pozzo. Fumavi."

Il reo non rispose.

"Fumavi, malgrado tutti gli avvisi che ho fatto affiggere e che vietano l'uso di lumi nudi nel Globo. Gravissima infrazione del regolamento."

Il bamboccione faceva girare il berretto tra le mani. Naturalmente sapeva in qual concetto i minatori tenevano Arturo, e ciò che dicevano di lui, burlandosi dei suoi stupidi e meticolosi regolamenti. E Bert era un mulo. Bert non aveva paura di niente. Con fare imbronciato ma in tono insolente rispose: "Mio padre dice che nel Globo non c'è mai stato del gas, dice che il divieto dei lumi è una buffoneria."

Arturo non poté dominarsi. L'ignoranza, la stupidità!! l'insolenza!!! Aveva fatto dei sacrifici enormi, s'era rovinato, s'era ammazzato di lavoro per far della Nettuno una miniera sicura, per trattar bene i suoi uomini. Ed ecco la risposta. Perdé il lume degli occhi. Fece un passo nella direzione di Bert e gli tirò un ceffone gridando: "Bestione!" Ansava come se avesse corso. "Pezzo d'imbecille! Vuoi far saltare in aria il pozzo? Vuoi causare un altro disastro? È questo che vuoi? Dillo, pezzo di delinquente! E io ho dovuto licenziare stamattina degli onesti operai, mentre questo vigliacco si nasconde nella paglia per fumare e mandarci tutti in pezzi. Vai fuori di qui! Ti scaccio. Non farti mai piú vedere qui dentro. Portati via i fiammiferi e vattene prima che ti prenda a calci!" Lo afferrò per le spalle, lo fece piroettare e lo scaraventò fuori della porta. Il bamboccione non vide lo scalino e cadde lungo e disteso sul pavimento del corridoio.

Arturo sbatté chiusa la porta. Drammatico silenzio. Si appoggiò con le natiche alla scrivania, ansando ancora come se avesse corso sui cento metri. Hudspeth gli scoccò un timoroso sguardo conturbato, che Arturo interpretò correttamente, perché gridò: "Eh, se lo meritava! Non dovevo scacciarlo?"

"Certo, lo meritava..." disse Hudspeth, con gli occhi al pavimento.

"Dovevo permettere tanta insolenza?"

"Certo che non..." Continuava a guardare a terra. "Adesso va a raccontar tutto a suo padre."

Arturo inghiottí la saliva, cercando di riprendere il dominio di sé. "Non gli ho mica fatto male."

"Pretenderà d'esser stato mezzo ammazzato... Granisti, in quella famiglia... Se permettete, io ho da fare..." Aprí la porta e uscí.

Arturo rimase con le natiche appoggiate allo scrittoio. Aveva commesso uno sproposito. Un enorme sproposito. Conseguenza delle preoccupazioni, della tensione dei suoi nervi. Non aveva il diritto di picchiare Bert Wicks. Certo Hudspeth era andato a provare di rimediare allo sproposito.

Bert, appena rialzatosi, s'era recato diritto da suo padre, il quale stava registrando i pesi dei vagoncini. Poiché gli doleva lo stinco che aveva urtato contro lo scalino, prese a zoppicare ostentatamente. Jake Wicks lo vide avvicinarsi camminando a quel modo. "Cosa ti sei fatto, Bert?" E quando udí la descrizione del fattacccio, nei termini iperbolici usati dal bamboccione indignato, esclamò, distaccando le sillabe: "Ti ha messo le mani addosso!?"

"E come! M'ha sbattuto a terra. E quand'ero a terra m'ha pestato."

Jake chiuse il registro dei pesi e si serrò la cintura. "Non ha il diritto... La pagherà..." Accigliato, si mise a ponderare sulla situazione. Tutto perché quel povero figliolo aveva dimenticato di togliersi di tasca i fiammiferi prima di scendere. Tutto a causa di quei ridicoli regolamenti. Era ammissibile una cosa simile? D'un tratto prese una decisione: "Vieni con me, Bert."

Troncò il lavoro, abbandonò il posto, accompagnò Bert all'ospedale. Era di servizio il dott. Webber, arrivato a Sleescale da poco, e Jake Wicks, col fare perentorio di un minatore anziano, lo invitò ad esaminare la gamba di Bert. Jake Wicks era per giunta tesoriere del fondo sanitario: quindi un cliente d'importanza, agli occhi del nuovo dottore. Per fargli cosa grata Webber procedette solennemente ad una visita minuziosa.

"C'è frattura?" domandò Jake Wicks.

Il dottore credeva di no; anzi, era quasi certo che non esisteva frattura, ma non si può mai dire, e comunque non è mai prudente dichiararsi troppo sicuri. I giornali di medicina son sempre pieni di notizie relative a querele da parte di sinistrati, querele fastidiose, con richieste di indennità, contro il medico curante. Sotto questo aspetto, di Jake Wicks c'era poco da fidarsi. Il dottore ne aveva una certa qual paura. Per prudenza disse: "Bisognerà fare la radiografia." Jake Wicks trovò che era una buona idea. "Vogliamo ricoverarlo ventiquattr'ore?" propose il dottore bonariamente. "Un giorno a letto non vi fa alcun male, vero Bert? Meglio procedere a una diagnosi coscienziosa, capite?"

Padre e figlio riconobbero entrambi che era la miglior soluzione, date le circostanze. Bert fu messo a letto, e suo padre andò a telefonare a Tom Heddon, a Tynecastle. "Hallo, hallo," disse guardingo. Con Heddon parlava su un tono diverso da quello usato col dottore. "Parla Jake Wicks. Il controllore dei pesi alla Nettuno. Come va, Tom?"

"Cosa c'è? E sbrigatevi per l'amor del cielo, ho altro da fare."

"È mio figlio, Bert. Violenze e percosse. Dovete darmi ascolto, Tom."

Tom ascoltò per cinque minuti, rosicchiandosi l'unghia del pollice e sputandone i pezzetti sulla carta asciugante davanti a sé. "All right," disse alla fine. "All right, vi dico. Vengo io."

Due ore dopo Arturo di ritorno dal Paradiso, usciva dalla gabbia, traversava il cortile, ed entrando nel suo ufficio vi trovò Heddon in attesa. Sobbalzò nel vederlo; gli venne la pelle d'oca. Heddon non s'alzò, ma rimase comodamente seduto, come avvitato sulla seggiola. Non aprí bocca.

Nemmeno Arturo parlò, e andò difilato nel camerino da bagno per lavarsi. Asciugandosi le mani (e non se l'era lavate bene, a giudicare dall'asciugamano) rientrò in ufficio e disse nervosamente, ma ostentando disinvoltura: "Be', Heddon, cos'altro c'è?"

Heddon giocherellava col regolo che aveva preso sulla scrivania. "Lo sapete benissimo," rispose.

"Se siete venuto a causa di Wicks, non c'è che fare. L'ho licenziato perché fumava contro il divieto."

"Ah cosí?"

"È stato colto a fumare nel Globo. Sapete che ci avevamo trovato tracce di gas. Ho speso un patrimonio per far di questa miniera un modello di sicurezza. Non voglio correr rischi peggiori di quelli che abbiam già subíti."

Heddon incrociò le gambe, senza smettere di giocherellare col regolo. Non pareva aver fretta. Dopo un silenzio disse:

"Bert Wicks è all'ospedale." Lo disse al regolo.

Arturo sentí nausea. Smise di insudiciare l'asciugamano. "All'ospedale? Cosa gli è successo?"

"Dovreste saperlo."

"Non lo so affatto."

"Si crede che abbia una gamba rotta."

"Impossibile!" gridò Arturo. "Non gli ho fatto niente, c'era Hudspeth testimone, interrogatelo."

"Domani gli fanno la radiografia, e si vedrà se non è niente. È il medico che l'ha ordinata. Io vengo appunto dall'ospedale."

Arturo s'era fatto pallidissimo. Si sentiva debole. Dovette appoggiarsi alla mensola della finestra. Ricordò che Bert era stramazzato nel corridoio. "Dite su, Heddon; mi state combinando qualche brutto tiro?"

Heddon depose il regolo sul tavolo. Non era tenero, Heddon, e tutt'altro che mellifluo. Aveva il dovere di mostrarsi veemente, ed arbitrario. "Sentite, Barras. Parlerò chiaro. Quest'oggi avete perso la tramontana. Avete percosso un operaio. Non negate: non adducete la scusa della provocazione. Il fatto è quello che è; lo avete percosso. Il caso è grave. Qui non si tratta né di condono né di riassunzione al lavoro. Non interrompete, lasciatemi dire, parlo io. Io qui rappresento quei pochi che sian rimasti ancora in questa fottutissima miniera, e mi basterebbe alzare un dito perché vi piantassero anche quei pochi."

"Bel vantaggio per loro. Han bisogno di lavorare, non d'andare a spasso."

"Han bisogno di star solidali, piú che tutto. Questa Nettuno non mi va. La odio dal giorno dell'inondazione. Non sono disposto a tollerare soprusi."

La violenza del tono disanimò Arturo. Disse, in tono di rimprovero supplichevole: "Via, Heddon, pensate a tutto quello che ho fatto per migliorare le condizioni dei minatori. Cos'è che mi state combinando?"

"Ve ne accorgerete presto. Ho indetto una riunione all'Istituto per le sei. Vi avverto che il risentimento, l'animosità, tra i minatori, sono vivissimi. Il male è fatto. Vi trovate in un pasticcio. In un fottutissimo pasticcio per colpa vostra."

Arturo nauseato dalle volgari minacce di quello zoticone di un agitatore, non replicò. Heddon recitava la sua parte, bisognava lasciarlo dire. Voleva soltanto intimorirlo, e purtroppo ci riusciva. Ma nel segreto del suo cuore Arturo rifiutava di credere che Heddon intendesse inscenare disordini. Il distretto era angariato dalla miseria; il villaggio pieno di disoccupati. Quei pochi che ancora lavoravano si ritenevano privilegiati. Finí per dire: "Fate quel che vi pare. Sono persuaso che non mirate a creare dei torbidi."

Heddon s'alzò finalmente. Era abituato a trattare con gente che batteva il pugno sul tavolo e rispondeva sghignazzando ai suoi attacchi e lo mandava all'inferno. Era avvezzo ad insultare, come ad incassare con disinvoltura bestemmie, minacce, ingiurie. Era pagato per combattere, e combatteva. La remissività di Arturo portò nei suoi occhi una vaga commiserazione, che lo dissuase dall'insistere. Disse: "Non ho altro da aggiungere pel momento, ma riceverete mie notizie tra poco." Fece un cenno del capo e se ne andò.

Arturo rimase immobile, in preda ad un invincibile turbamento. Teneva ancora in mano l'asciugamano, e lo piegò macchinalmente prima di avvedersi che era sporco, e allora lo buttò sul termosifone. Si spogliò del costume da minatore. Dopo la recente esasperazione della sua sensibilità, si sentiva torpido. Si vide nello specchio. Non era meraviglia che si sentisse stanco, con quella faccia. Dimostrava dieci anni di piú. A trentasei anni, quei cerchi sotto gli occhi, quella calvizie progressiva... Bel gusto sciuparsi la vita a quel modo; invecchiare prematuramente, per andare a caccia di insani idealismi, per abbracciare la stolta illusione della giustizia. C'eran tanti che col loro denaro si godevano la vita, mentre lui s'impegolava in quel tetro pozzo, tirando la carretta senza posa dal mattino fino alla sera. Per la prima volta in vita sua pensò, Dio che bestia sono stato!

Guardò l'ora. Quasi le sei. Prese il cappello e uscí. Il cortile era già deserto. Imboccò Cowpen Street. Era bene andare all'ospedale, a prender notizie. Meglio rimandare a domani. A metà strada avvertí lontani clamori minacciosi, dalla parte dell'Istituto. Alzò le spalle. In giorni come questi non c'era da temer disordini.

XV

Ma si sbagliava.

Di quando in quàndo gli eventi smentiscono la logica. E gli eventi del 14 dicembre non infirmano, necessariamente, il giudizio di Arturo.

Il comizio fu tenuto alle diciotto. Fu un comizio breve, badò Heddon a farlo risultar breve. Tutti capirono che Heddon non voleva saperne di gazzarre. Coi fondi stremati dell'Unione non si poteva far fronte ad uno sciopero. Heddon perseguiva solo propositi intimidatori: intendeva lasciare Arturo incerto e preoccupato per ventiquattr'ore, onde venire a patti — sia pur severi — con lui. Reintegrazione di Bert Wicks, indennizzo, e qualcos'altro sopra mercato per far buon peso. Ma Heddon era soprattutto ansioso di tornarsene a casa, cambiarsi le calze (perché sudava terribilmente dai piedi), sedersi a cena in pantofole e poi fumarsi la pipa accanto al fuoco. Non era piú un giovanotto, le sue ambizioni erano meno travolgenti, i suoi bollori s'erano calmati; i suoi metodi, per quanto vigorosi ancora, eran governati meno dalla sua testa che dai suoi piedi.

Per tutte queste ragioni badò lui al rapido disbrigo della procedura del comizio; diede sulla voce a Jake Wicks, sostenne le ragionevoli vedute succintamente espresse da Harry Ogle, poi si affrettò alla stazione per prendere il treno delle 18.40. Ma sulla gradinata dell'Istituto dovette fermarsi, sorpreso dall'entità della folla che s'era riunita in piazza. Diavolo, pensò, han dei pruriti sospetti in questo paese. Eran forse cinquecento, in attesa, in crocchi, a conciliabolo. Per lo piú disoccupati. Heddon sentí il dovere di arringarli. Cacciò le mani in tasca, protese la testa e dichiarò, in tono sbrigativo: "Sentite, ragazzi. Abbiamo tenuto comizio, e discusso il caso di oggi. Naturalmente non tolleriamo soperchierie, faremo revocare il licenziamento eccetera. Ci riuniremo di nuovo domani, ma separandoci abbiamo deciso di non inscenare piazzate. Io torno domani e porto avanti i negoziati. Questo è tutto, compagni." Col brusco gesto di congedo che gli era abituale scese gli scalini e si avviò alla stazione.

All'angolo di Freehold Street la folla lo acclamò. Heddon era l'uomo che rappresentava le loro speranze: speranze vaghe e forse illusorie, cominciavano a temere, ma meglio che niente. Rappresentava tabacco, birra, un tetto, abiti caldi e lavoro. Parzialmente per questa ragione lo acclamarono; ma non fu una vibrante acclamazione, anzi, si poteva scoprire in essa una nota sorda di malcontento e di irrequietudine.

Quando Jake Wicks uscí dall'Istituto cinque minuti dopo, la folla capí subito che anche lui non era soddisfatto. Scendeva la gradinata lentamente, e con l'aria offesa; e subito fu circondato dai compagni smaniosi di saperne di piú. Erano tutti smaniosi di sapere, e piú di tutti Jack Reedy e la sua banda. Questa banda era formata di individui che si differenziavano sotto certi aspetti dagli altri cinquecento. Per la massima parte giovanissimi; parlavan poco; eran sempre muniti di sigarette; si somigliavano curiosamente, in quanto ogni faccia aveva un carattere di durezza che ne rendeva strafottente l'espressione. Di questa strafottenza, la faccia di Jack Reedy era il massimo esponente: tutti i suoi lineamenti tendevano al basso in una statica fissità, le gote e le tempie erano rientranti, e il viso tutto uniformemente pallido, salvo nelle connessure delle labbra dov'era sporco di nicotina. Ma la caratteristica principale di quel volto era la fissità dei lineamenti: impossibile che sapesse sorridere. Il volto dava l'impressione che se avesse tentato di sorridere si sarebbe rotto.

"Com'è andata?" domandò Jack a Jake, facendosi largo a spallate.

Jake Wicks lo adocchiò, e adocchiò anche Wood, Slattery e Cha Leeming che erano con lui. "È andata da cani! Heddon ha rovinato tutto." E descrisse con voce risentita come s'era svolto il comizio.

"Ha detto niente in merito all'indennità?" domandò Harry Kinch.

"Che! Non si occupa di niente," rispose Jake.

Sugli uomini pesò un silenzio amaro. Al principio di quel mese il sussidio era stato ridotto, e abolita l'indennità viveri provvisoria. Jack Reedy fissava Jake con formidabile intensità. "E dello sciopero non vuol saperne?"

"Manco per sogno. Vuol far niente. È un pelandrone."

"Niente! Niente!" ripeté Jack, come tra sé. "Allora faremo noialtri."

"Almeno una dimostrazione," disse Wood.

"Dimostrazione?" Il tono con cui Jack pronunciò la parola eliminò la cosa senz'altro. Ne avevan già fatta una la settimana scorsa i disoccupati, con bandiera rossa, discorsi e tutto. Una cosetta pulita pulita, sotto l'amichevole scorta della polizia a cavallo, senza il minimo incidente. A cosa serviva quella roba lí? A niente. Agire bisognava. Jack voleva agire. Tutto il suo essere aveva fame di azione.

Jack aveva sperato che Heddon, col pretesto del licenziamento di Bert, decretasse lo sciopero. Questa era azione: azione in massa. E l'azione in massa rappresentava l'unico rimedio. Una manifestazione poteva togliere alla Nettuno, per poche ore, solo qualche centinaio d'uomini; mentre uno sciopero poteva causarne la rovina definitiva, e dare alla classe sfruttatrice la lezione che meritava. Questa era azione. E Heddon non voleva saperne.

Jack aggrottava la fronte. Sembrava una creatura muta che si sforzi a sviscerare l'incomprensibile. Bofonchiò: "Se il comizio ha servito a niente, possiamo tenerne un altro. Qualche cosa dobbiamo fare. C'è nessuno, cristo, che abbia una sigaretta?" Wood gliene cacciò una in bocca. Proveniva, con altre, da un distributore automatico che Wood sapeva far funzionare. Slattery offrí il fiammifero acceso. Jack non fece altro che inclinare la testa ossuta, e inalò profondamente. Poi diede uno sguardo attorno e alzò la voce per dire: "Sentite. Comizio alle otto. Intesi? Passare la voce. Alle otto comizio in massa."

La parola passò, ma Jake Wicks, tra allarmato e conciliante, lo ammoní: "Attento a quel che fai, Jack!"

"Ah, io me ne fotto," ribatté Jack, "stattene a casa se hai paura. O vai all'ospedale con Bert."

Il vecchio non rispose, era meglio non rispondere a Jack, ma si fece rosso.

"Be', si va?" disse Jack agli altri. "Volete marcire qui tutta la sera?"

Aprí lui la marcia, zoppicando, giú per Cowpen Street, verso il bar della Salutazione. V'entrò; non usò le mani, ma una spalla, per aprir la porta a sventola. Gli altri che lo seguivano imitaron tutti il suo gesto.

Il bar era pieno. Dietro il banco c'era sempre lo stesso oste, sulla cui faccia gli anni sembravano passare come l'acqua sulle pietre dei torrenti: era una faccia di bronzo lucido, dal naso appiattito, con sulla fronte appiccicato un ciuffo che pareva leccato da una vacca. Jack gli diede un hallo estremamente cordiale, per quanto tetro, e domandò ai compagni cosa volevano; ognuno ordinò la sua bibita e nessuno pagò e l'oste rise giallo. "Pieni, pieni," ordinò Jack, e l'altro ubbidí e il bronzo della sua faccia diventò piú lucido. Appena i bicchieri furon vuoti, li dové riempire. Siccome era lí da tanti anni, sapeva perfettamente quando doveva riempire e sorridere e star zitto. Il commercio era difficile, e con Jack e la sua banda era meglio andar d'accordo. Provò a far conversazione con Jack: "Brutt'affare quella faccenda di Bert Wicks."

Jack finse di non sentire, ma Cha Leeming si protese sul banco per domandare all'oste: "Cosa ne sapete voi?"

L'oste squadrò Leeming e pensò che era meglio far finta di niente, Leeming era per molti versi identico a suo padre, quello Slogger che era perito nel disastro; con questa differenza, però, che aveva fatto la guerra e s'era guadagnata una medaglia; e la settimana scorsa, dopo la dimostrazione, l'aveva attaccata alla coda d'un cane randagio, e s'era portato a spasso in tutto il paese il cane che strascicava la medaglia nel fango, e aveva battezzato il cane Wan Hero. C'era da andare in prigione. L'oste era certo che Leeming un giorno o l'altro finirebbe in prigione.

L'oste allungò la mano per riprendere la bottiglia del whisky, ma Jack l'afferrò prima di lui, e se la portò ad un tavolo d'angolo. La banda lo seguí. Al tavolo c'erano gli altri seduti, ma si affrettarono a far posto. L'oste, mentre passava lo strofinaccio sul banco, non perdeva d'occhio la banda di Jack.

Attorno alla banda, che intanto aveva smaltito la bottiglia, veniva sempre piú crescendo il numero degli astanti, tutti smaniosi di interloquire. Parlavano tutti insieme, discutendo animatamente sull'affare di Bert, la vigliaccheria di Heddon, l'abolizione dell'indennità viveri, il Coal Mines Bill, che rappresentava l'ultima loro speranza. Chiocciavan tutti. Ma non Jack Reedy. Jack fissava nel vuoto con occhi vitrei. Non era brillo, non s'ubriacava mai per quanto si rimpinzasse. A veder la furia con cui si mordeva il labbro inferiore pareva che volesse mordere nel vivo della propria amarezza. La vita lo aveva forgiato dentro uno stampo di dolore; dolorava in tutte le fibre, e i suoi occhi dolorosi guardavano su un mondo di dolore. Lo avevano forgiato cosí il disastro, e la guerra e la pace, la degradazione e la miseria, il sussidio, la brutalità dell'indigenza, e finalmente la desolazione dell'anima che è peggio della fame.

Tutte quelle ciance lo esasperavano. Vento. Al comizio delle otto sarebbe lo stesso: parole, parole prive di senso di costrutto di scopo. C'era da ammattire. In quel momento si spalancò la porta e Harry Kinch entrò in volata. Era nipote di quel Will Kinch che, tanti anni fa, s'era precipitato in quello stesso bar quando Ramage aveva rifiutato di dargli un po' di testina per la sua piccola Alice ammalata. Ma Harry era piú evoluto dello zio. Harry s'occupava di politica. E ora aveva in mano l'*Argus*. Si fermò un momento, di fronte alla compagnia, poi gridò: "Compagni, ci hanno venduto. C'è tutto nel giornale. Siamo traditi."

Tutti gli occhi si voltarono su di lui. Slattery disse: "Com'è, Harry, cos'è stato?"

Harry respinse i capelli che gli cadevano sulla fronte. "C'è qui nel giornale. Il Bill. Il piú vergognoso tradimento che si sia mai visto. Non ci dànno niente. Non una briciola. È uno scandalo." Gli mancavano altre parole per esprimere la sua indignazione.

Silenzio profondo. Sapevan tutti quali cose erano state loro promesse. Nel subcosciente di ognuno, il Bill costituiva oramai la loro unica speranza di salvezza. Jack parlò pel primo. "Perdio! Da' qua il giornale." Lo arraffò. Lo consultò. I vicini si chinarono accalcandosi e stendendo il collo per leggere l'intestazione su due righe, che sintetizzava i termini del tradimento compiuto. "Perdio," ripeté Jack. "È un fatto."

Poi Leeming scattò in piedi, l'aria furente. Aveva un po' bevuto. Gridò: "Questo è troppo. Questa ce la pagano."

Vociarono tutti insieme. Un boato. Il giornale passava di mano in mano. Jack s'era alzato, freddo, padrone di sé. Al centro del caos intravedeva finalmente spuntare la sua occasione. I suoi occhi non eran piú spenti: eran di fuoco. "Altro whisky," ordinò, "e svelto." Ne ingurgitò un bicchiere pieno, guardò in giro e dichiarò: "Io vado all'Istituto. Chi vuole mi segua."

S'elevò un nutrito grido di assentimento. Lo seguiron tutti. In un attimo sfollarono il bar e affollarono la squallida oscurità di Cowpen Street, diretti all'Istituto, al seguito di Jack che camminava distaccato in testa. Davanti all'Istituto s'eran già formati alcuni capannelli, costituiti per la massima parte di giovani minatori provvisoriamente licenziati, tutti frementi di sdegno per la notizia che s'era in un baleno propalata nei Terrazzi estinguendo l'ultima speranza superstite di tutta la popolazione.

Jack salí di corsa la gradinata e fece fronte alla folla. Sopra l'ingresso una lampadina sospesa all'estremità d'una asta spandeva una luce gialla sulla faccia tosta di Jack, ma nella piazza era quasi buio. Jack stette un minuto senza parlare, di fronte alla folla immersa nel buio. Il whisky distillava il suo odio in veleno: schizzava veleno da tutti i pori. Sentiva venuto il suo momento: il momento che aspettava soffrendo da quand'era nato, il momento per il quale era nato. Poi gridò:

"Compagni, è arrivata la notizia. Ci hanno traditi, ci han piantati in asso, come Heddon. Siamo truffati, come sempre. Nonostante tutte le promesse. Nessuno muoverà un dito per soccorrerci, nessuno al mondo, sentite? Nessuno. Dobbiamo soccorrerci da noi. Se no, non usciremo mai piú da questa cloaca in cui ci ha piombati il capitalismo. Non ne siete persuasi? Tutto il sistema economico, cristo, è marcio peggio del letame. Loro hanno i soldi, le automobili, i palazzi coi tappeti, tutto scavato fuori dal nostro sangue. Noialtri si lavora e si suda come schiavi, per loro. E cosa ci dànno? Nemmeno il vitto, nemmeno il fuoco, né gli abiti né le scarpe pei nostri figlioli. Appena le cose van male ci sbattono in mezzo alla strada. Non vengano a dirci che manca il denaro. Il paese ne è pieno, le banche son piene, milioni e milioni. Non ci vengano a dire che mancano le derrate. Gettano in mare il pesce pescato, bruciano il grano e il caffè, macellano i maiali per lasciarli marcire. E noi qui affamati. È ammissibile tutto questo? Non lo capivamo tutto questo all'epoca del disastro, nel quale cento dei nostri furono assassinati. Non lo capivamo all'epoca della guerra dove milioni dei nostri furono assassinati. Ma per cristo lo capiamo adesso. Possiamo tollerarlo? Si deve fare qualchecosa. Dobbiamo far vedere quel che sappiam fare. Dobbiamo, dobbiamo, vi dico. O altrimenti marcire in inferno fino alla fine dei nostri giorni." Ora urlava, selvaggiamente, da forsennato. "Io so che qualchecosa farò. E chi vuole venga con me. Comincio subito subito in questo minuto. Voglio dar io una lezione a quelli della Nettuno, dove m'han sepolti vivi due fratelli. Vado a devastare il pozzo. Vado a vendicarmi coi miei soli mezzi. Venite con me o no?"

Alte grida di adesione, ma non unanimi, risposero all'invito. Infiammati dalle sue parole, i piú scalmanati fecero ressa intorno a lui mentre si slanciava giú dalla gradinata e lo scortarono nella strada. Molti tuttavia, atterriti dalle conseguenze che prevedevano, si squagliarono nella direzione dei Terrazzi. Ma almeno cento individui seguirono Jack verso la Nettuno, come vent'anni addietro un altro manipolo di disperati aveva seguito lo Slogger per razziare la macelleria di Ramage. Ma il pozzo esercitava un'attrazione assai maggiore della macelleria, il pozzo era il punto focale su cui convergevano le emanazioni di quell'odio di classe che costituiva la sola ragion d'essere di quelle belve scatenate.

Al seguito di Jack dilagarono nel cortile della Nettuno. Il cortile era deserto e gli uffici eran chiusi e la bocca del pozzo spalancata come una smisurata fossa comune in un pauroso cimitero abbandonato. Sotto terra, nessuno, non un'anima, perché in questi tempi non v'eran turni di notte; in tutta l'area c'eran soltanto i due uomini di sicurezza, preposti alla vigilanza delle pompe. Stavano nel locale delle macchine che azionavano le pompe, al primo piano: erano Joe Davis e Hugh Galton. La folla fluí verso questo locale, e fu Galton che per primo la udí venire. Una delle finestre era socchiusa, e Galton, minatore anziano dalla barbetta grigia, si affacciò. Le cento facce si voltarono in su a guardarlo. "Cosa c'è?" domandò.

Jack Reedy rispose: "Vien via di lí. Ti vogliamo qui con noi."

"Per cosa?"

Jack Reedy ripeté, con voce sepolcrale: "Vien via di lí. Non aver paura."

In risposta Galton si ritirò e sbatté chiusa la finestra.

Per qualche secondo si udí nel profondo silenzio solo il lento e sordo pulsare delle pompe in azione. Poi Cha Leeming emise un rauco grido e lanciò una pietra contro la finestra. Il suono del vetro infranto soverchiò il rumore delle pompe. Fu il segnale. Jack Reedy si lanciò su per la scaletta interna, seguito da una dozzina di individui. S'introdussero di schianto nel locale delle macchine.

Il calore era afoso e carico di rumori vibratorii. "Cosa diavolo..." bofonchiò Joe Davis. Era un uomo sulla quarantina, in tuta di rigatino blu, con le maniche rimboccate piú su dei gomiti, e attorno al collo gli pendeva a guisa di stola una matassa sciolta di filacci da pulizia. Era stato intento a lucidare gli ottoni con petrolio e polvere di mattone.

Jack Reedy guatò Joe Davis di sotto alla visiera del berretto e disse: "Non aver paura. Non vogliam far male né a te né a lui, ma vogliamo che veniate fuori, capito? Fuori!"

"Ma andatevene all'inferno," rispose Joe Davis.

Jack Reedy fece un passo avanti, fissandolo con occhi da delinquente. "Vogliamo che usciate di qui. Capito?"

"Chi, vogliamo?"

Allora Jack si gettò su di lui e lo abbrancò alla vita. Joe Davis fece altrettanto contro l'aggressore. Gli altri li osservarono dibattersi nella colluttazione. Uno dei due urtò la latta di petrolio posata su una sporgenza del macchinario. Era una latta grossa, e si rovesciò, e il petrolio si sparse nella cassetta degli strofinacci che stava lí sotto. Slattery fu l'unico che vide il petrolio colare nella cassetta degli strofinacci; gli altri erano tutti intenti a seguire la lotta. Slattery, quasi senza premeditarlo, si tolse di bocca il mozzicone della sigaretta e lo gettò nella cassetta. Nessuno vide l'atto di Slattery, perché in quel momento Joe Davis scivolò, e stramazzò sotto Jack. Tutti si fecero avanti. S'impadronirono del caduto, ridussero anche Galton all'impotenza e con urtoni e pedate li scaraventarono fuori.

Tutto ciò accadde in meno d'un minuto. Ciò che accadde subito dopo, non fu l'opera di alcuno in particolare, fu compiuto dalla massa. Contro i lucenti pistoni in moto furono scagliati arnesi d'ogni sorta: spranghe, martelli, chiavi inglesi. Fu un cuneo, un pesante cuneo d'acciaio che recò il danno. Il cuneo colpí il movimento di distribuzione, rimbalzò sul cilindro principale, screpolandolo, e finí per cadere tra i cuscinetti a sfera. Si udí uno schianto e un sibilo di vapore. Il bel motore liscio e lucente si contorse tutto, ringhiò e si grippò. Il locale intero sussultò fino alle fondamenta, diede un rantolo e morí. Giacque immobile.

Poi Slattery, quasi che avesse fatto una grande scoperta, gridò: "Cristo, il fuoco. Là, guardate, il fuoco!" Tutti gli occhi si volsero alla cassetta degli stracci che sprigionava fiammelle azzurre. Tutti, tranne Jack, presero la fuga. Jack rimase. Jack era un uomo di risorse. Andò al serbatoio del petrolio e aprí il rubinetto. Per un minuto osservò il petrolio spandersi sul pavimento. Il suo sguardo era pallido, freddo, amaro, trionfante. Jack finalmente faceva qualchecosa. Agiva. Soddisfatto, uscí in fretta sbattendosi la porta alle spalle.

Trovò tutti accalcati nel cortile. Sulle prime non si vedevano le fiamme, ma solo dense colonne di fumo. Tosto però balzarono anche le fiamme: paurose lingue di fiamme.

I cento retrocedettero istintivamente per allontanarsene un poco. Nel nero della bocca spalancata del pozzo, le fiamme illuminavano le cento facce rivolte in alto. Nel freddo della notte parevano scottare le vampe di calore. Poi, come le fiamme raggiunsero il tetto, cominciò la grandine dei pioli d'ardesia congiungenti l'intravatura. Salterellavano rimbalzando come piselli su un tamburo, disegnavano in aria splendide curve incandescenti, e cadendo sull'asfalto del cortile si frantumavano crepitando. I cento retrocedettero d'un altro po', fino al muro degli uffici, fino al cancello, fino in Cowpen Street. Misero Davis e Galton in libertà. Ormai tutto s'avviava bene. Galton corse in direzione; si attaccò al telefono. Lo lasciarono fare. Tutto era benissimo avviato. Partí un'altra scarica di pioli, e tutto il locale delle lampade fu avvolto dalle fiamme, Galton telefonò freneticamente, ad Arturo, ad Armstrong, ai vigili del fuoco, all'ufficio della federazione in Tynecastle. Raccomandò alla telefonista di dare l'allarme in tutto il distretto, informando chiunque fosse in grado di prestar aiuto. Poi venne via, risoluto a vedere che cosa fosse possibile di fare nel frattempo. Mentre attraversava l'ufficio, un piolo incandescente saettò a pochi centimetri dalla sua testa e cadde nel cestino della carta straccia. Determinò l'incendio degli uffici.

Tutto accadeva a grande velocità. Altra gente affluiva nel cortile: Forbes l'ispettore sotterraneo, Harry Ogle, impiegati, minatori anziani. Poi arrivò la polizia, una dozzina d'uomini agli ordini di Roddam. Galton si uní a questi ultimi, e li precedette nella camera di sicurezza, dove trovò Joe Davis che aveva già cominciato a srotolare i tubi. Insieme trasportarono i tubi all'aperto e li innestarono agli idranti e Davis aprí la pressione. I tubi si contorsero come serpi giganteschi, ma spruzzavano acqua da una dozzina di ferite. Qualcuno li aveva tagliuzzati. Erano inutilizzabili.

Arturo e Armstrong arrivarono simultaneamente. Arturo stava leggendo in camera sua quando Galton telefonò, Armstrong stava coricandosi. Corsero insieme verso il crocchio che s'era adunato davanti alla camera di sicurezza. Mentre le fiamme spandevano luci e ombre spettrali, stettero un momento in rapido consulto, poi Arturo corse al telefono, ma trovò fuoco in direzione.

Finalmente arrivò la pompa da incendio e venne subito messa in azione. Un meschino getto d'acqua partí sibilando contro il fuoco. Fu innestata una seconda tubazione e partí un secondo getto meschino come il primo. E i pompieri di Sleescale non possedevano altre tubazioni.

Le cose precipitavano. Regnava la massima confusione. Nel cortile correvan uomini qua e là, con la testa rientrata nelle spalle. Cominciavano a slittare dai tetti le travi e le tegole. Le fiamme divoravan tutto: legno, calcinaccio, pietra e metallo. Si udivano di tanto in tanto secche detonazioni, simili a un fuoco di fucileria proveniente dal mare, e si ripercuotevano nelle strade del villaggio. Cowpen Street era nera di gente.

Arrivò Heddon. Dalla stazione s'era messo subito a correre nel riverbero che illuminava le strade, aprendosi il varco tra la folla. Fu sorpassato dalle due pompe da incendio spedite dalle Miniere Riunite. Egli riuscí ad aggrapparsi e salire sulla seconda autopompa. Entrò cosí nel cortile della Nettuno. Ormai il locale delle macchine, la camera di sicurezza, il magazzino delle lampade e la stazione delle pompe erano completamente distrutti. Il vento alimentava le fiamme che correvano sotto le rotte pensiline degli uffici d'amministrazione. Il calore era scottante.

Heddon si tolse la giacca e uní i suoi sforzi a quelli dei pompieri delle Miniere Riunite. I nuovi tubi mandavano getti potenti. Le scale venivano montate con molta rapidità. Chi correva, chi menava la scure, chi s'arrampicava. Tutti sudavano...

E la notte passò.

All'alba non c'era piú fuoco, solo bragia. La fredda

luce grigia del mattino rivelò con le bragia tutta la desolazione della rovina.

Appoggiato ad una scala, Arturo contemplava la devastazione della miniera. Sapeva che sotto era peggio. Udí una voce gridare: "Armstrong, badate a provvedervi altre pompe alla svelta." Era Heddon.

Armstrong guardò Heddon e corse da Arturo. Rauco, gli disse: "Bisognerà pensar subito a provvederci di altre pompe, se no avremo un'inondazione."

Arturo alzò lentamente la testa. Aveva la faccia nera di fumo, gli occhi infiammati dal bruciore del fuoco. Disse: "Ma lasciatemi tranquillo, per l'amor di Dio."

XVI

Malgrado le nuove e rilevanti aggiunte al suo diario *In Difesa della Nettuno, Appendice B*, e malgrado i complicati calcoli aritmetici che scarabocchiava in margine ai fogli di *Robert Elsemere*, il romanzo che gli aveva dato Zia Carola, Barras non capiva bene la situazione. Tutte le mattine si trascinava fino al limite estremo dell'aiuola erbosa, e restava a lungo appoggiato coi gomiti alla staccionata di cinta. Dal punto che aveva scelto, e denominato *Posto d'Osservazione n.* 1, poteva scorgere abbastanza bene la sommità delle impalcature della Nettuno. Strano. Stranissimo. Non il minimo segno d'attività, da qualche giorno; non la piú tenue colonna di fumo fuor dalle ciminiere. Guardava intento attraverso le mani accartocciate a cannocchiale, come appunto si deve fare nei Posti d'Osservazione, ma non vedeva niente. Stranissimo.

Quel giorno però, uno dei primi di gennaio, mentre tornava dal *Posto d'Osservazione n.* 1, la sua perplessità denotava anche una cert'aria di trionfo. Intuiva, vagamente, che si era prodotto qualche guaio, quel guaio che lui del resto aveva sempre anticipato. E la sua espressione di trionfo era, in verità, dovuta solo al fatto ch'egli aveva antiveduti gli eventi. Ora dovevano per forza rivolgersi a lui, per rimediare.

Ma con tutta la sua aria di trionfo aveva l'aspetto d'un uomo finito. Si trascinava in un modo che faceva pietà, persino Zia Carola riconosceva che poor Richard faceva ben pochi progressi ultimamente. Attraversando l'aiuola inciampò e mancò poco che ruzzolasse a terra. La sua andatura aveva qualche analogia con la favella d'un balbuziente, tutta pause e precipitazioni: una rapida successione di passettini sempre piú veloci, poi un improvviso inceppamento, seguito da accenni nervosi di mosse paragonabili ai suoni confusi d'un balbuziente in cerca delle sillabe che gli occorrono... Ma nonostante la difficoltà, s'ostinava a far da solo la sua passeggiata mattutina, e rifiutava il braccio di Zia Carola non solo con bruschezza ma anche con sospetto. Nel suo stato, esposto com'era alla mercé delle spie e dei nemici, era naturale che fidasse unicamente in sé per difendere i propri interessi. Ognuno deve badare a sé.

Raggiunta la gradinata, evitò il mesto tenero sguardo di Zia Carola che lo aspettava sotto il portico, e si diresse, a scatti intercalati da pause vacillanti, alla portafinestra del salone. V'entrò, sollevando l'un dopo l'altro i piedi con molta attenzione ad un'altezza esagerata al disopra del rialzo dell'inquadratura. Passò nel salottino e s'accomodò per scrivere. Il suo sistema, per accomodarsi, consisteva nel mettersi esattamente davanti al centro del sedile che sceglieva, voltandogli la schiena, e poi lasciarvisi cader su. Prese a scrivere, con mano tremante:

Rilievi dal Posto d'Osservazione n. 1. *Dalle* 12,15 *alle* 15,14. *Niente fumo nemmeno oggi, cattivo segno. Nemico numero uno irreperibile; son certo che è scoppiato un guaio grosso. Attendersi di giorno in giorno ad essere richiamato alla Nettuno.*

Memorandum. Informarsi delle ragioni della presenza di Hilda al Poggio, con quel Teasdale. Le ragioni potranno fornire la chiave delle macchinazioni contro di me, che sono sempre piú evidenti, specie dopo la scomparsa della cameriera.

N.B. - Soprattutto tenersi pronti. E guardarsi.

Disturbato da un rumore, volse l'occhio, risentito, nella direzione donde proveniva. Entrò Zia Carola (Sempre lei! Tenerla d'occhio!) e disse: "Richard dear, non vuoi salire a riposare?"

Barras chiuse il diario con mossa gelosa e si rannicchiò adirato e sospettoso, nella poltrona. Replicò: "Non ho bisogno di riposo."

"Come vuoi, Richard." Zia Carola non insisteva mai. Lo guardò con occhi mesti e teneri, rossi all'orlo delle palpebre gonfie. Poor Richard. Era inumano lasciarlo nell'ignoranza dei fatti, eppure sarebbe stato peggio informarlo: Zia Carola rifuggiva dal solo pensiero di una simile eventualità.

"Carola, devo chiederti una cosa." L'occhio diffidente si fece giocondamente supplichevole. "Dimmi, Carola; cosa succede alla Nettuno?"

"Ma niente, Richard."

"Capirai, ho da difendere i miei interessi," insisté Barras, con fare furbo. "Ognuno deve badare a sé. Specie quando si è nel mio stato. Capisci, Carola?"

Zia Carola, per quanto addolorata, invece di rispondere riprese il ritornello: "Richard dear, non vuoi salire a riposare?" Il dottore aveva ordinato che stesse a letto il piú possibile.

Dal canto suo Barras, invece di rispondere, perseverò nell'inchiesta. "Perché è qui Hilda?"

Zia Carola sorrise con liquida vivacità: "È venuta a vederti, Richard. Anche Grace sarebbe venuta, ma aspetta un altro bambino, come t'ho detto, ricordi?"

"Perché tanta gente in casa?"

"Quale gente, Richard? Via, non affannarti per niente, lascia che ti accompagni su. Vieni a riposare."

Barras la guatò bieco, e la sua collera salí visibilmente a un alto grado di febbre, per quietarsi subito e scomparire l'attimo seguente, e lo lasciò come trasognato. Abbassò l'occhio e vide tremare la mano che stringeva il diario. L'aveva vista altre volte tremare; e anche le gambe. Era l'elettricità. Gli venne da piangere.

"Allora andiamo," disse, remissivo, puerilmente smanioso di simpatia. Spiegò: "È la corrente che mi riduce cosí. Elettricità."

Zia Carola lo aiutò ad alzarsi, lo accompagnò di sopra, lo assisté a svestirsi e a coricarsi. Aveva la faccia molto accesa, ma era esausto. S'addormentò immediatamente e dormí due ore, russando forte.

Quando si svegliò si sentí in ottima salute, pieno di vigore, con le idee chiare. Mangiò avidamente il pane inzuppato nel latte, una buona scodellona di latte e pane. Aveva un grato sapore di polpa dolciastra, e non gli faceva bruciare la lingua. La mano non vibrava piú: non c'era corrente. Ispezionò la camera per vedere se Zia Carola era andata via, e allora leccò le ultime gocce della scodella. Era ancora piú buono, a leccare.

Dopo giacque, guardando il soffitto, gustando il tepore che il latte gli comunicava allo stomaco, tendendo l'orecchio al ronzío d'un calabrone prigioniero cozzante contro il vetro della finestra, avvertendo il fulgore e il calore dei limpidi pensieri che gli frullavano per la mente, rallegrandosi di aver prodigiosamente riconquistato le sue alte capacità. Ogni sorta di progetti e di programmi saettavano nella sua mente prodigiosamente attiva. V'era persino, nello sfondo, come coronamento del trionfo, la visione d'una cerimonia nuziale, con musica d'organo, e al suo fianco una vergine d'impareggiabile beltà che lo adorava.

D'un tratto riconobbe il rumore di una, tre automobili sul piazzale. Si sollevò su un gomito, in ascolto, e con fulmineo intuito capí che arrivava gente. I suoi lineamenti espressero una giocondità sorniona. Un'occasione come questa, mentre non c'era corrente, non la ritroverebbe mai piú. S'alzò.

Non era facile l'operazione di alzarsi dal letto, richiedeva mosse numerose e complicate; ma nulla resisteva alla sua prodigiosa capacità. Si spostò di fianco, a piccoli sobbalzi, sostenuto sul gomito, e quando fu sull'orlo si lasciò ruzzolare sullo scendiletto. Cadde con un tonfo in ginocchio. Attese un minuto, caso mai qualcuno avesse sentito il tonfo. Meno male. Nessuno aveva sentito niente. Benone. Si trascinò carponi alla finestra, e alzò piano piano la testa per guardare sul piazzale. Un'automobile. Un'altra. S'eccitava a quella vista; ora se la godeva davvero. Gli veniva da ridere.

Agrappandosi al davanzale si tirò su; questo era il peggio, ma comunque vi riuscí, e finalmente fu in piedi. La veste da camera. Gli occorsero cinque buoni minuti per infilarla, le braccia erano cosí recalcitranti, e aveva cominciato ad infilare il destro nella manica sinistra: comunque riuscí bene anche quest'operazione, e poté persino annodarsi il cordone attorno ai fianchi. Non mise le scarpe, per non far rumore. In calze, si trasportò cauto cauto all'uscio, l'aprí, raggiunse il pianerottolo, e si accinse a scender le scale.

C'era un modo solo per scendere le scale. La ringhiera non serviva, la ringhiera frenava, niente ringhiera. L'unico modo per scender le scale era di star ritti al centro dello scalino superiore, guardar avanti e lontano, e lasciar fare ai piedi. A questo modo i piedi scendevano benissimo da soli, e in fretta; ma era indispensabile non guardarli, e nemmeno pensare a loro.

Barras a questo modo raggiunse l'anticamera, e sostò per congratularsi seco. Tese l'orecchio. Erano in sala da pranzo. Li sentiva discorrere. Avanzò furtivamente verso la porta. Sí, tutti lí. Si sentiva quel che dicevano. Molto bene, Barras s'inginocchiò, applicò l'occhio alla serratura. Posto d'Osservazione n. 2, pensò, ottimo posto; si vedeva tutto.

Erano seduti al tavolo, con Bannerman, il vecchio notaio della famiglia, ad un'estremità, e all'altra Arturo. C'era Zia Carola, e Hilda, e Adam Todd; e quel Teasdale. Bannerman e Arturo avevano fasci di carte davanti a sé. Adam Todd ne aveva una sola, ma Hilda e Zia Carola e quel Teasdale non ne avevano punto.

Parlava Bannerman: "È un'offerta. Non si può non prenderla in considerazione."

Arturo replicò: "Non è un'offerta. È una derisione. Un insulto."

Barras notò l'accento di sdegno nella voce del nemico numero uno, e se ne rallegrò. Arturo sedeva curvo e aveva l'aria disperata: sosteneva la fronte con la mano. Barras sogghignò maliziosamente.

Bannerman consultò una carta che ovviamente non aveva alcun bisogno di consultare. Aveva l'aria asprigna. Forse portava un colletto troppo stretto. Faceva oscillare la caramella all'estremità della fettuccia di raso nero. Disse in tono mellifluo: "Ripeto che è un'offerta. La sola che ci sia stata fatta."

Adam Todd disse: "Non si può prosciugare la miniera e riaprire il pozzo? Assolutamente impossibile?"

"E chi paga?" esclamò Arturo.

"Abbiamo già discusso tutto questo," disse Bannerman, guardando Arturo senza parere notarlo.

"È un gran peccato," mormorò Todd, in tono di prostrazione. "Un vero peccato." Alzò bruscamente la testa. "E i quadri di papà? Non puoi venderli?"

"Non valgon niente," rispose Arturo. "Ho fatto venire il perito. S'è messo a ridere. Non c'è nessuno che li voglia, oggi."

Allora Hilda prese energicamente la parola: "Per conto mio, l'unica cosa chiara è che Arturo deve sbarazzarsi di ogni fastidio. Nel suo stato presente ha bisogno d'esser lasciato in pace."

"Sei indulgente, Hilda," replicò Arturo. "Ma capisco benissimo quello che tutti pensate di me e delle mie corbellerie. Io ho fatto quello che ritenevo giusto. Non ho colpe. Era destino. Però so che pensate tutti che le cose non sarebbero andate cosí se al mio posto ci fosse stato papà."

Il volto di Barras espresse un'orgogliosa soddisfazione. Naturalmente non capiva, ma vedeva che erano nei pasticci. Ora lo inviterebbero a venir a rimediare.

Parlava di nuovo il nemico numero uno: "Io non ho mai cercato altro che la giustizia; per tutti. Ed ecco come son ripagato. Prima, coi metodi egoistici e con la prepotenza, abbiamo provocato l'inondazione e rovinato i minatori. Ora che mi sono sacrificato per il loro bene, i minatori mi si rivoltan contro, e inondan la miniera e rovinano me."

"Arturo, caro, non parlare cosí!" gemette Zia Carola, posandogli con tremore una mano sulla sua.

"Se parlassimo d'affari," suggerí Bannerman, seccamente.

"Avanti, su, parliamo d'affari," assentí Arturo, "concludiamo questa maledetta faccenda e facciamola finita."

Hilda domandò al notaio: "Quali sono i termini dell'offerta?"

Bannerman s'incastrò la caramella e rispose, rivolto alla sola Hilda: "La situazione è la seguente. Da una parte, la miniera inutilizzata, con le gallerie inondate e il macchinario inservibile. Dall'altra un'offerta per l'acquisto di tutta l'area della Nettuno, in blocco, compresi i rottami, le rovine e... e l'acqua."

"Sanno benissimo che le gallerie possono venire prosciugate," disse Arturo amaramente. "Migliaia di sterline ci ho speso. È la piú bella miniera di tutto il distretto. Offrono meno del dieci per cento del suo valore. È uno scandalo accettare."

"I tempi sono difficili, Arturo," disse Bannerman, "e le circostanze li rendono ancor piú difficili."

"E accettando l'offerta," domandò Hilda, "quale sarà la nostra posizione?"

Bannerman esitò. Rimosse la caramella e la esaminò meticolosamente. "Be', l'offerta copre il passivo. Arturo non se l'avrà a male se lo dico, ma ha speso con troppa prodigalità. Dobbiamo riflettere che il passivo è rilevante."

Spiacque a Hilda quel *dobbiamo* al plurale. Bannerman non era per nulla interessato finanziariamente. Disse, con accento di brevità: "Non c'è modo di esigere qualcosa di piú?"

"Son gente tirchia. Difficile da trattare," rispose Bannerman.

"Chi sono?" insisté Hilda.

Bannerman incastrò di nuovo la caramella per rispondere, con accento di deferenza. "Mawson & Gowlan. Già."

Arturo guardò Hilda. "Sai chi sono, vero? Uno è quel Joe Gowlan che faceva il conducente nella Nettuno. Dovresti vedere i suoi uffici nuovi a Tynecastle, in Grainger Street. Marmo dappertutto. Il solo palazzo l'han pagato quarantamila sterline."

"Già," sottolineò Bannerman, consultando una carta, "ora non fa piú il conducente nella Nettuno. Oggi la ditta Mawson & Gowlan possiede il controllo sull'amministrazione della Northern Steel Industries Lth., della United Brassfounders Lth., della Tyneside Commercial Corporation, della Northern Securities Ltd., e della Rusford Aeroplane Co."

Un silenzio. Adam Todd masticava nervosamente uno stecchino che doveva essere molto amaro. Cambiò posizione a sedere, come se la trovasse incomoda. Disse: "Non c'è altra via di scampo? Io conosco la consistenza patrimoniale della Nettuno. L'area ha sempre appartenuto alla famiglia Barras. Non c'è altra soluzione?"

"A meno che me la suggeriate voi," disse Bannerman soavemente.

"Arturo, perché non vai tu da questo Gowlan, per cercare d'intenderti a quattr'occhi con lui? Digli che non ti proponi di vendere a contanti, ma che preferisci fonderti con lui, e chiedigli un posto nel Consiglio, e un pacchetto d'azioni. Se riesci sei salvo."

Arturo diventò rosso. "È una grande idea, Todd. Il guaio è che l'ho già constatata inattuabile. Ho già fatto il tentativo che mi suggerisci. Son stato da Gowlan l'altro ieri. Vedessi lo sfarzo dei suoi uffici! Porte di bronzo, marmi di Carrara, l'ascensore in legno di tek tappezzato d'arazzi. C'ero andato con la ferma risoluzione di vendermi a lui. Sai che tipo è. Lo conosci meglio di noi; t'ha sbattuto il genero fuor dalla Fonderia Millington.

Ha spogliato i suoi azionisti, speculando in borsa sui titoli che controllava lui. Non ha mai fatto una cosa pulita in vita sua. Tutto quello che ha, lo ha fatto con mezzi disonesti, corrompendo il socio. Ma ho voluto passar sopra a tutto questo, ho inghiottito il mio orgoglio pur di vendergli l'anima mia." S'interruppe, fremente di sdegno. "Avreste dovuto esser presente. Ha giuocato con me come il gatto col topo. Ha cominciato col dichiararsi onorato del mio passo, ma temeva che le nostre vedute non collimassero perfettamente. S'è lanciato in un epico panegirico della fabbrica di aeroplani Rusford, che vende i suoi prodotti a tutti i paesi d'Europa, a centinaia d'unità per volta. Ha parlato dello stupendo avvenire di quest'azienda, dovuto al fatto che gli aeroplani posseggono un grado di dinamismo micidiale che nessun altro prodotto industriale possiede. E alla fine mi ha offerto, ridendo, un posto di sorvegliante nel pozzo della Nettuno."

Dan Teasdale ruppe il silenzio che aveva mantenuto finallora e disse: "Senti, Arturo. Pianta lí ogni cosa e vieni via con noi nel Sussex. Quattrini non ne facciamo, ma non ne abbiamo bisogno. Grace mi ha insegnato che ci sono al mondo altre cose piú graziose del denaro: salute, lavoro sano all'aria aperta, allevare bambini forti e allegri..."

"Bella figura che ci farei io tra i tuoi pulcini!" mormorò Arturo.

Bannerman fece un gesto d'impazienza. "Allora vediamo, Arturo, vuoi comunicarmi le tue istruzioni?"

"Ma vendi! Vendi tutto. Anche il Poggio. Gowlan vuole anche la casa. Dàgli tutto. Dàgli me stesso per giunta, come sorvegliante nel pozzo!"

Nell'anticamera Barras ascoltava, e sbirciava pel buco della serratura con la bocca aperta per la meraviglia. Non capiva pienamente, ma intuiva che il guaio era grosso, e che lui solo poteva rimediare. Possibile che tutti quanti avessero dimenticato la sua prodigiosa capacità di spianare gli ostacoli? Un'occasione come questa non si presenterebbe mai piú. I ginocchi gli dolevano. Fece per accovacciarsi, e in quel punto la porta s'aprí, e la sorpresa lo fece cadere riverso. Né la veste da camera né la camicia poterono proteggere le sue scarse nudità. Ma si tirò su a sedere, e rimase cosí, a guardare gli altri che uscivano dalla sala da pranzo, e rideva da furbo, sghignazzava. Fu una vista macabra: la caricatura del Barras d'una volta, d'un Barras travestito da buffone, autoritario ma impotente, astuto ma innocuo.

Hilda corse a lui e con Teasdale lo aiutò ad alzarsi e lo accompagnarono in camera sua. Bannerman scrollò una spalla e si congedò finalmente da Arturo. Arturo, immobile, fissava gli occhi itterici di Adam Todd che, da tanti anni, non aveva mai smesso di scongiurarlo di non nuotare contro corrente. Impulsivamente gli disse: "Vengo con te a Tynecastle, Todd. Stasera voglio prendere una sbornia."

XVII

Dopo questo episodio, che risultò accennato nel diario sotto il titolo *Rilievi dal Posto d'Osservazione* N. 2, Barras peggiorò. Prima di ripartire per Londra, Hilda si raccomandò con molta insistenza perché lo tenessero in letto. Era così debole, così instabile sulle gambe, che Hilda si fece promettere da Zia Carola che almeno non lo lascerebbe uscire dalla sua camera da letto. Queste nuove disposizioni allarmarono Barras, perché dalla sua camera non poteva dirigere le operazioni. Quindi, per sventare il divieto, tenne una condotta esemplare. Era buono, docile. Faceva tutto quello che Zia Carola gli diceva di fare.

Tutti i suoi pensieri ormai si concentravano nella luminosa idea di rimettere in attività il pozzo della Nettuno. Quel venerdì l'idea lo eccitò tanto che non poteva più star fermo. Mentre sedeva in poltrona nella sua camera, un martello interno continuava a battergli furiosamente contro le tempie, e si sentiva la cute del cranio tesa come la pelle d'un tamburo. A un certo punto ebbe veramente paura che questa volta l'elettricità stesse per ucciderlo. Giacque assolutamente immobile con gli occhi chiusi, lungo tempo, finché ebbe la sensazione che qualcuno aveva tolto il contatto.

Riavendosi, vide Arturo davanti a sé. "Come ti senti, papà?" Arturo non poteva guardare, senza una profonda mestizia, quel povero vecchio storpio e ringrullito, né sentirsi scrutare da quel suo occhio astuto e iniettato di sangue. "Vorrei parlarti. Capisci quello che dico?"

Se capiva! L'insolenza della domanda fece di nuovo salire tumultuosamente il sangue al cervello di Barras. Si schermí: "Oggi non son disposto ad ascoltarti."

"Volevo solo spiegarti le cose, babbo. Vedo che sei inquieto, e ignorando la situazione t'inquieti sempre piú. Non faticare il cervello. Devi renderti conto che non stai bene."

"Sto benone," ribatté Barras, incollerito. "Mai stato cosí bene in vita mia."

Arturo perseverò nel suo proposito. "Ho pensato che sarebbe bene, per tutti, rinunciare a vivere qui, e cercare un alloggio piú piccolo..."

"T'ho detto che non son disposto ad ascoltare. Domani, forse. Un'altra volta. Oggi non voglio sentir niente." S'appoggiò allo schienale e chiuse gli occhi. Arturo rinunciò al suo intento e se ne andò.

Barras si consolò. Non aveva nessuna intenzione di conferire col nemico numero uno. Non ancora. Verrebbe a patti piú tardi, se mai, e dettando lui stesso le condizioni; ma dopo. Dopo di aver avviata la resurrezione della Nettuno; non prima.

D'un tratto sobbalzò e aprí gli occhi. Il suo sguardo, remoto ma febbrile, parve voler penetrare oltre il soffitto. Cos'aveva pensato? Oh, ora ricordava. Ma certo! Perché non ci aveva mai pensato prima? Come mai? Era un'idea grandiosa, superba. Doveva andarsene tutto solo alla Nettuno. Comparire lí inaspettato, in persona. Che sconfitta, per i nemici!

Tremando d'agitazione s'alzò e scese abbasso. Fin qui, tutto bene. Nessuno in vista: eran tutti occupati e preoccupati. Nell'anticamera prese dall'attaccapanni la bombetta, e con gesto brusco se la cacciò in testa fin sugli orecchi. Il parrucchiere non veniva da un pezzo; aveva i capelli lunghi sulla nuca. Ma fa niente. Con estrema cautela aprí la porta d'ingresso e stette sullo scalino esterno. In fondo al breve viale d'accesso vedeva il cancello aperto e incustodito. Era tutto terreno proibito, terreno pericoloso, lontano, lontanissimo dall'aiuola erbosa del *Posto d'Osservazione n.* 1. Era il dottore, sostenuto da Hilda, che aveva fatto del sito un terreno proibito, un terreno pericoloso. Era un'impresa terribile avventurarvisi. Ma fa niente. A passettini precipitosi Barras scese lo scalino, percorse il breve viale e varcò il cancello. Era fuori. Libero finalmente. Vacillava, è vero, una volta rischiò di cadere, ma cosa importava tutto questo? tra poco era salvo. Dalla Nettuno poteva sventare tutta la cospirazione ordita contro di lui: i martellamenti, l'elettricità, la vigilanza, tutto.

Prese il sentiero di Sluice Dene. Troppo furbo, lui, per far la strada diretta alla Nettuno; era vigilata senza dubbio, gli avrebbero intercettato il passo. No. Bisognava fare il giro per Sluice Dene, seguire il sentiero che costeggia il boschetto, poi, attraverso i campi, allo Snook, e di là capitare sul rovescio della Nettuno. Esultava all'idea della sua manovra d'aggiramento. Che ingegno, che ingegno!

Ma era piovuto molto e la strada era fangosa, piena di pozzanghere, e Barras non poteva sollevare i piedi. Tosto fu tutto sudicio d'acqua e di fango. Ma fa niente. Alternando brevi fughe e soste lunghe, arrivò alla meglio a Sluice Dene.

Ma lí dovette fermarsi. C'era una staccionata che rappresentava un ostacolo grave, e non previsto. Le filagne eran sei. Impossibile passarvi tra mezzo; e scavalcarle impensabile. Gli vennero le lagrime agli occhi. Lo prese un furore terribile. Ma non si dichiarò sconfitto: non era sconfitto. La staccionata era stata messa lí dai cospiratori. Bisognava superarla. Barras alzò le braccia si lasciò cadere con la pancia sulla filagna superiore, e rimase per un attimo penzoloni mezzo di qua mezzo di là; poi si buttò tutto di là. Era dall'altra parte! Che ingegno, che ingegno! Cadde pesantemente sulla faccia in una pozza di fango, e vi rimase, ansante e intontito, qualche minuto, perché il martello e l'elettricità tornavano all'assalto.

Gli parve, anzi, che il grosso martello gli avesse spaccato qualche cosa dentro la testa, e all'esterno della cosa spaccata il fango sembrava freddissimo. Ma alla fine provò a tirarsi su, poco per volta, adagino, cosí, puntando gomiti e ginocchi, mani e piedi. Aveva i piedi orribilmente pesanti, ma era in piedi. La terra ondeggiava un pochino; aveva perso il cappello, ed era tutto imbrattato di fango. Ma fa niente, tutto questo. Era in piedi e camminava. Camminava verso la Nettuno.

Camminava meno bene però. Il martello aveva picchiato cosí forte! La gamba sinistra era come morta, doveva trascinarsela dietro. Era un sopraccarico. La cosa era strana, perché generalmente il martello e l'elettricità operavano sulla gamba destra; ma questa volta gli avevano assalito la sinistra, ed anche il braccio sinistro. Tutto il lato sinistro era paralizzato.

Continuò a camminare al limite del bosco sul sentiero diretto allo Snook, inciampando, trascinando la gamba, a testa nuda, insozzato di mota, l'occhio iniettato di sangue, febbrilmente fisso sulle impalcature della Nettuno che sporgevano oltre l'ultima fila di case ai confini dello Snook. Sapeva che era imperioso camminare in fretta, ma doveva andar piano per forza, inceppato, impastoiato com'era. Sapeva d'andar molto piano, e ciò lo infuriava. Si costrinse ad andare piú in fretta; ma non ce la faceva, bisognava rassegnarsi. Aveva la certezza che qualchecosa di grave si stava svolgendo alla Nettuno: una cospirazione, una catastrofe. E temeva di non arrivare in tempo. Ciò lo rendeva frenetico.

Poi prese a piovere. Un acquazzone balordo, sferzante. La pioggia lo infradiciava. Gli appiattiva gli arruffati capelli grigi sulla vecchia zucca, gli faceva colare il fango negli occhi. Lo inzuppava e lo accecava.

D'un tratto gli sembrò che l'acqua avesse dilavato via tutta la furia che lo urgeva dentro, perché si fermò rassegnato, e stette immobile sotto la pioggia scrosciante. Allora ebbe paura. Si mise a piangere. Poi barcollò innanzi alla cieca. Anelava un riparo.

All'estremità della fila di case ai confini dello Snook c'era un'osteria, detta *The Hewer's Rest*, o l'Asilo del Picconiere, una bettola miseranda esercita dalla vedova Mitchell. Nessuno ci andava mai, salvo i piú poveri lavoranti dello Snook. Ma Barras c'entrò. V'entrò come una cosa portata dal vento, e si fermò in piedi sul pavimento di pietra, colando acqua da tutte le parti, e vacillando come un vecchio randagio ubriaco. Eran presenti solo due braccianti, intenti a giocare a domino. Guardarono Barras con sorpresa e scoppiarono a ridere. Non lo conoscevano. Lo credettero un vagabondo sborniato. L'uno strizzò l'occhio al compagno e rivolse la parola a Barras: "Ehi, brighella, siamo stati a nozze?"

L'occhiata che Barras gli lanciò li fece ridere entrambi ancor piú forte. Il secondo bracciante gli disse: "Non vergognarti, pover'uomo, capita a tutti." S'alzò, prese Barras per le spalle e lo pilotò verso uno sgabello nel vano della finestra. Barras vi si lasciò cader su. Non sapeva dove fosse, né chi fossero i due che lo guardavano con tanta curiosità. Con la mano rigida e insensibile frugò in tasca per cavarne il fazzoletto, e nel trarlo una moneta rotolò a terra: mezza corona.

Il secondo bracciante la raccattò, ci sputò su, ghignò: "Ehi, amico, sei un asso. Un mezzo ciascuno, eh?"

Barras non capí, ma il secondo bracciante picchiò sul banco con la moneta, e ordinò: "Tre mezzi, svelta!"

Alla porta interna s'affacciò una donna, magra, scura, pallida, e senza una parola riempí tre misure di whisky, ma nel riempire la terza adocchiò Barras con diffidenza e disse: "Meglio se non ne beve."

Il primo bracciante disse: "Un goccio in piú non gli fa male," e il secondo gli portò la bibita e porgendogliela disse: "Allegro, brighella, bevi questo."

Barras prese il bicchiere e bevve macchinalmente. Il whisky gli tagliò il fiato e lo empí di calore e mise nuovamente in azione il martello dietro le tempie. Il whisky gli fece inoltre ricordare la Nettuno. Gli sembrò che la pioggia fosse cessata. Quei due uomini cominciavano a fargli paura. Rammentò di essere Riccardo Barras, proprietario della Nettuno, persona di qualità e di censo. Voleva esser fuori di lí. Fuori. Andare alla Nettuno. Si alzò con grave sforzo e barcollò verso la porta. Le risate dei braccianti lo accompagnarono fuori.

La pioggia infatti era cessata e le nuvole s'eran rotte. Un chiaro raggio di sole, dardeggiando obliquo sulla vaporante area deserta dello Snook, lo abbacinò, ma nell'accecante chiarore vide ugualmente le impalcature della Nettuno ergersi gloriose nel cielo che si rasserenava. La Nettuno, la sua Nettuno, la Nettuno di Riccardo Barras! Iniziò la traversata dello Snook.

Fu un viaggio strambo, orribile. Ma Barras non era cosciente di ciò che accadeva. I suoi piedi inciampavano tra le zolle inzuppate e i rigagnoli sdrucciolosi del terreno sconvolto. I piedi lo tradivano e lo sbattevano qua e là senza misericordia. Ora s'arrampicava, ora strisciava. Avanzava come un mostruoso anfibio. Ma non aveva nozione di nulla. Non s'avvedeva quando cadeva, né quando si rialzava per ricadere daccapo. Il suo corpo era morto, la mente era morta; solo lo spirito spaziava, perseguendo un proposito smisurato. La Nettuno, il pozzo, le gloriose impalcature erte nel cielo attiravano il suo spirito e lo mantenevano vivo. Il resto era un caos.

Ma non raggiunse la miniera. A metà percorso cadde per non piú rialzarsi. Sotto la crosta di fango la faccia era cerea, le labbra aride e azzurrognole, il fiato un rantolo. Non c'era, adesso, la corrente elettrica. Avevan tolto il contatto, e il suo corpo giaceva flaccido. Ma il martellamento era piú furioso che mai; pareva volergli spaccare tutto il cranio. Fece ancora un debole tentativo per alzarsi, e allora il martello gli diede il colpo di grazia. Barras cadde in avanti e non si mosse piú.

Gli ultimi raggi del sole al tramonto, dardeggiando obliqui le rovinate impalcature della Nettuno, e frugando meticolosamente il terreno sconvolto, trovarono Barras prono, esanime. Una delle sue mani inerti, rattrappita in atto d'aggranfiare, stringeva un pugno di fango.

XVIII

Era il giorno della terza lettura del Coal Mines Bill, ormai corredato degli emendamenti proposti dall'opposizione. La Camera stava appunto esaminando l'emendamento suggerito da Mr. St. Clair Bone, l'"Onorevole Membro" per la circoscrizione di Keston, il quale, con commendevole precisione, aveva invitato la Camera ad approvare la proposta che nella terza riga della settima clausola la parola "nominati" venisse preceduta dalla parola "appositamente". Per piú di tre ore la Camera dei Comuni discusse in merito a quest'inezia, offrendo al Governo e ai suoi sostenitori laute occasioni per esaltare il Bill.

Con volto impassibile, a braccia conserte, Davide seguí attentamente tutta la discussione. L'uno dopo l'altro, vari paladini del Governo presero la parola per enumerare le difficoltà che inceppavano l'opera del Governo e i titanici sforzi che il Governo stesso aveva compiuti, ed era determinato a compiere ulteriormente, per superarle. Con angelica pazienza Davide ascoltò le perorazioni di Dudgeon, Bebbington, Hume e Cleghorn; notando che ogni singola frase tendeva al compromesso, alla procrastinazione. I suoi orecchi, allenati dall'esperienza e resi sensibilissimi dallo stato emotivo in cui si trovava, coglievano le minime inflessioni nella voce degli oratori; l'accento apologetico, l'insidiosa tendenza a far passare per buone le conclusioni insoddisfacenti. Freddo in apparenza ma ardente di sdegno, Davide guardava continuamente lo Speaker per domandare la parola. Intendeva assolutamente parlare. Si ribellava all'idea di dover passivamente subire il tradimento.

Ora parlava il vecchio Eustachio Stone, che aveva iniziato la sua carriera nelle file del partito radicale, per slittare poi nel partito liberale e finalmente comparire, durante la guerra, sotto i colori di un Tory puro sangue. Finissimo stratega parlamentare, scaltro come una vecchia volpe, difendeva il Bill con la speranza di venire incluso nella prossima lista degli uomini politici candidati alla dignità di Pari. Ambiva il titolo da lunghissimi anni, ed ora lo annusava, come un leone la preda che non sa ancora a portata delle sue fauci per azzannarla. Per allargare la cerchia dei suoi ammiratori, gettava fiori e confetti a destra e a sinistra, pizzicando corde declamatorie. Svolgeva artificiosamente la tesi della nobiltà della classe dei minatori, con l'intento di screditare tutte le argomentazioni tendenti a dimostrare che il Bill fosse suscettibile di inviperire i minatori e renderli ribelli all'autorità dello Stato. "Chi oserebbe sostenere in quest'aula," declamava sonoramente, "che il minatore britannico covi in segreto sentimenti di slealtà? Su questo argomento, nessuno ha mai pronunciato parole piú assennate di quelle che proferí recentemente il Molto Onorevole Membro per la circoscrizione di Carnarvon. Mi conceda la Camera di citare le sue parole memorande." Accartocciando le labbra in forma di cuore recitò: "Ho visto coi miei occhi il minatore al lavoro, e non ha rivali. L'ho visto nell'arengo politico, e non v'ha chi lo superi. L'ho visto alla ribalta del palcoscenico, e non v'ha chi lo uguagli. L'ho visto nelle arene sportive, e non v'ha chi lo pieghi. In tutte le sue attività è leale, granitico, animoso, travolgente!"

Dio, pensava Davide, fino a quando sopporterò questa pagliacciata? E pensava alla recente devastazione della Nettuno, esecrabile atto di vandalismo che smentiva curiosamente le parole dell'oratore rivelando gli istinti criminali che spingevano la classe dei minatori a ribellarsi contro il suo destino. Mentre le labbra servili di Stone sciorinavano solennemente frasi pregne di ipocrisia, Davide fu preso da un indicibile disgusto. Lanciò una rapida occhiata a Nugent, che sedeva accanto a lui col volto mezzo coperto da una mano. Nugent era disgustato quanto lui, ma era piú rassegnato, si piegava piú facilmente all'inevitabile. Davide non poteva piegarsi. Bisognava assolutamente che prendesse la parola. Giurò a se stesso di mantenersi calmo e corretto, ma di attaccare con audacia. Come Stone arrivò alla fine, per tortuosi meandri, alla foce della sua perorazione, Davide scattò in piedi.

Attese, immobile, intento, fissando lo Speaker. Si sentiva forte, ardito, capace di dominare. Cominciò lentamente, in tono quasi impersonale, con una fredda e disadorna sincerità d'accento che, dopo il barocco sbraitare del suo predecessore, gli attirò immediatamente l'attenzione della Camera.

"Ho seguito attentamente tutta la discussione. Desidererei con tutto il cuore condividere l'ammirazione che i miei onorevoli colleghi professano per questo Bill." Una pausa. "Ma mentre ascoltavo le loro forbite orazioni, non potevo trattenermi dal pensare a ciò che sono in realtà quegli uomini ai quali ha cosí poeticamente alluso l'onorevole membro che mi ha preceduto. La Camera sa già che in varie altre occasioni ho dovuto richiamare la sua attenzione sulle condizioni pietosissime in cui vive la popolazione nei distretti minerari. Piú di una volta ho invitato qualche mio onorevole collega ad accompagnarmi nella mia circoscrizione, affinché vedesse coi propri occhi la terribile miseria che è evidente in tutte le strade. Se quei miei onorevoli colleghi avessero aderito al mio invito, certo si sarebbero domandati, col massimo stupore: Come fa a vivere questa gente? Fornirò io la risposta. Non vivono. Esistono. Esistono in condizioni d'inenarrabile indigenza, e sopportano un peso che è tanto piú inumano in quanto grava soprattutto sui deboli e sui giovanissimi. Non si creda che io m'ispiri ad un'esagerata sensibilità. I rapporti degli ispettori sanitari confermano le mie parole con cifre statistiche e dati di fatto. Nei bacini carboniferi le deplorevoli condizioni fisiche dell'infanzia dipendono in grandissima misura dalla denutrizione, onorevoli colleghi, dalla deficienza di vitto."

"Deficienza di vitto! Gli onorevoli membri hanno ingegno a sufficienza per pesare il vero significato di questo blando eufemismo. Or non è molto, all'apertura del Parlamento, abbiam tutti assistito allo sfarzoso spettacolo della parata tradizionale, segno tangibile, mi si assicura, della grandezza della Nazione britannica. Farei un torto grave alla Camera, se mi proponessi di invitare gli onorevoli membri a riflettere al contrasto, che risalta con cosí dolorosa evidenza, tra tanta grandezza e la miseria che si nasconde dietro di essa." La sua voce espresse una nota di amarissima indignazione. "Già due volte ho sentito ventilare in quest'aula la proposta di una pubblica sottoscrizione per alleviare il disagio dei minatori. Proposta obbrobriosa! Stremati come sono fino all'esaurimento, i minatori non vogliono la carità, vogliono la giustizia. Questo Bill non gliela dà. È un atto d'ipocrisia. Non si rende conto la Camera che l'industria mineraria è, per forza di cose, diversa da tutte le altre industrie? È unica nel suo genere, in quanto produce la materia prima indispensabile ad una buona metà delle piú ricche industrie del Paese. E gli uomini che producono, tra mille pericoli, questa vitalissima materia prima son retribuiti con salari che non basterebbero a rifornir di sigari, per un mese solo, certi onorevoli membri del Parlamento. C'è tra noi una sola persona che creda onestamente che questo Bill inadeguato ed ipocrita possa salvare l'industria? Se c'è, lo sfido a farsi avanti. Il nostro presente sistema minerario si è formato accidentalmente; è effetto di cause non economiche, ma storiche, e personali. Com'è stato detto da altri, si ispira a ragioni non geologiche ma genealogiche. Si rendon conto i miei onorevoli colleghi che la Gran Bretagna è, tra le principali nazioni produttrici di carbone, la sola in cui non esista alcun controllo nazionale sul minerale estratto? Due Regie Commissioni hanno caldamente raccomandato la nazionalizzazione dei minerali come l'unico mezzo che consenta allo Stato di riorganizzare l'industria su basi scientifiche. Il presente Governo, prima di entrare in carica, ha preso il solenne impegno di nazionalizzare le miniere. E in qual modo mantiene l'impegno? Lasciando che il caos si perpetui, cercando alla cieca qualche valvola di sicurezza nell'antiquato sistema della concorrenza, applicando il capezzone della produzione limitata, riducendo cioè la produzione invece di ravvivare i mercati, sussidiando miniere poco redditizie pur di tenerle inoperose, mettendo in mezzo alla strada centinaia di migliaia di minatori, che sono i produttori della ricchezza nazionale. Di questo passo, dato che si possa tirar avanti ancora per qualche tempo, si fomenta la degradazione del lavoratore e si prepara la rovina del Paese."

Alzò d'un grado la voce. "Per infondere vitalità all'industria, onorevoli colleghi, meditate forse di cavare altro sangue dalle vene dei minatori? Le loro vene sono aride. Dalla guerra in poi, nei bacini carboniferi imperano salari di fame e condizioni di carestia. Favorisca la Camera di prender nota che non può condannare la classe dei minatori ad altri anni di miseria."

Dopo una breve pausa riprese con tono suasivo, quasi supplichevole: "Questo Bill ammette implicitamente l'impotenza della miniera privata di fronte ai trust. Basta questa ammissione implicita a dar risalto all'imperiosità della nazionalizzazione. La Camera non può chiudere gli occhi al fatto che è stato elaborato, da vario tempo, un programma di nazionalizzazione capace di eliminare gli sperperi, assicurare la massima attività ed efficienza di lavoro, ridurre costi e prezzi e stimolare il consumo. Per quali ragioni il Governo lo ha messo da parte? E per quali ragioni ci presenta invece un Bill che nel migliore dei casi mira soltanto ad una problematica fusione di enti capitalistici? Il Governo dovrebbe avere il coraggio di dire: Siamo decisi una volta per tutte a districare la matassa aggrovigliata che ci lasciarono i Governi precedenti; a porre un termine definitivo al sistema che ha prodotto questo caos; ad avocare alla Nazione, pel suo bene stesso, l'esercizio dell'industria mineraria. Mi appello alla Camera, in nome dell'onore e della coscienza, affinché esamini tutta la questione sotto il punto di vista che ho accennato or ora. Mi rivolgo soprattutto ai membri del Governo. Non possono tradire gli uomini e gli ideali ai quali devono la loro nomina. Hanno l'obbligo di ripudiare questo Bill, che è solo un palliativo. Per mantenere le loro promesse hanno il dovere di presentare un progetto che sia leale programma di nazionalizzazione. Se la Camera lo respingerà, allora il Partito, sconfitto in Parlamento, si appellerà al Paese, sollecitandone un mandato."

La chiusa del discorso fu accolta da un ignominioso silenzio. Suo malgrado, la Camera era impressionata. Allora Bebbington, nella sua voce di frigido distacco, gettò le parole: "Ovviamente l'onorevole membro per la circoscrizione di Sleescale suppone che il Governo possa nazionalizzare le miniere con la stessa facilità con cui un Tizio qualunque si procura la licenza pel cane."

E tra il ridacchiare imbarazzato ed incerto della Camera, il molto onorevole Basil Eastman compié quel suo atto che rimarrà celebre negli annali del Parlamento britannico. Era costui un giovane Tory, che, le poche volte che veniva alla Camera, vi trascorreva le ore in un olimpico stato di coma ereditario, e possedeva un'unica qualità parlamentare che lo rendeva molto caro al suo partito. Sapeva imitare a perfezione la voce degli animali. Orbene, il riferimento di Bebbington al cane lo scrollò dal suo letargo; eresse la persona senz'alzarsi e latrò come un cane spaventato.

Tutta la Camera sobbalzò visibilmente, trattenne il fiato, ghignò, sorrise, rise, ruppe in sussulti, ruggí in risate omeriche.

Fu una giocondissima soluzione dell'incidente sollevato da Davide.

Mentre gli allegri onorevoli membri si affrettavan nel loggiato, per scambiarsi i commenti, Davide, non visto, ignorato, eseguiva la sua ritirata ingloriosa.

XIX

Si ritirò passando per St. James's Park. Camminava in fretta, come se inseguisse qualcuno, la testa protesa, gli occhi sbarrati e fissi ad un punto lontano. Assorto com'era nel pensiero della sconfitta, forse non aveva nemmeno coscienza di trovarsi nel parco. Non sentiva né mortificazione né umiliazione, ma solo una profonda mestizia, che lo opprimeva come un peso, lo accasciava. La battuta sarcastica di Bebbington, i guaiti di scherno di Basil Eastman e le risate di tutta la Camera non avevano lasciato in lui alcuna traccia di rancore. I suoi pensieri si proiettavano innanzi con tutta la sua persona, convergendo su un punto lontanissimo nel quale sembravano squagliarsi, come sotto una macabra luce incandescente, una luce triste, la cui tristezza però non procedeva da un senso di commiserazione di se stesso.

Senza rendersene conto aggirò tutto il Mall e uscí dal parco all'Admiralty Arch; quivi il rumore del traffico lo distornò dai suoi pensieri. Stette come trasognato ad osservare il tumultuoso precipitarsi di persone e di veicoli tutti nella stessa direzione, come se ognuno volesse arrivar primo, accelerando, tagliandosi la strada, sgusciando e guizzando in intervalli cosí stretti che non si capiva come riuscissero ad evitare di urtarsi, tutti nella stessa direzione, tutti in circolo. La corsa pazza diventa per lui il simbolo della vita umana, il senso unico della vita umana. Avanti, avanti, non importa se nella stessa direzione, ma avanti! E ciascuno per sé.

Scrutava le facce ed in ciascuna leggeva i segni inequivocabili di un'egocentrica introspezione, come se ognuna fosse unicamente assorta nella vita intima che la animava. In quella precipitosa fiumana ogni singolo individuo viveva esclusivamente pel proprio interesse, pel proprio benessere, per sé solo; gli altri erano semplici annessi al dossier della propria esistenza, contavano poco o nulla, lui solo contava. Gli altri contavano solo in quanto potessero contribuire alla sua felicità od ostacolarla, nel quale ultimo caso meritavano d'esser annientati senza misericordia.

Rivolgendo pensieri di questa fatta sentí vieppiú amara la sua tristezza. Voltò le spalle al circuito della pazzía e salí a Haymarket. Ad un crocicchio un quartetto cantava. Erano quattro minatori; Davide lo concepí al primo sguardo. Tutti giovani, stavano l'uno di fronte all'altro, i busti piegati innanzi, le fronti quasi a contatto. Cantavano una canzone gallese. Erano minatori del Galles, in miseria. Cantavano sul marciapiede, avviluppati dall'opulenza di Londra. Smesso di cantare, uno dei quattro porse in giro la cassetta degli oboli. Sí, non c'era dubbio, era un minatore; Davide riconobbe sul suo viso pulito e ben rasato, le piccole cicatrici del pozzo. Mise uno scellino nella cassetta e l'uomo lo ringraziò, senza servilità. Davide pensò che la sua modesta offerta poteva essere maggiormente apprezzata, ed era certo piú valida, di tutto il suo lavoro in cinque anni.

Riprese il cammino, e passò piú lento, verso la stazione sotterranea di Piccadilly. Prese il biglietto ed entrò nel primo treno che sopraggiunse. Di fronte a lui sedeva un operaio intento a leggere il giornale della sera, il resoconto forse del discorso di Davide che certamente era già pubblicato nelle ultime edizioni. L'operaio teneva il giornale piegato in piccolissimo formato e leggeva molto attentamente. Davide percepí l'impulso di chiedergli che cosa pensasse del suo discorso; ma se ne astenne.

Lasciò il treno alla stazione di Battersea e s'incamminò a piedi verso casa. Era affranto dalla stanchezza quando aprí l'uscio. Fu con un senso di sollievo che rivide il logoro tappeto della scala, e prese a salire con passo pesante. Ma prima che arrivasse al pianerottolo del mezzanino, la padrona lo chiamò all'uscio del salotto a piano terreno. "Ha telefonato la dottoressa Barras; varie volte. Ma non ha voluto lasciarmi alcun messaggio."

"Oh, grazie."

"S'è raccomandata perché le telefonaste appena di ritorno a casa."

"Va be'." Supponeva che Hilda desiderasse fargli le sue condoglianze, e pur apprezzandone il pensiero non era ancora d'umore da gradirle.

Ma la padrona insisté: "S'è fatta promettere da me che l'avreste chiamata al telefono appena rientrato."

Allora Davide si fermò al telefono sul pianerottolo. Mentre chiamava il numero di Hilda udí il click soddisfatto con cui la padrona richiuse la porta. Gli occorse qualche minuto per ottenere la comunicazione, ma appena l'ebbe Hilda rispose istantaneamente. Davide capí che era stata in attesa tutto questo tempo seduta presso il telefono. "Hallo, Hilda, cosa c'è?"

"Oh, finalmente. Ho aspettato tutto il pomeriggio. Ho bisogno assoluto di parlarvi subito. Immediatamente."

"Son cosí stanco, Hilda. Vi spiacerebbe..."

Ella interruppe: "È una cosa molto importante. Venite subito."

Un silenzio.

"Cos'è?" domandò Davide.

"Non posso dirlo per telefono. Venite." Pausa. "Si tratta di vostra moglie."

"Che?"

"Sí."

"Jenny," disse, come tra sé. Sparí istantaneamente tutta la sua stanchezza. "L'avete vista? Dov'è?" Nessuna risposta. "Ditemi, Hilda. Sapete dov'è Jenny?"

"Sí, lo so."

"Dunque ditemi... Non potete dirmelo? Perché?"

"Venite, o altrimenti vengo io," disse Hilda in tono definitivo. "Per telefono non posso parlare."

"All right, vengo subito."

Agganciò il ricevitore e si precipitò giú dalla scala che aveva cominciato a salire cosí lentamente. Fermò un tassí in Bull Street e si fece portare a tutta velocità a casa di Hilda. Vi arrivò entro sette minuti. La cameriera era fuori e gli aprí Hilda stessa. Col cuore che gli batteva furiosamente, egli ne scrutò la faccia, con ansietà. Sperava, in segreto, che Jenny fosse in casa. Hilda lo indovinò, perché scosse la testa. Era pallidissima. Lo introdusse nella stanzetta prospiciente sul Tamigi, e sedette evitando di guardarlo.

"Be', Hilda, cosa c'è? Niente di grave, spero?"

Hilda non si decideva a parlare. Vestita di scuro, sedeva rigida, immobile, con le belle candide mani in grembo, la fronte bianchissima sotto i capelli corvini. Disse, con difficoltà: "Jenny è venuta oggi a trovarmi in clinica."

"Malata?" Un'indicibile apprensione gli inondò la faccia.

"Sí."

"Cos'ha? Grave?"

"Sí, purtroppo, Jenny non lo sa. Disturbi interni." E continuava a non guardarlo.

Egli fissava Hilda ma non la vedeva; vedeva Jenny, e i suoi occhi erano pieni di pietosa tenerezza. S'alzò di scatto: "Vado subito a vederla. Senza perdere un minuto. Venite con me o posso andar solo?"

"Aspettate," diss'ella. Ora aveva persino le labbra smorte.

Egli si era già mosso verso l'uscio; si fermò. "Non ho potuto farla ammettere nel mio ospedale... Ho fatto il possibile ma non ci sono riuscita... A causa dei regolamenti... Ho rimediato, facendola ammettere in un altro ospedale..."

"Quale?"

Finalmente Hilda lo guardò. Bisognava comunque informarlo o prima o poi. "Il Lock Hospital, in Canon Street."

Lí per lí Davide non capí e guardò attonito il dolore della faccia di Hilda. Poi capí ed emise un rantolo inarticolato. Hilda abbassò gli occhi perché non poteva vederlo soffrire cosí. Si portò alla finestra e guardò nel Tamigi, che fluiva nello stesso silenzio che aveva invaso la camera. Il silenzio nella camera durò a lungo. Durò finché Davide lo ruppe per domandare: "Mi lasceranno vederla?"

"Vado a sentire. Telefono subito." Esitò. "O preferite che vi accompagni io?"

"No, lasciate. Andrò solo."

Aspettò in piedi mentre Hilda telefonava al chirurgo di guardia. Appena gli disse che poteva andare, la ringraziò e uscí. Quando fu nella strada si sentí improvvisamente cosí debole che dovette appoggiarsi ad una cancellata. Se ne vergognò, temendo che Hilda lo stesse osservando dalla finestra; ma non poteva reggersi in piedi. In una stanza a terreno suonava un grammofono. Suonava *You are my heart's delight*. Era la canzone in voga; la cantavan dappertutto a Londra. Davide rammentò che non aveva mangiato nulla da mezzodí. Pensò: meglio prender qualcosa, altrimenti svengo all'ospedale. Si staccò dalla cancellata, ed entrò in uno spaccio di bibite, che era in realtà un locale d'assistenza popolare, e l'inserviente intuí subito che si sentiva male perché senz'aspettare la richiesta gli offrí un sandwich e un caffè.

"Quanto?"

"Cinque pence."

Mentre si rifocillava, il motivo della canzone gli frullava pel capo. Il Lock Hospital! Non era lontano. Ma ci andò in tassí. In vettura sedé tutto raggomitolato, disgustato da un odore persistente che gli offendeva le nari, una miscela di profumo e di fumo di sigaretta, che impregnava le pelli e le stoffe dell'addobbo.

Malgrado la telefonata di Hilda, dovette aspettare parecchi minuti mentre il vecchio custode dell'ospedale telefonava all'infermiera per chiedere l'autorizzazione di ammetterlo. Il pavimento era di mosaico rosso e blu, e gli spigoli erano arrotondati per evitare l'accumularsi della polvere.

L'ascensore salí lentamente. Quando fu all'ingresso della corsía, dovette di nuovo aspettare. C'era Jenny in quella corsía. Sua moglie, nel reparto delle segregate. Il cuore cominciò a battergli con soffocante rapidità. Seguí la suora nella corsía.

Come tutte le corsíe, era lunga, fresca, bianca, e v'erano due file di lettini, muniti di tenda. Tutto era angelicamente candido, e in ogni singolo lettino c'era una donna. Nel cervello di Davide il grammofono continuava a suonare *You are my heart's delight*.

Jenny. Ecco Jenny. Sua moglie. Nell'ultimo letto di tutta la fila. Nell'angelico candore della bianca corsía spiccava il viso noto e diletto di sua moglie. Il cuore gli diede un tuffo. Tremava in tutte le membra "Jenny", bisbigliò.

La suora gli diede un'occhiata e lo lasciò. La suora aveva le labbra a forma di cucchiaio; camminando dimenava i fianchi. "Jenny" bisbigliò Davide di nuovo.

Jenny gli sorrise debolmente, con l'antico sorriso propiziatorio ma un po' diffidente. "Ero certa che saresti venuto."

Egli sedette sullo sgabello. Non poteva articolare parola. Gli faceva male la vista degli occhi di Jenny: gli occhi d'un cane bastonato. Le guance erano tutte segnate da piccole vene rosse. Le labbra pallide. Era ancora bellina, e non pareva molto invecchiata, ma i lineamenti apparivano come tumefatti. Aveva l'aspetto tragico d'una donna usata.

"Ero certa che venivi a vedermi. Sono andata da Hilda Barras, perché non volevo farmi vedere da uno qualunque. Ero certa che saresti venuto."

Era evidentemente contenta di vederlo. Non condivideva per nulla l'emozione che consumava lui. Era umilmente, supplichevolmente contenta di vederlo. Davide dovette far uno sforzo per parlare. "Come ti trattano qui?"

Jenny arrossí. Aveva vergogna di farsi vedere "in quella posizione", avrebbe detto una volta. "Non c'è male. So che è la corsía pubblica, ma la suora è tanto carina. Una vera signora." La sua voce era po' rauca. Aveva una pupilla piú dilatata dell'altra.

"Sono contento che ti trattan bene."

"Sí. Non che mi piaccia star qui. Non mi son mai piaciuti gli ospedali. Ricordo quando papà s'era rotto la gamba." Gli sorrise di nuovo, e il sorriso lo trafisse come una lama. Pareva, anch'esso, l'umile arricciar del labbro del cane bastonato che vuol farsi perdonare.

Davide abbassò la voce. "Senti, Jenny, perché non m'hai scritto?"

Ella eluse la domanda. "Ho letto di te sui giornali; sovente. Oh, sai, una volta," e la sua voce si animò improvvisamente, "una volta mi sei passato vicino per strada. Ma vicinissimo. Nello Strand."

"Perché non m'hai chiamato?"

"Ma... volevo, e poi non ho voluto. Ero con un'amica, vedi."

Un silenzio.

"Sei sempre stata a Londra?"

"Sí. Ma non credere che sia sempre stata cosí come mi vedi adesso. Tutt'altro." Fece una pausa, poi ripeté: "Tutt'altro. Me la son passata bene." Allungò la mano per prender la tazza sul comodino. Davide gliela porse premurosamente. "Che buffa, vero? Sembra una piccola teiera."

"Hai molta sete?"

"No. Piú che altro è il disturbo di stomaco. Ma guarirò. Ora mi tengono in cura. Devono prima curarmi, poi mi farà l'operazione Hilda Barras, appena sarò piú forte." Gli restituí la tazza e lo guardò, ma appena incontrò lo sguardo di suo marito abbassò gli occhi. "Davide, son pentita d'averti trattato male."

Davide sentí lagrime negli occhi. "Pensa a guarire, Jenny, non voglio altro."

Jenny disse, con voce sorda. "Sai che reparto è?"

"Sí."

"Devo sottopormi a una cura, prima dell'operazione." E improvvisamente si mise a piangere, con la faccia nel cuscino, senza gemere, senza un singhiozzo. "Oh, Davide, ho vergogna di guardarti."

La suora s'avvicinò e disse: "Favorite, signore, per stasera basta." E rimase lí, impassibile, in attesa.

Davide disse: "Torno domani, Jenny."

Ella sorrise tra le lagrime. "Sí, bravo, torna domani."

Davide si chinò e la baciò.

La suora, accompagnandolo all'uscio, gli disse freddamente: "V'avverto che non è prudente baciare le segregate in questa corsía."

Davide non rispose. Di fronte all'ospedale, nella strada, un organetto suonava *You are my heart's delight.*

XX

Verso le dieci Zia Carola guardò fuori dalla finestra della sua stanza in Linden Place, e vedendo che non pioveva decise tutta giuliva di uscire a passeggio. Adesso usciva a passeggio fin due volte al giorno; mattino e pomeriggio. Le passeggiatine erano la sua distrazione prediletta.

Sicuro, ora Zia Carola viveva a Londra. Stranissimo, per lei, trovarsi in quell'immensa metropoli, che sempre, da quand'era nata, l'aveva da lungi abbacinata e intimorita. Ma cosa c'era di strano, dopo tutto? Poor Richard era morto, la Nettuno venduta, e rimessa in attività; anche il Poggio, ahimè, era stato alienato, perché Mr. Gowlan aveva voluto eleggervi la sua residenza e si diceva spendesse somme pazze per ampliare e rimodernare la casa e riordinare i giardini. Dio, Dio. Zia Carola inorridiva al pensiero che i suoi asparagi venissero maltrattati da mani rozze. Non avrebbe in alcun modo potuto rimanere a Sleescale, testimone oculare di tanti sconvolgimenti. Del resto nessuno l'aveva invitata a rimanere. Arturo, fattosi musone e ostile nella sua carica di sorvegliante alla Nettuno, s'era ben guardato dal pregarla di dividere con lui la casetta che aveva affittata in Hedley Road. Zia Carola non dimenticherebbe piú per tutta la vita quella notte orribile in cui Arturo, tornato ubriaco da Tynecastle, le aveva detto chiaro che d'ora innanzi doveva badare lei a se stessa. Poveraccio! Non era stato in grado di raffigurarsi fino a qual punto le sue parole l'avevano offesa. Non che tenesse, lei, a restar appiccicata alla sua privilegiata posizione anteriore; non era donna da farsi mantenere per carità. Aveva di suo centoventi sterline di rendita all'anno; e solo sessantaquattro anni. Era dunque indipendente; e Londra, città colta e intellettuale, l'aspettava a braccia aperte. Stupita della propria audacia, aveva nondimeno ponderata prudenzialmente la propria situazione. A Londra aveva il vantaggio d'esser vicina a Hilda, la quale ultimamente s'era mostrata gentile verso di lei, e non molto distante da Grace, che era *sempre* stata gentile con lei. Cara Grace, sempre la stessa sempliciotta, beata di vivere senza fastidi con suo marito e una nidiata di bimbi, noncurante del denaro, delle cose materiali, solo felice d'esser povera e sana. Sí, Zia Carola si proponeva di passare tutti gli anni un mese o due a Winrush. Poi c'era anche Laura, Laura Millington, stabilita a Bournemouth, col suo povero marito invalido; Zia Carola doveva andare a farle visita. Nel complesso la prospettiva era allettante per Zia Carola. Aveva vissuto trent'anni della sua vita a curare Harriet e poi Richard. Forse, nel segreto del cuore, Zia Carola era un po' stanca di far l'infermiera, e di attendere alla biancheria sudicia degli altri.

Bayswater, naturalmente, era il quartiere di Londra che l'attirava di piú. Nessuno sapeva quanto lei che Bayswater non era piú brillante come una volta, ma Zia Carola non si vergognava di riconoscere che lei stessa non era piú brillante come una volta. Gli avanzi della signorilità di Bayswater destavano in lei un'eco sentimentale, e le facevano inclinare il capo da una parte con una rassegnazione che non era penosa. Linden Place era un sito cosí conveniente: in primavera il verde degli alberi era quanto mai delicato sullo sfondo dei gialli intonachi stinti delle vecchie case patrizie, e in capo alla strada c'era una chiesa che offriva un'incomparabile atmosfera di pace. Ultimamente Zia Carola era divenuta ancor piú devota, e spesso a San Filippo il mattutino o il vespro traevano dai suoi occhi lagrime di voluttuosa dolcezza. Era cosí amichevole il suono argentino della campana di San Filippo; come la voce del lattivendolo ambulante che chiamava le massaie, come l'odore d'agnello arrosto che saliva dalle cucine sotterranee. La casa inoltre in cui Zia Carola aveva scelto la sua camera era eminentemente rispettabile, e il bagno, malgrado le screpolature dello smalto, era sempre pulito. La moneta di due pence, introdotta nella fessura dell'apparecchio, non mancava mai di produrre acqua calda, ed era — molto giustamente — proibito di lavare la biancheria nel camerino da bagno. Eran tutte dame anziane gli altri inquilini, ad eccezione di un unico gentleman indiano, studente in legge; ma anche lui, per quanto di colore, teneva il bagno meticolosamente pulito.

Soddisfatta di fruire di cosí molteplici vantaggi, Zia Carola si ritrasse dalla finestra e ispezionò la camera con occhio amorevole. Ci si stava bene in quella camera, bisognava ammetterlo. Aveva intorno a sé tutti gli oggetti di sua proprietà che le eran cari; i suoi tesori. Aveva avuto ragione di non mai buttar via niente in vita sua! Sul tavolo c'era lo chalet svizzero che aveva comprato a Lucerna, quarant'anni fa, scolpito con vera arte, e le minuscole mucche nella stalla eran cosí carine; pensare che una volta era stata a un pelo di offrirlo a una lotteria di beneficenza! E sulla mensola del camino c'erano, incorniciate in un passepartout, le tre cartoline che Arturo una volta le aveva mandato da Boulogne. Le eran sempre piaciute quelle cartoline, i colori eran cosí allegri, e certo i francobolli potevano col tempo acquistar valore. E sul muro c'era il lavoro di ricamo su mussola, che aveva fatto lei pel ventiquattresimo compleanno di Harriet; a quel tempo Zia Carola era famosa a quei lavori.

Tutte lí, attorno a lei, le sue cose piú care: le fotografie, il servizio da tè in porcellana, il mappamondo, un poco ingiallito, della sua infanzia, la grossa conchiglia, la papeterie (calamaio, asciugapenne e carta asciugante riuniti in un solo articolo), l'almanacco di Gotha del 1907, persino la spatola moschicida che aveva comprato per Richard gli ultimi tempi; tutto.

Quell'unica stanza conteneva tutti i ricordi della vita di Zia Carola, e riandandoli Zia Carola non poteva lamentarsi della sua sorte. No, era stata piuttosto favorita dal destino. Ma intanto voleva farsi la sua passeggiatina. Mettendosi il cappello avanzò verso lo specchietto. Era un cappello che aveva comperato sette anni fa: un pochino sbiadito adesso, e la piuma era alquanto sbrindellata, ma comunque era sempre un buon cappello: il nero "va" con quasi tutto. Calzò i guanti, prese l'ombrello, strettamente arrotolato, e se lo passò sotto l'ascella, quasi fosse un fucile. Diede alla stanza un'ultima occhiata generale. Sulla mensolina la mezza pagnotta col latte, e il pomodoro avanzato da ieri sera; il barattolo del cacao con su il coperchio per tener via l'umidità; la chiavetta del gas debitamente chiusa; la finestra aperta di quel tanto che bastava a lasciar entrar l'aria, nessun fiammifero in giro, tutto a posto, e in ordine. Contenta, Zia Carola uscí a testa alta.

Passò per Westbourne Grove, ammirando gli articoli nelle vetrine. Da Merrett's entrò con una disinvoltura che denotava il grado della sua familiarità con quel locale. Era un locale simpatico, senza confronto il migliore dei grandi magazzini, e vi si poteva trovare quasi qualunque cosa. Per una buona mezz'ora Zia Carola girellò a terreno, guardando tutto quanto, fermandosi persino un paio di volte per domandare il prezzo. Le commesse erano oltremodo gentili; gentilezza tanto piú lusinghiera in quanto gli acquisti di Zia Carola erano piuttosto modesti. La sua posizione finanziaria era perfettamente salda, ma scialare non poteva. Stamattina però era disposta a scialare. Da qualche settimana teneva d'occhio un tagliacarte per aprir le buste, che sembrava d'avorio vero, e aveva la forma d'un becco di pappagallo — come facevano a dar forme cosí artistiche alla materia inanimata? — una vera bellezza d'un tagliacarte per nove pence. Vedendolo stamane spalancò gli occhi per la gioia; c'era su un cartellino che diceva *Ridotto a* 6 1/3 d. Che occasione! Un affare. Zia Carola lo comprò subito e decise lí per lí di regalarlo a Hilda.

Aveva l'obbligo morale di far acquisti, una volta tanto, da Merrett's. Perciò era compiaciuta, mentre s'avviava all'ascensore. La ragazza del lift era vestita da fantino; premette un bottone e scoccò con Zia Carola fino all'ultimo piano. *Sala di lettura, scrittura e riposo,* annunciò allegramente la ragazza-jockey. Era un bel salone, tutto specchi e legni scolpiti e comode poltroncine; pieno di giornali, di periodici, di signore che riposavano. Tutto gratis.

Nell'atto di uscire dall'ascensore, Zia Carola urtò con la punta dell'ombrello, che teneva sempre sotto l'ascella come un fucile, nel sedere della ragazza-jockey ed esclamò: "Oh, scusate tanto, non l'ho fatto apposta," e la piuma sbrindellata del cappello rabbrividí apologeticamente. La fattorina rispose: "Prego, figuratevi." Era benissimo educata.

Nella sala di lettura la maggior parte delle donne presenti somigliava stranamente a Zia Carola. Fors'erano gli specchi che creavano questa illusione ottica, ma eran tutte anzianotte, smunte, vestite di nero sbiadito ed avide di leggere gratis. Zia Carola vi si trattenne piú di un'ora. Anche perché stamattina i giornali eran pieni di notizie. Il Paese attraversava un periodo agitato. MacDonald era di nuovo stato ricevuto dal Re, il Governo Nazionale promulgava sonori proclami, e si faceva un gran parlare delle imminenti elezioni. Zia Carola era una fiera partigiana del Governo Nazionale; il Gabinetto le ispirava piena fiducia. C'era un ottimo articolo sulla *Tribune* intitolato "Dobbiamo impedire ai socialisti di sperperare il denaro pubblico", e l'editoriale della *Meteora* era intitolato "Pazzie bolsceviche". Zia Carola li lesse tutt'e due. Poi sfogliò, con grande interesse, tutti gli altri giornali, tutti, eccetto un'orribile gazzetta laburista che pubblicava sempre notizie tendenziose sul dilagare della miseria nel Wales meridionale. Al Poggio aveva cosí poco tempo per leggere: Zia Carola apprezzava gli ozi che la sua presente indipendenza le consentiva.

L'ascensore la riportò abbasso e la stessa ragazza-jockey le sorrise. Era davvero simpatica; tra sé, Zia Carola le augurò sinceramente una promozione. Uscendo dal magazzino, fece rotta verso l'abitazione di Hilda, col proposito di consegnarle il regalo. Attraversò i Kensington Gardens. Il sito era incantevole, ma c'era una pasticceria che rappresentava per Zia Carola una tentazione irresistibile. Pur rimproverandosi l'atto di prodigalità già compiuto nel magazzino, Zia Carola fece tacere ogni scrupolo ed entrò nella pasticceria. La signorina che la conosceva le sorrise, e di propria iniziativa le incartò un éclair al cioccolato, legò nitidamente il pacchettino con una cordicella d'argento e porgendoglielo disse: "Pare che voglia piovere." Zia Carola le tese i due pence e rispose, "Speriamo di no."

Ora aveva due pacchetti in mano. Una mattinata di acquisti. Il giardino era un amore; i marmocchi intorno al laghetto adorabili: quello là, sopra tutti, col giacchettino rosso, faceva piacere a guardarlo. C'erano anche i gabbiani che nel volo gracidavano per chieder pane, oh, Zia Carola li trovava cosí graziosi. C'era tanto di quel pane sbriciolato sul viottolo e perfino nell'acqua ch'era davvero uno spreco scandaloso, se bisognava prestar fede a quell'orribile gazzetta; ma non potevano essere vere quelle notizie, tutte esagerazioni, e del resto non c'era l'assistenza?

Consolata da questo pensiero, imboccò Exhibition Road. South Kensington era delizioso; e anche Chelsea, con Carlyle e il gelso... o non era un faggio? Era ormai vicina la casa di Hilda. Le faceva sempre piacere di rivedere Hilda. Al fondo della sua mente indugiava sempre la vaga speranza che Hilda un giorno la chiamerebbe a sé per governarle la casa. Si vedeva già, decorosamente vestita di nero con un alto colletto, ammettere nel salotto clienti dall'aria malata ma importante: quanto piú malata ed importante, e tanto meglio. Per quanto si fosse emancipata dalla professione di infermiera, agli occhi di Zia Carola la malattia in genere persisteva a racchiudere in sé un certo qual fascino.

La dottoressa era in casa, dichiarò la cameriera, e Zia Carola, col sorriso speciale che riservava alle persone di servizio dei parenti, la seguí in salotto. Ma qui l'aspettava una sorpresa imbarazzante. Hilda non era sola, e Zia Carola s'agitò visibilmente, riconoscendo, nell'estraneo, Davide Fenwick: si arrestò netta sulla soglia e si fece tutta rossa. "Oh, scusa, Hilda, non avevo idea, ti credevo sola."

Hilda s'alzò, apparentemente non molto compiaciuta di vederla, ma disse: "Vieni avanti, Zia Carola. Conosci Davide Fenwick."

Piú agitata ancora, Zia Carola gli strinse la mano. Sapeva che Hilda e Davide erano amici, ma a veder lí in carne ed ossa quel simpatico giovane che una volta dava ripetizioni ad Arturo e che adesso pronunciava in Parlamento discorsi cosí ardenti, si sentí tutta sconvolta. Riparò a sedere nel vano della finestra. Davide guardò l'ora e disse: "Mi spiace, Hilda; debbo andare."

"Oh, sono io che lo metto in fuga!" gridò Zia Carola in accento di disappunto. Lo trovò pallido, preoccupato. Seguitò, un poco ansante: "Fa cosí bello fuori, credevo che volesse piovere ma m'ero sbagliata."

"Non credo che pioverà," disse Hilda dopo una pausa disagevole.

Zia Carola disse: "Speriamo." Altra pausa. "Son passata pei Kensington Gardens. Cosí bello il giardino in questo momento."

"Vero?" disse Hilda.

"Tanti bambini, cosí carini, intorno al laghetto. Ce n'era uno in paltoncino rosso, avresti dovuto vederlo!" Ma capiva che Hilda non era disposta ad ascoltarla. Diede una timida occhiata a Davide. Subodorò fastidi in aria, come la volpe distingue dall'odorato i giorni di caccia. Sentí curiosità.

Ma Davide guardò l'ora di nuovo. "Ora devo proprio andare all'ospedale, mi spiace. Torno alle tre, Hilda." Strinse la mano a Zia Carola e uscí.

Tendendo l'orecchio Zia Carola lo udí discorrere con Hilda nell'anticamera, ma non poté cogliere le parole. Per una volta, la sua curiosità soverchiò la sua timidezza; domandò a Hilda, appena rientrò: "Cos'è successo? Pareva tutto sconvolto. Perché va all'ospedale?"

Per un attimo Hilda non diede segno d'aver sentito, poi rispose riluttante, ma decisa a tagliar corto sull'interrogatorio: "Ha sua moglie all'ospedale. Dev'essere operata nel pomeriggio."

"Dio, Dio." All'idea di un'operazione chirurgica i suoi occhi brillarono. "Ma..."

"Non ne parliamo, Zia Carola. Faccio io l'operazione, e preferisco parlar d'altro."

Zia Carola spalancò gli occhi: "Speri di guarirla?"

"Sí."

La faccia di Zia Carola si allungò. Sapeva esser singolarmente brusca, Hilda, quando voleva. La sua espressione vietava ulteriori domande. Remissiva, sospirò; poi, rammentando all'improvviso, sorrise luminosamente. "Oh, Hilda, a proposito T'ho portato un regaluccio, spero che ti piacerà," e produsse il tagliacarte.

XXI

All'una e mezzo Davide partí per recarsi all'ospedale di Santa Elisabetta, dove Jenny, in seguito ad un soddisfacente esame del sangue, era stata trasferita per venir sottoposta all'operazione. Sapeva di esser in anticipo, ma era troppo nervoso per poter aspettare in casa sua l'ora fissata. Durante gli scorsi mesi di cura aveva meditato spesso sulla natura dei sentimenti che nutriva ancora al riguardo di Jenny. Non l'amava piú, non poteva piú amarla, ma nondimeno sentiva che l'affetto che lo legava a lei, e che non sapeva definire, era qualchecosa di piú che la semplice compassione.

Si rendeva chiaramente conto, adesso, del genere di vita ch'ella aveva vissuto; Jenny stessa gliene aveva prospettato alcuni scorci, mentendo eventualmente e ricamando sempre ma fallendo pietosamente nel proposito di render meno cruda la realtà. Al suo primo arrivo a Londra aveva trovato impiego in un grande magazzino; ma il lavoro era duro, peggio che da Slattery's, e la paga molto inferiore a quella che il suo ottimismo l'aveva indotta a sperare. Tosto s'era fatta un amico. Poi un secondo. I suoi amici erano invariabilmente "impeccabili gentlemen" al principio, e alla fine "bruti". La storiella della vecchia signora, che l'avrebbe presa come dama di compagnia, l'aveva inventata lei di sana pianta, naturalmente; non era mai stata all'estero. Davide non si capacitava che Jenny potesse essere cosí completamente priva di senso di dignità. Persisteva in quella sua puerile tendenza a scusare i propri atti e ad impietosirsi su di sé. Si riconosceva rovinata, ma non era colpa sua. "Colpa degli uomini," diceva piangendo, "non hai idea come sono vigliacchi. Non voglio piú saperne finché vivo."

Sempre la stessa. Quando Davide le portava dei fiori, Jenny se ne mostrava compiaciuta, ma non del pensiero che gli aveva ispirato l'atto gentile, bensí del fatto che i fiori servivano a dimostrare alla suora che Jenny era "di tutt'altra classe", al confronto delle sue compagne di reparto. Davide la sospettava di aver elaborato chi sa quale romanzo ad uso della suora. Anche quando Davide la fece ricoverare in una camera privata dell'ospedale di Hilda, Jenny se ne rallegrò solo perché da quest'attenzione la nuova suora poteva giudicare in quale alto concetto Davide tenesse sua moglie. Nel momento stesso in cui malediceva la brutalità degli uomini, non si faceva scrupolo di pregar Davide di porgerle la matita rossa e lo specchietto che teneva nascosti nel comodino. Il regolamento vietava l'uso e il possesso di tali oggetti, ma Jenny voleva farsi carina per lui, diceva, e ne usava sempre prima ch'egli arrivasse.

Arrivando oggi all'ospedale, guardò l'orologio sulla facciata e vide che era ancora troppo presto, ma non potendo aspettare nella strada salí al secondo piano e stette ad aspettare nel vestibolo. V'eran molte porte alle pareti, ed ogni tanto se ne apriva una che metteva o nell'ufficio di Hilda o in quello della suora di guardia o nella sala d'aspetto, ma quella che lo interessava di piú era la porta a due battenti, dai vetri smerigliati, che metteva nella sala operatoria. La suora di guardia, uscendo dal suo ufficio, lo adocchiò con mite rimprovero e a bassa voce gli disse: "Troppo presto. È appena cominciata."

"Non importa, aspetterò." Poiché la suora se ne andò senza invitarlo ad accomodarsi nella sala d'aspetto, egli continuò a stare in piedi addossato al muro, ansioso di non farsi osservare da qualche inserviente che avrebbe potuto invitarlo a sgomberare. Teneva gli occhi fissi sulla porta a vetri. A forza di guardarli, gli apparvero man mano piú trasparenti, cosí che poteva — in base ad altre operazioni chirurgiche cui aveva presenziato in zona di guerra, e aiutato dalla sua eccitata fantasia — raffigurarsi in tutti i particolari ciò che succedeva al di là.

Nel centro della sala c'era il tavolo: complicato congegno meccanico di lucido metallo, montato su ruote gommate, munito di lucenti leve che ne permettevano il ribaltamento nelle piú strambe posizioni. Da una parte del tavolo stava Hilda, dall'altra l'assistente, e tutt'intorno, in un grappolo serrato, varie infermiere, che parevano bramose di vedere "la cosa" posata sul tavolo. Tutte in bianco, con cuffia e maschera bianca, ma tutte con le mani nere. Mani di liscia gomma nera gocciolante.

Nella sala la temperatura era molto alta, e l'aria piena di gorgoglii e di sibili prodotti dal vapore nelle canne del termosifone. A un'estremità del tavolo la dispensatrice dell'anestetico sedeva, calma, l'aspetto tediato, su un bianco sgabello, e aveva a portata di mano bombole metalliche, tubi rossi e un gran sacco rosso. Sul tavolino accanto a lei bottiglioni di soluzione antisettica, e vassoi pieni di utensili sterilizzati fumanti. Gli utensili venivano passati a Hilda: Hilda non li guardava, non faceva che stendere la mano, e l'utensile le veniva posato sulla palma. Con gli occhi della fantasia Davide non riusciva a vedere "la cosa" posata sul tavolo, perché le infermiere, accalcandosi intorno per vederla, gliene impedivano la vista. Era Jenny, ad ogni modo; il corpo di Jenny.

Ma solo un quadratino del corpo di Jenny era scoperto; il resto scompariva sotto i lini candidi. Il quadratino risaltava distintamente sullo sfondo bianco perché era tinto di giallo paglierino, l'acido picrico. Era unicamente all'interno di quel quadratino che si svolgeva tutto il dramma, sotto i lucidi ferri maneggiati dalle lisce mani nere di Hilda.

Dapprima l'incisione; sí, l'incisione prima di tutto. Il bisturi tracciò lentamente una linea ferma sul giallo chiaro della pelle, e la pelle assunse labbra, e sorrise: un largo rosso sorriso. Tenui zampilli rossi sprizzavano dalle labbra rosse sorridenti, e sotto le mani nere di Hilda, che muovevano e muovevano, si formò un anello di lucenti pinzette che circuí la ferita.

Seconda incisione, piú profonda, dentro la rossa bocca della ferita, che ora non sorrideva, ma rideva, tant'erano aperte le labbra. Poi, nella ferita, Hilda affondò la mano, le cui dita sembravano serpentelli neri. Era come se la ridente bocca rossa avesse inghiottito neri serpenti.

Poi altri arnesi vennero usati, e le pinzette giacevan fitte l'una sull'altra. La confusione dei ferri pareva ma non era inestricabile: tutto era matematicamente necessario. Era impossibile vedere la faccia di Hilda sotto la maschera di garza, ma eran visibili i suoi occhi scuri, d'acciaio. Le sue mani erano semplici proiezioni dei suoi occhi. Anch'esse inesorabili e d'acciaio. Era indispensabile che Hilda fosse tutta di acciaio.

Adesso la ferita veniva perdendo il suo orrore, e i suoi arnesi, e dimenticava, e diventava di nuovo una calda ferita sorridente, un sorriso dipinto. Le labbra venivano combaciando sotto le rapide suture. Hilda le eseguiva con magnifica precisione. Era quasi finito. Tutto sigillato. Dimenticato. I gorgoglii e i sibili diminuirono un poco, e la temperatura pareva meno elevata. Le infermiere non facevano piú ressa attorno al tavolo. Una tossí sotto la maschera e ruppe il lungo silenzio. Un'altra prese a contare le pezze insanguinate.

Nel vestibolo Davide stava immobile con gli occhi sempre fissi sulla porta a vetri. E finalmente la porta si spalancò e ne uscí la barella sulle sue ruote cerchiate di gomma. Due infermiere la spingevano silenziosamente. Esse non videro Davide in piedi contro il muro, ma Davide vide Jenny sulla barella. Aveva la faccia rivolta verso di lui; e accesa, e gonfia; specie le palpebre e le guance, quasi che Jenny dormisse beata il suo piú profondo sonno d'ubriaca. Le guance si muovevano su e giú mentre Jenny russava. I capelli, usciti di sotto alla cuffia, erano arruffati come se qualcuno l'avesse afferrata per le chiome per malmenarla. Jenny in quel momento non aveva l'aria romantica.

Mentr'egli osservava i battenti dondolare dietro la barella, Hilda uscí e venne a lui, l'aria distante, sprezzante quasi. Disse bruscamente: "Credo che sia riuscita bene."

Davide le fu grato della sua bruschezza: non avrebbe potuto sopportare altro. Domandò: "Quando potrò vederla?"

"Stasera. Verso le otto." Parte della durezza e della fredda lucentezza della sala operatoria rimaneva appiccicata a Hilda, e le sue parole incidevano come il suo bisturi. Avversa a restare nel vestibolo, aprí la porta del suo ufficio e vi entrò.

Lasciò l'uscio aperto, e sebbene ella apparisse d'averlo dimenticato, egli la seguí. Disse, a bassa voce: "Hilda, permettetemi di esprimere la mia gratitudine..."

"Gratitudine!" Camminava su e giú anormalmente irrequieta, Davide non capiva perché. Hilda aveva concentrato tutte le sue facoltà nel successo dell'operazione, perché bramosa sopra tutto di dare a lui una prova tangibile della propria perizia, della propria abilità professionale. E adesso che tutto era fatto, sentiva di detestare il proprio lavoro. La sua squisita opera manuale le risultava cruda, brutale, intesa solo a riparare i danni fisici ma lasciando intatte le magagne spirituali e le deficienze mentali. A che pro! Rattoppava carcasse animali; e basta. Ora quella moglie indegna tornava a lui, sana nel corpo, irrimediabilmente bacata nello spirito. Questo pensiero esasperava Hilda tanto piú in quanto essa si sentiva fortemente attratta da Davide. Nessun uomo aveva mai esercitato su di lei la benché minima attrazione. C'era stato un tempo, perfino, in cui aveva follemente desiderato di potersene innamorare. Impossibile. Hilda non poteva amare un uomo. Il senso della propria incapacità d'amare le rendeva ancor piú doloroso il dovere di restituirgli la moglie risanata. Ma tutto questo Davide non poteva capirlo. Hilda disse: "Sarò qui stasera alle otto. Vi lascerò detto se potete vederla o no." Andò al lavabo, s'empí un bicchier d'acqua e bevve per mascherare la sua emozione. "Adesso devo andare alla visita."

Davide si ritirò. In John Street salí su un autobus diretto al ponte di Battersea e si raccolse a meditare. Per quanto Jenny lo avesse trattato ignominiosamente, egli era felice che l'operazione fosse riuscita bene. Non era capace di recidere se stesso da Jenny; Jenny era come un'ombra che gli giaceva sul cuore. Persisteva in lui, malgrado tutto, il senso curioso di essere legato ed obbligato a lei. Vedeva meglio d'ogni altro la volgarità d'animo di Jenny. Sapeva che era stata sul marciapiede. Avrebbe dovuto sentirsene disgustato. Ma no. Strano. D'istinto la vedeva unicamente sotto la luce di quel poco di buono che Jenny possedeva: i suoi momenti di generosità, i suoi sporadici impulsi alla bontà...

Scese dall'autobus e rincasò a piedi. Trovò la casa immersa nel silenzio. Sedette alla finestra e contemplò le vette degli alberi del parco, che s'affannavano a sollevarsi al disopra dei tetti puntando ostensibilmente al cielo. Il silenzio gli penetrò nel cuore, il ticchettío della pendola assunse un ritmo misurato al quale parvero volersi conformare i battiti del suo cuore. Gustò un senso di pace. Si raddrizzò inconsciamente. Rifiutò di riconoscersi sconfitto. Sentí anzi rinascere in sé gli antichi propositi di lotta. La sconfitta è disprezzabile solo quando trascina con sé la sottomissione. Lui non si sottometteva; non rinunciava. Possedeva intatta la sua fede, sostenuta dalla fede di tutti coloro ch'ei rappresentava in Parlamento. Aveva ancora tutto il futuro davanti a sé. La speranza tornò impetuosamente in lui.

S'alzò con mossa energica, andò allo scrittoio e scrisse tre lettere: a Nugent, a Heddon, e a Wilson, il suo agente elettorale di Sleescale. La terza era importante. Annunciava la sua venuta tra due giorni, per tenere un discorso nella riunione dell'Esecutivo divisionale a Sleescale. Era una lettera vigorosamente ottimista; se ne compiacque egli stesso rileggendola. Ultimamente la situazione politica era precipitata. In agosto, com'egli aveva preveduto, il vacillante Governo era stato rovesciato dalle forze finanziarie e politiche dell'opposizione. La settimana scorsa, il 6 ottobre, la temporanea Coalizione s'era disciolta volontariamente. La proclamazione delle candidature era fissata pel 16 ottobre. Davide intendeva fermamente dirigere la sua campagna con la stessa energia di una volta. Nel suo concetto la politica Nazionale si risolveva in un attacco a fondo diretto contro il tenore di vita del proletariato, a sostegno degli interessi dell'alta banca. La frase grottesca della "parità di sacrifici" pretendeva giustificare tagli esosi nel sussidio dei disoccupati, senza esigere, da parte delle altre classi sociali, sacrifici equivalenti. E intanto ben quattro miliardi di sterline erano investiti all'estero; e il Laburismo era stato gravemente danneggiato dalla defezione di alcuni dei suoi capi.

Già le sei e mezzo. Piú tardi di quanto credeva. Si fece una tazza di cioccolata e la bevve lentamente, dando una scorsa al giornale della sera portatogli allora allora dalla padrona. Il Pericolo della Nazionalizzazione. Le Furie del Bolscevismo. L'Incubo del Controllo Laburista. Un disegno riproduceva John Bull nell'atto di schiacciare col tallone la testa di una vipera. Sulla vipera stava scritto Socialismo. Il giornale citava le piú piccanti arguzie enunciate ultimamente da Bebbington. Bebbington era divenuto l'eroe della causa Nazionale. La vigilia aveva dichiarato: "L'industria è minacciata dall'odio di classe. Nostro dovere è di difendere il lavoratore da se stesso."

Davide sorrise amaramente e lasciò cadere il giornale sul tavolo. A Sleescale, tra due giorni, intendeva dire qualchecosa anche lui sullo stesso argomento; ma non proprio dello stesso tenore.

Le sette passate. Si levò, prese il cappello e uscí. Persisteva in lui la strana luminosità che lo aveva pervaso poco fa, accresciuta dalla purezza della sera. Quando varcò il ponte di Battersea, il cielo era tutt'oro rosso di varie gradazioni, e il Tamigi ne riproduceva i riflessi. Quando raggiunse l'ospedale, Davide pensò all'incredibile differenza tra il suo umore presente e quello in cui era quando l'aveva lasciato poche ore fa.

Al sommo della scala s'imbatté in Hilda, la quale stava dando istruzioni alla suora, nel vestibolo, prima d'uscire. "Posso andare?" le domandò Davide.

"Sí." Era piú pacata, ora. I suoi modi erano formali e distanti, ma sopra tutto composti. "La troverete benino," aggiunse; "l'anestetico non le ha dato alcun disturbo, si è riavuta in breve tempo."

Davide non trovò nulla da replicare. Si sentiva scrutato dalle due donne; specie la suora lo guardava con spiccata curiosità.

"Le ho annunciato la vostra visita," disse Hilda. "Parve lietissima."

La suora sorrise e disse, rivolta a Hilda: "M'ha domandato se era ben pettinata."

Davide arrossí leggermente. Non gli era piaciuta l'insinuazione implicita nelle parole della suora. Voleva risponderle, ma in quel momento una giovane infermiera sbucò correndo agitata fuor dal riparto di Jenny. Era pallida come un cencio; sembrava terrorizzata. Vedendo la suora la chiamò, "Presto, suora, presto!"

La suora non fece alcuna domanda. Sapeva per esperienza che cosa significasse l'aspetto inquieto della giovane infermiera. Senza dir parola entrò nel riparto. Hilda esitò un attimo, poi la seguí.

Davide rimase solo nel vestibolo. L'incidente s'era svolto con tanta rapidità ch'egli non aveva potuto pensarne la gravità. Temette di essere d'impaccio. Ma prima ch'ei potesse prendere una decisione qualunque, Hilda era già di ritorno, incredibilmente affrettata. Passando gli ordinò: "Andate nella sala d'aspetto."

Davide la guardò, poi volse la testa dall'altra parte e vide due infermiere venir dal riparto, affiancate, come se precedessero una processione, ma a passi rapidi, e sparirono nella sala operatoria. Subito la sala s'illuminò e i vetri dell'uscio apparvero bianchi come lo schermo d'un cinematografo. "Andate nella sala d'aspetto!" ripeté Hilda, con voce imperiosa questa volta, con sguardo severo.

Davide non poté che ubbidire; entrò nella sala d'aspetto e l'uscio si richiuse alle sue spalle. Era successo qualche cosa a Jenny, senza dubbio. Stette in ascolto del rumore dei passi che attraversavano il vestibolo in tutti i sensi. Udí il rumore dell'ascensore che saliva. Poi altri passi, di corsa questa volta. Qualcuno era uscito di corsa dalla sala operatoria per entrare nell'ufficio di Hilda, e ne era tornato sempre correndo. Doveva essere accaduto qualchecosa di molto grave. Questo pensiero lo agghiacciò.

Passò un lungo periodo di tempo; lunghissimo. Davide non ne poté calcolare la durata. Mezz'ora, forse; un'ora, chi sa. Immobile, l'orecchio intento ai minimi rumori, sentiva che i muscoli non gli avrebbero permesso di guardare l'ora. D'un tratto si aprí la porta e entrò Hilda. Stentò a riconoscerla, tanto era il cambiamento che s'era prodotto in lei. Pareva esausta fisicamente e spiritualmente. Disse, affranta: "È bene che andiate adesso a vederla."

"Ma cos'è successo?"

"Un'emorragia."

Egli ripeté la parola.

Hilda, con le labbra contratte dall'amarezza, disse, distintamente, quasi incidendo le sillabe: "La suora era appena uscita dalla camera, che quella buona donna s'alza a sedere sul letto e si sporge per prendere lo specchio nel comodino. Per vedere se era carina, capite? Non è incredibile? Per aggiustarsi i capelli, per tingersi le labbra!" Hilda pensava unicamente al proprio lavoro distrutto. Era prostrata. D'un gesto brusco, spalancò la porta e ripeté: "È bene che andiate adesso se volete vederla."

Davide andò. Entrò nella cameretta di Jenny. Giaceva supina, e il letto, rialzato dalla parte dei piedi, pendeva all'indietro. La suora le stava facendo un'iniezione nel braccio. La camera era in disordine; dappertutto bacinelle, ghiaccio, tovaglioli. A terra, lo specchio in frantumi. Il viso di Jenny era cereo. Aspirava l'aria a piccole boccate. Aveva gli occhi aperti, fissi al soffitto. Parevano appesi al soffitto, e timorosi di staccarsene. Davide cadde in ginocchio mormorando "Jenny, oh, Jenny!..."

Gli occhi si staccaron dal soffitto e vagarono verso di

lui. Con accento di scusa le labbra bianche balbettarono: "Volevo... farmi bella... per te."

Davide non poté trattenere le lagrime. Le prese la mano, priva di sangue e di vita, e la tenne tra le sue. "Jenny, oh, Jenny, cara..."

Ella bisbigliò, come ripetesse una lezione: "Volevo... farmi bella... per te."

Egli si sentiva soffocare da singhiozzi, non poté parlare. Premette contro la propria guancia la piccola mano esangue.

"Ho sete," disse Jenny, con un filo di voce.

Egli prese la tazzina, — buffa, come una piccola teiera! — e gliela tenne davanti alle labbra. Jenny alzò a stento la mano e prese la tazza. Allora un brivido le percorse tutte le membra. L'acqua le si rovesciò sulla camicia.

Jenny finí bene, dopo tutto. Il mignolo della mano che teneva la tazza era graziosamente sollevato in aria. Sarebbe stata contenta di sé, se se ne fosse resa conto. Spirò come una lady.

XXII

All'indomani del funerale di Jenny, ch'egli aveva seguito come avvolto in una nube d'irrealtà, Davide arrivò a Sleescale alle otto e mezzo del mattino. Aveva viaggiato tutta la notte e dormito poco. Tuttavia non si sentiva stanco. Il vento pungente che soffiava dal mare e prendeva d'infilata la banchina della stazione gli infondeva vigore. Avvertiva un senso anormale di forza, di resistenza fisica, quando strinse la mano di Wilson che gli era venuto incontro.

"Finalmente," disse Wilson, "hai proprio aspettato l'ultimo minuto." Non sorrideva. Le mosse della sua barbetta a punta, sottolineavano quel tremito nervoso del mento che si manifestava ogni qualvolta Wilson era preoccupato. "Se fossi stato presente alla riunione di ieri avresti un'idea delle difficoltà che ci aspettano."

"Sí, vero? Immagino che sarà una campagna dura."

"Molto piú dura di quanto immagini. Sai chi è l'avversario?" Durante la pausa scrutò Davide negli occhi. "È Joe Gowlan."

Al suono di questo nome Davide si sentí veramente mancare, e tutto il corpo contrarre. "Joe Gowlan," ripeté, senza intonazione.

Adesso Wilson sorrideva, o meglio sogghignava. "S'è saputo solo ieri sera. Sai che vive al Poggio, vero, e da gran signore. Da quando ha riaperto la Nettuno la popolazione intera lo considera come un eroe. Ramage e Connolly lo appoggiano, naturalmente. E ha in mano tutto il Comitato esecutivo del partito conservatore. Anche da Tynecastle giungono innumerevoli pressioni a suo favore. Insomma è lui, caro Davide, il candidato che dobbiamo riuscire a battere."

Davide stentava a credere a tanta enormità. Domandò macchinalmente: "Dici sul serio?"

"Eh, non è il momento di scherzare."

Davide raccattò la valigia che aveva posato a terra e s'avviò con Wilson fuori dalla stazione. Imboccarono Cowpen Street senza scambiar parole. Nel cervello di Davide si rivoltolava senza posa il nome di Joe. Avversario temibilissimo, non solo perché ricco, ma anche a causa delle relazioni di cui disponeva, e della fortuna che finora sembrava averlo amorevolmente accompagnato tutta la vita. Un duplicato di quel Lennard, per esempio, che coi quattrini racimolati tra i rottami aveva battuto Clipton, e con la massima disinvoltura, nelle ultime elezioni; Lennard, che non aveva mai pronunciato un discorso in vita sua, e che alla Camera si distingueva unicamente al bar, offrendo bibite a tutti, o in sala di lettura, sciogliendo parole in croce; Lennard, uno dei legislatori del Paese. Ma Joe era peggio. Se aveva deciso di avventurarsi nella politica, certo mirava a servirsi della Camera non per risolvere enigmi in sala di lettura, ma per effettuare disegni di ben altra portata. Chi sa fin dove sarebbe capace di salire se lo si lasciasse entrare là dentro.

Ma Davide si proibí di prestare orecchio al proprio risentimento contro l'individuo. Non serviva a niente. La sola via di scampo era di impedire, in tutti i modi, che Joe la spuntasse. Davide s'augurò che l'avvenire tenesse in serbo per lui quest'unica soddisfazione, dopo gli amari insuccessi che il passato gli aveva fatto subire.

Si fermò da Wilson a prendere il caffè, e, conscio piú che mai delle responsabilità che gli incombevano, si mise subito a rivedere con lui la difficile situazione.

Wilson non aveva peli sulla lingua. L'assenza di Davide dalla riunione della vigilia aveva creato malcontento. Di piú, come Davide del resto sapeva, il Comitato esecutivo del partito laburista non appoggiava la sua candidatura. Dal giorno del famoso discorso contro il Coal Mines Bill, Davide era considerato un sovversivo, e trattato con sospetto ed ostilità dagli alti gerarchi del partito. Ma il partito, ligio alla Federazione Minatori a causa del vistoso importo delle rette d'affiliazione ch'essa procurava, si era astenuto dal fare pubblica opposizione al candidato scelto dai minatori stessi. Il che, peraltro, non aveva distolto il partito dall'inviare un agente nella circoscrizione, con l'incarico di esercitare pressioni sui minatori affinché nominassero un altro candidato. "Avresti dovuto vederlo," disse Wilson concludendo: "aveva l'aspetto di una spia. Ma da noi non ha trovato il terreno buono. La Federazione s'è ostinata sul tuo nome e l'ha spuntata, e non se ne parla piú."

Lo informò che doveva presentarsi senza fallo al comizio indetto quel giorno stesso per le tre, e lo consigliò di andare a riposare alcune ore. Davide non sentiva alcun bisogno di dormire, ma rincasò ugualmente; voleva raccogliersi e meditare. Marta lo aspettava, — le aveva telegrafato la vigilia, — e notò subito la sua cravatta a lutto; notandola, i suoi occhi non svelarono la minima curiosità, e Marta non fece domande. Disse soltanto: "Sei in ritardo, il breakfast t'aspetta da due ore."

Davide sedé al tavolo e disse: "Ho già fatto colazione da Wilson, grazie."

La notizia piacque scarsamente a Marta. "Non vuoi nemmeno una tazza di tè?"

Egli assentí, e osservò sua madre mentre aggiungeva altre foglie nella teiera e la riempiva di acqua bollente. Tutti i suoi gesti erano fermi e sicuri. Non era lontana dai settanta ormai, e sempre vigorosa e arcigna e inflessibile come una volta. Indomabile. Le diede la notizia: "Jenny è morta tre giorni fa."

I suoi lineamenti rimasero impassibili. Mettendogli la teiera davanti disse: "Prevedevo una soluzione di questo genere."

Davide pensò che doveva essere senza cuore, per poter accogliere senza una parola di compianto la notizia della morte di Jenny. Ma Marta aggiunse: "Mi spiace per te, Davide." Le parole sembrarono strappate a forza. E subito dopo, guardandolo copertamente come sotto un pensiero imbarazzante, gli domandò: "E adesso cos'intendi di fare di te?"

"Adesso ho queste elezioni... Ricominciare."

"Non sei ancora stanco?"

"No."

Bevuto il tè salí al piano superiore e si buttò sul letto a riposare. Chiuse gli occhi, ma il sonno tardava a venire. Sempre lo stesso pensiero insistente, inquietante, gli martellava il cervello: "Dio, è indispensabile che io batta Joe." Quell'individuo che simbolizzava tutto il marcio contro cui Davide aveva lottato tutta la vita, ora gli s'ergeva di fronte, quale avversario personale. Bisognava vincere a tutti i costi. Deciso ad affilare, acuminare, temprare la sua volontà cosí da renderla atta ad abbattere tutti gli ostacoli, ripeté la frase finché si sentí cogliere dal torpore e finalmente s'addormentò.

L'indomani la campagna ebbe inizio. Alle undici del mattino, Davide incontrò Joe. L'incontro si effettuò sulla piazza del municipio. Davide, accompagnato da Wilson, saliva la gradinata per andare a consegnare le sue carte; e nello stesso momento Joe, scortato da Ramage, Connolly e il rev. Low, tutti membri del Comitato, e da un buon numero di altri sostenitori, apparve al sommo e prese a scendere. Riconoscendo Davide si arrestò in una posa drammatica, e gli fece fronte con virile ardimento. S'era fermato due scalini al disopra di Davide e per aumentare ancora il vantaggio casuale raddrizzò l'alta statura, torreggiò in tutta la sua magnificenza. Portava una giacca a doppio petto, con un mazzetto di fiordalisi all'occhiello. Tendendo la mano gli diede il suo cordialissimo sorriso da uomo a uomo. "Mi rallegro dell'incontro, Davide," disse con voce sonora. "Meglio presto che tardi, eh? Mi auguro che combatteremo con armi leali; dev'essere una lotta pulita. Fair play and no favour. E vinca il piú degno!"

Un mormorio di approvazione accolse le parole, mentre Davide cercava di dissimulare il senso di freddo e di nausea che avvertiva.

Joe seguitò: "Intendiamoci. Ha da essere un incontro senza guanti. Pugni nudi dal principio alla fine. Io mi batto per la Costituzione, Davide, for the British

Constitution; e mi batto da sportsman inglese. British Sportsmanship innanzi tutto."

Intanto s'eran formati alcuni capannelli di gente, e molti si fecero avanti per congratularsi con Joe delle sue ardenti parole improvvisate. Davide ne approfittò per squagliarsi ed entrò nel palazzo comunale. Ma Joe, per nulla umiliato dalla inciviltà del suo avversario, continuò a stringer mani a destra e a sinistra. Joe non era superbo. Era pronto a stringer la mano di chiunque, perdio, di chiunque fosse un galantuomo, e britannico e sportivo. E lo disse; sentí il bisogno di esprimere questi sentimenti alle persone che s'erano adunate accidentalmente. Dichiarò: "Io sono orgoglioso, orgoglioso di stringer la mano, a qualsiasi galantuomo che me la offra. Ma non ai bolscevichi. Ai bolscevichi no, perdio." Cacciò il petto infuori, pugnacemente. "Dovete sapere, figlioli, se non lo sapete ancora, che io son nemico dei bolscevichi, dei rossi, di chiunque miri a pescare nel torbido. Io mi batto per la Costituzione Britannica, per la Bandiera Britannica, per la Sterlina Britannica. Non per nulla abbiamo fatto il nostro dovere durante la guerra, sia all'estero sia in patria. Io sono per l'ordine, per la socievolezza, per l'urbanità dei modi. È su questi princípi che ho impostato tutta la mia campagna elettorale. È per il trionfo di questi princípi che dovrete votare. Nessuno ha diritto di lasciare il mondo nello stesso cattivo stato in cui l'ha trovato. Dobbiamo tutti fare quanto è in noi per renderlo migliore. Dobbiamo onorare la morale, rispettare la cultura, e i Dieci Comandamenti. Sicuro, perdio, anche i Dieci Comandamenti. Non siamo affatto disposti a tollerare l'anarchia bolscevica contro i Dieci Comandamenti, come non la tolleriamo contro la Costituzione Britannica, la Bandiera Britannica e la Sterlina Britannica. Son questi i sentimenti che mi spingono a sollecitare i vostri suffragi. E se volete trovar lavoro, tenete presente quello che ho detto!"

Promosse da Ramage, sorsero dappertutto vibranti acclamazioni. Le acclamazioni inebriavano Joe. Si credeva un oratore nato. Stringeva le mani dei galantuomini britannici piú vicini a lui, raggiava. Poi riprese a scendere gli scalini, tutto impettito. Come fu sul marciapiede, un monello correndo inciampò e cadde. Joe si chinò premurosamente e lo tirò su. Era scalzo e senza scarpe. "Niente male?" Rise paternamente. "Bravo bambino!"

Ma il riso paterno parve spaventare il marmocchio, perché si mise a piangere. Poteva avere sei anni; era mingherlino, pallido, coi capelli lunghi e arruffati che gli scendevano sugli occhi. La mamma, che teneva in braccio un pupo, si fece avanti per tirarlo via dal marciapiede dove ingombrava il passo a quel gran personaggio. "Bel ragazzetto," le disse Joe, col sorriso affabile. "È un asso, come si chiama?"

La giovane madre, nel vedersi l'oggetto dell'attenzione del grand'uomo, arrossí nervosamente. Aggiustò lo scialle sulle spalle del pupo e disse con timidezza: "È Joe Townley, Mr. Gowlan. Suo zio Tom, fratello di suo padre, da bambino lavorava con voi nel Paradiso."

"Oh, guarda, guarda," ribatté Joe, con benevolenza, "chi l'avrebbe mai detto. E vostro marito lavora anche lui alla Nettuno?"

La donna arrossí ancor piú e disse, sorpresa lei stessa della propria audacia: "No, purtroppo, è disoccupato. Se potesse venir riammesso, sir..."

"Lasciate fare a me," interruppe Joe, con l'aspetto grave; e fervidamente aggiunse: "È per questo che mi porto candidato. State sicura che d'ora innanzi cambierò le cose in meglio in questo paese." Carezzò il piccolo Joe sulla testa, conscio degli sguardi commossi degli astanti, e ripeté: "Bel ragazzetto. E si chiama Joe come me. Gli auguro di far carriera come me."

Piú impettito che mai si trasferí all'angolo della strada dove lo aspettava la sua vettura. La notizia dell'episodio si propalò in un lampo per tutto il paese: Joe Gowlan aveva promesso a Sarah Townley di riassumere in servizio suo marito, riservandogli nel pozzo un posto di prima classe. Eran molte, a Sleescale, le donne che si trovavano nelle condizioni di Sarah Townley. L'incidente assicurò a Joe molti suffragi.

Col procedere della campagna progredivano di pari passo le facoltà oratorie di Joe. Aveva ottimi polmoni, una gran faccia tosta e un'ugola di bronzo. Non proferiva discorsi; li strombazzava. Tosto l'abitato, come i dintorni, furono coperti dai suoi cartelloni. *Abbasso la Disoccupazione e i Triboli, i Malanni, la Povertà e il Peccato. Viva la Legge, l'Ordine, lo Sport e la Costituzione Britannica.* VOTATE PER JOE GOWLAN.

Era diventato l'estremo baluardo della Morale, ma beninteso un baluardo intensamente umanitario e spiccatamente sportivo. Tenne una concione nel locale delle scuole, e dopo aver esortato l'uditorio ad onorare la bandiera concluse con una frase che era destinata a rialzare le azioni della sua scuderia da corsa; disse, tra serio e faceto: "E non dimenticate di puntare su *Radio* nelle prossime corse di Gosforth Park." *Radio* era suo.

Spesso abbandonava il suo atteggiamento di uomo facoltoso e influente, per vestirsi d'umiltà. "Io sono uno di voi, ragazzi. Non son nato col cucchiaio d'argento in bocca. Sono cresciuto tra dure difficoltà. Mi son fatto strada lottando. È mio proposito di dare a ciascuno di voi la possibilità di emularmi."

Ma la sua briscola, che non scopriva mai apertamente, ma lasciava intravedere, consisteva nell'alludere alla sua capacità di procurar lavoro a tutti. Benché umanitario, benché fosse uno di loro, uno che aveva tirato la carretta, era tuttavia ansioso di affermarsi sotto le spoglie del donatore, del benefattore, dell'eroe che aveva riscattato la Nettuno rovinata e ora si proponeva di offrir lavoro onesto ad ogni singolo disperatone del contado. Ciò, beninteso, dopo la votazione.

La sua campagna acquistava vieppiú vigore e lustro. Ramage, che una volta l'aveva preso a calci nel sedere perché gli aveva rubato una vescica di maiale, ora era il suo piú devoto leccapiedi. A sua richiesta il rev. Low pronunciò dal pulpito un sermone che esaltava le virtú del candidato della Legge e dell'Ordine e condannava al fuoco eterno chiunque votasse per l'avversario. Connolly, alle officine del gas, dichiarò senz'ambagi che qualunque suo dipendente votasse per Davide verrebbe licenziato come un maledetto sovversivo. Tutta la stampa di Tynecastle parteggiava unanime per Joe. Ogni giorno due aeroplani venivano dalla fabbrica di Rusford ed eseguivano acrobazie nel cielo di Sleescale; se il tempo era bello disegnavano perfino scritte in aria. Il denaro faceva sentire la sua voce in svariate maniere. Si vedevano in paese persone estranee fraternizzare coi minatori nei bar. Quanto a promesse, Joe prometteva tutto.

Davide calcolava al suo giusto valore l'entità delle forze ammassate contro di lui e si difendeva col coraggio della disperazione. Ma come eran meschine le sue armi al confronto dell'arsenale di Joe! Da qualunque parte si voltasse vedeva morse insidiose pronte a limitare le sue attività, pronte a schiacciarlo. Centuplicava i suoi sforzi, si prodigava senza risparmio, usava tutte le sue risorse fisiche, si valeva di tutta l'esperienza acquistata nella sua carriera politica. Ma con quanto piú vigore sferrava i suoi attacchi, tanto piú travolgenti risultavano i contrattacchi nemici. L'arma del contraddittorio, molestissima fin dall'inizio della campagna, ora veniva brandita senza misericordia; talvolta, parando e rispondendo, Davide riusciva anzi a conseguire imprevisti successi, ma il piú delle volte le interruzioni ingiuste ed aggressive provocavano reazioni che degeneravano in vie di fatto. Era una banda di Tynecastle che faceva illecito uso di quest'arma legittima; una banda organizzata da Joe, e capeggiata da un tal Bannon, ex-campione dei medio-massimi, ora bartender in un vicolo del porto. Tutti i comizi di Davide si risolvevano, di regola, in violenti conflitti. Se Wilson, l'agente elettorale, richiedeva l'assistenza della polizia, Roddam, la guardia comunale, si stringeva nelle spalle e gli lasciava capire, senza dirlo, che, secondo lui, con Bannon c'era poco da scherzare.

Il fair play, il combattimento cavalleresco preconizzato da Joe, procedeva dunque con metodi puliti di questa natura, e con altri piú subdoli. Un giorno, mentre si recava all'ufficio del suo Comitato, Davide lesse sul muro in fondo a Lamb Street una scritta eseguita a mano col catrame: *Fenwick ci parli di sua moglie.* Impallidí. Tosto la scritta apparve in tutti gli angoli del paese. Entrando in ufficio, capí subito che Wilson, e Harry Ogle, che era presente, ne avevano già conoscenza. Ogle era fuori di sé. Voleva denunciare Joe per reato di diffamazione. "Come comprovare l'accusa?" disse Davide. "Gli procureremo solo la soddisfazione di constatare il nostro risentimento."

"Allora, perdio, mi vendico io personalmente," dichiarò Ogle furente. "Ho io qualcosa da dire sul suo conto, e lo dirò stasera al comizio dello Snook."

"No, Harry; è indegno di noi servirci di questi mezzi."

Ma Harry Ogle non la pensava cosí. Era fremente di sdegno, e la sua anima semplice anelava alla semplice giustizia dell'occhio per occhio, dente per dente. Quella sera, allo Snoock, trascinato dall'impeto della sua foga oratoria, denunciò apertamente i loschi armeggi di Joe. Davide non era presente, perché impegnato in un altro comizio, e Ogle s'era preso la briga e la responsabilità di parlare in sua vece e a suo nome. Dopo la riunione, mentre attraversava l'area deserta dello Snook per rincasare, fu assalito nel buio da quattro individui della banda, armati di pezzi di tubazione di piombo, che lo lasciarono inanimato sul terreno. Ci vollero dieci punti per cucire la ferita alla testa di Ogle.

Joe si finse rivoltato, alla notizia dell'incidente. Possibile che simili fatti da barbarie accadessero sul suolo britannico? Dalla sua tribuna in municipio ne attribuí la responsabilità e la colpa al Nemico Rosso, al Bolscevico, cosí vigliacco da rivoltarsi contro i suoi capi stessi. Espresse con frasi altisonanti la sua simpatia all'indirizzo di Ogle. Le sue magnanime strombazzate furono riprodotte letteralmente dai giornali, e gli guadagnarono altri suffragi. Nel complesso l'incidente ridondò tutto a suo credito.

Ma la perdita dell'aiuto personale di Ogle fu per Davide un colpo grave. Ogle, rispettato dai piú, esercitava notevole influenza specie sugli elementi moderati della popolazione di Sleescale; e dopo il fattaccio costoro, mistificati e intimoriti, cominciarono a riflettere due volte prima di partecipare alle riunioni promosse da Davide. Con energia e costanza quasi sovrumane egli si gettò a capofitto nello sforzo supremo. Il 26 ottobre perlustrò per l'ultima volta tutta la circoscrizione, facendo uso del vecchio camioncino che gli aveva ottenuto le precedenti vittorie. Fu tutto il giorno in campo, parlò finché perdette la voce. Alle 23, dopo un ultimo comizio tenuto davanti all'Istituto, tornò a casa esausto. S'addormentò immediatamente.

L'indomani era il giorno della votazione. Davide restò a casa tutto il mattino. Aveva fatto del suo meglio, s'era prodigato con tutte le forze, pel momento non poteva fare di piú. Era indeciso tra la speranza e l'apprensione. Sleescale era sempre stata una circoscrizione ligia al laburismo, una delle roccaforti dei minatori. Gli elettori sapevano quanto egli avesse lavorato e combattuto per loro. Se nel passato non aveva vinto, non era stata colpa sua. Certo gli consentirebbero quest'altra occasione per lavorare e combattere ancora per loro. D'altra parte aveva piena coscienza del vantaggio strategico che Joe derivava dal fatto di essere proprietario della Nettuno. Non c'era dubbio che i metodi privi di scrupoli usati dall'avversario, gettando dubbi e sospetti sulla propria personalità, avevano provocato una scissione nella massa dei minatori. Revocando l'odiosa insinuazione all'indirizzo di Jenny, che lo aveva danneggiato piú di ogn'altra calunnia, si sentí il cuore contrarre. L'altra accusa, di incitare i minatori alla rivoluzione, poteva anche avergli recato molto pregiudizio. Accusa assurda. Egli non voleva la rivoluzione, voleva riformare il cuore umano, redimerlo dalle bassezze e dalle crudeltà suggerite dall'interesse personale, e purificarlo mediante l'esercizio delle virtú che si ispirano ad alti ideali. Senza questa riforma, è futile ogni speranza di salvamento.

Verso le diciotto si recò da Harry Ogle, e in Cowpen Street incontrò Arturo Barras. Pensando che Arturo non desiderasse esser riconosciuto, tenne gli occhi fissi innanzi a sé; ma Arturo si fermò. "Ho votato per voi," gli disse senza preamboli. La sua voce era piatta, dura, le gote rientranti e mosse da tremiti nervosi. Il fiato sapeva d'alcool.

"Obbligatissimo," rispose Davide.

Silenzio.

"Son stato nel pozzo tutto il giorno, ma uscendo mi sono affrettato a compiere il mio dovere."

Davide avvertí l'antico senso di compassione che Arturo sempre gli ispirava. Disse: "Contavo sul vostro appoggio; grazie."

"Adesso però diffido della politica. Non saprei dire se sono blu piuttosto che rosso." E aggiunse, con inattesa amarezza: "A cosa serve tutto quanto?"

Altro silenzio, durante il quale Davide credette di vedere Arturo dibattersi entro la morsa delle parole che aveva proferite, e lesse nel suo sguardo, sotto le palpebre pesanti, la coscienza della sua nullità. "Non trovate strano ch'io sia finito cosí?" disse ancora, e senz'aspettar risposta fece un cenno del capo e se ne andò.

Davide proseguí sul suo cammino, commosso dall'incontro, nel quale era stato detto poco ma sottinteso tanto. Temette di veder in esso un infausto presagio. Quanto crudele poteva essere la sconfitta! Arturo non aveva piú ideali; era uscito fuor dalla vita, raggrinzandosi, rannicchiandosi, e tutte le fibre del suo corpo gridavano "Ho sofferto abbastanza! Non voglio soffrire piú!" Aveva smesso di combattere. La fiamma s'era spenta. Davide sospirò.

Passò tutta la sera con Ogle, il quale s'era quasi rimesso ed era di ottimo umore. Per quanto gli intimi pensieri di entrambi fossero concentrati sull'esito dello scrutinio, evitarono il piú possibile di parlare della votazione; ma Ogle, le poche volte che vi alluse, si dimostrò invariabilmente fiducioso nella vittoria. Era impensabile la sconfitta. Dopo cena giuocarono a carte fino alle undici, mentre Davide non smetteva di sbirciare verso la pendola. Sotto l'imminenza della notizia si sentiva posseduto da una tensione ineluttabile. Due volte propose di congedarsi, dicendo che lo scrutinio doveva esser prossimo al compimento, ma Ogle insistette perché si trattenesse un altro poco. Il risultato non poteva esser noto prima delle due; tanto valeva che nell'attesa Davide si godesse il buon fuoco e la comoda poltrona; e Davide, per secondare l'amico, cercò di tener a freno l'impazienza. Ma appena scoccò l'una s'alzò. "Siccome non posso venire," gli disse Ogle, "ti congratulo fin da ora. Ma mi spiace di non veder la faccia di Joe quando si vedrà battuto."

Davide si avviò nella notte serena, illuminata dalla mezza luna. Avvicinandosi al municipio stupí di veder tanta folla. Ebbe difficoltà ad aprirsi un varco verso la gradinata. Wilson lo aspettava sotto il loggiato, e lo fece sedere accanto a sé sulla panca; pareva stanco. Nell'aula del Consiglio era prossimo alla fine lo spoglio delle schede: "Tra un'altra mezz'ora si saprà," disse Wilson.

Il loggiato si veniva riempiendo di gente. Echeggiò una tromba d'automobile e un minuto dopo entrò Joe, alla testa della sua banda, della quale facevano parte Snagg, il suo agente, Ramage, Connolly, Bostock, parecchi altri industriali di Tynecastle, e, per celebrare l'occasione, Jim Mawson in persona. Joe portava un magnifico soprabito dal bavero di astrakan, aperto sull'abito da sera. Il suo volto gioviale era piú acceso del solito, conseguenza delle libagioni con cui aveva intrattenuto gli amici a cena in casa sua. Avanzò sotto il loggiato con passo da trionfatore, attraversando la folla che si apriva al suo passaggio; e fermandosi presso la porta chiusa della sala del Consiglio, dove si trovava Davide, gli voltò la schiena e fu immediatamente circondato dai suoi partigiani. La conversazione del gruppo assunse tosto un tono di grande allegria.

Circa dieci minuti dopo, Rutter segretario del Consiglio, uscí dalla sala tenendo in mano una carta. I piú prossimi gli si accalcarono intorno; ma Rutter, che si dava molta importanza, non lasciò trapelare il risultato. Sorrideva. Vedendo quel sorriso, Davide si sentí mancare. Rutter chiamò ad alta voce il nome dei due candidati.

Immediatamente tutto il gruppo di Joe gli s'accodò, penetrando pel primo nella sala del Consiglio. Quando Wilson disse "Andiamo anche noi," la sua voce aveva una nota di apprensione. Davide lo seguí. Nella sala regnava la massima confusione: nessun ordine prestabilito di precedenza; tutti facevano ressa, in un'eccitazione intensa e mal contenuta.

"Calma, signori, calma!" ripeteva Rutter, "far largo ai candidati."

Salirono la nota scaletta di ferro, attraversarono lo sgabuzzino del Comitato e raggiunsero il loggiato superiore. La fresca aria notturna tornava gradita, dopo il soffoco della sala. In piazza la folla era enorme. La pallida mezzaluna navigava alta al disopra delle impalcature della Nettuno e lasciava cadere squame argentee sul mare. Dalla folla saliva un brusío d'impazienza. Sul loggiato, Ramage, che la calca aveva separato dal suo gruppo, si trovò accidentalmente vicino a Davide. Agitava nervosamente le grosse manacce, e sotto i folti sopraccigli i suoi occhi brillavano dal desiderio e dalla gioia della vendetta. Gli era scritta in faccia la voglia matta di veder Davide sconfitto.

Rutter s'era portato al centro della balaustra, di fronte alla folla. Agitando la carta che teneva in mano impose silenzio. Per un attimo il silenzio fu angoscioso, carico com'era di elettricità. Davide non ricordava d'aver conosciuto in vita sua un momento piú penoso. Poi la voce di Rutter squillò nel silenzio. "Mr. Joseph Gowlan, 8851; Mr. David Fenwick, 149."

Fu Ramage che diede il segnale dell'urlo che s'alzò dalla piazza. Ramage ruggiva. Joe, sospinto dagli uomini della sua banda, s'affacciò alla balconata. Davide s'aggrappò alla fredda ringhiera di ferro, lottando per dominarsi, per conservare forza sufficiente a tenerlo in piedi. Battuto! Battuto! Alzando gli occhi vide Ramage chino verso di lui, le labbra distorte in un ghigno di gioia. "T'abbiam battuto stavolta, maledetto cane! T'abbiam rovinato!"

Joe, al centro della balaustra, stava gustando l'adulazione della folla delirante che lo acclamava. Immerso nel chiarore lunare, si sentiva grande. Era il dominatore. Laggiú, là sotto, le pallide facce smunte dei minatori in miseria. Era un dio. Piovve dal cielo un ronzio di motori: un volo notturno degli aeroplani Rusford. Deteneva poteri illimitati. E non era che un principio. Il resto veniva poi. Lo aiuterebbero a salire, sempre piú su, quei disperati babbei che gli si prosternavano ai piedi. Si sentiva capace di salire ad altezze vertiginose, di sgretolarsi il mondo tra le sue belle mani, di lacerare i cieli coi fulmini di cui disponeva. La pace e la guerra erano a sua disposizione. Possedeva il Denaro. E possedeva gli schiavi del Denaro.

Alzando le braccia al cielo in un gesto di sublime ipocrisia cominciò: "Miei carissimi amici..."

XXIII

Eran le cinque del mattino, un freddo mattino di settembre. Non faceva ancora chiaro. Il vento soffiava dal mare spazzando la volta del cielo e rendendo piú tersa la lucentezza delle stelle. Il silenzio avviluppava i Terrazzi.

Il primo lume del paese s'accese, timido, fioco, alla finestra della Maddalena. Dieci minuti dopo apparve la vecchia sulla soglia di casa, e trattenne il fiato sotto le sferze del vento gelido. Portava lo scialle, gli zoccoli ferrati, e varie sottane, foderate di carta a riparo dal freddo. Un berrettaccio a visiera nascondeva il groppo dei suoi capelli grigi e una pezza di flanella rossa le cingeva verticalmente guance ed orecchie. Impugnava un grosso bastone. Era lei lo svegliarino dei minatori; e ben poteva dirsi fortunata, in questi tempi, di poter contare sui soldini che la carica le assicurava. Iniziò a fatica la sua ronda lungo Inkerman Row. Simile a un animato mucchio di stracci piú che a un essere umano, rullava un pochino a causa dell'ernia, e col bastone bussava a tutte le imposte.

Ma al numero 23 omise di bussare. Non occorreva. La finestra era illuminata. Era l'unica che fosse sempre già illuminata. Passò oltre, e bussando, rotolando, rabbrividendo di freddo dileguò a poco a poco nell'oscurità finché scomparve nella Sebastopol Row.

All'interno della casa segnata col numero 23, Marta era già in faccende: il fuoco acceso, il letto fatto, la pentola ronzante, le salsicce crepitanti nella padella. Con gesto preciso spiegò la tovaglia a scacchi bianchi e blu e apparecchiò per uno. Portava i suoi settant'anni con disinvoltura, anzi con agilità. Le si leggeva sul viso un rinnovato senso di soddisfazione, che le rianimava gli occhi, attenuava il solco della fronte, conferiva ai lineamenti arcigni una curiosa espressione di contentezza.

Un'occhiata d'ispezione in giro le mostrò tutto in ordine, ed un'altra alla pendola la rassicurò. Le cinque e mezzo. Nelle pantofole felpate si trasferí sul terzo gradino della scala e chiamò: "Davide. Le cinque e mezzo." Tese l'orecchio, aspettò finché udí rumore: di passi, d'acqua corrente, di tosse.

Un quarto d'ora dopo Davide scese la scala, si fermò un momento per scaldarsi le mani sul fuoco, poi sedette al tavolo. Era in tenuta da minatore. Senza un attimo d'indugio Marta gli serví la colazione: le salsicce, il pane fatto in casa, il tè, — un'autentica espressione di tenerezza. "T'ho messa la cannella nel tè," osservò, "ti fa passar la tosse."

"Grazie."

"Anche a papà gliela mettevo sempre. Gli faceva bene."

"Sí?" Guardando su improvvisamente, la colse indifesa. La devozione materna che le lesse sul volto lo sorprese tanto che abbassò subito gli occhi; era la prima volta in vita sua che gli capitava di vedere sua madre guardarlo con tanto amore. Per coprire la propria emozione si affrettò a mangiare, chino sul piatto, e a sorseggiare il tè. Adesso che aveva dovuto rientrare nel pozzo, sua madre finalmente sentiva affetto per lui. Aveva sigillato il proprio cuore contro di lui finch'egli s'era travagliato con gli studi, l'insegnamento, le lotte politiche; ma ora che l'avversità lo aveva inesorabilmente ricacciato nel pozzo, essa riconosceva in lui la sua creatura, il figliuol suo che perpetuava la tradizione di famiglia; non piú un'incognita, ma una realtà: un uomo.

Non era stato per un capriccio, né per dispetto, bensí per bisogno, che aveva dovuto far ritorno alla miniera. S'era trovato nella necessità assoluta di cercar lavoro, e presto; e la ricerca s'era rivelata incredibilmente difficile. Le porte degli uffici della Federazione gli eran sbarrate dall'ostilità delle alte gerarchie, e l'insegnamento gli era precluso, dato che non possedeva la patente superiore; cosí aveva dovuto per forza cacciarsi nuovamente sotto terra, e rassegnarsi a passare in fila con gli altri davanti ad Arturo, incaricato di registrare le presenze giornaliere. Era stato costretto a mendicare un posticino sotto terra. D'altronde l'avversità non aveva colpito lui solo. La sconfitta del partito laburista nelle elezioni aveva messo vari altri candidati in condizioni ugualmente disperate. Ralston aveva trovato impiego in un'agenzia di navigazione a Liverpool, Bond presso un fotografo di Leeds, Davis suonava il piano in un cinematografo di Rhonda. Gli apostati, invece, Bebbington e Dudgeon e Chalmers e compagni, si cullavano nella popolarità nazionale, sottoscrivevano tranquillamente ad una politica che sbaragliava le piú radicate convinzioni del laburismo. Bebbington soprattutto, esaltato e fotografato in tutti i giornali, continuamente invitato a parlare davanti al microfono, — ancora la settimana scorsa aveva pronunciato un "nobile" discorso, un gesuitico sproloquio risuonante di banalità, — era universalmente acclamato come il salvatore della nazione.

Con mossa brusca Davide sporse la mano per prendere la cravatta di lana appesa alla spranga della stufa, spinse rumorosamente indietro la seggiola e s'alzò. Stette con la schiena al fuoco mentre s'avviluppava il collo con la cravatta, e poi s'allacciò gli scarponi. Marta gli stava apparecchiando il cestino del rancio. Vi aggiunse una mela rossa, che lustrò energicamente contro il grembiale: "Ti son sempre piaciute le mele. L'ho presa ieri alla Cooperativa. Non dimenticare stasera di portarmi Sammy. Stamattina faccio la torta al ribes."

"Non credi che Annie finirà per protestare, se persisti a rubarle il piccolo?"

Marta guardò altrove, non perché confusa, ma come in cerca d'una risposta. "Senti Davide, se credi che sia gelosa dille che venga anche lei. Ma Sammy lo voglio a tutti i costi oggi; figurati, il suo primo giorno nel pozzo!" Dopo una breve pausa assunse un'aria di finta severità per mascherare la tenerezza. "Capito, bamboccione? Dille che venga anche lei."

"All right, mother," disse Davide avviandosi all'uscio.

Ma Marta lo precedette e gli aprí la porta con le sue mani: segno inequivocabile del nuovo concetto in cui lo teneva. Rimase eretta, formidabile, sulla soglia, scrutando nell'oscurità la figura del figlio che s'allontanava. Solo dopo che fu scomparso richiuse la porta, e rientrò in cucina al caldo; e senza concedersi un minuto di riposo incominciò a preparare gli ingredienti della torta, accarezzandoli, disponendoli in bell'ordine sul tavolo, con mosse tenere: la torta per Sammy. Era davvero singolare l'espressione di gaiezza che animava la sua altera faccia arcigna. Marta stessa, sorpresa dalla sensazione nuova, pareva s'imponesse di non palesarla, ma senza riuscirvi.

Nel frigido crepuscolo del mattino echeggiavano sonori i passi pesanti di Davide e delle altre forme vaghe di uomini che si trasferivano isolate o a gruppi di due o tre tutte nella stessa direzione: le forme degli uomini crepuscolari. Tronche parole di saluto, in voce di basso, voci imbacuccate. — Come va, Ned? Come va, Tom?, — ma per lo piú silenzio. Piedi di piombo, teste chine, fiati visibili nel riverbero dei radi lampioni, la massa procedeva in formazioni avviluppate dalle ombre: la marcia degli uomini crepuscolari.

Da quand'era tornato al pozzo Davide era sensibilissimo a questo momento mattutino. Come in guerra, facendo fronte con gli altri, non s'era sentito isolato, cosí ora ritrovava la coscienza di far parte integrante della comunità. La sorte degli altri era legata alla sua, il loro avvenire al suo. Questo pensiero gli infondeva coraggio. Chi sa che un giorno non dovesse riemergere ancora fuori dal pozzo, e sacrificarsi per condurre quel tribolato esercito verso una nuova libertà. Eresse fieramente il capo.

In Quay Street attraversò l'acciottolato e bussò a una porta. Senza aspettare risposta girò la maniglia, abbassò la testa ed entrò. Anche in questa cucina splendeva il fuoco, e Sammy, tutto vestito, in piedi presso il tavolo, aspettava lo zio con impazienza; mentre Annie, in silenzio, all'ombra del proprio cuore, lo divorava con gli occhi.

"Già pronto, Sammy?" esclamò Davide allegramente, "credevo di doverti tirare giú dal letto."

Sammy ghignò e i suoi occhietti scomparvero annegati nell'eccitamento che li faceva brillare. Non era alto per la sua età, quattordici anni, ma in compenso era pieno di coraggio; e l'idea della sua prima avventurosa spedizione sotto terra lo faceva fremere di agitazione.

"Non poteva addormentarsi ieri sera, a forza di pensarci," disse Annie, facendosi avanti. "È da piú di un'ora che sono in piedi, per lui."

"Ha già l'aria di un perfetto minatore," sorrise Davide. "Son fortunato d'avere un assistente cosí in gamba."

"Farai attenzione a lui, vero?" mormorò Annie.

"Ma sí, mamma, che paura!" protestò Sammy, facendosi rosso.

"Non temere, Annie, gli bado io." Dette un'occhiata alla mammina, il cui profilo si delineava nettamente contro la fiamma viva. Per l'apertura della camicetta sbottonata in sommo, s'intravedeva la curva graziosa del petto sodo. La sua sagoma, eretta anche nella posizione di riposo, esprimeva forza e morbidezza congiunte. Nella lieve ansietà che provava per Sammy sembrava piú giovane, priva d'esperienza. Davide si sentí preso da un tenero affetto per quella donna cosí coraggiosa, onesta, devota: veramente nobile. "A proposito, Annie," osservò come accidentalmente, "sei invitata anche tu stasera con Sammy. Sarà un simposio."

Annie esitò prima di farsi confermare l'invito: "Sono invitata davvero?"

Egli fece ripetuti cenni affermativi col capo, con aria di finto sussiego: "Personalmente invitata da mia madre in persona."

Ella non nascose la sua contentezza. "Vengo volentieri," disse.

Sammy, già sulla soglia, era impaziente di partire e tormentava la maniglia. Davide lo raggiunse e uscirono insieme, affiancati, e si diressero alla miniera. Sulle prime, immerso ciascuno nei propri pensieri, nessuno dei due parlò. Oltrepassarono la macelleria Ramage. Al loro ritorno, pensava Davide, sarebbe aperta, e Ramage in piedi sulla soglia in attesa di vederlo passare per gustarne l'umiliazione. Non aveva mai mancato un giorno, in quelle quattro settimane, di piantarsi a gambe larghe all'ingresso della bottega per veder tornar Davide dal pozzo.

Entrando nel cortile dovettero scostarsi per lasciar passare vari autocarri recanti in grosse lettere bianche la scritta Mawson & Gowlan. Poi si immersero come infime particelle nell'oscura corrente umana. Al disopra di loro, torreggianti nelle tenebre, s'ergevano le nuove impalcature della Nettuno, piú alte di prima, dominanti l'abitato, il porto, il mare. Davide guardò di sfuggita la faccia di Sammy, che ora aveva perso l'espressione di avida curiosità, intimorito forse dell'imminenza del grande evento. Facendosi piú vicino al ragazzo cominciò a parlargli, per distrarne l'attenzione verso altre cose. "Sabato andiamo a pescare insieme, vero, Sammy. Settembre è il mese migliore. Sei contento?"

"Sí," con gli occhi dubbiosamente intenti sulle impalcature.

"E al ritorno giuro che t'offrirò un cosciotto di Susanna con la limonata."

"Sí?" con gli occhi sempre affascinati dalle impalcature. Poi, con un po' d'apprensione: "Fa molto scuro nel pozzo?"

"Che! Del resto, ci fai presto l'abitudine."

Salirono tra gli altri la scaletta che metteva alla gabbia. Davide, prendendo il nipote sotto la sua protezione, lo pilotò tra la calca. Sammy gli si premeva molto da vicino, ora, e quando pose il piede nella gabbia con la mano cercò quella dello zio. "Scende giú molto in fretta?" bisbigliò.

"Non tanto," bisbigliò Davide di rimando. "Trattieni il fiato per la prima volta, non sentirai niente."

Silenzio. Il colpo secco della sbarra di chiusura. I rintocchi lontani d'una campanella. Tutti lí in piedi, i proletari, ammassati nella gabbia, in silenzio, nell'incerta luce dell'alba. Lassú, sulle loro teste, torreggiavano le impalcature della Nettuno dominanti l'abitato, il porto, il mare. Laggiú, sotto i loro piedi, l'abisso della loro esistenza. La gabbia scese. Scese di botto, rapida, nelle oscurità abissali. E il suono della discesa emerse fuori dal pozzo come un gran sospiro che salí fino alle stelle.

INDICE

ANNOTAZIONI

Bompiani ha raccolto l'invito della campagna
"Scrittori per le foreste" promossa da Greenpeace.
Questo libro è stampato su carta riciclata senza cloro
e non ha comportato il taglio di un solo albero.
Per maggiori informazioni: http://www.greenpeace.it/scrittori/

I GRANDI Tascabili Bompiani
Periodico quindicinale anno XIX numero 163
Registr. Tribunale di Milano n. 133 del 2/4/1976
Direttore responsabile: Elisabetta Sgarbi
Finito di stampare nel mese di dicembre 2011 presso
L.E.G.O. S.p.A. - Lavis (TN)
Printed in Italy

RCS Libri
ISBN 978-88-452-4984-6